Die Schlange, das Krokodil und der Tod

ECON Historischer Kriminalroman

Zum Buch

»Amelia hat ihr Zelt in unseren Herzen aufgeschlagen.«

Philadelphia Inquirer

»Falls der Leser in Versuchung gerät, einen auf der Hand liegenden Vergleich zwischen Amelia Peabody und Indiana Jones anzustellen, machen eindeutig der Witz und Wagemut Amelias das Rennen.«

New York Times Book Review

»Elizabeth Peters hat einen phantastischen Humor, der vorwitzig durch jede Zeile glitzert.« *Washington Times*

Die Autorin

Elizabeth Peters hat an der University of Chicago in Ägyptologie promoviert. Die meisten ihrer Bücher haben daher einen historischen Hintergrund. Sie hat über 20 Krimis geschrieben und ebenso viele Thriller unter dem Pseudonym Barbara Michaels. 1986 hat sie den Antony Grand Master Award und 1989 den Agatha Award gewonnen.

Elizabeth Peters hat zwei Kinder und zwei Enkelkinder. Sie lebt in Chicago und in Frederick, Maryland.

Elizabeth Peters

DIE SCHLANGE, DAS KROKODIL UND DER TOD

Ein Kriminalroman aus dem 19. Jahrhundert

Aus dem Amerikanischen von Karin Dufner und Bernhard Jendricke

ECON Taschenbuch Verlag

Dieses Buch ist gedruckt auf 100% Recyclingpapier.

Deutsche Erstausgabe

First published in the United States of America
Titel des amerikanischen Originals: *The Snake, The Crocodile & The Dog*
Aus dem Amerikanischen übersetzt von Karin Dufner und Bernhard Jendricke, Kollektiv Druck-Reif
Umschlaggestaltung: Molesch/Niedertubbesing, Bielefeld
Lektorat: Maria Buchwald
Gesetzt aus der Bodoni und der Charlemagne
Satz: HEVO GmbH, Dortmund
Druck und Bindearbeiten: Ebner, Ulm
Printed in Germany
ISBN 3-612-25099-X

1. Kapitel

»Soll die Ehe gedeihen, ist es nötig, sein Temperament zu zügeln.«

Meiner Ansicht nach kann ich mit bestem Wissen und Gewissen von mir behaupten, daß ich weder Gefahr noch harte Arbeit scheue. Allerdings ziehe ich erstere vor. Als einzige unverheiratete Tochter eines verwitweten und äußerst zerstreuten Vaters war ich für die Führung des Haushalts verantwortlich – wie jede Frau weiß, die schwierigste, undankbarste und am schlechtesten bezahlte (das heißt, unbezahlte) Arbeit, die es überhaupt gibt. Dank der bereits erwähnten Zerstreutheit meines Erzeugers gelang es mir jedoch zu verhindern, daß ich mich zu Tode langweilte, indem ich mich unweiblichen Beschäftigungen wie dem Studium von Geschichte und Sprachen widmete. Denn Papa kümmerte sich nicht darum, was ich tat, solange sein Essen pünktlich auf dem Tisch stand, seine Kleider gewaschen und gebügelt waren und ihn niemand störte.

Wenigstens glaubte ich, mich nicht zu langweilen. Doch in Wahrheit fehlten mir schlichtweg die Vergleichsmöglichkeiten, an denen ich mein Leben messen konnte, und auch die

Hoffnung, es werde sich jemals etwas daran ändern. In jenen Jahren des ausklingenden neunzehnten Jahrhunderts stellte die Ehe für mich keine verlockende Alternative dar – ich hätte nur ein relativ bequemes Dienstbotendasein gegen die völlige Versklavung eingetauscht; das glaubte ich zumindest. (Und was die Mehrheit aller Frauen betrifft, bin ich immer noch dieser Ansicht.) Mein weiterer Lebensweg stellte sich allerdings als eben die Ausnahme heraus, die die Regel bestätigt, und hätte ich gewußt, welch ungeahnte und unvorstellbare Freuden mich erwarteten, die Fesseln, die mich gefangenhielten, wären mir unerträglich vorgekommen. Doch diese Fesseln wurden erst durchtrennt, als mich der Tod meines armen Papas zur Erbin eines bescheidenen Vermögens machte und ich aufbrach, um die antiken Stätten, die ich bis dahin nur aus Büchern und von Photographien her kannte, mit eigenen Augen zu sehen. Inmitten der Altertümer Ägyptens begriff ich endlich, was mir so lange gefehlt hatte – Abenteuer, Aufregung, Gefahren, eine Lebensaufgabe, die meinen gesamten beachtlichen Intellekt in Anspruch nahm, und die Gemeinschaft mit einem bemerkenswerten Mann, der ebenso für mich bestimmt war wie ich für ihn. Welch rasende Verfolgungsjagden! Welche Kämpfe um die Freiheit! Welch wilde Verzückung!

*

Eine gewisse Dame, Lektorin von Beruf, teilte mir mit, daß ich die Geschichte nicht richtig angefangen hätte. Sie behauptete, daß eine Autorin, will sie die Aufmerksamkeit ihrer Leserschaft fesseln, am besten mit einer gewaltsamen und/oder leidenschaftlichen Szene beginnt.

»Ich habe doch etwas von ... äh ... wilder Verzückung geschrieben«, sagte ich.

Die Dame lächelte mich nachsichtig an. »Poesie, wenn ich es recht verstehe? Poesie können wir nicht dulden, Mrs. Emerson.

Sie nimmt der Handlung den Schwung und verwirrt den normalen Leser.« (Dieses geheimnisvolle Individuum wird von Angehörigen der Verlagsbranche stets gern zu Felde geführt, und zwar in einem Tonfall, der sowohl von Herablassung als auch von abergläubischer Ehrfurcht zeugt.)

»Wir brauchen Blut«, fuhr die Dame fort, wobei ihre Stimme vor Aufregung vibrierte, »Ströme von Blut! Das dürfte Ihnen doch nicht schwerfallen, Mrs. Emerson. Soweit ich weiß, sind Ihnen schon einige Mörder über den Weg gelaufen.«

Nicht zum erstenmal hatte ich erwogen, meine Aufzeichnungen für eine etwaige Veröffentlichung zu überarbeiten, aber ich war noch nie so weit gegangen, mich tatsächlich an einen Lektor zu wenden. Also sah ich mich gezwungen, der Dame zu erläutern, daß – falls ihre Ansichten repräsentativ für die Verlagsbranche wären –, die Verlagsbranche in Zukunft ohne Amelia P. Emerson auskommen müßte. Wie ich den schäbigen Sensationshunger verachte, durch die sich die literarischen Produkte unserer Tage auszeichnen! Die edle Kunst der Schriftstellerei ist in den letzten Jahren wahrlich tief gesunken! Ein durchdachter, lockerer Stil findet keine Anerkennung mehr. Statt dessen prügelt man den Leser zur Aufmerksamkeit, und das durch Mittel, die an die niedersten und gemeinsten menschlichen Instinkte appellieren.

Kopfschüttelnd und irgend etwas von Mord nuschelnd, schlich die Lektorin von dannen. Es tat mir leid, sie zu enttäuschen, denn sie war wirklich recht nett – für eine Amerikanerin. Ich bin mir sicher, daß man mir wegen dieser Bemerkung keinen nationalen Chauvinismus vorwerfen wird. Amerikaner haben viele bewundernswerte Eigenschaften, aber literarisches Feingefühl gehört nicht dazu. Wenn ich noch einmal mit dem Gedanken an Veröffentlichung spielen sollte, werde ich einen britischen Verleger zu Rate ziehen.

*

Eigentlich hätte ich diese naive Lektorin auch darauf hinweisen können, daß es viel Schlimmeres als Mord gibt. Mit Leichen komme ich mittlerweile gut zurecht, wenn ich so sagen darf, doch einen der schlimmsten Momente in meinem Leben durchlitt ich im letzten Winter, als ich auf allen vieren über einen mit unsäglichem Müll bedeckten Hof kroch; dorthin, wo ich hoffte, den Menschen wiederzufinden, den ich mehr liebe als mein eigenes Leben. Er war seit fast einer Woche verschwunden, und ich konnte mir nicht vorstellen, daß irgendein Gefängnis einen Mann von seiner Intelligenz und Körperkraft so lange festhalten konnte, außer ... Diese Möglichkeit war zu schrecklich, um darüber nachzudenken; die entsetzliche Sorge ließ mich meine schmerzhaft aufgeschürften Knie und die zerschundenen Hände vergessen und mir die Angst vor überall lauernden Feinden unwichtig erscheinen. Schon hing die Sonne kreisrund am westlichen Himmel. Die Schatten stachliger Gräser fielen grau auf den Boden und auf die Mauern des Hauses, das unser Ziel war. Es handelte sich um ein kleines, niedriges Gebäude aus schmutzigen Lehmziegeln, das inmitten eines mit Abfällen übersäten Hofes stand. Die beiden Wände vor mir hatten weder Fenster noch Türen. Man mußte schon ein Sadist sein, um auch nur einen Hund in einem solchen Verschlag zu halten ...

Ich schluckte und drehte mich nach meinem treuen Vorarbeiter Abdullah um, der dicht hinter mir herkroch. Er schüttelte warnend den Kopf und legte den Finger an die Lippen. Mit einem Handzeichen gab er mir zu verstehen, was er mir sagen wollte: Das Dach war unser Ziel. Er half mir hinauf und folgte mir dann.

Ein bröckeliges Sims schützte uns vor Blicken, Abdullah atmete keuchend. Er war ein alter Mann, und die Sorge und Anstrengung forderten allmählich ihren Tribut. Aber ich hatte keine Zeit, ihn zu bemitleiden – was ihm auch nicht recht gewesen wäre. Ohne innezuhalten, kroch er zur Mitte des Daches, wo sich eine kleine Öffnung von etwa dreißig Zentimetern Durchmesser auftat. Sie war mit einem rostigen Eisengitter gesichert, das an einem Vorsprung dicht unter dem Dach befestigt war. Die Stäbe waren dick und standen eng beieinander.

Sollten die langen Tage der Sorge zu Ende sein? War er in diesem Haus? Die letzten Sekunden, ehe ich die Öffnung erreichte, kamen mir unendlich lang vor. Doch sie waren nicht das schlimmste. Das sollte erst noch kommen.

Die zweite Lichtquelle in dem stinkenden Loch dort unten war ein Spalt über der Tür. Im dämmerigen Dunkel erblickte ich in der gegenüberliegenden Ecke eine reglose Gestalt. Ich kannte diese Gestalt. Ich hätte sie in der finstersten Nacht wiedererkannt, obwohl ich ihre Gesichtszüge nicht ausmachen konnte. Mir schwindelte. Dann fiel ein Strahl der untergehenden Sonne durch die kleine Öffnung und auf ihn. Er war es! Meine Gebete waren erhört worden! Aber – oh, Himmel – waren wir zu spät gekommen? Steif und reglos lag er ausgestreckt auf der schmutzigen Pritsche. Sein Gesicht, gelb und starr, ähnelte einer wächsernen Totenmaske. Angestrengt versuchte ich, ein Lebenszeichen an ihm zu entdecken, Atemzüge … und sah nichts.

Doch das war noch nicht das schlimmste. Es sollte erst noch kommen.

Ja, in der Tat könnte ich, wenn ich mich der verachtenswerten Mittel bedienen würde, die der jungen Dame vorschwebten, die Geschichte so weitererzählen …, aber ich weigere mich, die Intelligenz meines (noch) hypothetischen Lesers zu beleidigen. Und deswegen fahre ich mit meiner Erzählung in der ursprünglichen Chronologie fort.

*

Wie ich bereits sagte: »Welch rasende Verfolgungsjagden! Welch Kämpfe um die Freiheit! Welch wilde Verzückung!«

Selbstverständlich meinte Keats das in einem anderen Zusammenhang. Trotzdem bin ich schon oft verfolgt worden (manchmal rasend) und habe (erfolgreich) mehr als einmal um meine Freiheit gekämpft. Und auch der letzte Satz ist durchaus zutreffend, auch wenn ich es selbst ein wenig anders formuliert hätte.

Verfolgungsjagden, Kämpfe und das andere, obengenannte Gefühl nahmen in Ägypten ihren Anfang, wo ich zum erstenmal auf die alte Zivilisation traf, die Inhalt meines Lebenswerks werden sollte, und dem Mann begegnete, der es mit mir teilen würde. Die Ägyptologie und Radcliffe Emerson! Diese beiden sind untrennbar miteinander verbunden, nicht nur in meinem Herzen, sondern auch in den Augen aller namhaften Wissenschaftler. Man kann durchaus sagen – und ich habe es schon oft gesagt –, daß Emerson die Ägyptologie geradezu verkörpert und der beste Forscher aller Zeiten ist. Als ich das schrieb, standen wir an der Schwelle eines neuen Jahrhunderts, und ich bezweifelte nicht, daß Emerson dem zwanzigsten ebenso seinen Stempel aufdrücken würde wie dem neunzehnten. Wenn ich noch hinzufüge, daß Emersons körperliche Merkmale unter anderem saphirblaue Augen, dicke, rabenschwarze Locken und eine Figur einschließen, die schlichtweg das Sinnbild männlicher Kraft darstellt, wird der einfühlsame Leser begreifen, warum unsere Verbindung so durch und durch befriedigend ist.

Emerson verabscheut seinen Vornamen aus Gründen, die ich nie nachvollziehen konnte. Ich habe ihn nie danach gefragt, denn ich rede ihn lieber auf eine Weise an, die von unserer Freundschaft und Gleichberechtigung zeugt und die in mir liebevolle Erinnerungen an die ersten Tage unserer Bekanntschaft wachruft. Ebenso verabscheut Emerson Titel. Diese Abneigung hat ihren Ursprung in seiner radikalen Weltanschauung. Er beurteilt einen Mann (und eine Frau, wie ich wohl kaum hinzufügen muß) nach Fähigkeiten und nicht nach Rang und Stellung. Anders als die meisten Archäologen lehnt er die blumigen Ehrenbezeugungen ab, mit denen die

Fellachen Ausländer bedenken. Seine ägyptischen Arbeiter, die ihn sehr bewunderten, haben ihm respektvoll den Beinamen »Vater der Flüche« verliehen, und ich muß zugeben, daß sie damit den Nagel auf den Kopf getroffen haben.

Meine Verbindung mit diesem bewundernswerten Menschen verhalf mir zu einem Leben, das ganz nach meinem Geschmack war. Emerson akzeptierte mich als gleichberechtigte Partnerin sowohl im Beruf als auch in der Ehe, und wir verbrachten die Winter an verschiedenen Ausgrabungsstätten in Ägypten. Ich muß hinzufügen, daß ich die einzige Frau war, die sich dieser Arbeit widmete – was traurige Schlüsse auf die Einschränkungen zuläßt, denen das weibliche Geschlecht im späten neunzehnten Jahrhundert unterworfen war –, und ohne die hundertprozentige Unterstützung meines außergewöhnlichen Ehemannes wäre mir das nie möglich gewesen. Emerson redete mir gar nicht zu, ich solle mich beteiligen, er nahm es als selbstverständlich. (Ich nahm es auch als selbstverständlich, was zu Emersons Haltung beigetragen haben mag.)

Aus Gründen, die ich mir nie erklären konnte, wurden unsere Ausgrabungen häufig durch Aktivitäten krimineller Natur gestört: Mörder, wandelnde Mumien und Meisterverbrecher hielten uns von der Arbeit ab; wir schienen Grabräuber und mordgierige Individuen regelrecht anzuziehen. Alles in allem hätte das Leben wunderschön sein können. Es hatte nur einen kleinen Makel in Gestalt unseres Sohnes, Walter Peabody Emerson, Freunden und Feinden gleichermaßen unter dem Spitznamen »Ramses« bekannt.

Daß alle kleinen Jungen Rabauken sind, ist eine allgemein anerkannte Tatsache. Ramses, der seinen Namen einem Pharao verdankt, dem er in Sturheit und Arroganz in nichts nachstand, hatte alle für sein Alter und Geschlecht typischen Unzulänglichkeiten: eine unglaubliche Liebe zum Dreck und faulenden, stinkenden Objekten, eine kaum vorstellbare Gleichgültigkeit, was sein eigenes Überleben betraf, sowie völlige Ignoranz gegenüber den Regeln des gesellschaftlichen Umgangs. Dazu kamen die für ihn charakteristischen Eigenschaften, die ihn noch unerträglicher machten. Seine Intelligenz war (nicht weiter überraschend) hoch entwickelt, doch sie äußerte sich auf recht beunruhigende Weise. Sein Arabisch war auffallend flüssig (woher er all die Wörter hatte, ist mir ein Rätsel; von mir ganz bestimmt nicht); ägyptische Hieroglyphen konnte er ebensogut lesen wie viele erwachsene Wissenschaftler; und er hatte die unheimliche Fähigkeit, mit Tieren jeglicher Spezies (außer der zweibeinigen) zu kommunizieren. Er ... Aber Ramses außergewöhnliche Wesensart zu schildern, würde sogar meine literarischen Fähigkeiten übersteigen.

In den Jahren, die dieser Erzählung vorangingen, hatte Ramses Anzeichen der Besserung gezeigt. Er stürzte sich nicht mehr Hals über Kopf in jede Gefahr, und sein deftiger Wortschatz war gemäßigter geworden. Inzwischen war eine gewisse Ähnlichkeit mit seinem stattlichen Erzeuger zutage getreten, obwohl er in Haut- und Haarfarbe eher wie ein Ägypter aus früherer Zeit als wie ein englischer Knabe wirkte. (Das kann ich mir ebensowenig erklären wie unsere ständigen Begegnungen mit kriminellen Elementen. Es gibt eben Dinge, die jenseits unseres begrenzten Verständnisses liegen, und wahrscheinlich ist das auch gut so.)

Ein noch nicht lange zurückliegendes Ereignis hatte jene drastischen Veränderungen in meinem Sohn hervorgerufen, wobei der letztendliche Ausgang dieser Entwicklung noch offenstand. Unser jüngstes und vielleicht bemerkenswertestes Abenteuer hatte sich im vergangenen Winter zugetragen, als der Hilferuf eines alten Freundes von Emerson uns in die Wüste des westlichen Nubiens und in eine abgelegene Oase führte, wo die Reste der alten meroitischen Zivilisation noch sichtbar waren. Es kam zu den üblichen Katastrophen: Nach dem Dahinscheiden unseres letzten Kamels verdursteten wir beinahe, man versuchte, uns zu entführen, und wir wurden zum Ziel gewalttätiger Übergriffe – nichts Außergewöhnliches also. Und als wir unseren Bestimmungsort erreichten, mußten wir feststellen, daß unsere Hilfe zu spät kam. Das unglückliche Paar hatte jedoch ein Kind zurückgelassen – ein junges Mädchen, das wir mit der Hilfe ihres ritterlichen und tapferen Pflegebruders vor einem schrecklichen Schicksal bewahren konnten. Ihr verstorbener Vater hatte sie, was sehr treffend war, »Nefret« genannt, denn das alte ägyptische Wort bedeutet »schön«. Bei ihrem Anblick verschlug es Ramses die Sprache – ein Zustand, den ich bei ihm nie erwartet hätte –, und er verharrte fortan in diesem Zustand.

Mich erfüllte das mit den düstersten Vorahnungen. Ramses war zehn, Nefret dreizehn, doch der Altersunterschied würde sich ausgleichen, wenn sie erst erwachsen waren. Außerdem kannte ich meinen Sohn zu gut, um seine Empfindungen als jugendliche Schwärmerei abzutun. Sein Gefühlsleben war von Leidenschaft bestimmt, sein Charakter (um es milde auszudrücken) dickköpfig. Wenn er sich etwas in den Kopf gesetzt hatte, war nicht mehr daran zu rütteln. Er war unter Ägyptern aufgewachsen, die körperlich und emotional früher reif sind als ihre kühlen englischen Altersgenossen. Einige seiner Freunde hatten schon mit dreizehn Jahren Kinder gezeugt. Und dann noch die dramatischen Umstände, unter denen er dem Mädchen begegnet war …

Wir hatten nicht einmal von ihrer Existenz gewußt, ehe wir das kahle, von einer Lampe erleuchtete Zimmer betraten, wo sie uns erwartete. Sie so zu sehen, in ihrer strahlenden Jugend, mit ihrem rotgoldenen Haar, das ihr über das schimmernde, weiße Gewand fiel; das tapfere Lächeln, mit dem sie den Gefahren trotzte … Nun, selbst mich hatte das tief beeindruckt.

Wir reisten mit dem Mädchen zurück nach England und nahmen sie in unsere Familie auf. Das war Emersons Idee. Und ich muß zugeben, daß uns eigentlich keine andere Wahl blieb, denn ihr einziger lebender Angehöriger war ihr Großvater, der so tief dem Laster verfallen war, daß er sich nicht einmal zum Vormund für eine Katze, geschweige denn eines jungen Mädchens geeignet hätte. Wie Emerson Lord Blacktower davon überzeugte, den Anspruch auf sie aufzugeben, wollte ich gar nicht wissen. Ich bezweifle, daß »überzeugen« das richtige Wort ist. Blacktower lag im Sterben (und brachte das tatsächlich einige Monate später hinter sich), sonst hätte Emersons beachtliche Sprachfertigkeit wahrscheinlich nichts ausrichten können. Nefret klammerte sich an uns – nur bildlich gesprochen, sie war ein zurückhaltendes Kind –, denn wir waren die einzigen Vertrauten in einer Welt, die ihr so fremd vorkommen mußte wie mir das Leben auf dem Mars (falls es dort Leben gibt). Alles, was sie über unsere moderne Gesellschaft wußte, hatte sie entweder von uns oder aus den Büchern ihres Vaters erfahren. Und in dieser Welt war sie nicht die Hohepriesterin der Isis, die Verkörperung einer Göttin, sondern ein völlig bedeutungsloses Wesen – nicht einmal eine Frau, was bei Gott schon bedeutungslos genug ist, sondern ein weibliches Kind. Ein wenig höher angesiedelt als ein Haustier und auf einer beträchtlich niedrigeren Stufe als jeder Mann, ganz gleich welchen Alters. Emerson hätte nicht weiter auszuführen brauchen (obwohl er es bis ins Detail tat), daß wir uns besonders gut dazu eigneten, ein junges Mädchen zu erziehen, das unter solch außergewöhnlichen Umständen aufgewachsen war.

Emerson ist ein bemerkenswerter Mann, aber doch nur ein Mann. Ich glaube, dazu muß ich nichts weiter sagen. Nachdem er seine Entscheidung gefällt und mich überredet hatte, sie zu billigen, wies er alle düsteren Vorahnungen von sich. Emerson würde nie zugeben, düstere Vorahnungen zu haben, und er wird wütend, wenn ich meine zur Sprache bringe. Und in diesem Fall hatte ich eine ganze Menge.

Was mir besonderes Kopfzerbrechen bereitete, war die Frage, wie wir erklären sollten, wo Nefret sich die letzten dreizehn Jahre lang aufgehalten hatte. Allerdings machte das nur mir Sorgen, denn Emerson versuchte, das Problem zu ignorieren, wie er es mit allen Problemen tut. »Warum sollten wir irgend etwas erklären? Wenn sich jemand erdreisten sollte zu fragen, sag ihm, er soll sich zum Teufel scheren.«

Glücklicherweise ist Emerson vernünftiger, als er oft klingt, und schon ehe wir Ägypten verließen, war er bereit zuzugeben, daß wir uns irgendeine Geschichte ausdenken mußten. Wenn wir in Begleitung eines Mädchens von offensichtlich englischer Abstammung aus der Wüste zurückkamen, würde das sogar den Dümmsten neugierig machen. Außerdem mußte man ihre Identität preisgeben, wenn sie das Vermögen ihres Großvaters erben wollte. Darüber hinaus enthielt ihre Lebensgeschichte alles, was das Herz eines Reporters erfreut – Jugend, Schönheit, geheimnisvolle Herkunft, Adel und viel Geld –, und, wie ich Emerson sagte, hatten es die Schakale von der Presse, wie Emerson diese Herren zu bezeichnen pflegte, aufgrund vergangener Ereignisse ohnehin auf uns abgesehen.

Wenn möglich ziehe ich es vor, die Wahrheit zu sagen. Nicht nur, weil uns die moralischen Grundsätze unserer Gesellschaft zur Ehrlichkeit verpflichten, sondern weil es viel einfacher ist, bei den Tatsachen zu bleiben, als zu lügen, ohne sich in Widersprüche zu verwickeln. Doch in diesem Fall kam die Wahrheit nicht in Frage. Als wir die »Verlorene Oase« (oder die Stadt des heiligen Bergs, wie die Bewohner sie nannten) verließen, hatten wir geschworen, nicht nur ihre Lage, sondern auch ihre Existenz geheimzuhalten. Da diese aussterbende Zivilisation nur aus wenigen Menschen bestand, die keine Feuerwaffen kannten, hätten Abenteurer, Schatzjäger und – nicht zu vergessen – skrupellose Archäologen ein leichtes Spiel gehabt. Außerdem durfte man einen zwar weniger zwingenden, aber trotzdem wichtigen Punkt nicht aus den Augen verlieren, und das war Nefrets guter Ruf. Wäre es bekannt geworden, daß sie bei einem sogenannten primitiven Volk aufgewachsen war und dort als Hohepriesterin einer heidnischen Gottheit fungiert hatte, hätten ihr die anzüglichen Spekulationen und unschicklichen Witze, zu denen eine solche Vorstellung die Unwissenden hinreißt, das Leben zur Hölle gemacht. Nein, die Wahrheit durfte nicht ans Licht der Öffentlichkeit kommen. Also war es nötig, sich eine überzeugende Lüge einfallen zu lassen, und wenn ich gezwungen bin, von meinem Prinzip der Aufrichtigkeit abzuweichen, lüge ich nicht schlecht.

Glücklicherweise lieferten uns die damaligen historischen Ereignisse eine plausible Erklärung. Der Aufstand der Mahdisten im Sudan, der 1881 begonnen und in dem unglücklichen Land länger als ein Jahrzehnt gewütet hatte, neigte sich dem Ende zu. Ägyptische Truppen (selbstverständlich unter Führung britischer Offiziere) hatten den Großteil des verlorenen Gebiets zurückerobert, und einige Menschen, die schon als verschollen gegolten hatten, tauchten wie durch Zauberhand wieder auf. Die Flucht von Slatin Pasha – früher Slatin Bey – war wohl das erstaunlichste Beispiel einer wundersamen Rettung, aber es gab noch andere, zum Beispiel Vater Ohrwalder und zwei Nonnen seiner Mission, die sieben Jahre der Sklaverei und Folter hatten ertragen müssen, ehe es ihnen gelang zu entkommen.

Eben dieser Fall brachte mich auf den Gedanken, ein gütiges Missionarspaar als Pflegeeltern für Nefret zu erfinden, deren leibliche Eltern – wie ich erklärte – kurz nach ihrer Ankunft an Krankheit und Entbehrungen zugrunde gegangen waren. Beschützt von ihrer treuen bekehrten Gemeinde, waren die gütigen Missionare dem Gemetzel der Derwische entronnen, hatten es aber nicht gewagt, ihr sicheres, abgelegenes Dorf zu verlassen, solange im Lande der Aufstand tobte.

Emerson merkte an, daß die treuen bekehrten Gemeindemitglieder, soweit er informiert sei, für gewöhnlich die ersten waren, die ihre Geistlichen in den Kochtopf steckten, aber ich hielt meine Geschichte für höchst glaubhaft. Und nach den Reaktionen zu urteilen, erging es der Presse genauso. Wo immer möglich, war ich bei der Wahrheit geblieben – eine wichtige Regel beim Erfinden von Geschichten –, und es gab keinen Grund, bei den Einzelheiten der Wüstendurchquerung zu schwindeln. Gestrandet in der Einöde, verlassen von unseren Dienern, unsere Kamele tot oder im Sterben ... Es war eine dramatische Geschichte, und ich glaube, sie beschäftigte die Presse derart, daß niemand nach wichtigeren Details fragte. Ich erfand noch einen Sandsturm und einen Überfall nomadisierender Beduinen dazu, um die Sache abzurunden.

Dem Journalisten, den wir am meisten fürchteten, konnten wir aus dem Weg gehen. Kevin O'Connell, der kühne junge Starreporter des *Daily Yell* befand sich gerade auf dem Weg in den Sudan, als wir das Land verließen, denn die Truppen rückten rasch vor, und die Wiedereroberung Khartums wurde jeden Tag erwartet. Ich mochte Kevin (Emerson mochte ihn nicht), doch wenn sich seine journalistischen Instinkte regten, traute ich ihm nicht über den Weg.

Also war auch das geregelt. Doch die größte Schwierigkeit war Nefret selbst.

Ich gebe freimütig zu, daß ich keine sehr mütterliche Frau bin. Allerdings wage ich die Vermutung, daß selbst die mütterlichen Instinkte der heiligen Madonna unter dem ständigen Kontakt mit meinem Sohn gelitten hätten. Zehn Jahre mit Ramses hatten in mir die Überzeugung reifen lassen, daß meine Unfähigkeit, weitere Kinder zu bekommen, nicht, wie ich zuerst glaubte, eine traurige Enttäuschung, sondern einen Gnadenakt der allwissenden Vorsehung darstellte. Ein Ramses war genug. Zwei oder mehr von der Sorte hätten mir den Rest gegeben.

(Soviel ich weiß, hat der Umstand, daß Ramses ein Einzelkind ist, zu einigen böswilligen Spekulationen geführt. Ich möchte nichts weiter dazu sagen, als daß es bei seiner Geburt zu gewissen Komplikationen kam, die ich nicht im Detail erläutern möchte, da sie nur mich etwas angehen.)

Und nun hatte ich noch ein Kind, um das ich mich kümmern mußte. Nicht etwa ein leicht zu formendes Kleinkind, sondern ein Mädchen an der Schwelle zur Frau, deren Lebensgeschichte noch ungewöhnlicher war als die meines so entsetzlich altklugen Sohnes. Was um Himmels willen sollte ich mit ihr anfangen? Wie sollte ich ihr Umgangsformen beibringen und die enormen Bildungslücken schließen, was nötig war, damit sie in ihrem neuen Leben glücklich wurde?

Wie ich zu vermuten wage, hätten die meisten Frauen sie in ein Internat gesteckt. Doch ich weiß, daß man sich seiner Pflicht nicht entziehen darf. Es wäre eine ausgemachte Grausamkeit gewesen, Nefret der beengenden Frauenwelt eines Mädchenpensionats zu überantworten. Ich eignete mich besser dazu, sie zu erziehen als eine Lehrerin, denn ich kannte die Welt, aus der sie kam. Außerdem teilte ich ihre Verachtung für die absurden Regeln, denen die sogenannte Zivilisation das weibliche Geschlecht unterwirft. Und ... ich mochte das Mädchen.

Wenn ich nicht so ehrlich wäre, würde ich sagen, daß ich sie liebte. Zweifelsohne hätte ich so empfinden müssen. Sie hatte Eigenschaften, die sich jede Frau bei einer Tochter gewünscht hätte – einen reizenden Charakter, Scharfsinn, Ehrlichkeit und, wie schon erwähnt, außergewöhnliche Schönheit. Doch dieses letztere Merkmal, das viele in unserer Gesellschaft an erster Stelle nennen würden, zählt bei mir nicht so viel, obwohl ich mich daran freute.

Sie hatte das Aussehen, um das ich andere immer beneidet hatte. Ganz anders als ich. Mein Haar ist schwarz und kraus, Nefret fiel das Haar über die Schultern wie ein goldener Vorhang. Ihre Haut war zart und hell, ihre Augen kornblumenblau. Bei mir ... ist das ganz anders. Ihre schlanke, zierliche Gestalt würde wahrscheinlich nie die Ausbuchtungen entwickeln, die die meine kennzeichnen. Emerson hatte immer wieder betont, daß ihm das an mir gefällt, aber ich bemerkte das Wohlgefallen, mit dem sein Blick Nefrets zarter Gestalt folgte.

Wir waren im April nach England zurückgekehrt und hatten uns wie immer im Amarna House, unserem Zuhause in Kent, eingerichtet. Allerdings nicht ganz wie immer, denn unter gewöhnlichen Umständen hätten wir uns sofort an unsere Ausgrabungsberichte gesetzt. Emerson lag viel daran, sie so schnell wie möglich zu veröffentlichen. In diesem Jahr würde er weniger schreiben müssen als sonst, denn unsere Expedition in die Wüste hatte den Großteil des Winters in Anspruch genommen. Trotzdem hatten wir nach unserer Rückkehr nach Nubien einige produktive Wochen lang in den Pyramidenfeldern von Napata gearbeitet. (Wobei uns Nefret, wie ich hinzufügen muß, eine große Hilfe gewesen war. Sie zeigte ein beachtliches Talent für die Archäologie.)

Ich konnte Emerson nicht assistieren, wie ich es sonst tat. Gewiß muß ich nicht erklären, warum ich anderweitig beschäftigt war. Das lud eine gehörige Last auf Emersons Schultern, doch diesmal beschwerte er sich nicht und wimmelte meine Entschuldigungen mit (beängstigendem) Gleichmut ab. »Ist schon in Ordnung, Peabody; das Kind kommt zuerst. Sag' mir, wenn ich etwas für dich tun kann.«

Diese ungewöhnliche Freundlichkeit und die Tatsache, daß er meinen Mädchennamen benutzte – das tut Emerson, wenn er entweder in besonders liebevoller Stimmung ist, oder wenn er mich zu etwas überreden will, womit ich nicht einverstanden bin –, ließ in mir die schrecklichsten Befürchtungen keimen.

»Du kannst nichts tun«, antwortete ich. »Was verstehen Männer schon von Frauenangelegenheiten?«

»Hmmm«, meinte Emerson und zog sich eilends in die Bibliothek zurück.

Ich muß zugeben, daß es mir Spaß machte, das Mädchen anständig auszustaffieren. Als wir in London eintrafen, besaß sie kaum ein nennenswertes Kleidungsstück bis auf ein paar bunte Gewänder, wie sie die Nubierinnen tragen, und einige billige Konfektionskleider, die ich für sie in Kairo erstanden hatte. Ein Interesse an Mode ist, wie ich glaube, durchaus mit intellektuellen Fähigkeiten vereinbar, die denen eines Mannes gleichkommen oder sie sogar übersteigen; also suhlte ich mich (der Ausspruch stammt, wie ich nicht eigens betonen muß, von Emerson) in gerafften Nachthemden und spitzenbesetzten Unterröcken, gerüschten Wäschestücken, die ein anständiger Mensch nicht beim Namen nennt, und Blusen mit Volants; in Handschuhen und Hüten und Taschentüchern, Badeanzügen und Pumphosen zum Radfahren, Mänteln, Knöpfstiefeln und einem regenbogenbunten Sortiment von Satinschärpen mit passenden Bändern.

Auch ich gönnte mir einige Neuerwerbungen, da ein Winter in Ägypten stets schreckliche Folgen für meine Garderobe hat. Die Mode in diesem Jahr war weniger lächerlich als die im vorangegangenen; die Gesäßpolster waren verschwunden, die Ballonärmel vom letzten Jahr zu einem vernünftigen Umfang geschrumpft. Und die Röcke hingen weich hinunter, anstatt sich über Schichten von Unterröcken zu bauschen. Sie waren besonders gut für Frauen geeignet, die keine künstliche Unterstützung brauchten, um gewisse Körperstellen zu betonen.

Oder wenigstens dachte ich, daß die Mode nicht mehr so lächerlich wäre, bis ich Nefrets Kommentare hörte. Bei der bloßen Vorstellung, einen Badeanzug zu tragen, wollte sie sich vor Lachen ausschütten. »Warum soll man sich anziehen, wenn die Sachen dann doch tropfnaß werden?« fragte sie (mit einiger Berechtigung, wie ich zugeben mußte). »Gehen die Frauen hier auch mit Waschanzügen in die Badewanne?« Und was ihre Bemerkung über Unterhosen betraf ... Glücklicherweise äußerte sie sich nicht in Gegenwart der Verkäuferin oder im Beisein von Emerson und Ramses. (Zumindest hoffe ich das, denn Emerson sind solche Themen stets peinlich – und Ramses kann man mit nichts in Verlegenheit bringen.)

Sie paßte besser in unseren Haushalt, als ich angenommen hatte, denn unser Personal ist inzwischen mehr oder weniger an exzentrische Gäste gewöhnt. (Wenn nicht, verlassen sie die Stellung meist auf eigenen Wunsch.) Gargery, unser Butler, erlag sofort Nefrets Charme; ebenso hingebungsvoll wie Ramses folgte er ihr auf Schritt und Tritt und wurde es nie müde, die (geschönte) Geschichte darüber zu hören, wie wir sie gefunden hatten. Gargery ist, wie ich leider sagen muß, ein Romantiker. (Romantik ist eigentlich keine Eigenschaft, die ich ablehne, bei einem Butler kann sie allerdings zu Komplikationen führen.) Seine Hände ballten sich zu Fäusten, und seine Augen leuchteten, wenn er verkündete (wobei er vor lauter Begeisterung der Hochsprache nicht mehr mächtig war): »Ach, ich wär' ja so gern dabeigewesen, Ma'am! Ich hätt' diesen hinterlistigen Dienern ein paar verpaßt, und diesen dreckigen Beduinen hätt' ich's auch gezeigt! So wahr ich hier steh'!«

»Ich bin mir sicher, daß Sie uns eine große Hilfe gewesen wären, Gargery«, antwortete ich. »Vielleicht ein andermal.« (Wenn ich nur geahnt hätte, daß diese harmlose Bemerkung sich als prophetisch erweisen sollte!)

Das einzige Mitglied unseres Haushalts, das nicht Nefrets Zauber erlag, war unser liebes Hausmädchen Rose. In ihrem Fall war das schlicht und einfach auf Eifersucht zurückzuführen. Sie hatte geholfen, Ramses großzuziehen und hegte eine unerklärliche Zuneigung zu ihm. Eine Zuneigung, die auch erwidert wurde – oder vielmehr worden war. Jetzt galten Ramses Geschenke, die Blumen und interessanten wissenschaftlichen Anschauungsobjekte (Gräser, Knochen und mumifizierte Mäuse) einer anderen. Rose litt darunter. Das bekam ich deutlich zu spüren, denn Rose war mir sonst immer ein großer Trost gewesen, wenn mir die vereinten Umtriebe der männlichen Haushaltsmitglieder zuviel wurden. Auf Bastet, die Katze, konnte ich mich, obwohl sie ein Weibchen war, auch nicht mehr verlassen. Es hatte seine Zeit gebraucht, bis sie die Anziehungskraft des anderen Geschlechts entdeckte, was sie jedoch dann mit einem solchen Feuereifer wettgemacht hatte, daß es nun überall im Haus von ihrem Nachwuchs wimmelte. Ihre letzten Jungen hatte sie im April kurz vor unserer Ankunft geworfen, und Nefret verbrachte viele glückliche Stunden im Spiel mit den Kätzchen. Eine ihrer Aufgaben als Hohepriesterin der Göttin Isis war die Pflege der heiligen Katzen gewesen, vielleicht erklärte das nicht nur ihre Zuneigung zu diesen Tieren, sondern auch ihre fast unheimliche Fähigkeit, mit ihnen zu sprechen. Eine Katze behandelt man am besten wie ein gleichberechtigtes Wesen – oder besser noch wie ein überlegenes, was sie ihres Wissens nach auch ist.

Nur Emersons jüngerer Bruder und seine Frau, meine liebe Freundin Evelyn, kannten Nefrets wahre Geschichte. Es wäre unmöglich gewesen, sie ihnen zu verheimlichen, auch wenn wir kein Vertrauen in ihre Diskretion gehabt hätten. Und außerdem hoffte ich, Evelyn würde mich in der angemessenen Erziehung einer jungen Dame richtig beraten. Schließlich hatte sie als Mutter von sechs Kindern – darunter drei Mädchen – genug Erfahrung und dazu noch das gütigste Herz der Welt.

Ich erinnere mich an einen schönen Junitag, als wir vier Erwachsene auf der Terrasse des Armana House saßen und zusahen, wie die Kinder auf dem Rasen spielten. Die idyllische Landschaft wirkte, als habe die Hand des großen Constable sie auf die Leinwand gebannt – der blaue Himmel mit weißen Schäfchenwolken, das sattgrüne Gras und die stattlichen Bäume. Jedoch hätte es der Talente eines Malers ganz anderer Stilrichtung bedurft, um die lachenden Kinder zu Papier zu bringen, die die Szenerie wie bewegliche Blumen belebten. Das Sonnenlicht tauchte ihre wehenden Locken in einen goldenen Schein und liebkoste ihre rosigen und vor Gesundheit strotzenden Glieder. Mein Patenkind, die kleine Amelia, folgte den noch unsicheren Schritten ihres jüngeren Bruders so fürsorglich wie eine Mutter; Raddie, der älteste von Evelyns Kinderschar, dessen Knabengesicht bereits Ähnlichkeit mit den sanften Zügen seines Vaters aufwies, versuchte, die ausgelassenen tobenden Zwillinge zu bändigen, die einen Ball hin und her warfen. Der Anblick dieser unschuldigen Kinder, denen das Schicksal Gesundheit, Wohlstand und die zärtliche Liebe ihrer Eltern beschert hatte, wird mir noch lange im Gedächtnis bleiben.

Allerdings waren, wie ich vermutete, meine Augen die einzigen, die auf meinen hübschen Nichten und Neffen ruhten. Selbst ihre Mutter blickte, das jüngste Kind schlafend an der Brust, woanders hin.

Nefret saß abseits unter einer der hohen Eichen. Sie hatte die Beine überkreuzt, und ihre bloßen Füße lugten unter dem Saum ihres Kleides hervor – eines der nubischen Gewänder, die ich ihr während unserer Ausgrabungsarbeiten in Napata besorgt hatte, weil nichts Besseres aufzutreiben gewesen war. Das Kleid bestand aus leuchtend papageiengrünem Stoff und war mit großen bunten Flecken bedruckt – scharlachrot, senfgelb, türkis. Ein rotgoldener Zopf lag über ihrer Schulter, und sie neckte mit dessen Ende das Kätzchen auf ihrem Schoß. Ramses, ihr ständiger Schatten, kauerte daneben. Von Zeit zu Zeit blickte Nefret auf und sah lächelnd den Kindern beim Spielen zu. Aber Ramses dunkle Augen wandten sich nie von ihr ab.

Walter stellte seine Tasse ab und griff nach dem Notizbuch, auf das er sich selbst bei diesem gemütlichen Beisammensein zu verzichten geweigert hatte. Während er darin blätterte, meinte er: »Ich glaube, jetzt weiß ich, wie sich die Funktion des Infinitivs entwickelt hat. Am besten frage ich Nefret …«

»Laß das Kind in Ruhe.« Evelyn hatte ihren Mann unterbrochen, und das in einem so scharfen Ton, daß ich sie erstaunt ansah. Evelyn schlug niemals einen scharfen Ton an, besonders nicht gegenüber ihrem Gatten, den sie (meiner Meinung nach) kritiklos vergötterte.

Walter warf ihr einen überraschten und gekränkten Blick zu. »Liebling, ich wollte doch nur …«

»Wir wissen, was du willst«, sagte Emerson lachend, »nämlich als der Mann zu Ruhm und Ehren gelangen, der das alte Meroitisch entziffert hat. Eine Begegnung mit einem lebenden Menschen, der diese Sprache spricht, kann bei einem Wissenschaftler schon dazu führen, daß ihm die Pferde durchgehen.«

»Sie ist der Stein von Rosetta in Menschengestalt«, murmelte Walter. »Bestimmt hat sich die Sprache im Laufe eines Jahrtausends bis zur Unkenntlichkeit verändert, aber dennoch kann Nefret einem Fachmann wichtige Hinweise ...«

»Sie ist kein Stein«, sagte Evelyn, »sondern ein junges Mädchen.«

Noch eine Unterbrechung! So etwas war noch nie vorgekommen. Emerson starrte Evelyn verblüfft, doch auch bewundernd an. Er hatte sie immer für erbärmlich sanftmütig gehalten. Walter schnappte nach Luft und meinte reumütig: »Du hast ja ganz recht, liebe Evelyn. Nicht um alles in der Welt würde ich etwas tun, das ...«

»Dann verschwindet«, sagte Evelyn. »Ab in die Bibliothek mit euch beiden. Vergrabt euch in eure toten Sprachen und eure staubigen Bücher. Das ist doch alles, was euch Männer interessiert!«

»Komm schon, Walter.« Emerson stand auf. »Wir sind in Ungnade gefallen und sparen uns besser die Mühe, uns zu verteidigen. Eine Frau gegen ihren Willen zu überzeugen ...«

Ich warf ein Stück Gebäck nach ihm. Er fing es geschickt im Flug auf, grinste und ging, unwillig gefolgt von Walter, davon.

»Entschuldige, Amelia«, sagte Evelyn. »Es tut mir leid, wenn ich Radcliffe die Laune verdorben habe ...«

»Unsinn, deine Kritik war viel freundlicher als das, was er normalerweise von mir zu hören kriegt. Und was die schlechte Laune anbelangt: Hast du ihn jemals selbstzufriedener gesehen? Dermaßen in ekelhafter Selbstgerechtigkeit versunken und so widerwärtig gutgelaunt?«

»Die meisten Frauen würden sich nicht darüber beklagen«, meinte Evelyn lächelnd.

»Das ist nicht der Emerson, den ich kenne. Wenn ich es dir sage, Evelyn, seit wir aus Ägypten zurück sind, hat er nicht mehr geflucht – nicht ein einziges ›Verdammt!‹.« Evelyn lachte; ich sprach mit steigender Entrüstung weiter. »Die Wahrheit ist, daß er sich einfach weigert zuzugeben, vor was für einem ernsthaften Problem wir stehen.«

»Du meinst wohl das dort drüben unter der Eiche?« Evelyns Lächeln schwand, während sie die anmutige Gestalt des Mädchens betrachtete. Das Kätzchen hatte sich davongetrollt, und Nefret saß reglos, die Hände im Schoß, da und blickte über den Rasen. Sonnenlicht drang durch das Laub und ließ kleine Funken in ihrem Haar aufsprühen, so daß sie aussah wie in einem goldenen Glanz gehüllt.

»Sie ist so entrückt und schön wie eine junge Göttin«, sagte Evelyn, womit sie meine eigenen Gedanken wiedergab. »Was soll aus einem solchen Mädchen werden?«

»Sie ist willig und intelligent und wird sich anpassen«, sagte ich mit Nachdruck. »Und sie scheint glücklich zu sein. Sie beklagt sich nicht.«

»Was Durchhaltevermögen anbelangt, ist sie, wie ich mir vorstellen kann, durch eine harte Schule gegangen. Aber, meine liebe Amelia, bis jetzt hat sie auch wenig Grund zum Klagen gehabt. Du hast sie – meiner Ansicht nach völlig berechtigt – von der Außenwelt abgeschirmt. Wir alle akzeptieren und lieben sie, wie sie ist. Früher oder später jedoch wird sie ihren rechtmäßigen Platz in einer Welt einnehmen müssen, auf die sie von Geburt her einen Anspruch hat. Und diese Welt kennt keine Gnade gegenüber Menschen, die anders sind als die anderen.«

»Glaubst du, daß ich das nicht weiß?« fragte ich und fügte lachend hinzu: »Es gibt sogar gewisse Menschen, die selbst mich für exzentrisch halten. Natürlich kümmere ich mich nicht um diese Leute, aber … nun, ich gebe zu, daß ich mich gefragt habe, ob ich der geeignete Mensch bin, um Nefret zu erziehen.«

»Sie könnte nichts Besseres tun, als dich zum Vorbild zu nehmen«, sagte Evelyn liebevoll. »Und du weißt, du kannst auf mich zählen. Ich helfe dir, so gut es mir möglich ist.«

»Wir müßten es eigentlich schaffen«, meinte ich. Mein angeborener Optimismus erwachte wieder zum Leben. »Schließlich habe ich zehn Jahre mit Ramses überstanden. Mit deiner Hilfe und mit der Walters ... Vielleicht warst du ein bißchen streng mit ihm, liebste Evelyn. Die Entzifferung antiker, unbekannter Sprachen ist nicht nur sein Beruf, sondern das, was ihm am meisten am Herzen liegt. Von dir natürlich abgesehen – und den Kindern ...«

»Das frage ich mich.« Evelyn sah mit ihrem goldenen Haar, dem zarten Gesicht und dem Baby im Arm wie eine raphaelitische Madonna aus. In ihrer Stimme aber lag ein Ton, den ich noch nie zuvor bei ihr gehört hatte. »Welch merkwürdige Veränderungen im Laufe der Jahre mit uns vorgehen, Amelia ... letzte Nacht habe ich von Amarna geträumt.«

Damit hätte ich am allerwenigsten gerechnet, und es hatte eine sehr eigenartige Wirkung auf mich. Ein Bild blitzte vor meinem geistigen Auge auf, so lebendig, daß es die Wirklichkeit verdrängte: sengend heißer Wüstensand und schroffe Klippen, so leblos wie eine Mondlandschaft. Fast konnte ich die trockene Luft auf meiner Haut spüren; mir war, als hörte ich die gespenstischen, stöhnenden Schreie der Erscheinung, die unser Leben bedroht und uns beinahe um den Verstand gebracht hatte ...

Mühsam vertrieb ich dieses eindrucksvolle Bild. Ohne meine Geistesabwesenheit zu bemerken, hatte Evelyn inzwischen weitergesprochen. »Erinnerst du dich noch, wie er an jenem Tag aussah, Amelia – an jenem Tag, an dem er mir seine Liebe erklärte? Bleich und stattlich wie ein junger Gott hielt er meine Hand und nannte mich die tapferste aller Frauen. Ein bröckeliger Papyrus, kein Stein von Rosetta hätte mir damals den Platz in seinem Herzen streitig gemacht. Trotz Gefahren, Zweifeln und Strapazen war es eine wunderbare Zeit! Inzwischen erinnere ich mich sogar schon gerne an den Kerl mit der lächerlichen Mumienverkleidung.«

Ich seufzte tief. Evelyn sah mich überrascht an. »Du auch, Amelia? Was könntest du bedauern? Du hast alles gewonnen, ohne etwas zu verlieren. In jeder Zeitung, die ich aufschlage, steht etwas über deine Eskapaden – entschuldige, Abenteuer.«

»Ach, die Abenteuer«, winkte ich ab. »Daß es dazu kommt, ist mehr oder weniger selbstverständlich. Emerson zieht sie an.«

»Emerson?« Evelyn lächelte.

»Vergiß nicht, Evelyn: Lord Blacktower hat sich an Emerson gewandt, um seinen vermißten Sohn ausfindig zu machen; Emerson enttarnte den Verbrecher in dem Fall mit der Mumie aus dem Britischen Museum. Und an wen wandte sich Lady Baskerville, als sie einen Mann suchte, der die Ausgrabungen ihres Gatten weiterführen sollte? An Emerson, den angesehensten Wissenschaftler seiner Zeit.«

»So habe ich mir das noch nie überlegt«, gab Evelyn zu. »Du hast recht, Amelia. Aber du hast mir nur recht gegeben. Dein Leben ist so voller Aufregung und Abenteuer, die in meinem fehlen ...«

»Richtig. Doch es ist nicht wie früher, Evelyn. Darf ich es dir gestehen? Ich glaube schon. Ich träume genauso wie du von jenen längst vergangenen Tagen, als ich noch Emersons ein und alles war, das einzige, was er bewunderte.«

»Mein liebe Amelia ...«

Ich seufzte wieder. »Amelia nennt er mich kaum noch, Evelyn. Wie gut und mit wieviel Freude erinnere ich mich an seinen gereizten Ton, wenn er mich mit diesem Namen ansprach. Inzwischen heißt es nur Peabody – meine liebe Peabody, Peabody, mein Schatz ...«

»In Amarna hat er dich auch Peabody genannt«, sagte Evelyn.

»Ja, aber in einem anderen Ton! Was anfangs als Provokation gedacht war, ist heute ein Ausdruck zufriedener, träger Zuneigung. Er war so männlich damals, so romantisch ...«

»Romantisch?« wiederholte Evelyn zweifelnd.

»Du hast deine liebevollen Erinnerungen, Evelyn, ich habe meine. Wie gut erinnere ich mich noch an den Schwung seiner schönen Lippen, als er mir sagte: ›Sie sind nicht dumm, Peabody, auch wenn Sie eine Frau sind.‹ Wie seine blauen Augen funkelten an diesem nie vergessenen Morgen, als er dank meiner Pflege den Höhepunkt des Fiebers überstanden hatte. Er knurrte: ›Danke, daß Sie mir das Leben gerettet haben. Und jetzt verschwinden Sie.‹« Ich suchte nach einem Taschentuch. »Oje. Entschuldige, Evelyn. Ich hatte nicht vor, mich so von meinen Gefühlen hinreißen zu lassen.«

Mitleidig und schweigend tätschelte sie mir die eine Hand, während ich mir mit der anderen das Taschentuch auf die Augen drückte. Die Stimmung verflog. Ein Kreischen von Willie und noch eines von seinem Zwillingsbruder wiesen darauf hin, daß zwischen den beiden wieder einmal eine jener Raufereien im Gange war, die ihr liebevolles Verhältnis zueinander kennzeichneten. Raddie, der hingelaufen war, um die Kämpfenden zu trennen, taumelte zurück und hielt sich die Nase. Evelyn und ich stießen gleichzeitig einen Seufzer aus.

»Glaube nicht, daß ich es bereue«, sagte sie leise. »Ich würde keine Locke von Willies Kopf gegen mein Leben von damals eintauschen. Ich liebe meine Kinder sehr. Nur – nur, liebe Amelia, es sind so viele!«

»Ja«, meinte ich hilflos. »Das stimmt.«

Ramses war näher an Nefret herangerückt. Das Bild war unwiderstehlich und gleichzeitig beunruhigend: die Göttin und ihr Hoherpriester.

Und sie würden bei mir sein, Tag und Nacht, sommers und winters, in Ägypten und in England, und das noch viele Jahre lang.

2. Kapitel

Auch wenn man entschlossen ist, sich würdevoll ins Martyrium zu fügen, ist ein Tag Aufschub nicht zu verachten.

Ich glaube an die Kraft von Gebeten; als Christin bin ich dazu verpflichtet. Allerdings glaube ich als rational denkender Mensch wie auch als Christin (das ist nicht zwangsläufig unvereinbar, was auch immer Emerson dazu sagen mag) nicht, daß der Allmächtige unmittelbar Anteil an meinen persönlichen Belangen nimmt. Es gibt zu viele andere Menschen, um die er sich kümmern muß, und die meisten von ihnen benötigen seine Hilfe weitaus dringender als ich.

Jedoch bin ich geneigt zu glauben, daß eines Nachmittags, einige Monate nach dem oben geschilderten Gespräch, ein gütiges Wesen das Gebet erhörte, das ich nicht einmal in meinen geheimsten Gedanken in Worte zu fassen gewagt hatte.

Wie schon so viele Male zuvor lehnte ich an der Reling des Dampfers und wartete gespannt auf das Auftauchen der ägyptischen Küste. Und wieder einmal stand Emerson neben mir und brannte wie ich darauf, die neue Ausgrabungssaison in Angriff zu nehmen. Doch zum erstenmal in ach so vielen Jahren waren wir beide allein.

Allein! Die Schiffsbesatzung und die übrigen Passagiere zähle ich nicht. Wir waren ALLEIN. Ramses hatte uns nicht begleitet. Er kletterte also nicht – trotz Lebensgefahr – auf der Reling herum, er stachelte die Mannschaft nicht zur Meuterei auf; er versuchte nicht, in seiner Kabine Dynamit herzustellen. Denn er war nicht an Bord, sondern in England, und wir … wir waren ganz weit fort. Ich hätte mir nicht träumen lassen, das je zu erleben. Ich hätte nie zu hoffen gewagt, geschweige denn darum gebetet, daß ein solcher Glücksfall jemals eintreten möge.

Das Walten der Vorsehung ist wahrlich unergründbar, denn ausgerechnet Nefret, von der ich eigentlich zusätzliche Schwierigkeiten erwartet hatte, war für dieses glückliche Ereignis verantwortlich.

*

Denn einige Tage, nachdem Walter, Evelyn und die Kinder abgereist waren, hatte ich Nefret eingehend beobachtet und war zu dem Schluß gekommen, daß die bösen Vorahnungen, die mich an jenem schönen Juninachmittag beschlichen hatten, nur einer melancholischen Stimmung zu verdanken gewesen waren. Evelyn war an dem Tag in einer seltsamen Laune gewesen; ihr Pessimismus hatte mich angesteckt. Ganz offensichtlich kam Nefret gut zurecht. Sie hatte gelernt, wie man mit Messer und Gabel umging, mit dem Knöpfhaken hantierte und eine Zahnbürste benutzte. Sie hatte sogar begriffen, daß es ungehörig war, bei Tisch Gespräche mit den Bediensteten zu führen. (Damit war sie Emerson einen Schritt voraus, der sich dieser allgemein anerkannten Umgangsform nicht unterordnen konnte oder wollte.) Wenn sie ihre geknöpften Stiefel und zierlichen weißen Kleidchen trug und ihr Haar mit Bändern zurückgebunden hatte, sah sie wie ein hübsches englisches Schulmädchen aus. Sie zog Stiefel an, obwohl sie sie verabscheute, und auf meine Bitte hin ließ sie die prächtigen nubischen Kleider im Schrank verschwinden. Nie äußerte sie ein Wort der Klage oder des Widerspruchs gegen einen meiner Vorschläge. Also beschloß ich, nun den nächsten Schritt zu wagen. Es war an der Zeit, Nefret in die Gesellschaft einzuführen, was selbstverständlich langsam und behutsam vor sich gehen mußte. Und welch bessere und liebenswürdigere Gefährtinnen, überlegte ich, konnte es geben als Mädchen ihres Alters?

Rückblickend betrachtet muß ich zugeben, daß mir ein geradezu lachhafter Denkfehler unterlief. Allerdings möchte ich zu meiner Verteidigung anführen, daß ich sehr wenig Kontakt mit Mädchen dieses Alters hatte. Deshalb konsultierte ich meine Freundin, Miss Helen McIntosh, die eine nahegelegene Mädchenschule leitete.

Helen war Schottin, unverblümt und energisch; alles an ihr war braun – von ihrem schon leicht angegrauten Haar bis zu ihren praktischen Tweedkostümen. Als sie meine Einladung zum Tee annahm, machte sie kein Hehl aus ihrer Neugier auf unser neues Mündel.

Ich setzte alles daran, daß Nefret einen guten Eindruck machte, und beschwor sie, sich nicht zu verplappern und dadurch Zweifel an der Geschichte zu wecken, die wir verbreitet hatten. Vielleicht habe ich es übertrieben. Die ganze Zeit über saß Nefret wie eine Statue der Schicklichkeit da, hielt die Augen gesenkt und die Hände gefaltet und sprach nur, wenn sie dazu aufgefordert wurde. Das Kleid, das sie auf meine Bitte hin trug, paßte hervorragend zu ihrem Alter – weißer Batist mit gerüschten Manschetten und einer breiten Schärpe. Ich hatte ihr die Zöpfe aufgesteckt und ihr große weiße Schleifen ins Haar gebunden.

Nachdem ich Nefret gestattet hatte, sich zurückzuziehen, blickte mich Helen mit hochgezogenen Augenbrauen an. »Meine liebe Amelia«, sagte sie, »was haben Sie nur getan?«

»Nur das, was christliche Nächstenliebe und Anstand gebieten«, erwiderte ich trotzig. »Welchen Fehler können Sie ihr denn vorwerfen? Sie ist intelligent und bemüht, einen guten Eindruck zu machen ...«

»Meine Liebe, die Schleifen und Rüschen täuschen niemanden. Auch wenn Sie das Mädchen in Lumpen steckten, würde es immer noch so exotisch wirken wie ein Paradiesvogel.«

Das konnte ich nicht bestreiten. Ich schwieg – wie ich zugeben muß – verärgert, während Helen an ihrem Tee nippte. Allmählich glätteten sich die Falten auf ihrer Stirn, und schließlich meinte sie nachdenklich: »Zumindest kann kein Zweifel bestehen, was die Reinheit ihres Blutes betrifft.«

»Helen!« rief ich aus.

»Nun, solche Fragen stellen sich nun einmal bei Nachkommen von Männern, die in weit entfernten Gebieten des Empire stationiert sind. Mütter, die günstigerweise verstorben sind, Kinder mit glänzenden schwarzen Augen und sonnengebräunten Wangen ... Sehen Sie mich doch nicht so böse an, Amelia, ich rede hier nicht von meinen eigenen Vorurteilen, sondern von denen der Gesellschaft, und wie ich bereits sagte, besteht kein Zweifel an Nefrets ... Ich rate Ihnen, ihr einen anderen Namen zu geben. Wie wäre es mit Natalie? Er ist zwar ungewöhnlich, aber unzweifelhaft englischer Herkunft.«

Helens Äußerungen riefen in mir gewisse Bedenken hervor, doch nachdem ihr Interesse geweckt war, machte sie sich mit solcher Begeisterung an die Arbeit, daß ich nicht wußte, wie ich ihr widersprechen sollte. Obwohl ich eigentlich nicht unter mangelndem Durchsetzungsvermögen leide, fühlte ich mich in diesem Fall unsicher. Schließlich war Helen Expertin, was junge Damen betraf, und da ich sie um ihre Meinung gebeten hatte, fühlte ich mich nicht berechtigt, ihre Ratschläge anzuzweifeln.

Diese Episode hätte mir schon damals eine Lehre sein sollen, niemals mein eigenes Urteil in Frage zu stellen. Seitdem habe ich diesen Fehler nur noch einmal gemacht – und er endete, wie Sie sehen werden, fast in einer noch größeren Katastrophe.

Die ersten Begegnungen von Nefret mit den »jungen Damen«, die Helen sorgfältig ausgewählt hatte, schienen gut zu verlaufen. Mir kamen diese Mädchen reichlich albern vor, und nachdem eins von ihnen bei der ersten Zusammenkunft auf Emersons höfliche Begrüßung mit Gekicher antwortete und ein anderes ihm eröffnete, er sehe viel besser aus als irgendeiner ihrer Lehrer, verbarrikadierte sich Emerson jedesmal in der Bibliothek und weigerte sich herauszukommen, solange sie im Haus waren. Er stimmte jedoch zu, daß es wahrscheinlich eine gute Idee sei, Nefret mit ihren Altersgenossinnen zusammenzubringen. Nefret selbst schien nichts gegen die Mädchen zu haben. Ich hatte auch keineswegs erwartet, daß sie sich anfangs wirklich amüsieren würde. Sich an gesellschaftlichen Umgang zu gewöhnen, ist ein hartes Stück Arbeit.

Schließlich meinte Helen, es sei nun an der Zeit, daß Nefret die Besuche erwiderte, und lud sie in aller Form zu einer Teestunde mit ihr und den ausgewählten jungen »Damen« in die Schule ein. Ich war nicht eingeladen. Genauer gesagt, Helen verbat mir ausdrücklich zu kommen und fügte in ihrer unverblümten Art hinzu, Nefret solle sich unbefangen fühlen und natürlich benehmen. Die unterschwellige Andeutung, daß meine Anwesenheit Nefret daran hindere, sich unbefangen zu fühlen, war natürlich lächerlich, doch ich wagte – damals! – nicht, einer solchen anerkannten Expertin für junge Damen zu widersprechen. Als Nefret sich auf den Weg machte, hegte ich all die Bedenken, die jede besorgte Mutter beschleichen; doch ich sagte mir, daß ihr Erscheinungsbild nichts zu wünschen übrig ließe, von ihrem hübschen rosengeschmückten Hut bis hin zu ihren zierlichen Schühchen. William, der Kutscher, gehörte auch zu ihren Bewunderern: Er hatte die Pferde gestriegelt, daß ihr Fell glänzte; die Knöpfe an seinem Rock schimmerten im Sonnenlicht.

Nefret kehrte früher zurück, als ich erwartet hatte. Ich saß gerade in der Bibliothek und arbeitete die angehäufte Post durch, als Ramses hereinkam.

»Nun, Ramses, was willst du?« fragte ich gereizt. »Siehst du denn nicht, daß ich zu tun habe?«

»Nefret ist zurückgekommen«, sagte er.

»So früh schon?« Ich legte meinen Federhalter beiseite und drehte mich zu ihm um. Er stand, die Hände auf dem Rücken, breitbeinig da und blickte mich unverwandt an. Seine schwarzen Locken waren zerzaust (wie immer), und sein Hemd war über und über mit Schmutz und Chemikalien besudelt (wie immer). Bestimmte Partien seines Kopfes, insbesondere die Nase und das Kinn, waren noch zu groß für sein schmales Gesicht, doch wenn er weiterhin so zunehmen würde wie bisher, würden seine Gesichtszüge eines Tages nicht unansehnlich wirken – vor allem sein Kinn, das ein noch unentwickeltes Grübchen, den Ansatz zu einer Spalte zeigte, ähnlich der im Kinn seines Vaters, die ich so bezaubernd fand.

»Ich hoffe, es hat ihr gefallen«, sagte ich.

»Nein«, erwiderte Ramses. »Das hat es nicht.«

Sein Blick war nicht ruhig, er war anklagend. »Hat sie das gesagt?«

»SIE hat das nicht gesagt«, entgegnete mein Sohn, der noch nicht gänzlich die Gewohnheit aufgegeben hatte, von Nefret in Großbuchstaben zu sprechen. »Sich zu beklagen, würde SIE ebenso für eine Form von Feigheit halten wie für einen Ausdruck mangelnder Loyalität dir gegenüber; denn ihre Gefühle dir gegenüber sind, meines Dafürhaltens nach völlig zurecht …«

»Ramses, ich habe dich schon mehrmals darum gebeten, diese Formulierung nicht mehr zu verwenden.«

»Ich bitte um Verzeihung, Mama. Ich will versuchen, in Zukunft deiner Bitte nachzukommen. Nefret ist in ihrem Zimmer; sie hat die Tür geschlossen. Ich glaube – auch wenn ich mir dessen nicht sicher sein kann –, daß sie weinte, als sie mit abgewandtem Gesicht an mir vorbeilief.«

Ich wollte schon meinen Stuhl vom Schreibtisch wegrücken, hielt aber plötzlich inne. »Meinst du, ich sollte zu ihr gehen?«

Ich war über meine eigene Frage ebensosehr erstaunt wie Ramses. Ich hatte nicht die Absicht gehabt, ihn um Rat zu fragen; das hatte ich noch nie getan. Seine Augen, die so dunkelbraun waren, daß sie schwarz aussahen, wurden riesengroß. »Ist das eine Frage an mich, Mama?«

»Sieht so aus«, antwortete ich. »Auch wenn ich nicht sagen kann, warum ich dich frage.«

»Wäre die Situation nicht reichlich dringlich, würde ich meiner Freude über das Vertrauen, das du in mich setzt, eingehender Ausdruck verleihen. Es beglückt und berührt mich mehr, als ich sagen kann.«

»Das hoffe ich, Ramses. Nun? Fasse dich kurz, bitte.«

Sich kurz zu fassen, kostet Ramses einige Mühe. Es war seiner Sorge um Nefret zu verdanken, daß es ihm diesmal gelang. »Ich glaube, du solltest zu ihr gehen, Mama. Und zwar sofort.«

Und das tat ich auch.

Ich fühlte mich seltsam unwohl in meiner Haut, als ich vor Nefrets Tür stand. Mit jungen Damen, die in Tränen aufgelöst waren, hatte ich schon früher zu tun gehabt, und meine Maßnahmen hatten stets die gewünschte Wirkung gezeitigt. Jedoch bezweifelte ich, daß die Methoden, die ich seinerzeit angewandt hatte, in diesem Fall etwas ausrichten würden. Ich stand hier, wie man sagen könnte, an Eltern Statt, und diese Rolle war mir nicht auf den Leib geschneidert. Was sollte ich tun, wenn sie sich mir weinend in den Schoß warf?

Ich straffte die Schultern und klopfte an die Tür. (Kinder haben meiner Meinung nach genauso ein Recht auf Privatsphäre wie jedes menschliche Wesen.) Als sie antwortete, hörte ich erleichtert, daß ihre Stimme ganz wie immer klang.

Beim Eintreten sah ich, daß sie ruhig dasaß, mit einem Buch auf dem Schoß. Auf ihren sanften Wangen war keine Spur von Tränen zu erkennen. Doch dann bemerkte ich, daß sie das Buch verkehrt herum hielt, und entdeckte auf dem Boden neben dem Bett die zerknüllte Ruine, die einmal ihr bester Hut gewesen war, eine Kreation aus feinem Stroh und Satinbändern, deren breite Krempe mit rosafarbenen Seidenblumen geschmückt war. Kein Unfall konnte diesen Hut so zugerichtet haben. Sie mußte mit den Füßen auf ihm herumgetrampelt haben.

Sie hatte wohl nicht mehr an den Hut gedacht. Als ich sie wieder ansah, hielt sie die Lippen fest zusammengepreßt, und ihr ganzer Körper war angespannt, als würde sie eine Rüge oder eine Ohrfeige erwarten.

»Rosa ist wohl nicht deine Farbe«, sagte ich. »Ich hätte dich nicht dazu überreden sollen, so ein albernes Ding aufzusetzen.«

Einen Augenblick lang dachte ich, sie würde in Tränen ausbrechen. Ihre Lippen bebten, doch dann verzogen sie sich zu einem Lächeln.

»Ich bin darauf herumgesprungen«, sagte sie.

»Das dachte ich mir schon.«

»Es tut mir leid. Ich weiß, er hat eine Menge Geld gekostet.«

»Du besitzt eine Menge Geld. Du kannst auf so vielen Hüten herumtrampeln, wie du möchtest.« Ich setzte mich ans Fußende der Chaiselongue. »Aber vielleicht gibt es einen besseren Weg, mit der Angelegenheit fertig zu werden, die dich bedrückt. Was ist geschehen? War jemand unhöflich zu dir?«

»Unhöflich?« Sie dachte über die Frage mit einer derart erwachsenen Kühle nach, daß es mir fast unheimlich war. »Ich weiß nicht, was ›unhöflich‹ bedeutet. Ist es unhöflich, Dinge zu sagen, die dem anderen das Gefühl geben, unbedeutend zu sein und häßlich und dumm?«

»Sehr unhöflich«, erwiderte ich. »Doch wie kannst du dir nur solche Gemeinheiten zu Herzen nehmen? Du brauchst doch nur einen Blick in den Spiegel zu werfen, um zu sehen, daß du diese unscheinbaren kleinen Biester so überstrahlst wie der Mond die Sterne. Du meine Güte, jetzt hätte ich beinahe die Beherrschung verloren. Wie ungewöhnlich. Was haben sie denn gesagt?«

Sie blickte mich forschend an. »Versprichst du, nicht gleich in die Schule zu laufen und sie mit deinem Sonnenschirm zu verprügeln?«

Es dauerte einen Augenblick, bis ich erkannte, daß das Funkeln in ihren blauen Augen die Andeutung eines Lachens war. Sie machte fast nie Scherze, zumindest nicht mir gegenüber.

»Oh – ja gut«, antwortete ich lächelnd. »Sie waren also eifersüchtig auf dich, diese häßlichen kleinen Kröten.«

»Vielleicht.« Ihre grazilen Lippen kräuselten sich. »Ein junger Mann war auch dort, Tante Amelia.«

»O guter Gott!« rief ich aus. »Wenn ich das gewußt hätte ...«

»Miss McIntosh wußte ebenfalls nicht, daß er kommen würde. Er suchte nach einer geeigneten Schule für seine Schwester, deren Vormund er ist, und äußerte den Wunsch, einige der anderen jungen Damen kennenzulernen, um herauszufinden, ob sie geeignete Kameradinnen für sie wären. Er muß sehr reich sein, weil Miss McIntosh äußerst höflich zu ihm war. Auch sah er sehr gut aus. Eines der Mädchen, Winifred, begehrte ihn.« Als sie meinen Gesichtsausdruck sah, erstarb ihr Lächeln. »Jetzt habe ich etwas Falsches gesagt.«

»Äh – nicht etwas Falsches. Es ist nur nicht ganz der Ausdruck, den Winifred verwenden würde ...«

»Siehst du?« Mit einer gleichermaßen graziösen wie fremdartigen Geste breitete sie die Hände aus. »Ich kann nichts sagen, ohne solche Fehler zu machen. Ich habe nicht dieselben Bücher wie sie gelesen und auch nicht dieselbe Musik gehört. Ich kann nicht Klavier spielen und so singen wie sie, und ich beherrsche auch nicht diese Fremdsprachen ...«

»Das tun sie auch nicht«, schnaubte ich verächtlich. »Ein paar Brocken Französisch und Deutsch ...«

»Genug, um etwas zu sagen, das ich nicht verstehe, und dann schauen sie einander an und lachen. Das haben sie schon immer so gemacht, aber heute, als Sir Henry neben mir saß und mich ansah anstatt Winifred, war jedes Wort eine getarnte Beleidigung. Sie sprachen nur von Dingen, die ich nicht kenne, und stellten mir – zuckersüß freundlich – Fragen, auf die ich keine Antwort weiß. Winifred bat mich, zu singen, obwohl ich ihr zuvor bereits gesagt hatte, daß ich es nicht kann.

»Was hast du dann getan?«

Nefret machte ein Gesicht, als könne sie kein Wässerchen trüben. »Ich habe gesungen. Ich habe die Anrufung der Isis gesungen.«

»Die ...« Ich mußte erst einmal schlucken. »Das Lied, das du in dem Tempel des Heiligen Berges gesungen hast? Hast du auch ... getanzt, so wie damals?«

»O ja, das gehört doch zu der Zeremonie. Sir Henry sagte, ich sei bezaubernd gewesen. Doch ich glaube nicht, daß Miss McIntosh mich noch einmal zum Tee einladen wird.«

Ich konnte nicht mehr an mich halten. Ich lachte, bis mir die Tränen über die Wangen liefen. »Nun mach dir nichts draus«, sagte ich und wischte mir das Gesicht ab. »Du brauchst nicht mehr hinzugehen. Ich werde mit Helen ein Wörtchen reden! Warum habe ich nur auf sie gehört ...«

»Aber ich werde wieder hingehen«, sagte Nefret leise.

»Nicht bald; erst dann, wenn ich gelernt habe, was ich wissen muß, wenn ich die Bücher gelesen und ihre dummen Sprachen gelernt habe und wenn ich weiß, wie man seine Zunge im Zaum hält.« Sie beugte sich zu mir herüber und legte ihre Hand in die meine – für ein so zurückhaltendes Mädchen eine seltene und bedeutungsvolle Geste. »Ich habe nachgedacht, Tante Amelia. Dies hier ist meine Welt, und ich muß lernen, in ihr zu leben. Es wird nicht so schlimm werden, denn es gibt vieles, was ich unbedingt lernen möchte. Ich muß zur Schule gehen. Oh, nicht zu so einer, dort geht mir der Unterricht nicht schnell genug, und ich bin nicht – ganz – so tapfer, um jeden Tag solchen Mädchen gegenüberzutreten. Du sagst, ich besitze eine große Menge Geld. Wird es ausreichen, um Lehrer zu bezahlen, die zu mir nach Hause kommen?«

»Ja, natürlich. Ich wollte dir schon den gleichen Vorschlag machen, doch ich dachte, du würdest Zeit brauchen, um dich auszuruhen und dich einzuleben ...«

»Das habe ich getan. Diese Wochen bei dir und dem Professor und meinem Bruder Ramses und meinen Freunden Gargery und Bastet, der Katze, waren für mich wie der Himmel der Christen, von dem mir mein Vater erzählt hat. Aber ich kann mich nicht für immer in meinem geheimen Garten verstecken. Vermutlich hattet ihr daran gedacht, mich diesen Winter mit nach Ägypten zu nehmen.«

»Wir hatten daran gedacht ...« Einen Augenblick lang konnte ich nicht sprechen. Ich bezwang die unwürdige, verachtenswerte Regung, die mir die Kehle zuschnürte, und preßte die Worte heraus: »Ja, das hatten wir beabsichtigt. Du scheinst an Archäologie interessiert zu sein ...«

»Das stimmt; und vielleicht werde ich mich eines Tages diesem Studium widmen. Doch zuerst muß ich so viele andere Dinge lernen. Würden Mrs. Evelyn und Mr. Walter Emerson mich diesen Winter bei sich aufnehmen, was glaubst du? Wenn ich so viel Geld habe, kann ich sie dafür bezahlen.«

Taktvoll, wie es meine Art ist, erklärte ich ihr, daß Freunde für solche Dienste der Nächstenliebe eine Bezahlung weder annehmen noch anbieten. Was den Rest des Plans betraf, hätte ich selbst ihr das gleiche vorgeschlagen, wenn ich es gewagt hätte. Ich hätte Tutoren und Lehrer einstellen können, die Nefret so mit Wissen vollgestopft hätten, wie man eine Gans mästet. Doch auch sie hätten ihr nicht beibringen können, was sie eigentlich benötigte – die Anmut und das Betragen einer Dame aus gutem Hause. Deshalb konnte es keine bessere

Lehrerin und keine wohlwollendere Beraterin als Evelyn geben. Walter könnte den Wissensdurst des Mädchens befriedigen und dabei seinen eigenen stillen. Kurz gesagt, diese Lösung war ideal. Ich hatte sie nicht vorgeschlagen, weil ich den Vorwurf – auch mir selbst gegenüber – vermeiden wollte, ich würde meine Pflichten nicht erfüllen. Außerdem hatte ich nicht eine Sekunde lang gedacht, daß dieser Vorschlag von den betroffenen Parteien für annehmbar befunden werden würde.

Nun hatte Nefret selbst diesen Einfall gehabt, und sie hielt derart entschlossen daran fest, daß es unmöglich war, ihn ihr auszureden. Emerson tat sein möglichstes, um sie umzustimmen, vor allem als Ramses zum Erstaunen aller – nimmt man mich aus – seine Entscheidung verkündete, diesen Winter ebenfalls in England zu bleiben.

»Ich verstehe nicht, warum du deswegen ständig mit ihm herumstreitest«, sagte ich zu Emerson, der in der Bibliothek auf- und ablief, wie er es für gewöhnlich tut, wenn er erregt ist. »Du weißt doch, wenn Ramses eine Entscheidung trifft, läßt er sich nicht mehr davon abbringen. Außerdem spricht auch einiges für diesen Plan.«

Emerson hielt inne und starrte mich an. »Ich wüßte nicht, was.«

»Wir haben oft über Ramses' einseitige Bildung gesprochen. In vieler Hinsicht ist er ebenso unwissend wie Nefret. Oh, ich gebe dir recht, keiner mumifiziert Mäuse und mischt Sprengstoff besser als Ramses, aber diese Fähigkeiten haben nur begrenzten Nutzen. Was seine Umgangsformen betrifft …«

Emerson gab einen knurrenden Ton von sich. Jede Erwähnung von Umgangsformen hat diese Wirkung auf ihn. »Ich habe dir erzählt«, fuhr ich fort, »wie die Mädchen Nefret gehänselt haben.«

Das schöne Gesicht meines Gatten lief puterrot an. Schuld daran war, daß er seinen Zorn nicht freien Lauf lassen konnte, denn in diesem Fall war es ihm versagt, das Unrecht auf die von ihm bevorzugte Art wieder gutzumachen. Man kann schließlich jungen Damen keinen Kinnhaken verpassen oder eine respektable Schulleiterin mittleren Alters verprügeln. Also stand er mit geballten Fäusten und gestrafften Schultern da und wirkte recht hilflos wie ein großer Stier, der von den Lanzen und Spießen der Toreros gepeinigt wird. Hilflos, und dennoch majestätisch, denn wie bereits gesagt, können seine eindrucksvolle muskulöse Gestalt und seine edlen Gesichtszüge gar nicht anders als majestätisch wirken. Ich erhob mich, trat neben ihn und legte meine Hand auf seinen Arm.

»Wäre es denn so schrecklich, Emerson? Nur wir beide und sonst niemand, so wie früher? Ist dir meine Gesellschaft so unangenehm?«

Seine Armmuskeln entspannten sich. »Red' keinen Unsinn, Peabody«, murmelte er und schloß mich, wie ich gehofft hatte, in die Arme.

Also war es beschlossene Sache. Überflüssig zu sagen, daß Evelyn und Walter dem Vorschlag begeistert zustimmten. Ich beeilte mich, die notwendigen Vorbereitungen für unsere Abreise zu treffen, ehe Emerson es sich anders überlegen konnte.

Vor und auch nach der Abreise war er ein wenig bedrückt, und ich muß gestehen, daß mich, als der Dampfer vom Kai ablegte und ich den Zurückbleibenden zum Abschied winkte, unerwartet das Gefühl ergriff, etwas zu verlieren. Ich hatte nicht bemerkt, daß Ramses so groß geworden war. Er stand – natürlich – neben Nefret und sah sehr kräftig und selbständig aus. Evelyn stand an Nefrets anderer Seite und hatte den Arm um das Mädchen gelegt. Walter hielt den Arm seiner Frau und wedelte heftig mit seinem Taschentuch. Sie gaben ein hübsches Familienbild ab.

Da wir für die Ausgrabungssaison rechtzeitig aufgebrochen waren, hatten wir beschlossen, von London aus mit dem Schiff nach Port Said zu fahren, anstatt die schnellere, aber unbequemere Reiseroute mit dem Zug nach Marseille oder Brindisi zu nehmen und von dort aus den Dampfer zu besteigen. Ich hoffte, die Schiffsreise würde Emerson wieder versöhnlich stimmen und seine Stimmung heben. Der Mond, der silbrig glänzende Strahlen auf das Wasser warf, als wir Hand in Hand über das Deck schlenderten, und der durch das Bullauge unserer Kabine schien, beflügelte mich unweigerlich zu den zärtlichsten Bekundungen ehelicher Zuneigung. Und ich muß sagen, es war eine angenehme Abwechslung, sich diesen Bekundungen hinzugeben, ohne sich dabei ständig zu fragen, ob wir Ramses wirklich in *seiner* Kabine eingeschlossen hatten.

Emerson ließ sich nicht so schnell von dieser Atmosphäre anregen, wie ich gehofft hatte, und wurde gelegentlich von Anfällen düsterer Geistesabwesenheit ergriffen. Doch ich war mir sicher, daß sich seine Laune bessern würde, wenn wir erst einmal Fuß auf ägyptischen Boden gesetzt hatten, was nun in zwei Stunden der Fall sein würde. Ich bildete mir ein, bereits in der Ferne die Küstenlinie zu erkennen, und meine Finger tasteten sich näher an die starke braune Hand heran, die neben mir auf der Reling lag.

»Wir sind bald da«, sagte ich fröhlich.

»Hmmm«, brummte Emerson stirnrunzelnd.

Er griff nicht nach meiner Hand. »Was zum Teufel ist los mit dir?« wollte ich wissen. »Schmollst du immer noch wegen Ramses?«

»Ich schmolle nie«, brummte Emerson. »Was für ein Ausdruck. Taktgefühl zählt nicht zu deinen Stärken, Peabody, doch ich hatte erwartet, du würdest das Verständnis an den Tag legen, das du angeblich mir und meinen Gedanken entgegenbringst. Die Wahrheit ist, daß ich eine seltsame Vorahnung habe ...«

»Oh, Emerson, wie herrlich!« rief ich, unfähig, meine Begeisterung zu zügeln. »Ich wußte, daß sogar du eines Tages ...«

»Die Bezeichnung war schlecht gewählt«, erwiderte Emerson erbost. »Deine Vorahnungen, Amelia, sind lediglich Produkte deiner überschäumenden Phantasie. Mein ... äh ... unbehagliches Gefühl hat rationale Gründe.«

»Das ist bei allen unheilverkündenden Vorahnungen so, auch bei meinen. Oder hältst du mich etwa für abergläubisch? Keine Spur! Vorahnungen und Omen sind das Ergebnis von Hinweisen, die vom Bewußtsein nicht wahrgenommen, aber vom stets wachen Teil des Gehirns gespeichert und gedeutet werden, das ...«

»Amelia!« Aufgeregt stellte ich fest, daß Emersons blaue Augen blitzten wie Saphire, was darauf hinwies, daß ihm allmählich der Geduldsfaden riß. Das Grübchen in seinem wohlgeformten Kinn (das er lieber »Spalte« nennt) zitterte bedrohlich. »Amelia, bist du daran interessiert, meine Meinung zu hören, oder willst du nur deine zum besten geben?«

Unter gewöhnlichen Umständen hätte ich Spaß an einer dieser anregenden Auseinandersetzungen gehabt, die so oft unsere Ehe beleben, doch ich wollte das Glück dieses Augenblicks nicht trüben.

»Ich bitte um Entschuldigung, mein lieber Emerson. Bitte sprich deine Vorahnungen bedenkenlos aus.«

»Hmmm«, meinte Emerson. Einen Augenblick lang schwieg er – weil er die Ernsthaftigkeit meiner Aufforderung prüfen oder seine Gedanken ordnen wollte –, und ich überbrückte die Zeit, indem ich ihn mit der Bewunderung betrachtete, die sein Anblick stets in mir hervorruft. Der Wind blies ihm die Locken aus der Denkerstirn (denn er hatte es wie gewöhnlich abgelehnt, einen Hut aufzusetzen) und schmiegte ihm das Hemd an seine breite Brust (denn er hatte sich geweigert, vor Verlassen des Schiffes seine Jacke anzuziehen).

Sein Profil (er hatte sich von mir abgewandt und blickte hinaus aufs blaue Wasser) hätte Praxiteles oder Michelangelo als Modell für eine Skulptur dienen können – der kühn geformte Bogen seiner Nase, das ausgeprägte Kinn, der markante Kiefer, der energische und doch so sinnliche Schwung seiner Lippen. Die Lippen öffneten sich (endlich!), und er sprach.

»Wir haben in Gibraltar und Malta angelegt.«

»Ja, Emerson, das haben wir.« Indem ich mir ein wenig auf die Lippe biß, schaffte ich es, nicht mehr zu sagen.

»In beiden Häfen haben wir Briefe und Zeitungen vorgefunden, die dort bereits auf uns warteten.«

»Das weiß ich, Emerson. Sie wurden mit dem Zug befördert und waren deshalb schneller dort als wir ...« Eine Vorahnung ließ meine Stimme stocken. »Bitte spricht weiter.«

Emerson wandte sich langsam um, wobei er mit einem Arm auf der Reling blieb. »Hast du die Zeitung gelesen, Peabody?«

»Einige.«

»Den *Daily Yell*?«

Ich lüge nicht, sofern es nicht absolut notwendig ist.

»War der *Yell* auch dabei, Emerson?«

»Das ist eine interessante Frage, Peabody.« Emersons Stimme hatte sich zu einem leisen Grollen gesenkt, das einen Wutausbruch ankündigt. »Ich dachte, du wüßtest vielleicht die Antwort, denn ich selbst bekam sie erst heute morgen, als ich zufällig einen der Passagiere dieses Schmierblatt lesen sah. Als ich ihn fragte, woher er es hatte – denn es war die Ausgabe vom siebzehnten, und am vierzehnten hatten wir London verlassen –, sagte er mir, daß in Malta mehrere Exemplare dieser Zeitung an Bord genommen wurden.«

»Tatsächlich?«

»Du hast eine übersehen, Peabody. Was hast du mit den übrigen getan, sie über Bord geworfen?«

Seine Mundwinkel zuckten, nicht aus Zorn, sondern weil er sich amüsierte. Ich war ein wenig enttäuscht – denn Emersons Wutausbrüche sind stets inspirierend –, doch ich konnte nicht umhin, ihm in gleicher Weise zu antworten.

»Natürlich nicht. Das wäre mutwillige Zerstörung fremden Eigentums gewesen. Sie liegen unter deiner Matratze.«

»Ach. Ich hätte das Papierrascheln gewiß bemerkt, wäre ich nicht durch andere Dinge abgelenkt gewesen.«

»Ich habe mein Bestes getan, um dich abzulenken.«

Emerson lachte schallend heraus. »Das ist dir gelungen, meine Liebe. Du schaffst es immer wieder. Ich verstehe nicht, warum du unbedingt verhindern wolltest, daß ich die Geschichte lese; diesmal kann ich dir ja nicht vorwerfen, daß du mit diesem Schurken von einem Journalisten geschwatzt hast. Er kam erst zehn Tage vor unserer Abreise nach England zurück, und als ich von seiner bevorstehenden Ankunft erfuhr, habe ich dafür gesorgt, daß du keine Gelegenheit bekamst, ihn zu treffen.«

»Oh, das hast du tatsächlich getan?«

»Kevin O'Connell« – so wie Emerson den Namen aussprach, klang er wie ein Schimpfwort – »Kevin O'Connell ist ein skrupelloser Schuft, für den du eine unerklärliche Sympathie hegst. Er zieht dir Informationen aus der Nase, Amelia. Ich weiß, daß er das tut. Wie oft hat er uns schon Schwierigkeiten bereitet?«

»So oft, wie er uns großzügig Hilfe geleistet hat«, erwiderte ich. »Er würde uns niemals absichtlich Schaden zufügen, Emerson.«

»Nun … ich gebe zu, die Geschichte hat keinen so großen Schaden angerichtet, wie ich befürchtet hatte.«

Sie hätte noch weit größeren Schaden angerichtet, wenn ich Kevin nicht abgewimmelt hätte. Emerson hält nichts von Telephonen, er weigert sich, einen Apparat im Amarna House installieren zu lassen. Doch während unseres zweitägigen Aufenthalts in London war es mir gelungen, vom Hotel aus ein Ferngespräch zu führen. Ich hatte nämlich ebenfalls die Nachricht von Kevins bevorstehender Rückkehr gelesen, und meine Vorahnungen waren ebenso wohlbegründet wie die von Emerson.

»Ich vermute, er hat diese Information bekommen, als er im Sudan war«, überlegte Emerson. »Er war der einzige, der sie veröffentlicht hat; die *Times* und der *Mirror* haben nichts darüber gebracht.«

»Deren Korrespondenten haben sich, wie ich annehme, ausschließlich für die militärische Situation interessiert. Kevin jedoch ...«

»... mischt sich in unsere Angelegenheiten ein«, beendete Emerson den Satz. »Zum Teufel mit ihm! Es war wohl unrealistisch, darauf zu hoffen, daß O'Connell die Offiziere in Sanam Abu Dom nicht über uns ausfragen würde, aber schließlich hätte man annehmen können, daß Angehörige des Militärs nicht seichten Klatsch und Tratsch verbreiten.«

»Sie wußten, daß wir zu Reggie Forthright in die Wüste aufgebrochen waren; seine Expedition hatte offensichtlich den Zweck gehabt, die beiden Vermißten, seinen Onkel und seine Tante, ausfindig zu machen«, erinnerte ich ihn. »Wir konnten diese Tatsache kaum verheimlichen, selbst wenn Reginald seine Absichten nicht jedem Offizier im Lager mitgeteilt hätte. Und als wir zurückkehrten, hat Nefret gewiß Anlaß zu neugierigen Spekulationen gegeben. Allerdings war das Märchen, das wir allen auftischten, weit glaubwürdiger als die Wahrheit. Jeder, der von der Suche des armen Mr. Forth nach der Verlorenen Oase wußte, hielt ihn für einen Spinner oder für einen Träumer.«

»O'Connell hat es nicht erwähnt«, gab Emerson brummend zu.

Er hatte es deshalb nicht erwähnt, weil ich ihm mit einer Reihe von Unannehmlichkeiten gedroht hatte. »Der Name von Nefret war nicht der einzige, der in Kevins Bericht zu lesen war«, sagte ich. »Wie ich ihm vorschlug ... oder vielmehr, wie ich von einem derart begabten Journalisten erwartete, stellt Kevin Nefrets wundersames Überleben in den Mittelpunkt seines Berichts. Nefrets Geschichte war nur eine von vielen; kein Leser konnte auf den Gedanken kommen, daß sie nicht von gütigen amerikanischen Missionaren aufgezogen worden war, sondern von den letzten heidnischen Vertretern einer nahezu untergegangenen Zivilisation. Selbst wenn die Verlorene Oase nicht erwähnt worden wäre, wäre Nefret durch die Andeutung, sie sei inmitten nackter Wilder aufgewachsen – denn als solche betrachten unsere aufgeklärten Landsleute die Angehörigen sämtlicher Kulturen außer ihrer eigenen – zur Zielscheibe von Spott geworden. Ihr Schicksal hätte in der Gesellschaft Anlaß zu wildesten Spekulationen gegeben.

»Darüber zerbrichst du dir den Kopf, nicht wahr? Das Nefret gesellschaftlich anerkannt wird?«

»Sie hatte sowieso schon genug Schwierigkeiten mit engstirnigen Idioten.«

Emersons edle Stirn glättete sich. »Deine anrührende Sorge um das Kind gereicht dir zur Ehre, Liebling. Meiner Ansicht nach ist das alles ein Haufen Unsinn, doch zweifellos setzen die Unverschämtheiten dieser Ignoranten einem jungen Mädchen mehr zu, als das bei MIR der Fall wäre. Jedenfalls können wir ihre Herkunft nicht erklären, ohne das Geheimnis preiszugeben, das zu bewahren wir geschworen haben. Alles in allem bin ich froh, zu wissen, daß die Kinder sicher zu Hause in England sind.«

»Ich ebenfalls«, sagte ich von ganzem Herzen.

*

Der erste Mensch, den ich sah, als unser Dampfschiff vorsichtig in den Hafen von Port Said einfuhr, war unser treuer Vorarbeiter Abdullah. Sein schneeweißer Turban erhob sich gut fünfzehn Zentimeter über die Köpfe der umstehenden Menge.

»Zum Teufel«, entfuhr es mir ungewollt. Ich hatte gehofft, ein paar weitere Stunden Emersons ungeteilte Aufmerksamkeit genießen zu können. Zum Glück hatte er mich nicht gehört; er hielt die Hände trichterförmig vor den Mund und stieß einen markerschütternden Schrei aus, der die neben ihm stehenden Passagiere zur Seite springen ließ, und grinste breit zu Abdullah hinüber. Dieser war lange Jahre unser Vorarbeiter gewesen und viel zu alt und würdevoll, um seine Begeisterung durch heftige Körperbewegungen kundzutun, was allerdings nicht für seine jüngeren Verwandten galt; ihre Turbane hüpften auf und nieder, als sie Luftsprünge vollführten und uns johlend willkommen hießen.

»Wie großartig von Abdullah, den weiten Weg hierherzukommen«, meinte Emerson freudestrahlend.

»Und von Selim«, sagte ich angesichts weiterer vertrauter Gesichter. »Und von Ali, von Daoud und Feisal und ...«

»Sie werden uns beim Verladen unserer Ausrüstung in den Zug eine große Hilfe sein«, sagte Emerson. »Ich weiß gar nicht, wieso ich nicht selbst vorgeschlagen habe, daß sie uns hier abholen sollten. Doch es sieht Abdullah ähnlich, daß er unsere geheimsten Wünsche ahnt.«

Die Zugfahrt von Port Said nach Kairo dauert weniger als sechs Stunden. In unserem Abteil war genügend Platz für Abdullah und seinen ältesten Sohn Feisal, da die übrigen europäischen Passagiere es ablehnten, das Coupé mit einer »Horde schmutziger Einheimischer« zu teilen, wie ein aufgeblasener Schwachkopf es formulierte. Ich hörte, wie er sich mit dem Schaffner deswegen herumstritt. Er hatte keinen Erfolg. Der Schaffner kannte Emerson.

Also machten wir es uns bequem und hielten ein erfrischendes Schwätzchen. Abdullah war traurig, als er erfuhr, daß Ramses nicht dabei war. Zumindest bekundete er seine Enttäuschung recht überzeugend, doch ich entdeckte ein gewisses Leuchten in seinen dunklen Augen. Mir war klar, welche Empfindungen er hegte – hatte ich nicht die gleichen? In seiner Zuneigung zu Emerson mischte sich die Verehrung eines Jüngers, gepaart mit der zuverlässigen Freundschaft eines Mannes und Bruders. Im Jahr zuvor war er nicht bei uns gewesen; nun freute er sich auf eine ganze Ausgrabungssaison, in der er die ungeteilte Aufmerksamkeit seines Idols genießen konnte. Er wäre auch mich gern losgeworden, wenn das möglich gewesen wäre, dachte ich ohne Groll. Ich hegte ihm gegenüber dieselben Gefühle. Nicht zu reden von Ali, Daoud und Feisal.

Wir trennten uns in Kairo, doch nur für eine Weile; schon bald würden wir die Männer in ihrem Dorf, in Aziyeh, besuchen, um dort unsere Mannschaft für die Ausgrabung im Winter zusammenzustellen. Emerson war in solch guter Stimmung, daß er sich bereitwillig von sämtlichen Männern reihum umarmen ließ; einen Augenblick lang war er vollständig hinter wehenden Ärmeln und flatternden Gewändern verschwunden. Die übrigen europäischen Reisenden glotzten unverschämt.

Wir hatten natürlich im Shepheard's Zimmer gebucht. Unser alter Freund Mr. Baehler war nun der Besitzer, daher gab es in dieser Hinsicht keine Probleme, obgleich das Shepheard's allmählich so regen Zulauf findet, daß man kaum noch ein Zimmer bekommt. In diesem Jahr feierten alle den Sieg im Sudan. Am 2. September hatten Kitcheners Truppen Omdurman und Khartum eingenommen und damit den Aufstand beendet und die Ehre der britischen Fahne wiederhergestellt, die durch die Niederlage des heldenhaften Gordon gegen die Horden des verrückten Mahdi arg gelitten hatte. (Falls der werte Leser mit diesem Ereignis nicht vertraut ist, empfehle ich ihm, es in einem der gängigen Geschichtsbücher nachzulesen.)

Emersons gute Laune verflog schlagartig, als wir das Hotel betraten. In der Wintersaison ist das Shepheard's stets überlaufen, und in diesem Jahr war der Andrang noch größer als gewöhnlich. Sonnengebräunte junge Offiziere, eben aus dem Kampfgebiet eingetroffen, stellten ihre Verbände und goldenen Tressen zur Schau, um die Bewunderung der Damen zu erregen, die um sie herumscharwenzelten. Ein Gesicht, das ein besonders eindrucksvoller militärischer Schnurrbart zierte, schien mir vertraut, doch bevor ich zu dem Offizier hinübergehen konnte – er war von einer Menge Zivilisten umringt, die ihn über Khartum ausfragten –, nahm mich Emerson beim Arm und schleppte mich weg. Erst als wir auf unseren Zimmern waren – die, die wir immer buchen, mit dem Blick auf die Gärten von Ezbekieh –, machte er den Mund auf.

»Hol's der Teufel – das Hotel ist von Jahr zu Jahr mehr überlaufen und kommt wohl sehr in Mode«, brummte er, schleuderte seinen Hut auf den Boden und die Jacke gleich hinterher. »Das ist jetzt das letztemal, Amelia. Das kannst du mir glauben. Nächstes Jahr werden wir die Einladung von Scheich Mohammed annehmen und bei ihm wohnen.«

»Ganz bestimmt, mein Liebling«, erwiderte ich wie jedes Jahr. »Wollen wir den Tee unten trinken oder soll ich den Safragi bitten, ihn uns heraufzubringen?«

»Zum Teufel, ich will keinen Tee«, erwiderte Emerson.

Wir tranken den Tee auf dem kleinen Balkon, von dem aus man über die Gärten sieht. So sehr ich mir auch wünschte, mich unten ins Getümmel zu mischen – wo sich zweifellos zahlreiche Freunde und Bekannte befanden – und die letzten Neuigkeiten zu erfahren, hielt ich es für unklug, Emerson noch einmal zu Sakko und Hut überreden zu wollen. Es war schon schwierig genug gewesen, ihn dazu zu bewegen, daß er die Kopfbedeckung wenigstens so lange aufbehielt, bis wir im Hotel waren.

Der weißgewandete Diener huschte auf bloßen Füßen geräuschlos herein und hinaus, und wir nahmen am Tisch Platz. Unter uns lagen die Gärten mit ihrer Blütenpracht aus Rosen und Hibiskus; Kutschen und Spaziergänger bevölkerten die breite Avenue – das ewige Panorama des ägyptischen Lebens, wie ich das einmal genannt habe. Eine hübsche Kutsche hielt vor den Eingangsstufen des Hotels; der Mann, der dem Gefährt entstieg, war stattlich anzusehen und trug Galauniform.

Emerson lehnte sich über die Brüstung des Balkons.

»Hallo, da unten«, rief er. »*Essalâmu 'aleikum, habib!*«

»Emerson«, rief ich aus, »das ist General Kitchener!«

»Tatsächlich? Den habe ich nicht gemeint.« Er fuchtelte heftig mit den Armen; zu meinem Kummer wurde sein Winken von einer pittoresken, aber äußerst zerlumpten Gestalt erwidert, die einen Bauchladen mit billigen Souvenirs trug. Mehrere andere, gleichfalls malerisch anzusehende Verkäufer von Blumen, Obst, wertlosen Schmuckstücken und Andenken wurden von dem Winken angezogen, blickten hoch und beteiligten sich an dem allgemeinen Willkommensgeschrei. »Er ist wieder da, der Vater der Flüche! *Allah yimessîkum bil-kheir, effendi! Mar-haba, Sitt Hakim!*«

»Hmm«, sagte ich und fühlte mich ein wenig geschmeichelt, daß diese Begrüßung auch mir galt – denn Sitt Hakim, »Frau Doktor« ist mein Kosename bei den Ägyptern. »Setz dich wieder hin, Emerson, und hör mit diesem Gebrüll auf. Die Leute schauen schon.«

»Es war ja meine Absicht, daß sie schauen«, erklärte Emerson. »Ich werde später mit dem alten Ahmet sprechen; er weiß immer, was los ist.«

Ich überredete ihn, wieder Platz zu nehmen. Während die Sonne allmählich unterging, verschwamm der Horizont im zarten Glühen des zur Neige gehenden Tages. Emerson machte ein nachdenkliches Gesicht. »Erinnerst du dich, Peabody, wie Ramses zum erstenmal mit uns auf diesem Balkon stand? Gemeinsam haben wir uns den Sonnenuntergang über Kairo angesehen ...«

»Was wir zweifellos in Zukunft wieder tun werden«, sagte ich ziemlich scharf. »Denk doch nicht an Ramses, Emerson. Erzähl mir lieber die Neuigkeiten, auf die ich schon die ganze Zeit gespannt bin. Ich kenne deine nette Angewohnheit, mir unsere Zukunftspläne so lange wie möglich zu verheimlichen; es macht dir Spaß, kleine Überraschungen auf Lager zu haben. Nun aber ist es an der Zeit, meine ich. Wo werden wir diesen Winter Ausgrabungen durchführen?«

»Diese Entscheidung ist nicht leicht«, erwiderte Emerson und hielt mir seine Tasse zum Nachschenken hin. »Sakkara würde mich reizen; bis jetzt ist dort noch nicht viel gegraben worden, und ich bin der Meinung, daß es irgendwo in der Nähe von Memphis einen großen Friedhof aus der 18. Dynastie gibt.«

»Das ist eine logische Schlußfolgerung«, stimmte ich zu.

»Insbesondere angesichts der Tatsache, daß Lepsius schreibt, er habe im Jahre 1843 solche Gräber gesehen.«

»Peabody, wenn du es nicht lassen kannst, meine brillanten Schlußfolgerungen vorwegzunehmen, werde ich mich von dir scheiden lassen«, meinte Emerson freundlich. »Der Standort dieser Gräber, die Lepsius gesehen hat, ist nicht mehr bekannt; es wäre eine sensationelle Entdeckung, wenn man sie wiederfände und vielleicht noch ein paar andere dazu. Doch Theben hat auch seinen Reiz. Die meisten der Königsmumien aus dem Alten Reich sind mittlerweile zwar entdeckt, aber ... Übrigens, habe ich dir schon erzählt, daß ich damals vor fünfzehn Jahren von jenem zweiten Mumienversteck im Grab des Amenhotep II. wußte?«

»Ja, mein Liebling, du hast es ungefähr zehnmal erzählt, seit wir von Lorets Entdeckung des Grabes im letzten März hörten. Warum hast du das Grab nicht selbst geöffnet und den Ruhm eingeheimst ...?«

»Der Ruhm kann mir gestohlen bleiben. Du kennst meine Meinung, Peabody: Wenn ein Grab oder eine Ausgrabungsstätte erst einmal entdeckt ist, stürzen sich die Aasgeier darauf. Wie die meisten Archäologen hat dieser unfähige Schwachkopf Loret seine Männer nicht angemessen beaufsichtigt. Vor seiner Nase haben sie sich mit wertvollen Gegenständen aus dem Grab davongemacht; einige davon sind bereits auf dem Markt aufgetaucht. Solange es in der Antiquitätenverwaltung drunter und drüber geht ...«

»Ja, mein Liebling, ich kenne deine Meinung«, sagte ich besänftigend, denn Emerson konnte stundenlang über dieses Thema dozieren. »Du hast also das Tal der Könige ins Auge gefaßt? Wenn die Königsmumien bereits alle gefunden sind …«

»Aber die ursprünglichen Gräber sind noch nicht alle entdeckt. Uns fehlen noch diejenigen von Hatschepsut, Ahmose, Amenhotep I. und Thutmosis III., um nur einige zu nennen. Und ich bin mir nach wie vor nicht sicher, ob das Grab, das wir gefunden haben, wirklich dasjenige von Tutenchamun war.«

»Es kann keinem anderen gehört haben«, sagte ich. »Allerdings stimme ich dir zu, daß es bestimmt noch unentdeckte Königsgräber gibt. Soweit ich weiß, wird unser alter Freund Cyrus Vandergelt in dieser Ausgrabungssaison wieder hier sein, nicht wahr? Er hat dich schon oft gebeten, mit ihm zu arbeiten.«

»Nicht mit ihm, sondern für ihn«, erwiderte Emerson mit finsterer Miene. »Ich habe nichts gegen Amerikaner, nicht einmal gegen reiche, kunstliebende Amerikaner, aber ich arbeite nicht für jemand anderen. Hol's der Teufel, du hast zu viele alte Freunde, Peabody.«

Meine berühmte Intuition versagte in diesem Fall. Kein unheilverkündender Schauder durchlief meinen Körper. »Ich hoffe, du hast keine Zweifel, was Mr. Vandergelts Absichten anbelangt, Emerson.«

»Du meinst, ich sei eifersüchtig? Meine Liebe, dieser unwürdigen Regung habe ich schon lange abgeschworen. Du hast mich überzeugt – so wie auch ich dich hoffentlich überzeugt habe –, daß es niemals den geringsten Anlaß dafür geben könnte. Lang verheiratete Paare wie wir, Peabody, haben die Strudel jugendlicher Leidenschaft hinter sich gelassen und sind in die ruhigen Gewässer der ehelichen Zuneigung eingelaufen.«

»Hmm«, sagte ich.

»Ehrlich gesagt«, fuhr Emerson fort, »überlege ich mir schon seit einiger Zeit, daß wir unsere Vorgehensweise überdenken sollten, zwar nicht die für dieses Jahr, aber für die Zukunft. Die Archäologie verändert sich, Peabody. Petrie hüpft immer noch herum wie ein Gummiball und nimmt jedes Jahr einen neuen Ausgrabungsort in Angriff …«

»Das haben wir auch gemacht.«

»Ja, aber meiner Meinung nach werden unsere Resultate immer spärlicher. Sieh dir nur einmal Petries Ausgrabungsberichte an. Sie sind …« Einzugestehen, daß sein bedeutendster Rivale auch über beachtliche Fähigkeiten verfügte, schnürte Emerson fast die Stimme ab, aber schließlich preßte er es doch heraus. »Sie sind – äh – nicht schlecht. Gar nicht schlecht. Allerdings schafft er innerhalb einer Saison nicht mehr, als oberflächlich herumzubuddeln, und wenn die Denkmäler erst einmal entdeckt sind, sind sie so gut wie verloren.«

»Ich stimme dir zu, Emerson. Was schlägst du vor?«

»Stört es dich, wenn ich rauche?« Ohne meine Antwort abzuwarten, holte er Pfeife und Tabakbeutel hervor. »Ich schlage vor, daß wir uns auf eine einzige Grabungsstätte beschränken, und zwar nicht pro Saison, sondern so lange, bis wir alles gefunden haben, was es zu finden gibt, und alles peinlich genau aufgezeichnet haben. Wir werden natürlich eine größere Mannschaft brauchen – Experten für die immer komplizierter werdenden Grabungstechniken, Photographen, Zeichner, einen Epigraphen für die Aufzeichnung und den Vergleich der Schriften, einen Anatomen zur Untersuchung der Knochen, außerdem Studenten, die die Arbeiter beaufsichtigen und dabei etwas über die Grabungsmethoden lernen können. Wir sollten sogar überlegen, ob wir nicht ein festes Gebäude errichten lassen, in das wir jedes Jahr zurückkehren könnten.« Er ließ eine große Rauchwolke aus seinem Mund und fügte hinzu: »Dann müßten wir nicht in diesem verfluchten Hotel wohnen.«

Im ersten Augenblick wußte ich nicht, was ich darauf sagen sollte. Der Vorschlag kam so unerwartet und eröffnete eine derartige Vielzahl von Möglichkeiten, daß es mir schwerfiel, sie alle auf Anhieb zu erfassen. »Nun, sagte ich und atmete tief durch, »der Vorschlag ist so unerwartet, daß ich nicht weiß, was ich darauf sagen soll.«

Selbstverständlich rechnete ich damit, daß Emerson eine spöttische Bemerkung über meine Sprachlosigkeit machen würde, aber er biß nicht an. »Unerwartet, vielleicht, doch hoffentlich nicht unwillkommen. Du hast dich zwar nie beschwert, meine Liebe, aber die Aufgaben und Herausforderungen, denen du die Stirn geboten hast, hätten eine Frau von geringerem Format verzagen lassen. Es ist an der Zeit, daß du Hilfe – Beistand – Unterstützung bekommst.«

»Ich nehme an, du meinst durch eine Frau? Eine Sekretärin wäre sicherlich von Nutzen ...«

»Komm schon, Peabody, ich hätte nicht gedacht, daß du so engstirnig bist. Wir könnten sicherlich jemanden gebrauchen, der sich engagiert um die Aufzeichnungen kümmert, aber warum muß es eine Frau sein? Und warum nehmen wir dann nicht gleich Studentinnen, Grabungsleiterinnen und Wissenschaftlerinnen?«

»Warum eigentlich nicht?« Er hatte mein heimliches Anliegen angesprochen, das Vorwärtskommen meiner so unterschätzten Geschlechtsgenossinnen ist mir schon immer wichtig gewesen. Schließlich, überlegte ich, hatte ich nie mit mehr als einem Jahr uneingeschränkten Glücks gerechnet. Nicht einmal darauf hatte ich gehofft. Ich wollte die Gegenwart genießen und nicht an die bedrückende Zukunft denken. »Emerson, ich habe es schon öfter gesagt, und ich werde es noch einmal wiederholen: Du bist ein äußerst bemerkenswerter Mann.«

»Wie du ebenfalls gesagt hast, hättest du dich auch nicht mit weniger zufriedengegeben.« Emerson grinst mich an.

»Denkst du an jemand bestimmten?«

»Natürlich.«

»Das Mädchen hat sowohl Interesse als auch Talent bewiesen«, fuhr Emerson fort. »Außerdem hoffe ich, Evelyn und

Walter überzeugen zu können, daß sie zu uns stoßen, wenn wir erst einmal einen festen Stützpunkt haben. Und am University College gibt es eine junge Frau namens Murray, sie ist Studentin bei Griffith und macht einen sehr vielversprechenden Eindruck ... Das ist eines der Dinge, die ich in dieser Saison hoffentlich schaffe, Peabody, nämlich die in Frage kommenden Mitglieder für unsere Mannschaft auszuwählen.«

»Dann«, sagte ich und erhob mich, »schlage ich vor, fangen wir damit an, daß wir uns nach unten zum Essen begeben.«

»Warum zum Teufel sollten wir das? Bei Ali im Basar gibt es besseres Essen ...«

»Aber einige unserer Kollegen speisen, soviel ich weiß, im Shepheard's. Wir könnten mit ihnen über ihre vielversprechenden Studenten reden.«

Emerson blickte mich argwöhnisch an. »Du findest immer einen Grund, warum ich Dinge tun soll, die ich verabscheue. Woher weißt du überhaupt, daß heute abend Ägyptologen anwesend sind? Du hast sie eingeladen, nicht wahr? Hol's der Teufel, Peabody ...«

»Bei unserer Ankunft habe ich Nachrichten von Freunden vorgefunden, wie das so ist. Komm jetzt. Es wird langsam spät, und du willst dich sicherlich baden und umziehen.«

»Ich will zwar nicht, aber ich fürchte, ich muß«, brummte Emerson. Er fing an, sich auszuziehen, indem er durch das Zimmer stapfte und Kragen, Hemd und Krawatte Richtung Sofa warf. Alles landete auf dem Boden. Ich wollte ihm schon eine Gardinenpredigt halten, als Emerson plötzlich innehielt und mir lebhaft gestikulierend bedeutete, ebenfalls still zu sein. Mit schräggelegtem Kopf und fast sichtbar gespitzten Ohren lauschte er einen Augenblick, um dann mit der Geschwindigkeit einer Katze, zu der er fähig ist, wenn es ihm zweckdienlich erscheint, zur Tür zu springen und sie aufzureißen. Der Korridor war dunkel, doch ich erkannte eine zusammengekauerte Gestalt, die am Boden kauerte oder lag. Emerson packte sie grob und zerrte sie ins Zimmer.

3. Kapitel

»Meiner Ansicht nach ist der Instinkt einer Frau der Logik stets überlegen.«

Um Himmels willen Emerson!« rief ich aus. »Es ist Mr. Neville. Laß ihn sofort los!«

Emerson musterte seinen Gefangenen, den er am Kragen gepackt hielt. »Offenbar ist er es wirklich«, meinte er leicht überrascht. »Was zum Teufel machen Sie hier auf dem Boden, Neville?«

Der unglückliche junge Mann fuhr sich mit dem Finger zwischen Krawatte und Hals und lockerte den Schlips, ehe er antwortete. »Äh ... das Licht im Flur muß ausgegangen sein; es war sehr dunkel, und ich war mir nicht sicher, ob ich mich nicht im Zimmer geirrt hatte. Als ich versuchte, die Nummer näher in Augenschein zu nehmen, fiel mir die Brille hinunter.«

An diesem Punkt übermannte ihn ein Hustenanfall. »Sie brauchen sich nicht weiter zu erklären«, sagte ich. »Emerson, geh' und suche Mr. Nevilles Brille. Ich hoffe nur, du bist nicht darauf getreten.«

Wie sich herausstellte, war das doch der Fall. Neville betrachtete bedrückt seine zerstörte Sehhilfe. »Zum Glück besitze ich eine zweite. Allerdings habe ich sie nicht bei mir. Wollen Sie, Mrs. Emerson, also bitte so freundlich sein, mich heute abend zu führen.«

»Selbstverständlich. Und natürlich werden wir Ihnen die Brille ersetzen. Wirklich, Emerson, du mußt dir abgewöhnen, dich so auf andere Menschen zu stürzen.«

Neville gehörte zu der jüngeren Generation von Archäologen und hatte sein beachtliches philologisches Talent bereits unter Beweis gestellt. Dem Aussehen nach war er jedoch einer der unauffälligsten Menschen, die ich kenne. Sein Bart und sein Haar waren ebenso bräunlich wie seine Haut, und seine Augen besaßen eine unbestimmbare graubraune Tönung. Nichtsdestotrotz hatte er eine sanfte und gefällige Art und ein freundliches Lächeln. »Es war meine Schuld, Mrs. Emerson. In Anbetracht der Geschichten, die mir bekannt sind, haben Sie und der Professor allen Grund, Menschen, die vor Ihrer Tür umherschleichen, mit Mißtrauen zu begegnen.«

»Wie richtig!« rief Emerson aus. »In diesem Fall jedoch muß ich mich bei Ihnen entschuldigen. Ich hoffe, ich habe Sie nicht verletzt.«

Er fing an, Neville mit solch kräftigem Eifer abzuklopfen, daß der Kopf des jungen Mannes hin und her schaukelte.

»Hör auf damit, Emerson, und geh dich umziehen«, befahl ich. »Sie werden uns entschuldigen müssen, Mr. Neville, aber wir sind später dran als erwartet. Auf dem Tisch liegt ein Manuskript, das Sie vielleicht interessiert; ich hatte Sie um den Gefallen gebeten, früher zu kommen, weil ich Sie zu einigen Passagen befragen wollte.«

Als ich die Schlafzimmertür hinter mir schloß, war Emerson schon im Bad und plantschte laut. Ich folgerte daraus, daß er einer Gardinenpredigt aus dem Weg gehen wollte – oder unangenehmen Fragen. Emerson neigt zu überstürzten Handlungen, aber er tut nie etwas ohne Grund (wie unzureichend dieser Grund auch Menschen mit weniger ausgebildetem Intellekt erscheinen mag). Hatte er einen Anlaß zum Argwohn, den er mir nicht mitteilen wollte?

Allerdings gab er mir in diesem Augenblick keine Gelegenheit, die Sache weiterzuverfolgen. Er kleidete sich mit ungewöhnlicher Geschwindigkeit und ohne Genörgel an, während ich meine Waschungen vornahm. Ich mußte ihn aus dem Salon zurückrufen, damit er mit half, mein Kleid zuzuknöpfen. Die Ablenkungsmanöver, zu denen es während dieser Prozedur oft kommt, blieben diesmal aus.

Ich trug ein Kleid in leuchtendem Scharlachrot, Emersons Lieblingsfarbe. Es entsprach der neuesten Mode, und ich hatte meine Schneiderin richtiggehend drängen müssen, damit es rechtzeitig fertig wurde. Emerson bedachte mich mit einem flüchtigen Blick und meinte: »Du siehst sehr hübsch aus, Liebling. Dieses Kleid hat mir schon immer gefallen.«

Als wir in den Salon zurückkamen, versuchte Mr. Neville gerade, mit kurzsichtigen Augen das Manuskript zu entziffern, auf das ich ihn hingewiesen hatte. »Faszinierend!« rief er aus. »handelt es sich um Mr. Walter Emersons Übertragung der ›Geschichte vom verwunschenen Prinzen‹? Sie kommt mir soviel genauer vor als die *Masperos*.«

»*Masperos* hieratische Kenntnisse mit denen meines Bruders zu vergleichen ist allein schon eine Beleidigung«, sagte Emerson grob. »Für Walter ist das eine triviale Aufgabe; er hat den Text nur in Hieroglyphen übertragen, um Mrs. Emerson einen Gefallen zu tun. Sie hatte Lust, ihn zu übersetzen, und ihre hieratischen ...«

»Vergleiche sind ebenso überflüssig wie unangebracht, Emerson«, sagte ich. »Ich habe noch nie behauptet, Expertin auf dem Gebiet des Hieratischen zu sein.«

(Zur Information für den Laien sollte ich erläutern, daß es sich beim Hieratischen um die handschriftliche und verkürzte Form der Hieroglyphen handelt – in manchen Fällen ist sie so verkürzt, daß eine Ähnlichkeit mit der Originalform fast nicht mehr festzustellen ist. Walter war eine der führenden

Autoritäten auf diesem Gebiet wie auch für andere Schriften des antiken Ägyptens. Bei mir war das nicht der Fall. Auch nicht bei Emerson.)

»Eine faszinierende Geschichte«, stimmte Neville zu.

»Vor allem jene Passage, wo ...«

»Dafür ist jetzt keine Zeit«, sagte Emerson. »Wenn es schon sein muß, bringen wir es hinter uns. Stützen Sie sich auf mich, Neville, ich lasse Sie schon nicht fallen. Amelia, du nimmst meinen anderen Arm; der verdammte Safragi hat das Licht ausgehen lassen, ich kann kaum sehen, wo ich hintrete.«

Am anderen Ende des Flurs brannten die Lampen hell, und wir kamen schneller voran. Stolz durchfuhr mich, als wir die Treppe hinabschritten, denn alle Augen, besonders die der Damen, ruhten auf der Gestalt meines Gatten. Ohne ihre Aufmerksamkeit zu bemerken, denn in solchen Dingen ist er sehr bescheiden, ging Emerson voran in den Speisesaal, wo unsere Freunde schon warteten.

Dieses Beisammensein am ersten Abend unserer Rückkehr nach Ägypten war zu einer angenehmen Tradition geworden. Als ich mich setzte, stellte ich betrübt fest, daß einige vertraute Gesichter fehlten – sie waren für immer von uns gegangen, bis zu dem freudigen Tag, wenn wir uns alle in einer besseren Welt dereinst wiedersehen würden. Ich wußte, daß für Reverend Sayce der Tod seines Freundes Mr. Wilbour im vergangenen Jahr einen tragischen Verlust bedeutet hatte. Ihre Hausboote, die »Istar« und die »Sieben Hathoren«, die stets gemeinsam den Nil hinauf und hinab segelten, waren jedem in Kairo ein Begriff gewesen. Nun mußte die »Istar« allein kreuzen, bis sie einst hinter dem Sonnenuntergang verschwinden und wieder zusammen mit der »Sieben Hathoren« auf dem breiten Fluß der Ewigkeit dahintreiben würde.

Mr. Sayces spitzes Gesicht leuchtete freudig auf, als ich dieses poetische Gefühl zum Ausdruck brachte (schon wieder Poesie! Alle normalen Leser: aufgepaßt!). »Allerdings, Mrs. Emerson, tröstet uns nicht nur das Wissen, daß unsere Freunde uns einfach nur vorausgegangen sind, über unseren Verlust hinweg, sondern auch das Auftauchen neuer Arbeiter im Dienste des Wissens.«

Ganz offensichtlich waren einige neue Gesichter anwesend – ein junger Mann namens Davies, den Mr. Newberry, der Botaniker, der mit Petrie in Hawara zusammengearbeitet hatte, als vielversprechenden Maler ägyptischer Szenen vorstellte; ein glattrasierter Amerikaner mit kantigem Kinn, der auf den namen Reisner hörte und bei der internationalen Katalogisierungskommission des Kairoer Museums tätig war; und zu guter Letzt ein Herr Busch, ein ehemaliger Schüler von Ebers in Berlin. Emerson musterte die drei mit einem raubvogelähnlichen Glitzern im Blick. Er überlegte, ob sie für unseren Mitarbeiterstab in Frage kamen.

Der vierte Fremde war schon älter und von bemerkenswertem Äußeren. Er hatte goldene Locken und leuchtende graue Augen mit dunklen Wimpern, um die ihn jede Frau beneidet hätte.

Trotzdem war sein Gesichtsschnitt sehr männlich, sein Kiefer vielleicht sogar fast zu rechteckig. Obwohl ich ihn noch nie gesehen hatte, kannte Emerson ihn offenbar und begrüßte ihn mit einem kurzen Nicken. »Also sind Sie zurück. Das ist meine Frau.«

Ich bin an Emersons schlechte Manieren gewöhnt. Deshalb gab ich dem Gentleman die Hand, der sie kräftig, aber sanft umfaßte. »Auf dieses Vergnügen habe ich mich schon lange gefreut, Mrs. Emerson. Ihr Mann hat vergessen, mich vorzustellen, ich heiße Vincey – Leopold Vincey, zu Ihren Diensten.«

»Sie hätten dieses Vergnügen schon früher haben können, wenn Sie gewollt hätten«, knurrte Emerson und bedeutete mir, auf dem Stuhl Platz zu nehmen, den ein Kellner mir zurechtrückte. »Wo haben Sie denn seit dieser skandalösen Geschichte in Anatolien gesteckt? Hatten wohl Angst, sich blikken zu lassen.«

Unseren Freunden ist Emersons unhöfliches Benehmen nicht neu, doch diese Anspielung – die ich nicht verstand – überstieg offenbar die Grenzen seiner sonstigen Taktlosigkeit. Ein erschrockenes Tuscheln ging um den Tisch. Mr. Vincey lächelte nur, aber in seinen grauen Augen lag ein trauriger Ausdruck.

Mr. Neville beeilte sich, das Thema zu wechseln. »Ich hatte soeben die Ehre, Mr. Walter Emersons letzte Übertragung aus dem Hieratischen zu sehen. Er hat ›Den verwunschenen Prinzen‹ für Mrs. Emerson in Hieroglyphen übertragen.«

»Wird das also Ihre nächste Übersetzung eines ägyptischen Märchens werden?« fragte Newberry. »Sie entwickeln sich auf diesem Gebiet zu einer Autorität, Mrs. Emerson; die … äh … dichterischen Freiheiten, die Sie sich bei dem Original nehmen, sind ziemlich … äh … ziemlich …«

»Auf diese Weise mache ich sie einer allgemeinen Leserschaft zugänglicher«, erwiderte ich. »Und es besteht ganz sicherlich ein großes Interesse an solchen Geschichten. Die Parallelen zu europäischen Mythen und Legenden sind recht bemerkenswert. Sie kennen die Geschichte selbstverständlich, Mr. Vincey?«

Mein Versuch, Emersons Fauxpas wieder wettzumachen, wurde verstanden und geschätzt. Mr. Vincey warf mir einen dankbaren Blick zu und antwortete: »Ich befürchte, ich habe die Einzelheiten vergessen, Mrs. Emerson. Es wäre mir ein Vergnügen, wenn Sie sie mir wieder ins Gedächtnis riefen.«

»Dann werde ich Scheherazade spielen und Sie alle unterhalten«, sagte ich scherzhaft. »Es war einmal ein König, der hatte keinen Sohn …«

»Wir alle kennen die Geschichte«, unterbrach Emerson. »Ich würde mich lieber mit Mr. Reisner über seine Studien in Harvard unterhalten.«

»Später, Emerson. Also betete der König zu den Göttern, und sie erfüllten seinen …«

Es wäre sinnlos, Emersons ständige Unterbrechungen einzeln aufzuführen, die den glatten Erzählfluß störten, auf den ich eigentlich abzielte. Deshalb gebe ich das Märchen hier wieder, denn, wie Sie, werter Leser, schon noch feststellen werden, hatte es einen unerwarteten und fast unheimlichen Einfluß auf die folgenden Ereignisse.

»Nachdem der kleine Prinz geboren war, kamen die sieben Hathoren, um ihm die Zukunft vorauszusagen. Sie sagten: ›Er wird durch das Krokodil, die Schlange oder den Hund sterben.‹ Selbstverständlich war der König sehr betrübt, als er das hörte. Er befahl, ein steinernes Haus zu bauen und den Prinzen mit allem, was sein Herz begehren mochte, darin einzusperren. Doch als der Prinz älter wurde, stieg er eines Tages aufs Dach hinaus und sah einen Mann, der, begleitet von einem Hund, die Straße entlangging. Er bat, man möge ihm einen Hund beschaffen. Sein Vater, der dem armen Knaben eine Freude machen wollte, ließ ihm einen Welpen bringen. Nachdem der Prinz erwachsen war, forderte er seine Freilassung mit den Worten: ›Was mir bestimmt ist, wird geschehen, ganz gleich, wie ich handle.‹ Traurig pflichtete sein Vater ihm bei, und der Knabe machte sich mit seinem Hund auf den Weg. Schließlich kam er in das Königreich Naharin. Der König dort hatte nur ein Kind, eine Tochter, die er in einem Turm eingesperrt hatte, dessen Fenster siebzig Ellen vom Boden entfernt lag. Er sagte allen Prinzen, die sie heiraten wollten, daß derjenige sie zur Frau bekäme, der ihr Fenster zuerst erreichte. Verkleidet als Wagenlenker mischte sich der ägyptische Prinz unter die jungen Männer, die den ganzen Tag lang versuchten, das Fenster der Prinzessin zu erklimmen.

Die Prinzessin erblickte ihn. Als er schließlich das Fenster erreicht hatte, umarmte und küßte sie ihn. Doch als der König von Naharin hörte, daß ein gewöhnlicher Wagenlenker die Hand seiner Tochter errungen hatte, versuchte er erst, den Jüngling fortzuschicken und dann, ihn zu töten. Die Prinzessin aber schloß den jungen Mann in die Arme und schwor, nicht ohne ihn weiterleben zu wollen. Also wurden die Liebenden getraut, und nachdem einige Zeit vergangen war, erzählte der Prinz seiner Gemahlin von der Prophezeiung. ›Laß den Hund, der dich begleitet, töten!‹ rief sie aus, aber er antwortete, er werde nicht zulassen, daß dem Tier, das er selbst aufgezogen habe, auch nur ein Haar gekrümmt würde. So bewachte die Prinzessin ihren Gemahl Tag und Nacht. Und eines Nachts, als er schlief, stellte sie Schalen mit Bier und Wein auf und wartete. Die Schlange kam aus ihrem Loch, um den Prinzen zu beißen. Doch sie trank den Wein, wurde betrunken und blieb mit dem Bauch nach oben liegen. Da nahm die Prinzessin ihre Axt und hackte die Schlange in Stücke.«

»Und das war das Ende der Geschichte«, sagte Emerson laut. »Nun, Mr. Reisner, soweit ich informiert bin, haben Sie mit der semitischen ...«

»Das ist noch nicht das Ende«, meinte ich noch lauter. »Es folgt eine verwirrende Passage, die den Eindruck macht, als habe sich der treue Hund gegen seinen Herrn gewandt. Und auf der Flucht vor dem Hund geriet er dann in die Fänge des Krokodils. Allerdings brechen die Manuskripte an dieser Stelle ab.«

»Wahrscheinlich ist es das offene Ende, das Sie so fasziniert«, warf Mr. Newberry ein. »Hat der Prinz nun durch das Krokodil oder durch den Hund den Tod gefunden?«

»Meiner Ansicht nach entging er wie beim erstenmal seinem Schicksal«, antwortete ich. »Die alten Ägypter liebten Geschichten mit einem glücklichen Ende, und die tapfere Prinzessin hat bestimmt eine Rolle bei der Lösung gespielt.«

»Diese Erklärung wäre gewiß nach Ihrem Geschmack, Mrs. Emerson«, sagte Howard Carter, der den weiten Weg aus Luxor gekommen war, um an der Tischrunde teilzunehmen. »Die Prinzessin ist die Heldin!«

»Und warum nicht?« meinte ich und erwiderte sein Lächeln. »Die alten Ägypter gehörten zu den wenigen Völkern in der Antike und auch in der Moderne, bei denen Frauen zu ihrem Recht kamen. Selbstverständlich nicht in dem Maße, wie es angemessen gewesen wäre ...«

An dieser Stelle ergriff Emerson das Wort, und da ich alles gesagt hatte, ließ ich ihn gewähren. Er erläuterte die Pläne, über die wir zuvor gesprochen hatten.

»Es wird eine Menge Geld kosten und nur wenig Ergebnisse bringen«, bemerkte Reverend Sayce. »Die Öffentlichkeit verlangt monumentale Statuen und Juwelen. Tonscherben interessieren sie nicht.«

»Aber darum sollten wir uns nicht scheren«, verkündete Howard. Er war einer der jüngsten in unserer Runde und hatte seine jugendliche Begeisterungsfähigkeit noch nicht verloren. »Eine ausgezeichnete Idee, Professor Emerson. Genau so etwas brauchen wir. Ich möchte Monsieur Loret ja nicht kritisieren, aber Sie wissen ja, wie er im vergangenen Jahr versucht hat, die Gräber ausfindig zu machen. Sondierungen! Willkürlich gebohrte Löcher ...«

»Ich weiß, was das bedeutet«, knurrte Emerson und schob seinen Suppenteller weg. »Eine verhängnisvolle Vorgehensweise. Man müßte das gesamte Tal bis hinunter auf den Felsen freilegen.« Er fuhr zurück, als ein Kellner nach dem leeren Teller griff und den Fischgang vor ihm hinstellte. »Allerdings besteht darauf wenig Hoffnung, solange die Antikenverwaltung die Ausgrabungsgenehmigungen nach persönlicher Sympathie erteilt.«

»Was ist mit Meidum?« fragte Reverend Sayce. »Die Pyramide ist nie vollständig freigelegt worden, und es gibt gewiß noch mehr Mastabas auf den umliegenden Friedhöfen.«

»Oder Amarna«, warf Mr. Newberry ein. »Sie haben doch, soweit ich weiß, vor einigen Jahren dort gearbeitet.«

Ein Schauder durchlief mich. Pyramiden sind, wie Emerson es ausdrückt, meine große Leidenschaft. Doch der Name Amarna wird in meinem Herzen stets einen besonderen Platz haben, denn dort haben Emerson und ich einander kennen- und schätzen gelernt. Ich warf meinem Gatten einen bedeutsamen Blick zu. Er musterte Mr. Newberry ebenfalls bedeutsam, und ich erkannte am Funkeln in seinen Augen, daß er im Begriff war, eine provokante Bemerkung zu machen.

»Das ist richtig, und ich habe ernsthaft an diese Ausgrabungsstätte gedacht. Schließlich liegt dort der Schlüssel zu einer der verwirrendsten Perioden der ägyptischen Geschichte. Doch seit unserer Abreise hat man dic archäologischen Überreste einfach verfallen lassen. Niemand hat auch nur einen Finger krummgemacht ...«

»Jetzt übertreibst du aber, Emerson«, sagte ich rasch. »Mr. Newberry war dort. Mr. Petrie war dort ...«

»Ein Jahr lang. Typisch Petrie.« Emerson schob seinen Fisch beiseite. Er lehnte sich in seinem Stuhl zurück. Offenbar bereitete es ihm einen Heidenspaß, seine Freunde zu ärgern. »Soweit ich weiß, haben Sie auch einen Abstecher dorthin unternommen, Sayce.«

Wie ich leider sagen muß, gehörte Reverend Sayce zu Emersons bevorzugten Opfern. Er war ein mageres Männlein mit spitzem Gesicht und galt bei vielen als ausgezeichneter Wissenschaftler, obwohl er nicht über eine formale Ausbildung verfügte und nie etwas veröffentlicht hatte. Dieses Versäumnis allein hätte schon gereicht, um Emersons Verachtung heraufzubeschwören, und die religiöse Überzeugung des Reverend, die Emerson in keinem Punkt teilte, trug das Ihre dazu bei.

»Ich war mit Monsieur Daressy im Jahre '91 dort«, antwortete Sayce vorsichtig.

»Als er die Überreste Echnatons fand?« Emersons Lippen verzogen sich, und er wirkte einen Moment lang wie ein Hund, der gerade im Begriff ist, jemandem die Zähne in die Hand zu schlagen. »Ich habe von diesem unglaublichen Fund gelesen und war überrascht, daß ihm keine größere Beachtung geschenkt wurde. Haben Sie die Mumie tatsächlich gesehen? Daressy erwähnte nur Fetzen des Wickeltuches.«

»Wir fanden eine Leiche, oder vielmehr das, was davon übrig war«, antwortete Sayce ängstlich. Er kannte dieses Lächeln auf Emersons Gesicht.

»Selbstverständlich haben Sie sie untersucht.«

Sayce errötete. »Sie war in einem entsetzlichen Zustand. Fast völlig verbrannt ...«

»Wirklich ekelhaft«, stimmte Emerson ernst zu. »Was ist aus ihr geworden?«

»Wahrscheinlich kam sie ins Museum.«

»Nein, das ist nicht richtig. Ich habe das Eingangsbuch studiert. Sie ist nicht darin aufgeführt.«

»Ich hoffe, Professor, Sie wollen nicht etwa Zweifel an meinem Augenlicht oder meinem Gedächtnis andeuten. Ich habe diese Mumie gesehen!«

»Dessen bin ich mir sicher. Ich selbst sah sie sieben Jahre zuvor.« Emerson blickte mich an. Er amüsierte sich so großartig, daß ich es nicht übers Herz brachte, ihn zu tadeln. Und ich fand, daß der Reverend durch ein wenig freundschaftliche Neckerei keinen Schaden nehmen würde. »Wir haben es uns erspart, dieses gräßliche Ding zu suchen, nachdem man es uns gestohlen hatte, richtig, Peabody? Die Dorfbewohner müssen es neben dem königlichen Grab weggeworfen haben, nachdem sie es zerlegt und nach Amuletten durchwühlt hatten. Kein Verlust. Es war nur eine dieser lästigen Mumien jüngeren Datums, von irgendeinem armen Teufel.«

Newberry versuchte, sein Lächeln zu verbergen. Wir hatten die unbrauchbare Mumie in unserem Bericht ausgelassen, da sie nicht mit der Geschichte der Ausgrabungsstätte in Zusammenhang stand. Allerdings wußten viele unserer Freunde von unserer merkwürdigen Begegnung mit eben dieser Mumie. Carter war weniger taktvoll und rief aus: »Du meine Güte! Ich hatte Ihre wandelnde Mumie ganz vergessen, Professor! Glauben Sie, daß es diejenige war, die Daressy gefunden hat?«

»Dessen bin ich mir sicher«, antwortete Emerson ruhig.

»Keiner der Narren, die sie untersucht haben – entschuldigen Sie, Sayce, Sie habe ich natürlich nicht gemeint –, hatte das Hirn zu bemerken, daß sie aus einer anderen Epoche stammte. Aller Wahrscheinlichkeit nach hat jemand Daressy später darauf hingewiesen, und er hat sich daraufhin einfach des peinlichen Beweisstücks entledigt und den Mund gehalten.«

»Ich bin immer noch der Auffassung ...«, fing Sayce erbost an.

»Ist schon in Ordnung«, schnitt Emerson ihm das Wort ab. »Amarna hat wirklich einige Verlockungen zu bieten. Das Königsgrab ist noch nie richtig untersucht worden, und in diesem abgelegenen Wadi gibt es sicherlich noch weitere Gräber.«

Er nahm einen Bissen von seinem Fisch. Mr. Vincey, der bescheiden zugehört hatte, ergriff nun das Wort. »Auch ich habe Gerüchte von weiteren Gräbern gehört, aber solcher Klatsch ist in Ägypten keine Seltenheit. Haben Sie Beweise?«

Seine Stimme war sanft und seine Frage zweifellos vernünftig. Also verstand ich nicht, warum Emerson ihm so einen finsteren Blick zuwarf. »Ich befasse mich, wie Sie eigentlich wissen sollten, nicht mit Gerüchten, Vincey. Ich kannte das Königsgrab mindestens zehn Jahre vor seiner offiziellen Entdeckung.«

Es war ein Zeichen für Emersons guten Ruf, daß niemand dieser Behauptung widersprach, doch Newberry rief mit untypischer Leidenschaft aus: »Sie hätten die Höflichkeit besitzen können, Ihre Freunde zu informieren, Emerson. Petrie und ich haben im Winter 1891 unzählige Stunden damit zugebracht, die verdammte Stelle zu finden. Und ich habe mir viel Ärger eingehandelt, als ich Grebaut in meinem Brief an die Akademie vorwarf, er habe fälschlicherweise den Ruhm für die Entdeckung des Grabes eingeheimst.«

»Was macht ein bißchen Ärger, wenn es um eine gerechte Sache geht?« fragte Emerson, der, wenn man so sagen kann, den Großteil seines Lebens bis über beide Ohren in Schwierigkeiten gesteckt hat. »Grebaut ist der unfähigste, dümmste und taktloseste Trottel, der sich jemals Archäologe geschimpft hat. Abgesehen von Wallis Budge natürlich. Ich hänge meine Entdeckungen nicht an die große Glocke, ehe ich nicht in der Lage bin, mich selbst darum zu kümmern. Die Plünderungen der Einheimischen richten schon genug Schaden an den Antiquitäten an, die Plünderungen der Archäologen sind noch schlimmer. Der Himmel weiß, welche bedeutungsvollen Funde Daressy und Sayce einfach mit dem Fuß beiseitegeschoben haben, als sie ...«

Sayce fing an zu stottern, und Mr. Reisner sagte rasch: »Dann werden Sie nicht in den Sudan zurückkehren? Diese Gegend hat mich schon immer fasziniert. Es gibt soviel zu tun dort.«

»Es lockt mich schon«, gab Emerson zu. »Aber die meriotische Kultur ist nicht mein Spezialgebiet. Verdammt, schließlich kann ich nicht überall gleichzeitig sein!«

Ich hatte gehofft, das Thema Sudan vermeiden zu können, denn ich wußte, was nun folgen würde. Archäologen sind gegen plumpe Neugier nicht mehr gefeit als Sie und ich. Gespannte Aufmerksamkeit war jetzt am Tisch zu spüren, aber noch ehe jemand eine Frage stellen konnte, wurden wir durch die Ankunft eines kleinen, gedrungenen Mannes abgelenkt, der majestätisch wie ein Vizekönig – der er, beruflich gesehen, auch war – auf unseren Tisch zurauschte.

»Monsieur Maspero!« rief ich aus. »Was für eine schöne Überraschung! Ich wußte gar nicht, daß Sie in Kairo sind.«

»Nur auf der Durchreise, meine Liebe. Ich kann nicht bleiben, aber als ich von Ihrer Ankunft hörte, konnte ich mir die Freude nicht versagen, Sie am Schauplatz Ihrer vielen Triumphe willkommen zu heißen.« Während er mich auf seine liebenswerte französische Art mit Blicken verschlang, fuhr er fort: »Sie kennen das Geheimnis der ewigen Jugend, chère Madame; in der Tat sind Sie noch jugendlicher und hübscher als an dem Tag, als wir uns in den Hallen des Museums begegneten. Ich ahnte ja nicht, was für ein bedeutungsvoller Tag das werden sollte! Vielleicht, meine Herren, werden Sie bei mir nur wenig Ähnlichkeit mit dem Gott der Liebe entdecken, aber an jenem Tage hatte ich die Ehre, Amor zu spielen. Denn ich habe Madame mit dem Gentleman bekannt gemacht, der später ihr Herz und ihre Hand eroberte.«

Mit einer ausladenden Geste wies er auf Emerson, der das belustigte Lächeln der anderen mit einem eisigen Blick erwiderte. Als Maspero Direktor der Antikenverwaltung gewesen war, hatte Emerson ihm gegenüber eine äußerst kritische Einstellung gehegt. Allerdings verabscheute er die Nachfolger dieses Herrn noch viel mehr. »Sie sollten Ihre alte Stelle wieder antreten, Maspero«, sagte er nun. »Seit Sie weg sind, fällt der ganze verdammte Laden auseinander. Grebaut war eine Katastrophe, und de Morgan ...«

»Nun, darüber sprechen wir ein andermal«, meinte Maspero, der aus schmerzlicher Erfahrung wußte, daß es nötig war, Emerson zu bremsen, wenn er anfing, sich über die Versäumnisse der Antikenverwaltung zu ereifern. »Ich bin in Eile. Ich habe noch eine Verabredung. Aber Sie müssen mir noch rasch berichten, was ganz Kairo brennend interessiert, Madame. Wie geht es der jungen Dame, die Ihnen soviel verdankt? Von all Ihren ruhmreichen Abenteuern war dies sicherlich der größte Triumph.«

»Sie ist in jeder Hinsicht wohlauf«, antwortete ich. »Wie nett von Ihnen, sich danach zu erkundigen, Monsieur.«

»Nein, nein, Sie dürfen mich nicht mit höflichen Floskeln abspeisen. Sie sind zu bescheiden, Madame. Das kann ich nicht zulassen. Wir wollen die ganze Geschichte hören. Wie Sie von ihrer schrecklichen Lage erfahren, was Sie angestellt haben, um sie zu finden, und welchen Bedrohungen Sie auf der gefährlichen Reise ins Auge blicken mußten.«

Emerson blickte derart versteinert drein, als wäre sein Gesicht aus Granit gemeißelt. Die anderen beugten sich mit halb geöffneten Mündern und leuchtenden Augen vor. Diese Geschichte würde ihnen für den Rest der Saison die Einladungen zu sämtlichen Abendgesellschaften sichern, da niemand sie bis jetzt aus erster Hand gehört hatte.

Mir hatte es davor gegraut, die Geschichte vor unseren Berufskollegen zum besten zu geben. Anders als die allgemeine Öffentlichkeit verfügten sie über das nötige Fachwissen, um die Unstimmigkeiten in unserem kleinen Märchen zu entlarven. Trotzdem hatte ich gewußt, daß dieser Moment kommen würde, und mich mit meiner üblichen Gründlichkeit darauf vorbereitet.

»Das Lob gebührt nicht mir, Monsieur. Ich hatte keine Ahnung von Miss Forths Existenz. Wie Sie sicherlich gehört haben, waren wir auf der Suche nach ihrem Vetter, der sich aufgemacht hatte, um seine Tante und seinen Onkel zu finden, und sich dabei in der Wüste verirrte. Wie viele unvorsichtige Reisende waren sie verschollen, als der Mahdi den Sudan überrannte.« Ich hielt inne, um einen Schluck Wein zu trinken und mir meine Worte sorgfältig zurechtzulegen. Dann fuhr ich fort. »Seit die Region wieder befriedet ist, gab es Gerüchte, daß einige dieser Menschen überlebt haben.«

»Und aufgrund eines solchen Gerüchts ist Mr. Forthright in die Wüste gereist?« Maspero schüttelte den Kopf. »Das war leichtsinnig und töricht.«

»Die göttliche Eingebung hat ihn geleitet«, sagte Sayce ehrfürchtig. »Und Sie zur Rettung des unschuldigen Kindes geführt.«

Ich hätte den freundlichen alten Herrn treten können. Eine solche Bemerkung war dazu angetan, Emersons Schweigen zu brechen, denn er verabscheut es besonders, Gott die Lorbeeren für seine eigenen Leistungen einstreichen zu lassen. Unglücklicherweise konnte ich Emerson nicht treten, denn er saß mir am Tisch gegenüber.

»Diese göttliche Eingebung hat ihm wohl auch eingeflüstert, sich in der Wüste zu verlaufen«, höhnte mein Mann. »Da wir mehr Grütze im Kopf haben, verließen wir uns nicht auf …«

Da ich ihm keinen warnenden Tritt gegen das Schienbein verpassen konnte, mußte ich einen anderen Weg finden, um seinen Redefluß zu bremsen. Ich stieß mein Weinglas um. Der Großteil der Flüssigkeit wurde vom dicken Damast des Tischtuchs aufgesaugt, aber ein paar Tropfen spritzten auf mein nagelneues Kleid.

»Worauf haben Sie sich verlassen?« fragte Carter neugierig.

»Es war nicht die göttliche Eingebung, sondern reines Glück«, sagte ich mit einem finsteren Blick auf Emerson. »Wir erlebten die üblichen Abenteuer. Sie kennen das ja, meine Herren: Sandstürme, Durst, Überfälle von Beduinen, nichts Besonderes also. Flüchtlinge, denen wir unterwegs begegneten, erzählten uns von den Missionaren. Sie gehörten einer seltsamen protestantischen Sekte an, so etwas wie die Brüder des Neuen Jerusalem – sie sind Ihnen sicherlich ein Begriff, Reverend –, und schließlich erreichten wir das abgelegene Dorf, wo sie wundersamerweise vierzehn Jahre Krieg und Elend überstanden hatten. Mr. und Mrs. Forth waren verstorben, aber ihr Kind lebte noch. Glücklicherweise gelang es uns, das Mädchen nach England zu bringen, damit es sein rechtmäßiges Erbe antreten konnte.«

Der Kellner hatte ein frisches Weinglas gebracht. Ich nahm einen kräftigen Schluck. Diese Stärkung hatte ich mir redlich verdient.

»Und Sie haben keine Spur vom armen Mr. Forthright gefunden?« Newberry schüttelte den Kopf. »Ein Jammer. Ich befürchte, seine Knochen bleichen irgendwo in der Fremde.«

Ich hoffte das zutiefst. Schließlich hatte der junge Schurke sein möglichstes getan, um uns zu ermorden.

»Aber habe ich nicht auch etwas über eine Karte gehört?« fragte Mr. Vincey.

Fast wäre mir noch einmal mein Weinglas umgekippt. Es gelang mir, es festzuhalten. Maspero rettete mich. »Willie

Forths berühmte Karten!« meinte er und lachte herzhaft. »Wir alle haben davon gehört, oder nicht?«

»Sogar ich«, sagte Carter lächelnd. »Und dabei kannte ich den Herrn gar nicht. Aber er ist in Ägypten so etwas wie eine Legende.«

»Ein verrückter Außenseiter, wie sie in der Archäologie immer anzutreffen sind«, meinte Newberry tadelnd. »Und so führten ihn seine Phantastereien nicht in die goldene Stadt, wie er gehofft hatte, sondern zu einem Dorf aus elenden Lehmhütten und in einen frühen Tod.«

Maspero verabschiedete sich. Für den restlichen Abend drehte sich das Gespräch ausschließlich um archäologische Themen.

Nachdem wir wieder in unserem Zimmer waren, riß sich Emerson den steifen Kragen vom Hals. »Dem Himmel sei Dank, das wäre ausgestanden. So etwas tue ich mir nie wieder an, Amelia. Ein solcher Anzug ist ebenso überholt wie eine Ritterrüstung und fast genauso unbequem.«

Der Wein hatte sichtbare Flecken auf meinem Rock hinterlassen. »Zum Kostümball mußt du keinen Abendanzug tragen, Liebling«, antwortete ich sanft. »Ich dachte an etwas Elisabethanisches. Diese enganliegenden Strumpfhosen würden deine hübsch geformten Beine gut zur Geltung bringen.«

Emerson hatte das Jackett ausgezogen. Einen Augenblick lang dachte ich schon, er würde es nach mir werfen. Seine Augen blitzten. »Wir gehen zu keinem Kostümball, Amelia«, sagte er, wobei er sich vergeblich bemühte, die Stimme zu dämpfen. »Lieber würde ich meiner eigenen Hinrichtung beiwohnen.«

»Er findet in vier Tagen statt. Ich hoffe, wir werden etwas auf dem Basar finden. Bitte hilf mir mit meinen Knöpfen, Emerson. Vielleicht bekomme ich die Flecken ja heraus, wenn ich sie sofort feucht abtupfe.«

Allerdings war ich an diesem Abend nicht mehr in der

Lage, die Flecken in Angriff zu nehmen. Bis die Knöpfe endlich offen waren, hatte ich etwas völlig anderes im Sinn.

Einige Zeit später, als eine angenehme Schläfrigkeit allmählich von meinem müden Körper Besitz ergriff, ließ ich mit verständlicher Selbstzufriedenheit die Ereignisse des Abends Revue passieren. Wenn die Geschichte im Laufe der Monate von Mund zu Mund ginge, würde sie bis zur Unkenntlichkeit verändert und ausgeschmückt werden. Aber wenigstens war mein ursprüngliches Lügengespinst von jenen akzeptiert worden, deren Meinung am meisten zählte. Wie seltsam, dachte ich, daß es Willoughby Forths Ruf, ein Exzentriker zu sein, zu verdanken war, daß seine Tochter sich nun vor üblem Klatsch und die Verlorene Oase sich vor Entdeckung und Plünderung sicher fühlen konnten.

Ich wollte das eben Emerson mitteilen, als mir seine regelmäßigen Atemzüge verrieten, daß er eingeschlafen war. Ich drehte mich auf die Seite, lehnte den Kopf an seine Schulter und folgte seinem Beispiel.

*

Ich bin ein methodischer Mensch, Emerson nicht. Es bedurfte einer ausgedehnten Debatte, bis ich ihn überzeugen konnte, daß wir uns mit einer Karte Ägyptens hinsetzen und eine ordentliche Liste möglicher Ausgrabungsorte erstellen sollten, anstatt blindlings herumzureisen. Je länger ich darüber nachdachte, desto besser gefiel mir der Plan. Obwohl ich unser Vagabundendasein genossen hatte, nie zu wissen, wo wir im nächsten Jahr, in der nächsten Saison sein würden, obwohl sich niemand mit größerer Gleichmut als ich der schwierigen Aufgabe stellte, jedes Jahr ein neues Lager aufzuschlagen – an Orten, wo das Wasser knapp, die Behausungen unzureichend und Insekten und Krankheiten im Übermaß vorhanden waren, dagegen wenig Gelegenheiten, ein paar Augenblicke allein mit Emerson zu sein, besonders, wenn Ramses uns zwischen den Füßen herumlief ... Nun, vielleicht hatte ich es doch nicht so genossen, wie ich gedacht hatte! Ganz sicher war die Vorstellung, einen dauerhaften Stützpunkt zu haben, sehr verlockend. Ich malte mir schon aus, wie das Haus aussehen sollte: ein geräumiger, bequemer Wohnbereich, ein Photoatelier, ein Büro für die Buchführung ... vielleicht sogar eine Schreibmaschine und ein Mensch, der sie bedienen konnte. Im Geiste hatte ich mir schon den Stoff für die Wohnzimmervorhänge ausgesucht, als Emerson, der über der Karte brütete, zum erstenmal den Mund aufmachte.

»Wir wollen uns doch wohl nicht südlich von Luxor niederlassen, oder? Außer, es gibt zwischen Luxor und Assuan eine Stelle, nach der du dich besonders sehnst.«

»Nicht, daß ich wüßte. Im Gebiet von Theben bestehen allerdings einige Möglichkeiten.«

Wir hatten beschlossen, auf dem Zimmer zu frühstücken, um unter uns zu sein, und weil Emerson sich nicht für eine Mahlzeit im Speisesaal feinmachen wollte. Sein Hemd stand am Hals offen, und er hatte die Ärmel über die Ellenbogen hochgekrempelt. Wie er so bequem dasaß, die langen Beine ausgestreckt, die Pfeife in der einen Hand, den Stift in der anderen, lenkte er – ungewollt – fast von meinem eigentlichen Vorhaben ab. Er bemerkte meinen zärtlichen Blick nicht und schob die Karte zu mir hinüber. »Schau her, Peabody. Ich habe die Orte meiner Wahl angekreuzt. Du kannst welche hinzufügen oder streichen.«

»Ich glaube, ich streiche lieber«, sagte ich nach einem Blick auf die dicken Kreuze, die die Karte zierten. »Wir müssen die Wahlmöglichkeiten auf ein halbes Dutzend oder weniger beschränken. Beni Hassan zum Beispiel wäre nicht meine erste Wahl.«

Emerson stöhnte verzweifelt. »Seit meinem ersten Besuch sind die Gräber stark verfallen. Man muß die Abbildungen und Inschriften dringend kopieren.«

»Das gilt für fast jeden Ort, den du angekreuzt hast.«

So setzte sich die Debatte fort, und nach ein oder zwei erfrischenden Stunden hatten wir die Liste auf drei gekürzt – Meidum, Amarna und das westliche Theben –, und ich hatte Emersons Vorschlag zugestimmt, daß wir vor der endgültigen Entscheidung die Ausgrabungsstätten zuerst einmal in Augenschein nehmen sollten.

»Es ist noch früh in der Saison«, erinnerte er mich. »Und wir hatten jahrelang nicht die Muße, Touristen zu spielen. Ich hätte Lust, mir das Grab anzusehen, das Loret im vergangenen Jahr entdeckt hat. Der verdammte Trottel hat einige Mumien dort zurückgelassen.«

»Fluche nicht, Emerson«, sagte ich automatisch. »Es wäre nett, das liebe alte Tal der Könige wiederzusehen. Was hältst du davon, mit Meidum anzufangen, da es ganz in der Nähe ist?«

»In der Nähe kann man wohl nicht sagen. Gestehe, Peabody, du bevorzugst Meidum, weil es dort eine Pyramide gibt.«

»Irgendwo müssen wir ja anfangen. Nach Meidum können wir ...«

Ein Klopfen unterbrach mich. Der Safragi kam mit einem Blumenstrauß herein. Ich hatte am Vorabend schon einige Gebinde von unseren Gästen erhalten. Das größte und extravaganteste stammte von Monsieur Maspero. Da keine Vase frei war, schickte ich den Diener hinaus, um noch eine zu holen, während ich das hübsche Arrangement aus Rosen und Mimosen bewunderte.

»Keine roten Rosen?« fragte Emerson lächelnd. »Ich würde nie zulassen, daß du rote Rosen von einem anderen Herrn annimmst, Peabody.«

In der Blumensprache bedeuten rote Rosen Liebe. Es war beruhigend, ihn so scherzhaft über ein Thema sprechen zu hören, das ihn früher zu eifersüchtigen Tobsuchtsanfällen hingerissen hatte. So sagte ich mir wenigstens.

»Sie sind weiß«, antwortete ich ziemlich knapp. »Ich frage mich, wer ... Ach, da ist ja eine Karte. Mr. Vincey! Ein wirklicher Gentleman, das muß ich sagen. Schließlich hatte ich kaum Gelegenheit, mit ihm zu sprechen. Übrigens, Emerson, das wollte ich dich schon längst fragen – was war denn das für eine schreckliche Geschichte, auf die du angespielt hast?«

»Der Schatz von Nimrud. Du hast bestimmt davon gelesen.«

»Ich erinnere mich an die Zeitungsberichte, aber das war einige Jahre, bevor ich anfing, mich persönlich für Archäologie zu interessieren. Es war ein ziemlich reicher Fund – goldene und silberne Gefäße, Juwelen und so weiter. Soweit ich weiß, wurde alles ans Metropolitan Museum verkauft.«

»Richtig. Was die Zeitungen allerdings nicht berichteten, weil sie die Gesetze, was üble Nachrede betrifft, gut kennen, war, daß man Vincey verdächtigte, den Verkauf an das Museum vermittelt zu haben. Er leitete die Ausgrabungen in Nimrud im Auftrage von Schamburg, dem deutschen Millionär.«

»Willst du damit sagen, er hat das Gold entdeckt und den Fund nicht seinem Arbeitgeber und den örtlichen Behörden gemeldet? Schockierend!«

»Schockierend in der Tat, aber nicht notwendigerweise illegal. Die Gesetze, die den Umgang mit Antiquitäten und die Frage des Eigentumsrechts an vergrabenen Schätzen regeln, waren damals noch vager formuliert als heute. Wie dem auch sei, man konnte nichts beweisen. Falls Vincey seine Beute dem Metropolitan zum Kauf angeboten hat, tat er das durch einen Mittelsmann, und dem Museum lag ebensowenig wie ihm daran, Licht in die Transaktion zu bringen.«

Ich konnte sehen, daß Emerson unruhig wurde. Er klopfte seine Pfeife aus, scharrte mit den Füßen und griff wieder nach der Karte. Aber ich blieb beharrlich.

»Dann liegt es also daran, daß mir nichts über Mr. Vinceys Tätigkeit als Archäologe bekannt ist. Der bloße Verdacht einer Veruntreuung ...«

»... beendete seine Karriere«, ergänzte Emerson den Satz. »Niemand wollte ihn mehr anstellen. Und dabei hatte er sehr vielversprechend angefangen. Er widmete sich der Ägyptologie ... leistete gute Arbeit in Kom Ombo und Denderah. Es gab Gerüchte ... Aber was sitzen wir hier und klatschen wie zwei alte Weiber? Komm, zieh dich an, dann können wir gehen.«

Er stand auf und streckte sich. Durch diese Bewegung kam seine Gestalt sehr vorteilhaft zur Geltung: seine breiten Schultern, die muskulösen Beine. Ich argwöhnte, daß er das getan hatte, um mich abzulenken, denn Emerson ist sich dessen bewußt, wie sehr ich die ästhetischen Qualitäten seiner Person schätze. Allerdings fragte ich hartnäckig weiter.

»Warst du vielleicht rein zufällig derjenige, der diese Schandtat ans Licht gebracht hat?«

»Ich? Gewiß nicht. Ganz im Gegenteil, ich verteidigte ihn, indem ich darauf hinwies, daß andere Archäologen, einschließlich gewisser Beamter des British Museum ebenso skrupellos in ihren Methoden waren, wenn es darum ging, Antiquitäten zu beschaffen.«

»Aber Emerson, was für ein an den Haaren herbeigezogenes Argument! Du überraschst mich.«

»Dem Schatz erginge es im Metropolitan Museum sicherlich besser als in irgendeiner Privatsammlung.«

»Dieses Argument ist noch schwächer.«

Emerson marschierte in Richtung Schlafzimmer. Auf diese diskrete Weise teilte er mir mit, daß ihm nichts daran lag, das Gespräch fortzusetzen. Ich allerdings hatte noch eine Frage.

»Warum hast du das Thema so taktlos zur Sprache gebracht? Die anderen waren bereit, die Vergangenheit ruhen zu lassen ...«

Emerson wirbelte herum; seine männlichen Züge waren in ehrlicher Entrüstung gerötet. »Ich? Unhöflich? Du hast keine Ahnung vom Umgangston zwischen Männern, Peabody. Es handelte sich nur um einen Scherz unter Freunden.«

*

Die folgenden Tage verliefen sehr angenehm. Wir hatten schon lange nicht mehr die Muße gehabt, durch Kairo zu schlendern, alte Bekanntschaften aufzufrischen, in den Cafés Streitgespräche mit Gelehrten von der Universität zu führen und den Buchladen im Basar zu durchstöbern. Einen Abend verbrachten wir mit unserem alten Freund Scheich Mohammed Bahsoor und aßen viel zuviel. Hätten wir nicht so zugelangt, wäre das ein arger Verstoß gegen die guten Manieren gewesen, obwohl ich wußte, daß ich in Folge die ganze Nacht lang Emersons Schnarchen würde ertragen müssen. Er schnarcht immer, wenn er zu viel gegessen hat. Der Scheich war enttäuscht, als er erfuhr, daß Ramses nicht bei uns war, und schüttelte mißbilligend den Kopf, als ich ihm sagte, der Junge sei in England geblieben, um sich seiner Schulbildung zu widmen. »Was kann er dort Nützliches lernen? Du solltest ihn zu mir schicken, Sitt Hakim. Ich werde ihm beibringen, zu reiten, zu schießen und über die Herzen der Menschen zu herrschen.«

Monsieur Loret, der Direktor der Antikenverwaltung, weilte in Luxor, weshalb wir ihn nicht aufsuchen konnten, wie es sich gehört hätte. Aber wir verbrachten unsere Zeit mit anderen Kollegen, ließen uns das Neueste über den Stand der archäologischen Ausgrabungen berichten und erkundigten uns nach erfahrenem Personal. An einem Tag lud uns Reverend Sayce zum Mittagessen auf sein Hausboot ein, um uns einen Studenten vorzustellen, in den er große Hoffnungen setzte. Die »Istar« war nicht annähernd so ein schönes Boot wie die »Philae«, meine eigene geliebte Dahabije, doch sie rief lebhafte Erinnerungen an jene unvergessene Reise wach. Als wir uns verabschiedeten, konnte ich einen Seufzer nicht unterdrücken, und Emerson sah mich fragend an.

»Warum so nachdenklich,Peabody? Warst du von Mr. Jacksons Fähigkeiten nicht beeindruckt?«

»Er macht einen intelligenten und kompetenten Eindruck.

Ich habe an die Vergangenheit gedacht, mein lieber Emerson. Weißt du noch …«

»Oh, dein Hausboot. Die Kähne sind zwar malerisch, aber unpraktisch. Mit dem Zug sind wir in sechzehneinhalb Stunden in Luxor. Sollen wir morgen nach Meidum fahren? Der nächste Bahnhof ist in Rikka; dort können wir Esel mieten.«

Er redete immer weiter, und es fiel ihm nicht auf, daß ich nicht antwortete.

Als wir den Flur zu unseren Zimmern entlanggingen, hörte ich auf einmal Geräusche, die nach einem Krieg in Kleinformat klangen – Schreie, Scheppern und Krachen. Die Tür zu unserem Salon stand offen, und aus eben diesem Raum kam der Lärm. Mein erstaunter Blick fiel auf ein schreckliches Tohuwabohu. Gestreifte Galabiyas bauschten sich wie Segel im Sturm, ihre Träger rannten hin und her, Geschrei und deftige arabische Flüche hallten von den Wänden wider.

Ein noch derberer Fluch von Emerson, dessen Fähigkeiten auf diesem Gebiet alles jemals Gehörte übertreffen, erhob sich über den Tumult und brachte ihn zum Verstummen. Keuchend standen die Männer da. Ich erkannte unseren Safragi, der offenbar einige seiner Freunde herbeigerufen hatte, damit sie ihm in seinen Anstrengungen – worauf sie auch immer gerichtet sein mochten – behilflich waren. Als sich ihre Gewänder langsam senkten, erblickte ich das Ziel dieser Anstrengungen.

Es hatte sich auf die Sofalehne geflüchtet, wo es in Abwehrhaltung stand, mit gesträubtem Fell und peitschendem Schwanz. Einen Augenblick lang überkam mich ein abergläubisches Gefühl. Mir war, als gewahrte ich die Botin einer übernatürlichen Macht, die erschienen war, um einem geliebten Menschen Unheil vorauszusagen. Wenn der dämonische Schwarze Hund den Tod eines Mitgliedes aus adeliger Familie ankündigte, welch passenderen Unheilsboten konnte es dann für Emerson und die Seinen geben als eine riesige, getigerte, ägyptische Katze?

»Bastet!« rief ich. »Oh, Emerson ...«

»Sei nicht dumm, Peabody.« Emerson, der sich mit Katzen auskannte, umkreiste das Tier vorsichtig in einem großen Bogen. Als die Katze den Kopf wandte, um seinen Bewegungen zu folgen, sah ich ihre Augen: Sie waren nicht golden wie bei unserer Katze Bastet, sondern hatten eine klare, blaßgrüne Farbe. »Erstens ist Bastet in Chalfont bei Ramses«, sprach Emerson weiter. »Und zweitens ... liebes Kätzchen, gutes Kätzchen ...« Er bückte sich und warf einen Blick auf das Hinterteil des Tiers. »... ist diese Katze ein Kater. Das ist offensichtlich.«

Außerdem war der Kater größer und hatte ein dunkleres Fell. Und sein Gesicht zeigte nicht Bastets wohlwollenden Ausdruck. Nur selten habe ich einen berechnenderen Ausdruck in den Augen eines Säugetiers gesehen – eines Zwei- oder Vierbeiners.

»Wie ist der Kater hereingekommen?« fragte ich und wiederholte die Frage dann auf Arabisch.

Der Safragi erhob flehend die Hände, die von einigen tiefen, blutenden Kratzern übersät waren. Der Kater mußte durchs Fenster geklettert sein; der Diener hatte ihn vorgefunden, als er hereingekommen war, um ein Paket abzugeben, und hatte vergeblich versucht, ihn zu vertreiben.

»Und deswegen hast du eine Armee tolpatschiger Freunde zur Hilfe gerufen«, meinte ich spöttisch und ließ meinen Blick über die zerschmetterten Vasen, die verstreuten Blumen und die zerfetzten Vorhänge gleiten. »Raus mit euch, mit euch allen. Ihr macht dem armen Tier nur angst.«

Der verwundete Safragi erwiderte den Blick des Katers mit einem nicht minder bösartigen Funkeln. Ich muß zugeben, daß das Tier nicht verängstigt wirkte. Ich wollte mich ihm gerade nähern – Emerson hatte sich, wie ich feststellte, in weiser Voraussicht zurückgezogen –, als der Safragi sich zu der offenen Tür umwandte und hinausrief: »Wir haben ihn gefunden, Effendi. Hier ist er!«

»Das sehe ich«, sagte Mr. Vincey. Er schüttelte den Kopf. »Böser Kater! Ungezogener Anubis!«

Ich drehte mich um. »Guten Tag, Mr. Vincey. Ist das Ihr Kater?«

Sein Gesicht, das unbewegt so melancholisch wirkte, erhellte sich beim Lächeln. Er trug einen gut geschnittenen Nachmittagsanzug, der seine sportliche Figur betonte, doch ich bemerkte, daß der einst teure Stoff, obwohl ordentlich ausgebürstet und gebügelt, beklagenswert abgetragen war. »Mein Freund und Begleiter«, sagte er sanft. »Aber – ach, du meine Güte! – ich sehe, daß er sich wirklich sehr unartig betragen hat. Ist er für dieses Durcheinander verantwortlich?«

»Es ist nicht seine Schuld«, antwortete ich und näherte mich dem Tier. »Jedes Geschöpf, das verfolgt wird ...«

Mr.Vinceys Warnschrei kam zu spät. Ich zog meine Hand zurück, die nun von eine Reihe blutender Kratzer überzogen war.

»Vergeben Sie mir, liebe Mrs. Emerson!« rief Vincey aus. Er trat vor und nahm den Kater auf den Arm. Dieser ließ sich gemütlich darauf nieder und fing in einem tiefen Bariton zu schnurren an. »Anubis könnte man als Einpersonen-Katze bezeichnen. Ich hoffe, er hat Ihnen nicht weh getan, oder?«

»Was für eine idiotische Frage«, bemerkte Emerson. »Hier, Peabody, nimm mein Taschentuch. Moment mal – ich hatte es doch hier in der Tasche ...«

Es war nicht in seiner Tasche. Dort war es fast nie. Also nahm ich das, das Mr. Vincey mir anbot, und wickelte es mir um die Hand. »Es ist nicht das erstemal, daß ich gekratzt werde«, sagte ich mit einem Lächeln. »Ich bin Ihnen nicht böse, Mr. Vincey. Und dir auch nicht, Anubis.«

»Am besten stelle ich Sie vor.« Vincey setzte diesen Vorschlag in der Tat um und sprach den Kater so ernsthaft an, als ob er ein Mensch wäre. »Das ist Mrs. Emerson, Anubis. Sie ist meine Freundin, und du mußt sie auch gern haben. Lassen

Sie ihn an Ihrem Finger schnuppern, Mrs. Emerson … So. Und jetzt dürfen Sie ihn am Kopf streicheln.«

Ein wenig amüsiert über dieses alberne Gebaren kam ich seiner Aufforderung nach und wurde mit einem tiefen Schnurren belohnt. Es klang so ähnlich wie die leiseren Geräusche, die Emerson gelegentlich von sich gibt, daß ich mich nach ihm umdrehen mußte.

Er war gar nicht amüsiert. »Jetzt ist das wohl erledigt, also entschuldigen Sie uns bitte, Vincey. Wir sind gerade erst zurückgekommen und möchten uns gerne umziehen.«

Ein weiteres Beispiel männlichen Umgangstons, wie ich annahm. Ich hätte es Unhöflichkeit genannt.

»Entschuldigen Sie vielmals!« rief Mr. Vincey aus. »Ich kam in der Hoffnung, Sie würden den Tee mit mir nehmen. Ich wartete auf der Terrasse auf Sie, als Anubis von der Leine entwischte und ich ihn suchen gehen mußte. So ist es zu alldem gekommen. Aber wenn Sie bereits eine Verabredung haben …« »Ich würde mich freuen, mit Ihnen Tee zu trinken«, sagte ich.

»Mach, was dir gefällt«, knurrte Emerson. »Ich habe zu tun. Guten Tag, Vincey.«

Er öffnete die Schlafzimmertür und stieß einen lästerlichen Fluch aus. Auch Mr. Vincey schrie auf, auch wenn er sich das Fluchen verkniff. »Oh, du meine Güte! War Anubis auch in diesem Zimmer?«

»Offensichtlich«, antwortete ich und betrachtete mit einigem Entsetzen das zerwühlte Bett und die verstreuten Papiere. »Es macht nichts, Mr. Vincey. Wahrscheinlich haben der Safragi und seine Freunde mehr Schaden angerichtet als Anubis. Sie werden …«

»Verdammt!« brüllte Emerson. Er knallte die Tür zu.

Ich sammelte meine Handtasche und den Sonnenschirm auf, und nachdem ich den Safragi angewiesen hatte, das Zimmer aufzuräumen, trat ich mit Mr. Vincey in den Flur hinaus.

»Ich glaube, ich brauche mich nicht für meinen Mann zu

entschuldigen«, sagte ich. »Sie wissen ja, daß sich hinter seinem barschen Auftreten ein goldenes Herz verbirgt.«

»Oh, ich kenne Emerson gut«, lautete die lachende Antwort. »Um ehrlich zu sein, Mrs. Emerson, bin ich froh, Sie für mich allein zu haben. Ich möchte … ich möchte Sie um einen Gefallen bitten.«

Ich hatte eine Vorahnung, um welche Art von Gefallen es sich handeln würde, doch Mr. Vincey wartete als wahrer Gentleman, bis wir einen Tisch auf der berühmten Terrasse gefunden und beim Kellner unsere Bestellung aufgegeben hatten.

Eine Zeitlang saßen wir schweigend da, genossen die milde Nachmittagsluft und beobachteten das malerische Schauspiel des ägyptischen Alltags, das sich vor uns auf der Straße abspielte. Kutschen ließen Passagiere aussteigen und luden andere ein. Wasserträger und fliegende Händler drängten sich auf den Stufen. Fast alle Tische waren von Damen mit leichten Sommerkleidern und breitkrempigen Hüten, Herren im Nachmittagsanzug und, wie üblich, hie und da von Offizieren besetzt. Aus seiner Tasche hatte Vincey Leine und Halsband gezogen und dem Kater beides angelegt. Das Tier fügte sich dieser Zumutung mit größerer Würde, als ich angesichts seines Betragens erwartet hätte, und legte sich dann wie ein Hund seinem Herrn zu Füßen.

Ich stellte fest, daß Mr. Vincey ein angenehmer Gesellschafter war. Unser beider Liebe zu Katzen eignete sich gut, um ein Gespräch anzuknüpfen. Ich erzählte ihm von Bastet, unserer Katze, und er erwiderte das mit Berichten von Anubis Intelligenz, Treue und Mut. »Seit vielen Jahren schon ist er nicht nur mein Freund, sondern mein bester Freund, Mrs. Emerson. Die Menschen behaupten immer, Katzen seien egoistisch, aber ich habe noch nie ein menschliches Wesen erlebt, das so treu ist.«

Ich verstand diese Feststellung so, wie sie gemeint war – als vorsichtige Anspielung auf seine tragische Geschichte –, aber ich war selbstverständlich zu wohlerzogen, um anzudeuten, daß ich diese Geschichte kannte. Also gab ich nur ein teilnahmsvolles Murmeln von mir und warf ihm einen Blick zu, der ihn ermuntern sollte, mir sein Herz auszuschütten.

Leichte Röte überzog seine Wangen. »Wahrscheinlich haben Sie schon erraten, was ich Sie fragen möchte, Mrs. Emerson. Ihre Freundlichkeit und ihr Mitgefühl sind allgemein bekannt. Ich hatte gehofft ... ich brauche ... entschuldigen Sie vielmals. Es ist so schwer für mich, jemanden um einen Gefallen zu bitten. Ich habe meinen Stolz noch nicht verloren.«

»Bitte, es muß Ihnen nicht peinlich sein, Mr. Vincey«, antwortete ich herzlich. »Selbst den Besten kann das Unglück treffen. Es ist kein Grund, sich dessen zu schämen, daß man ehrliche Arbeit sucht.«

»Wie beredt und mit welch zartem Taktgefühl Sie das sagen!« rief Vincey aus, und ich glaubte, Tränen in seinen Augen schimmern zu sehen. Ich wandte mich ab, bis er sich wieder gefaßt hatte.

Es war genauso, wie ich erwartet hatte. Er hatte von unseren Plänen gehört, einen ständigen und vergrößerten Mitarbeiterstab zu beschäftigen und suchte eine Stellung. Nachdem die Hürde, dies einzugestehen, erst einmal genommen war, begann er, seine Qualifikationen herunterzuspulen, die wirklich beeindruckend waren: Er hatte zehn Jahre Ausgrabungserfahrung, sprach fließend Arabisch, war mit Hieroglyphen vertraut und verfügte über eine solide altphilologische Ausbildung.

»Es gibt nur eine Schwierigkeit«, schloß er mit einem Lächeln, bei dem er ebenmäßige weiße Zähne zeigte. »Ohne Anubis würde ich nirgendwo hingehen. Ich könnte mich nie von ihm trennen.«

»Sie würden in meiner Achtung sinken, wenn Sie das täten«, beruhigte ich ihn. »Darin besteht das Problem nicht, Mr. Vincey. Sie haben sicher Verständnis dafür, daß ich Ihnen nichts versprechen kann. Unsere Pläne stehen immer noch nicht fest. Aber ich werde mit Emerson reden, und ich habe – ohne Ihnen falsche Hoffnungen machen zu wollen – allen Grund zu glauben, daß er Ihre Bewerbung wohlwollend aufnehmen wird.«

»Wie soll ich Ihnen danken?« Seine Stimme brach. »Das meine ich ehrlich, Mrs. Emerson. Sie können sich ja gar nicht vorstellen ...«

»Genug gesagt, Mr. Vincey.« Gerührt von seiner Aufrichtigkeit und in der Absicht, seine Würde zu achten, tat ich, als sähe ich auf die Uhr. »Du meine Güte, es ist ja schon so spät. Ich muß laufen und mich umziehen. Kommen Sie zum Ball?«

»Ich hatte es eigentlich nicht vor, aber wenn Sie hingehen ...«

»Ganz bestimmt. Ich freue mich darauf.«

»Wie werden Sie sich verkleiden?«

»Ach, das ist ein Geheimnis«, antwortete ich fröhlich. »Wir sollen uns alle maskieren. Die Hälfte des Spaßes besteht darin, seine Freunde wiederzuerkennen.«

»Ich kann mir nicht vorstellen, wie Sie es geschafft haben, Emerson zum Kommen zu überreden«, sagte Vincey. »Früher brüllte er beim bloßen Gedanken an einen gesellschaftlichen Anlaß wie ein Bär an der Kette. Wie ist es Ihnen gelungen, ihn zu zähmen?«

»Er hat ein bißchen gebrüllt«, gab ich lachend zu. »Aber ich habe das perfekte Kostüm für ihn gefunden. Eines, dem er sich einfach nicht entziehen kann.«

»Ein Pharao?« Seines peinlichen Dilemmas ledig, konnte sich Vincey von der Stimmung anstecken lassen. »Er würde einen vollkommenen Thutmoses den Dritten abgeben.«

»Aber, aber, Mr. Vincey, können Sie sich vorstellen, daß Emerson mit dem kurzen Röckchen und dem Perlenkragen des Kriegerkönigs in der Öffentlichkeit erscheint? Er ist ein Mann mit ausgeprägtem Schamgefühl. Außerdem war Thutmoses nur etwas über eins fünfzig groß.«

»In einer Rüstung würde der beeindruckend aussehen.«

»Aber Rüstungen sind im Basar nicht so leicht aufzutreiben. Aus mir werden Sie nichts herauslocken, Mr. Vincey! Ich muß gehen.«

»Ich ebenfalls, wenn ich noch eine Verkleidung finden will.« Er nahm die Hand, die ich ihm hinhielt. Mit einem reumütigen Blick auf den behelfsmäßigen Verband hob er sie an die Lippen.

*

Emerson behauptete, den Kostümball vergessen zu haben. Dann behauptete er, er habe nie versprochen hinzugehen. Nachdem ich ihn in beiden Punkten widerlegt hatte, entschied er sich für eine dritte Verteidigungsstrategie, indem er meine Aufmachung kritisierte. Er begann mit: »Glaubst du, ich lasse zu, daß meine Frau in einem solchen Aufzug unter die Leute geht ...« und endete mit: »Ich wasche meine Hände in Unschuld. Mach, was du willst, das tust du ja sowieso immer.«

Um ehrlich zu sein, war ich mit meiner Entscheidung sehr zufrieden. Ich hatte meine ursprüngliche Idee, eine Art altägyptische Robe, verworfen; es würden Dutzende von Frauen dort sein, die die verführerische Kleopatra wieder zum Leben erwachen lassen wollten – die einzige Königin, die den unwissenden Touristen bekannt ist. Dann hatte ich an Boadicea oder eine prominente Vorkämpferin der Frauenrechte gedacht, aber es war nicht leicht, in so kurzer Zeit ein Kostüm zusammenzustellen. Was ich tragen wollte, war keine Verkleidung, obwohl es die gewöhnlichen Reisenden im Shepheard's dafür halten würden. Denn ich hatte beschlossen, den letzten kühnen Schritt in meinem Kreuzzug zur Förderung praktischer Arbeitskleidung für archäologieinteressierte Damen zu tun.

Meine ersten Erfahrungen in Ägypten, die Suche nach Mumien und das Herumklettern auf Felsen, hatten mich davon überzeugt, daß schleifende Röcke und enge Korsetts in dieser Umgebung eine verflixte Plackerei waren. Deshalb bestand mein Arbeitsanzug schon seit vielen Jahren aus Helm, Bluse, Stiefeln und türkischen Pumphosen. Anfangs hatte ich mit diesem Aufzug großes Entsetzen hervorgerufen; doch mit der Zeit begannen immer mehr Frauen, bei der sportlichen Betätigung lange oder halblange Hosenröcke zu tragen. Diese waren um einiges bequemer als Röcke, hatten aber einen entscheidenden Nachteil: Bei einer unvergessenen Gelegenheit war ich nicht in der Lage gewesen, mich gegen einen Angriff zu verteidigen, da ich in den umfangreichen Stoffalten meine Rocktasche (und den Revolver darin) nicht hatte finden können.

Schon immer hatte ich die Herren um die Vielzahl und leichte Zugänglichkeit ihrer Hosentaschen beneidet. Mein Werkzeuggürtel – an dem ein Messer, ein wasserdichter Behälter für Streichhölzer und Kerzen, eine Feldflasche, Notizbuch und Bleistift und noch viele weitere nützliche Gegenstände befestigt waren – stellte zwar zu einem gewissen Grade einen Hosentaschenersatz dar, doch der Lärm, den diese Objekte beim Aneinanderschlagen verursachten, machte es mir unmöglich, mich unbemerkt an einen Verdächtigen heranzuschleichen. Außerdem störten die scharfkantigen Gerätschaften bei den stürmischen Umarmungen, zu denen sich Emerson zuweilen hinreißen läßt. Ich hatte nicht vor, meinen Bauchladen, wie ich ihn scherzhaft nannte, aufzugeben, aber Taschen, große Taschen und viele davon, würden es mir gestatten, noch mehr notwendige Utensilien bei mir zu führen.

Das Kostüm, das die Schneiderin unter meiner Anleitung angefertigt hatte, ähnelte den Jagdanzügen, die für Herren schon seit einigen Jahren in Mode waren. Es hatte überall Taschen – innen in der Jacke, auf der Brust und auch in den Schößen des besagten Kleidungsstücks. Die Jacke bedeckte den Oberkörper und den angrenzenden Teil der unteren Gliedmaßen. Darunter trug ich Kniehosen aus demselben

Stoff, die geschnitten waren wie die eines Herrn (außer, daß sie sich um die Hüften ein wenig mehr bauschten). Ihre Säume steckten in soliden Schnürstiefeln, und nachdem ich einen Tropenhelm aufgesetzt und mein Haar daruntergeschoben hatte, fühlte ich mich wie das Abbild eines jungen Forschers.

Mit verschränkten Armen und seitlich geneigtem Kopf versuchte ich zu ergründen, was Emerson zu dieser Aufmachung meinte. Sein Gesichtsausdruck verriet mir nichts über seine Einstellung. Das leichte Zittern seiner Lippen hätte ebensogut auf Amüsement wie auf unterdrücktes Entsetzen hinweisen können. Während ich mich vor dem Spiegel drehte, richtete ich über meine Schulter gewandt das Wort an ihn.

»Nun? Was hältst du davon?«

Emersons Lippen teilten sich. »Dir fehlt ein Schnurrbart.«

»Ich habe einen.« Ich zog den entsprechenden Gegenstand aus der unteren linken Jackentasche und drückte ihn an die richtige Stelle. Es war ein roter Schnurrbart – einen schwarzen hatte ich nicht auftreiben können.

Nachdem Emerson sich wieder beruhigt hatte, bat ich ihn, die Wirkung noch einmal zu prüfen und mir seine ehrliche Meinung zu sagen. Auf seinen Vorschlag hin entfernte ich den Schnurrbart wieder, da er behauptete, daß dieser eine ernsthafte Betrachtung unmöglich mache. Nachdem er mich einige Male umkreist hatte, nickte er. »Als junger Mann bist du nicht überzeugend, Peabody. Aber das Kostüm steht dir recht gut. Vielleicht möchtest du es ja bei den Ausgrabungen tragen, es wäre bequemer als diese verdammten Pumphosen. Sie bestehen aus so vielen Metern Stoff, daß es eine Ewigkeit dauert, bis ich …«

»Dafür ist jetzt keine Zeit, Emerson«, sagte ich und entwischte seiner Hand, die er schon ausgestreckt hatte, um seine Worte zu untermauern. »Dein Kostüm hängt im Schrank.«

Mit einer großartigen Geste riß ich die Schranktür auf.

Einige Läden auf dem Basar verkauften alle möglichen,

traditionellen ägyptischen Gewänder, die bei Touristen sehr beliebt waren. Ich hatte eine Weile suchen müssen, bis ich ein Ensemble fand, das nicht nur völlig authentisch war, sondern auch zu Emersons hoher Gestalt und seinem eigenwilligen Charakter paßte. Obwohl er es leugnet, hat er ein heimliches Faible für Verkleidungen und einen gewissen Hang zum Theatralischen. Ich hatte mir vorgestellt, daß ihm dieses Kostüm gefallen würde, denn die bestickte Jubba, der gewebte Kaftan, der goldgesäumte Hezam und die weiten Hosen entsprachen der Tracht eines Prinzen der Tuareg – jener äußerst männlichen und als gewalttätig bekannten Wüstenräuber, die von ihren verzweifelten Opfern »die Gottverlassenen« genannt werden. Man nannte sie auch »die Verschleierten«, wegen der blauen Tücher, mit denen sie ihr Gesicht vor Hitze und Sand schützten. Dieser Aspekt hatte mich zu dem Entschluß gebracht, das Kostüm zu erwerben, denn der Schleier ersetzte die Maske, die zu tragen Emerson sich sicherlich geweigert hätte. Die Kopfbedeckung nannte sich Khafiyah und bestand aus einem viereckigen Stoffstück, das von einer Schnur gehalten wurde. Es umrahmte hübsch das Gesicht und ließ zusammen mit dem Schleier nur die Augen frei.

Emerson musterte das Kostüm schweigend. »Wir passen gut zusammen«, sagte er fröhlich. »Meine Hosen und dein Rock.«

*

Der Ballsaal war im Stil Ludwigs XVI. dekoriert und wies unter anderem einen prächtigen Kronleuchter auf, dessen Tausende von Kristallen die Lichter in blendendem Glanz reflektierten. Die bunten und phantasievollen Kostüme der Gäste füllten den Raum mit Farbe. Es waren viele alte Ägypter anwesend, doch einige der Gäste hatten mehr Einfallsreichtum bewiesen. Ich sah einen japanischen Samurai und einen Bischof der Ostkirche samt Mitra. Allerdings führte meine eigene Aufmachung zu einigen Kommentaren. Ich konnte nicht über einen Mangel an Tanzpartner klagen; und während ich im Arm verschiedener Herren über die Tanzfläche glitt, freute ich mich, wie geschickt ich die schwungvollen Schritte der Polka und des Schottischen beherrschte.

Emerson tanzt nicht. Von Zeit zu Zeit erblickte ich ihn, wie er am Rande des Raumes herumging oder sich mit jemandem unterhielt, der sein Desinteresse an tänzerischer Bewegung teilte. Schließlich sah ich ihn nicht mehr und schloß daraus, daß er sich gelangweilt auf die Suche nach anregenderer Gesellschaft begeben hatte.

Ich saß gerade in einer der kleinen Nischen, erholte mich im Schutze der Topfpflanzen von der Anstrengung und plauderte mit Lady Norton, als er wieder erschien. »Ach, Liebling, da bist du ja«, sagte ich und warf über meine Schulter einen Blick auf die hochgewachsene, verschleierte Gestalt. »Darf ich dir …«

Zu mehr kam ich nicht. Arme wie Stahl rissen mich vom Stuhl; halb erstickt, atemlos und in Falten bauschenden Stoffes gehüllt, wurde ich im Laufschritt davongetragen. Ich hörte einen Aufschrei von Lady Norton und überraschende und belustigte Rufe von den anderen Gästen – denn mein Entführer nahm den Weg mitten durch den Ballsaal und zur Tür.

Ich fand das überhaupt nicht komisch. Es war nicht Emersons Art, mir einen solch dummen Streich zu spielen; auch hatte ich im gleichen Augenblick, als mich die Gestalt umfaßte, gespürt, daß es sich nicht um den Griff meines Gatten handelte. Der Mann bemerkte, wie ich mich steif machte und hörte mich nach Luft schnappen. Ohne seinen Schritt zu verlangsamen, packte er mich nun so, daß mein Gesicht gegen seine Brust gedrückt wurde, und die Falten seines Gewandes meinen Schrei erstickten.

Erstaunen und Ungläubigkeit raubten meinen Gliedern die Kraft. Ich konnte nicht fassen, was da geschah. War es denn wirklich möglich, einen Menschen unter den Augen von Hunderten von Zeugen aus dem Shepheard's zu entführen?

Der Versuch mochte aufgrund reiner Frechheit glücken. Was konnten die Zuschauer auch anderes glauben, als daß mein bekanntermaßen exzentrischer Gatte, vom Geist seiner Maskerade besessen, nun in die Rolle geschlüpft war, die sein Kostüm ihm vorschrieb? Ich hatte eine dumme Gans sogar »wie romantisch!« kreischen hören. Mein Widerstand wurde für einen Teil des Spiels gehalten, und er wurde langsam schwächer, da mir wegen des Sauerstoffmangels die Sinne schwanden.

Dann ertönte eine Stimme – eine Stimme, die in ganz Ägypten für ihre Tragweite und Lautstärke bekannt ist. Diese Stimme flößte mir Sicherheit und Selbstvertrauen ein; meine Kräfte kehrten zurück, mein Widerstand wurde wieder heftiger. Der Griff, der mich gefangenhielt, lockerte sich, und ich spürte, wie ich durch die Luft flog. Ich streckte die Hand aus, versuchte blind, irgendwo Halt zu finden und machte mich schon auf den Aufprall gefaßt, der, wie ich wußte, sicherlich folgen würde … Und dann schlug ich gegen ein festes, aber nachgebendes Hindernis, und zwar mit einer Wucht, daß mir der Atem stockte. Ich klammerte mich an das Hindernis, das mit einem angestrengten Ächzen zurücktaumelte, mich auffing und festhielt.

Ich schlug die Augen auf. Ich hatte ihn nicht sehen müssen, um zu wissen, wessen Arme es waren, die mich umschlossen. Doch beim Anblick dieses geliebten Gesichts – rot vor Wut und mit loderndem Blick – verschlug es mir vor Erleichterung die Sprache. »Verdammt!« brüllte er. »Kann man dich nicht für fünf Minuten allein lassen, Peabody?«

4. Kapitel

»Keine Frau will wirklich,
daß ein Mann sie entführt;
sie wünscht sich nur,
daß er es tun möchte.«

Warum hast du den Kerl nicht verfolgt?« wollte ich wissen.

Emerson stieß mit dem Fuß die Schlafzimmertür zu und ließ mich unsanft auf das Bett plumpsen. Er hatte mich die ganze Treppe hinaufgetragen und atmete ziemlich schwer. Unsere Zimmer lagen im dritten Stock, doch ich vermutete, daß sein Schnaufen eher auf Wut als auf Anstrengung zurückzuführen war. Der Ton, in dem er mir antwortete, bestätigte mich in dieser Vermutung.

»Frag nicht so dumm, Peabody! Er hat dich mir zugeworfen wie ein Bündel Wäsche. Wäre es dir lieber gewesen, ich hätte dich fallen lassen? Selbst wenn ich so kaltblütig gewesen wäre – ich habe instinktiv reagiert; und bis ich mich wieder gefaßt hatte, war er schon längst über alle Berge.«

Ich setzte mich auf und fing an, mein zerzaustes Haar in Ordnung zu bringen. Irgendwo auf dem Weg hatte ich meinen Tropenhelm verloren. Ich nahm mir vor, am folgenden Tag nach ihm zu suchen; er war nagelneu und sehr teuer gewesen.

»Es tut mir leid, wenn es wie ein Vorwurf geklungen hat, Emerson. Er brauchte nur eine Minute, um unterzutauchen, indem er sich seines Gewandes entledigte. Es sah zwar nicht ganz wie deines aus, aber fast.«

»Zum Teufel mit dieser vermaledeiten Verkleidung!« Emerson hatte sich nun seinerseits des Gewandes entledigt; er schleuderte es in eine Ecke und riß sich den Kopfschmuck vom Haupt. Ich stieß einen Schrei aus.

»Ist das Blut auf deinem Gesicht? Komm her und laß mich sehen.«

Zuerst brummte er zwar ein wenig und sträubte sich mannhaft, ließ mich aber dann doch einen Blick darauf werfen. (Er mag es, wenn man ihn bemuttert, weigert sich aber, es zuzugeben.) Auf seiner Schläfe war nur eine schmale Blutspur, doch diese verwies auf eine lädierte Stelle, die zweifellos im Laufe der Nacht zu einer veilchenblauen Beule anschwellen würde. »Was zum Teufel hast du angestellt?« fragte ich.

Emerson streckte sich auf dem Bett aus. »Ich hatte ebenfalls ein kleines Abenteuer. Hoffentlich glaubst du jetzt nicht, daß es göttliche Fügung war, die mich dir im sprichwörtlich richtigen Augenblick zur Hilfe eilen ließ.«

»Ich könnte es durchaus für göttliche Fügung halten, mein Liebling. Bist du nicht immer zur Stelle, wenn mir Gefahr droht?«

Ich beugte mich über ihn und legte meine Lippen auf seine Wunde. »Autsch«, sagte Emerson.

»Ich war hinausgegangen, um eine Pfeife zu rauchen und mich vernünftig zu unterhalten«, erklärte Emerson.

»Du hast das Hotel verlassen?«

»Im Hotel gibt es niemanden – ausgenommen dich natürlich, mein Liebling –, mit dem man sich vernünftig unterhalten kann. Ich dachte mir, Abdul oder Ali wären vielleicht in der Nähe. Als ich arglos durch die Gärten schlenderte, stürzten sich plötzlich drei Männer auf mich.«

»Drei? Mehr nicht?«

Emerson sah mich mißbilligend an. »Es war reichlich merkwürdig«, sagte er. »Die Kerle waren, wie ich vermute, gewöhnliche Räuber aus Kairo. Wenn sie vorgehabt hätten, mich umzubringen, hätten sie mich wahrscheinlich übel zugerichtet, denn bekanntlich tragen sie alle Messer bei sich. Doch die haben sie nicht benutzt, sondern nur die Fäuste.«

»Fäuste verursachen keine solche Wunde«, sagte ich und deutete auf seine Schläfe.

»Einer von ihnen hatte einen Knüppel. Dieser vermaledeite Kopfschmuck hat den Schlag ein wenig gedämpft. Ich bin dann etwas ärgerlich geworden, und nachdem ich zwei von ihnen in die Flucht geschlagen hatte, ist auch der dritte verschwunden. Ich hätte ihnen gerne ein wenig auf den Zahn gefühlt, doch dann kam mir der Gedanke, daß du vielleicht in ähnlichen Schwierigkeiten steckst und ich lieber nachsehen sollte, ob du wohlauf bist.«

Ich stand auf, um meinen Verbandskasten zu holen. »Wieso bist du auf diesen Gedanken gekommen? Deine Feinde sind nicht zwangsläufig auch die meinen, und ich muß sagen, Emerson, daß du dir im Laufe der Jahre eine gehörige Anzahl von ... Wo zum Teufel habe ich diese Schachtel mit dem Verbandsmaterial hingesteckt? Der Safragi hat das ganze Gepäck durcheinandergebracht; nichts ist mehr dort, wo ich es hingelegt habe.«

Emerson setzte sich auf. »Wie kommst du darauf, daß es der Safragi war?«

Schließlich fand ich die Arzneischachtel; sie steckte noch in ihrem ursprünglichen Behälter, lag aber nicht mehr an ihrem ursprünglichen Platz. Emerson, der sein Gepäck gleichfalls überprüft hatte, richtete sich auf. »Es scheint nichts zu fehlen.«

Ich nickte. Er hielt einen Gegenstand in den Händen, den ich zuvor nicht bemerkt hatte – eine lange schmale Schachtel aus festem Karton. »Hat jemand etwas dazugelegt? Sei vorsichtig, wenn du sie öffnest, Emerson!«

»Nein, das gehört mir. Uns, sollte ich sagen.« Er hob den Deckel hoch, und ich sah Gold glitzern und ein leuchtendes blaues Funkeln. »Guter Gott«, rief ich aus. »Das sind ja die königlichen Insignien, die Nefret vom Heiligen Berg mitgebracht hat – die Königsszepter. Warum hast du sie mitgenommen?«

Eines der Szepter hatte die Form eines Hirtenstabes; er symbolisierte die Fürsorge des Königs für sein Volk. Ringe aus Gold und Lapislazuli bildeten den Stab. Das zweite Szepter, eine kurze Bronzestange, war mit Gold und dunkelblauem Glas überzogen; an ihr waren drei biegsame Riemen aus dem selben Material befestigt, auf denen goldfarbene und blaue Perlen aufgereiht waren. Die zylindrischen Endstücke bestanden aus massivem Gold. Die Peitsche stellte (wie ich es deutete) den anderen Aspekt der Regentschaft dar: Macht und Gewalt. Hätte sie aus einem festeren Material bestanden – wie die damals üblichen Peitschen –, hätte man damit sicherlich schmerzhafte Schläge austeilen können. Allerdings war in Ägypten noch nie eine solche gefunden worden, obgleich man sie von zahllosen Gemälden und Reliefs her kannte.

»Wir waren uns doch einig«, sagte Emerson, »daß es nicht zu rechtfertigen sei, diese bemerkenswerten Objekte der Gelehrtenwelt vorzuenthalten. Sie sind einzigartig und mindestens zweitausend Jahre alt – kostbare Relikte. Sie gehören nicht uns, sondern der ganzen Menschheit.«

»Nun, ja – wir waren uns theoretisch einig, und ich bin auch immer noch dieser Ansicht; doch wir können sie niemandem zeigen, ohne zu erklären, wo wir sie gefunden haben.«

»Genau. Wir werden sie finden. Während dieser Ausgrabungssaison.«

Ich hielt den Atem an. »Das ist eine geniale Idee, Emerson. Eine brillante sogar. Keiner wäre besser als du in der Lage, alles so zu inszenieren, daß es glaubhaft wirkt, jedoch niemand die wahren Hintergründe erfährt.«

Emerson strich sich über das Grübchen in seinem Kinn und blickte ein wenig verlegen drein. »Unaufrichtigkeit geht mir gegen den Strich, Peabody, das gebe ich zu; doch was bleibt uns anderes übrig? Theben erscheint mir als der plausibelste Ort für eine solche ... äh ... Entdeckung; die kuschitischen Herrscher der 26. Dynastie lebten eine ganze Weile in dieser Gegend. Wir müssen irgendwie erklären, wie wir zu unseren Erkenntnissen über die alte meroitische Kultur gekommen sind, die wir letzten Winter gewonnen haben. Früher oder später wird einem von uns, oder Walter, etwas herausrutschen; es ist völlig unmöglich, über das Thema zu schreiben, ohne dabei Kenntnisse einfließen zu lassen, die wir eigentlich nicht haben dürften.«

»Ich bin ganz deiner Meinung. Tatsächlich ist der Artikel, den du im Juni an die *Archäologische Zeitschrift* geschickt hast ...«

»Hol's der Teufel, Peabody, ich habe in diesem Artikel nichts geschrieben, was uns verraten könnte!«

»Jedenfalls«, sagte ich besänftigend, »wird er in nächster Zeit nicht veröffentlicht werden.«

»Diese Fachzeitschriften hinken der Entwicklung stets hinterher«, stimmte Emerson zu. »Also denkst du ähnlich wie ich darüber, Peabody?«

»Was meinst du?« Ich fing an, in meinem Arzneikoffer herumzustöbern.

»Du erstaunst mich, Peabody. Normalerweise bist du die erste, die überall Anzeichen für mögliche Gefahren sieht, und obgleich ich zugebe, daß es etliche Leute gibt, die Grund haben, uns feindlich gesinnt zu sein, bringen mich die jüngsten Vorfälle allmählich auf eine ganz andere Theorie.«

Er setzte sich auf die Bettkante. Ich strich ihm das Haar aus der Stirn und betupfte seine Wunde mit Antiseptikum. Da er vollauf mit seiner Theorie beschäftigt war, achtete er nicht auf meine Bemühungen, die er stets nur widerwillig über sich ergehen ließ.

»Offenbar ist unser Gepäck durchsucht worden. Und zwar nicht, um uns zu bestehlen, denn es fehlt nichts. Heute abend wurden wir beide überfallen, es war aber kein Mordanschlag; wir müssen, wie ich glaube, davon ausgehen, daß einer von uns oder wir beide verschleppt werden sollten. Doch zu welchem Zweck?«

»Einige unserer alten Feinde wollen uns vielleicht in ihre Gewalt bringen, uns gräßlichen Folterungen aussetzen und sich an unseren Qualen weiden«, schlug ich vor.

»Immer einen Scherz auf den Lippen, Peabody«, meinte Emerson grinsend. »Was tust du da? Ich lasse mich nicht verpflastern, zum Teufel noch mal.«

Ich schnitt ein Stück Heftpflaster ab. »Heraus damit, Emerson. Du schleichst herum wie die Katze um den heißen Brei.«

»Überhaupt nicht. Ich räume lediglich ein, daß die Schlußfolgerung nicht zwingend ist. Doch sie liegt nahe, oder etwa nicht?«

»Ich glaube, diesmal geht *dir* die Phantasie durch«, sagte ich und setzte mich neben ihn. »Sofern du nicht etwas weißt, was du mir noch nicht erzählt hast.«

»Ich weiß überhaupt nichts«, sagte Emerson verärgert.

»Wenn ich etwas wüßte, wäre ich nicht nervös wie eine ängstliche alte Jungfer. Wie dem auch sei … Wir haben unsere Spuren so gut wie möglich verwischt, Peabody, doch es gibt einige Schwachstellen in unserem Phantasiegespinst. Wenn man nur fest genug gegen eine dieser Stellen stößt, tut sich ein klaffendes Loch auf, das der Spekulation Tor und Tür öffnet.«

»Meinst du mit Schwachstelle etwa die Kirche der Heiligen Jesu Christi? Hol's der Teufel, Emerson, ich mußte eine religiöse Sekte erfinden; hätten wir behauptet, Nefrets gütige Zieheltern seien Baptisten oder Lutheraner oder Katholiken gewesen, dann hätte sich schon bei oberflächlichem Nachforschen herausgestellt, daß es eine solche Familie niemals gegeben hat.«

»Insbesondere, wenn du behauptet hättest, es seien Katholiken gewesen«, meinte Emerson. Als er meinen Gesichtsausdruck bemerkte, fügte er hastig hinzu: »Das war sehr klug von dir, Liebling.«

»Behandle mich nicht so gönnerhaft, Emerson! Ich weiß nicht, warum du plötzlich so schwarz siehst. Meine – unsere – Geschichte ist nicht weniger glaubwürdig als manche wahre … Könntest du bitte damit aufhören, vor dich hinzumurmeln. Das ist sehr unhöflich. Sag es laut!«

»Landkarte«, sagte Emerson.

»Die Landkarte von Willoughby Forth? Du hast gehört, wie Maspero und die anderen sich gestern abend über sie lustig gemacht haben …«

»Die Landkarte«, sagte Emerson laut, »die Reginald Forthright zur Hälfte den verda … verflixten Offizieren in Sanam Abu Dom gezeigt hat. Jeder, angefangen von General Rundle bis hinab zum untersten Befehlsempfänger, wußte, daß er für die Suche nach seinem Onkel mehr in der Hand haben mußte als bloß vage Gerüchte. Er kam nicht zurück; wir hingegen schon, zusammen mit Forths Tochter. Wie lange, meinst du, wird ein findiger Journalist brauchen, um aus diesen Fakten ein fesselndes Drama zusammenzuschustern? Mich wundert nur, daß dein Freund O'Connell das nicht schon getan hat. Seine Phantasie ist fast so überschäumend wie …«

»Diese Andeutung ist beleidigend, und ich habe sie auch nicht verdient – besonders nicht aus deinem Mund. Ich habe niemals gehört, daß eine solche … Du murmelst schon wieder vor dich hin, Emerson. Was hast du gesagt?«

Mit einem Achselzucken und breit lächelnd wandte sich Emerson mir zu und antwortete – zwar nicht auf meine Frage, aber auf die zugrundeliegende Gefühlsregung, die sie und meine anderen (wie ich zugebe) ungerechten Vorwürfe hervorgerufen hatte. Eine sanfte Antwort läßt den Zorn verfliegen, heißt es in der Heiligen Schrift, doch Emersons Methoden waren noch viel wirkungsvoller.

*

Ich hatte gehofft, den Rest der Woche in Kairo verbringen und die Annehmlichkeiten des Hotels genießen zu können, doch Emerson hatte es sich plötzlich in den Kopf gesetzt, nach Meidum zu fahren. Ich erhob keine Einwände, auch wenn mir ein wenig Vorwarnung lieber gewesen wäre.

Wir hatten den Morgen im Suk verbracht. Nachdem wir im Hotel zu Mittag gegessen hatten, zog ich mich zum Lesen und Ausruhen zurück, während Emerson ausging, um etwas zu erledigen. Bei seiner Rückkehr kündigte er in aller Gemütsruhe an, daß wir den Abendzug nehmen würden. »Also beeil' dich und pack' deine Ausrüstung zusammen, Peabody.«

Ich legte mein Buch, die *Ägyptische Grammatik* von Erman, beiseite. »Welche Ausrüstung? In Rikka gibt es kein Hotel.«

Emerson erwiderte: »Ich habe einen Freund ...«

»Ich werde bei keinem deiner ägyptischen Freunde wohnen. Sie sind zwar nette Menschen, doch sie haben keine Ahnung von Hygiene.«

»Ich dachte mir schon, daß das kommt. Ich habe eine kleine Überraschung für dich, Peabody. Wo bleibt denn deine Abenteuerlust?«

Ich war nicht in der Lage, dieser Herausforderung und Emersons Lächeln zu widerstehen. Während ich Kleider zum Wechseln und Toilettenartikel in eine kleine Tasche packte, stieg meine gute Laune beträchtlich. Es war wie in den alten Tagen – Emerson und ich allein in der Wildnis!

Nachdem wir uns einen Weg durch das Gewimmel am Bahnhof gebahnt und im Zug Platz gefunden hatten, entspannte sich Emerson, doch er ging auf keinen meiner Versuche, ein Gespräch in Gang zu bringen, ein.

»Ich hoffe, diesem armen Kerl, der auf dem Basar ohnmächtig geworden ist, geht es wieder gut«, fing ich an. »Du hättest mir erlauben sollen, daß ich ihn untersuche, Emerson.«

»Seine … äh … Freunde haben sich doch um ihn gekümmert«, meinte Emerson kurz angebunden.

Nach einer Weile probierte ich es erneut. »*Unsere* Freunde werden überrascht sein, wenn sie feststellen, daß wir abgereist sind! Es war schön, daß so viele von ihnen heute morgen vorbeigeschaut haben, um ihre Sorge auszudrücken.«

Emerson grunzte nur.

»Ich glaube fast, daß Mr. Nevilles Theorie richtig war«, fuhr ich fort. »Wie amüsant er es formuliert hat: ›Irgendein junger Bursche, betrunken vom Wein und hingerissen von Ihrem Charme, Mrs. E., der Ihnen einen dummen Streich spielen wollte.‹«

»Und durch meinen Charme habe ich wohl die drei jungen Kerle im Garten angelockt«, entgegnete Emerson mit unsäglichem Sarkasmus.

»Das zeitliche Zusammentreffen der beiden Vorfälle war vielleicht zur reiner Zufall.«

»Papperlapapp«, knurrte Emerson. »Peabody, warum beharrst du so darauf, unsere privaten Angelegenheiten in aller Öffentlichkeit zu erörtern?«

Die einzigen anderen Mitreisenden im Waggon waren eine Gruppe deutscher Studenten, die sich laut miteinander unterhielten; doch ich verstand den Wink.

Als wir in Rikka eintrafen, hatte sich meine Begeisterung bereits ein wenig gelegt. Inzwischen war es stockfinster, und wir waren die einzigen Nichtägypter, die hier den Zug verließen. Ich stolperte über einen Stein, und Emerson, dessen Laune sich in umgekehrtem Verhältnis zum Schwinden meiner Hochstimmung gebessert hatte, packte mich am Arm. »Da ist er. Hallo, Abdullah!«

»Ich hätte es wissen müssen«, murmelte ich, als ich die weiße Gestalt sah, die sich wie ein Geist am Ende des schmalen Bahnsteigs erhob.

»Ganz recht«, meinte Emerson fröhlich. »Auf den guten alten Abdullah können wir uns eben jederzeit verlassen. Ich habe ihm heute nachmittag eine Nachricht geschickt.«

Nachdem wir die angemessenen Begrüßungsrituale hinter uns gebracht hatten – nicht nur mit Abdullah, sondern auch mit seinen Söhnen Feisal und Selim und seinem Neffen Daoud –, bestiegen wir die bereitstehenden Esel und machten uns auf den Weg. Wie zum Teufel die Esel sehen konnten, wohin sie trabten, weiß ich nicht; ich konnte überhaupt nichts erkennen, nicht einmal, nachdem der Mond aufgegangen war, denn er war in der abnehmenden Phase und spendete nur wenig Licht. Die Gangart mancher Esel ist sehr unruhig, wenn sie in Trab fallen. Ich hatte den starken Eindruck, daß es den Tieren nicht gefiel, um diese Uhrzeit im Freien zu sein.

Nach einem gräßlich unbequemen Ritt durch das Ackerland sah ich vor uns, am Rande der Wüste, dcn Lichtschein eines Feucrs. Zwei weitere Männer, die zu unseren Helfern gehörten, erwarteten uns. Das kleine Lager, das sie errichtet hatten, war besser als das, was Abdullah für gewöhnlich zustande brachte; erleichtert stellte ich fest, daß für uns ein richtiges Zelt aufgestellt worden war, und der angenehme Duft von frischgebrühtem Kaffee stieg mir in die Nase.

Emerson half mir von meinem Esel. »Weißt du noch, wie ich dir einmal gedroht habe, ich würde dich packen und in die Wüste verschleppen?«

Ich blickte von Abdullah zu Feisal, zu Daoud, zu Selim, zu Mahmud, zu Ali, zu Mohammed. Sie umringten uns neugierig und mit strahlenden Gesichtern. »Du bist ja ein solcher Romantiker, Emerson«, sagte ich.

Am nächsten Morgen jedoch, als ich aus dem Zelt kroch, war ich in besserer Stimmung, und beim Anblick der Landschaft packte mich wieder das archäologische Fieber.

Meidum ist eine der vielversprechendsten Ausgrabungsstätten in Ägypten. Die Überreste des Friedhofs liegen zu Füßen der niedrigen Felshänge, die den Anfang der Wüste bedeuten. Nach Osten hin erstreckte sich das bebaute Land wie ein smaragdgrüner Teppich bis zum Fluß, der in den Strahlen der aufgehenden Sonne rötlich-gelb schimmerte. Auf dem Felshang ragte die Pyramide hoch in den Himmel, wobei ich zugeben muß, daß sie nicht gerade wie eine Pyramide aussieht. Die Ägypter nennen sie El Haram el-Kaddâb, »Die Falsche Pyramide«, denn sie erinnert mehr an einen rechteckigen Turm mit drei sich nach oben hin verengenden Stufen. Früher einmal hatte sie sieben Stufen gehabt wie eine richtige Stufenpyramide. Die Winkel dazwischen waren mit Steinen aufgefüllt worden, so daß eine sanft geneigte Außenwand entstand, doch diese Füllsteine und die oberen Stufen waren schon lange heruntergefallen, wodurch sich rings um das riesige Grab ein Wall aus Schutt häufte.

Wie die Pyramiden von Dahshoor und Gizeh war sie nicht beschriftet. Ich habe nie verstanden, warum die Könige zwar so viel Mühe darauf verwendet hatten, diese großartigen Gebäude zu errichten, aber nicht dafür gesorgt hatten, ihren Namen darauf anbringen zu lassen – denn Bescheidenheit gehörte nicht zu den hervorstechenden Eigenschaften der Pharaonen. An dieser Tugend mangelt es auch Touristen, sowohl in der Antike als auch in der heutigen Zeit. Sobald die hohe Kunst des Schreibens erfunden worden war, haben sich bestimmte Menschen ihrer bedient, um Monumente oder Kunstwerke zu verunstalten. Dreitausend Jahre vor unserer Zeit kam ein ägyptischer Tourist nach Meidum, um den »schönen Tempel des Königs Snefru« zu besichtigen, was er mit einer Inschrift beziehungsweise einem Graffito auf einer der Wände des Tempels dokumentierte. Von Snefru war bekannt, daß er zwei solcher Gräber hatte; an einem von ihnen, der nördlichen Pyramide in Dashoor, hatten wir bereits gearbeitet. Petrie, der das genannte Graffito entdeckte, schloß daraus, daß es sich um Snefrus zweite Pyramide handeln mußte.

»Unsinn«, meinte Emerson. »Ein Graffito ist noch kein Beweis dafür, wem die Pyramide gehörte. Der Tempel war bereits tausend Jahre alt, als der verflixte Schmierfink ihn besucht hat; die damaligen Fremdenführer waren wahrscheinlich genauso unwissend wie die heutigen. Die zwei Pyramiden Snefrus stehen beide in Dashoor.«

Wenn Emerson diesen dogmatischen Ton anschlägt, wagen nur wenige, ihm zu widersprechen. Ich gehöre zu diesen wenigen; doch da ich seine Ansicht teilte, widersprach ich ihm bei dieser Gelegenheit nicht.

Die folgenden beiden Tage beschäftigten wir uns mit den Einzelgräbern. Nördlich, südlich und westlich der Pyramide gab es jeweils mehrere Grabgruppen – das kultivierte Land im Osten war natürlich für Gräber ungeeignet. Hilfskräfte hatten wir in Hülle und Fülle. Ich hatte niemals ernsthaft erwartet, mit Emerson allein zu sein; die Anwesenheit von Fremden lockt stets die Einheimischen an, die um Bakschisch bitten, Arbeit suchen oder einfach ihre Neugier befriedigen wollen. Als wir am ersten Tag beim Frühstück saßen, strömten sie herbei, und nachdem Emerson kurz mit ihnen gesprochen hatte, stellte er ein paar von ihnen ein. Sie sollten unter Abdullahs Anleitung arbeiten.

Wie ich immer sage, kommt ein schönes tiefes Grab in meiner Wertschätzung gleich nach einer Pyramide. Im Umfeld sämtlicher Pyramiden gab es Friedhöfe – Gräber von Höflingen und Prinzen, Adeligen und hohen Beamten, die das Privileg erhalten hatten, die Ewigkeit in unmittelbarer Nähe zum Gottkönig verbringen zu dürfen, dem sie im Leben gedient hatten. Die Gräber aus dem Alten Königreich nannte man Mastabas – Bänke –, weil ihr Oberbau an die abgeflachten Bänke mit den schräg anstehenden Seiten erinnert, die man vor modernen ägyptischen Häusern findet. Die besagten Oberbauten, die aus Steinen oder Lehmziegeln bestanden, waren oftmals nicht mehr vorhanden oder zu formlosen Schutthaufen eingestürzt; doch an ihnen war ich sowieso nicht interessiert. Unter den Mastabas lagen Schächte und Treppen, die tief in das darunterliegende Felsgestein hinab zu der eigentlichen Grabkammer führten. Einige der reicheren

Gräber verfügten über ein System von Gängen, das fast so herrlich dunkel, verschlungen und so voller Fledermäuse war wie in einer Pyramide.

Emerson in seiner Güte erlaubte mir, in eines dieser Gräber hinabzusteigen (weil er wußte, daß ich es auf jeden Fall getan hätte). Die steile Eingangsrampe war mit Schutt übersät und nur einen Meter zwanzig hoch. Sie endete in einem Schacht, den ich nur mit Hilfe eines Seils hinabklettern konnte, das Selim hielt, der mir auf Emersons Drängen hin gefolgt war. Für gewöhnlich übertrage ich Selim solche Aufgaben, da er der jüngste und schlankste der von unseren angelernten Männer war; man stieß stets auf Öffnungen, die zu eng für einen beleibten Menschen waren, und natürlich stellten die niedrigen Decken für hochgewachsene Zeitgenossen ein Problem dar. Emerson war nicht besonders angetan von Gräbern wie diesem; ständig stieß er sich den Kopf an und blieb in Öffnungen stecken.

Doch ich darf mich von meiner Begeisterung nicht zu eingehenden Schilderungen hinreißen lassen, die die weniger Gebildeten unter meinen Lesern langweilen könnten und für die Geschichte, die ich erzählen will, eigentlich nicht von Bedeutung sind. Es genügt, wenn ich sage, daß ich kaum meine Begeisterung zügeln konnte, als ich schwer atmend (in den untersten Teilen eines solchen Grabes ist die Luft äußerst heiß und stickig) und übersät mit einer Art Paste aus Schweiß, Steinstaub und Fledermauskot wieder zum Vorschein kam.

»Es war herrlich, Emerson! Sicher, die Wandgemälde sind von minderer Qualität, doch ich habe zwischen dem Schutt in der Grabkammer Reste von Holz und leinernen Wickeltücher entdeckt. Ich bin sicher, wir sollten ...«

Emerson hatte am Eingang gewartet, um mich herauszuziehen. Nachdem er das getan hatte, wich er rasch und mit gerümpfter Nase zurück.

»Nicht jetzt, Peabody. Diese Reise war nur zu Erkundungszwecken gedacht; wir haben weder die Mannschaft noch die

Zeit für eine Ausgrabung. Warum amüsierst du dich nicht mit der Pyramide?«

Das tat ich auch. Auf ihre Art war sie eine ganz hübsche Pyramide, auch wenn die Durchgänge nicht so weitläufig oder interessant waren wie die in den Monumenten von Gizeh und Dahshoor. Wie diese war sie von früheren Entdeckern geöffnet worden, die feststellten, daß man sämtliche Antiquitäten bereits geplündert hatte.

Am Nachmittag des zweiten Tages bekam das, was sich allmählich zu einem kleinen Volksauflauf entwickelt hatte, zusätzliche Verstärkung – durch zwei, wie Emerson sie nennt, verfluchte Touristen. Er wurde jedoch ein wenig gnädiger, als einer der beiden sich als Herr Eberfelt vorstellte, ein deutscher Gelehrter, mit dem Emerson schon korrespondiert hatte. Eberfelt war die wandelnde Karikatur eines Preußen, er trug ein Monokel, war steif wie ein Brett und sehr förmlich in seinen Manieren. Herr Schmidt, der junge Mann, der ihn begleitete, war einer seiner Studenten – ein pummeliger, angenehmer Bursche, der ohne die häßliche Duellnarbe, die seine Wange entstellte, ganz hübsch ausgesehen hätte. Deutsche Studenten sind sehr stolz auf solche Narben – in ihren Augen Beweis für ihren Mut, anstatt für ihre Dummheit, was eigentlich der Wahrheit entspräche. Soviel ich weiß, bedienen sich die Studenten verschiedener schmerzhafter und unhygienischer Methoden, um die Wundenheilung zu verhindern, so daß möglichst auffällige Narben zurückbleiben.

Die Manieren von Herrn Schmidt waren so makellos, wie sein Gesicht es nicht war. Er begrüßte mich in gebrochenem, aber entzückendem Englisch und schien sehr gerne gewillt, die Tasse Tee anzunehmen, die ich ihm anbot. Emerson jedoch bestand darauf, den beiden die Gräber zu zeigen, und der junge Mann folgte gehorsam seinem Vorgesetzten.

Ich hatte meinen Tee ausgetrunken und wollte gerade den anderen hinterher, als sich einer der Arbeiter näherte und mir durch seine dichten Wimpern einen schüchternen Blick zuwarf. Wie die übrigen Männer hatte er während der Arbeit sein Gewand abgelegt und war nur mit einem zusammengebundenen Lendenschurz bekleidet. Sein geschmeidiger, glatter Körper glänzte vor Schweiß.

»Ich habe ein Grab gefunden, verehrte Sitt«, flüsterte er. »Willst du mitkommen, bevor die anderen es finden und ihren Anteil am Bakschisch fordern?«

Ich blickte mich um. Emerson mußte die Besucher in die Pyramide geführt haben; sie waren nirgendwo zu entdecken. Daoud leitete eine Gruppe von Arbeitern, die die Gräber neben dem erhöhten Fußweg untersuchten, der von der Pyramide zum Fluß führte.

»Wo ist es?« wollte ich wissen.

»Nicht weit, verehrte Sitt. Nahe dem Grab der Gänse.«

Er meinte damit eines der berühmtesten Gräber von Meidum, aus dem das reizende Gemälde stammt, das nun im Museum von Kairo zu sehen ist. Das Grab lag im Mastaba-Feld, fast genau nördlich der Pyramide. Unter Abdullahs Leitung suchte dort eine Mannschaft nach weiteren Grabeingängen; dieser Mann mußte zu besagter Gruppe gehören. Seine Heimlichtuerei und sein aufgeregter Gesichtsausdruck ließen darauf schließen, daß er etwas Außergewöhnliches gefunden hatte, wofür er sich eine beträchtliche Belohnung erhoffte. Natürlich wollte er sie nicht mit den anderen teilen.

Vorfreude durchfuhr mich, als ich mir Wunderdinge ausmalte, die den Gänsen gleichkamen oder zumindest dem lebensgroßen Standbild des adligen Paares, das im gleichen Friedhof in einer anderen Mastaba gefunden worden war. Ich erhob mich und bedeutete ihm durch Gesten, mich dorthin zu führen.

Die kehligen Gesänge von Daouds Mannschaft waren nur noch leise zu hören, als wir über die herabgefallenen Steine und die Schuttberge am Fuße der Pyramide kletterten. Wir hatten die nordöstliche Ecke des Bauwerks fast erreicht, als mein Führer innehielt und seine Hand ausstreckte. »Sitt ...« fing er an.

»Nein«, sagte ich in Arabisch. »Kein Bakschisch, solange du mir nicht das Grab gezeigt hast.«

Er ging einen Schritt auf mich zu und lächelte dabei so lieblich wie eine scheue Jungfrau. Da hörte ich ein Geräusch, das wie ein scharfer Peitschenknall klang. Darauf folgten ein Grollen und Klappern, und ein Regen von Felsbrocken und Steinen prasselte hinter mir zu Boden. Mein Führer nahm Reißaus. Das konnte ich ihm kaum verübeln. Als ich verärgert nach oben blickte, entdeckte ich ein erschrecktes Mondgesicht, das von der Spitze der Pyramide, die fast fünfzehn Meter über mir lag, auf mich heruntersah.

»Ach Himmel, Frau Professor – verzeihen Sie bitte! Ich habe Sie nicht gesehen. Sind Sie verletzt? Haben Sie sich zu Tode erschrocken?«

Noch während er das sagte, balancierte er mit ausgebreiteten Armen – um das Gleichgewicht nicht zu verlieren – die Schräge hinab und löste dabei eine weitere kleine Lawine aus.

»Weder das eine noch das andere«, erwiderte ich. »Was ich aber sicherlich nicht Ihnen zu verdanken habe, Herr Schmidt. Was zum Teu ... Das heißt, worauf haben Sie denn geschossen? Um Himmels willen, stecken Sie Ihren Revolver weg, bevor Sie mich oder sich selbst durchlöchern.«

Der junge Mann errötete und verstaute seine Waffe im Halfter. »Es war eine Gazelle, eine ...«

»Unsinn, es kann keine Gazelle gewesen sein. Das sind scheue Tiere, die sich nie so nahe an Menschen heranwagen würden. Sie hätten fast die Ziege eines dieser armen Dorfbewohner totgeschossen, Herr Schmidt. Ihr Glück, daß Sie danebengezielt haben; selbst der Welt bester Schütze könnte mit einer Pistole kein so weit entferntes Ziel treffen.«

Mein Vortrag wurde von Emerson unterbrochen, der auf uns zueilte und wissen wollte, wer auf was und warum geschossen hatte. Meine Erklärung vermochte seine liebevolle Besorgnis nicht zu zerstreuen; er wandte sich an seinen deutschen Kollegen, der ihm auf den Fersen gefolgt war, und überschüttete ihn mit Vorwürfen.

»Sie haben recht, Herr Professor«, murmelte Schmidt betreten. »Ich bin ein ausgemachtes Rindvieh.«

»Du machst viel Lärm um nichts, Emerson«, sagte ich. »Die Kugel hat nicht in meiner Nähe eingeschlagen.«

»Kurz gesagt, es war keine böse Absicht und es ist auch kein Schaden entstanden«, sagte Professor Eberfelt zur Verteidigung seines Schülers.

»Außer, daß mein Führer vor Schreck davonlief«, fügte ich hinzu. »Lassen Sie uns versuchen, ihn zu finden und zu beruhigen. Er hat ein neues Grab entdeckt, das er mir gerade zeigen wollte.«

Doch weder der Führer noch das von ihm erwähnte Grab waren auffindbar, obwohl wir eine geraume Zeit suchten. »Vielleicht kommt er ja morgen zurück, wenn er sich von seinem Schrecken erholt hat«, sagte ich schließlich. »Er war jung, und er kam mir sehr furchtsam vor.«

Unsere Besucher rüsteten sich zum Aufbruch; das Boot, das sie gemietet hatten, wartete bereits auf sie, und sie wollten noch in der gleichen Nacht nach Kairo zurückkehren. Während wir beobachteten, wie die Esel in der aufsteigenden Dunkelheit im Osten verschwanden, strich sich Emerson über das Kinn, wie gewöhnlich, wenn er tief in Gedanken versunken ist.

»Ich glaube, wir haben hier genug getan, Peabody«, sagte er. »Der Zug von Luxor nach Kairo hält morgens in Rikka. Sollen wir ihn nehmen?«

Ich sah keinen Grund, der dagegensprach.

Sofort nach unserer Ankunft im Hotel bat ich den Safragi, mir ein schönes heißes Bad einzulassen. Während ich mich im duftenden Wasser aalte, beschäftigte sich Emerson mit den

Briefen und Nachrichten, die während unserer Abwesenheit eingetroffen waren, und las sie mir – mit entsprechenden Kommentaren versehen – vor. »Ob wir mit Lady Wallingford und ihrer Tochter dinieren möchten? Nein, wir möchten nicht. Captain Richardson nebst Gattin freuen sich, uns auf ihrer Soireè begrüßen zu dürfen … Sie freuen sich vergebens. Mr. Vincey hofft, daß wir ihm die Ehre erweisen, mit ihm am Dienstag zu Abend zu speisen … Das ist eine Ehre, die ihm nicht gebührt. Der Generalstaatsanwalt … Aha! Ein Weizenkorn unter all dieser Spreu! Ein Brief aus Chalfont.«

»Mach ihn auf«, rief ich. Ein schlitzendes Geräusch sagte mir, daß er schon dabei war.

Der Brief war ein Gemeinschaftswerk: Evelyn hatte ihn begonnen, und die anderen hatten dann ihren Teil hinzugefügt. Die Beiträge von Evelyn und Walter waren kurz. Sie versicherten uns nur, daß es ihnen und ihren Schutzbefohlenen gutgehe. Nefrets knappe Äußerung enttäuschte mich ein wenig; sie klang wie der pflichtschuldige Brief eines Kindes an einen ungeliebten Verwandten. Ich sagte mir, daß ich eigentlich nichts anderes erwarten konnte. Ihr Vater hatte ihr zwar Lesen und Schreiben beigebracht, doch bislang hatte sie noch nicht viel Gelegenheit gehabt, sich in dieser Kunst zu üben. Es würde noch eine Weile dauern, bis sie sich elegant und ausführlich auszudrücken verstand.

Doch der Beitrag von Ramses machte sämtliche Mängel in dieser Hinsicht wett. Mir war klar, warum er es sich ausbedungen hatte, als letzter schreiben zu dürfen, denn seine Ausführungen waren – gelinde gesagt – freimütiger als die seiner Tante.

»Rose gefällt es hier nicht. Das sagt sie zwar nicht, doch sie zieht immer ein Gesicht, als hätte sie gerade in Essig eingelegte Zwiebeln gegessen. Ich glaube, das Problem besteht darin, daß sie sich mit Ellis nicht verträgt. Ellis ist das neue Hausmäd-

chen von Tante Evelyn. Sie kommt aus der Gosse, wie die anderen auch.«

An dieser Stelle hielt Emerson lachend inne, und ich rief: »Du meine Güte, wo hat das Kind nur solche Ausdrücke aufgeschnappt? Aus reiner Herzensgüte stellt Evelyn vom Schicksal geschlagene junge Frauen ein, deren Leben nicht so verlaufen ist, wie man es sich wünschen würde, aber ...«

»Die Beschreibung besitzt an Treffsicherheit, was ihr an Taktgefühl mangelt«, sagte Emerson. »Weiter schreibt er:

Rose meint, sie wolle Ellis das nicht zum Vorwurf machen. Das will ich auch nicht, auch wenn ich nicht mit Gewißheit sagen kann, was mit diesem Ausdruck gemeint ist. Aber ich komme mit Ellis ebenfalls nicht zurecht. Sie läuft ständig hinter Nefret her und meint, sie solle sich anders kleiden und sich das Haar in Locken legen.

Wilkins (unser früherer Butler, der nun bei Evelyn und Walter angestellt ist) *fühlt sich seit unserer Ankunft nicht wohl. Er wirkt sehr nervös. Bei der kleinsten Kleinigkeit erschrickt er sich zu Tode. Als ich gestern den Löwen aus dem Käfig ließ ...*

Ich rutschte in der Wanne aus und geriet mit dem Kopf unter Wasser. Als ich prustend und nach Luft ringend wieder auftauchte, hatte Emerson bereits weitergelesen.

»... keine Gefahr, denn wie ihr wißt, kenne ich den Löwen, seit er ein Junges war, und habe mich stets bemüht, mit ihm auf vertrautem Fuß zu bleiben, wann immer dies möglich war. Onkel Walter war nicht nervös, doch seine Bemerkungen waren äußerst herabsetzend, und er brummte mir zehn Seiten zusätzliche Übersetzung von Cäsar auf. Außerdem meinte er, er bedauere, daß ich für eine Tracht Prügel bereits zu alt sei. Er hat sich einverstanden erklärt, für den Löwen einen größeren Käfig bauen zu lassen.«

Ich werde meinem geneigten Leser die ausführlichen Erörterungen von Ramses über das Wohlbefinden und die Gewohnheiten der übrigen Dienstboten ersparen (von der Vorliebe der Köchin für Gin wußte ich ebensowenig wie – so vermute ich – Evelyn). SIE hatte er sich für den Schluß aufgespart.

Ich glaube, seit unserer Ankunft hier hat sich ihre Gesundheit und auch ihre Stimmung gebessert, obgleich sie meines Dafürhaltens nach (wie ich später herausfand, hatte Ramses die letzten drei Worte ausgestrichen, doch Emerson las sie trotzdem mit) *ihren Studien zuviel Zeit widmet. Inzwischen schließe ich mich Eurer Meinung an, daß mens sana in corpore sano eine gute Regel ist, und habe sie mir zu eigen gemacht. Zu diesem Zweck habe ich mit dem Bogenschießen angefangen, einer Sportart, die auch junge Damen betreiben können. Tante Evelyn hat mir zugestimmt, und Onkel Walter, der sehr entgegenkommend sein kann, wenn er will, hat die Zielscheiben für uns aufgestellt. Ich fand heraus, daß Nefret mit diesem Sport bereits vertraut ist. Sie hat sich bereit erklärt, ihn mir beizubringen. Als Gegenleistung bringe ich ihr Reiten und Fechten bei.«*

»Er kann ja gar nicht fechten«, rief ich entrüstet aus.

»Ähem«, meinte Emerson nur.

Ich beschloß, dieses Thema nicht weiter zu verfolgen. Ich hatte immer schon vermutet, daß Emerson heimlich Fechtstunden nahm, doch er gibt nie gern zu, daß er auf irgendeinem Gebiet Unterricht braucht. Sein ursprünglicher Beweggrund, diesen Sport zu erlernen, gereichte ihm nicht gerade zur Ehre, denn es war Eifersucht auf eine Person, die ihm nicht den geringsten Anlaß dazu bot. Allerdings muß ich gestehen, daß sich seine Fechtkünste später bei mehreren Gelegenheiten als nützlich erwiesen haben. Offenbar hatte er Ramses erlaubt, ebenfalls Unterricht zu nehmen. Er wußte, daß ich das nicht gebilligt hätte, denn die Vorstellung, daß Ramses mit einem langen, biegsamen und scharfen Gegenstand herumfuchtelte, ließ mir das Blut in den Adern gefrieren.

In zwei weiteren Absätzen schilderte Ramses weit ausführlicher als nötig, welchen Beschäftigungen Nefret nachging. Nachdem Emerson zu Ende vorgelesen hatte, meinte er mit törichtem, väterlichem Stolz: »Wie gut er schreibt. Ziemlich literarisch, wenn du mich fragst.«

»Es klingt, als ob alles in Ordnung wäre«, erwiderte ich. »Reich' mir doch bitte das Handtuch, Emerson.«

Emerson reichte mir das Handtuch. Dann ging er wieder ins Wohnzimmer, um die übrige Post zu lesen.

*

»Also, wohin als nächstes?« wollte Emerson wissen, als wir abends beim Essen saßen. »Nach Luxor oder nach Amarna?«

»Hast du Meidum schon gestrichen?«

»Nein, überhaupt nicht. Aber ich glaube, wir sollten uns erst die anderen Möglichkeiten gründlich ansehen, ehe wir uns entscheiden.«

»Sehr gut.«

»Welchen Ort bevorzugst du?«

»Das ist mir vollkommen gleichgültig.«

Emerson starrte mich über den Rand der verzierten Speisekarte an, die der Ober ihm gereicht hatte. »Hast du dich über irgend etwas geärgert, Peabody? Über den Brief von Ramses vielleicht? Du hast kaum ein Wort zu mir gesagt, seit ich ihn vorgelesen habe.«

»Welchen Grund könnte ich denn haben, um verärgert zu sein?«

»Ich kann mir keinen denken.« Er wartete einen Augenblick. Als ich nicht antwortete, zuckte er die Schultern – es war eine dieser ärgerlichen männlichen Gesten, die das Verhalten einer Frau als unverständlich und/oder bedeutungslos abtun – und setzte die Erörterung fort. »Ich schlage vor, wir fahren direkt nach Luxor, denn ich kann es kaum erwarten, gewisse Gegenstände so schnell wie möglich loszuwerden.«

»Das ist vernünftig«, stimmte ich zu. »Hast du schon eine Vorstellung, wo wir sie … äh … entdecken könnten?«

Während des Essens erörterten wir verschiedene Alternativen. Es war noch früh, als wir fertig waren, und so schlug ich einen Spaziergang durch das Muski-Viertel vor.

»Heute abend gehen wir nicht aus«, erwiderte Emerson. »Ich habe etwas anderes im Sinn, was dich hoffentlich erfreuen wird.«

Es erfreute mich. Doch als Emerson seine gewohnte Schlafstellung einnahm – flach auf dem Rücken, die Arme vor der Brust gekreuzt, wie eine Statue der Osiris –, mußte ich daran denken, wie es früher einmal gewesen war. Damals hatte ihn mein Anblick, wenn ich aus dem Bad stieg, zu Vergleichen mit Aphrodite beflügelt. Heute nachmittag hatte er mir einfach nur ein Handtuch gereicht.

*

Die einzige Einladung, die Emerson nicht weggeworfen hatte, war die von Mr. George McKenzie. Er gehörte zu jener Sorte Exzentriker, die in den Anfangsjahren der Archäologie weitaus häufiger vorgekommen waren als heutzutage: Es handelte sich um begabte Amateure, die ohne Einschränkung durch staatliche Vorschriften Ausgrabungen durchgeführt und Ägyptologie studiert hatten. Einige von ihnen hatten trotz ihres Mangels an formaler Ausbildung bewundernswerte Arbeit geleistet, und McKenzies dickes dreibändiges Werk über die altägyptische Kultur war eine unschätzbare Quelle, denn viele der Reliefs und Inschriften, die er in den fünfziger Jahren des 19. Jahrhunderts kopiert hatte, waren inzwischen für immer verschwunden. Mittlerweile war er ein sehr alter Mann, der selten Einladungen aussprach oder annahm. Selbst Emerson gab zu, daß das eine schmeichelhafte Geste und eine Gelegenheit war, die wir nicht versäumen sollten.

Er weigerte sich zwar, Abendgarderobe anzuziehen, doch in seinem Gehrock und den dazu passenden Hosen sah er sehr stattlich aus. Ich trug mein zweitbestes Kleid aus Silberbrokat, das mit roten Rosen besetzt und an der Brust und an den Aufschlägen der bis zum Ellbogen reichenden Tüllärmel mit Silbertressen verziert war. Ich hoffe, man bezichtigt mich nicht der Eitelkeit, wenn ich sage, daß alle Köpfe sich nach uns umdrehten, als wir auf dem Weg zur wartenden Kutsche die Terrasse überquerten. Ein großartiger Sonnenuntergang überzog den westlichen Himmel; die Kuppeln und Minarette von Kairo schwammen in einem träumerischen Dunst.

Unser Ziel war Alt-Kairo – die mittelalterliche Stadt mit den hübschen vierstöckigen Häusern und Palästen, von denen aus die grausamen Mamelucken-Krieger die Stadt tyrannisiert hatten. Viele Gebäude waren inzwischen verfallen und wurden nun von den ärmeren Schichten bewohnt, ganze Familien hausten in nur einem Raum; die fein gearbeiteten, geschwungenen Gitterfenster, die die Schönheiten des Harems vor begehrlichen Blicken verborgen hatten, waren abgerissen worden, und die frischgewaschenen Galabiyas der Armen hingen trostlos von den verfallenden Läden der Fensternischen. Man sagte, daß McKenzies Haus dem Sultan Kait Bey gehört habe; seine ursprüngliche Architektur sei gut erhalten. Ich freute mich darauf, es zu sehen.

In Alt-Kairo gibt es weder Straßenschilder noch Hausnummern. Schließlich brachte der Kutscher seine Pferde zum Stehen und gestand, er habe sich, was ich schon eine ganze Weile vermutet hatte, heillos verfahren. Als Emerson in Richtung einer Straße deutete oder besser gesagt auf einen Durchgang zwischen zwei Häusern in der Nähe, erklärte der Kutscher, dorthin könne er nicht fahren. Er kenne diese Straße, sie werde zunehmend enger, so daß nicht genügend Platz vorhanden sein, um die Pferde zu wenden.

»Dann warte hier auf uns«, sagte Emerson. Als er mir aus der Kutsche half, konnte er sich eine Bemerkung nicht verkneifen: »Ich habe dir doch gesagt, du sollst diesen Rock nicht anziehen, Peabody. Ich ahnte schon, daß wir einen Teil des Wegs zu Fuß gehen müssen.«

»Und warum hast du das nicht gesagt?« wollte ich wissen. Ich raffte meinen Rock. »Du bist doch schon einmal hier gewesen, oder?«

»Vor ein paar Jahren.« Emerson reichte mir seinen Arm, und wir zogen los. »Dort hinunter, glaube ich. McKenzie hat zwar eine Wegbeschreibung mitgeschickt, aber sie war nicht ... Ah ja, hier ist der Springbrunnen, den er erwähnt hat. Die erste Straße links einbiegen.«

Wir waren noch nicht weit gekommen, als die Gasse so eng wurde, daß man kaum noch nebeneinander gehen konnte. Es war, als würde man durch einen Tunnel laufen, denn die hohen, geheimnisvollen Fassaden der alten Häuser ragten zu beiden Seiten steil empor, und ihre vorspringenden Balkone berührten sich fast über unseren Köpfen. Mir war unbehaglich zumute. »Das kann nicht richtig sein, Emerson. Es ist hier sehr finster und schmutzig, und ich habe seit dem Springbrunnen keine Menschenseele mehr gesehen. Mr. McKenzie wohnt doch sicherlich nicht in einem solchen Elendsviertel.«

»Es gibt hier keine architektonischen Klassenunterschiede; die Herrschaftshäuser der Reichen grenzen direkt an die Behausungen der Armen.« Doch in Emersons Stimme schwangen meine eigenen Zweifel mit. Er blieb stehen. »Laß uns umkehren. In der Nähe des Springbrunnens gab es ein Café, wir werden dort nach dem richtigen Weg fragen.«

Es war zu spät. Die enge Gasse wurde nur durch eine Laterne erhellt, die ein Hausbesitzer in weiser Voraussicht über eine Tür gehängt hatte, die ein paar Schritte hinter uns lag; doch diese Laterne spendete genügend Licht, um im Schatten vor uns die bedrohlichen Schatten mehrerer Männer erkennen zu können. Ihre Turbane leuchteten fahl in der Dunkelheit.

»Verdammt«, sagte Emerson ruhig. »Stell' dich hinter mich, Peabody.«

»Rücken an Rücken«, stimmte ich zu und nahm diese Stellung ein. »Zum Teufel, warum habe ich bloß meinen Gürtel mit den Werkzeugen nicht mitgenommen?«

»Versuch' mal, ob die Tür offen ist«, sagte Emerson.

»Abgesperrt. Dort vorne sind noch mehr Männer«, fügte ich hinzu. »Mindestens zwei. Und ich habe nur einen zerbrechlichen Ausgehschirm für den Abend, der zu meinem Kleid paßt, nicht meinen gewöhnlichen.«

»Du meine Güte!« rief Emerson aus. »Ohne deinen Schirm können wir uns ihnen auf offener Straße nicht stellen. Ein strategischer Rückzug wäre wohl angebracht.« Ganz unvermittelt schnellte er herum und trat mit dem Fuß gegen die Tür, die ich zu öffnen versucht hatte. Das Schloß gab krachend nach, und die Tür sprang auf; Emerson packte mich an der Taille und stieß mich hinein.

Mein plötzliches Erscheinen löste erschreckte Schreie und Tumult aus. Die beiden Männer, die sich in dem Raum aufhielten, flohen und ließen ihre sanft vor sich hinblubbernde Wasserpfeife zurück. Emerson folgte mir und schlug die Tür hinter sich zu. »Die wird sie nicht lange aufhalten«, meinte er. »Das Türschloß ist zerbrochen, und es gibt hier kein Möbelstück, das schwer genug wäre, um es als Barrikade zu verwenden.«

»Bestimmt ist hier noch ein anderer Ausgang.« Ich deutete auf die hinter einem Vorhang verborgene Tür, durch die die beiden Männer verschwunden waren.

»Das werden wir überprüfen, wenn es nötig wird.« Mit beiden Schultern stemmte sich Emerson gegen die Tür. »Ich habe keine Lust auf weitere dunkle Gassen, obwohl ich mich auch nicht gern auf die Freundlichkeit von Fremden verlassen würde – insbesondere der Art von Fremden, die in einem

Loch wie diesem hier leben. Laß uns überlegen, welche Möglichkeiten uns sonst noch bleiben, jetzt, wo wir eine Verschnaufpause …«

Er hielt mitten im Satz inne, weil von draußen ein Laut durch die dünnen Bretter der Tür drang. Ich zuckte zusammen und Emerson fluchte. »Da hat eine Frau geschrien – oder schlimmer noch, ein Kind.«

Ich klammerte mich an ihn. »Nein, Emerson! Geh nicht hinaus! Das könnte ein Trick sein.«

Erneut war der Schrei zu hören – hoch, schrill, zitternd. Er steigerte sich zu einem falsettartigen Kreischen und verstummte dann schlagartig. Emerson versuchte sich aus meinem Griff zu befreien. Ich hielt ihn mit aller Kraft fest und warf mich mit meinem ganzen Gewicht gegen ihn.

»Das ist ein Trick, glaube mir doch! Sie kennen dich, sie kennen deinen ritterlichen Charakter! Weil sie nicht wagen anzugreifen, wollen sie dich aus deinem Versteck locken. Das ist kein einfacher Raubüberfall; wir wurden absichtlich in die Irre geführt.«

In Wirklichkeit klangen meine Worte nicht so gemessen, denn Emerson hatte mich grob an beiden Händen gepackt und versuchte unter Einsatz beträchtlicher Gewalt, sich von mir freizumachen. Erst als ich einen Schmerzensschrei ausstieß, ließ er locker.

»Das Unglück, was immer es auch war, ist schon geschehen«, sagte er atemlos. »Sie ist jetzt still … Es tut mir leid, Peabody, wenn ich dir weh getan habe.«

Seine Muskeln entspannten sich. Ich lehnte mich an ihn und versuchte, selbst wieder zu Atem zu kommen. Meine Hände fühlten sich an, als hätte man sie in einem Schraubstock gequetscht, doch ich verspürte eine seltsame, unerklärliche Erregung. »Keine Sorge, mein Liebling. Ich weiß, daß du es nicht so gemeint hast.«

Die Stille draußen hielt nicht an. Die Stimme, die sie durchbrach, hatte ich am allerwenigsten erwartet – eine kühne, furchtlose, offizielle Stimme – die Stimme eines Mannes, der in fehlerhaftem Arabisch barsch Befehle erteilte.

»Wieder ein Trick!« rief ich aus.

»Ich glaube nicht«, sagte Emerson und lauschte. »Der Kerl muß Engländer sein, kein Ägypter spricht seine eigene Sprache so miserabel. Habe ich deine Erlaubnis, die Tür einen Spaltbreit zu öffnen, Peabody?«

Er wurde sarkastisch. Weil ich wußte, daß er es sowieso tun würde, stimmte ich zu.

Im Vergleich zu der Dunkelheit von vorhin war die Straße nun von Laternen und Fackeln hell erleuchtet. Sie wurden von Männern gehalten, deren ordentliche Uniformen keinen Zweifel an ihrer Identität ließen. Einer von ihnen kam auf uns zu. Emerson hatte recht gehabt: Sein rotwangiges Gesicht verriet ihn als Landsmann, und angesichts seiner straffen Haltung und seines prächtigen Schnurrbarts war er eindeutig als Angehöriger des Militärs zu erkennen.

»Haben Sie geschrien, Madam?« fragte er, wobei er höflich seine Mütze zog. »Ich hoffe, Sie und der Gentleman sind unverletzt?«

»Ich habe nicht geschrien; doch dank Ihnen und Ihren Männern sind wir unverletzt geblieben.«

»Hmmm«, meinte Emerson. »Was machen Sie in diesem Teil der Stadt, Captain?«

»Ich erfülle hier meine Pflicht, Sir«, lautete die steife Antwort. »Ich diene der Polizei von Kairo als Berater. Eigentlich hätte ich wohl eher Grund, Ihnen diese Frage zu stellen.«

Emerson antwortete, daß wir vorgehabt hatten, einer Einladung zu folgen. Nicht an seinen Worten, sondern an den geschürzten Lippen und hochgezogenen Augenbrauen des jungen Mannes konnte man erkennen, daß er diese Antwort für unglaubwürdig hielt. Offenbar wußte er nicht, wer wir waren.

Er bot uns an, uns zu unserer Kutsche zu eskortieren.

»Nicht nötig«, sagte Emerson. »Offenbar haben Sie uns den

Weg freigemacht, Sir. Nirgendwo ein Verletzter zu sehen. Haben Sie sie alle ausreißen lassen?«

»Wir haben ihnen nicht nachgesetzt«, lautete die herablassende Antwort. »Die Gefängnisse sind bereits überfüllt mit solchem Gesindel, und wir hatten keine Handhabe gegen sie.«

»Schreien in der Öffentlichkeit«, schlug Emerson vor.

Der Bursche hatte immerhin Sinn für Humor, seine Lippen zuckten, doch er entgegnete ernst: »Es muß einer dieser Schurken gewesen sein, der so geschrien hat, wenn es die Dame nicht gewesen war. Sie wurden also nicht angegriffen?«

»Wir können diesen Männern nichts vorwerfen«, gab ich zu. »Sie, Captain, könnten vielmehr uns festnehmen, denn wir haben uns gewaltsam Zutritt zu diesem Haus verschafft und die Tür aufgebrochen.«

Der Offizier lächelte höflich. Emerson holte eine Handvoll Münzen aus seiner Tasche und schüttete sie auf den Tisch. »Das sollte alle Klagen wegen der aufgebrochenen Tür zum Verstummen bringen. Los jetzt, Liebling, wir kommen zu spät zu unserer Verabredung.«

Wir hatten an dem Springbrunnen die falsche Richtung eingeschlagen. Der Besitzer des Cafés kannte das Haus von Mr. McKenzie sehr gut; es war ganz in der Nähe. Aber eigentlich war ich nicht weiter überrascht, als ein Diener uns mitteilte, Mr. McKenzie erwarte an diesem Abend keine Gäste. Er habe sich bereits zu Bett begeben. Denn er sei, wie der Diener vorwurfsvoll meinte, ein sehr alter Mann.

5. Kapitel

»Männer sind wahrhaft schwache Geschöpfe; man kann nicht erwarten, daß sie die Unerschütterlichkeit von Frauen an den Tag legen.«

Nicht so alt, daß er vergessen hätte, wo er wohnt«, bemerkte Emerson. »Die Wegbeschreibung ist eindeutig. Beim Brunnen links.«

Er warf das zusammengeknüllte Stück Papier auf den Frühstückstisch. Es fiel ins Sahnekännchen, und bis ich es wieder herausgefischt hatte, war die Schrift so verlaufen, daß man sie nicht mehr entziffern konnte.

»Ich muß dir wohl glauben«, sagte ich und legte den feuchten Klumpen auf eine saubere Untertasse. »Und ich behaupte auch nicht, daß selbst ein junger Mann Opfer einer vorübergehenden Gedächtnislücke oder eines Schreibfehlers werden kann. Daß wir durch das Abbiegen in die falsche Richtung in einen Hinterhalt geraten sind, beweist eindeutig, daß die irreführende Wegbeschreibung Absicht war. Hast du jemals etwas getan, um Mr. McKenzie zu verärgern?«

»Ich vermute«, meinte mein Mann und verzog sein schönes Gesicht zu einer scheußlich finsteren Grimasse, »daß du versuchst, witzig zu sein, Amelia. Die Einladung kam nicht von Mr. McKenzie.«

Er hatte die Frage zwar nicht beantwortet, aber man konnte mit ziemlicher Sicherheit annehmen, daß er Mr. McKenzie irgendwann einmal verärgert hatte, denn es gab nur wenige Menschen, denen er noch nie auf den Schlips getreten war. Allerdings schien diese Vergeltungsmaßnahme doch ein wenig übertrieben.

»Woher weißt du, daß sie nicht von ihm stammt?«

»Ich weiß es nicht«, gab Emerson zu. »Ich habe heute morgen jemanden losgeschickt, um es nachzuprüfen, aber der Bote ist noch nicht zurückgekehrt.«

»Er wird es sowieso ableugnen.«

»Stimmt.« Wie eine nachdenkliche Sphinx musterte Emerson das Brötchen, das er gerade mit Butter bestrich. »Über McKenzie erzählt man sich seltsame Geschichten. Sein Alter hat ihm einen respektablen Anstrich verliehen, den er nicht immer verdient hat. In seiner Jugend stolzierte er in türkischer Tracht umher – in seidenen Gewändern und mit einem riesigen Turban –, und es heißt, er habe sich auch in … äh … anderer Hinsicht wie ein Türke verhalten.«

Ich wußte, daß er damit auf Frauen anspielte. Emerson ist übertrieben schamhaft in solchen Angelegenheiten – wenigstens in meiner Gegenwart. Ich hatte Grund zu dem Verdacht, daß er sich in einer reinen Männerrunde oder auch in Gegenwart gewisser Damen nicht so zurückhielt.

»Hat er sich einen Harem gehalten?« fragte ich neugierig.

»Nun ja«, Emerson machte ein betretenes Gesicht. »In jenen Jahren war es für ungestüme junge Männer nicht unüblich, manche Sitten einer ihnen fremden Kultur zu übernehmen. In der Anfangszeit hatten die Archäologen ebensowenig Skrupel im Umgang mit Altertümern wie mit … äh … anderen Dingen. McKenzies private Antikensammlung soll …«

»Soweit ich weiß, war er nie verheiratet«, meinte ich. »Vielleicht zog es ihn ja nicht zu Frauen hin. Es gibt da eine türkische Sitte ...«

»Du meine Güte, Peabody!« rief Emerson errötend. »Eine anständige Frau hat von solchen Dingen nichts zu wissen, geschweige denn, davon zu reden. Ich sprach von McKenzies Sammlung.«

Aber es war mir zu diesem Zeitpunkt nicht vergönnt, mehr über McKenzies Sammlung zu erfahren. Der Safragi erschien und meldete einen Besucher.

Mr. Vincey und sein Kater kamen zusammen herein. Das riesige, getigerte Tier ging an der Leine neben seinem Herrn her wie ein ..., ich hätte fast wie ein wohlerzogener Hund gesagt, doch der Kater hatte nichts von der sklavischen Art eines Hundes an sich. Es sah vielmehr aus, als lehrte er Mr. Vincey, ihn spazierenzuführen, anstatt umgekehrt.

Ich bot Mr. Vincey Kaffee an, den er annahm, doch als ich für Anubis ein wenig Sahne in eine Untertasse goß, schnupperte der Kater nur verächtlich daran, ehe er sich zu Vinceys Füßen niederließ und seinen Schwanz ordentlich um seinen Leib ringelte. Mr. Vincey entschuldigte sich weitschweifig für das unhöfliche Benehmen seines vierbeinigen Freundes.

»Katzen sind niemals unhöflich«, meinte ich. »Sie verhalten sich, wie es ihrer Natur entspricht, und das mit einer Offenheit, an der sich Menschen ein Beispiel nehmen sollten. Viele ausgewachsene Katzen mögen keine Milch.«

»Und dieses Tier macht zweifelsfrei den Eindruck eines Fleischfressers«, fügte Emerson hinzu. Seine Manieren gegenüber Katzen sind besser als gegenüber Menschen. »Nun, Vincey, was können wir für Sie tun? Wir wollten gerade ausgehen.«

Mr. Vincey erklärte, er sei gekommen, um sich zu erkundigen, wie ich mein unglückliches Abenteuer überstanden hätte. Ich wollte schon antworten, als mich ein Hustenanfall und ein bedeutungsvoller Blick von Emerson daran erinnerten, daß er gewiß den Vorfall auf dem Maskenball meinte, da ihm unser jüngstes Mißgeschick ja unbekannt sein mußte. Ich versicherte ihm, ich sei wohlauf. Emerson fing an, zappelig zu werden, und nach ein paar höflichen Floskeln verstand Mr. Vincey den Wink. Erst als er sich erhob und nach der Leine griff, stellte ich fest, daß die Katze nicht mehr an ihrem anderen Ende hing. Das Halsband baumelte lose herab.

Mit einem Ausruf scherzhaften Bedauerns suchte Mr. Vincey das Zimmer ab. »Wohin ist er wohl jetzt wieder verschwunden? Offenbar ist er fest dazu entschlossen, mich bei Ihnen zu blamieren, Mrs. Emerson. Ich versichere Ihnen, er hat so etwas noch nie getan. Bitte entschuldigen Sie ...« Er spitzte die Lippen und stieß einen schrillen Pfeifton aus.

Prompt kam der Kater unter dem Frühstückstisch hervor. Er wich Mr. Vinceys ausgestreckter Hand aus und sprang mir auf den Schoß, wo er sich niederließ und zu schnurren anfing. Ganz offensichtlich war jeder Versuch, ihn ohne Beschädigung meines Rockes zu entfernen, zum Scheitern verurteilt, denn Mr. Vinceys erster Anlauf führte nur zu einem tiefen Knurren und dazu, daß Anubis die Krallen leicht, aber doch spürbar in den Stoff bohrte. Dann kratzte sich der Kater hinter dem Ohr, lockerte seinen Griff, legte den Kopf in den Nacken und gab ein dröhnendes Schnurren von sich.

»Dieses Geschöpf beweist einen ausgezeichneten Geschmack«, meinte Emerson spöttisch.

»Ich habe noch nie erlebt, daß er sich so benimmt«, murmelte Mr. Vincey entgeistert. »Ich frage mich fast, ob es kühn wäre, Sie um einen Gefallen zu bitten.«

»Wir adoptieren keine Tiere mehr«, verkündete Emerson mit Nachdruck. Er kitzelte den Kater unter dem Kinn. Der Kater leckte ihm die Finger ab. »Unter gar keinen Umständen«, fuhr Emerson fort. Der Kater rieb den Kopf an seiner Hand.

»Oh, ich würde mich nie von meinem treuen Freund trennen!« rief Vincey aus. »Aber ich bin im Begriff, Ägypten zu verlassen – eine kurze Reise nach Damaskus, wo ein Freund meines Beistandes in einer persönlichen Angelegenheit bedarf. Ich habe mich gefragt, wo ich Anubis vorübergehend unterbringen könnte. Ich habe nicht so viele Freunde, an die ich ein solches Ansinnen richten kann.«

In dieser letzten Bemerkung lag kein Selbstmitleid, nur männliche Tapferkeit. Sie bewegte mich. Auch Eitelkeit trug ihren Teil zu meiner Antwort bei, denn von einer Katze akzeptiert zu werden, ist ein großes Kompliment.

»Könnten wir Anubis nicht ein paar Wochen lang in Pflege nehmen, Emerson? Ich stelle fest, daß ich Bastet mehr vermisse als erwartet.«

»Unmöglich«, verkündete Emerson. »Wir werden Kairo bald verlassen. Wir können doch schlecht mit einer Katze nach Luxor fahren.«

Nachdem die Angelegenheit geregelt war, erhob der Kater keinen Einspruch mehr, als man ihn von meinem Schoß entfernte. Es war fast, als verstehe und billige er das Arrangement. Mr. Vincey wollte am nächsten Tag abreisen; er versprach, Anubis am Vormittag bei uns abzuliefern. So geschah es auch, und am Abend nahmen Emerson, ich und der Kater den Nachtzug nach Luxor.

Der Kater machte uns keine Schwierigkeiten. Er saß kerzengerade auf dem gegenüberliegenden Sitz und sah aus dem Fenster wie ein höflicher Mitreisender, der so tat, als wollte er unser Gespräch nicht belauschen. Allerdings war dieses Gespräch nicht so frei von Spannungen, wie es hätte sein sollen, was, wie ich zugebe, an mir lag. Ich war gereizt. Das hatte nichts mit der Überraschung am Bahnhof zu tun, die darin bestand, daß Emerson Abdullah und Daoud eingeladen hatten, uns zu begleiten. Unser erfahrener Vorarbeiter würde uns eine große Hilfe sein; besonders in Luxor, wo er geboren war und immer noch zahlreiche Verwandte hatte. Es gab also keinen vernünftigen Grund, warum ich etwas gegen Abdullahs Anwesenheit hätten haben sollen. Nachdem er und Daoud uns mit unserem Gepäck zur Hand gegangen waren, verabschiedeten sie sich, um ihre Plätze zu suchen.

»Ich verstehe nicht, warum du es so eilig hattest abzureisen«, sagte ich. »Mr. Vandergelt kommt in einigen Tagen in Kairo an; wir hätten warten und gemeinsam mit ihm fahren können.«

»Das sagtest du bereits, Peabody. Und ich habe geantwortet, daß es für mich keinen Sinn hat, ewig in Kairo herumzusitzen. Vandergelt ist ein hoffnungsloser Filou. Er wird zu sämtlichen Dinnerpartys gehen wollen, um den Damen schöne Augen zu machen. Außerdem fährt er wahrscheinlich auf seinem verdammten Hausboot nach Süden.«

»Es war nett von ihm, daß er uns angeboten hat, während unseres Aufenthalts in Luxor in seinem Haus zu wohnen.«

»Es kostet ihn nichts.«

»Wie undankbar du bist.«

Und so ging es immer weiter. Sonst geschah nichts von Interesse, selbst nachdem der Schaffner die Betten aufgedeckt hatte, denn die Umgebung eignete sich nicht dafür, eheliche Liebe zu bekunden. Zudem behauptete Emerson, daß der Kater uns beobachtete.

»Er sitzt auf dem Boden, Emerson. Er kann uns unmöglich sehen – oder du ihn.«

»Ich *spüre*, daß er uns beobachtet«, sagte Emerson.

Wie dem auch sei, ich erwachte früh und beobachtete, wie der Sonnenaufgang die Felsen im Westen in ein rosiges Licht tauchte – ein Anblick, der meine Stimmung stets hebt. Ein Austausch zärtlicher Liebesbeweise mit meinem Gatten (der die Vorsicht besaß, ein Laken über den schlafenden Kater zu decken, ehe er fortfuhr) verhalf mir endgültig zu meiner guten Laune zurück. Vom Bahnhof aus begaben wir uns sofort zum Kai und mieteten ein Boot, um uns und unsere Ausrüstung zum Westufer zu bringen.

Nur einen Menschen, der völlig phantasielos und ohne jeglichen Sinn für Kunst ist, hätte das Bild, das sich meinen Augen bot, nicht berührt. Ich saß im Bug, über mir bauschten sich die großen Segel, und der Morgenwind zerzauste mein Haar. Am anderen Ufer erstreckte sich ein smaragdgrünes Band von Feldern und Büschen bis zum Rand des Wassers; dahinter lag die Wüste, das Rote Land aus den alten Schriften, und hinter diesem bleichen und kahlen Streifen erhoben sich die Klippen der Hochwüste, durch die der Nil sich in grauer Vorzeit sein Bett gegraben hatte. Allmählich kamen im Dunst – wahrscheinlich besser mit dem Auge der Phantasie als mit dem tatsächlichen zu erkennen – zauberhafte Schlösser in Sicht, die sich, wie schon der Dichter sagte, aus dem Schaum erhoben: die verfallenen, aber majestätischen Mauern der antiken Tempel.

(Bei näherer Prüfung stelle ich fest, daß das Zitat nicht ganz korrekt ist. Allerdings beschreibt meine Version besser das Gefühl, das ich zu vermitteln suche.)

Der bedeutendste aller Tempel war, zumindest meiner Ansicht nach, die Säulenhalle von Deir el Bahri, Begräbnisstätte der großen Pharaonin Hatschepsut. Nicht weit davon entfernt befand sich ein modernes Gebäude, das meinen Blicken noch verborgen war, aber noch deutlich vor meinem geistigen Auge stand: Baskerville House, der Schauplatz eines unserer ungewöhnlichsten Detektivabenteuer. Inzwischen hatte es sich in eine verfallene und verlassene Ruine verwandelt, da der augenblickliche Lord Baskerville kein Interesse daran hatte, es instand zu halten. Und angesichts des Schicksals, das sein Vorgänger dort erlitten hatte, war das auch kein Wunder. Er hatte das Haus Cyrus Vandergelt angeboten, doch auch dieser verknüpfte damit keine sonderlich angenehmen Erinnerungen. »Nicht für eine Million Dollar würde ich noch einmal einen Fuß in diese verdammte Bude setzen«, hatte es Cyrus in seiner liebenswerten amerikanischen Art ausgedrückt.

Cyrus hatte sich nah am Eingang zum Tal der Könige selbst ein Haus gebaut. Geld spielte für ihn keine Rolle, doch ich muß sagen, daß sich das Gebäude eher durch Extravaganz als durch guten Geschmack auszeichnete. Es stand auf einer Anhöhe, die das Tal überragte. Als unsere Kutsche sich näherte, betrachtete Emerson angewidert die Türme, Türmchen und Balkone. »Ganz offensichtlich ein Denkmal für Extravaganz und schlechten Geschmack«, bemerkte er. »Ich gehe davon aus, daß du es dir nicht zum Vorbild nimmst, Amelia.«

»Anscheinend hat sich Mr. Vandergelt von den Burgen der Kreuzfahrer inspirieren lassen. Im Mittleren Osten gibt es einige davon.«

»Das ist keine Entschuldigung. Nun, ich vermute, wir werden uns damit abfinden müssen.«

Mir persönlich fiel es nicht weiter schwer, mich mit sauberen, gemütlichen Zimmern und ausgezeichneter Bedienung »abzufinden«. Cyrus beschäftigte einige absolut unerläßliche Dienstboten das ganze Jahr hindurch und ließ sie im Haus wohnen. Der Hausmeister begrüßte uns mit den beruhigenden Worten, daß wir erwartet würden und unsere Zimmer schon vorbereitet seien. Die Räume waren so elegant ausgestattet wie in einem modernen Hotel. Prächtige Orientteppiche bedeckten die Böden. Türen und Fenster waren mit Moskitonetzen versehen, um die Insekten fernzuhalten, und das Innere des Hauses wurde auf eine Methode gekühlt, die schon seit dem Mittelalter bekannt ist – grobporige Tonkrüge in durch geschnitzte Wandschirme verdeckten Nischen hinter den Fenstern.

Nachdem er sich erkundigt hatte, wann wir unser Mittagessen einzunehmen wünschten, verschwand der Hausmeister mit einer tiefen Verbeugung, und ich fing an, mir die von der Reise verschmutzten Kleider auszuziehen. Emerson stöberte im Zimmer herum, öffnete Schranktüren und inspizierte Kommoden. Er gab ein zufriedenes Grunzen von sich. »Vandergelt ist kein Narr, auch wenn er Amerikaner ist. An diesem Schrank befindet sich ein gutes, solides Schloß. Genau das, was ich zu finden hoffte.«

Aus der kleinen Reisetasche, die er seit Kairo nicht aus den

Augen gelassen hatte, holte er die Schachtel mit den beiden Szeptern, schloß sie sorgfältig ein und steckte den Schlüssel in die Tasche. Aus dem angrenzenden Badezimmer hörte ich Wasser plätschern. Die Diener waren noch dabei, die Wanne zu füllen. Also wickelte ich mich in einen Morgenmantel und setzte mich nieder, um zu warten, bis sie fertig waren. Man hatte uns kühle Getränke und eine Auswahl kleiner Kuchen bereitgestellt. Ich goß mir ein Glas Sodawasser ein.

»Warum machst du so ein Theater mit diesen Szeptern? Wenn ich gewußt hätte, daß sie dir so viel Kopfzerbrechen bereiten, wie es offenbar der Fall ist, hätte ich gesagt, wir haben sie letzten Frühling in Napata ›entdeckt‹. Schließlich ist das der glaubhafteste Fundort.«

»Meinst du, ich hätte nicht daran gedacht? Ich bin nicht so dumm, wie du denkst.«

»Aber Emerson, reg' dich nicht auf. Ich meinte doch nicht ...«

»Eine solche Entdeckung in Napata hätte jeden Schatzsucher in Afrika auf den Plan gerufen und die Begehrlichkeit der Einheimischen geweckt. Sie hätten die Pyramiden in Einzelteile zerlegt.«

»Jetzt ist auch nicht mehr viel von ihnen übrig«, stellte ich fest.

Emerson achtete nicht darauf. Die Hände auf dem Rücken lief er ärgerlich im Zimmer hin und her und fuhr fort: »Es gab noch etwas zu bedenken: Ich wollte nicht, daß zwischen der ›Entdeckung‹ und Nefrets Auftauchen ein zeitlicher Zusammenhang hergestellt wird. Wenn die Szepter nun in Theben gefunden werden, können sie nichts mit Willy Forths verlorener Stadt zu tun haben.«

Ich sah den Sinn seiner Argumentation und teilte ihm das offen mit. Das versetzte ihn in bessere Stimmung, und als ein Klopfen an der Tür mir verkündete, daß mein Bad bereit war, machte ich mich daran, mich zu säubern.

Nach dem Mittagessen zogen wir Arbeitskleidung an und

begaben uns, begleitet von Abdullah, Daoud und dem Kater, ins Tal. Abdullah hatte nicht besonders viel für Katzen übrig, und er beobachtete Anubis argwöhnisch. Dieser nahm das auf, wie Katzen es gemeinhin tun, nämlich, indem er den armen Abdullah mit Aufmerksamkeiten überschüttete – er schlich ihm um die Beine, sprang ihn wie ein Kätzchen aus dem Hinterhalt an und tat so (wenigstens glaube ich, daß er nur so tat), als wolle er den Saum seines Gewandes angreifen. Einigemale versuchte Abdullah, ihn zu treten (wenn er dachte, ich sähe nicht hin). Überflüssig zu sagen, daß sein Fuß stets ins Leere traf.

Obwohl ich gern auf Abdullah, Daoud und – nicht zu vergessen – den Kater verzichtet hätte, konnte ich mich der Freude an diesem Ausflug nicht verschließen. Emerson in der Aufmachung zu sehen, die ihm am besten stand, seine schwarzen Locken, die in der Sonne glänzten, seine gebräunten, muskulösen Unterarme, die die hochgekrempelten Hemdsärmel freigaben, Seite an Seite mit ihm zu gehen, frei und ungehindert in meinem bequemen Hosen, das melodische Klappern der Werkzeuge zu hören, die an meinem Gürtel baumelten, die Hand um den kräftigen Griff des Sonnenschirms ... Worte genügen nicht, um die Hochstimmung einzufangen, die dieses Erlebnis in mir auslöste.

Statt dem Touristenpfad zu folgen, schlugen wir einen gewundenen Weg ein, der nach Nordwesten führte. Das Tal der Könige – Biban el Muluk, auf Arabisch, das wörtlich eigentlich »Pforte der Könige« heißt – besteht nicht nur aus einem Tal, sonderen aus zweien. Das östliche, wo der Großteil der Königsgräber des Alten Reiches liegt, ist das am meisten besuchte. Schon seit der Zeit der alten Griechen ist es bei Touristen und Entdeckern beliebt. Dank unternehmungslustiger Geschäftsleute wie Mr. Cook, der mit seinen Passagierdampfern in jeder Saison scharenweise Besucher nach Luxor bringt, hält man es heutzutage vor Menschenmassen dort kaum noch aus.

Aber selbst unpassend gekleidete und lärmende Horden können dem östlichen Tal seine Pracht nicht nehmen. Allerdings ist das westliche Tal meiner Ansicht nach bei weitem beeindruckender, wobei »Tal« eigentlich nicht das richtige Wort ist, da es die Vorstellung von einer grünen, fruchtbaren Senke nahelegt, durch die ein Fluß oder ein Strom plätschert. Doch diese Schluchten oder Wadis, wie die Araber sie nennen, sind ebenso felsig und kahl wie die Wüste selbst. Wir folgten einem Serpentinenpfad, der durch märchenhafte Felsenformationen in eine kreisrunde Vertiefung führte, die von schartigen Kalksteinklippen umgeben war. Der Boden bestand aus feinem, weißen Sand. Der blaue Himmel über uns war der einzige Farbtupfer in dieser Szenerie; kein grünes Gewächs, nicht einmal ein Büschel Unkraut oder ein Grashalm, um das Auge zu erfreuen.

In grauer Vorzeit einmal hatte es in diesem verdorrten Amphitheater Wasser im Überfluß gegeben. Die Wadis waren in prähistorischen Zeiten in den weichen Kalkstein geschnitten worden, als die Wüste noch blühte wie ein Rosengarten und Ströme sich von Thebens Hügeln hinab in den Fluß ergossen. Heute sind diese Hügel zuweilen Schauplatz seltener, dafür aber um so heftigerer Springfluten, die Geröll in die Täler und in die Gräber spülen.

Ein Skorpion versuchte eilig, meinem Fuß zu entkommen; das Tier und der Falke über uns waren die einzigen Lebewesen weit und breit, obwohl die dunklen Flecken, die im sonnengebleichten Kalkstein deutlich sichtbar waren, auf Fledermausnester hindeuteten. Steil erhoben sich die zerklüfteten Felswände. Hunderte, nein, Tausende von Nischen, Vorsprüngen, Simsen und Höhlen überzogen den Stein mit einem schartigen Muster. Die Stille war vollkommen, denn der Sand dämpfte sogar den Klang unserer Schritte. Man hatte eine beklemmende Scheu, dieses Schweigen zu brechen.

Ich brach es; allerdings erst, nachdem Abdullah und Daoud losgezogen waren, um eine vielversprechende Höhle in Augenschein zu nehmen. Sie ahnten beide nicht, was wir an diesem Tag wirklich vorhatten. Da wir unsere treuen Männer nicht nach Nubien mitgenommen hatten – es wäre unmöglich gewesen, Transport und Ernährung so vieler Menschen in einem Kriegsgebiet sicherzustellen –, wußten sie nicht mehr von unseren Erlebnissen im vergangenen Winter, als allgemein bekannt war. Außerdem verhält sich die Wahrscheinlichkeit der Geheimhaltung umgekehrt proportional zur Anzahl der eingeweihten Personen.

»Dieser Ort ist bestimmt abgelegen und einsam genug für unsere Zwecke«, sagte ich. »Aber ist es auch glaubhaft, kuschitische Königsszepter ausgerechnet hier zu finden?«

»Die Ägyptologie steckt voller ungelöster Rätsel«, belehrte mich Emerson. »Also geben wir unseren Kollegen eine neue Nuß zu knacken, und lassen wir sie endlich darüber debattieren, wie diese bemerkenswerten Gegenstände wohl in eine Felshöhle geraten sein könnten.«

»Diebesbeute«, schlug ich vor. Meine Phantasie arbeitete fieberhaft. »Versteckt von einem skrupellosen Verbrecher, der nicht mit seinen Komplizen teilen wollte. Ein Unfall oder seine Verhaftung hinderten ihn daran, sie wieder abzuholen.«

»So wird man es sich zweifellos erklären. Aber woher hatte der Dieb die Szepter? Ich höre jetzt schon, wie Petrie und Maspero die nächsten zwanzig Jahre über die Frage diskutieren.«

Seine Augen funkelten vergnügt. Ich hatte den Eindruck, daß er fast zu viel Freude an diesem Streich hatte. »Schade, daß wir es tun müssen«, sagte ich.

Emerson machte wieder ein ernstes Gesicht. »Du glaubst doch nicht, daß mir das Spaß macht, oder?« Er gab mir keine Gelegenheit zu antworten, sondern sprach weiter. »In diesem Fall kommt die Wahrheit nicht in Frage. Außerdem würde sie den albernen Spekulationen gewiß kein Ende bereiten. Denke an die Mumie im Königsgrab in Amarna. Ich habe Newberry an unserem ersten Abend sämtliche Fakten unterbreitet, aber ich glaube keinen Augenblick daran, daß das Rätselraten deswegen aufhört. Denke an meine Worte, wahrscheinlich werden Fachzeitschriften noch jahrelang das Gerücht wiederkäuen, daß Echnatons Mumie in Amarna gefunden wurde. Und außerdem ...«

»Schon gut, Liebling«, sagte ich beruhigend, denn ich erkannte an diesen Symptomen, daß er es für nötig befand, sich zu rechtfertigen. Betrug widerspricht seinem klaren, wachen Verstand, aber er hatte recht. Was sollten wir sonst tun? »Welche Theorie wirst du vertreten?« fragte ich.

»Daß hier noch weitere Königsmumien versteckt sind, meine liebe Peabody. Zwei wurden bereits gefunden, ebenso einige Hohepriester späterer Dynastien. Trotzdem fehlen uns noch die Priesterinnen. Wo liegen die Begräbnisstätten der göttlichen Gemahlinnen Amons – der Anhängerinnen dieses Gottes –, die Theben während der fünfundzwanzigsten und sechsundzwanzigsten Dynastie regierten? Einige von ihnen waren kuschitische Prinzessinnen.« Emerson wandte sich um und hielt die Hand vor Augen, um sie vor der Sonne zu schützen. Er betrachtete die Klippen, die das Tal umschlossen, wie die zerbrochenen Wände einer riesigen Schüssel. »Warum sollten sich hier nicht die ursprünglichen Gräber befinden?«

»Man hat hier noch kein Grab jüngeren Datums entdeckt«, widersprach ich. »Wollten wir nicht behaupten, daß es sich um die Zweitbestattung einiger Mumien handelt, nachdem ihre Gräber von Dieben entweiht worden sind? Die anderen Verstecke lagen in der Nähe von Deir el Bahri.«

»Die Zweitbestattungen fanden während der einundzwanzigsten und zweiundzwanzigsten Dynastie statt«, gab Emerson zurück. »Die Kuschiten traten aber erst viel später in Erscheinung. Warum widersprichst du mir ständig? Wir müssen irgend etwas mit den verdammten Dingern anfangen, und wenn dir nichts Besseres einfällt ...«

Die nächsten Stunden verbrachten wir mit dieser anregenden, wenn auch moralisch zweifelhaften Debatte, betrachteten die Steinformationen am Fuße der Klippen und kletterten felsige Abhänge hinauf. Es war entsetzlich heiß, und wir tranken riesige Mengen des kalten Tees, den Daoud mitgebracht hatte. Anubis lehnte sogar das Wasser ab, das wir ebenfalls bei uns hatten, aber dafür gelang es ihm, Abdullah die Tasse aus der Hand zu stoßen, so daß sein Gewand mit Tee durchweicht wurde. Dann lief die Katze los, um allein Erkundungen anzustellen oder, was wahrscheinlicher war, um zu jagen.

Emerson hatte Kopien der Karte mitgebracht, die Wissenschaftler früherer Tage von diesem Tal angefertigt hatten. Es bereitete ihm einen Heidenspaß, Fehler darauf nachzuweisen. Abdullah und Daoud suchten nach Anzeichen für ein noch unentdecktes Grab. Wie meistens bei der Schatzsuche war es einerseits ziemlich aufregend, aber andererseits hoffnungslos, weil der Fels wie ein Sieb durchlöchert war. Es gibt jedoch Menschen, die einen unheimlichen sechsten Sinn für diese Dinge haben – sei es von Geburt an oder aufgrund von Erfahrung. Belzoni, der elegante italienische Aufschneider, der als einer der ersten im Tal der Könige gearbeitet hatte, verfügte über ein außergewöhnliches Talent, verborgene Grabeingänge zu finden. Er war Hydraulik-Ingenieur und hatte zuerst erkannt, daß die Springfluten, die zu seiner Zeit noch häufiger vorkamen, häufig Senkungen und Bewegungen des Erdreichs sichtbar machten. Abdullah und Daoud waren zwar keine Ingenieure, dafür aber Nachkommen der Meistergrabräuber aus Gurnah, die mehr Gräber entdeckt haben als alle Archäologen zusammengenommen. Jede Höhlung zwischen den Felsen konnte auf ein Grab hinweisen – oder einfach nur eine natürliche Nische sein. Wir untersuchten einige dieser Höhlungen und einen Steinhaufen, der dem ähnelte, den Belzoni in seiner Schilderung der Entdeckung von König Ays Grab in eben diesem Tal beschreibt – alles ohne Ergebnis, womit wir eigentlich auch gerechnet hatten.

»Sollen wir uns Ays Grab noch einmal ansehen?« fragte

Emerson und wies auf eine einsame Öffnung, die oben in der Felswand klaffte.

»Der Anblick würde mich nur bedrücken. Bei unserem letzten Besuch war es in einem entsetzlichen Zustand, und ich bin mir sicher, daß es seitdem noch mehr verfallen ist. Doch das gilt für jedes Grab und jede historische Stätte in Ägypten. Es ist so schwer zu entscheiden, wo wir ansetzen sollen, es gibt so viel zu tun.«

Erst als der Sonnenuntergang seine schimmernden Finger nach dem Himmel ausstreckte, machten wir uns auf den Rückweg zum Hause. (Es besaß, wie ich hinzufügen muß, den klangvollen Namen »Haus zur Königspforte«, doch so hieß es nur auf Cyrus' Briefpapier. Die Europäer nannten es einfach »Vandergelts Haus«, die Ägypter »Schloß des Amerikaners«.)

Das Haupttal war verlassen; die Touristen und ihre Reiseleiter hatten sich schon zum Pier begeben, wo Boote sie zu ihren Hotels am Ostufer bringen würden. Die Schatten wurden dunkler, und Emerson beschleunigte seinen Schritt. Ich hörte Kiesel klappern und einen unterdrückten arabischen Fluch von Abdullah, der das Wort für Katze enthielt. Daraus schloß ich, daß Anubis der Grund für Abdullahs Stolpern gewesen war. Die braungraue Farbe des Tieres verschmolz mit dem Dämmerlicht, so daß der Kater fast unsichtbar war.

Er mußte vorausgelaufen sein, denn er erwartete uns auf der Türschwelle. »Siehst du!« rief ich aus. »Meine Methode war also doch erfolgreich.«

»Hmm«, meinte Emerson. Er hatte mich verspottet, als ich dem Kater beim Mittagessen die Pfoten mit Butter eingerieben hatte; ein alter Brauch, um Katzen an ein neues Zuhause zu gewöhnen. Außerdem hatte er mich darauf hingewiesen, daß Vandergelt es uns wahrscheinlich nicht danken würde, wenn wir Anubis zum ständigen Hausgenossen machten. Ich hatte erwidert, ich würde mich mit diesem Problem befassen, wenn es nötig werden sollte.

Ich hatte angeordnet, das Abendessen früh zu servieren, da

ich hoffte, Emerson zu einem Mondscheinspaziergang überreden zu können – ohne Abdullah und Daoud. Doch als ich das vorschlug, lehnte er ab. Deswegen zogen wir uns in die Bibliothek zurück – Vandergelt besaß eine der umfangreichsten Sammlungen ägyptologischer Werke im ganzen Land –, wo Emerson seine Pfeife anzündete.

»Peabody«, sagte er. »Kommst du hier herüber?«

Er hatte sich auf dem Sofa, einem riesigen Möbel im türkischen Stil mit einer Unmenge weicher Kissen, niedergelassen. Ich hatte mich für einen Stuhl mit gerader Lehne entschieden und ein Buch aufgeschlagen.

»Nein, danke, Emerson. Ich ziehe diesen Stuhl vor.«

Emerson erhob sich. Er packte den Stuhl mit mir darauf, trug ihn zum Fußende des Sofas und setzte ihn krachend ab.

»Dein Wunsch sei mir Befehl, Peabody, mein Liebling.«

»Ach, Emerson«, fing ich an, doch als er sich, die Hände in die Hüften gestemmt und grinsend, über mich beugte, mußte auch ich lächeln. Ich stand auf und setzte mich aufs Sofa.

»So ist es besser«, meinte Emerson, nahm neben mir Platz und legte den Arm um mich. »Viel netter. Außerdem möchte ich nicht, daß uns jemand belauscht.«

Der Kater sprang auf die Sofalehne und machte es sich bequem. Seine grünen Augen blickten uns unverwandt an. »Anubis hört zu«, sagte ich.

»Bleib' ernst, Peabody. Ich möchte, daß du mir etwas versprichst. Ich befehle es dir nicht, ich bitte dich darum.«

»Gewiß, Emerson, mein Liebling. Worum geht es?«

»Gib mir dein Ehrenwort, daß du nicht allein in den Klippen oder sonst irgendwo herumläufst. Wenn du eine Botschaft erhältst, in der man dich um Hilfe bittet, oder dir anbietet, dir das Versteck einer wertvollen Antiquität zu zeigen ...«

»Was ist Emerson? Du redest, als wäre ich ein Dämchen aus einem Schauerroman und nicht die kluge, vernünftige Frau, die du kennst. Wann habe ich jemals so etwas getan?«

Emerson machte den Mund auf, und Ungehaltenheit legte

seine edle Stirn in Falten. Doch aus Erfahrung wußte er, daß es nur zu einem Streit und nicht zu der von ihm beabsichtigten Zustimmung führen würde, wenn er mir widersprach. »Laß es mich einmal so sagen: Du verfügst über ein beängstigendes Selbstbewußtsein, Peabody. Wenn du mit deinem Sonnenschirm bewaffnet bist, glaubst du, du könntest dich jeder beliebigen Anzahl von Feinden entgegenwerfen. Habe ich dein Wort?«

»Wenn du mir das gleiche versprichst.« Emerson zog die Augenbrauen zusammen. Ich fuhr fort: »Du verfügst über ein beängstigendes Selbstbewußtsein, Emerson; du glaubst, du seist in der Lage ...«

Lachend unterbrach Emerson meine Ansprache auf eine Weise, die ich als besonders angenehm empfinde. Allerdings war es eine recht kurze Umarmung. Der starre Blick des Katers schien ihn zu stören, denn er sah ihn verlegen an, ehe er weiterredete.

»Das kann man kaum vergleichen, Peabody, doch ich versprach, mich vorzusehen. Hoffentlich glaubst du nicht, ich hätte deinen Vorschlag, einen Mondscheinspaziergang zu machen, abgelehnt, weil mir nicht der Sinn danach stand. Ganz im Gegenteil. Aber wir werden nachts das Haus nicht verlassen, ehe die Angelegenheit nicht geklärt ist.«

»Welche Angelegenheit?«

»Komm schon, Peabody. Sonst bist du doch immer die erste, die finstere Vorahnungen hat und Omen sieht, ehe wir in eine Katastrophe geraten. Als wir die Sache anfangs erörtert haben, waren dic Hinweise noch verwirrend. Inzwischen aber deuten sie alle in eine Richtung. Die Durchsuchung unseres Zimmers, drei Versuche binnen einer knappen Woche, uns zu überfallen oder zu entführen ...«

»Drei? Ich erinnere mich nur an zwei.«

Emerson zog seinen Arm weg, beugte sich vor und griff nach seiner Pfeife. »Der Vorfall in Meidum war recht aufschlußreich.«

Zuerst wußte ich nicht, was er meinte. Dann lachte ich. »Der tolpatschige junge Deutsche, der auf eine Gazelle schoß? Ich sagte dir doch, Emerson, daß die Kugel nicht einmal in meiner Nähe einschlug. Und nur ein Verrückter würde versuchen, mich am hellichten Tage zu ermorden, wenn es rundherum von Zeugen wimmelt. Der Mörder, dem das gelingt, könnte sofort sein Testament machen; dein hitziges Temperament hätte dich getrieben, an Ort und Stelle Rache zu üben. Ach, das ist doch albern!«

»Ich bin eher der Ansicht, daß der junge Mann dein Schutzengel gewesen ist«, meinte Emerson nachdenklich. »Was ist aus dem Arbeiter geworden, der dir ein noch unentdecktes Grab versprochen hat, Peabody? Wir haben ihn nie wiedergesehen.«

»Er hatte Angst.«

»Pah. Offenbar haben es diese unbekannten Personen besonders auf dich abgesehen.«

»Und die drei Männer, die dich im Garten überfallen haben ...«

»Ich sagte dir, sie gingen ungewöhnlich sanft mit mir um«, antwortete Emerson ungeduldig. »Der Angriff zielte vielleicht darauf ab, mich zu beschäftigen, während mein Doppelgänger dich wegschleppte. Für all diese Vorkommnisse muß es einen tieferen Grund geben. Und mir fällt nichts ein, was wir in letzter Zeit getan hätten, um die Aufmerksamkeit krimineller Elemente zu erregen ... außer, daß wir Willy Forths verlorene goldene Stadt gefunden haben.«

»Gewiß ziehst du übereilte Schlußfolgerungen, Emerson. Du und ich können uns aus den vagen Hinweisen etwas zusammenreimen und zum richtigen Ergebnis kommen: nämlich, daß Willoughby Forths Phantastereien auf Wahrheit beruhten und daß wir seinen Schatz entdeckt haben. Aber wer außer uns beiden ist zu solch brillanten Gedankengängen fähig?«

Langsam wandte Emerson den Kopf, wie es Bastet tut,

wenn sie vorhat, sich auf ein nichtsahnendes Opfer zu stürzen. Er sah mir direkt in die Augen.

»Nein, Emerson!« rief ich aus. »Das kann nicht sein. Wir haben seit Jahren nichts mehr von ihm gehört.«

»Nur ein Mann«, sagte Emerson, »dessen Kundschafternetz sich wie das Netz einer Spinne – dieser Ausdruck stammt, soweit ich weiß, von dir – über den ganzen Erdball zieht, einer, der sich in der Welt der Archäologie auskennt und mit Geschichten und Legenden, der zu den Kreisen der Fachleute Zugang hat; einer, der guten Grund hat, einen von uns zu hassen und sogar noch mehr Grund, um …«

»Mein Entführer war nicht der Meisterverbrecher, Emerson. Ich kann mich nicht irren. Schließlich war ich, wenn auch unfreiwillig, einige Zeit in seiner unmittelbaren Nähe.«

Wie ich zugeben muß, war das nicht sehr taktvoll. Emersons Antwort bestand aus einer Anzahl von Flüchen, von denen mir einige bis dahin unbekannt gewesen waren. Es kostete mich beachtliche Zeit und Mühe, ihn wieder zu beruhigen. Allerdings waren meine Bemühungen so erfolgreich, daß ich mich gezwungen sah, ihn an die offenen Vorhänge zu erinnern.

Außerdem hatte sich die Dienerschaft noch nicht zu Bett begeben.

»Dann gehen wir ihnen mit gutem Beispiel voran«, meinte Emerson und zog mich auf die Füße. Als wir die Treppe hinaufstiegen, sagte er nachdenklich: »Vielleicht hast du ja recht, Peabody. Ich neige immer noch dazu, die schreckliche Hand – das ist auch einer deiner literarischen Ausdrücke, oder? – von Sethos überall zu sehen. Möglicherweise irre ich mich, was die Identität unseres Gegners betrifft, doch meine Theorie bezüglich der Motive hinter den Aufmerksamkeiten, mit denen man uns überschüttet, steht felsenfest. Es würde eines Archäologen oder eines Menschen, der sich eingehend mit der Archäologie beschäftigt hat, bedürfen, um all die Hinweise zusammenzufügen.«

»Dann war es ganz sicher nicht Mr. Budge, der versucht hat, mich zu verschleppen, Emerson.«

Mein kleiner Scherz hatte die gewünschte Wirkung. Lächelnd geleitete Emerson mich in unser Zimmer und schloß die Tür.

*

Die nächsten drei Tage lang machten wir uns im westlichen Tal zu schaffen. Es war eine friedliche Zeit, und nichts störte uns bei unserer Arbeit – abgesehen von einem Archäologen, der herausfinden wollte, wie es bei uns voranging, und – wie Emerson es ausdrückte – was wir im Schilde führten. Nur Anubis, der es geradezu darauf abgesehen zu haben schien, Abdullah zum Katzenmord zu treiben, sorgte für Aufregung. Ich versuchte, unseren geplagten Vorarbeiter zu trösten.

»Er mag dich, Abdullah. Es ist ein großes Kompliment. Bastet, die Katze, hat dir nie solche Aufmerksamkeiten geschenkt.«

Abdullah, der gerade einen schmerzhaften Zusammenstoß mit einem Felsen erlebt hatte, da Anubis ihm urplötzlich auf die Schulter gesprungen war, rieb sich den Schädel und ließ sich nicht überzeugen. »Bastet ist, wie wir alle wissen, keine gewöhnliche Katze. Spricht sie nicht mit dem jungen Herrn und hört auf seine Befehle? Dieser Kater da ist ein Diener des Bösen, wie Bastet eine Dienerin des Guten ist. Sein Name allein ist ein schlechtes Omen. War Anubis nicht der Gott der Friedhöfe?«

Als die Tage ohne Zwischenfall vergingen, ließ Emersons Wachsamkeit allmählich nach. Wegen der Kessellage des westlichen Tales war es hier sicherer als in der Stadt. Niemand konnte sich uns nähern, ohne daß wir ihn schon von weitem bemerkt hätten.

Am Ende des dritten Tages verkündete Emerson, daß wir mit der Arbeit, die den Grund unseres Hierseins darstellte, fast fertig wären. Wir hatten die Fehler in der vorliegenden Karte des Tals bereinigt und einige vielversprechende Stellen entdeckt, die weiterer Untersuchung bedurften – auch eine, wo man die Szepter gut verstecken konnte. Abdullah war erfreut zu hören, daß es nicht mehr viel zu tun gab. Kartenzeichnen gehörte nämlich nicht zu seinen Lieblingsbeschäftigungen. Wie sein Arbeitgeber zog er Ausgrabungen vor.

»Wie lange noch?« fragte er, als wir uns auf den Rückweg machten.

»Höchstens eine Woche«, antwortete Emerson. Mit einem Blick auf mich fügte er leicht herausfordernd hinzu: »Vandergelt Effendi kommt bald, und ich möchte vor seiner Ankunft fort sein.«

Am Vortag hatten wir ein Telegramm von Cyrus erhalten, in dem er uns sein in Kürze bevorstehendes Eintreffen in Kairo ankündigte. Außerdem schrieb er, er freue sich, uns zu sehen.

»Vielleicht«, meinte Abdullah voll Hoffnung, »bleibt die Katze hier beim Effendi.«

»Mit dem Kater wird es schwierig«, gab Emerson zu. »In Amarna werden wir im Zelt übernachten, und wir haben nicht die Zeit, ihn zu füttern und uns um ihn zu kümmern.«

Das Rollen von Steinen und ein kläglich abgewürgtes Quietschen kündigten die Ankunft von Anubis an, der ein schlaffes, braunes Etwas zwischen den Zähnen hielt. »Um seine Fütterung brauchst du dir keine Sorgen zu machen«, sagte ich.

Abdullah nuschelte unverständliche Worte, und Daoud, ein hochgewachsener, schweigsamer Mann, der sich selten aus der Ruhe bringen ließ, warf dem Kater einen ängstlichen Blick zu. Mit den Fingern beschrieb er eine rituelle Geste, um das Böse abzuwehren.

Der Kater verschwand mit seiner Beute, und wir gingen schweigend weiter. Dann sagte Abdullah: »Im Haus des Bruders meines Vaters findet heute abend eine Fantasia zu Ehren meines Besuchs in der Heimat meiner Vorfahren statt. Aber es wäre eine noch größere Ehre, wenn der Vater der Flüche und du, Sitt Hakim, auch kommen würden.«

»Wir fühlen uns geehrt«, antwortete Emerson, wie es die Höflichkeit verlangte. »Was sagst du dazu, Peabody?«

Der Vorschlag erschien mir verlockend. Ich wollte unbedingt Abdullahs Onkel kennenlernen, der in Luxor und Umgebung einen gewissen Ruf genoß. Er war in Gurnah geboren und aufgewachsen, einem berüchtigten Dorf am Westufer, in dem das Grabräuberhandwerk vom Vater an den Sohn weitergegeben wird. Auf Wegen, die niemals genauer nachvollzogen worden sind, hatte er genug Reichtum erworben, um sich ein ansehnliches Haus an Luxors Ostufer zu kaufen. Um das Gesicht der Familie zu wahren, würde er die besten Unterhaltungskünstler für seine Fantasia kommen lassen.

Die Darbietungen bei solchen Feierlichkeiten bestehen hauptsächlich aus Musik und Tanz. Anfangs hatte ich ägyptische Musik stets als Qual für die Ohren empfunden; die Stimme des Sängers rutscht auf einer begrenzten Tonskala hinauf und hinunter, und die Instrumente sind, gemessen am westlichen Standard, recht primitiv. Allerdings nimmt der Genuß wie bei den meisten Kunstformen mit der Zeit zu, je länger man sich damit beschäftigt, und inzwischen kann ich dem nasalen Gesang und der Begleitung aus Flöte, Zitter, Tamburin und Zemr (einer Art Oboe) einiges abgewinnen. Der gleichmäßige Schlag der Trommeln (von denen es verschiedene Arten gibt) hat eine besonders interessante Wirkung.

Ich nahm die Einladung mit den angemessenen Dankbarkeitsbezeugungen an. Dann hakte ich mich bei Emerson unter. Ich ließ die anderen ein Stück vorangehen, ehe ich sagte: »Hast du deine abendliche Ausgangssperre also aufgehoben? Seit unserer Ankunft in Luxor ist nichts geschehen ...«

»Dafür habe ich auch Vorkehrungen getroffen«, antwortete Emerson herablassend. »Wie dem auch sei, diese Art von Unternehmungen meinte ich nicht. Der kühnste aller Entführer würde nicht wagen, dich zu verschleppen, wenn drei solche

Männer dich beschützen.« Als er meinen Gesichtsausdruck sah – denn er weiß, wie sehr ich es verabscheue, für eine hilflose Frau gehalten zu werden –, fügte er hinzu: »Wir könnten ja in einem Hotel zu Abend essen und später zu der Vorführung gehen. Carter befindet sich gerade in Luxor. Ich würde mich gern mit ihm unterhalten und ihn auf die große Entdeckung vorbereiten, die wir bald machen werden.«

Und so geschah es. Wir schickten eine Nachricht über den Fluß an Howard und luden ihn ein, mit uns im Hotel Luxor zu speisen. Bei Sonnenuntergang gingen wir an Bord der Feluk-ka, die uns ans andere Ufer bringen sollte. Abdullah und Daoud sahen in ihren besten Gewändern und mit den riesigen Turbanen aus wie zwei Emire. Abdullah hatte seinen weißen Bart gewaschen, bis er glänzte wie Schnee. Also waren wir es uns ebenfalls schuldig, einen gleichermaßen vornehmen Eindruck zu machen. Sogar Emerson sah diese Notwendigkeit ein, obwohl er, als ich ihm die Krawatte band, knurrig bemerkte, er fühle sich wie ein kleiner Junge, der bei seinen reichen Pateneltern eingeladen sei.

Die Gangway, die bei Flaute auch als Ruder diente, war eingezogen worden, und wir entfernten uns schon vom Ufer, als ein langgestreckter Schatten an Bord sprang. Im Dämmerlicht war nicht auf Anhieb auszumachen, worum es sich handelte. Emerson stieß einen Fluch aus und versuchte, mich aufs schmutzige Deck zu werfen. Abdullah wäre fast von seinem Sitz gefallen, wenn Daoud ihn nicht gehalten hätte. Ich wehrte mich gegen Emersons Rettungsversuche, denn ich hatte unseren letzten Passagier selbstverständlich sofort erkannt.

»Es ist nur der Kater«, rief ich. »Abdullah, um Himmels willen, hör' auf herumzufuchteln. Du ruinierst dein schönes Gewand.«

Abdullah hatte noch nie in meiner Gegenwart geflucht; er tat es auch jetzt nicht, doch er klang, als würde er harte Worte unterdrücken.

»Verdammt«, sagte Emerson. »Das hat mir gerade noch gefehlt. Ich weigere mich, mit einer Katze ins Luxor dinieren zu gehen, Amelia.«

»Wirf das Tier über Bord«, schlug Abdullah vor.

Ich überhörte diese Anregung, womit Abdullah zweifellos gerechnet hatte. »Wir haben keine Zeit mehr, ihn zum Haus zurückzubringen. Vielleicht hat der Schiffer ja ein Stück Seil, das wir als Leine benutzen können.«

»Ich lehne es ab, eine Katze an der Leine hinter mir her zu schleppen wie einen Hund«, verkündete Emerson mit Nachdruck. »Eine Katze ist ein unabhängiges Wesen, das eine solche Behandlung nicht verdient.« Der Kater balancierte wie ein Akrobat die Bank entlang und ließ sich neben ihm nieder. »So ein Theater wegen eines Katers«, knurrte Emerson und kraulte Anbuis unterm Kinn. »Wenn er wegläuft, muß er eben allein zurechtkommen.«

Emerson und ich erregen häufig beträchtliches Aufsehen, wenn wir in der Öffentlichkeit auftreten. Ganz ohne eitel sein zu wollen, wunderte es mich bei dieser Gelegenheit nicht, daß alle Augen auf uns ruhten, als wir Arm in Arm in den Speisesaal rauschten. Emersons stattliche Statur und seine markanten Züge machten sich ausgezeichnet zum Schwarz-Weiß seines Abendanzugs. Er schritt einher wie ein König, und ich glaube, daß ich auch recht gut aussah. Trotzdem habe ich den Verdacht, daß einige der erstaunten Blicke, die uns trafen – und das unterdrückte Lachen, das im Raum zu hören war –, ihren Ursprung nicht in Bewunderung hatten. Anubis hatte sich geweigert, in der Garderobe zu bleiben. Er stolzierte mit einer Würde, die an Emersons durchaus heranreichte, hinter uns her – mit hocherhobenem Schwanz, die Augen geradeaus. Auch seine Miene ähnelte der von Emerson. Der Ausdruck »hochmütiges Grinsen« trifft es wohl am besten.

Er benahm sich besser als einige der Gäste. Ein paar junge Kerle (sie verdienten die Bezeichnung Gentlemen nicht) hatten offenbar zuviel getrunken. Einer lehnte sich so weit in seinem Stuhl zurück, um die Katze zu begaffen, daß er zu Boden stürzte, was seine Freunde anscheinend eher amüsant als peinlich fanden; jubelnd und unter Kommentaren, die sie als ungehobelte Amerikaner verrieten, zerrten sie ihn hoch und setzten ihn wieder auf seinen Platz. »Komm schon Fred«, meinte einer. »Zeig' diesen Leuten, wie ein richtiger Kerl einen Sturz wegsteckt.«

Howard traf gerade rechtzeitig ein, um das Ende dieses Auftritts mitzuerleben. »Vielleicht möchte Mrs. Emerson an einen anderen Tisch«, schlug er mit einem Seitenblick auf die jungen Rabauken vor.

»Mrs. Emerson wird sich wegen einer Horde Flegel keine Umstände machen«, sagte Emerson und winkte den Kellner herbei. Er sprach so laut mit ihm, daß der ganze Speisesaal ihn hören konnte. »Teilen Sie dem Geschäftsführer bitte mit, daß ich, wenn er diese Individuen dort drüben nicht sofort entfernt, ihm diese Arbeit abnehmen werde.«

Die jungen Männer wurden prompt hinauskomplimentiert. »Sehen Sie«, sagte Emerson freundlich lächelnd zu Howard, »so geht man mit solchen Leuten um.«

Dann mußten wir Carter Anubis Anwesenheit erklären, da dieser sich bemerkbar machte, indem er lautstark an seinen Hosenbeinen schnupperte. Wie ich mir vorstellen kann, muß dieses Geräusch und das Kitzeln bei einem Menschen, der nicht mit einer Katze unter dem Tisch rechnet, einen ziemlichen Schrecken hervorrufen. Nachdem wir den Grund erläutert hatten, lachte Howard und schüttelte den Kopf. »Eigentlich dachte ich ja, daß Sie und der Professor mich mit nichts mehr überraschen können, Mrs. Emerson. Das paßt zu Ihnen, sich um das Haustier des armen Vincey zu kümmern. Er betet dieses Geschöpf an, und es verträgt sich mit den meisten Menschen nicht.«

»Da Sie ihn als den ›armen Vincey‹ bezeichnen, gehe ich davon aus, daß Sie ihn für das Opfer ungerechter Behandlung halten«, meinte ich.

Howard blickte ein wenig verlegen drein. »Ich kenne den wahren Sachverhalt nicht, und ich bezweifle, daß sonstjemand wirklich Bescheid weiß. Er ist ein angenehmer Zeitgenosse – sympathisch. Ich wüßte nicht, was gegen ihn spräche, außer ..., aber das sind nur Gerüchte, und keine, die ich in Ihrer Gegenwart ansprechen sollte, Mrs. Emerson.«

»Aha«, sagte ich und bedeutete dem Kellner, das Glas des jungen Mannes nachzufüllen. »Cherchez la femme! Oder sind es mehrere?«

»Letzteres ganz sicher«, antwortete Howard. Er fing Emersons Blick auf und fügte rasch hinzu: »Nichts als Gerüchte, wie ich schon sagte. Äh ... erzählen Sie, wie kommen Sie im Tal zurecht? Neue Gräber gefunden?«

Den Rest der Mahlzeit über beschränkten wir uns auf berufliche Plaudereien. Emerson amüsierte sich, neckte unseren jungen Freund mit geheimnisvollen Andeutungen und weigerte sich dann, diese näher auszuführen. Als Howard schon fast vor Neugier platzte, zog Emerson seine Uhr heraus und bat, uns zu entschuldigen. »Einer unserer Freunde veranstaltet uns zu Ehren eine Fantasia«, sagte er, wobei er die Wahrheit ein wenig überstrapazierte. »Wir dürfen nicht zu spät kommen.«

An der Tür des Hotels trennten wir uns. Howard machte sich fröhlich pfeifend zu Fuß auf den Weg, während wir uns für eine Kutsche entschieden. Luxors Hauptstraße ist von modernen Hotels und antiken Ruinen gesäumt und verläuft den Fluß entlang. Dahinter liegt ein typisches Dorf mit ungeteerten Straßen und enggedrängten Hütten.

Keine unheilvolle Vorahnung umwölkte meine Stimmung. Meine zierlichen Abendschuhe, das bodenlange Kleid und die Entfernung, die wir zurücklegen mußten, waren meine einzige Sorge. Das beweist allerdings nicht, daß Vorahnungen, wie einige behaupten, abergläubischer Unsinn sind, sondern lediglich, daß sie manchmal ausbleiben. Leider hatten sich meine einen ungünstigen Zeitpunkt für ihr Ausbleiben gewählt.

Wir ließen die erleuchteten Hotels hinter uns und bogen in einen schmalen Pfad zwischen Feldern ein, wo mannshohes Zuckerrohr wuchs. Die Blätter flüsterten sanft in der Abendbrise. Hie und da blitzten die Lichter eines Hauses durch die Halme auf. Die Nachtluft war kühl und erfrischend; die typischen Gerüche einer ägyptischen Stadt – Esel, Holzkohlenfeuer und nicht vorhandene Kanalisation – ließen nach und wurden von einem angenehmeren Duft abgelöst. Es roch nach grünen, reifenden Feldfrüchten und feuchter Erde. Im offenen Wagen blies mir ein sanfter Hauch ins Gesicht. Dazu das rhythmische Hufgetrappel des Pferdes, das Knirschen der Ledersitze; das alles versetzte mich in eine zauberhaft romantische Stimmung. Ich lehnte mich an Emersons Schulter; er hatte den Arm um mich gelegt. Nicht einmal der eindringlich starre Blick des Katers auf dem Sitz gegenüber konnte uns diesen Augenblick verderben.

Bei Touristen war diese Strecke sehr beliebt, da es sich um eine der wenigen Landstraßen handelte, die breit genug für eine Kutsche waren. Wir begegneten einigen anderen Wagen und mußten ausweichen, um sie vorbeizulassen.

Der Kutscher warf einen Blick zurück und fluchte auf Arabisch. Ich konnte nicht sehen, was hinter uns war, doch ich hatte die Geräusche schon gehört: das Trommeln galoppierender Hufe und Stimmengewirr. Jemand wollte uns überholen und kam offenbar immer näher, denn der Lärm nahm zu.

»Du meine Güte!« rief ich, als ich versuchte, über die hohe Lehne des Sitzes zu sehen.

»Nur ein paar dumme, junge Touristen«, meinte Emerson.

»Auf dieser Straße veranstalten sie immer Rennen.« Er beugte sich vor und klopfte dem Kutscher auf die Schulter. »Laß sie vorbei«, sagte er auf Arabisch. »Dort vorne hinter der Mauer ist eine Ausweichstelle.«

Der Kutscher kam dieser Aufforderung nach und fuhr in

letzter Sekunde an den Straßenrand. Die andere Kutsche donnerte vorbei. Gröhlen, Schreien und Fetzen eines derben Liedes drangen an unser Ohr; jemand schwenkte eine Flasche. Dann verschwanden die Lichter der Kutsche hinter einer Wegbiegung.

»Wenn die so weiterfahren, enden sie noch im Straßengraben«, sagte Emerson und machte es sich wieder bequem.

Als wir unseren Weg fortsetzten, kamen wir in eine dichter besiedelte Gegend. Es war eine seltsame Mischung bescheidener Hütten und von Mauern umgebener Häuser; dazwischen lagen Felder.

»Jetzt ist es nicht mehr weit«, meinte Emerson. »Bei Gott, ich hatte recht. Da ist die Kutsche, die uns überholt hat. Im Straßengraben.«

»Sollten wir nicht anhalten und ihnen helfen?« fragte ich.

»Warum zum Teufel? Sollen sie doch zu Fuß zurückmarschieren. Das wird sie ausnüchtern.«

Er hatte sich, ebenso wie ich, davon überzeugt, daß das Pferd nicht verletzt war. Es stand geduldig da, während die Männer versuchten, die Kutsche aufzurichten. Sie lachten und fluchten. Offenbar war niemandem etwas zugestoßen.

Wir hatten sie bereits hinter uns gelassen, als sich der Kater plötzlich im Sitz aufrichtete und eindringlich den Straßenrand musterte. Ein großes Gebäude glitt an uns vorbei, das aussah wie eine verlassene Fabrik oder ein ehemaliges Lagerhaus. Noch ehe ich feststellen konnte, was die Aufmerksamkeit des Katers erregt hatte, setzte er zum Sprung an und hüpfte aus der Kutsche.

»Zur Hölle mit diesem verdammten Mistvieh!« brüllte Emerson. »*Ukaf*, Kutscher – halte sofort an.«

»Oh, mein Gott, wir werden ihn in der Dunkelheit nie wiederfinden«, jammerte ich. »Wo bist du, Anubis? Komm, Kätzchen.«

Vom Boden aus starrte uns ein unheimlich schillerndes Augenpaar an. »Da ist er ja«, sagte Emerson. »Hinter ihm befindet sich eine Tür; wahrscheinlich jagt er Mäuse. Bleib' sitzen, Peabody. Ich gehe ihn holen.«

Noch ehe ich ihn aufhalten konnte, sprang er aus der Kutsche. Dann – zu spät – traf mich die Erkenntnis wie ein Donnerschlag: Gefahr! Denn als Emerson sich bückte, um den Kater aufzuheben, öffnete sich die Tür. Ich sah Emerson vornüber stürzen, hört das entsetzliche dumpfe Geräusch des Knüppels, der seinen gebeugten Kopf getroffen hatte. Von wilder Sorge um ihn ergriffen, konnte ich ihm nicht einmal zur Hilfe eilen, denn ich war vollauf damit beschäftigt, die beiden Männer abzuwehren, die auf die Kutsche zugestürmt kamen. Der Kutscher lag bäuchlings auf der Straße. Ein dritter Mann hielt den Kopf des verängstigten Pferdes fest. Mein Ausgehschirm – verdammte Eitelkeit! – zerbrach, als ich ihn auf den Turban eines meiner Angreifer niedersausen ließ. Der Schlag richtete nichts aus, sondern machte ihn nur wütend. Kräftige Hände ergriffen mich und zerrten mich aus der Kutsche.

Ich schrie – etwas, was ich selten tue, doch die Situation verlangte danach. Ich rechnete nicht mit einer Antwort. Doch dann hörte ich durch den gräßlich schmutzigen Sack, den man mir über den Kopf gestülpt hatte, eine Stimme. Nein, mehrere Stimmen! Die Rettung nahte! Ich fing wieder an, mich zu sträuben. Der Mann, der mich festhielt, mußte eine meiner Hände loslassen, um den Sack am Wegrutschen zu hindern, und ich fuhr ihm blindlings, aber sehr wirkungsvoll mit den Fingernägeln durchs Gesicht. Er stieß einen Schrei aus und bedachte mich mit einem sehr derben arabischen Schimpfwort.

»Schnür' der Hexe die Luft ab und bring' sie zum Schweigen«, rief eine andere Stimme. »Beeil' dich, sie sind ...«

Mit einem schmerzerfüllten Stöhnen hielt er inne. Der Mann, der mich festhielt, ließ so plötzlich los, daß ich zu Boden stürzte. Da der Sack um meinen Kopf gewickelt war, konnte ich mich nicht davon befreien, und als mich wieder Hände ergriffen, schlug ich zu, so fest ich konnte.

»Autsch!« lautete die Antwort, die mein Retter als Amerikaner zu erkennen gab. Ich hörte auf, mich zu sträuben, und bemühte mich, den Sack abzustreifen. Die klagende Stimme fuhr fort. »Verdammt, Ma'am. Das gehört sich aber nicht für eine Dame, einen Herrn zu schlagen, der nur helfen will.«

Ich antwortete nicht. Ich dankte ihm nicht, blieb nicht einmal stehen, um herauszufinden, wer er war. Statt dessen riß ich der zweiten Gestalt neben ihm die Laterne aus der Hand und stürzte zur Tür des Lagerhauses.

Sie stand offen; dahinter war gähnende Leere. Doch herrschte keine absolute Dunkelheit. Durch Löcher im verfallenen Dach drang Mondlicht. Ich rief, lief hin und her und suchte den Boden Zentimeter um Zentimeter mit der Laterne ab. Schließlich mußte ich der Wahrheit ins Auge sehen: Es war niemand da. Keine Spur von Emerson – außer einem feuchten Flecken, wo eine Flüssigkeit, dunkler und zäher als Wasser, im schmutzigen Boden versickert war.

6. Kapitel

»Ich habe keine Skrupel, mich der Unwahrheit zu bedienen und den Anschein weiblichen Unvermögens zu erwecken, wenn die Situation es erfordert.«

Ich fürchte, mein Verhalten in den folgenden Minuten gereichte mir nicht zur Ehre. Als ich den Kater auf mich zukommen sah, geriet ich völlig außer mir. Ich packte Anubis und schüttelte ihn, und ich glaube, ich habe ihn sogar angeschrien, er solle mir sagen, was er mit Emerson gemacht habe. Das schien ihn zu verblüffen; anstatt sich zu sträuben und zu kratzen, hing er schlaff in meinen Händen und gab ein fragendes »Miau« von sich. Als er das Maul öffnete, sah ich, daß sich an einem seiner Zähne etwas verfangen hatte. Es war ein schmutziger Baumwollfetzen, wahrscheinlich vom Gewand eines Einheimischen.

Nach einer Weile hörte ich einen meiner Retter mit besorgter Stimme bemerken: »Sagt mal, Jungs, die Dame ist wohl völlig übergeschnappt. Wenn sie weiter so herumtobt, tut sie sich noch was an. Meint ihr, ich soll ihr einen kleinen Kinnhaken verpassen?«

»Du kannst doch eine Dame nicht schlagen, du Trottel«, lautete die gleichfalls besorgt klingende Antwort. »Verflucht noch mal, ich weiß beim besten Willen nicht, was wir tun sollen.«

Die Worte drangen durch den Schleier des Schreckens, der sich um mich gelegt hatte. Scham überfiel mich, mein gesunder Menschenverstand kehrte zurück. Ich zitterte wie Espenlaub. Die Laterne schwankte in meiner Hand, doch ich glaube, meine Stimme klang ziemlich gefaßt, als ich sprach.

»Ich tobe nicht herum, meine Herren, ich suche nach meinem Mann. Er war hier. Jetzt ist er verschwunden. Sie haben ihn fortgeschleppt. Es gibt noch eine zweite Tür – durch diese müssen sie hinaus sein. Bitte halten Sie mich nicht auf« – einer von ihnen hatte mich am Arm gepackt –, »sondern lassen Sie mich die Verfolgung aufnehmen. Ich muß ihn finden!«

Meine Retter entpuppten sich als die jungen Amerikaner, die sich im Hotel so ungebührlich benommen hatten. Sie waren in der Kutsche gewesen, die uns überholt hatte. Der Sturz in den Graben muß sie ernüchtert haben, denn sie begriffen meine Bitte rasch und reagierten auf ihre typisch amerikanische Art sehr freundlich. Zwei von ihnen machten sich sofort an die Verfolgung der Entführer, und ein dritter redete beharrlich auf mich ein, ich solle zur Kutsche zurückkehren.

»In diesem Aufzug können Sie nicht durch die Felder laufen, Ma'am«, sagte er, als ich mich weigern wollte. »Überlassen Sie es Pat und Mike, sie haben Spürnasen wie Jagdhunde. Wie wäre es mit einem Schlückchen Brandy? Aus gesundheitlichen Gründen natürlich.«

Vielleicht war es der Brandy, der mich wieder klar denken ließ. Ich halte es jedoch für wahrscheinlicher, daß es das Wiedererwachen meines unbezähmbaren Willens war. Obgleich alles in mir darauf brannte, mich an der Suche zu beteiligen, erkannte ich, daß der Mann recht hatte. Und dann kam mir in den Sinn, daß ja noch tüchtigere Hilfe verfügbar war. Einer der jungen Männer – es waren insgesamt fünf – erbot sich, zum Haus von Abdullahs Onkel zu laufen und unserem Vorarbeiter zu berichten, was geschehen war. Obgleich es mir wie eine Ewigkeit vorkam, dauerte es nicht lange, bis Abdullah und Daoud zur Stelle waren. Fast hätte ich die Beherrschung verloren, als ich sah, wie Abdullahs vertrautes Gesicht einen besorgten und fassungslosen Ausdruck annahm. In seinen Augen war Emerson so etwas wie ein Gott gewesen, dem gewöhnliche Gefahren nichts anhaben können.

Unterstützt von den jungen Amerikanern und einer Schar von Verwandten, durchkämmten Abdullah und Daoud die Felder und nahegelegenen Häuser, wobei sie sich um die (berechtigten) Proteste der Bewohner nichts scherten. Doch es war bereits zuviel Zeit verstrichen. Emerson war entführt worden und befand sich inzwischen wahrscheinlich schon an einem entlegenen Ort. Die staubige Straße bewahrte ihr Geheimnis; zu viele Fahrzeuge waren über sie hinweggerollt.

Es dämmerte bereits, als ich mich endlich überreden ließ, zum Schloß zurückzukehren. Der Kutscher war nur bewußtlos geschlagen worden; durch Brandy und Bakschisch wiederbelebt, wendete er Pferd und Kutsche. Daoud und der Kater begleiteten mich. Abdullah weigerte sich, den Tatort zu verlassen. Ich glaube, ich war so höflich, den Amerikanern zu danken. Man konnte ihnen keinen Vorwurf daraus machen, daß sie die Angelegenheit als ein aufregendes Abenteuer betrachteten.

*

Es fällt mir schwer, meine Empfindungen zu beschreiben, die mich den folgenden Tagen beherrschten. Die Ereignisse sind mir zwar noch deutlich vor Augen wie ein detailgetreuer Kupferstich. Aber es war mir, als wäre ich in einem Eisblock eingeschlossen, der mich zwar nicht am Sehen, Fühlen und Hören hinderte, den jedoch nichts durchdringen konnte.

Nachdem sich die Nachricht von Emersons Verschwinden herumgesprochen hatte, wurde ich mit Hilfsangeboten überschüttet. Eigentlich hätte mir das zu Herzen gehen müssen.

Dem war aber nicht so; denn nichts konnte mich damals berühren. Ich wollte Taten sehen, kein Mitleid. Die örtlichen Behörden wurden förmlich genötigt, ihre Schlagkraft zu demonstrieren, eine für sie ungewohnte Vorgehensweise. Sie verhafteten und verhörten jeden Mann in Luxor, der Grund hatte, einen Groll gegen meinen Gatten zu hegen. Die Liste war ziemlich umfangreich. Einmal saß sogar die halbe Einwohnerschaft von Gurnah, gegen deren Grabplündereien Emerson zu Felde gezogen war, im örtlichen Gefängnis. Als mir Abdullah davon berichtete (unter den Gefangenen befanden sich mehrere entfernte Verwandte von ihm), sorgte ich dafür, daß man sie wieder freiließ. Abdullah verfügte über seine eigenen Mittel und Wege, um mit den Männern von Gurnah fertig zu werden, und ich wußte, daß Emerson gegen die Art von Verhören, zu der die örtliche Polizei griff, eingeschritten wäre. Eine ihrer Lieblingsmethoden bestand darin, dem Befragten mit einem zersplitterten Schilfrohr auf die Fußsohlen zu schlagen.

Unsere Freunde scharten sich um mich. Howard Carter besuchte mich fast täglich. Trotz der Meinungsverschiedenheiten, durch die sich sein Verhältnis zu Emerson ausgezeichnet hatte, war Neville der erste, der anbot, sich mit seiner Mannschaft an der Suche zu beteiligen. Aus Kairo trafen Telegramme ein; und gleichfalls aus Kairo kam – höchstpersönlich – Cyrus Vandergelt. Er hatte auf sein geliebtes Hausboot verzichtet, ja er hatte nicht einmal den regulären Zug abgewartet. Statt dessen hatte er einen Sonderzug bestellt und sich – sobald dieser bereitstand – ohne Gepäck auf den Weg gemacht. Seine ersten Worte an mich waren voll des Trostes und der Zuversicht.

»Machen Sie sich keine Sorgen, Mrs. Amelia. Wir finden ihn, und wenn wir diese armselige Stadt Stein für Stein auseinandernehmen. Was hier gebraucht wird, ist der gute, alte amerikanische Menschenverstand; und Cyrus Vandergelt ist genau der richtige Mann für diese Angelegenheit!«

Die Jahre hatten es mit meinem Freund gut gemeint. Wohl zogen sich ein paar neue Silbersträhnen durch Haar und Spitzbart, die aber immer noch das gleiche sonnengebleichte Blond aufwiesen. Sein Gang war so federnd und energisch, sein Händedruck so kräftig und sein Verstand so scharf wie eh und je. Und er ging an unser Problem mit einem kritischen Verstand und einer Weltgewandtheit heran, die meinen anderen Helfern fehlten. Als ich ihm auf seine Fragen hin von der Verhaftung der Diebe aus Gurnah berichtete, schüttelte er ungeduldig den Kopf.

»Sicher weiß ich, daß diese Gauner aus Gurnah meinen alten Freund nicht leiden können, aber so etwas ist nicht ihr Stil. Sie werfen lieber mit Messern nach einem oder mit Steinen. Das hier riecht nach etwas Bedrohlicherem. Womit waren Sie und der Professor zuletzt beschäftigt, Amelia? Oder hat Ramses, dieser Schlingel, wieder etwas ausgefressen?«

Ich war nahe daran, ihm zu erzählen, was ich vermutete, aber dann wagte ich es doch nicht. Ich verteidigte Ramses gegen jeden Verdacht – was nur recht und billig war – und erwiderte, daß ich mir die Entführung nicht erklären könne.

Cyrus war zu gewieft, um mir das abzunehmen – oder vielleicht kannte er mich auch so gut, daß er meine Vorbehalte spürte. Jedenfalls war er zu sehr Gentleman, um meine Worte anzuzweifeln. »Nun, ich will Ihnen einmal sagen, was ich vermute. Er ist nicht tot. Andernfalls hätte man seine ... äh ... hätte man ihn schon gefunden. Es muß sich also um eine Lösegelderpressung handeln. Warum sollten sie ihn sonst gefangenhalten?«

»Es gibt noch andere Gründe«, erwiderte ich und mußte dabei ein Schaudern unterdrücken.

»Schlagen Sie sich das aus dem Kopf, Mrs. Amelia. Geld ist ein viel stärkerer Beweggrund als Rache. Ich wette, daß Sie eine Lösegeldforderung erhalten. Und wenn nicht – nun, dann setzen wir eben eine Belohnung aus.«

Wenigstens konnten wir so etwas tun. Am nächsten Tag

klebte an jedem Baum und an jeder Mauer in Luxor eines unserer rasch gedruckten Plakate. Aus Gründen, die ich Cyrus nicht erläutern konnte, rechnete ich nicht mit Erfolg; und tatsächlich bezog sich der Brief, der am gleichen Abend eintraf, nur indirekt – wenn überhaupt – auf unser Angebot.

Die Nachricht wurde von einem zerlumpten Fellachen überbracht, der sich so bereitwillig ausfragen ließ, daß an seiner Unschuld wenig Zweifel bestand. Er war nur ein Bote; den Mann, der ihm den Brief übergeben, ein bescheidenes Trinkgeld bezahlt und ihm versichert hatte, er werde bei Ablieferung eine größere Belohnung erhalten, kannte er nicht. Die wenigsten Menschen haben eine gute Beobachtungsgabe. Doch aus der verworrenen Beschreibung des Boten ging hervor, daß Kleidung und Erscheinung des Mannes nichts Auffälliges an sich gehabt hatten.

Wir entließen den Boten mit der Verheißung ungeahnter Reichtümer, falls es ihm gelänge, weitere Informationen zu beschaffen. Ich hielt ihn für ehrlich. Und wenn er es nicht war, würden wir ihn eher durch Bestechung als durch Bestrafung zugänglich machen.

Cyrus und ich hatten in der Bibliothek gesessen. Nachdem der Bote gegangen war, drehte ich den Briefumschlag immer wieder in den Händen hin und her. Er war, in großen Druckbuchstaben, an mich adressiert. Als Absender war der Name eines der großen Hotels in Luxor angegeben.

»Wenn Sie den Brief lieber allein lesen möchten ...«, sagte Cyrus. Er hatte mich um Erlaubnis gebeten, rauchen zu dürfen, und hielt eine seiner langen dünnen Zigarren zwischen den Fingern.

»Das ist nicht der Grund, warum ich zögere«, erwiderte ich. »Ich habe Angst, ihn zu öffnen, Cyrus. Er ist der erste Hoffnungsschimmer, den ich sehe. Wenn er sich als trügerisch erweisen sollte ... Doch Feigheit gehört nicht zu meinen Eigenschaften.«

Entschlossen griff ich nach einem Brieföffner.

Ich las den Brief zweimal. Cyrus sagte währenddessen kein Wort, was ihn große Mühe gekostet haben muß, denn als ich ihn ansah, hatte er sich mit gespanntem Gesichtsausdruck nach vorne gebeugt. Wortlos reichte ich ihm den Brief.

Ich hätte ihn auch einem anderen Menschen, dem ich weniger vertraut hätte als meinem alten Freund, gegeben, ohne zu befürchten, damit das tödliche Geheimnis zu verraten. Ich habe noch keinen Brief eines Schurken gelesen, der in solch höflichem Ton abgefaßt war und seine Drohung so taktvoll formulierte. Schon durch die bloße Berührung des Papiers fühlte ich mich besudelt.

Ihr Gatte ist nicht geneigt, sich uns anzuvertrauen, begann der Brief. *Er behauptet, sein Gedächtnis ließe ihn im Stich. Es erscheint unglaubwürdig, daß ein Mensch nach so kurzer Zeit eine so bemerkenswerte Reise vergessen kann; doch die jüngsten Ereignisse könnten durchaus eine nachteilige Wirkung auf seinen Geist wie auf seinen Körper gehabt haben. Jedoch zweifle ich nicht daran, daß Sie über ein besseres Erinnerungsvermögen verfügen, welches Sie uns liebend gerne zur Verfügung stellen würden, sei es brieflich oder persönlich. Ich werde morgen nachmittag gegen fünf auf der Terrasse des Winter Palace Hotels anzutreffen sein, wo ich Sie zu einem Aperitif erwarte. Lassen Sie mich, als einem Ihrer größten Bewunderer, versichern, daß ich tief enttäuscht wäre, falls Sie einen Vertreter dorthin schicken sollten.*

Cyrus schleuderte das Blatt zu Boden. »Amelia«, rief er aufgebracht. »Sie werden doch nicht etwa hingehen? So dumm würden Sie doch nicht sein?«

»Aber Cyrus!« rief ich aus.

Mein Freund zog ein riesiges schneeweißes Taschentuch aus Leinen hervor und wischte sich damit über die Stirn. »Verzeihen Sie mir. Ich habe mir zuviel herausgenommen.«

»Weil Sie mich bei meinem Vornamen angesprochen haben? Lieber Cyrus, niemand hat mehr Recht dazu als Sie. Sie waren wie ein Fels in der Brandung.«

»Nein, so begreifen Sie doch«, erwiderte Cyrus. »Sie verstehen es ebensogut wie ich, zwischen den Zeilen zu lesen. Ich weiß zwar nicht, worauf es dieser schmierige Feigling abgesehen hat, aber es ist so sicher wie das Amen in der Kirche, daß er den armen Emerson nicht für irgendeine schriftliche Erklärung freilassen wird. Wie soll er denn wissen, daß Sie die Wahrheit schreiben? Das ist also nur ein Trick, um Sie auch noch zu entführen. Emerson ist eine harte Nuß und so stur wie ein Maulesel. Sie würden kein Wort aus ihm herauskriegen, und wenn Sie ihm Feuer unter den Fußsohlen legten oder ihm ... Oh, verflixt, das tut mir leid. Sie werden bestimmt nichts Derartiges anstellen, weil sie wissen, daß es zwecklos ist. Aber sobald diese Mistkerle Sie in ihrer Gewalt haben, wird er alles ausplaudern.«

»Genauso wie ich, wenn ich zusehen müßte, wie sie ihn ...« Ich konnte den Satz nicht zu Ende führen.

»Sie haben's erfaßt. Dieser Dreckskerl braucht Sie beide. Es war ein schlauer Trick von Emerson, daß er so tut, als habe er das Gedächtnis verloren, doch das würde er keine fünf Sekunden lang mehr durchhalten, wenn auch Sie gefangen wären. Sie dürfen das Risiko nicht eingehen, Amelia. Es ist zum besten für Emerson und auch für Sie selbst. Man wird ihm solange nichts tun, solange Sie nicht ebenfalls in der Gewalt der Entführer sind.«

»Das sehe ich ein, mein lieber Cyrus. Aber ich darf diese Gelegenheit nicht ungenutzt lassen. Sie ist unsere erste, unsere einzige Fährte. Sie haben ja bemerkt, daß dieser schmierige Feigling – das scheint die richtige Bezeichnung für ihn zu sein – nichts darüber schreibt, wie ich ihn erkennen kann. Das bedeutet, es muß jemand sein, der mir bereits bekannt ist.«

Cyrus schlug sich aufs Knie. »Wie ich schon immer sage – Sie sind die schlauste Frau, die mir je untergekommen ist.

Doch wir müssen die Angelegenheit gründlich durchdenken, Amelia. Wenn ich die Sache einfädeln müßte, würde ich mich nicht ins Winter Palace setzen. Ich würde einen Unbeteiligten bitten, Ihnen eine Nachricht zu übergeben, die Ihnen einen neuen Treffpunkt nennt – einen nicht so sicheren Ort. Das würden Sie doch bestimmt auch tun, oder?«

Das konnte ich nicht abstreiten. »Aber«, wandte ich ein, »wenn mich jemand begleiten würde – nicht Sie, Cyrus, Sie sind zu leicht zu erkennen –, vielleicht Abdullah und seine Freund ...«

»Abdullah erkennt man genauso leicht wie mich. Und glauben Sie mir, meine Liebe, man würde Sie, mit welcher Methode auch immer, von einem Ort zum nächsten schicken, bis Ihre Freunde Ihnen nicht mehr helfen können.«

Ich senkte den Kopf. Noch nie zuvor hatte ich ein so quälendes Gefühl der Hilflosigkeit verspürt. Wenn ich es riskierte, entführt zu werden, würde ich nicht nur mich selbst, sondern auch Emerson in Gefahr bringen. Unserem unbekannten Feind würde nichts anderes übrigbleiben, als uns zu ermorden, sobald wir ihm gesagt hatten, was er wissen wollte. Nur in Freiheit könnte ich ein Leben retten, das mir teurer war als mein eigenes. Und der verabscheuungswürdige Brief hatte mich wenigstens in dieser Hinsicht getröstet. Emerson war noch am Leben.

Ich wurde von Cyrus' Stimme aus meinen quälenden Gedanken gerissen: »Ich habe Sie nicht gebeten, sich mir anzuvertrauen, Amelia, und ich werde es auch nicht tun. Aber wenn Sie mir sagen könnten, worauf es dieser Teufel abgesehen hat, würde mir vielleicht etwas einfallen.«

Ich schüttelte den Kopf. »Es wäre zwecklos und würde Sie ebenfalls in Gefahr bringen. Es gibt nur zwei weitere Menschen ...«

Dieser Gedanke drang durch die eisige Stille, die mich umgab, wie ein Blitz. Wenn ich andere – wenn auch weniger schwerwiegende – Verpflichtungen vernachlässigt hatte, gab es dafür nur eine Entschuldigung: Die Sorge um Emerson hatte mich voll und ganz in Anspruch genommen. Doch nun stürzten sie wieder auf mich ein. Mit einem Schrei, der von den Dachbalken widerhallte, sprang ich auf.

»Ramses! Und Nefret! Um Gottes willen, was habe ich getan – oder, um genau zu sein, was habe ich zu tun vergessen? Ein Telegramm! Cyrus, ich muß sofort telegraphieren!«

Ich wollte schon zur Tür eilen, als Cyrus sich mir in den Weg stellte. Er packte mich an den Schultern und versuchte, mich zurückzuhalten. »Immer eins nach dem anderen! Sie sollen Ihr Telegramm ja abschicken; setzen Sie sich und schreiben Sie es. Unterdessen hole ich jemanden, der es nach Luxor bringt.« Er führte mich an den Schreibtisch und drückte mir Federhalter und Papier in die Hand.

Verzweiflung und Schuldgefühle verliehen mir die Kraft zu schreiben. Als Cyrus wiederkam, hatte ich das Telegramm fertig. Ich gab es ihm. Ohne einen Blick darauf zu werfen, überreichte er es dem Diener, der an der Tür wartete.

»Es wird morgen in London sein«, sagte er, als er sich wieder mir zuwandte.

»Und wenn es Flügel hätte, könnte es nicht früh genug eintreffen!« schrie ich. »Wie war ich nur imstande, zu vergessen, daß ... Aber erst jetzt weiß ich es sicher.«

»Ich verordne Ihnen einen kleinen Brandy«, sagte Cyrus.

»Ich glaube ...« Ich mußte innehalten, um mich wieder zu fassen, ehe ich weitersprechen konnte. »Ich glaube, ich hätte lieber einen Whiskey Soda, bitte.«

Als Cyrus mir das Glas reichte, ließ er sich wie ein Page im Mittelalter, der seinen Herrn bedient, auf einem Knie vor mir nieder. »Sie sind nicht nur die scharfsinnigste Dame, die ich kenne, sondern auch die kaltblütigste und tapferste«, sagte er sanft. »Geben Sie nicht auf. Ich glaube, ich weiß jetzt, worum es geht. Sie und Emerson, der kleine Ramses und das Mädchen – die Tochter von Willy Forth, nicht wahr? Hmmm. Sagen Sie nichts, Mrs. Amelia, meine Liebe. Und machen Sie sich wegen der Kinder keine Sorgen. Wenn nur die Hälfte dessen, was ich über Ihren Sohn gehört habe, stimmt, kann er recht gut auf sich selbst aufpassen – und auch auf das Mädchen.«

Wie ich schon immer sage, gibt es nichts Besseres für die Nerven als einen Whiskey Soda. Nach einen paar kleinen Schlucken war ich in der Lage, ruhig zu sprechen. »Was für ein Trost Sie doch sind, Cyrus. Zweifellos haben Sie recht. Trotzdem weiß ich nicht, wie ich die Anspannung aushalten soll, bis ich von ihnen höre. Es wird mindestens drei Tage dauern, bis die Antwort eintrifft.«

Doch die gütige Vorsehung ersparte mir diese Anspannung – sicherlich deshalb, weil sowieso schon genug Kummer auf mir lastete. Als Cyrus' Diener aus Luxor zurückkehrte, hatte er ein anderes Telegramm bei sich. Ich hatte mich bereits in meine Gemächer zurückgezogen, schlief aber noch nicht. Cyrus brachte mir die Nachricht eigenhändig bis vor meine Tür. Wie lange es bereits auf dem Telegraphenamt gelegen hatte, konnte ich nicht feststellen. Den Ägyptern ist unser westliches Bedürfnis nach Eile fremd. Das Telegramm war an Emerson adressiert, was mich nicht davon abhielt, es zu öffnen, als ich den Absender las.

»Warnung erhalten und entsprechend gehandelt«, hatte Walter geschrieben. »Alles in Ordnung. Seid auf der Hut. Brief folgt. Seid auf der Hut.«

Ich reichte es Cyrus. Er hatte den Stuhl, den ich ihm angeboten hatte, abgelehnt und stand, die Hände auf dem Rücken, an der Tür und sah ziemlich verlegen aus. Was für Puritaner diese Amerikaner doch sind, dachte ich amüsiert. Nur freundliche Besorgnis hatte ihn dazu bewegen können, nach Einbruch der Dunkelheit und ohne Begleitung das Zimmer einer verheirateten Dame zu betreten. Und noch dazu war die Dame im Negligé! Als sein Klopfen ertönt war, hatte ich mir das erstbeste Kleidungsstück übergezogen, das mir in die

Hände kam: ein besonders gewagter, mit Rüschen, Bändern und Spitzen verzierter Morgenrock aus gelber Seide.

Die Nachricht ließ Cyrus die Rüschen und Bänder vergessen. »Gott sei Dank«, sagte er aus vollem Herzen. »Damit entfällt ein Grund zur Sorge. ›Alles in Ordnung‹, schreibt er.«

»Anscheinend kann ich doch besser zwischen den Zeilen lesen als Sie, Cyrus. Warum heißt es zweimal ›Seid auf der Hut‹? Irgend etwas muß vorgefallen sein.«

»Nun, das ist nur Ihre mütterliche Besorgnis, meine Liebe. Sie wissen ja nicht, was Emerson in *seiner* Nachricht geschrieben hat. Er muß seinem Bruder vor ein paar Tagen ein Telegramm geschickt und ihn vor einer Gefahr gewarnt haben.«

»Offenbar. Er hat mir davon nichts erzählt. Sicherlich vermutete er, daß ich mich über seine Besorgnis ebenso lustig machen würde wie schon zuvor, als er mich überzeugen wollte, daß uns Gefahr droht. Wie grausam hat mich der Himmel dafür bestraft, daß ich seine Warnung in den Wind geschlagen habe!« Cyrus ließ mich nicht aus den Augen, als ich – umweht von meinem Morgenrock – im Zimmer auf und ab lief. »Ich werde mich so gut wie möglich mit Walters Telegramm trösten«, fuhr ich fort. »Sonst bleibt mir ja nichts übrig.«

»Versuchen Sie zu schlafen«, sagte Cyrus mitfühlend. »Und machen Sie sich keine Sorgen. Ich werde alles tun, was in meiner Macht steht, um Ihnen zu helfen.«

Doch nicht Cyrus war es, der mir am meisten half.

Es erübrigt sich zu sagen, daß ich keinen Schlaf fand. Ich lag wie jede Nacht seit jenem Ereignis wach – ich wälzte mich nicht im Bett hin und her, denn das ist ein Zeichen von Schwäche, die ich mir nicht erlaube –, sondern überlegte mir, wie ich vorgehen könnte. Zumindest hatte ich in dieser Nacht neue Informationen zu durchdenken. Immer wieder ging ich jedes einzelne Wort, jeden Satz, sogar jedes Komma dieses vor Bosheit strotzenden Briefes durch. Jedes Wort und jeder Satz enthielten versteckte Drohungen, die um so beängstigender waren, als sie der Vorstellungskraft des Lesers überlassen blieben. (Insbesondere einer so lebhaften Vorstellungskraft wie der meinen.) Der Mann, der das geschrieben hatte, mußte ein wahrhafter Satan sein.

Und arrogant dazu. Er hatte sich nicht die geringste Mühe gegeben, seine Nationalität geheimzuhalten: Seine Sprache war fehlerlos, sein Satzbau war so elegant wie mein eigener. Ich war mir sicher, daß er nicht in dem bezeichneten Hotel wohnte. Jeder hätte aus dem Korrespondenzraum Briefpapier entwenden können. Was seine Absicht anging, sich mit mir treffen zu wollen ... Nun, die Überlegungen von Cyrus waren nicht von der Hand zu weisen. Sie stimmten mit meinen eigenen überein. Selbst wenn ich verworfen genug gewesen wäre, mein Wort zu brechen und im Tausch für das Leben meines Gatten ein argloses Volk zu verraten ...

Doch, oh werter Leser! Wie wenig wissen Sie über das Herz eines Menschen, wenn Sie annehmen, Ehre sei stärker als Zuneigung, wenn Sie glauben, kühle Vernunft könne die Besorgnis einer Liebenden übertrumpfen. Hätte der Schurke in diesem Augenblick vor mir gestanden, die eine Hand nach mir ausgestreckt, in der anderen den Schlüssel zu Emersons Gefängnis, ich hätte mich ihm zu Füßen geworfen und ihn angefleht, sich zu nehmen, was er wolle.

Emersons Vermutungen waren zwar logisch, aber durch nichts zu bestätigen gewesen. Das jetzt hatte der Brief aus bloßer Mutmaßung Gewißheit werden lassen. Ganz offenbar wollte dieses Ungeheuer in Menschengestalt in Erfahrung bringen, wo die Verlorene Oase lag. Aber womit würde der Kerl sich zufriedengeben?

Mit einer Landkarte? Mit *der* Landkarte? Entweder wußte er von ihrer Existenz, oder er hatte die Schlußfolgerung gezogen, daß es eine geben mußte. Unsere Reise hatte uns in die trockene, unwegsame Wüste geführt, und nur ein Verrückter wäre ohne genaue Wegbeschreibung losgezogen. Der schmierige Feigling mußte wissen, daß wir uns an einer Karte orientiert hatten.

Meiner Kenntnis nach gab es nur noch ein Exemplar dieser Karte. Ursprünglich waren es fünf gewesen, und zwei dieser fünf waren – um die Sache noch komplizierter zu machen – absichtlich mit unrichtigen Angaben versehen gewesen, was sich verhängnisvoll ausgewirkt hatte. Mein Exemplar hatte ich vernichtet – eine der falschen Karten. Das Exemplar von Ramses, das uns zur Oase geführt hatte, war bei unserem ziemlich überstürzten Aufbruch verloren gegangen. Emersons Exemplar war noch vor unserer Abreise aus Nubien verschwunden. Also blieben zwei übrig – eine richtige und eine falsche.

Das andere falsche Exemplar hatte Reggie Forthright gehört. Er hatte es mir überlassen, als er zu seiner Expedition in die Wüste aufbrach. Gemäß seiner Bitte hatte ich es zusammen mit seinen letzten Anweisungen und seinem Testament den Militärbehörden übergeben, bevor wir uns ebenfalls in die Wüste aufmachten. Wahrscheinlich waren diese Dokumente dem einzigen Erben, seinem Großvater, übersandt worden, als Forthright nicht wiederkehrte. Allerdings bereitete mir dieses Exemplar der Karte weiterhin keine Kopfzerbrechen, denn jeder, der sich daran orientierte, hätte auf sehr langsame und unangenehme Weise den Tod gefunden.

Das Original der Karte hatte sich im Besitz von Lord Blacktower, dem Großvater von Reggie, befunden. Nun lag es in Emersons Tresor in der Bibliothek von Amarna House.

Blacktower hatte die Karte, ebenso wie die Vormundschaft für Nefret, auf Emersons hartnäckiges Verlangen hin meinem Gatten überlassen. Ich hatte darauf gedrängt, die Karte zu vernichten, doch Emerson wollte nicht auf mich hören. Man kann nie wissen, hatte er gesagt. Vielleicht würde einmal der Zeitpunkt kommen …

War dieser Zeitpunkt jetzt gekommen? Zum zweiten- und glücklicherweise letztenmal wäre meine Unbestechlichkeit fast einem überwältigendem Ansturm der Liebe erlegen. Ich mußte in den Kopfkissenbezug beißen, bis meine Vernunft wieder einmal obsiegte.

Ich durfte nicht auf die Ehre eines Mannes vertrauen, der offensichtlich keine im Leibe hatte. Und er traute mir sicher ebensowenig. Er konnte es sich nicht leisten, seine Geisel freizulassen, bevor er nicht sicher war, daß meine Auskünfte auf Tatsachen beruhten – und konnte er das anders überprüfen, als wenn er selbst die Reise unternahm? Ich hätte den Weg nicht wiedergefunden und erinnerte mich auch nicht an die Kompaßangaben, doch Emerson wäre gewiß dazu in der Lage gewesen. Er hatte mit Hilfe des Kompasses die Marschrichtung bestimmt. Der Schurke würde also keine Karte benötigen, wenn er Emerson zum Reden brachte.

Nein, die Verabredung war eine Falle. Uns blieb nur noch die Hoffnung, Emerson zu finden und ihn zu befreien, ehe ...

Wo mochte er wohl sein? Noch immer irgendwo in der Nähe von Luxor, dessen war ich mir sicher. Die Suche war gründlich gewesen und dauerte weiterhin an, doch schließlich konnte man nicht jedes Haus bis aufs letzte Zimmer überprüfen, insbesondere nicht die Häuser der Ausländer. Ägypten genoß die Segnungen des britischen Rechts, demzufolge das Heim eines Menschen unantastbar ist. Ein edles Ideal, dem ich voll und ganz zustimme – im Prinzip. Edle Ideale kommen oftmals ungelegen. Ich erinnerte mich noch gut daran, wie Wallis Budge illegale Antiquitäten davonschmuggelte, während vor seinem Haus die Polizei untätig warten mußte, bis der Durchsuchungsbefehl aus Kairo eintraf.

Wir brauchten einen Durchsuchungsbefehl, und für diesen müßten wir einen triftigen Grund haben. Und genau nach einem solchen suchten meine treuen Freunde – indem sie mit ihren Gewährsleuten in den Dörfern sprachen, Gerüchten über Fremde in der Stadt nachgingen und den Klatsch über ungewöhnliche Vorfälle überprüften –, und ich setzte meine Hoffnung auf ihre Bemühungen.

Ich hatte besonders auf Abdullah und seinen Einfluß auf

die Männer aus Gurnah gezählt, die angeblich jedes Geheimnis in Luxor kannten. Doch während ich schlaflos in der Dunkelheit lag, mußte ich zugeben, daß ich maßlos von ihm enttäuscht war. In den vergangenen Tagen hatte er sich kaum blicken lassen. Einen der Gründe, warum er unser Haus mied, kannte ich; er sah aus wie ein weißbärtiger John Knox mit Turban, als er mich und Cyrus beisammen sah. Nicht, daß mich Abdullah durch die Unterstellung beleidigt hätte, ich würde auch nur das leiseste Interesse an einem anderen Mann haben. Er selbst war eifersüchtig auf Cyrus und grollte jedem, der mir und Emerson in irgendeiner Form helfen wollte. Und da seine eigenen Bemühungen zu nichts geführt hatten, verabscheute er Cyrus um so mehr. Der arme Abdullah. Er war alt, und die Entführung war ein schwerer Schlag für ihn gewesen. Ich bezweifelte, daß er sich davon jemals wieder erholen würde.

Gott möge mir meine Zweifel vergeben. Denn es war doch Abdullah, der mir schließlich am meisten half.

Als Cyrus und ich am nächsten Tag beim Mittagessen saßen, und beratschlagten, was wir nun wegen der Verabredung unternehmen sollten, kam einer der Diener herein und meldete, Abdullah wolle mich sprechen.

»Führ' ihn herein«, erwiderte ich.

Der Diener machte ein entsetztes Gesicht. Diener sind, wie ich festgestellt habe, noch größere Snobs als ihre Herrschaften. Ich wiederholte die Aufforderung; achselzuckend ging der Mann hinaus und kehrte mit der Nachricht wieder, Abdullah wolle nicht hereinkommen, sondern mich unter vier Augen sprechen.

»Ich kann mir nicht vorstellen, was er mir mitteilen möchte, das er nicht auch in Ihrer Gegenwart sagen könnte«, meinte ich und stand auf.

Cyrus lächelte. »Er will Ihr alleiniger Helfer und Beschützer sein, meine Liebe. Eine solche Anhänglichkeit ist rührend, kann einem aber auch den letzten Nerv rauben. Gehen Sie ruhig.«

Abdullah wartete in der Halle und tauschte mit dem Türhüter säuerliche Blicke – und ich glaube, sie warfen sich mit gedämpfter Stimme auch Beleidigungen an den Kopf. Er wollte nur mit der Sprache herausrücken, wenn ich mit ihm hinaus auf die Veranda ginge.

Als er sich zu mir umdrehte, stockte mir der Atem. Seine finstere Miene war verschwunden. Jetzt strahlte er vor Stolz und Freude, wodurch er um Jahre jünger wirkte.

»Ich habe ihn gefunden, Sitt«, sagte er.

*

»Du darfst dem Amerikâni nichts erzählen!« Abdullah hielt mich am Ärmel fest, als ich ins Haus zurücklaufen und die Nachricht weitergeben wollte. Er zog mich noch weiter von der Tür weg und fuhr im Flüsterton fort: »Er würde dich nicht gehen lassen. Es ist gefährlich, Sitt Hakim. Ich habe dir noch nicht alles gesagt.«

»Dann, um Himmels willen, sag es mir! Hast du ihn gesehen? Wo ist er?«

Abdullahs Bericht zwang mich, zu warten und meine rasende Ungeduld zu bändigen. Er brauchte mich nicht zu beschwören, wir mußten mit äußerster Verschwiegenheit vorgehen – insbesondere, da er seinen Meister noch gar nicht zu Gesicht bekommen hatte.

»Welchen anderen Gefangenen würde man hier in der Nähe von Luxor so streng bewachen? Das Haus liegt außerhalb der Stadt, nicht weit vom Dorf El Bayadiya entfernt. Ein Ausländer hat es gemietet, er ist ein Alemâni oder Feransâwi, ein hochgewachsener Mann mit schwarzem Bart, ein Invalide, heißt es, denn er sieht blaß aus und benutzt einen Spazierstock, wenn er ausgeht, was nicht oft vorkommt. Sein Name ist Schlange. Kennst du ihn, Sitt?«

»Nein. Aber das ist bestimmt ein falscher Name, und vermutlich hat er sein Äußeres verändert. Mach dir deswegen jetzt keine Gedanken, Abdullah. Du hast bestimmt einen Plan. Heraus damit.«

Sein Plan entsprach dem, was ich selbst vorgeschlagen hätte. Wir konnten nicht Zutritt zu dem Haus fordern, solange wir nicht sicher wußten, daß sich Emerson darin befand, und das wußten wir nicht sicher, solange wir nicht darin gewesen waren. »Also werden wir hineingehen«, sagte Abdullah. »Du und ich, Sitt. Nicht der Amerikâni.«

Er zählte mir sämtliche Gründe auf, warum Cyrus nicht mit von der Partie sein sollte. Offensichtlich wollte er den Ruhm nicht teilen, doch seine Argumente waren stichhaltig. Am meisten überzeugte mich, daß Cyrus versuchen würde, mich von dem Vorhaben abzuhalten – und das kam nicht in Frage. Ich wäre verrückt geworden, hätte ich auf Nachricht wartend herumsitzen müssen wie eine dieser hilflosen Romanheldinnen, und außerdem konnte ich bei keinem anderen Menschen – als mir selbst – darauf vertrauen, daß er so skrupellos und entschlossen vorgehen würde, wie es die Lage wohl erforderte.

Ich vereinbarte mit Abdullah, mich in einer Stunde im Garten hinter dem Haus mit ihm zu treffen, und versicherte ihm, ich würde mir etwas ausdenken, um Cyrus zu täuschen. Klinge ich ruhig und gefaßt? Damals war ich es. Ich wußte, daß ich es sein mußte. Nachdem ich zum Tisch zurückgekehrt war, wo Cyrus mich erwartete, lieferte ich eine meiner überzeugendsten Vorstellungen – ich setzte ein tapferes, trauriges Lächeln auf und gab mich betont fröhlich.

»Er jagt immer noch leeren Gerüchten nach«, sagte ich und griff nach meiner Serviette. »Es tut mir leid, daß es so lange gedauert hat, Cyrus, aber ich mußte ihn trösten und ihm das Gefühl geben, daß seine Bemühungen nicht vergebens wären. Der arme Abdullah! Er nimmt sich die Sache sehr zu Herzen.«

Wir kehrten wieder zur Erörterung unserer Pläne (die er

allein in die Tat umzusetzen haben würde, aber das wußte er ja nicht) für den kommenden Nachmittag zurück. Ich steigerte mich in eine zunehmende Erregung hinein, als er weiterhin darauf bestand, daß ich die Verabredung nicht einhalten dürfe. »Jemand muß doch hingehen!« schrie ich schließlich. »Ich könnte nicht mit dem Wissen leben, daß wir nicht jeder einzigen, auch der leisesten Hoffnung nachgegangen sind.«

»Ja doch, sicher, meine Liebe. Ich habe alles genau durchdacht. Ich werde selbst die Sache in die Hand nehmen, wenn Sie mir versprechen, daß Sie das Haus solange nicht verlassen, bis ich wieder zurück bin.«

»In Ordnung. Ich willige aber nur deshalb ein, weil mir keine andere Wahl bleibt – und weil ich weiß, daß es so für Emerson am sichersten ist. Ich werde jetzt auf mein Zimmer gehen, Cyrus, die Tür hinter mir abschließen und drinnen bleiben, bis Sie zurückkommen. Ich glaube, ich nehme am besten ein Schlafmittel ein, sonst wird mir die Zeit zu lang. Viel Glück und Erfolg, mein Freund.«

Cyrus tätschelte mir unbeholfen die Schulter. Mit einem Taschentuch vor den Augen huschte ich aus dem Zimmer.

Dort angekommen, fand ich Anubis ausgestreckt auf dem Bett vor. Wie er sich Einlaß verschafft hatte, wußte ich nicht; er kam und ging, wie es ihm gefiel, so geheimnisvoll wie der böse Geist, für den die Diener ihn hielten. Abdullah haßte das arme Tier so sehr, wie er ihn fürchtete, und gab ihm die Schuld an Emersons Entführung. Selbstverständlich war das Unsinn. Man kann Katzen nicht für ihre Handlungen verantwortlich machen, denn schließlich verfügen sie nicht über moralische Werte. Wäre ich abergläubisch gewesen, hätte ich mir einbilden können, daß Anubis seine unglückselige Beteiligung an der Katastrophe bedauerte. Er verbrachte eine Menge Zeit damit, daß er im Haus umherschlich, als würde er etwas – oder jemanden? – suchen. Außerdem hielt er sich oft in meinem Zimmer auf, ließ meine Liebkosungen über sich ergehen, ja er verlangte geradezu danach. Das weiche Fell einer Katze zu berühren, hat eine erstaunlich beruhigende Wirkung.

Nachdem ich den Kater angemessen, wenn auch etwas hastig begrüßt hatte, zog ich mich rasch um. Ich konnte nicht solange warten, bis Cyrus das Haus verlassen hatte: Abdullah und ich mußten den Fluß überqueren und eine beträchtliche Wegstrecke zurücklegen, und ich wollte das verdächtige Haus noch vor Einbruch der Dunkelheit erreichen. Heimlich in unbekanntes Terrain einzudringen, kann des Nachts sehr gefährlich werden. Es dauerte nur ein paar Minuten, bis ich mein Rüschenkleid aus- und mein Arbeitsgewand angezogen hatte. Automatisch griff ich nach meinem Gürtel, doch eine innere Stimme ließ mich innehalten. »Damit schepperst du wie eine Blaskapelle, Peabody«, kam es mir in den Sinn. Eisern bezwang ich das Gefühl, das mich zu überkommen drohte, legte den Gürtel beiseite und steckte Revolver und Messer in die Hosentaschen. Dann schloß ich die Tür ab – wobei ich mich vergewisserte, daß Anubis im Zimmer war –, und trat auf den Balkon. Wie sich herausstellte, war der verdammte Weinstock, an dem ich hatte hinunterklettern wollen, zu weit entfernt. Also mußte ich mich, an den Armen hängend, aus einer beträchtlichen Höhe hinunterfallen lassen. Zum Glück befand sich unter mir ein Blumenbeet. Cyrus' Petunien und Stockrosen federten meinen Sprung gut ab.

Abdullah wartete bereits. Ich verlor kein Wort über die Vorbereitungen, die er getroffen hatte – die Esel, die ablegebereite Feluka, die Pferde, die am anderen Ufer warteten. Mich beherrschte ausschließlich ein einziger Gedanke: Bald würde ich ihn sehen, ihn berühren, spüren, wie er den Arm um mich legte. Denn – wie ich sicherlich nicht betonen muß – beabsichtigte ich keineswegs, mich mit einer vorsichtigen Erkundung und einem strategischen Rückzug zu begnügen. Meine Finger glitten über die Pistole in meiner Tasche. Wenn er in diesem Haus war, würde ich ihn herausholen, und zwar heute, ganz gleich, wer sich uns in den Weg stellen mochte.

Der Pfad, den Abdullah einschlug, folgte einem Bewässerungsgraben durch Kohl- und Baumwollfelder. Halbnackte Arbeiter richteten sich auf und blickten uns nach, als wir an ihnen vorbeipreschten. Kinder, die in einem Hof spielten, winkten und riefen zu uns herüber. Doch Abdullah verlangsamte seine Geschwindigkeit für nichts und niemanden. Als ein unvorsichtiger Ziegenbock – dessen Bart und langgezogenes Gesicht in gewisser Weise an meinen Freund Cyrus erinnerten – auf die Straße hinaustrottete, stieß Abdullah seinem Pferd die bloßen Fersen in die Flanken und setzte mit einem Sprung über das Tier hinweg. Ich folgte seinem Beispiel.

Schließlich hielt Abdullah mitten in einer Ansammlung von Hütten an, wo ein anderer Pfad den unseren kreuzte. Wir stiegen ab. Der Ort wirkte seltsam verlassen; außer ein paar Männern, die unter einem grobgezimmerten Holzdach saßen und Kaffee tranken, war niemand zu sehen. Einer von ihnen kam auf uns zu und überreichte Abdullah ein Kleiderbündel, dann führte er die Pferde weg.

»Ab hier müssen wir zu Fuß gehen«, sagte Abdullah.

»Willst du das hier überziehen, Sitt?«

Er öffnete das Bündel – es war ein bodenlanges pechschwarzes Frauengewand mit dem dazugehörenden Burko, dem Gesichtsschleier. Nachdem ich es angelegt hatte, nickte Abdullah zustimmend. »Sehr gut. Du mußt hinter mir gehen, Sitt, und darfst nicht wie ein Mann schreiten. Schaffst du das?«

Die Lippen unter seinem Bart zuckten. Ich lächelte zurück. »Wenn ich es vergessen sollte, Abdullah, mußt du mich schlagen. Aber ich werde daran denken.«

»Gut. Komm jetzt. Es ist nicht weit.«

Während unseres Fußmarsches blickte ich zur Sonne empor. Nach so vielen Jahren in Ägypten konnte ich an ihrem Stand genauso leicht die Zeit ablesen wie von einer Uhr; in eben dieser Minute hatten Cyrus' Kundschafter wahrscheinlich schon ihre Plätze auf der Terrasse des Hotels Winter Palace eingenommen. War er dort, der unbekannte Schurke, der Urheber dieses feigen Komplotts? Ich betete, er möge dort sein. Denn es würde unsere Rettungsaktion erleichtern, wenn er sich nicht in seinem Haus befand.

Mein Herz machte einen gewaltigen Satz, als ich eine hohe Mauer aus Lehmziegeln vor uns sah. Um sie herum standen Palmen und staubbedeckte Akazien, und über ihrem Rand konnte man ein ziegelbedecktes Hausdach erkennen. Es war ein großes Anwesen – für ägyptische Verhältnisse ein Landsitz – mit Haus, Gärten und Nebengebäuden, eingefriedet von einer Mauer, die vor neugierigen Blicken und ungebetenen Gästen schützte. Ohne den Schritt zu verlangsamen, ging Abdullah an der Mauer entlang; ich schlurfte demütig hinter ihm her, gesenkten Hauptes und pochenden Herzens. Aus den Augenwinkeln erkannte ich, daß die Mauer hoch und das hölzerne Tor geschlossen war.

Als wir nach etwa zwanzig Metern das Ende der Mauer erreicht hatten, warf Abdullah einen schnellen Blick über die Schulter und bog um die Ecke, wobei er mich hinter sich her zog. Die Mauer verlief nun rechtwinklig zur Straße. Nach einem weiteren Richtungswechsel befanden wir uns an der dritten Seite der Einfriedung, und nach ein paar Metern blieb Abdullah stehen und fuchtelte mit den Händen.

Was er damit sagen wollte, bedurfte keiner Erklärung. Ein Zuckerrohrfeld hinter uns bildete eine grüne Mauer, die uns vor den Blicken vorbeikommender Passanten schützte. Wir befanden uns nun an der Rückseite des Anwesens und so weit vom Haupthaus entfernt wie möglich. Lehmziegel, die in Oberägypten überall als Baumaterial verwendet werden, sind praktisch, aber nicht sehr haltbar; die Ziegel und ihre verputzte Außenfläche waren zerbröckelt, wodurch sich Risse und Spalten gebildet hatten.

»Ich werde als erster hinaufsteigen«, flüsterte er.

»Nein, das wirst du nicht«, erwiderte ich. »Wir müssen erst

die Lage erkunden, ehe wir hineingehen, und ich bin jünger ... das heißt, ich bin leichter als du. Hilf mir hinauf.«

Ich streifte den schwarzen Umhang und den Schleier ab. Wenn man uns drinnen entdeckte, hätte uns eine Verkleidung sowieso nichts genützt. Ich stieg mit der Stiefelspitze in ein passendes Loch. Abdullah – der schon lange wußte, daß es reine Zeitverschwendung war, mit mir zu streiten – stützte meinen anderen Stiefel mit verschränkten Händen und hob mich soweit, bis ich über den Rand der Mauer blicken konnte.

Ich hatte gehofft, einen Garten mit Sträuchern und Bäumen zu erblicken, hinter denen wir uns hätten verbergen können. Doch eine solche Deckung blieb uns versagt. Vor mir lag ein völlig nackter Platz, der mit den üblichen Haushaltsabfällen übersät war – Scherben zerbrochener Töpfe, rostige Metallteile, verfaulte Melonen- und Orangenschalen. Genau solcher Müll läßt das Herz eines Archäologen höher schlagen. Müllberge dieser Art entstehen in Ägypten immer noch zuhauf, denn normalerweise werfen die Hausbewohner ihre Abfälle einfach in den Hinterhof. Dieser Hof unterschied sich in seiner Häßlichkeit nicht von den anderen, die ich bisher gesehen hatte – ein deutlicher Hinweis darauf, daß der gegenwärtige Bewohner des Hauses nur vorübergehend hier lebte und sich nicht um Hygiene und Äußerlichkeiten scherte.

Ungewöhnlich war nur, daß weit und breit kein Tier zu sehen war. Kein Huhn scharrte im Dreck, keine Ziege, kein Esel knabberte an dem spärlich sprießenden Unkraut.

Ein offener, mit Schilfrohr bedeckter Stall hatte, wie dem ausgestreuten Stroh und anderen Anzeichen zu entnehmen war, einst als Unterstand für Tiere gedient. Eine Reihe dunkler Tamarisken verdeckten die Rückseite des Wohnhauses zur Hälfte. Ich konnte noch ein weiteres Gebäude erkennen: ein kleines, fensterloses Haus von etwa neun Quadratmetern Grundfläche. Anders als das übrige Anwesen zeigte es Spuren kürzlicher Renovierung. Seine Wände hatten keine Spalten; jeder Riß war frisch verputzt, wie man an den hellen Streifen auf dem alten graubraunen Untergrund erkennen konnte. Das Flachdach bestand aus festem Material, nicht aus dem üblichen, mit Mörtel beschmiertem Schilfrohr.

Etwas Wertvolles mußte sich darin befinden, sonst hätte der Besitzer des Anwesens nicht solche Vorsichtsmaßnahmen getroffen. Die wiedererweckte Hoffnung ließ mir die Kräfte schwinden; Abdullah stöhnte schmerzerfüllt auf, als mein Gewicht ihm schwer auf die Hände drückte. Ich wollte schon ganz hinaufklettern, denn der Freudentaumel hatte einen Augenblick lang über die Klugheit gesiegt, als mich ein ernüchternder Gedanke zurückhielt: Etwas so Wertvolles würde doch sicherlich nicht unbewacht sein? Ich hatte nur zwei Seiten des Gebäudes in meinem Blickfeld, in denen sich keine Fenster befanden. Aber es mußte doch in einer der Wände, die ich nicht sehen konnte, eine Tür geben.

Ich gab Abdullah ein Zeichen, mich herabzulassen. Wie ich glaube, war er froh darüber. Er schwitzte heftig, und das nicht nur wegen meines Gewichts; die Spannung zerrte ihm genauso an den Nerven wie mir.

Rasch beschrieb ich ihm, was ich gesehen hatte. »Wir müssen davon ausgehen, daß es einen Wächter gibt«, flüsterte ich. »Kannst du dich so lautlos bewegen wie ein Schatten, Abdullah?«

Der alte Mann griff in den Ausschnitt seines Gewandes.

»Ich kümmere mich um den Wächter, Sitt.«

»Nein, nein! Nicht, wenn es nicht unbedingt nötig ist. Er könnte schreien und dadurch andere herbeirufen. Wir müssen aufs Dach klettern. Dort oben muß irgendeine Öffnung sein ...«

»Ich werde als erster gehen«, sagte Abdullah, die Hand immer noch unter seinem Gewand.

Dieses Mal widersprach ich nicht.

Die abendliche Brise hatte eingesetzt, schüttelte das Rohr hin und her und ließ die Blätter rauschen. Diese leisen Geräusche mischten sich mit denen, die wir einfach nicht vermeiden konnten; sie waren aber kaum zu hören. Denn trotz seiner Größe huschte Abdullah wie der Schatten, von dem ich gesprochen hatte, die Mauer hinauf und darüber hinweg. Als ich oben angelangt war, wartete er bereits auf der anderen Seite, um mir hinabzuhelfen; ohne innezuhalten, schlichen wir auf das Gebäude zu. Es war niedrig – ein Zwinger für einen Hund oder ein anderes Tier. Abdullah hob mich hoch und folgte mir dann auf das Dach.

Es gab tatsächlich einen Wächter. Obwohl wir uns fast lautlos bewegt hatten, muß irgend etwas seine Aufmerksamkeit erregt haben. Ich hörte eine leise Stimme und das Rascheln eines Gewandes, als er sich erhob, und dann das sanfte Tappen von bloßen Füßen. Wir legten uns flach hinter die niedrige Brüstung und hielten den Atem an. Er ging einmal um das Gebäude herum, doch eher, um der Pflicht genüge zu tun, und blickte auch nicht nach oben; das tun Menschen selten, wenn sie etwas suchen. Schließlich setzte er sich wieder und zündete sich eine Zigarette an. Der Rauch stieg in einer dünnen, grauen Spirale hoch und verschwand schlängelnd in der Brise. Erst jetzt wagten wir, zu der Öffnung zu kriechen. Sie war mit einem rostigen Gitter verschlossen, dessen Stäbe so eng beieinanderstanden, daß man kaum einen Finger dazwischen stecken konnte.

Ich habe meine Empfindungen nicht beschrieben, und ich will es auch gar nicht versuchen. Nicht einmal dem größten Schriftsteller aller Zeiten würde es gelingen, sie in ihrer Heftigkeit einzufangen. Ich preßte mein Gesicht gegen die rostigen Gitterstäbe.

Das Innere des Gebäudes lag nicht völlig im Dunkeln. Es gab noch eine zweite Öffnung, einen engen Spalt über der Tür, die der Wand gegenüberlag, die wir hochgeklettert waren. Durch diesen Spalt drang genügend Licht, so daß ich das Innere des stinkenden Lochs unter mir sehen konnte. Die Wände waren kahl und fensterlos, der Boden bestand aus gestampfter Erde. Es gab keinen Teppich, nur ein flaches, rechteckiges Etwas, das eine Matte sein konnte. Das Mobiliar bestand aus einem Tisch, auf dem einige Krüge und Töpfe und andere Gegenstände standen, die ich nicht erkennen konnte, einer einzigen Sitzgelegenheit – erstaunlich deplaziert in dieser Umgebung, denn es handelte sich um einen bequemen, mit rotem Plüsch gepolsterten Armsessel europäischen Stils, und ein niedriges Bett. Auf diesem lag regungslos ein Mann.

Abdullahs Gesicht war dem meinen so nahe, daß ich seinen Atem an meiner Wange spüren konnte. Da sandte die untergehende Sonne einen goldenen Strahl durch den Spalt über der Tür und erhellte das Innere. Ich hätte kein Licht gebraucht, um ihn er erkennen. Ich hätte seine Gestalt selbst in der finstersten Nacht erkannt und seine Gegenwart gespürt. Doch hätte ich noch Atem in meinen Lungen gehabt, hätte ich es nicht vermocht, einen Schrei zu unterdrücken, als ich die vertrauten Gesichtszüge sah – vertraut, doch so entsetzlich verändert.

Der Bart, den er sich auf meinen Beschluß hin abrasiert hatte, war wieder gewachsen und verdeckte die kräftigen Konturen von Kinn und Unterkiefer; er reichte von seinen Wangen bis zum Haaransatz. Seine geschlossenen Augen lagen tief in den Höhlen, und die Wangenknochen traten hervor wie Dachsparren. Sein Hemd stand offen, so daß man seinen Hals und seine Brust sehen konnte …

Die Erinnerung an eine andere Zeit, an einen anderen Ort erfaßt mich mit solcher Gewalt, daß ich meinte, der Kopf würde mir zerspringen. Wollte die Vorsehung mich verspotten? War das ihre Antwort auf meine unausgesprochene Bitte, jene aufregenden, längst vergangenen Tage sollten wiederkehren – die Zeit, als Emerson und ich einander ein und alles waren –, ehe Ramses in unser Leben trat? So hatte er damals ausgesehen, an diesem unvergeßlichen Tag, als ich in Amarna in das Grab hinabstieg und ihn fand, fiebernd im Delirium. Ich hatte damals gegen den Tod gekämpft, um ihn zu retten, und gewonnen. Doch jetzt … er lag so still da; sein Gesicht eingefallen und regungslos wie eine Totenmaske. Nur der verzweifelte Blick einer Liebenden konnte erkennen, daß sich seine Brust kaum merklich hob und senkte. Was hatten sie bloß getan, um einen Mann von seiner Kraft in nur wenigen Tagen in einen solchen Zustand zu versetzen?

Als der tiefer wandernde Sonnenstrahl einen Gegenstand auf dem Tisch aufblitzen ließ, kannte ich die Antwort: Es war eine Injektionsnadel.

Kaum war diese schreckliche Entdeckung mir ins Bewußtsein gedrungen, bemerkte ich noch etwas. Mir war zuvor schon aufgefallen, daß er die Arme unnatürlich steif über dem Kopf ausgestreckt hielt. Nun begriff ich, warum. Von den Fesseln an seinen Handgelenken verlief eine Kette durch die Stangen des Kopfteils seines schmalen Bettes.

Ich vermag nicht zu erklären, warum diese Einzelheit eine solche Wirkung auf mich hatte. Sicherlich handelte es sich um eine vernünftige Vorsichtsmaßnahme. Jeder, der vorhatte, Emerson gegen seinen Willen an einem Ort festzuhalten, wäre ein Narr gewesen, hätte er darauf verzichtet, ihn zu fesseln. Dennoch brachte es mich in Rage, und vielleicht war auch meine heftige Empörung für das verantwortlich, was dann – wie man mir erzählte – geschah.

Ich hatte an der Tür undeutliche Stimmen wahrgenommen. Zu dem einen Wächter hatte sich ein zweiter Mann gesellt; sie unterhielten sich lautstark und erzählten sich vermutlich schmutzige Geschichten, denn man hörte immer wieder heiseres Lachen. Die Stimmen verwandelten sich allmählich in ein undeutliches Brummen wie von Insekten. Eine schwarze Wolke hüllte mich ein, und rasender Zorn brauste mir in den Ohren.

Als ich wieder zu Sinnen kam, sah ich Abdullahs erschrockenes Gesicht ganz dicht an meinem. Mit einer Hand hielt er mir den Mund zu. »Die Wächter sind fort, um Bier zu holen, aber sie werden wiederkommen«, flüsterte er. »Hörst du mich, Sitt? Ist der böse Geist von dir gewichen?«

Ich konnte ja nicht sprechen, also blinzelte ich mit den Augenlidern. Finger um Finger lockerte er meinen Griff, wobei er mich ängstlich beobachtete. Ich spürte einen heftigen stechenden Schmerz in den Händen. Erst jetzt bemerkte ich, daß ich das schwere Gitter gepackt und aus dem Rahmen gehoben hatte, in dem es verankert gewesen war. Meine Finger waren aufgerissen und bluteten.

Abdullah murmelte etwas in Arabisch – Zauberformeln und Beschwörungen, die die Mächte des Bösen bannen sollten.

»Der ... äh ... böse Geist ist wieder fort«, flüsterte ich. »Wie seltsam. Das ist, soweit ich weiß, das zweite Mal, daß mir so etwas geschehen ist. Ich habe Emerson ausgelacht, als er mir von dem ersten Vorfall erzählte. Das muß ich ihm berichten und mich für meine Zweifel entschuldigen, wenn er ... wenn wir ...«

Zu meinem Entsetzen stellte ich fest, daß ich meine Stimme nicht mehr im Griff hatte. Ich ließ den Kopf auf die verschränkten Arme sinken.

Eine Hand, so sanft wie die einer Frau, strich mir über das Haar. »Meine Tochter, weine nicht. Glaubst du denn, ich würde es wagen, mich einen Mann und einen Freund zu nennen, wenn ich ihn hier liegen ließe? Ich habe mir einen Plan ausgedacht.«

Abdullah hatte nie anders zu mir gesprochen als mit förmlichen Respekt, noch hatte er je Koseworte gebraucht. Ich hatte gewußt, wie sehr er Emerson achtete; man hätte es ohne Übertreibung als »Liebe« bezeichnen können, wäre dieses Wort nicht durch den europäischen Hang zum Romantisieren verdorben worden. Mir war jedoch nicht bewußt geworden, daß Abdullah auf seine Art auch mich liebte. Unendlich gerührt, antwortete ich im gleichen Ton.

»Mein Vater, ich danke dir und segne dich. Doch was sollen wir tun? Er steht unter Drogen oder ist krank; er kann sich nicht bewegen. Ich hatte damit gerechnet, daß er uns durch seine Körperkraft helfen kann.«

»Ich fürchtete schon, daß wir ihn so vorfinden würden«, erwiderte Abdullah. »Man kettet den Löwen nicht an, ohne ihm die Krallen abzuschneiden, und sperrt den Falken nicht in den Käfig, ohne ...«

»Abdullah, ich liebe und ehre dich wie einen Vater, doch wenn du nicht sofort auf den Punkt kommst, schreie ich los.«

Das bärtige Gesicht des alten Mannes verzog sich zu einem Lächeln. »Die Sitt ist wieder ganz sie selbst. Wir müssen schnell handeln, ehe die Wächter zurückkehren. Meine Männer warten an der Kreuzung.«

»Welche Männer?«

»Daoud und die Söhne und Enkel meiner Onkel. Sie haben alle viele Söhne«, fügte Abdullah stolz hinzu. »Die Sonne geht unter; die Dämmerung ist eine gute Zeit für den Angriff.«

Es kam mir nicht eine Sekunde lang in den Sinn, Einwände gegen dieses gefährliche und rechtswidrige Vorhaben zu erheben, doch als er mich am Ärmel zog, widersetzte ich mich.

»Ich kann ihn nicht verlassen, Abdullah. Sie bringen ihn womöglich weg oder töten ihn, wenn man sie angreift.«

»Aber Sitt, Emerson wird mir bei lebendigem Leib das Herz herausreißen, wenn dir ...«

»Aber dazu muß er am Leben sein. Beeil' dich, Abdullah. Und – gibt acht, mein teurer Freund.«

Einen Augenblick lang hielt er meine Hand, dann war er fort. Ich drehte mich herum, um ihm nachzublicken, und sah, daß er ebenso lautlos über die Mauer verschwand, wie er gekommen war.

Natürlich beabsichtigte ich nicht, auf dem Dach zu bleiben. Normalerweise hätte meine Kraft nicht gereicht, um das Gitter hochzustemmen; zum Glück war das bereits erledigt. Das schwere Metallteil ruhte nun mit einer Seite auf dem Rand der Öffnung; ich mußte es nur noch beiseite schieben. Die Öffnung war, wie ich schätzte, gerade groß genug, um mich durchzulassen. Sie mußte genügen, denn ich wollte hinein, ganz gleich wie.

Noch ehe ich mein Vorhaben in die Tat umsetzen konnte, hörte ich die Männer zurückkommen. Sie unterhielten sich nun ein wenig gedämpfter, und einen Augenblick später war eine dritte Stimme zu vernehmen. Sie sprach Arabisch, doch an dem Akzent und an dem Befehlston erkannte ich, daß der Sprecher kein Einheimischer war. Vor Angst – um meinen Mann, nicht um mich selbst – und Wut war jede Sehne in meinem Körper gespannt. Er war da – der Entführer, der unbekannte Schurke, der für diese Schandtat verantwortlich war.

Die Männer blieben vor der Tür stehen, und ich zögerte; ich hatte das Gitter mit den Händen gepackt, den Schmerz in meinen blutenden Fingern spürte ich kaum. Ich durfte nicht überstürzt handeln. Sie hatten ja noch keinerlei Grund zu vermuten, daß Emersons Befreiung unmittelbar bevorstand.

Dann wechselte der Sprecher ins Englische: »Warte hier, bis ich dich rufe. Ich will, daß er hellwach und bei Verstand ist, wenn er dich sieht.«

Zu meinem Erstaunen war es die Stimme einer Frau, die in derselben Sprache antwortete: »Und ich sage dir, so leicht läßt er sich nicht täuschen. Er wird merken, daß ich nicht ...«

»Das, meine Liebe, ist der springende Punkt bei dieser Übung – herauszufinden, ob er wirklich sein Gedächtnis verloren hat. In diesem Kostüm und in der Düsternis, dazu noch mit einem Knebel im Mund, der deine untere Gesichtshälfte verdeckt, siehst du ihr ähnlich genug, um einen liebenden Gatten zu täuschen – zumindest lange genug, um ihm einen verräterischen Aufschrei zu entlocken. Das wird mir sagen, was ich wissen will. Und falls er dich tatsächlich für sie hält, habe ich endlich auch das Mittel, um ihn zu überreden, mir alles zu verraten.«

Das unverständliche Gemurmel der Frau quittierte der Anführer mit höhnischem Lachen. »Die Drohung allein wird genügen, glaube ich. Und wenn nicht – nun, meine Liebe, ich werde dir nicht mehr Schaden zufügen als unbedingt nötig.«

Alle heftigen Gefühle, die ich in den Tagen des Wartens unterdrückt hatte, stiegen in mir hoch; dazu überkam mich brennende Neugier. Ich ahnte bereits, was der Schurke vorhatte, und konnte es kaum erwarten, meine Doppelgängerin zu erblicken. Sein verabscheuungswürdiger Trick konnte funktionieren, wenn die Kopie einigermaßen echt aussah.

Die Tür sprang auf, wodurch etwas Licht in den Raum fiel. Es kam nicht von der Sonne, die mittlerweile untergegangen war. Der Mann, der eintrat, hielt eine Lampe in der Hand. Werter Leser, Sie dürfen mir glauben, daß ich mir sein Antlitz sehr genau eingeprägt habe. Seine Stimme war vertraut erschienen, doch die Gesichtszüge, die ich sah, paßten nicht zu der Erscheinung, die ich erwartet hatte. Die Schatten machten sie unheimlich, und außerdem war der Mann mit einem mächtigen schwarzen Schnurr- und Knebelbart maskiert. Vielleicht war er es, doch ich war mir nicht ganz sicher.

Er stellte die Lampe auf den Tisch, beugte sich über Emerson und schüttelte ihn grob. Emerson rührte sich nicht. Leise fluchend richtete sich das Ungeheuer wieder auf; er wandte sich zur Tür.

»Ich habe dir doch gesagt, du sollst draußen bleiben!«

Die Stimme der Frau war fast nicht zu vernehmen. »Er rührt sich ja gar nicht.«

»Die letzte Dosis Opium muß zu stark gewesen sein. Keine Sorge, gleich ist er wach und flucht.«

Er griff zur Injektionsnadel und senkte sie in eine Flasche. Wieder flüsterte die Frau.

»Du nimmst zuviel. Er wird sterben.«

»Erst dann, wenn ich es will«, lautete die gefühllose Antwort. »Und jetzt geh' wieder hinaus. Es dauert nicht mehr lang.«

Ich zwang mich, untätig zuzusehen. Er stach die Nadel gekonnt und wie selbstverständlich in eine Vene, was darauf schließen ließ, daß er über gewisse medizinische Kenntnisse verfügte. Ich prägte mir das sehr genau ein, obgleich es mir vor Abscheu und Haß kalt über den Rücken lief. Was für ein Mittel auch injiziert worden sein mochte, es zeigte Wirkung. Sekunden später schlug Emerson die Augen auf. Sein erstes Wort war ein leiser, aber herzhafter Fluch. Mir stiegen die Tränen in die Augen, und ich schwor mir, mich nie wieder über seine unschickliche Ausdrucksweise zu beschweren.

Der Schurke lachte. »Nun, sind wir wieder wach? Noch einen Satz oder zwei, wenn ich bitten darf. Ich möchte sicher sein, daß Sie die Freude, die ich Ihnen bereiten werde, auch würdigen können.«

Emersons Antwort bestand darin, daß er die vermutliche Abstammung seines Entführers in drastischen Worten schilderte. Der Kerl lachte erneut.

»Ausgezeichnet. Ich nehme an, Sie wollen mich immer noch nicht ins Vertrauen ziehen?«

»Unsere Gespräche werden allmählich langweilig«, erwiderte Emerson. »Wie oft muß ich noch wiederholen, daß ich nicht die leiseste Ahnung habe, wovon Sie sprechen. Aber selbst wenn ich Ihnen die erwünschte Auskunft geben könnte, würde ich einen Teufel tun. Ich habe nämlich eine Abneigung gegen Sie.«

»Geben Sie die Hoffnung auf, daß Sie gerettet werden.«

Die Stimme des anderen Mannes war schärfer geworden. Mit der Fußspitze stupste er den rechteckigen Gegenstand an, den ich nur als hölzerne Luke oder Deckel erkannte. »Haben Sie denn auch vergessen, was sich hier drunter befindet?«

»Sie wiederholen sich schon wieder«, lautete die gelangweilte Antwort. »Ich weiß nicht, woher Sie diese melodramatischen Anwandlungen haben. Aus einem Roman vermutlich.«

Diese Äußerung schien den Schurken in Rage zu versetzen. Er schnellte nach vorn, und einen Augenblick lang glaubte ich, er wolle seinen hilflosen Gefangenen schlagen. Er beherrschte sich, doch die Mühe, die ihn das kostete, ließ seine erhobene Hand zittern. »Der Brunnen ist mindestens elf Meter tief«, zischte er. »Falls jemand versuchen sollte, sich hier Zugang zu verschaffen, wird der Wächter dafür sorgen, daß Sie Gelegenheit bekommen, die genaue Tiefe zu erkunden.«

»Ja, ja, das sagten Sie bereits«, gähnte Emerson.

»Nun gut. Dann wollen wir einmal sehen, ob ich ein Mittel gefunden habe, das Sie davon überzeugt, Ihre Haltung zu ändern.«

Er ließ die Lampe auf dem Tisch stehen und ging zur Tür. Emerson folgte ihm mit den Augen; seine Pupillen waren so geweitet, daß sie nicht mehr blau, sondern schwarz aussahen. Kurz darauf öffnete sich die Tür wieder, der Mann kam herein und stieß eine kleinere Gestalt vor sich her.

Sogar mich hätte sie getäuscht. Ihre Aufmachung war die exakte Kopie meiner alten Arbeitskleidung – Pluderhosen, Stiefel, und auch sonst alles – sogar der mit Werkzeug behängte Gürtel. Ihr Haar hatte die gleiche pechschwarze Farbe; es fiel ihr über die Schultern, als hätte es sich bei einem Kampf gelöst. Ihr angeblicher Entführer hielt sie an den Armen fest und drehte sie aus dem Lichtschein, so daß man ihre Gesichtszüge kaum hätte erkennen können, selbst wenn die Mundpartie nicht von einem weißen Tuch verdeckt gewesen wäre.

»Sie haben Besuch, Sir«, sagte der Unbekannte und ahmte dabei spöttisch einen Butler nach. »Wollen Sie denn Ihre Frau nicht liebevoll begrüßen?«

Emersons Gesicht blieb regungslos. Nur seine Augen bewegten sich; sie wanderten vom Kopf der Frau bis zu ihren Stiefeln und wieder zurück. »Offenbar tatsächlich eine Frau«.

Seine Worte kamen so schleppend, daß es anstößig klang.

»Läßt sich auf den ersten Blick schlecht feststellen, mit dieser seltsamen Tracht …«

»Sie behaupten, Sie erkennen Ihre eigene Frau nicht?«

»Ich bin nicht verheiratet«, sagte Emerson ruhig. »Ich mag wohl eine Menge Dinge vergessen haben, aber dessen bin ich mir sicher.«

»Sie widersprechen sich, Professor. Wie können Sie sich einer Sache sicher sein, wenn Sie angeblich an Gedächtnisverlust leiden?«

Ein keuchendes Lachen entrang sich Emersons aufgesprungenen Lippen. »Was mir auch immer aus dem Gedächtnis entschwunden sein mag, eine so grandiose Dummheit hätte ich wohl kaum vergessen. Nicht einmal in meiner schwächsten Stunde wäre ich ein so verdammter Narr, mir eine Frau aufzuhalsen.« Seine Augen verengten sich, und er fuhr fort: »Ist sie vielleicht die Frau, die mir gestern Essen und Wasser gebracht hat ... oder vorgestern ... kann mich nicht erinnern ...«

Ihm fielen die Augen zu. Die Frau hatte den Kopf gesenkt – vor Scham, hoffte ich. Der Mann, der sie festgehalten hatte, ließ sie los. Sie wich an die Wand zurück und zog sich den Knebel aus dem Mund.

»Er wird ohnmächtig«, flüsterte sie. »Laß mich ihm etwas geben – wenigstens Wasser ...«

Der Schurke hatte die Fäuste in die Hüften gestemmt und bedachte sie mit einem spöttischen Lächeln. » ›O Weib! In unseren Stunden des Friedens unsicher, scheu und schwer zu erfreuen. Doch wenn Schmerz und Angst uns quälen, ein hilfreicher Engel.‹ Also hilf ihm. Wenn er stirbt, bevor ich diese verfluchte Frau zu fassen kriege, habe ich keine Möglichkeit mehr, *sie* zum Sprechen zu bringen.« Er drehte sich zur Tür um und fügte, über die Schulter gewandt, hinzu: »Aber beeile dich!«

Sie wartete, bis die Tür ins Schloß gefallen war, dann erst entspannte sie sich. Ein langer Seufzer entrang sich ihren Lippen.

»Ich habe das weibliche Geschlecht noch nie verstanden«, sagte eine Stimme vom Bett. »Warum lassen Sie sich eine solche Behandlung gefallen?«

Sie wirbelte herum und sah ihn an. »Sie sind wach? Das habe ich mir gedacht. Sie haben nur so getan, als ob ...«

»Nein … nicht ganz«, erwiderte Emerson.

Sie kniete sich neben das Bett, hielt ihm eine Tasse Wasser an die Lippen und stützte ihm den Kopf, während er hastig trank. Als er ihr dankte, war seine Stimme fester geworden. Sie legte ihm den Kopf behutsam auf die harte Matratze und starrte ihre blutbefleckten Finger an.

»Es will nicht heilen«, flüsterte sie. »Haben Sie Schmerzen?«

»Ich habe grauenhaftes Kopfweh«, gab Emerson zu.

»Und Ihre armen Hände …« Ihre Finger glitten langsam seinen rechten Arm hinab und berührten das geschwollene, blutige Fleisch an seinem Handgelenk.

»Es wäre angenehm, sich ein wenig auszustrecken.« Seine Stimme hatten sich verändert. Ich kannte diesen säuselnden Ton, und ein Schauder durchlief mich. Selbst jetzt noch mißfällt es mir, daß ich die Empfindung zuließ, die den Schauder auslöste. So etwas habe ich nicht nötig, glaube ich.

Emerson sprach im selben Tonfall weiter. »Wenn meine Arme frei wären, könnte ich besser ausdrücken, wie sehr ich Ihre Freundlichkeit zu schätzen weiß.«

Sie lachte kurz auf, mit Koketterie und Hohn in der Stimme. »Nun, warum nicht? Sie können an den Wächtern nicht vorbei, dafür sind Sie nicht kräftig genug. Und falls Sie glauben, die Freiheit zu erlangen, indem Sie mich zur Geisel nehmen, täuschen Sie sich. Kein englischer Gentleman würde einer Frau etwas antun. Er weiß das.«

Die Schlüssel für die Handschellen lagen auf dem Tisch. Ich erkannte, welche ausgeklügelte Grausamkeit darin steckte: die Freiheit in Sichtweite – aber unerreichbar. Als sie sich über ihn beugte, um die Fesseln zu lösen, strich ihm eine Strähne ihres Haars über das Gesicht.

Nun gut! Ich möchte gerne glauben, ich hätte die Nerven bewahren können angesichts dessen, was sich da offensichtlich anbahnte, doch ich hatte mit beiden Händen den Rand des Gitters gepackt, und meine Muskeln waren angespannt, als aus Richtung des Wohnhauses ein Schrei zu hören war. Es ertönten Rufe, dann vernahm ich das Knallen von Schüssen! Mein treuer Abdullah und seine tapferen Freunde waren gekommen! Die Rettung war in Sicht! Es war höchste Zeit zu handeln!

Mit der Schulter schob ich das Gitter beiseite. Ich stieg mit den Beinen voran in die Öffnung und ... blieb, mit einem Körperteil, den ich nicht näher bezeichnen möchte, stecken. Ich durfte keine Zeit verlieren; mit zusammengebissenen Zähnen zwängte ich mich hindurch und landete in der Hocke, aber auf den Füßen und kampfbereit. Ich zog meine Pistole heraus und richtete sie gegen die Tür.

Gerade in letzter Sekunde! Allerdings hätte ich es wegen meines kurzen Feststeckens nicht rechtzeitig geschafft, wenn sich die Frau nicht gegen die Tür geworfen hätte, als diese aufging. Ihre Kraft reichte nicht aus. Im selben Augenblick, als ich meine Waffe hob, wurde sie hinter die zurückschnellende Tür geschleudert. Der Kampfeslärm wurde lauter, und eine dunkle Gestalt stürzte herein, um den feigen Befehl des Anführers auszuführen.

Es war nicht die Zeit für eine vernünftige Debatte. Ich feuerte.

Ich konnte ihn kaum verfehlen, denn sein Körper füllte den Türrahmen, doch ich hatte ihn nicht tödlich getroffen. Der Schrei, den er beim Zurücktaumeln ausstieß, zeugte eher von Verblüffung als von Schmerz. Verflucht noch mal, dachte ich, und schoß erneut. Ich glaube, diesmal verfehlte ich ihn völlig. Die Wirkung jedoch war erfreulich. Mit einem weiteren Aufschrei floh er. Auf diese gedungenen Mörder ist einfach kein Verlaß.

Nun wandte ich meine Aufmerksamkeit der Frau zu, die hinter der Tür hervorgekommen war und mich anstarrte. Ihr Anblick löste in mir ein merkwürdiges Gefühl aus – als hätte ich in einen Spiegel geblickt.

Emerson hatte seine Beine auf den Boden gesetzt und richtete sich auf. Zu einer größeren Kraftanstrengung war er offenbar nicht fähig; sein Gesicht war aschgrau, und er ließ die Arme unbeholfen herunterhängen. Die Bewegung allein mußte ihm unsägliche Schmerzen verursacht haben. Er blickte zwischen der Frau an der Tür und mir hin und her, sagte aber kein Wort.

»Lassen Sie mich gehen«, flüsterte sie. »Wenn Ihre Leute mich erwischen, steckt man mich ins Gefängnis ... oder noch Schlimmeres ... Bitte, Sitt! Ich habe versucht, ihm zu helfen.«

»Verschwinde«, sagte ich. »Und schließe die Tür hinter dir.«

Mit einem letzten raschen Blick auf Emerson gehorchte sie.

Endlich, endlich, gelangte ich ans Ziel meiner Sehnsucht. Ich eilte an seine Seite und kniete mich neben ihn. Vor Aufregung konnte ich kaum atmen, geschweige denn sprechen.

Er starrte mich ausdruckslos an und runzelte die Stirn. »Eine Frau in Hosen ist schon verwirrend genug, doch zwei sind zuviel für einen Mann in meiner Lage. Wenn Sie mich entschuldigen möchten, Madam, ich glaube, ich werde mir meine Befreiung zunutze machen, um ... Oh, verflucht!«

Das waren seine letzten Worte, das bittere Eingeständnis, daß sein Vorhaben zum Scheitern verurteilt war. Er sank auf die Knie und fiel mit dem Gesicht voran zu Boden.

Ich war vor Schreck so gelähmt, daß ich seinen Sturz nicht verhindern konnte. Meiner zitternden Hand entglitt die Pistole. Doch als Abdullahs Schrei mir verkündete, daß unsere Retter gekommen waren, hielt ich die Waffe wieder auf die Tür gerichtet. Mit dem anderen Arm stützte ich dem bewußtlosen Emerson den Kopf. Abdullah, der durch die Tür gestürmt kam, blieb wie angewurzelt stehen; sein triumphierender Gesichtsausdruck wich dem Erschrecken.

»Du weinst ja, Sitt! Allah sei uns gnädig – er ist doch nicht ...«

»Nein, Abdullah, nein. Es ist viel schlimmer! Oh, Abdullah – er erkennt mich nicht mehr!«

7. Kapitel

»Eine gute Ehe ist ein Patt zwischen zwei gleichstarken Gegnern.«

Selbstverständlich meinte ich nicht ernst, was ich zu Abdullah gesagt hatte. Vielleicht gibt es Schlimmeres als den Tod, allerdings – wenn überhaupt – nur wenig, was so endgültig ist. Gern hätte ich Ägypten Zentimeter um Zentimeter nach dem verstümmelten Leichnam meines Gatten abgesucht, wie Isis es für Osiris tat; froh hätte ich Orpheus' Leier ergriffen und wäre in die finstersten Tiefen des Hades hinabgestiegen, um ihn zurückzuholen – wäre das möglich gewesen. Leider verhielt es sich nicht so. Und zum Glück war es auch gar nicht mehr nötig. Am Ende dieses düsteren Tunnels brannte ein Licht. So lange Emerson lebte, war alles möglich. Und wenn etwas möglich ist, sorgt Amelia P. Emerson dafür, daß es auch geschieht.

Es dauerte eine Weile, um die Dinge in Ordnung zu bringen. Zuerst mußte ich Abdullah trösten. Er kauerte auf dem Boden und weinte wie ein Kind; einerseits vor Erleichterung und andererseits vor Trauer, weil er seinen Helden in einem solchen Zustand erleben mußte. Dann wollte er nach draußen stürmen und noch ein paar Leute umbringen, aber es war niemand mehr da. Wir hatten gesiegt, und da unseren Männern nicht daran gelegen gewesen war, Gefangene zu machen, hatten die Überlebenden der Schlacht kriechend und humpelnd das Weite gesucht. Unter den Flüchtigen befand sich, wie ich zu meinem Bedauern erfuhr, auch ihr Anführer.

»Aber wir werden ihn finden«, stieß Abdullah zwischen zusammengebissenen Zähnen hervor. »Ich sah ihn beim Kampf, ehe er davonlief. Eine Kugel aus seiner Waffe hat Daoud verwundet. Ich werde ihn wiedererkennen. Und Emerson wird wissen ...«

Mit einem zweifelnden Blick auf mich hielt er inne. »Ja«, sagte ich mit Nachdruck. »Das wird er. Und nun, Abdullah, beruhige dich und sei vernünftig. Daoud ist doch hoffentlich nicht schwer verletzt? Und wie geht es den anderen Männern?«

Wundersamerweise war keiner unserer Retter getötet worden, obwohl einige von ihnen Wunden davongetragen hatten. Daoud, der sich bald zu uns gesellte, präsentierte seinen blutigen Ärmel wie eine Ehrenmedaille und bestand darauf, sich am Transport der Trage zu beteiligen, auf der Emerson lag. Mir war es nicht recht, ihn wegzubringen, doch wir hatten keine andere Wahl. Wir konnten hier nicht bleiben, und im Dorf gab es keine Unterkunft, in der man auch nur einen kranken Hund hätte gesund pflegen können. Emerson war bewußtlos und rührte sich nicht, nicht einmal, als der Wagen, den Abdullah besorgt hatte, den Pfad zum Flußufer entlangrumpelte.

Es muß nicht eigens erwähnt werden, daß ich keine Sekunde von seiner Seite wich. Obwohl ich meinen Erste-Hilfe-Koffer nicht bei mir hatte, sagte mir mein Fachwissen (auch wenn Emerson sich so oft darüber lustig macht), daß sein Herz kräftig und regelmäßig schlug und sein Atem, obgleich flach, mühelos ging. Allein schon die Drogen, die man ihm verabreicht hatte, hätten genügt, um ihn in diesen Zustand zu versetzen.

Allerdings nahm ich auch an, daß man ihn, was Nahrung und Wasser betraf, kurz gehalten hatte. Abgesehen von der Wunde am Hinterkopf, die mir am meisten Sorgen machte – ich führte seinen Gedächtnisschwund darauf zurück –, waren seine Verletzungen nicht schwerwiegend.

Was mir wie eine kluge List erschienen war, um sich der Befragung zu entziehen, entsprach der schrecklichen Wahrheit. Er phantasierte nicht und redete kein wirres Zeug. Seine Worte waren vernünftig, sein Geist klar gewesen. Bis auf eine, ziemlich wichtige Kleinigkeit.

Als wir das Schloß erreichten, war es vom Keller bis zum Speicher hell erleuchtet. Ich lief voraus, um alles vorzubereiten, damit wir Emerson so schnell wie möglich zu Bett bringen konnten. Cyrus wartete schon an der Pforte.

Ich versuche nicht, seine Bemerkungen hier wiederzugeben. Amerikanische Flüche stehen in keinerlei Zusammenhang mit der englischen Sprache. Obgleich ich fest dazu entschlossen war, mir Gehör zu verschaffen, gelang es mir nicht, seinen Redeschwall zu unterbrechen. Erst als die Träger mit ihrer kostbaren Last in Sicht kamen, brach Cyrus mit einem Laut, der ihm im Hals geschmerzt haben mußte, ab.

Ich nutzte seine momentane Sprachlosigkeit und sagte: »Keine Fragen, Cyrus. Helfen Sie mir, ihn in sein Zimmer zu tragen. Und sorgen Sie dafür, daß man den Arzt sofort zu ihm läßt. Ich habe Daoud nach ihm geschickt, als wir durch Luxor kamen.«

Nachdem ich meinen verwundeten Gatten zu Bett gebracht hatte (denn ich hätte nicht zugelassen, daß ein anderer diese zärtliche Pflicht erfüllte), gesellte Cyrus sich zu mir. Mit verschränkten Armen blickte er auf Emerson hinab. Dann beugte er sich vor und hob eines seiner geschlossenen Augenlider.

»Betäubt.«

»Ja.«

»Was fehlt ihm sonst noch?«

Ich hatte alles getan, was ich konnte. Nachdem ich das

Ende des Verbandes um sein zerschundenes Handgelenk festgesteckt hatte, setzte ich mich und zwang mich, die schreckliche Wahrheit zuzugeben.

»Offenbar wußte sie wie jeder, der Emerson kennt, daß er unter der Folter nur noch hartnäckiger schweigen würde. Er ist nicht schwer verletzt, außer ... Sicherlich erinnern Sie sich, daß wir beim Lesen des Briefes zu dem gleichen Schluß kamen: Er müsse vorgegeben haben, unter Gedächtnisschwund zu leiden. Nur, daß er es nicht nur vorgab, Cyrus. Er ... er hat mich nicht wiedererkannt.«

Cyrus schnappte nach Luft. »Opium führt zu merkwürdigen Sinnestäuschungen«, meinte er dann.

»Er war völlig vernünftig. Seine Antworten klangen sinnvoll – für seine Verhältnisse wenigstens. Obwohl es möglicherweise nicht sehr vernünftig ist, einen Mann, der einen in Ketten gefangenhält, mit Beleidigungen und sarkastischen Bemerkungen zu überhäufen.«

Cyrus lachte auf. »Typisch Emerson. Aber ...«

»Ich irre mich nicht, Cyrus, auch wenn mir das lieber wäre! Er hat mir nicht nur geradewegs ins Gesicht gesehen und mich mit ›Madam‹ angesprochen, sondern er hat davor gesagt ... er hat gesagt, er würde nie so dumm sein, sich eine Ehefrau aufzuhalsen.«

Cyrus' Versuche, mich zu trösten, wurden von der Ankunft des Arztes unterbrochen. Diesmal war es nicht der aufgeblasene, kleine Franzose, mit dessen medizinischer Inkompetenz ich mich bei früherer Gelegenheit hatte herumärgern müssen. Er war ein Engländer, der aus gesundheitlichen Gründen in ein wärmeres Klima übergesiedelt war. Offenbar hatte dieser Schritt die gewünschte Wirkung gezeitigt; obwohl er graubärtig und klapperdürr war, bewegte er sich schwungvoll wie ein junger Mann, und seine Diagnose bestätigte mir, daß wir Glück gehabt hatten, an ihn geraten zu sein.

Er sagte, wir könnten nur warten, bis die Wirkung des Opiums nachgelassen habe. Zwar sei es eine ziemlich hohe Dosis gewesen, aber der Patient habe nicht lange unter dem Einfluß des Giftes gestanden. Es bestehe also Anlaß zu der Hoffnung, daß die Genesung angesichts seiner guten körperlichen Verfassung nicht übermäßig lange dauern oder qualvoll verlaufen würde. Die einzige schwere Verletzung war die Wunde am Hinterkopf, die Dr. Wallingford allerdings weniger Sorgen bereitete als mir. »Kein Schädelbruch«, murmelte er, während er die Stelle mit vorsichtigen Fingern betastete. »Vielleicht eine Gehirnerschütterung ..., doch das können wir nicht mit Genauigkeit feststellen, ehe der Patient nicht wieder zu Bewußtsein gekommen ist.«

»Sein Gedächtnisschwund ...« fing ich an.

»Meine liebe gnädige Frau, es wäre ein Wunder, wenn sein Gedächtnis nach so einem Schlag auf den Kopf und täglichen Opiumdosen nicht verwirrt wäre. Seien Sie guten Mutes. Ich habe keinen Zweifel daran, daß er sich vollständig erholen wird.«

Dann ging der Arzt, nachdem er versprochen hatte, am nächsten Tag wiederzukommen. Außerdem gab er mir Anweisungen, die ich zwar nicht brauchte, die mich aber zusätzlich beruhigten, da sie mit meinen eigenen Plänen übereinstimmten: den Patienten warmhalten, ihn ruhigstellen und versuchen, ihm Nahrung einzuflößen.

»Hühnerbrühe«, murmelte ich geistesabwesend.

Wie zur Bestätigung ertönte ein leises, melodiöses Miauen. Anubis, der Kater, war lautlos wie ein Schatten hereingekommen. Ich fuhr zusammen, als er aufs Bett sprang, Emerson von Kopf bis Fuß inspizierte und an seinem Gesicht schnupperte. Abdullahs Abneigung gegen dieses Tier gründete sich wohl auf Unwissenheit und Aberglauben, doch auch ich begann – müde und besorgt, wie ich war – allmählich, seine Auffassung zu teilen. War der bärtige Lump, der Emerson gefangengehalten hatte, Anubis Herr gewesen? Ich hatte sein Gesicht nicht erkennen können. Die Stimme hatte mich an Vinceys erinnert, doch ich war mir dessen nicht sicher, denn der höhnische Tonfall hatte sich so von der sanften, wohlerzogenen Stimme des Mannes, den ich erst seit kurzem kannte, unterschieden. Anubis kehrte zum Fußende zurück, wo er sich niederließ und anfing, seine Schnurrhaare zu putzen. Ich entspannte mich wieder und kam mir ein wenig albern vor.

Cyrus, der den Arzt zur Tür begleitet hatte, kehrte zurück. Er verkündete, daß der Koch Hühnersuppe aufgesetzt habe, und fragte, ob er noch helfen könne.

»Nein, danke. Er hat ein wenig Wasser getrunken, was ein gutes Zeichen ist. Ich bin ziemlich beeindruckt von Dr. Wallingford.«

»Er hat einen ausgezeichneten Ruf. Aber wenn Sie lieber jemanden aus Kairo kommen lassen möchten ...«

»Warten wir noch ein wenig. Ich nehme an, Sie haben viele Fragen, Cyrus. Wenn Sie möchten, werde ich Ihnen jetzt einige davon beantworten.«

»Ich kenne den Großteil der Geschichte. Ich habe mir das Vergnügen gemacht, ein Schwätzchen mit Abdullah zu halten.« Cyrus ließ sich im Lehnsessel nieder, zog einen Zigarillo hervor und bat mich um Erlaubnis zu rauchen.

»Selbstverständlich. Emerson liebt seine stinkende Pfeife. Vielleicht weckt der Tabakgeruch ihn auf. Hoffentlich sind Sie nicht zu hart mit Abdullah ins Gericht gegangen.«

»Ich konnte ihm ja schlecht eine Standpauke halten, weil er Erfolg hatte, wo ich versagte. Oder weil Sie ihn gezwungen haben, mitzukommen. Der Mann tanzt völlig nach Ihrer Pfeife, Amelia.«

»Seine Treue zu Emerson hat ihn zu diesem Schritt bewogen. Aber, ja, ich glaube, er mag mich auch. Mir ist das nie klargewesen. Es war rührend, als er sich mir anvertraute, wie er es nie zuvor getan hat.«

»Hmm«, meinte Cyrus. »Nehme an, ich kann Sie nicht überreden, sich ein wenig aufs Ohr zu legen, während ich bei meinem alten Freund wache.«

»Ihre Annahme ist richtig. Wie könnte ich jetzt schlafen?

Gehen Sie zu Bett, Cyrus. Sie sind bestimmt müde. Ich muß Sie nicht fragen, ob Ihre Mission im Hotel erfolglos war.«

»Ich bin vollkommen erschöpft, das stimmt. Aber was mir den Rest gegeben hat, war, daß ich Sie bei meiner Rückkehr nicht mehr vorfand. Ich befürchtete, es könnte sich bei dem Brief um einen Trick gehandelt haben, um mich fortzulocken, damit die Kerle Sie entführen können. Solche Stunden möchte ich nie mehr durchleben müssen.«

»Mein lieber Cyrus. Aber nun hat sich doch alles zum Guten gewendet.«

»Hoffen wir's.« Cyrus drückte seinen Zigarillo aus. Seine Hand zitterte ein wenig, und dieses Zeichen der Zuneigung rührte mich sehr. »Nun, dann überlasse ich Sie Ihrer Nachtwache. Rufen Sie mich, wenn ... Ach, verflixt, das habe ich fast vergessen. Heute nachmittag ist die Post gekommen. Es ist ein Schreiben an Sie aus Chalfont dabei.«

»Der versprochene Brief!« rief ich aus. »Wo ist er?«

Cyrus wies auf einen Stapel Umschläge auf dem Tisch. Der oberste war der, den ich suchte; die Dicke des Couverts wies darauf hin, daß der Schreiber eine Menge zu erzählen hatte, und so war es auch.

Eine kurze Anmerkung von Walter leitete den Brief ein.

Ich habe beschlossen, Ramses das Schreiben zu überlassen; sein Stil hat eine Eleganz, die meinem fehlt. Ihr kennt Euren Sohn gut genug, um Euch nicht von seiner Neigung zur Übertreibung täuschen zu lassen. Sorgt Euch nicht um uns. Wie Ihr sehen werdet, haben wir alle Vorsichtsmaßnahmen getroffen. Ihr seid es, lieber Bruder, liebe Schwester, denen unsere Sorge gilt. Bitte, teilt uns alle neuen Entwicklungen mit.

Darauf folgten einige Seiten, die eng in einer Handschrift beschrieben waren, die ich nur allzugut kannte. Am besten gebe ich dieses außergewöhnliche Schriftstück in seiner Gesamtheit wieder, da es unmöglich ist, Ramses' Ausführungen zusammenzufassen.

Liebste Mama, liebster Papa. Ich hoffe, daß Euch diese Zeilen bei guter Gesundheit antreffen. Wir alle sind wohlauf. Tante Evelyn hat mir versichert, daß mein Haar bald nachwachsen wird.

Nachdem ich mich von dieser merkwürdigen Einleitung erholte hatte, las ich weiter.

Euer Telegramm war uns eine große Hilfe, da es uns so gelang, einen noch ernsteren Zwischenfall als den, zu dem es tatsächlich kam, zu verhindern. Jedoch hatte ich bereits Grund zu der Befürchtung, daß etwas im argen lag. Als ich wie üblich das Grundstück abging, um Wilderer zu vertreiben und ihre Fallen ausfindig zu machen, stieß ich auf ein zerlumptes Individuum, das, anstatt fortzulaufen, als ich es ansprach, in der offenbaren Absicht, mich zu ergreifen, auf mich zukam. Beim Rückzug, denn Vorsicht erschien mir (angesichts des Umstandes, daß der Mann mich schätzungsweise um das Doppelte überragte) ratsam, führte ich ihn durch ein dichtes Dornengebüsch, wo er sich hoffnungslos in den Ranken verstrickte, denen ich aufgrund meiner geringeren Größe und meiner Ortskenntnis ausweichen konnte. Als ich mich davonmachte, fing er an, aus vollem Halse Unflätigkeiten zu schreien. Doch als Onkel Walter und ich mit zwei Dienern zurückkamen, war er entflohen.

Wie ich leider berichten muß, schenkte Onkel Walter meiner Behauptung, das Verhalten dieses Menschen sei höchst verdächtig gewesen, zunächst kein Gehör. Nach der Ankunft von Papas Telegramm jedoch war Onkel Walter Gentleman genug, sich dafür zu entschuldigen, und bewies die Klugheit, die Angelegenheit noch einmal zu überdenken. Wir hielten einen Kriegsrat ab und beschlossen, Verteidigungsmaßnahmen in die Wege zu leiten. Wie ich in diesem Zusammenhang betonte, war es besser angeraten, übertriebene Vorsicht walten zu lassen, als sich aus Leichtsinn in Gefahr zu begeben.

Tante Evelyn wollte die Polizei rufen. Sie ist eine Seele von einem Menschen, aber nicht sehr praktisch begabt. Onkel Walter und ich überzeugten sie, daß wir keinen Grund hatten, um amtliche Hilfe in Anspruch zu nehmen. Und um die Behörden von der Berechtigung unserer Sorge zu überzeugen, hätten wir Dinge offenbaren müssen, deren Geheimhaltung wir geschworen hatten. Nunmehr setzt sich die Truppe zu unserer Verteidigung aus den folgenden Personen zusammen:

1. Gargery. Er freute sich sehr, als wir ihn um Hilfe baten.

2. Bob und Jerry. Wie Ihr wißt, die beiden kräftigsten Diener, die auch mit unseren Gewohnheiten vertraut sind. Sicherlich erinnert Ihr Euch noch daran, welch große Hilfe uns Bob bei unserem Angriff auf Mauldy Manor war, als ich das Glück hatte, Eure Flucht aus dem Kerker bewirken zu können.

3. Inspektor Cuff, oder besser der ehemalige Inspektor Cuff, da er sich inzwischen im Ruhestand befindet und in Dorking Rosen züchtet. Ich habe selbst mit ihm am Telephon gesprochen (ein sehr nützliches Gerät, wir müssen unbedingt eines im Amarna House anbringen lassen), und nachdem er aufgehört hatte, zu stottern, und mir zuhörte, ließ er sich dazu überreden, uns beizustehen. Vermutlich langweilt ihn das Rosenzüchten. Habt keine Angst, Mama und Papa, wir haben das GEHEIMNIS nicht verraten. Ich rühme mich, daß der Inspektor meinen bescheidenen Worten ausreichend vertraute, um meinen Beteuerungen zu glauben, daß es sich um eine ernste Angelegenheit handelt. Onkel Walters Bestätigung hat auch ein wenig dazu beigetragen.

Es war ein Glück (oder, wenn ich so sagen darf, ein Anzeichen von Weitblick), daß wir diese Maßnahmen einleiteten. Denn Inspektor Cuff, der als letzter eintraf, war noch keine vierundzwanzig Stunden im Haus, als es zum erwarteten Überfall kam.

Es geschah folgendermaßen:

Endlich! dachte ich und blätterte um – doch ich mußte zähneknirschend feststellen, daß Ramses, anstatt zu berichten, was ich zu erfahren brannte, das Thema wechselte.

Wenn ich Nefret nicht erwähnt habe, bedeutet das nicht, daß sie untätig ist oder daß es ihr an Mut und Intelligenz mangelt. Sie ist ... (An dieser Stelle waren einige Wörter ausgestrichen worden. Entweder reichte Ramses' Vokabular nicht aus, um seine Gefühle zu äußern, oder er hatte es bereut, selbigen so deutlich Ausdruck verliehen zu haben.) *Sie ist ein bemerkenswerter Mensch. Sie ... Aber vielleicht ist eine Darstellung der Ereignisse besser geeignet, um ihre Qualitäten zu verdeutlichen, als meine Worte es vermögen.*

Ich war – irrtümlicherweise, wie sich herausstellte, aber nicht grundlos – davon ausgegangen, daß Nefret am meisten in Gefahr schwebte. Wenn die Hinweise in Papas Telegramm und meine darauf basierenden Schlußfolgerungen richtig waren, stand sie eng mit dem obengenannten GEHEIMNIS in Verbindung.

Zugegebenermaßen ließ meine Theorie den Umstand außer acht, daß der zerlumpte Gentleman ganz offensichtlich mich entführen wollte. Vielleicht hatte die Ritterlichkeit meine sonst so logische Gedankenkraft vernebelt. Schon oft habe ich mir gedacht, daß es mehr Mühe als Nutzen bringt, sich wie ein kleiner Gentleman zu betragen. Der Vorfall, von dem ich jetzt berichten will, bestätigte mich, wie Ihr sehen werdet, in dieser Auffassung.

»Das hoffe ich«, zischte ich und wünschte, der »kleine Gentleman« wäre hier in diesem Zimmer gewesen, damit ich ihn solange hätte schütteln können, bis er endlich auf den Punkt kam.

Wie immer war Nefret an diesem Tag in der Kutsche zur Lateinstunde und zum Religionsunterricht ins Pfarrhaus gefah-

ren. Sie wurde nicht nur von Gargery begleitet, der darauf bestand, selbst zu fahren, sondern auch von Bob und Jerry. Onkel Walter war der Ansicht, daß diese drei zu ihrem Schutz genügten, aber ich hatte (so wie Mama häufig) eine gewisse Vorahnung, was diese Ausfahrt betraf. Deshalb nahm ich ein Pferd und ritt ihnen in unaufdringlichem Abstand nach, da ich Grund zu der Vermutung hatte, daß Gargery, Bob, Jerry und vielleicht auch Nefret dies ablehnen würden.

Ihre Wachsamkeit hatte, wie sie später zugaben, nachgelassen, als sie ihr Ziel fast erreicht hatten. Nachdem sie den einsamen Teil der Straße (Ihr erinnert Euch sicher daran), wo man mit einem Hinterhalt rechnen mußte, ohne Zwischenfall hinter sich gelassen hatten und sich etwa hundert Meter vor dem Dorfeingang befanden, erschien hinter einer Kurve eine Kutsche und näherte sich ihnen in beträchtlicher Geschwindigkeit. Gargery fuhr an den Straßenrand, um sie vorbeizulassen. Anstatt aber zu überholen, hielt der Fahrer an, und noch ehe die Räder zum Stillstand gekommen waren, sprangen Männer aus der Kutsche.

Ich beobachtete alles, was geschah, denn die Straße hat an dieser Stelle einen geraden Verlauf, weshalb mir nichts die Sicht versperrte. Wie ich sicherlich nicht eigens erwähnen muß, reagierte ich umgehend und trieb mein Roß zum Galopp an.

Noch ehe ich den Tatort erreichte, hatte Gargery einen Knüppel (seine bevorzugte Waffe) unter dem Mantel hervorgezogen und ihn auf den Kopf eines der Individuen niedersausen lassen, das versuchte, ihn vom Kutscherbock zu zerren. Bob und Jerry rangen mit den anderen Übeltätern. Ein fünfter Mann versuchte, die Tür der Kutsche zu öffnen.

Angesichts dieser Schreckensszene konnte ich einen Aufschrei nicht unterdrücken, und ich befürchtete, daß ich mich vergaß, als ich den armen Mazeppa mit Tritten zu einem rascheren Tempo antrieb. Dies entpuppte sich als ebenso grausam wie unklug, denn Mazeppa, der eine solche Behandlung nicht gewöhnt ist, blieb ruckartig stehen, und ich stürzte aus dem Sattel. Ich fiel auf den Kopf. Aber ich ließ mich trotz des Blutes, das aus der Wunde schoß, nicht beirren und kroch auf den Schauplatz des Kampfes zu, als mich grobe Hände ergriffen, und eine Stimme schrie: »Ich hab' ihn. Kommt, Männer, haltet sie auf.«

Oder so ähnlich. Jedenfalls hielten die Männer sie so erfolgreich auf, daß mein Entführer die Kutsche der Verbrecher erreichte. Er packte mich am Genick und am Hosenboden, vermutlich in der Absicht, mich ins Innere des Wagens zu werfen.

In diesem Augenblick, als alles verloren schien, hörte ich ein seltsames Pfeifen, gefolgt von einem dumpfen Geräusch. Der Mann, in dessen Griff ich hilflos und benommen hing (denn, wie Ihr sicher wißt, hat ein Schlag auf den Kopf die Wirkung, die Handlungsfähigkeit des Empfängers in beträchtlichem Maße einzuschränken), schrie laut auf und ließ mich fallen. Ich bin froh, berichten zu können, daß Vorsicht über die Kampfeslust obsiegte, die mich überhaupt erst in diese mißliche Lage gebracht hatte. Ich rollte unter die Kutsche, auf der anderen Seite wieder heraus und in den Straßengraben, der sich glücklicherweise dort befand.

Nur wenige Augenblicke später wurde ich von Gargery wieder aus meinem Versteck geholt, gerade noch rechtzeitig, um zu sehen, wie das Gefährt der Schurken in einer Staubwolke verschwand. Da mir die Knie ein wenig zitterten, hielt Gargery mich freundlicherweise am Kragen fest, während meine Blicke den Gegenstand meiner größten Sorge suchten. »Nefret?« gurgelte ich. (Ich hatte eine beträchtliche Menge schlammigen Wassers geschluckt.)

Da war sie, beugte sich über mich, schön wie ein Engel (Ramses hatte das ausgestrichen, man konnte es aber noch lesen) *... ihr Gesicht war bleich vor Sorge ... um MICH.*

»Liebster Bruder!« rief sie bestürzt aus. »Du bist verwundet! Du blutest ja!« Und mit ihren eigenen Händen strich sie mir das Haar von der Stirn, wobei sie nicht darauf achtete, daß

Schlamm und Schmutz ihre makellos weißen Handschuhe beschmutzten.

Es war nicht meine Verletzung, sondern der Anblick des Gegenstandes, den sie in der anderen Hand hielt, der mich sprachlos machte (ein Zustand, der, wie Mama behaupten wird, bei mir selten vorkommt). Es war ein Bogen.

Mir schwanden die Sinne, und ich wurde von Gargery weggetragen. Bald kamen wir wohlbehalten zu Hause an. Unglücklicherweise gelangte ich wieder zu Bewußtsein, ehe der Arzt die Wunde an meinem Kopf nähte. Es war verflixt schmerzhaft. Bei dieser Gelegenheit mußte ein Teil meines Haars abgeschnitten werden. Aber Tante Evelyn sagte, es werde bald nachwachsen. Abgesehen von einigen Beulen und Abschürfungen wurde sonst niemand verletzt.

Wie Ihr Euch sicherlich schon gedacht habt, ist es Nefret zu verdanken, daß alles ein glückliches Ende fand. Der Schurke, der versuchte, die Tür der Kutsche zu öffnen, taumelte mit blutender Nase zurück, als sie ihm diese ins Gesicht schlug. Der Bösewicht, der mich wegschleppte, wurde durch einen Pfeil vertrieben, der so vollkommen gezielt war, daß es Robin Hood zur Ehre gereicht hätte (falls man der Legende trauen kann, was ich bezweifle).

Den Bogen, den sie unter ihrem schweren Umhang verborgen hatte (es war ziemlich kühl), hatte sie aus Nubien mitgebracht. Anders als die Kompaktbogen, die das Militär benutzt, handelt es sich um eine Waffe mit nur einem Bogenholz, nur etwa neunzig Zentimeter lang, wie man ihn zur Jagd benutzt. Aber warum, könnte man sich fragen, hatte sie es für ratsam gehalten, diese Waffe bei sich zu führen? Ich stellte diese Frage in der Tat, und sie antwortete mir, nachdem sich meine lieben Freunde zum Kriegsrat um mein Bett versammelt hatten.

»Seit dem Telegramm des Professors hatte ich immer eine Waffe griffbereit«, sagte sie seelenruhig. »Er ist kein Mann, der vor einem Schatten erschrickt, und obwohl ich unseren treuen Freunden für ihren Schutz sehr dankbar bin, ist es nicht meine

Art, mich zu verkriechen, während andere bei meiner Verteidigung ihr Leben aufs Spiel setzen. Der Professor hat deutlich gemacht, daß Ramses und ich in Gefahr schweben, nicht etwa ermordet, aber entführt zu werden. Wir wissen, was die Entführer wollen. Wer könnte ihnen diese Auskunft geben? Nur deine Mutter und dein Vater, Ramses. Nur sie wissen den Weg zu dem Ort, den die Verbrecher suchen.«

»Ich könnte versuchen, den Weg wiederzufinden …«, setzte ich mit einiger Entrüstung an.

Sie hob den Finger an die Lippen. »Ich weiß, liebster Bruder. Aber in dieser Welt behandelt man Kinder wie Haustiere und traut ihnen kein Gedächtnis zu. Du gehörst zu den wenigen, die das, was sie sagen, auch in die Tat umsetzen können. Ich könnte es nicht. Wenn die Verbrecher dich entführen wollen, dann nur, weil sie eine Geisel brauchen, um aus den Menschen, die dich lieben, Informationen herauszupressen.«

»Dich auch«, beeilte ich mich, ihr zu versichern.

»Die Schurken haben es sich wahrscheinlich so gedacht. Fürchte dich nicht, ich werde mich verteidigen. Ich habe außer dem Bogen auch noch ein Messer bei mir und werde nicht zögern, eines von beiden zu benutzen.« Ihr Gesicht wurde ernst. »Ich habe nicht um uns Angst, sondern um den Professor und um Tante Amelia. Anders als wir, haben sie keine starken Beschützer. Sie schweben in großer Gefahr.«

Bei ihren weisen Worten fiel mir ein, liebe Mama, lieber Papa, daß ich vor lauter Sorge um sie Eure mißliche Lage vergessen hatte. Ich sollte an Eurer Seite sein. Als ich das gegenüber Onkel Walter zur Sprache brachte, weigerte er sich, mir ein Billett für den Dampfer zu beschaffen, und da ich nur noch ein Pfund und sieben Shilling besitze, kann ich ohne seine finanzielle Unterstützung den Kauf nicht tätigen. Bitte telegraphiert ihm sofort und sagt ihm, er soll mir erlauben zu fahren. Ich lasse Nefret nur ungern allein, aber die Pflicht (und natürlich die Liebe) eines Sohnes ist stärker als alle übrigen Verbindlichkeiten. Sie kommt auch ohne mich gut zurecht. Außer-

dem hat sie Gargery und die anderen. Bitte telegraphiert sofort. Bitte seid vorsichtig.

Euer liebender (und im Augenblick von schrecklicher Sorge gequälter) Sohn

Ramses

P.S.: Gargery war sehr enttäuscht, daß er keine Gelegenheit hatte, Nefret so heldenmütig wie Sir Galahad zu retten.

P.P.S.: Wenn Ihr sofort telegraphiert, kann ich in zehn Tagen bei Euch sein.

P.P.P.S.: Höchstens in dreizehn.

P.P.P.P.S.: Bitte paßt auf Euch auf.

Es war fast unmöglich, meine Aufmerksamkeit in diesem Augenblick von Emerson abzulenken, aber diesem erstaunlichen Brief gelang es beinahe. Wenn ich mich recht erinnerte, hatte ich Ramses einmal gesagt, man sollte literarische Schnörkel am besten auf die Schriftform beschränken. Offenbar hatte er diesen Rat ernst genommen; doch auch seine zweifelhaften Stilmittel (»Mir schwanden die Sinne«, du meine Güte! Was hatte das Kind bloß gelesen?) konnten seine wahre Besorgnis nicht verbergen. Armer Ramses! Geretteter anstatt Retter zu sein, von einem Pferd zu fallen, aus einem Graben gezogen und – und mit schlammigem Wasser durchweicht – wie ein Sack Schmutzwäsche gepackt zu werden. Und das vor den Augen des Mädchens, das er so gern beeindruckt hätte ... Er war entsetzlich gedemütigt worden.

Und er hatte diese Schlappe wie ein Mann, wie ein Emerson, weggesteckt! Er war voll des Lobes für sie, deren Leistungen die seinen in den Schatten gestellt hatten. Und wie sehr rührte sein klägliches Geständnis mein Mutterherz: »Sie kommt gut ohne mich zurecht.« Armer, armer Ramses.

Was Nefret betraf, bestätigte ihr Verhalten meinen anfänglichen Eindruck von ihr und überzeugte mich, daß sie wirklich ausgezeichnet in unsere Familie paßte. Sie hatte ebenso entschlossen und selbständig gehandelt, wie ich es getan hätte –

und ebenso wirkungsvoll. Auch meine Art ist es nicht, mich zu verkriechen.

Die bloße Vorstellung, Ramses könne an meine Seite eilen, um mich zu beschützen, ließ mir das Blut in den Adern gefrieren, und ich hoffte, Walter würde ihn daran hindern können, eine Bank zu überfallen oder Straßenräuber zu spielen, um das Fahrgeld aufzutreiben. Allerdings zweifelte ich nicht an der Aufrichtigkeit seiner Beteuerungen. Ich durfte nicht vergessen, am nächsten Tag zu telegraphieren, obwohl ich vor der Schwierigkeit stand, zu entscheiden, wie genau ich die Botschaft abfassen sollte, wenn ich ihnen alles mitteilen wollte, ohne sie zu ängstigen …

In diesem Augenblick ließ mich ein Rascheln des Leinenlakens an Emersons Seite eilen. Er hatte den Kopf gewandt! Es war eine kaum merkliche Bewegung, und er rührte sich nicht mehr, aber den Rest der Nacht saß ich über ihn gebeugt, zählte jeden Atemzug und fuhr mit sanften Fingern jede Falte auf seinem Gesicht nach.

Der Bart mußte auf jeden Fall weg. Im Gegensatz zu seinem Haar ist Emersons Bart hart und kratzig. Auch aus ästhetischen Gründen konnte ich ihm wenig abgewinnen, denn er verbarg die wunderbar männlichen Konturen von Kiefer und Kinn und das Grübchen.

In Zeiten gefühlshafter Erregung neigt man dazu, seine Gedanken um Nichtigkeiten kreisen zu lassen. Das ist eine altbekannte Tatsache und wahrscheinlich auch der Grund, warum ich nicht über weitere Probleme nachdachte, die weit wichtiger waren als Emersons Bart.

Als Cyrus am folgenden Morgen hereinkam, um mir ein Frühstückstablett zu bringen und sich zu erkundigen, wie wir die Nacht verbracht hatten, fielen sie mir wieder ein. Ich überredete ihn – mühelos –, mit mir eine Tasse Kaffee zu trinken, und unterhielt ihn, indem ich ihm Auszüge aus Ramses' Brief vorlas.

»Ich muß sofort telegraphieren, um sie zu beruhigen«, sagte

ich. »Die Frage ist nur, wieviel ich berichten soll. Sie wissen nicht, was geschehen ist …«

»Meine liebe Amelia!« Cyrus, der kichernd den Kopf geschüttelt hatte, wurde sofort ernst. »Wenn sie es auch noch nicht wissen, werden sie's doch bald erfahren. Wir haben aus seinem Verschwinden kein Geheimnis gemacht – verflixt, wir haben die ganze Stadt mit Plakaten zugepflastert. Wenn ich nicht völlig falsch liege, werden die englischen Zeitungen durch ihre Kairoer Korrespondenten Wind davon bekommen, und dann sind wir in den Schlagzeilen. Wie Sie sicher wissen, sind Sie und Ihr Gatte den Reportern immer einen Bericht wert.«

Wie ernst unsere Lage war, wurde mir sofort klar. Mit Cyrus' Hilfe entschied ich, was zu tun sei. Wir mußten sofort telegraphieren und unseren Lieben mitteilen, daß Emerson gefunden war und es uns beiden gutging. Zudem mußten wir sie warnen, nichts zu glauben, was in den Zeitungen stand. »Bei dem Gedanken, wie die Journalisten die Tatsachen verdrehen werden, wird mir übel«, sagte ich finster.

»Verflixt, Cyrus, ich hätte damit rechnen müssen. Schließlich hatte ich schon genügend unangenehme Begegnungen mit den ›Herren‹ von der Presse.«

»Sie hatten Wichtigeres im Kopf, meine Liebe. Jetzt kommt es vor allem darauf an, den armen Emerson wieder auf die Beine und in den Vollbesitz seiner geistigen Kräfte zu bringen. Dann kümmert er sich schon um die Presse.«

»Keiner kann das besser als er«, antwortete ich mit einem sehnsüchtigen Blick auf das stille Gesicht meines Gatten. »Doch die Gefahr ist noch nicht ausgestanden. Der Mann, der für dieses Verbrechen verantwortlich ist, konnte entkommen. Wir dürfen nicht davon ausgehen, daß er sein Vorhaben aufgeben wird. Wir müssen jeden Augenblick auf der Hut sein. Besonders solange Emerson hilflos im Bett liegt.«

»Machen Sie sich deswegen keine Sorgen.« Cyrus strich sich über den Spitzbart. »Abdullahs Verwandte haben das

Haus umzingelt wie eine Horde Apachen, die ein Fort belagern. Sie haben bereits meinen Koch verprügelt und einem Dattelverkäufer die Hölle heiß gemacht.«

Da ich in diesem Punkt also beruhigt sein konnte, widmete ich mich, nachdem das Telegramm abgeschickt worden war, wieder dem, woran mein Herz am meisten hing. Es war eine schreckliche Zeit, denn als die Wirkung des Opiums nachließ, zeigten sich andere, noch beunruhigendere Symptome. Sie rührten, wie Dr. Wallingford vermutete, von weiteren Drogen her, die man Emerson verabreicht hatte. Doch eine Behandlung war nicht möglich, da wir nicht wußten, welcher Art sie waren.

Abdullah war zu dem Haus, das als Gefängnis gedient hatte, zurückgekehrt und hatte alles leer vorgefunden. Die Polizei behauptete, nichts entfernt zu haben, und ich war geneigt, den Beamten zu glauben, da ich ihnen nicht den Verstand zutraute, Spuren am Tatort zu sichern. Ganz offensichtlich war der Entführer zurückgekehrt, um alles zu beseitigen, was ihn hätte belasten können. Das war ein unheilverkündendes Zeichen, doch ich hatte nicht die Zeit, über die tiefere Bedeutung nachzudenken oder mich mit den Reportern zu befassen, die, wie Cyrus vorausgesagt hatte, das Haus belagerten und nach Nachrichten gierten. Dr. Wallingford bezog eines der Gästezimmer und kümmerte sich um seinen interessantesten Fall. Seine gesamte Aufmerksamkeit war gefragt, denn nach dem Koma folgte ein Delirium, und zwei Tage lang bedurfte es all unserer Kräfte, um Emerson daran zu hindern, entweder sich selbst oder uns Schaden zuzufügen.

»Wenigstens wissen wir, daß seine Körperkraft nicht gelitten hat«, stellte ich fest, während ich vom Boden aufstand, wohin mich Emersons ausschlagender Arm geschleudert hatte.

»Das ist die krankhafte Kraft des Wahnsinns«, verkündete Dr. Wallingford und rieb sich die schmerzende Schulter.

»Trotzdem empfinde ich es als beruhigend«, sagte ich. »Ich

habe ihn auch schon früher so erlebt. Es ist meine Schuld, ich hätte eigentlich wissen müssen ... Halten Sie seine Füße fest, Cyrus, er versucht schon wieder aufzustehen!«

Anubis hatte sich klugerweise auf die Kommode zurückgezogen, wo er kauerte und uns aus großen grünen Augen beobachtete. In der kurzen Ruhepause, die auf Emersons Anfall von Erregung folgte, vernahm ich ein leises, grollendes Geräusch. Der Kater schnurrte! Abdullah hätte das als weiteres Zeichen für das Vorhandensein einer teuflischen Intelligenz gedeutet, aber ich verspürte ein merkwürdiges Gefühl wiedererwachender Hoffnung – als sei das Schnurren des Tieres ein gutes Omen.

Während dieser schrecklichen Stunden bedurfte ich jeglicher Aufmunterung, die ich bekommen konnte. Doch schließlich, als sich die dritte Nacht bereits ihrem Ende näherte, wagte ich zu glauben, das Schlimmste sei überstanden. Endlich lag Emerson still. Wir anderen saßen um sein Bett herum, rieben unsere schmerzenden Beulen und schnappten nach Luft. Alles verschwamm mir vor den Augen. Mir war schwindelig und ich konnte vor Schlafmangel keinen klaren Gedanken fassen. Die Szene war unwirklich, wie die zweidimensionale Photographie eines vergangenen Ereignisses – die qualmende Lampe warf ihr Licht auf die angespannten Gesichter der Zuschauer und die ausgemergelten Züge des Kranken. Es war totenstill bis auf das Rascheln der Blätter draußen vor dem offenen Fenster und Emersons langsamen, regelmäßigen Atem.

Zuerst wagten meine Sinne nicht, das Zeichen wahrzunehmen. Als ich aufstand und auf Zehenspitzen zum Bett hinüberschlich, folgte mir Dr. Wallingford. Seine Untersuchungen dauerte nicht lange. Dann richtete er sich mit freudiger Miene auf.

»Er schläft ... ein gesunder, natürlicher Schlaf. Gönnen Sie sich jetzt etwas Ruhe, Mrs. Emerson. Wenn er am Morgen aufwacht, möchte er Sie lächelnd und wohlauf sehen.«

Ich hätte mich gern gesträubt, aber ich konnte es nicht. Cyrus mußte mich fast ins angrenzende Ankleidezimmer tragen, wo für mich ein Feldbett aufgestellt worden war. Mein Unbewußtes – an das ich, obwohl seine Existenz von vielen angezweifelt wird, fest glaube – wußte, daß ich nun nicht mehr wachen mußte. Deshalb schlief ich sechs Stunden lang wie eine Tote. Als ich aufwachte, strotzte ich vor Tatkraft. Ich sprang aus dem Bett und eilte ins Nebenzimmer.

Zumindest war das meine Absicht, denn eine Erscheinung, die plötzlich vor mir auftauchte, ließ mich mitten im Schritt innehalten. Sie war schrecklich bleich, entsetzlich zerrauft, mit wildem Blick und ungekämmtem Haar. Es dauerte einige Sekunden, ehe ich mein eigenes Spiegelbild im Spiegel über dem Frisiertisch erkannte.

Ein rascher Blick ins Nebenzimmer sagte mir, daß Emerson noch schlief und daß der gute Doktor mit verrutschter Brille und gelockerter Krawatte in einem Sessel neben dem Bett döste. Eilig machte ich mich daran, einige dringend notwendigen Verschönerungsversuche vorzunehmen. Ich kniff mir in die Wangen, damit sie sich ein wenig röteten, strich mein Haar glatt und legte meinen elegantesten gerüschten und mit Bändern verzierten Morgenmantel an. Meine Hände zitterten. Ich war so aufgeregt wie ein junges Mädchen, das sich auf ein heimliches Rendezvous mit seinem Liebhaber vorbereitet.

Geräusche aus dem Nebenzimmer ließen mich zur Tür stürzen, denn ich erkannte das gereizte Knurren und Grunzen, mit dem Emerson für gewöhnlich den Tag begrüßt. Wenn er auch noch nicht er selbst war, so gab er zumindest eine gute Imitation zum besten.

Cyrus, der an der Tür gelauscht haben mußte, trat gleichzeitig mit mir ein. Dr. Wallingford bedeutete uns stehenzubleiben. »Wissen Sie, wer Sie sind?« fragte er über das Bett gebeugt.

Der arme Mann muß sehr müde gewesen sein, denn sonst hätte er sich zweifelsohne etwas geschickter ausgedrückt.

Emerson starrte ihn an. »Was für eine verdammt idiotische Frage«, antwortete er. »Selbstverständlich weiß ich, wer ich bin. Was viel wichtiger ist, Sir, wer zum Teufel sind Sie?«

»Bitte, Professor, so mäßigen Sie sich doch!« rief Wallingford aus. »Es ist eine Dame anwesend.«

Emersons Augen suchten langsam den Raum ab und ruhten schließlich auf mir. Ich stand da und hatte die Hände vor die Brust gepreßt, um das verräterische Zittern der Rüschen zu verbergen, das von meinem wild pochenden Herzen zeugte.

»Wenn ihr meine Worte nicht gefallen, kann sie ja hinausgehen. Ich habe sie nicht eingeladen.«

Cyrus konnte nicht länger an sich halten. »Sie verdammter Narr!« platzte er heraus und ballte die Fäuste. »Erkennen Sie sie nicht? Wenn Sie nicht vor ein paar Tagen uneingeladen gekommen wäre, wären Sie heute morgen nicht mehr am Leben und hätten keine Gelegenheit mehr zu fluchen.«

»Noch ein verdammter Eindringling«, knurrte Emerson und warf Cyrus einen finsteren Blick zu. Dann sah er mich wieder an ... und diesmal gab es keinen Irrtum. Seine strahlend blauen Augen waren klar und blickten mich mit kühler Gleichgültigkeit an. Dann verengten sie sich, und er zog die Augenbrauen zusammen. »Moment mal – ihr Gesicht kommt mir bekannt vor, allerdings nicht die Aufmachung. Ist sie die unpassend gekleidete Dame, die gestern abend wie ein Sektkorken, der aus der Flasche schießt, in mein hübsches, kleines Zimmer gestürmt ist und die Tür mit Kugeln durchlöchert hat, obwohl kein Mensch dort stand? Man sollte Frauen verbieten, mit Feuerwaffen zu hantieren.«

»Das war nicht gestern abend, sondern vor drei Tagen«, fauchte Cyrus. »Sie hat Ihnen mit dieser Pistole das Leben gerettet, Sie ... Sie ...« Mit einem entschuldigenden Blick auf mich hielt er inne.

Weiß schimmernde Zähne wurden zwischen Emersons wirrem Bart sichtbar. »Ich kenne Sie nicht, Sir, aber Sie scheinen ein jähzorniger Bursche zu sein – ganz anders als ich, denn ich bin stets ruhig und vernünftig. Und die Vernunft zwingt mich zuzugeben, daß vielleicht doch jemand in der Tür stand und daß diese Dame mir möglicherweise einen kleinen Dienst erwiesen hat. Vielen Dank, Madam. Und nun gehen Sie.«

Seine Augen schlossen sich. Mit einer Handbewegung schickte der Arzt uns aus dem Zimmer. Cyrus zitterte immer noch vor Entrüstung und legte schützend den Arm um mich.

Sanft, aber entschlossen schob ich ihn weg.

»Ich bin ganz gefaßt, Cyrus. Ich brauche keinen Trost.«

»Ihr Mut erstaunt mich!« rief Cyrus aus. »Mit anzuhören, wie er Sie verleugnete – Ihre Liebe und Ihre Tapferkeit verhöhnte …«

»Wissen Sie«, meinte ich mit einem leichten Lächeln. »Ich höre so etwas von Emerson nicht zum erstenmal. Ich hatte zwar etwas anderes erhofft, Cyrus, aber eigentlich nichts anderes erwartet. Da ich gewagt habe, mit dem Schlimmsten zu rechnen, war ich darauf vorbereitet.«

Schweigend legte er mir die Hand auf die Schulter. Ich schüttelte sie nicht ab, und keiner von uns sprach ein Wort, bis der Arzt aus Emersons Zimmer kam.

»Es tut mir leid, Mrs. Emerson«, sagte er sanft. »Bitte verlieren Sie den Mut nicht. Er hat nicht alles vergessen. Er kennt seinen Namen und weiß, was er von Beruf ist. Er hat nach seinem Bruder Walter gefragt und die Absicht geäußert, mit den Ausgrabungen auf der Stelle fortzufahren.«

»Wo?« fragte ich gespannt. »hat er gesagt, wo er diese Saison arbeiten will?«

»Amarna«, lautete die Antwort. »Ist das wichtig?«

»Er hat in Amarna gearbeitet, als wir uns … äh … kennenlernten.«

»Hmmm. Vielleicht haben Sie den Schlüssel entdeckt, Mrs. Emerson. Er kann sich klar und deutlich an Ereignisse erinnern, die etwa dreizehn Jahre zurückreichen. Alles, was seitdem geschehen ist, hat er vergessen.«

»Seit dem Tag, da wir … uns kennenlernten«, meinte ich nachdenklich.

Der Arzt legte mir die Hand auf die andere Schulter. Offenbar glauben Männer, daß diese Geste eine tröstende Wirkung hat. »Verzweifeln Sie nicht, Mrs. Emerson. Er ist außer Gefahr, aber er ist immer noch viel schwächer, als seine … äh … brüske Art vermuten läßt. Möglicherweise kehrt sein Erinnerungsvermögen zurück, wenn sich sein Gesundheitszustand bessert.«

»Oder vielleicht nicht«, murmelte Cyrus. »Sie sind aber ziemlich unbekümmert, Doc. Können Sie denn gar nichts tun?«

»Ich bin kein Nervenarzt«, lautete die entrüstete Antwort. »Ich würde gern die Meinung eines Kollegen hören.«

»Ich wollte Sie nicht kränken«, sagte Cyrus rasch.

»Wahrscheinlich sind wir alle ziemlich müde und gereizt. Ein Nervenarzt haben Sie gesagt … Hey! Moment mal!«

Seine Züge erhellten sich, und er hörte auf, seinen Spitzbart zu bearbeiten, der wegen des ständigen Zwirbelns schlaff herunterhing. »Ich glaube, der liebe Gott ist doch auf unserer Seite. Einer der größten Nervenärzte der Welt befindet sich gerade auf dem Weg nach Luxor. Vielleicht ist er sogar schon angekommen. So was nenne ich Glück im Unglück.«

»Wie heißt er?« fragte der Arzt zweifelnd.

»Schadenfreude. Sigismund Schadenfreude. Er ist ein As auf seinem Gebiet. Da können Sie Gift drauf nehmen.«

»Der Wiener Spezialist? Seine Theorien sind ein wenig unorthodox …«

»Aber sie funktionieren«, verkündete Cyrus begeistert.

»Ich war selbst vor einigen Jahren sein Patient.«

»Sie, Cyrus?« rief ich aus.

Cyrus blickte zu Boden und scharrte mit den Füßen wie ein Schuljunge, der etwas ausgefressen hat. »Amelia, Sie erinnern sich gewiß noch an die Sache mit Lady Baskerville. Ich habe dieser Frau mein Herz geschenkt, und sie hat es in tausend

Stücke zertrümmert. Einige Zeit lief ich herum wie ein geprügelter Hund, bis ich von Schadenfreude hörte. In wenigen Wochen hatte er mir wieder den Kopf zurechtgerückt.«

»Es tut mir leid, Cyrus. Davon hatte ich keine Ahnung.«

»Schnee von gestern, meine Liebe. Seither bin ich fröhlich wie ein Fisch im Wasser. Als ich mich von Schadenfreude verabschiedete, sagte ich ihm, er solle sich bei mir melden, wenn er je nach Ägypten käme. Ich würde ihm zeigen, wie es auf einer archäologischen Ausgrabungsstätte zugeht. Er muß kurz nach meiner Abreise in Kairo angekommen sein. Vor einigen Tagen habe ich seinen Brief erhalten – habe mich nicht darum gekümmert, hatte zu viel um die Ohren –, aber wenn ich mich recht erinnere, wollte er irgendwann diese Woche in Luxor eintreffen. Soll ich schnell loslaufen und nachsehen, ob er zur Verfügung steht?«

Selbstverständlich ließ sich alles nicht so leicht in die Wege leiten, wie Cyrus in seiner vom Mitleid beflügelten Begeisterung geglaubt hatte. Es war Abend, als er – den berühmten Arzt aus Wien wie ein Hund im Schlepptau – wieder auftauchte.

Schadenfreude war eine merkwürdige Erscheinung – er hatte ein sehr mageres Gesicht und einen sehr dicken Bauch. Seine Wangen waren so rosig, daß es aussah, als hätte er Rouge aufgelegt, sein Bart so silbrig schimmernd, daß er an einen verrutschten Heiligenschein erinnerte. Braune Knopfaugen spähten unsicher durch dicke Brillengläser. An seinem beruflichen Auftreten war allerdings nicht die geringste Unsicherheit festzustellen.

»Ein sehr interessanter Fall, gnädige Frau«, verkündete er. »Herr Vandergelt hat mich schon über einige Einzelheiten in Kenntnis gesetzt. Sie haben sich Herrn Emerson doch nicht aufgedrängt, gnädige Frau?«

Ich erstarrte vor Entrüstung, doch ein Zwinkern und ein Nicken von Cyrus erinnerte mich daran, daß diese unhöfliche

Frage auf die mangelnden Fremdsprachenkenntnisse des berühmten Arztes zurückzuführen sein mußte.

»Er hat fast den ganzen Tag geschlafen«, antwortete ich. »Und ich habe auf meiner Beziehung zu ihm nicht beharrt, wenn es das ist, was Sie meinen. Dr. Wallingford hielt es in diesem Stadium der Krankheit für unklug.«

»Sehr gut, sehr gut.« Schadenfreude rieb sich die Hände und zeigte mir ein leuchtend weißes Gebiß. »Dann werde ich jetzt den Patienten allein untersuchen. Mit Ihrer Erlaubnis, Frau Professor?«

Er wartete meine Erlaubnis nicht ab, sondern riß die Tür auf, schritt hindurch und ließ sie hinter sich zuknallen.

»Ein komischer Kauz, nicht wahr?« meinte Cyrus stolz, als ob Schadenfreudes merkwürdiges Verhalten Beweis für sein berufliches Können wäre.

»Äh ... das kann man sagen. Cyrus, sind Sie sicher ...«

»Er ist ein Zauberkünstler, meine Liebe. Ich bin der lebende Beweis für seine Heilmethode.«

Schadenfreude blieb ziemlich lange im Zimmer. Kein Laut war zu hören – nicht einmal das Gebrüll, das ich eigentlich von Emerson erwartet hatte –, und ich wurde allmählich unruhig, als die Tür endlich aufging.

»Nein, nein, gnädige Frau«, rief Schadenfreude und hielt mich zurück, als ich schon eintreten wollte. »Ehe Sie auch nur ein Wort mit dem Kranken sprechen, müssen wir uns unterhalten. Herr Vandergelt, führen Sie uns bitte in ein Besprechungszimmer und besorgen Sie der Dame eine Erfrischung.«

Wir zogen uns in meinen Salon zurück. Ich lehnte den Brandy ab, den der Arzt mir aufdrängen wollte – die Lage war zu ernst, um sich kurzfristig mit Spirituosen zu trösten –, und er widmete sich dem Bier, um das er gebeten hatte, mit solchem Genuß, daß sein Schnurrbart, als er den Kopf vom Glas hob, mit Schaum bedeckt war. Doch als er zu sprechen begann, wirkte er überhaupt nicht lächerlich.

Viele Menschen hegten in jener Zeit Argwohn gegen die

Psychotherapie. Mein Verstand jedoch ist immer offen für neue Ideen, wie abstoßend sie auch sein mögen. Mit Interesse hatte ich die Werke verschiedener Psychologen wie William James und Wilhelm Wundt gelesen. Da einige ihrer Thesen – besonders Herbarts Theorie von der Schwelle des Bewußtseins – mit meinen eigenen Beobachtungen der menschlichen Natur übereinstimmten, neigte ich zu der Ansicht, daß diese Wissenschaft, wenn sie auch noch in den Kinderschuhen steckte, möglicherweise einige nützliche Einblicke bot. Die Theorien des Herrn Doktor Schadenfreude waren tatsächlich unorthodox, aber ich fand sie auf beängstigende Weise einleuchtend.

»Der unmittelbare Grund für den Gedächtnisschwund Ihres Gatten ist ein Trauma – ein Schlag auf den Kopf. Hat er in diesem Bereich schon öfter Verletzungen erlitten?«

»Nun ... nicht übermäßig häufig ...«, fing ich an.

»Da würde ich widersprechen«, meinte Cyrus. »Ich kann mich in den wenigen Wochen, die wir gemeinsam im Baskerville House wohnten, an wenigstens zwei Gelegenheiten erinnern. Mein alter Freund hat etwas an sich, was die Leute geradezu reizt, ihm eines über den Schädel zu ziehen.«

»Er geht körperlichen Auseinandersetzungen nicht aus dem Weg, wenn er hilflosen Menschen beisteht oder für die Gerechtigkeit eintritt«, erklärte ich.

»Nun denn! Allerdings war der Schlag nur der unmittelbare Auslöser. Er hat nicht nur seinen Kopf, sondern die unsichtbare Membran des Unbewußten verletzt. Und durch diesen Riß, diese beschädigte Stelle dringen nun Ängste und Wünsche nach außen, die sein Bewußtsein lange unterdrückt hat. Kurz und für Laien verständlich ausgedrückt – gnädige Frau, Herr Vandergelt –, hat er die Dinge vergessen, an die er sich nicht erinnern will.«

»Meinen Sie«, sagte ich traurig, »daß er sich nicht an MICH erinnern will?«

»Es geht nicht um Sie persönlich, Frau Emerson, sondern um das, was Sie symbolisieren.«

Wenn ein Mann erst einmal anfängt zu fachsimpeln, tut er das meist sehr wortreich. Deswegen werde ich den Vortrag des Herrn Doktor zusammenfassen. (Ich muß Sie warnen, werter Leser, denn einige seiner Aussagen waren recht schockierend.)

Mann und Frau, erklärte er, seien natürliche Feinde. Die Ehe sei bestenfalls ein Waffenstillstand zwischen zwei Individuen, die sich von Grund auf unterschieden. Die Frau, die den Haushalt führe, habe das Bedürfnis nach Frieden und Sicherheit. Der Mann, der Jäger, hingegen habe das Bedürfnis nach der Freiheit, über andere Männer und auch Frauen (der Arzt drückte das dezenter aus, aber ich verstand, was er meinte) herzufallen. Die Gesellschaft ihrerseits ziele darauf ab, diese natürlichen Bedürfnisse des Mannes zu unterdrücken, und die Religion verbiete sie. Doch die Bestie im Mann renne ständig gegen die Mauern der Zurückhaltung an, und wenn irgendwo ein Riß entstünde, breche diese Bestie aus.

»Du meine Güte«, murmelte ich, als der Doktor innehielt, um sich den Schweiß von der Stirn zu wischen.

Cyrus war feuerrot angelaufen, biß sich auf die Lippen und gab unterdrückte Ausrufe von sich, die von seiner Entrüstung zeugten. »Jetzt aber halblang, Doktor, ich muß mich gegen Ihre Ausdrucksweise in Gegenwart von Mrs. Emerson verwahren – und auch gegen Ihre Angriffe auf das männliche Geschlecht. Wir sind nicht alle – äh – rasende Bestien. Sie haben doch ›rasend‹ gesagt, oder?«

»Rasend und lüstern«, antwortete Schadenfreude vergnügt. »Ja, ja, das ist die Natur des Mannes. Einige von uns unterdrücken diese wahre Natur mit Erfolg, mein Freund, aber aufgepaßt! Je größer die Selbstbeherrschung, desto mehr Druck staut sich auf, und wenn die Mauer irgendwo einen Riß hat – bum!«

Cyrus fuhr zusammen. »Jetzt machen Sie mal einen Punkt, Doc ...«

»Beruhigen Sie sich, Cyrus«, drängte ich. »Der Herr Doktor ist nicht unhöflich, sondern Wissenschaftler. Ich fühle mich nicht beleidigt, und seine Diagnose leuchtet mir ein. Um ihr eigenes Bild (ein ziemlich eingängiges) zu benutzen, Doktor: Wie drängen wir die Bestie wieder hinter die Mauer zurück und mit welchem Gips kitten wir den Riß wieder zu?«

Schadenfreude lächelte mir anerkennend zu. »Sie besitzen eine fast männliche Direktheit, Frau Emerson. Die Vorgehensweise liegt auf der Hand. Man kann keine rohe Gewalt gegen rohe Gewalt anwenden. Der daraus resultierende Kampf könnte für beide Seiten zum Tode führen.«

»So eingängig das Bild auch sein mag, ich würde doch einen praktisch umzusetzenden Ratschlag vorziehen«, sagte ich. »Was soll ich tun. Würde Hypnose ...«

Schadenfreude drohte mir scherzhaft mit dem Finger. »Aha, Frau Emerson! Sie haben offenbar die Werke meiner phantasiebegabteren Kollegen gelesen. Breuer und Freud haben recht, wenn sie feststellen, daß die wirkende Kraft einer Vorstellung, die nicht abreagiert werden kann, indem sie in Sprache oder Tat ihren Ausdruck findet, noch einmal durchlebt – in anderen Worten auf ihren Urzustand zurückgeführt – werden muß. Aber Hypnose ist nur ein Taschenspielertrick, der mehr Schaden als Nutzen bringt, da er die vorgefaßte Meinung des Hypnotiseurs mit psychischen Abläufen beim Patienten verwechselt.«

Ich glaube, ich habe den allgemeinen Sinn seines Vortrages korrekt wiedergegeben. An diesem Punkt mußte er – nicht weiter überraschend – eine Atempause einlegen, und als er weitersprach, wurde er konkreter.

»Das Gedächtnis ist wie eine hübsche Blume, gnädige Frau; sie ist nicht gleich in voller Pracht da, sondern muß langsam und natürlich aus einem Samen wachsen. Der Same liegt in seinem Gehirn. Kehren Sie mit ihm an die Orte zurück, von denen er noch weiß. Zwingen Sie ihn nicht, sich zu erinnern. Beharren Sie nicht auf Tatsachen, die er im Grunde seines Herzens für unwahr halten muß. Das wäre in seinem Fall verhängnisvoll, denn wenn ich ihn richtig einschätze, gehört er zu der Sorte Männer, dic stcts genau das Gegenteil dessen tun, was man ihnen sagt.«

»Sie haben den Nagel auf den Kopf getroffen«, stimmte Cyrus zu.

»Aber Ihre Ratschläge sind immer noch so allgemein«, klagte ich. »Wollen Sie damit sagen, daß wir ihn zurück nach Amarna bringen sollen?«

»Nein, nein! Sie bringen ihn nirgendwo hin. Er bestimmt, wohin er will, und Sie begleiten ihn. Amarna hat er immer wieder erwähnt. Eine archäologische Ausgrabungsstätte, richtig?«

»Es handelt sich in etwa um die abgelegenste, verlassenste Ausgrabungsstätte in ganz Ägypten«, meinte Cyrus langsam. »Ich glaube, das wäre keine besonders kluge Idee, weil ... aus verschiedenen Gründen.«

Der Arzt faltete die zarten Hände über seinem runden Bauch und lächelte uns selbstzufrieden an. »Sie haben keine Wahl, mein Freund Vandergelt. Sie könnten ihn nur einsperren, was gegen das Gesetz verstößt. Sonst bleibt Ihnen lediglich noch, ihn entmündigen zu lassen. Doch kein anerkannter Arzt würde diese Papiere unterschreiben. Ich würde es nicht tun. Er ist nicht verwirrt. Er ist nicht im juristischen Sinne geisteskrank. Falls es darum geht, daß es dort – in Amarna – keinen Arzt gibt, seinen Sie unbesorgt. Körperlich ist er über den Berg, und er wird bald wieder völlig genesen sein. Es besteht nicht die Gefahr eines Rückfalls.«

Es bestand aber eine Gefahr, wenn auch nicht eines Rückfalls, von der Art, wie der gute Doktor gemeint hatte. Nachdem er fort war, brach es aus Cyrus heraus: »Ich bin schwer enttäuscht von Schadenfreude. Diese beleidigenden Theorien ..., daß ich eine rasende Bestie bin, hat er mir noch nie gesagt.«

»Er ist ein Fanatiker, und Fanatiker neigen zur Übertreibung. Aber ich kann nicht umhin, mit einigen seiner Theorien übereinzustimmen. Was er über die Ehe und den Waffenstillstand gesagt hat ...«

»Hmmm. So sollte eine Ehe meiner Vorstellung nach nicht aussehen, aber ich glaube, Sie kennen sich damit besser aus als ein trauriger alter Junggeselle, wie ich es bin. Doch mit Amarna bin ich überhaupt nicht einverstanden. Sie und Emerson sitzen da draußen wie auf dem Präsentierteller.«

»Ich bin da anderer Ansicht, Cyrus. Es ist leichter, in der Wildnis auf sich aufzupassen als in einer Großstadt, wo es von Menschen wimmelt.«

»In mancher Hinsicht vielleicht, aber ...«

»Cyrus, Streiten ist reine Zeitverschwendung. Wie der Arzt sagte, haben wir keine Wahl. Es wird nett sein«, fügte ich hinzu, »das gute, alte Amarna wiederzusehen.«

Cyrus' ernste Miene entspannte sich. »Sie können mir nichts vormachen, Amelia. Sie sind die tapferste kleine Frau, die ich kenne, und Ihre Selbstbeherrschung macht der britischen Nation alle Ehre. Aber es ist nicht gesund, meine Liebe, seine Gefühle so zu unterdrücken. Ich kann Ihnen meine breite Schulter zum Ausweinen anbieten.«

Ich lehnte dieses Angebot mit den passenden Dankesbezeugungen ab. Doch wenn Cyrus mich in dieser Nacht ein wenig später gesehen hätte, hätte er keine so hohe Meinung mehr von meinem Mut gehabt. Hinter verschlossener Tür kauerte ich auf dem Boden des Badezimmers und hatte ein Handtuch vors Gesicht gepreßt, um meine Schluchzer zu ersticken. Ich weinte, bis ich keine Tränen mehr hatte. Vermutlich tat es mir gut. Schließlich stand ich zittrig auf und ging zum Fenster. Die Berggipfel im Osten erhoben sich in den ersten bleichen Strahlen der Morgendämmerung. Ausgelaugt und erschöpft lehnte ich am Fensterbrett und blickte hinaus, und als es heller wurde, spürte ich, wie der Strom der Hoffnung und des Mutes, der eine Zeitlang versiegt war, langsam wieder zu fließen begann. Ich ballte die Fäuste und preßte die Lippen zusammen. Ich hatte die erste Schlacht gewonnen; gegen alle Wahrscheinlichkeiten hatte ich ihn gefunden und zurückgebracht. Wenn noch mehr Schlachten ausgefochten werden mußten, würde ich mich der Herausforderung stellen, und ich würde siegen.

8. Kapitel

»Wenn man tapfer in die Zukunft schreitet, kann man nicht darauf achten, wohin man tritt.«

Jahre waren vergangen, seit ich zum letztenmal die Ebene von Amarna erblickt hatte, doch im ewigen Ägypten bedeuten zehn Jahre nicht mehr als ein Wimpernschlag. Nichts hatte sich verändert – dieselben ärmlichen Dörfer, derselbe schmale Streifen aus grünem Land entlang des Flußufers, dieselbe kahle und verdorrte Ebene dahinter, eingerahmt von schroffen Klippen, die wie Finger einer Hand aus Stein emporragten.

Mir kam es vor, als sei es erst gestern gewesen, daß ich die Landschaft gesehen hatte, und dieser Eindruck wurde noch dadurch verstärkt, daß ich die Aussicht vom Deck eines Hausbootes aus genoß – nicht meiner geliebten *Philae*, auf der ich meine erste Reise durch Ägypten gemacht hatte, sondern eines größeren und luxuriöser ausgestatteten Segelboots.

Diese anmutig dahingleitenden Schiffe – früher das beliebteste Transportmittel gutbetuchter Touristen – wurden immer seltener. Inzwischen verkehrten Cooks Dampfer auf dem Fluß; und die Eisenbahn stellte eine schnelle, wenn auch unbequeme Reisemöglichkeit von Kairo nach Luxor dar. Es herrschte bereits der Geist des neuen Jahrhunderts, und obgleich die modernen Verkehrsmittel zweifellos praktischer waren, erfüllte es mich mit Wehmut, daß Würde, Muße und Charme der Hausboote wohl bald der Vergangenheit angehören würden.

Einige traditionsbewußte Zeitgenossen hingen jedoch noch an den alten Gebräuchen. Das Boot von Reverend Mr. Sayce fuhr wie eh und je den Fluß hinauf und hinunter, und auch Cyrus bevorzugte die Bequemlichkeit einer Dahabije, wenn er Reisen unternahm und Ausgrabungsstätten besuchte, wo es an geeigneten Unterkünften mangelte. Tatsächlich konnte man zwischen Kairo und Luxor kein sauberes, geschweige denn bequemes Hotel finden. Besucher, die über Nacht in Amarna bleiben wollten, mußten im Freien ihr Lager aufschlagen oder die Gastfreundschaft des dortigen Bürgermeisters in Anspruch nehmen. Allerdings war das Haus dieses Herrn nicht viel größer und kaum weniger schmutzig als die Behausung der Fellachen. Deshalb war ich äußerst erfreut, als Cyrus verkündete, er habe seinem Vorarbeiter aufgetragen, sein Hausboot nach Luxor zu bringen, so daß wir damit nach Amarna fahren konnten.

Ich kannte die *Tal der Könige*, wie das Schiff hieß, bereits von früher; so können Sie sich, werte Leser, vielleicht meine Überraschung vorstellen, als mein Blick auf das neue und beeindruckende Segelschiff fiel, das uns am Tag der Abreise am Pier von Luxor erwartete. Es war doppelt so lang wie das alte Boot, glänzte frisch gestrichen und trug am Bug in kunstvoll vergoldeten Lettern den Namen *Nofretete*.

»Ich dachte mir, es sei an der Zeit, die alte *Tal der Könige* auszumustern«, meinte Cyrus lässig, nachdem ich meiner Bewunderung Ausdruck verliehen hatte. »Hoffe, die Ausstattung gefällt Ihnen, meine Liebe. Ich habe eigens eine Damensuite einrichten lassen, in der Hoffnung, daß Sie mir eines Tages die Ehre erweisen, mit mir zu segeln.«

Ich verbarg ein Lächeln, denn ich bezweifelte, daß ich die einzige Dame war, die Cyrus einzuladen gehofft hatte. Er war, wie er einmal gesagt hatte, »ein Freund des schönen Geschlechts, selbstverständlich nur im ehrbaren Sinne des Wortes«. Sicherlich wäre jede Frau über die Ausstattung entzückt gewesen, für die dieser rauhbeinige, aber galante Amerikaner gesorgt hatte: Von den spitzenbesetzten Gardinen an den breiten Fenstern bis zu dem exquisit eingerichteten Ankleideraum neben dem Badezimmer war alles von bester Qualität und erlesenstem Geschmack.

Die anderen Gästekabinen – denn auf dem Schiff befanden sich acht – waren ebenfalls grandios. Nachdem Emerson sämtliche Räumlichkeiten wortlos und abschätzig begutachtet hatte, entschied er sich für die kleinste Kabine.

Er hatte ein gehöriges Theater veranstaltet, bevor er sich bereit erklärt hatte, mit diesem Gefährt zu reisen. Doch schließlich hatten die Argumente von Dr. Wallingford, der darauf beharrte, daß ein paar weitere Tage Erholung angeraten seien, Erfolg gehabt; ebenso wie die von Cyrus, der sich Emerson als Finanzier der Grabungsarbeiten angeboten hatte.

In Angelegenheiten wie diesen gereichte uns der Gedächtnisverlust meines Gatten zum Vorteil. Er wußte, daß seine Erinnerung Lücken aufwies; auch wenn der Umstand, daß Abdullahs graumelierter Bart über Nacht weiß geworden war (wie Emerson glaubte), ihn nicht stutzig gemacht hatte, konnte er sich den vielen anderen Hinweisen nicht verschließen. Emerson meisterte dieses Problem so, wie ich es von ihm erwartet hatte, nämlich, indem er es kühl ignorierte. Trotzdem war er aus besagtem Grund gezwungen, gewisse Aussagen als wahr hinzunehmen, weil er das Gegenteil nicht beweisen konnte. Es war nicht ungewöhnlich, das wohlhabende Leute archäologische Expeditionen finanzierten. Zwar mißbilligte Emerson diese Praxis – und tat das auch in deutlichen Worten kund –, aber da er keinen Überblick über die eigene finanzielle Lage hatte, mußte er in diesem Fall einwilligen.

Hegte ich vielleicht die Hoffnung, daß diese ruhige Fahrt im Mondlicht, das über das Wasser tänzelte, zärtliche Erinnerungen an unsere erste gemeinsame Reise wiedererwecken würde? Jene Reise, die in einer romantischen Szene gegipfelt hatte, denn bei dieser Gelegenheit hatte Emerson mich gefragt, ob ich die Seine werden wolle. Nein, solchen Illusionen gab ich mich nicht hin. Und ich tat auch gut daran: Mir wäre eine bittere Enttäuschung bevorgestanden. Vergebens paradierte ich in scharlachroten Rüschen und tiefausgeschnittenen Kleidern (ein Versuch konnte schließlich nicht schaden) vor ihm. Emerson floh, als werde er von Höllenhunden gehetzt. Er geruhte nur, meine Anwesenheit zur Kenntnis zu nehmen, wenn ich Hosen trug und über Archäologie sprach.

Am Tag, nachdem wir Luxor verlassen hatten, erschien ich in meinem neuen Arbeitskostüm zum Mittagessen (mit dem scharlachroten Kleid hatte ich am Abend zuvor besagtes Ergebnis erzielt). Ich kam zu spät zu Tisch, denn ich hatte, wie ich zugebe, erst meine gesamte Garderobe gesichtet, bevor ich mich entschied. Cyrus erhob sich, als ich eintrat. Emerson ließ sich Zeit, ehe er seinem Beispiel folgte; zuerst einmal musterte er mich ausgiebig, von den Stiefeln bis zu den säuberlich hochgesteckten Haaren.

»Das ist genau die Art von Inkonsequenz, die mir zuwider ist«, sagte er zu Cyrus. »Wenn sie sich wie ein Mann kleidet und darauf besteht, die Arbeit eines Mannes zu verrichten, warum zum Teufel erwartet sie dann, daß ich aufspringe, wenn sie den Raum betritt? Und«, fügte er hinzu, um dem Tadel zuvorzukommen, der Cyrus auf den Lippen lag, »warum zum Teufel darf ich nicht so reden wie zu jedem anderen Kerl auch?«

»Sie dürfen alles sagen, was Sie möchten«, entgegnete ich und dankte Cyrus mit einem Lächeln, als er mir den Stuhl zurechtrückte. »Und ich werde sagen, was ich möchte, wenn Ihnen also *meine* Ausdrucksweise nicht gefällt, müssen Sie sich damit abfinden. Die Zeiten haben sich gewandelt, Professor Emerson.«

Emerson grinste. »Professor, was? Vergessen Sie die akademischen Titel, die sind … äh … nicht der Rede wert. Die Zeiten haben sich tatsächlich gewandelt, falls es stimmt, daß ich – wie Vandergelt mir sagt – schon seit Jahren eine Frau beschäftige. Sie sind doch Zeichnerin?«

Gelegentlich waren Frauen am Ausgrabungsort auf diesem Gebiet tätig, denn man traute ihnen im allgemeinen keine geistig anspruchsvolleren Tätigkeiten zu. Ich beschloß, Emerson nicht an die beiden Damen zu erinnern, die ein paar Jahre zuvor den Tempel des Mut in Karnak ausgegraben hatten, denn er hatte damals eine kritische Haltung gegenüber ihren Methoden eingenommen. Doch um ihm und auch den beiden Frauen nicht unrecht zu tun, muß ich sagen, daß er die Vorgehensweise der meisten männlichen Archäologen ebenso kritisierte.

Ruhig erwiderte ich: »Ich führe genau wie Sie Ausgrabungen durch. Ich bin eine leidlich gute Zeichnerin, ich kann mit Vermessungsinstrumenten umgehen, und ich bin imstande, Hieroglyphen zu lesen. Ich spreche Arabisch. In bin vertraut mit den Prinzipien wissenschaftlicher Ausgrabungen, und ich vermag eine prädynastische Töpferei von Tongeschirr aus Meidum zu unterscheiden. Kurz gesagt, ich kann alles, was auch Sie … oder jeder andere Grabungsexperte kann.«

Emersons Augen verengten sich. »Das«, sagte er, »wird sich erst noch herausstellen.«

In meinen liebevollen Augen war er immer noch schrecklich mager, und sein Antlitz hatte noch nicht die gesunde Bräune wiedererlangt. Allerdings war auch nicht viel von seinem Gesicht zu erkennen; er hatte es ärgerlicherweise abgelehnt, sich den Bart zu stutzen, und so wucherte er an seinen Wangen und bildete um Kinn und Kiefer einen pechschwarzen Busch. Er sah noch schlimmer aus als damals, als ich ihm zum erstenmal begegnet war. Doch in seinen Augen funkelte wieder das alte saphirblaue Feuer: Er warf mir einen herausfordernden Blick zu, ehe er sich an seine Suppe machte und in finsteres Schweigen verfiel.

Niemand brach es. Emerson mochte zwar noch nicht wieder ganz er selbst sein, doch er war bereits soweit wieder hergestellt, daß er alle Menschen um sich herum beherrschte; die beiden jungen Männer, die am Tisch saßen, wirkten in seiner Gegenwart klein und unscheinbar.

Erlauben Sie, werter Leser, daß ich Ihnen an dieser Stelle Mr. Charles H. Holly und Monsieur René D'Arcy vorstelle, zwei der Assistenten von Cyrus. Ich habe Sie Ihnen nicht schon früher präsentiert, weil ich keinem der beiden je zuvor begegnet war. Sie gehörten zur neuen Generation von Archäologen, und Charlie war zum erstenmal zu Ausgrabungen in Ägypten. Von Beruf war er Bergwerksingenieur, ein rotwangiger, fröhlicher junger Mann, dessen Haar die Farbe ägyptischen Sandes hatte. Zumindest war er solange fröhlich gewesen, bis Emerson ihn sich vorgeknöpft hatte.

René, der so blaß und verträumt aussah wie ein Dichter, hatte an der Sorbonne studiert und war ein begabter Zeichner. Die schwarzen Locken, die ihm anmutig in die Stirn fielen, hatte die gleiche Farbe wie sein Schnurrbart, der ebenso anmutig seine Oberlippe bedeckte. Er besaß ein sehr angenehmes Lächeln. Ich hatte es nicht mehr an ihm gesehen, seit Emerson ihn sich vorgeknöpft hatte.

Emerson hatte die beiden wie Studenten in einer mündlichen Prüfung examiniert, ihre Übersetzungen von hieroglyphischen Texten kritisiert, ihr Arabisch korrigiert und sich über ihre fehlerhafte Beschreibung von Grabungstechniken lustig gemacht. Man konnte es ihnen kaum verdenken, daß sie bei dieser hochnotpeinlichen Befragung nicht gut abschnitten. Ich hatte schon erlebt, daß gestandene Fachleute wie Schuljungen zu stottern anfingen, wenn Emerson ihre Theorien in Zweifel zog. Allerdings konnten die armen Kerle das nicht wissen, und nach dieser Lektion versuchten sie, meinem Mann möglichst aus dem Weg zu gehen. Keiner der beiden kannte das GEHEIMNIS, wie Ramses es genannt hatte, doch sie wußten, daß die Gefahr, der Emerson entronnen war, immer noch bestand. Cyrus versicherte mir, daß sie ihm treu ergeben waren und – wie er es bezeichnete – auch in einer Prügelei ihren Mann stehen würden.

Erst nachdem Emerson zu Ende gegessen hatte – mit gutem Appetit, wie ich erfreut feststellte –, ergriff er wieder das Wort. Er warf seine Serviette auf den Tisch, erhob sich und blickte mich finster an. »Kommen Sie, Miss – äh – Peabody. Es ist an der Zeit, daß wir ein wenig plaudern.«

Ich folgte ihm und lächelte dabei in mich hinein. Falls Emerson meinte, er könne mich bei einem Fehler erwischen oder einschüchtern wie die beiden armen jungen Männer, so stand ihm ein heilsamer Schock bevor.

Der Leser mag überrascht sein, daß ich mich mit solcher Ruhe in eine Situation fügte, die eigentlich bei mir die stärksten Gefühle von Qual und Niedergeschlagenheit hatte hervorrufen müssen. Es ist stets meine Art gewesen, angesichts widriger Umstände Fassung zu bewahren; Tränen und Hysterie sind mir wesensfremd. Nie würde ich das große Lob vergessen, das Emerson selbst mir gezollt hatte: »Ich liebe dich unter anderem deshalb, weil du eher geneigt bist, jemandem deinen Sonnenschirm über den Schädel zu schlagen, als dich wie andere Frauen heulend aufs Bett zu werfen.«

Ich hatte meine Nacht der Tränen bereits hinter mir – nicht in einem bequemen Bett, sondern auf dem harten Boden des Badezimmers im »Schloß«, zusammengekauert in einer Ecke wie ein geprügelter Hund. Sicherlich durchlebte ich noch weitere Augenblicke des Schmerzes und der Verzweiflung. Doch welchen Sinn hätte es, sie hier zu schildern? Keiner war so schwerwiegend wie jener erste hemmungslose Ausbruch. In dieser schrecklichen Nacht hatte ich mich von solch nutzlosen Empfindungen befreit. Nun war jede Faser meines Körpers, jede Sehne, jeder Gedanke auf ein einziges Ziel gerichtet. Es war, als hätte ich mich gezwungen, dieselben Jahre zu vergessen, die Emerson vergessen hatte – um in meinem Kopf in die Vergangenheit zurückzukehren. Hierin folgte ich den Vorschriften von Dr. Schadenfreude. »Bei Ihnen«, hatte er zu mir am Abend unserer Abreise gesagt, »bei Ihnen, Frau Emerson, liegt der Kern des Problems. Mein ursprünglicher Eindruck hat sich durch das bestätigt, was ich seither beobachtet habe. Seine Erinnerung flieht vor den Fesseln des Ehestandes. Allem anderen ist er zugänglich; er nimmt relativ gleichmütig an, was man ihm sagt. Nur bei diesem einen Thema bleibt er verstockt. Folgen Sie ihm in die Vergangenheit. Betrachten Sie ihn wieder ebenso gleichgültig wie früher. Handeln Sie dementsprechend. Und dann ... handeln Sie so, wie es die Situation erfordert.«

Traurigerweise war Cyrus' Begeisterung über Dr. Schadenfreude beträchtlich gesunken, seit dieser bemerkenswerte Gentleman seine Ansichten über die Ehe und die verwerflichen Gewohnheiten des männlichen Geschlechts kundgetan hatte. Wie die meisten Männer war Cyrus ein heimlicher Romantiker und hoffnungslos naiv, was Menschen anging. Frauen sind da realistischer, und ich – das glaube ich sagen zu können, ohne Widerspruch befürchten zu müssen – habe eine besonders ausgeprägte realistische Einstellung. Die Ratschläge des Arztes kamen bestimmten Wesenszügen von mir entgegen. Ich genieße die Herausforderung; je schwieriger die Aufgabe ist, um so mehr brenne ich darauf, die Ärmel hochzukrempeln und mich an die Arbeit zu machen. Ich hatte Emersons Herz schon einmal erobert, und das trotz beträchtlicher Hindernisse, denn er war ein überzeugter Frauenfeind gewesen, und ich bin und war keine Schönheit. Wenn das geistige Band zwischen uns, ein Band, das die Grenzen der Zeit und des Fleisches überstieg, so stark war, wie ich glaubte, würde ich ihn zurückgewinnen können. Doch wenn das Band nur in meiner Vorstellung existierte ... Diesen Fall konnte und wollte ich gar nicht erst in Erwägung ziehen.

Mit bebenden Gliedern und wachem Verstand folgte ich ihm in den Salon, der auch als Bibliothek und Cyrus als Arbeitszimmer diente. Es war eine Symphonie in Scharlachrot und Beige, mit goldenen Akzenten. Selbst der Flügel war vergoldet – einer von Cyrus' wenigen transatlantischen Geschmacksverirrungen. Emerson ließ sich in einen Armsessel fallen und holte seine Pfeife hervor. Während er damit herumhantierte, nahm ich ein Manuskript vom Tisch. Es war das hübsche Märchen, das ich in Kairo gelesen hatte; ich hatte es wieder zur Hand genommen, um mich abzulenken.

»Nun bin vermutlich ich an der Reihe, geprüft zu werden«, sagte ich gelassen. »Soll ich übersetzen? Das ist der ›Verwunschene Prinz‹, ein Märchen, das Sie sicherlich kennen.«

Emerson, der in seiner Pfeife herumstocherte, blickte hoch: »Sie sind des Hieratischen mächtig?«

»Nicht besonders gut«, gestand ich. »Das ist Wal ... äh ... Masperos hieroglyphische Übertragung.« Und ohne weitere Vorrede begann ich: »Es war einmal ein König, dem kein Sohn geboren wurde. Also betete er zu den Göttern, sie mögen ihm einen Sohn schenken, und sie beschlossen, ihm den Wunsch zu gewähren. Dann kamen die Hathoren, um sein Schicksal zu beschließen. Sie sagten: ›Er soll sterben durch das Krokodil oder durch die Schlange oder durch ... ‹«

Eine unsichtbare Hand schnürte mir die Kehle zu. Aberglaube zählt nicht zu meinen Schwächen, doch die Erkenntnis, daß es sich um eine Parallele in meinem eigenen Leben handelte, überkam mich mit solcher Wucht, daß mir plötzlich so war, als werde *meinem* Kind ein unglückliches Schicksal prophezeit.

Zu Beginn unserer Bekanntschaft in Amarna hatten Emerson und ich mit einem Gegner zu kämpfen gehabt, den ich als wahrhaftes Krokodil beschrieben habe, das auf einer Sandbank liegend darauf lauerte, den Liebenden zu zerfleischen, der nach seiner Geliebten sucht. Nun bedrohte uns ein anderer Feind – ein Mann, der sich den Namen Schlange gegeben hatte.

Unsinn, sagte der vernunftsbegabte Teil meines erprobten Gehirns. Phantasiereich darfst du ruhig sein, doch das ist heidnischer Aberglaube der übelsten Sorte. Denk nicht mehr daran! Benutze deinen gesunden Menschenverstand, um diese irrationale Furcht zu besiegen, die deinen Sinn für Logik schwächt!

Emerson, der nicht bemerkte, welch schmerzlicher Kampf vor seinen Augen stattfand, meinte sarkastisch: »Bis zu dieser Stelle haben Sie sich also vorbereitet?«

»Ich kann fortfahren, wenn Sie es wünschen.«

»Nicht nötig. Ich hätte nicht um eine private Unterredung gebeten, wenn ich Ihre Qualifikationen überprüfen wollte. Falls ich Vandergelt glauben darf, habe ich sie bereits für gut befunden.«

»Das stimmt.«

»Und Sie haben an der fraglichen Expedition teilgenommen, auf die mein liebenswerter Gastgeber so neugierig war?«

»Das habe ich.«

»Sie hat also stattgefunden?«

»Das hat sie.«

»Wenigstens redet sie nicht unaufhörlich wie die meisten Frauen«, murmelte Emerson zu sich selbst. »Also gut, Miss … äh … Peabody. Wohin zum Teufel hat sie uns geführt, und weshalb? Vandergelt behauptet, nichts darüber zu wissen.«

Ich sagte es ihm.

Emersons Augenbrauen vollführten eine Reihe erschreckender Bewegungen. »Willie Forth? Mir ist, als hätte ich erst gestern mit ihm gesprochen … Er ist tot, sagen Sie?«

»Seine Frau ebenfalls. Die Einzelheiten sind nicht von Belang«, fuhr ich fort, denn ich war nicht versessen darauf, mir einige dieser Einzelheiten ins Gedächtnis zu rufen. »Wichtig ist allerdings etwas anderes: Jemand hat davon erfahren, daß Mr. Forths verlorene Zivilisation keine Einbildung ist und nur wir ihn dorthin führen können. Wir haben geschworen, niemals den Ort preiszugeben …«

»Ja, ja, das haben Sie mir bereits erklärt. Vergeben Sie mir«, meinte Emerson mit bösartiger Höflichkeit, »wenn ich mir erlaube, hinsichtlich dieser Angelegenheit ein gewisses Maß an Skepsis zum Ausdruck zu bringen. Ich sagte zu Willie Forth, er sei verrückt, und soweit ich sehe, gibt es nichts, was dieses Urteil widerlegt. Sie und Ihr lieber Freund Vandergelt haben vielleicht aus Gründen, die nur Sie kennen, die ganze Geschichte erfunden.«

»Aber Sie besitzen doch selbst den Beweis dafür, daß sich jemand für Ihre Angelegenheiten interessiert«, sagte ich empört. »Die Beule an Ihrem Kopf und dieser schreckliche Bart …«

»Was hat mein Bart damit zu tun?« Emerson griff nach dem fraglichen Gesichtsschmuck. »Lassen Sie gefälligst meinen Bart aus dem Spiel. Ich gebe Ihnen recht, daß sich offensichtlich jemand auf unverschämte Weise in meine persönlichen Angelegenheiten einmischt, doch dieser Jemand hat sich nicht so präzise ausgedrückt wie Sie …«

»Wie hätte er denn auch? Er weiß nichts über den betreffenden Ort, außer daß dort unglaubliche Reichtümer zu finden sind …«

»Fallen Sie den Leuten immer ins Wort?«

»Nicht öfter als Sie. Wenn die Leute reden und reden …«

»Ich unterbreche nie jemanden!« rief Emerson. »Mit Ihrer gütigen Erlaubnis möchte ich den Punkt zu Ende führen, den ich eben erläutern wollte.«

»Ich bitte darum«, gab ich schnippisch zurück.

Emerson holte tief Luft. »Es gibt eine Reihe von Leuten, die Groll gegen mich hegen. Ich schäme mich dessen nicht, sondern bin sogar ein wenig stolz darauf, denn in sämtlichen Fällen rührt ihre Verärgerung daher, daß ich gegen ihr ungesetzliches oder unmoralisches Treiben eingeschritten bin. Außerdem bin ich, wie Ihnen vielleicht aufgefallen ist, verschwiegen, diskret und zurückhaltend. Ich erzähle nicht jedem, was ich weiß. Ich posaune mein Wissen nicht hinaus. Ich spreche niemals, sofern nicht …«

»O guter Gott!« rief ich und sprang auf. »Ich stimme völlig mit dem überein, was Sie hier in unnötiger Breite auswalzen: Es gibt zweifellos Dutzende von Menschen, die Sie aus Dutzenden von verschiedenen Gründen umbringen möchten. Sie wollen den Beweis, daß es dieser eine Mensch auf eine ganz bestimmte Information abgesehen hat? Diesen Beweis sollen Sie haben. Kommen Sie mit!«

Er hatte keine andere Wahl, als zu gehorchen oder auf die Befriedigung seiner Neugier zu verzichten, denn als ich das sagte, war ich bereits auf dem Weg zu der Tür. Also folgte er mir mit schwerem Schritt, wobei er leise vor sich hin schimpfte, bis zu meiner Kabine. Ich stieß die Tür auf.

»Was soll das!« rief er aus und wich zurück. »Ich weigere mich …«

Voll Freude, belustigt und ungeduldig zugleich trat ich hinter ihn und gab ihm einen Schubs. »Falls ich mich Ihnen unsittlich nähern sollte, können Sie ja um Hilfe rufen. Nachdem Sie gesehen haben, was ich Ihnen zeigen will, werden Sie verstehen, warum ich es lieber nicht aus dieser Kabine entfernen möchte. Setzen Sie sich.«

Mißtrauisch beäugte Emerson das Himmelbett, als könne es jeden Moment mit Rüschen besetzte Fangarme nach ihm auswerfen. Schließlich ging er in großem Bogen darum herum und ließ sich vorsichtig auf einem Stuhl nieder. Als ich mich dem Bett näherte, fuhr er zusammen, und erst, nachdem ich die Schachtel unter der Matratze hervorgeholt hatte und sie ihm reichte, entspannte er sich wieder ein wenig.

Beim Anblick des Schachtelinhalts stieß er einen leisen Pfiff aus, aber er sagte kein Wort, bis er die beiden Szepter gründlich untersucht hatte. Als er seinen Kopf hob und mich ansah, funkelte in seinen Augen das einstige blaue Feuer des

Archäologenfiebers. »Falls das Fälschungen sind, sind es die besten, die ich je gesehen habe. Sie und Vandergelt müssen sich einige Mühe gemacht haben, um mich hinters Licht zu führen.«

»Sie sind echt. Wir wollen Sie nicht täuschen. Nicht einmal Cyrus kennt sie, Emerson. Er weiß nicht mehr über die Sache als unser unbekannter Feind, der sich die gleichen Anhaltspunkte wie Cyrus zusammenreimen mußte …«

»Unbekannt? Ich weiß, wer er ist.«

»Was?« rief ich. »Sie haben ihn wiedererkannt?«

»Natürlich. Er hat sich einen Bart wachsen lassen und das Haar gefärbt, und er sah älter aus …«, Emerson dachte kurz nach, »was ja auch zu erwarten war, weil er tatsächlich älter geworden ist. Dennoch, für mich gibt es keinen Zweifel. Nun denn. Das erklärt, warum er so ruppig war. Ich konnte mir nicht zusammenreimen, weshalb er so verärgert über mich war, schließlich gehöre ich zu den wenigen Leuten, die für ihn eingetreten sind. Was für eine traurige Welt, in der die Habgier stärker ist als die Dankbarkeit und die Sucht nach Gold über die Freundschaft siegt …«

»Ihr Männer seid wirklich naiv!« rief ich aus. »Wenn man jemandem eine Gunst erweist, wird einem das zumeist mit Groll, nicht mit Dankbarkeit vergolten. Er verachtet Sie wahrscheinlich sogar noch mehr als die, die ihn verurteilt haben. Also war es Mr. Vincey. Ich glaubte, seine Stimme erkannt zu haben.«

»Sie kennen ihn?«

»Ja. Das ist seine Katze.« Ich deutete auf Anubis, der zusammengerollt auf dem Sofa lag. »Er bat uns – verdammte Frechheit! –, während seiner Reise nach Damaskus für das Tier zu sorgen.«

»Er war ganz sicher nicht in Damaskus«, sagte Emerson. »Nun gut, kommen wir wieder zum Thema zurück, anstatt um den heißen Brei herumzureden, wie Frauen das für gewöhnlich tun. Vincey ist auf freiem Fuß, und es wäre äußerst unvorsichtig von uns, wenn wir davon ausgingen, daß er sein Vorhaben aufgegeben hat. Er hat nun noch mehr Grund, mir zu grollen, nachdem ich ihm so geschickt entwischt bin. Ich könnte ... Was ist los? Steckt Ihnen etwas im Hals? Trinken Sie einen Schluck Wasser, und lenken Sie mich nicht ab.«

Es schien nicht der geeignete Augenblick zu sein, ihn daran zu erinnern, daß seine Flucht weder geschickt noch Ergebnis seiner eigenen Bemühungen gewesen war. Ich schluckte meine Empörung hinunter und schwieg. Emerson fuhr nachdenklich fort: »Ich könnte ihn schnappen, glaube ich, doch ich will verdammt sein, wenn ich zulasse, daß er sich weiterhin in meine beruflichen Angelegenheiten mischt. Wenn er etwas von mir will, wird er mich verfolgen. Ja, das wird das beste sein. Ich führe meine Arbeit fort, und wenn der Kerl auftaucht, knöpfe ich ihn mir vor.«

Ich überlegte gerade, was ich auf diese selbstgefällige Äußerung am besten antworten sollte, als ich draußen Schritte hörte, die ich als die von Cyrus erkannte; er legte eine Eile an den Tag, die mir ängstliche Schauder über den Rücken jagte. Er rannte fast, und noch ehe er meine Tür erreicht hatte, begann er zu rufen.

»Amelia! Sind Sie hier?«

»Eine Sekunde«, rief ich zurück, nahm Emerson schnell die Schachtel weg und verstaute sie wieder in ihrem Versteck.

»Was ist los Cyrus? Was ist passiert?«

»Ich glaube, wir haben Ärger. Wir haben einen blinden Passagier entdeckt!«

*

Nachdem ich die Schachtel wieder versteckt hatte, ließ ich Cyrus herein. In meiner Aufregung hatte ich nicht daran gedacht, daß Emersons Anwesenheit zu einer peinlichen Situation führen könnte – insbesondere für Emerson –, bis ich sah, wie Cyrus den Mund aufriß; seine hageren Wangen liefen rot an. Emerson war ebenfalls errötet, doch er entschloß sich zur Flucht nach vorn.

»Sie stören eine berufliche Unterredung«, knurrte er. »Was soll diese Aufregung?«

»Ein blinder Passagier«, erinnerte ich ihn. »Wer? Wo?«

»Hier«, erwiderte Cyrus.

Einer der Matrosen schubste sie herein. Aus der Kleidung mußte man schließen, daß es sich um ein weibliches Wesen handelte, obgleich das abgetragene schwarze Gewand ihre Gestalt gänzlich verhüllte und der staubige Schleier ihr Gesicht bis auf die erschrockenen dunklen Augen verdeckte.

»Das ist eine der armen Frauen aus dem Dorf, die vor ihrem grausamen Mann oder tyrannischen Vater flieht«, rief ich voller Mitgefühl.

»Hölle und Verdammnis!« brüllte Emerson.

Sie blickte ihn an. Er saß kerzengerade auf seinem Stuhl und umklammerte mit den Händen die Armlehnen. Mit einer raschen Bewegung riß sie sich los und warf sich ihm zu Füßen.

»Retten Sie mich, O Vater der Flüche! Ich habe mein Leben für Sie riskiert, und nun hängt es am seidenen Faden.«

Heute schien der Tag der Übertreibungen zu sein, dachte ich bei mir. Sie hatte versucht, den mordlüsternen Wächter am Betreten von Emersons Gefängniszelle zu hindern, doch wie konnte ihr schrecklicher Meister davon erfahren haben? War das überhaupt dieselbe Frau? Ihre Stimme klang anders – heiserer, tiefer, und mit einem deutlichen Akzent.

»Bei mir bist du sicher«, sagte Emerson und betrachtete das gebeugte schwarze Haupt mit – wie ich erfreut feststellte – ziemlich skeptischem Blick. »Falls du die Wahrheit sprichst.«

»Sie trauen mir nicht?« Immer noch knieend, richtete sie sich auf und nahm den Schleier vom Gesicht.

Vor Schreck stieß ich einen Schrei aus. Kein Wunder, daß ich ihre Stimme nicht erkannt hatte; auf ihrem Hals zeichneten sich dunkle Würgemale ab. Ihr Gesicht war gleichfalls bis zur Unkenntlichkeit geschwollen und mit den Spuren brutaler Schläge übersät.

»Das hat er mir angetan, als er erfuhr, daß Sie geflohen sind«, flüsterte sie.

Das Mitleid hatte noch nicht gänzlich meinen Argwohn besiegt. »Wie hat er erfahren ...«, fing ich an.

Sie legte den Schleier wieder an und wandte sich mir zu. »Er schlug mich, weil ich Mitleid gezeigt hatte und weil ... weil er zornig war.«

Emersons Miene zeigte keine Regung. Wer nie erlebt hatte, welch brodelndes Meer zarter Gefühle sich hinter seiner zynischen Fassade verbirgt, hätte geglaubt, daß ihn das alles nicht berührte. Aber ich wußte, daß er an das halbwüchsige Mädchen dachte, das er nicht vor seinem mordlüsternen Vater hatte retten können. Seine Stimme verriet nichts davon, als er barsch sagte: »Geben Sie ihr eine Kabine, Vandergelt. Sie haben ja weiß Gott genügend überflüssigen Platz hier auf dem Schiff.«

Sie küßte seine Hand, obwohl er sie daran hindern wollte, und folgte Cyrus nach draußen. Stirnrunzelnd griff Emerson wieder nach seiner Pfeife. Ich hörte, wie Cyrus dem Steward Anweisungen erteilte; nachdem er ihm aufgetragen hatte, der Dame (ich rechnete es ihm hoch an, daß er dieses Wort benutzte, auch wenn er dabei ein wenig stockte) eine leerstehende Kabine zu geben, kam er zurück.

»Sind Sie denn verrückt, Emerson? Diese ver ... äh ... vermaledeite Frau ist eine Spionin.«

»Und ihre Verletzungen rühren wohl von dem Bemühen her, einer andernfalls nicht sehr überzeugenden Geschichte Glaubwürdigkeit zu verleihen?« fragte Emerson spöttisch. »Wie aufopferungsvoll muß sie ihren Peiniger lieben.«

Cyrus' hageres Gesicht verdüsterte sich. »Das ist keine Liebe. Es ist die Sorte Angst, die Sie nie kennenlernen werden.«

»Sie haben recht, Cyrus«, sagte ich. »Viele Frauen kennen sie – nicht nur die hilflosen Sklavinnen in einer Gesellschaft wie dieser, sondern auch Engländerinnen. Einige der Mädchen, die Evelyn auf der Straße aufgelesen hat ... Es gereicht Ihnen zur Ehre, Cyrus, daß Sie für eine Lage, die Ihnen völlig fremd sein muß, Verständnis und Mitgefühl aufbringen.«

»Ich dachte eigentlich an Hunde«, sagte Cyrus und errötete. Er war zu ehrlich, um mein Lob unverdientermaßen anzunehmen. »Ich habe gesehen, wie arme Kreaturen schwanzwedelnd zu dem Halunken zurückgeschlichen kamen, der sie geschlagen und getreten hatte. Wenn man es richtig anstellt, kann man jeden Menschen dazu bringen, sich so zu erniedrigen.«

Emerson stieß eine große blaue Rauchwolke aus. »Wenn Sie beide Ihre philosophische Erörterung jetzt beendet haben, könnten wir vielleicht diese Angelegenheit regeln. Das Auftauchen des Mädchens wirft noch eine weitere Frage auf, die ich gerade ansprechen wollte, als Miss ... äh ... Peabody mich unterbrach. Vincey ist vielleicht nicht der einzige, der in die Sache verwickelt ist.«

Cyrus äußerte sein Erstaunen, als er diesen Namen hörte, und ich übernahm die Aufgabe, es ihm zu erklären. »Seine Stimme kam mir schon damals bekannt vor. Aber er hatte sein Aussehen derart verändert, daß ich mir nicht sicher war. Emerson hat nun meine Vermutung bestätigt, und ich glaube nicht, daß er sich irrt. Kennen Sie Mr. Vincey?«

»Dem Namen nach«, erwiderte Cyrus stirnrunzelnd. »Was ich von ihm gehört habe, läßt durchaus darauf schließen, daß er zu so einer Gemeinheit fähig ist.«

»Er war sicherlich nicht der einzige Beteiligte«, fuhr ich fort. »Abdullah behauptet, er habe mindestens zehn der Schurken getötet.«

Cyrus bedachte meine kleine Anmerkung mit einem Lächeln; Emerson verzog keine Miene. »Gesindel aus der Gegend«, meinte er barsch. »Solche Leute kann man in jeder Stadt Ägyptens und überall auf der Welt anheuern. Das Mädchen ist auch nichts weiter als ein Werkzeug. Vincey hat einen schlechten Ruf, was Frauen angeht.«

»Frauen dieses ... dieses Schlages, meinen Sie wohl«, sagte ich. Ich erinnerte mich, wie betont höflich sich Vincey mir gegenüber gezeigt hatte, und mir fielen auch Howards versteckte Andeutungen wieder ein. Ich unterdrückte meine Empörung und fuhr fort: »Ich finde es interessant, daß Sie das Wort ›Werkzeug‹ benutzen. Sie steht ihm vielleicht in diesem Sinne immer noch zu Diensten. Cyrus hat recht ...«

»Ich bin nicht so naiv« – Emerson warf mir einen finsteren Blick zu –, »dieser Frau ihre Geschichte vorbehaltlos abzukaufen. Auch wenn sie eine Spionin ist, werden wir mit ihr fertig. Aber wenn sie die Wahrheit sagt, braucht sie Hilfe.«

»Muß eine gutaussehende Frau gewesen sein, bevor er sie so zugerichtet hat«, sagte Cyrus.

Diese scheinbar zusammenhanglose Bemerkung, die natürlich einen Zweck verfolgte, entging Emerson nicht. Er grinste ganz besonders widerwärtig und bleckte dabei die Zähne. »Ja, das war sie. Und das wird sie wieder sein. Also reißen Sie sich am Riemen, Vandergelt, ich lasse es nicht zu, daß meine Expedition durch Ablenkungen dieser Art gestört wird.«

»Wenn es nach mir ginge, würde ich sie heute nacht über Bord werfen«, erklärte Cyrus empört.

»Aber, aber. Wo bleibt denn da die berühmte amerikanische Ritterlichkeit. Die Frau bleibt hier.« Nun wandte Emerson dieses ganz besonders widerwärtige Grinsen mir zu. »Sie wird Miss Peabody Gesellschaft leisten.«

*

Nachdem sie gegangen waren, suchte ich einige Kleidungsstücke heraus und ging zur Kabine der Frau. Die Tür war von außen abgesperrt, doch der Schlüssel steckte; ich schloß auf, kündigte mein Erscheinen an und trat ein.

Sie lag, immer noch eingehüllt in ihr staubiges schwarzes Gewand, ausgestreckt auf dem Bett. Ich hatte einige Mühe, sie zu überreden, es auszuziehen, und sie weigerte sich, ihre Verletzungen von mir behandeln zu lassen. Also gab ich ihr das saubere Nachthemd, das ich mitgebracht hatte, und überließ es ihr, sich ausgiebig zu waschen. Als sie wieder aus dem Badezimmer kam, schien sie überrascht, daß ich immer noch hier war. Mit abgewandtem Gesicht und unterwürfig wie der Hund, mit dem Cyrus sie verglichen hatte, lief sie rasch zum Bett hinüber und kroch unter das Laken.

»Ich weiß nicht, was wir dir zum Anziehen geben sollen«, sagte ich in der Hoffnung, ihr durch ein Thema, das bei Frauen nur selten auf Desinteresse stößt, die Befangenheit zu nehmen. »Meine Reisegarderobe ist nicht umfangreich genug, um dich ebenfalls zu versorgen.«

»Ihre Kleider würden mir nicht passen«, meinte sie leise. »Ich bin größer als Sie und nicht ... nicht so ...«

»Hmm«, sagte ich. »Ich werde also neue Kleider für dich besorgen lassen, sobald wir in der nächsten Stadt anlegen. Dieses Gewand da ist schmutzig.«

»Und einen Schleier, bitte! Er würde mich vor neugierigen Blicken schützen.«

Ich bezweifelte, daß ein Schleier als Verkleidung ausreichen würde, um den Mann zu täuschen, den sie so sehr fürchtete. Da ich sie aber beruhigen und ihr Vertrauen gewinnen wollte, beschloß ich, unerfreuliche Themen auszusparen. Auf meine taktvollen Fragen hin war sie schießlich bereit, mir einen Teil ihrer Lebensgeschichte zu erzählen.

Es war eine traurige Geschichte und tragischerweise keine ungewöhnliche. Als Tochter eines europäischen Vaters und einer ägyptischen Mutter war es ihr besser ergangen als den meisten Abkömmlingen solcher Verbindungen, denn ihr deutscher Vater hatte zumindest die Freundlichkeit besessen, ihr bis zum Alter von achtzehn Jahren ein Dach über dem Kopf zu gewähren. Nach seinem Tod war sie auf die Gnade seiner Erben angewiesen gewesen, die jede Verantwortung von sich wiesen und jegliche Verwandtschaft abstritten. Ihre Bemühungen, sich durch ehrbare Arbeit den Lebensunterhalt zu verdienen, scheiterten an ihrem Alter und ihrem Geschlecht. Als Hausmädchen wurde sie vom ältesten Sohn der Familie verführt und von seinen Eltern auf die Straße gesetzt, nachdem die Affäre ruchbar wurde. Natürlich gaben die Eltern ihr die Schuld und nicht ihrem Sohn. Also hatte sie den Rest ihrer Ersparnisse dafür verwendet, ins Land ihrer Geburt zurückzukehren. Dort stellte sie fest, daß sich ihre Verwandten mütterlicherseits genauso feindselig verhielten wie die ihres Vaters. Einsam und verzweifelt lebte sie in Kairo, und eines Tages begegnete sie ... IHM.

Als ich merkte, daß sie vor Müdigkeit und Erregung zitterte, forderte ich sie auf, sich schlafen zu legen. Natürlich durfte ihr Schweigen nicht auf ewig fortdauern. Ich war entschlossen, alles herauszufinden, was sie wußte. Doch das konnte noch etwas warten und ...

Als wir für die Nacht am Ufer festmachten, schickte ich einen der Diener in den Dorfbazar, damit er Kleider für Bertha kaufte. Das war, wie sie behauptete, ihr Name, der ganz gewiß nicht zu ihr paßte. Er erweckte (zumindest in mir) die Vorstellung von blonder teutonischer Gemütlichkeit.

Als wir an unserem Bestimmungsort eintrafen, hatte ich mein Ziel, Berthas Gedanken auszuforschen, nicht erreicht. Emerson lehnte es ab, sich in irgendeiner Form mit der Angelegenheit zu beschäftigen. »Was kann sie uns denn mitteilen – daß Vincey ein brutaler Mensch, Lügner und Lüstling ist? Was er früher – in krimineller oder anderer Hinsicht – getrieben hat, interessiert mich nicht; ich bin kein Polizeibeamter. Wo er sich gegenwärtig aufhält – vorausgesetzt, er wäre so dumm, an irgendeinen Ort zurückzukehren, den sie kennt –, ist gleichfalls belanglos. Wenn ich den Dreckskerl sehen will, finde ich ihn schon. Und zur Zeit habe ich keine Sehnsucht nach ihm. Ich will meine Arbeit fortsetzen und das werde ich auch, komme, was da wolle, Hölle oder Sintflut, Verbrecher oder aufdringliche Frauen!«

*

Auf einer Länge von über sechzig Kilometern entlang des Nils in Mittelägypten ragen die Klippen der östlichen Hochwüste steil über dem Wasser empor, mit Ausnahme einer Stelle, wo sie eine halbkreisförmige, zehn Kilometer lange und drei Kilometer tiefe Einbuchtung bilden. Die unfruchtbare, flache Ebene wirkt hier noch abweisender als andere verlassene Gegenden, denn es ist ein verwunschener Ort – wo eine Königsstadt, die inzwischen für immer vom Erdboden verschwunden ist, einst für kurze Zeit im Glanz erstrahlte.

Hier, genau in der Mitte, zwischen den beiden alten Hauptstädten Theben im Süden und Memphis im Norden, baute der rätselhafteste der ägyptischen Pharaonen, Echnaton, eine neue Stadt und nannte sie Achet-Aton, nach seinem Gott Aton – »dem einzigen, neben dem es keinen anderen gibt«. Auf Befehl des Pharaos wurden die Tempel der übrigen Götter geschlossen; sogar ihre Namen ließ er von den Bauwerken entfernen. Sein Beharren auf der Einzigartigkeit seines Gottes machte ihn in den Augen der alten Ägypter zu einem Häretiker – und für uns heutige Menschen zum ersten Monotheisten der Geschichte.

Die Abbildungen von Echnaton zeigen ein seltsam mageres Gesicht über einem fast weiblichen Körper, mit breiten Hüften und fülligem Oberkörper. Allerdings mangelte es ihm nicht an männlichen Attributen, wie die Existenz von mindestens sechs Kindern beweist. Deren Mutter war Echnatons Königin Nofretete – »Herrin der Anmut, Süße der Hände, seine Geliebte«. Und seine romantische Verbundenheit mit dieser liebreizenden Dame, deren Name »Die Schöne ist gekommen« bedeutet, bezeugen zahlreiche Reliefs und Bilder. Zärtlich hält er sie umarmt; anmutig läßt sie sich auf seinen Knien nieder. Diese Darstellungen ehelicher Zweisamkeit sind in der ägyptischen Kunst einzigartig und nirgendwo sonst zu finden. Für mich hatten sie einen besonderen Reiz; ich glaube nicht, daß ich den Grund dafür erklären muß.

Manche Gelehrte halten Echnaton für moralisch verderbt und körperlich mißgestaltet und verurteilen seine religiöse Reform als zynisches politisches Manöver. Das ist selbstverständlich Unsinn. Ich entschuldige mich nicht dafür, daß ich eine erbaulichere Deutung bevorzuge.

Ich vertraue darauf, daß der geneigte Leser die vorangegangenen Absätze nicht übersprungen hat. Ziel der Literatur ist es schließlich, Wissen zu mehren, nicht aber müßige Unterhaltung feilzubieten.

Am Tag unserer Ankunft standen wir alle an der Reling und beobachteten, wie die Mannschaft das Hausboot in den Hafen des Dorfes Haggi Quandil manövrierte. Die Ruhe hatte Emerson gutgetan; sonnengebräunt und berstend vor Energie war er fast wieder ganz der alte – abgesehen von dem verflixten Bart. Außerdem war er in sehr guter Stimmung, denn ich hatte ihn nicht – obgleich es mir viel Selbstbeherrschung abverlangte – mit dem Thema Mr. Vincey und Bertha bedrängt. Cyrus und ich hingegen hatten die Angelegenheit ausführlich erörtert und waren übereingekommen, bestimmte Vorsichtsmaßnahmen zu treffen.

Auf dem Kai warteten zwanzig unserer treuen Männer aus Aziyeh, dem kleinen Dorf nahe Kairo, aus dem die besten Grabungsarbeiter Ägyptens kommen. Ich hatte Abdullah beauftragt, sie nach Amarna zu bringen, und der Anblick ihrer lebhaften, lächelnden Gesichter beruhigte mich mehr als der eines Trupps Soldaten. Schon seit vielen Jahren arbeiteten sie für uns; Emerson selbst hatte sie ausgebildet, und sie hatten sich ihm mit Leib und Seele verschrieben.

Emerson kletterte über die Reling und sprang an Land. Als ich zu ihm stieß, war er immer noch damit beschäftigt, Hände zu schütteln, auf Rücken zu klopfen und leidenschaftliche

Umarmungen über sich ergehen zu lassen. Ich ging jedoch nicht als zweite an Land: Anubis, der Kater, lief vor mir den Landungssteg hinab.

Abdullah zog mich beiseite und deutete auf die Katze, die sämtliche sandalenbekleideten Füße einer ausführlichen Begutachtung unterzog. »Hast du dich nicht dieses vierbeinigen Dämons entledigt, Sitt Hakim? Er hat Emerson verraten ...«

»Falls er das getan hat, so geschah es unabsichtlich, Abdullah. Katzen können nicht dazu abgerichtet werden, jemanden in den Hinterhalt zu locken ... oder zu sonst etwas, was sie nicht tun wollen. Anubis hängt sehr an Emerson. Während der ganzen Zeit, als er krank war, saß er am Fußende seines Bettes. Nun, Abdullah, hast du die anderen Männer gewarnt, daß Emerson immer noch von dem Mann, der sich Schlange nennt, Gefahr droht, und ihnen gesagt, welche Dinge sie nicht erwähnen dürfen?«

»Zum Beispiel, daß du die Frau des Vaters der Flüche bist?« Abdullah legte einen Sarkasmus an den Tag, der Emerson würdig gewesen wäre, und rümpfte mißbilligend seine Hakennase. »Ich habe es ihnen gesagt, Sitt. Sie werden gehorchen, so wie sie jedem Deiner Befehle gehorchen würden, auch wenn sie die Gründe nicht verstehen. Ich verstehe sie auch nicht. Für mich ist das eine närrische Art, einem Menschen die Erinnerung zurückzubringen.«

»Wieder einmal stehen wir uns gegenüber, Abdullah«, sagte Cyrus, der zu uns gestoßen war. »Aber ich glaube, wir sollten weitergehen. Wenn die Sitt Hakim spricht, spitzt alles die Ohren und gehorcht.«

»Niemand weiß das besser als ich«, meinte Abdullah.

Auf Emersons Ruf hin versammelten wir uns um ihn. »Abdullah hat ein Lager für uns hergerichtet«, verkündete er.

»Und ich habe die Esel gewaschen«, sagte Abdullah.

Emerson starrte ihn an. »Die Esel gewaschen? Wozu?«

»Er hat nur meine Anweisungen ausgeführt«, sagte ich.

»Die armen Tiere sind immer in einem erbärmlichen Zustand, übersät mit Geschwüren und unzulänglich gepflegt. Ich lasse nicht zu … Nun, das tut nichts zur Sache. Wären Sie nun so gütig, uns mitzuteilen, wohin wir gehen und was Sie zu tun gedenken – und weshalb wir ein Lager benötigen, wenn wir ein Hausboot haben?«

Emerson starrte nun mich an. »Ich habe nicht die Absicht, auf dem verdammten Boot zu bleiben. Es liegt zu weit von den Gräbern entfernt.«

»Welche Gräber?« fragte ich und trat dabei Cyrus fest auf den Fuß, um ihn an dem Widerspruch zu hindern, der ihm auf der Zunge lag.

»Sämtliche Gräber. Die südliche Gruppe befindet sich gut fünf Kilometer von hier, und die nördliche Gruppe ist noch weiter entfernt. Ein weiteres interessantes Gebiet liegt in einer Senke hinter dem niedrigen Hügel, ungefähr in der Mitte des Klippenbogens.«

»Dort gibt es keine Gräber«, wandte ich ein. »Sofern das Mauerwerk nicht …«

Emerson fuchtelte ungeduldig mit den Händen. »Ich werde heute abend die endgültige Entscheidung treffen. Für heute beabsichtige ich, eine Bestandsaufnahme zu machen, und je schneller Sie aufhören, mir zu widersprechen, um so früher können wir an die Arbeit gehen. Nun? Noch weitere Einwände?«

Er drehte sich plötzlich zu René um, der näher herangekommen war.

Es gab keine weiteren Einwände.

Ehe der Tag zu Ende ging, waren alle Bedenken über Emersons körperliche Verfassung ausgeräumt. Er erklärte, wir brauchten keine Esel – damit war zwar niemand von uns einverstanden, doch alle, außer mir, waren zu feige, ihm zu widersprechen. Ich wußte ganz genau, daß er uns auf die Probe stellte – insbesondere mich –, und deshalb erhob auch ich keinen Widerspruch. Wir mußten fast fünfunddreißig Kilometer gelaufen sein, wenn man die Höhenmeter mitrechnete, die wir über Haufen von Felsgeröll und die Hügel hinauf und hinunter zurücklegten.

Am einfachsten läßt sich unser Weg beschreiben, wenn man sich das Gebiet als einen Halbkreis vorstellt, dessen gerade Seite der Nil bildet. Die Klippen der Hochwüste formen einen Bogen; am äußersten südlichen und nördlichen Ende reichen sie fast bis an das Flußbett heran. Haggi Quandil befindet sich ein wenig südlich vom Mittelpunkt der geraden Linie, also waren wir etwas fünf Kilometer vom nächstgelegenen Klippenabschnitt entfernt.

Unser Pfad führte durch das Dorf und die umliegenden Felder hinaus auf die Ebene – hügeliges, nacktes Land, das mit Kieseln und Tonscherben übersät war. Unter dem Sandboden lagen die zu Ruinen zerfallenen Fundamente der heiligen Stadt Echnatons. Sie hatte sich vom nördlichen Ende der Ebene bis zum Süden erstreckt. Bei unserer früheren Arbeit in Amarna hatten wir weiter südlich einen Teil der Stadt freigelegt. Ich war mir jedoch sicher, daß die langsam, aber unaufhaltsam waltenden Kräfte der Natur die Grabungsstätte bereits wieder in Besitz genommen hatten. Vermutlich hatten sie schon sämtliche Spuren unserer Arbeit beseitigt, wie früher diejenigen der antiken Baumeister.

Mit energischem Schritt lief Emerson über die Ebene. Ich beschleunigte mein Tempo und holte ihn ein. »Ich nehme an, Emerson, wir gehen zu den nördlichen Gräbern?«

»Nein«, erwiderte er.

Ich blickte zu Cyrus hinüber, der mit den Schultern zuckte, lächelte und mich mit einer Handbewegung einlud, mit ihm zu gehen. Wir ließen Emerson vorausmarschieren, wobei ihm Abdullah dicht auf den Fersen blieb. Niemand sonst schien auf seine Gesellschaft Wert zu legen.

Und tatsächlich besichtigten wir einige der nördlichen Gräber, doch erst, nachdem Emerson zu verstehen gegeben hatte, daß er in dieser Grabungssaison ein anderes Bauwerk gründlich untersuchen wollte.

Um den von Felsen eingefaßten Halbkreis seiner Stadt hatte Echnaton eine Reihe von gemeißelten Gedenksteinen aufstellen lassen, die seinem Gott geweiht waren. Zugleich markierten sie die Stadtgrenzen. Emerson und ich hatten drei dieser Bildsäulen gefunden und auf Zeichnungen festgehalten. Diese Stelen, wie sie genannt wurden, ähnelten sich in der Form: Eine zentrale, oben abgerundete Säule mit einer langen hieroglyphischen Inschrift, darüber in Flachrelief ein Bild des Königs und seiner Familie, wie sie ihrem Gott Aton huldigen. Dieser hatte die Form einer Sonnenscheibe, deren Strahlen in den kleinen Händen der Menschen endeten. Auf beiden Seiten standen Statuen der königlichen Familie. Die meisten Begrenzungssäulen waren nur noch Ruinen. Manche Teile waren von den Feinden des Ketzerkönigs nach seinem Tod und der Wiedereinsetzung der alten Götter, die er verleugnet hatte, mutwillig zerstört worden.

»Es gibt zwei Serien von Inschriften, wobei die eine älteren Datums ist als die andere«, sagte Emerson. Die Fäuste in die Hüften gestemmt und barhäuptig im gleißenden Sonnenlicht, starrte er zu der Klippe empor, die über uns aufragte. »Das ist eine der älteren. Sie zeigt zwei Prinzessinnen zusammen mit ihren Eltern. Auf den jüngeren Stelen sind drei Töchter zu sehen.«

Cyrus nahm seinen Tropenhelm ab und fächelte sich damit Luft zu. »Wie zum Teufel Sie das erkennen können, begreife ich nicht. Die Spitze dieses blöden Dings ist bestimmt zehn Meter über uns, und die Klippe fällt steil ab.«

»Man kommt nur von oben an sie heran«, sagte Emerson. Er wandte sich um. Charlie versuchte, sich hinter Abdullah zu verstecken, dessen große Gestalt und weitausladendes Gewand reichlich Schutz boten. Nichtsdestotrotz richtete sich Emersons Blick geradewegs auf ihn. Mit bösem Spott in der Stimme sagte Emerson: »Für die Grenzstele sind Sie zuständig, Holly. Ein gesunder junger Kerl wie Sie genießt doch sicher die Herausforderung, an einem Seil zu baumeln und dabei Inschriften zu kopieren.«

Ein steiler Pfad führte uns hinauf zu dem Felsgesims, auf dem die nördliche Gruppe der Adelsgräber lag. Früher hatten sie offen dagelegen und waren den Verwüstungen der Zeit und der Grabräuber schutzlos ausgeliefert gewesen. Vor kurzem hatte die Antikenverwaltung die Eingänge der bedeutendsten Gräber mit Eisentoren gesichert. Emerson betrachtete die Tore, die zu unserer Zeit noch nicht vorhanden gewesen waren, neugierig und zweifelnd.

»Gibt es in Amerika nicht ein Sprichwort über den Pferdestall, der abgeschlossen wird, nachdem das Roß gestohlen wurde? Nun gut, lieber spät als nie, nehme ich an. Wer hat die Schlüssel?«

»Ich kann sie holen«, erwiderte Cyrus. »Weil ich nicht wußte, daß ...«

»Ich brauche sie vielleicht später«, lautete die knappe Antwort.

Er weigerte sich, mehr zu sagen, bis wir Abdullahs Lager erreicht hatten. Da ich Abdullah kannte, war ich nicht überrascht, daß seine Bemühungen lediglich darin bestanden hatten, ein paar Zelte aufzustellen und Kameldung für ein Feuer zusammenzutragen.

»Sehr schön, Abdullah«, sagte ich. Der Vorarbeiter, der mich aus den Augenwinkeln beobachtet hatte, entspannte sich, wurde aber wieder unruhig, als ich fortfuhr: »Natürlich ist nichts so bequem wie ein nettes, angenehmes Grab. Warum können wir nicht ...«

»Weil wir nicht an den Gräbern arbeiten werden«, sagte Emerson. »Diese Ausgrabungsstätte liegt genau in der Mitte zwischen den nördlichen und südlichen Gräbern.«

»Ausgrabungsstätte?« fragte Cyrus aufgebracht. »Warum zum Teu ... um Himmels willen, wollen Sie Ihre Zeit in diesem Gebiet vergeuden? Es kann hier draußen, so weit vom

Stadtkern, keine Häuser geben, und niemand hat je Spuren von Grabschächten gefunden.«

Emersons wohlgeformte Lippen – die nun leider meinen zärtlichen Augen durch borstige schwarze Haare verborgen waren – formten sich zu einem höhnischen Grinsen. »Die meisten meiner Kollegen würden nicht einmal dann einen Grabschacht entdecken, wenn sie direkt in ihn hineinfielen. Ich sagte Ihnen bereits, Vandergelt, daß Erklärungen bis heute abend warten müssen. Wir haben noch ein Stück Weg vor uns. Folgen Sie mir.«

Die Sonne stand im Zenit, und wir waren nun schon seit Stunden marschiert (was unsere Fortbewegung nur ungenau beschreibt). »Vorwärts«, sagte ich und umfaßte fest meinen Sonnenschirm.

Emerson hatte diesen, meinen ständigen Begleiter zwar bereits mißtrauisch beäugt, aber mich nicht deswegen befragt, also sah ich keinen Grund, warum ich ihm hätte erklären sollen, daß ein Sonnenschirm eines der nützlichsten Dinge ist, die ein Mensch bei einer solchen Expedition bei sich tragen kann. Er spendet nicht nur Schatten, sondern läßt sich auch als Gehstock verwenden oder wenn nötig als Waffe. Meine Sonnenschirme wurden häufig zu letzterem Zweck benutzt. Es waren Spezialanfertigungen mit einem Stahlschaft und einer scharfen Spitze.

Galant, wie er war, kam Cyrus mir zu Hilfe. »Nein, Sir«, erklärte er, »es ist Mittag, und ich sterbe vor Hunger. Ehe ich nicht etwas zu essen bekomme, mache ich keinen Schritt mehr.«

Emerson willigte mürrisch ein.

Der Schatten der Zelte war eine Wohltat. Einer von Cyrus' Dienern packte die Picknickkörbe aus, die der Koch vorbereitet hatte, und wir verzehrten ein so luxuriöses Mittagsmahl, wie es kaum ein Feldarchäologe je serviert bekommt. Beim Essen ließ sich Emerson erneut zu einem Vortrag herab, wobei er den Großteil seiner Ausführungen an die beiden jungen Männer richtete.

»Das Mauerwerk, von dem Miss … äh … Peabody gesprochen hat, befindet sich an den Hängen und in der Senke hinter uns. Ein Teil davon gehört vermutlich zu den Grabkapellen. Die Ruinen in der Senke sind eindeutig anderen Ursprungs. Ich werde morgen mit einer vollen Mannschaft dort zu graben beginnen. Sie, Vandergelt, und Miss … äh … Peabody …«

»Wenn Sie diese Anrede so sehr stört, dürfen Sie sie gerne weglassen«, sagte ich ruhig.

»Hmmm«, meinte Emerson. »Sie beide werden mir assistieren. Ich vermute, das findet Ihre Zustimmung, MISS Peabody?«

»Ganz recht«, sagte ich.

»Vandergelt?«

»Ich kann es kaum erwarten«, meinte Cyrus und zog dabei eine Grimasse.

»Sehr gut.« Emerson sprang hoch. »Wir haben lange genug herumgetrödelt. Brechen wir auf!«

»Zurück zum Hausboot?« fragte Cyrus hoffnungsvoll. »Da Sie jetzt entschieden haben, wo Sie graben wollen …«

»Herr im Himmel, es wird erst in gut sechs Stunden dunkel, und wir haben noch nicht einmal die Hälfte des Gebietes erkundet. Beeilen Sie sich gefälligst!«

Neidisch blickten die anderen Cyrus' Diener nach, der sich mit den leeren Picknickkörben in Richtung Fluß aufmachte. Dann setzte sich unsere kleine Karawane wieder in Bewegung, und Emersons Gefolgschaft heftete sich an seine Fersen.

Ich vermutete, daß er die Klippen ganz umrunden wollte, und beim Gedanken, die südlichen Gräber wiederzusehen, wo wir so viele glückliche Jahre lang gemeinsam gearbeitet hatten, klopfte mein Herz vor Freude. Allerdings war ich nicht überrascht, als Emerson uns zu den Ausläufern führte, dorthin, wo der Felswall eine Öffnung hatte. Cyrus, der die ganze Zeit über an meiner Seite war, stieß einen unterdrückten Fluch aus: »Heiliger Bimbam! So etwas Schreckliches habe ich mir schon gedacht. Das Königswadi! Das sind hin und zurück zehn Kilometer Fußmarsch, und ich wette, es ist heiß genug, um auf einem Felsen ein Spiegelei zu braten.«

»Die Wette gilt«, stimmte ich zu.

Obwohl ich es bereits erklärt habe, möchte ich es für weniger aufmerksame Leser wiederholen: Wadis sind Täler, die von längst versiegten Flüssen in die wüstenartige Hochebene gegraben wurden. Der Eingang zu diesem Tal lag in der Mitte zwischen der nördlichen und der südlichen Gruppe der Gräber. Der offizielle Name des Tals lautet Wadi Abu Hasah el-Bahri; doch aus leicht einsehbaren Gründen wird es allgemein als Hauptwadi bezeichnet. Das Königswadi befindet sich in einem engen Seitenstrang besagten größeren Tals, ungefähr fünf Kilometer von dessen Eingang entfernt. Hier, an einem Ort, so abgelegen und trostlos wie ein Mondkrater, hatte Echnaton sein Grab errichten lassen.

Während die südlichen Gräber schmerzliche Erinnerungen heraufbeschworen, ließen die Königsgräber vor meinem geistigen Auge Szenen zum Leben erwachen, die unauslöschlich in mein Herz eingegraben sind. In dem düsteren Gang dieser Grabstätte hatte ich zum erstenmal Emersons Arm um mich gespürt; im Schein des Mondlichts waren wir durch das steinige Wadi geeilt, um diejenigen, die wir liebten, vor einem schrecklichen Ende zu bewahren. Jeder Zentimeter dieses Wegs war mir vertraut, und jenes Fleckchen Erde löste in mir die romantischen Gefühle aus, wie es vielleicht ein Rosengarten bei einem Menschen tut, der ein weniger abenteuerliches Leben geführt hat als ich.

Gleich nach seinem Eingang beschrieb das Tal einen Bogen, so daß uns der Blick auf die Ebene und die dahinterliegenden Felder versperrt wurde. Nach etwa fünf Kilometern wurde der Felsdurchlaß enger, und kleinere Wadis öffneten sich zu beiden Seiten. Emerson war bereits verschwunden; wir folgten ihm und sahen ihn durch eines der engen Seitentäler marschieren, dessen Talsohle in nordöstlicher Richtung anstieg.

»Dort ist es«, sagte ich, wobei mir vor Ergriffenheit fast die Stimme wegblieb. »Dort vorne links.«

Bald darauf sahen es auch die anderen – eine dunkle Öffnung, eingerahmt von Mauerwerk über einem Haufen herabgestürzter Felsen. Charlie stöhnte auf. Sein glattrasiertes Gesicht zeigte bereits Anzeichen eines schmerzhaften Sonnenbrandes. Selbst ein Hut kann hellhäutige Menschen nicht gänzlich vor der Wirkung der gleißenden ägyptischen Sonne schützen.

Nachdem wir das Felsgesims vor dem Eingang zum Grab erklettert hatten, erwartete Emerson uns bereits. Mit finsterer Miene betrachtete er das Eisentor, das den Zugang versperrte. »Wir brauchen unbedingt den Schlüssel«, sagte er zu Cyrus. »Sorgen Sie dafür, daß ich ihn morgen früh habe.«

Als Emerson verkündete, daß die Arbeit für heute beendet sei, hatte ich keine Ahnung, was er im Sinn hatte. Cyrus erging es ebenso. Emerson war über eine Stunde lang am Fuß der Klippen nördlich und südlich des Königsgrabes herumgeklettert und hatte dabei wie ein Frettchen auf der Jagd nach einer Ratte immer wieder in irgendwelchen Löchern herumgestochert.

»Wohin gehen wir jetzt?« fragte Cyrus, als wir erschöpft den mit Felsbrocken übersäten Pfad zurücktrotteten. »Überlegen Sie doch mal, Emerson, es gibt keinen vernünftigen Grund, warum wir die Nacht nicht auf dem Hausboot verbringen sollten.«

»Das habe ich auch nie behauptet«, sagte Emerson mit einem Ausdruck unschuldigen Erstaunens, der Cyrus mit den Zähnen knirschen ließ.

Als wir den Landungssteg erreichten, stellte ich fest, daß Anubis uns erwartete. Wo er gewesen war und wie er den Tag verbracht hatte, wußte ich nicht, doch als wir näherkamen, erhob und streckte er sich, gähnte und begleitete uns auf das Boot.

»Wir treffen und in einer halben Stunde im Salon«, sagte Emerson und machte sich auf den Weg in seine Kabine. Der Kater folgte ihm. »Nettes Kätzchen«, hörte ich ihn sagen, als er über das Tier stolperte.

In der kurzen Frist, die er willkürlich festgesetzt hatte, blieb mir zwar kaum Zeit zu baden und mich umzuziehen, aber ich brachte es dennoch zuwege. Hastig wählte ich ein Kleid aus, das keiner umständlichen Prozedur des Zuhakens und keiner Hilfe bei den Knöpfen bedurfte. (Ich kann mir nicht vorstellen, wie Frauen, die weder Ehemann noch Zimmermädchen haben, es überhaupt schaffen, sich anzuziehen. Kleider, die den Verschluß am Rücken haben, erfordern die Fähigkeiten eines Schlangenmenschens.)

Emerson saß bereits im Salon und brütete über einem Stapel Papiere und Pläne, die über den Tisch verstreut waren. Beim Anblick meiner rosafarbenen Volants und Rüschen zog er die Augenbrauen hoch (besagtes Gewand war ein Nachmittagskleid), doch er gab kein Wort von sich und grunzte nur, als ich dem Steward auftrug, den Tee zu servieren.

Ich schenkte gerade ein, als Cyrus, gefolgt von den beiden jungen Männern, hereinkam. Offenbar fühlten sie sich gemeinsam sicherer. Der arme Charlie war rot wie eine reife Tomate, und Renés Mundwinkel hingen genauso schlaff herab wie sein Schnurrbart.

Emerson trommelte mit den Fingern auf den Tisch und zog ein betont geduldiges Gesicht, während ich das belebende Getränk verteilte. Dann sagte er: »Wenn Sie den Konventionen nun Genüge getan haben, MISS Peabody, würde ich gerne zum Thema kommen.«

»Nichts hält Sie davon ab«, sagte ich freundlich. »René, wollen Sie bitte an Professor Emerson diese Tasse weiterreichen?«

»Ich will keinen verdammten Tee«, schimpfte Emerson und nahm die Tasse. »Ich hatte geglaubt, Sie alle brennen darauf zu erfahren, wo wir die Grabungen durchführen werden.«

»Das haben Sie uns doch bereits gesagt«, meinte Cyrus, während Emerson an seinem Tee nippte. »Die Stelen …«

»Nein, nein, die werden uns nicht die ganze Saison beschäftigen«, unterbrach ihn Emerson. »Ihr amerikanischen Dilettanten seid doch immer hinter den Königsgräbern her. Was würden Sie vom Grab der Nofretete halten?«

9. Kapitel

»Das Martyrium ist häufig Folge übertriebener Leichtgläubigkeit.«

Emerson liebt dramatische Ankündigungen. Allerdings befürchte ich, daß ihn die Reaktionen diesmal enttäuschten. Statt stürmischer Begeisterung oder ungläubigem Spott (ihm ist beides durchaus recht), bekam er nur ein zweifelndes Grunzen von Cyrus zu hören. Die beiden jungen Männer wagten nicht, das Wort zu ergreifen, um sich nicht auf eine Meinung festlegen zu müssen. Also zog ich die Augenbrauen hoch und bemerkte: »Sie wurde im Königsgrab bei ihrem Gatten und ihrem Kind beigesetzt.«

Emerson hatte seinen Tee ausgetrunken. Er hielt mir die Tasse hin, um sich nachschenken zu lassen, und rüstete sich für die Art von Gefecht, an der er so viel Freunde hat und aus der er (wie ich zugeben muß) meistens siegreich hervorgeht.

»Fragmente *seines* Sarkophags wurden gefunden, aber keine Spur von einem zweiten. Falls Nofretete vor ihrem Mann starb …«

»Niemand weiß, wann sie starb«, unterbrach ich. »Wenn sie die Regierungszeit Tutenchamons noch erlebt hat, hat sie ihn vielleicht nach Theben begleitet und ist dort bestattet worden ...«

»Schon gut«, meinte Emerson ungeduldig. »Nichts weiter als müßige Spekulation. Sie waren doch diejenige, die mir mitgeteilt hat, daß in den letzten Jahren Grabbeigaben mit Nofretetes Namen auf dem Antiquitätenmarkt aufgetaucht sind. Und daß laut Gerüchten Fellachen einen goldenen Sarg durch die Hochwüste jenseits des Tals der Könige getragen hätten.«

(Eigentlich hatte Charlie dieses Gerücht in Umlauf gebracht, und zwar in der Hoffnung, Emerson durch Archäologenklatsch vom allabendlichen Verhör abzulenken. Das Ablenkungsmanöver war gescheitert.)

»Um jeden Ausgrabungsort in ganz Ägypten ranken sich solche Gerüchte«, warf Cyrus ein – aber obwohl sein Tonfall die Geschichte als unglaubwürdig abtat, wies das Funkeln in seinen Augen darauf hin, daß ihn die Sache brennend interessierte. Für einen Mann, der so romantisch veranlagt ist wie Cyrus, konnte es nichts Aufregenderes geben, als die letzte Ruhestätte der geliebten Königin des ketzerischen Pharaos zu entdecken.

»Gewiß«, meinte Emerson. »Auch ich kann an den goldenen Sarg nicht so recht glauben. Ein solches Einzelstück zum Verkauf anzubieten, ohne daß es auf seinem Weg durch die dunklen Kanäle der Händler und Sammler jemandem auffällt, ist unmöglich, wobei das Schlüsselwort in diesem Zusammenhang ›Gold‹ lautet. Jeder Kunstgegenstand, der daraus hergestellt oder auch nur damit überzogen ist, bringt die Gerüchteküche zum Brodeln und hat die für Klatsch typischen Übertreibungen zur Folge. Bedeutsamer ist das Auftauchen von signierten Objekten auf dem Antiquitätenmarkt. So hat Maspero, wie Sie sich sicher erinnern, 1883 das Versteck der Königsmumien gefunden. Die Gurnawis, die es zuerst entdeckten, hatten angefangen, Stücke daraus zu verkaufen. Die Namen auf den Kunstgegenständen ließen keinen Zweifel daran, daß sie aus einem Grab stammten, das den Archäologen bis dato unbekannt gewesen war.«

»Ja, aber ...«, fing ich an.

»Kein Aber, MISS Peabody. Im Königswadi liegen noch weitere Gräber. Einige davon kenne ich bereits seit Jahren, und ich bin sicher, daß mehr davon vorhanden sind. Das Königsgrab selbst ist niemals gründlich erkundet worden. Gibt es dort vielleicht noch unentdeckte Gänge und Kammern? Einige der bereits bekannten wirken eigenartig unvollendet. Zum Teufel, schließlich hatte Echnaton nach seiner Ankunft in Amarna dreizehn Jahre Zeit, um sich ein Grab zu bauen, und er hat sich bestimmt sofort daran gemacht. Die Begrenzungsstelen erwähnen seine Absicht, dies zu tun ...«

»Und die nämlichen Stelen lassen vermuten, daß die Königin sein Grab teilte«, unterbrach ich. »Für mich soll ein Grab in den östlichen Bergen bereitet werden; dort will ich begraben sein ... und auch mein erhabenes königliches Weib, Nofretete, soll dort die letzte Ruhe finden ...«

»Aber bezieht sich das ›dort‹ auf das Grab selbst oder auf die östlichen Berge?« Emerson beugte sich vor. Seine Augen funkelten vor Streitlust – oder sollte ich besser sagen, vor Vergnügen an dieser wissenschaftlichen Erörterung? »Ferner heißt es: ›Falls sie (Nofretete also) in einer Stadt nördlich, südlich, westlich oder östlich sterben sollte, soll man sie zurückbringen und in Echnaton begraben.‹ Er sagt nicht ›in meinem Grab in Echnaton ...‹.«

»Wenn man den Kontext betrachtet, brauchte er das nicht gesondert zu erwähnen. Er meinte ...«

»Jetzt hören Sie schon auf«, unterbrach Cyrus. Die Anspannung in seinen Kiefermuskeln ließ seinen Spitzbart zittern. »Der Mann ist seit mehr als dreitausend Jahren tot. Ich will nur eines wissen: Wo liegen die anderen Gräber, von denen Sie sprechen, und warum verd ... äh ... verflixt noch mal haben Sie sie noch nicht freigelegt?«

»Sie kennen meine Methoden, Vandergelt«, antwortete

Emerson. »Oder wenigstens behaupten Sie das. Ich beginne niemals eine Ausgrabung, wenn ich die Sache nicht ohne Verzögerung zu Ende führen kann. Ein geöffnetes Grab lockt Diebe und andere Archäologen an, wobei letztere mindestens ebenso große Verheerung anrichten. Ich weiß genau oder vermute es wenigstens mit einiger Gewißheit, daß es bis zu sechs weitere …«

Er beendete den Satz nicht. Dann fügte er aus heiterem Himmel hinzu: »Charles, René, Sie dürfen sich zurückziehen. Bestimmt möchten Sie sich vor dem Essen frisch machen.« Eigentlich können zwei Menschen keine panische Massenflucht veranstalten, aber die beiden taten ihr Bestes.

Emerson hatte nach seiner Pfeife gegriffen und verstreute Tabakkrümel auf seinen Papieren. Sobald sich die Tür hinter den zweien geschlossen hatte, sagte er: »Hoffentlich nehmen Sie es mir nicht übel, daß ich Ihre Angestellten hinausgeschickt habe, Vandergelt.«

»Selbst wenn's so wäre, würde es mir auch nichts nützen«, erwiderte Cyrus. »Aber ich glaube, ich weiß jetzt, worauf Sie hinauswollen. Und je weniger diese Unschuldslämmer von der Sache erfahren, desto besser. Meinen Sie etwa, Vincey hat versucht, Sie über diese beiden Gräber auszuhorchen?«

»Unsinn!« rief ich aus. »Wir wissen genau, was Vincey will, und das steht in keinem Zusammenhang mit …«

»Darf ich Sie daran erinnern«, unterbrach mich Emerson in dem leisen Knurren, dem für gewöhnlich eine herabsetzende Bemerkung folgt, »daß ich derjenige war, der verhört wurde, und nicht Sie.«

»Daran brauchen Sie mich nicht zu erinnern, denn schließlich habe ich als erstes die Folgen dieser Befragung gesehen«, fauchte ich. »Aber darf ich meinerseits *Sie* daran erinnern, daß Sie bislang nicht bereit waren, mir oder Cyrus die Einzelheiten anzuvertrauen. Was zum Teufel hat er Sie gefragt?«

»Mein Geisteszustand war ein wenig verwirrt«, sagte Emerson mit dem ärgerlich unschuldigen Gesichtsausdruck, den

Männer aufsetzen, wenn sie sich um eine klare Antwort drükken. »Die Einzelheiten sind mir entfallen.«

»Ach wirklich?« rief ich aus. »Jetzt hören Sie mir mal gut zu, Emerson ...«

»Sie verschwenden nur Ihre Zeit, meine Liebe«, meinte Cyrus, als Emerson mich auf eine ganz besonders provozierende Art angrinste. »Kehren wir doch lieber zu den Gräbern im Königswadi zurück. Wie ich annehme, sind sie in dieser Saison Ihr Ziel. Was für einen Sinn ergibt es also, sich mit dem Mauerwerk in der Senke abzuplagen?«

Emerson riß die Augen auf. »Aber selbstverständlich beabsichtige ich, beides zu tun, und zudem die Begrenzungsstellen zu kopieren. Also fangen wir in der Senke an, wie ich gesagt habe.« Er erhob sich und streckte sich wie eine große Katze. »Ich muß mich zum Dinner umziehen. Vermutlich haben Sie das gleiche vor, MISS Peabody, denn Ihre Aufmachung paßt besser in ein Boudoir als an den Eßtisch. Sitte und Anstand müssen gewahrt werden.«

Nachdem er fort war, blickten Cyrus und ich uns schweigend an. Sein faltiges Gesicht zeigte Mitleid, das er nicht laut auszusprechen wagte, und da ich kein Bedürfnis nach Mitleid hatte, forderte ich ihn auch nicht dazu auf.

»Zum Teufel mit ihm«, meinte ich scherzhaft.

»Bestimmt wissen Sie, was er vorhat?«

»O ja, ich lese in Emersons Gedanken wie in einem aufgeschlagenen Buch. Auch wenn sein Gedächtnis gelitten hat, haben sich die Grundzüge seines Charakters keineswegs geändert.«

»Und was werden Sie unternehmen?«

»Ich habe mir angewöhnt, mich, wenn möglich, an den Rat zu halten, den man der Heiligen Schrift entnehmen kann. ›Es ist genug, daß ein jeglicher Tag seine eigene Plage hat‹ ist eine der weisesten Aussagen in diesem wunderbaren Buch. Ich werde mich mit Emersons närrischem Plan befassen, wenn er versucht, ihn in die Tat umzusetzen. Wer weiß, was bis dahin geschieht? Und nun, wenn Sie mich bitte entschuldigen würden …«

»Werden Sie sich umkleiden?« fragte Cyrus.

Ich lächelte. »Ganz bestimmt nicht.«

*

Ich hatte unsere ungebetene Besucherin sich selbst überlassen, da sie angedeutet hatte, daß sie sich nicht nach meiner Gesellschaft sehnte. Soweit ich wußte, war sie in ihrer Kabine geblieben. Das Essen wurde ihr gebracht, und Cyrus bestand darauf, ihre Tür nachts verschlossen zu halten. Doch an diesem Abend entschied ich, daß ich es nicht länger hinausschieben durfte, ein ernstes Wort mit der jungen Dame zu reden. Ich hatte gehofft, Emerson würde sie befragen wollen, aber bislang war es nicht dazu gekommen. Inzwischen war mir seine Absicht klar. Schon seine Ankündigung, er werde sich nicht um Vincey scheren, ehe dieser nicht wieder einen Anschlag auf ihn unternähme, hatte ich auf Anhieb als faustdicke Lüge entlarvt. »Wenn er wieder auftaucht, knöpfe ich ihn mir vor«, waren seine Worte gewesen. Also ging er davon aus, Vincey würde wieder auftauchen, damit er ihn sich vorknöpfen konnte. Und damit es auch wirklich zu diesem Zusammentreffen kam, plante Emerson, das sichere Hausboot zu verlassen und irgendwo in der Wüste sein Lager aufzuschlagen – das hieß, sich wie eine Ziege, die man für den Tiger an einen Pfosten bindet, selbst als Köder anzubieten. Offenbar hoffte er, Vincey würde noch einmal zuschlagen. Außerdem war mir klargeworden, daß Emerson immer noch nicht an die Verlorene Oase glaubte. (Wie ich zugeben mußte, wäre es mir genauso ergangen, wäre ich nicht tatsächlich dort gewesen.) Deswegen auch seine Anspielungen auf verborgene Gräber und Nofretetes Schätze. Ihm war jedes Mittel recht, um seinen Feind anzulocken und ihn zu einem Angriff zu provozieren. Und starrsinnig, wie er war, wollte er diesen Weg allein gehen, ohne sich mit uns zu beraten oder uns ins Vertrauen zu ziehen. Also hatte ich keine andere Wahl, als genauso zu verfahren, und da ich über Tatsachen informiert war, von denen Emerson nichts wußte und die er auch niemals zugegeben hätte, lastete die Bürde wieder einmal auf meinen Schultern.

Bertha saß am offenen Fenster. Die kühle Abendbrise blähte die Musselinvorhänge. Neben dem Bett brannte eine Lampe. In ihrem Licht erkannte ich, daß die junge Frau eines der Gewänder trug, die ich in einem Dorfbasar gekauft hatte. Es war schwarz – nur unverheiratete Mädchen kleiden sich bunt –, aber im Gegensatz zu ihrem eigenen Kleid sauber und nicht abgetragen. Sie wirkte wie eine riesige Krähe, die sich vor dem herannahenden Sturm zusammenkauert. Als sie sich zu mir umwandte, nahm sie die Hand vom Gesicht, das hinter einem Schleier verborgen war.

»Warum versteckst du dein Gesicht vor mir?« fragte ich und ließ mich auf einem Stuhl neben ihr nieder.

»Es ist kein hübscher Anblick.«

»Immer noch? Die Schwellungen sollten doch inzwischen zurückgegangen sein. Laß sie mich einmal ansehen.«

»Ich brauche Ihre Medizin nicht, Sitt Hakim. Nur Zeit ... wenn Sie sie mir geben wollen.«

»Zeit, damit dein Gesicht heilt, gebe ich dir gern. Was aber andere Dinge anbelangt, lautet die Antwort nein. Nicht, solange der Vater der Flüche noch in Lebensgefahr schwebt.«

»Und auch Sie, Sitt Hakim.« In ihrer Stimme lag ein seltsamer Ton, als ob sie beim Sprechen lächelte.

»Ja, wahrscheinlich, Bertha« – ich stolperte immer noch über diesen unpassenden Namen. »Wir haben dich in Ruhe gelassen, damit du dich ausruhen und genesen kannst. Jetzt ist es an der Zeit, daß du dich unseres Vertrauens würdig erweist. Mr. Vandergelt glaubt, man habe dich hergeschickt, um uns auszuspionieren.«

»Ich schwöre Ihnen ...«

»Mein liebes Kind, vor dir sitzt kein leichtgläubiger Mann, sondern eine Frau. Ich habe gute Gründe, von denen Mr. Vandergelt nichts weiß, an deine ehrenhaften Absichten zu glauben. Aber um deiner und auch um unserer Sicherheit willen mußt du mehr tun, um uns zu helfen.«

»Was wollen Sie denn noch? Ich habe Ihnen alles gesagt, was ich weiß.«

»Du hast mir gar nichts gesagt. Ich will Daten, Namen, Adressen, Tatsachen. Wir haben erfahren – was nicht dir zu verdanken war! –, wer der Mann ist, der dich versklavt und mißhandelt hat. Kennst du ihn unter seinem wirklichen Namen, Vincey, oder nur als Schlange, wie er sich in Luxor nannte? Wohin ist er gegangen, nachdem er aus dem Landhaus verjagt wurde? Wo steckt er jetzt?«

Ich hatte Bleistift und Papier mitgebracht. Aus ihren Antworten schloß ich, daß ihr behördliche Befragungen nicht fremd waren, doch sie redete recht bereitwillig. Was sie sagte, bestätigte meinen Verdacht, war aber für unsere weitere Strategie nicht von großem Nutzen.

»Kennt der Hammer, der Nägel in ein Stück Holz schlägt, den Plan des ganzen Hauses?« fragte sie verzweifelt. »Ich war ihm nicht gut genug, um seine Wohnung in Kairo mit ihm zu teilen. Dort nannte er sich ebenfalls Schlange. Ich kenne ihn unter keinem anderen Namen. Er kam zu mir, wenn es ihm beliebte … In Luxor wohnte ich bei ihm im Landhaus, das ist wahr. Niemand kannte ihn dort, meine Anwesenheit schadete seinem Ruf nicht, und er brauchte mich, um den Vater der Flüche zu vernichten. Nachdem ich an jenem Abend – an dem wir uns zum ersten Mal sahen – hinausgelaufen war, begab ich mich in mein Zimmer. Als ich gerade meine Kleider packte, kam er und zwang mich, mit ihm zu kommen. Ich mußte alles zurücklassen. Meinen Schmuck, mein Geld! Eine Woche lang blieben wir in einem billigen Hotel in Luxor. Wenn er ausging, was selten vorkam, schloß er mich im Zimmer ein. Ich konnte nicht auf die Straße, ich hatte nichts anzuziehen als das Kostüm, das aussah wie Ihres, und darin wagte ich mich in Luxor nicht zu zeigen.«

»Eine Woche, hast du gesagt? Aber deine Wunden waren frisch, als du zu uns kamst. Hat er dich anfangs nicht mißhandelt?«

Ihr Schleier bewegte sich, als ob ihre Lippen darunter zitterten. »Nicht mehr als gewöhnlich. Er wartete ab, wie ich glaube, ob der Professor sich erholen würde, und wollte erfahren, was Sie als nächstes vorhatten. Eines Tages brachte er mir das Gewand, in dem Sie mich zuerst gesehen haben, und befahl mir, es anzuziehen. Er sagte, wir würden in der kommenden Nacht fortgehen ...«

»Wohin?«

»Sagt ein Mann seinem Koffer, wohin die Reise führt? Er war sehr wütend. Er hatte etwas erfahren – fragen Sie mich nicht, was, denn woher sollte ich es wissen? –, was ihn unglaublich erboste. Er stieß üble Flüche und Drohungen aus und beschwerte sich bitterlich über die Menschen, die ihn ihm Stich gelassen hätten. Diese Leute, wer sie auch immer sein mochten, waren weit fort. Aber ich war da, also ...«

»Ich verstehe.« Bei der Nachricht, die Vincey in solche Wut versetzt hatte, mußt es sich um die Meldung gehandelt haben, daß es seinen Männern in England nicht gelungen war, Ramses und Nefret zu entführen. Ramses Brief hatte mich etwa um diese Zeit erreicht. »Wie bist du ihm entkommen?« fragte ich.

»In jener Nacht schlief er sehr fest«, antwortete sie. »Und das Gewand, das er mir mitgebracht hatte, eignete sich vorzüglich als Verkleidung. Verschleiert und ganz in Schwarz unterschied ich mich nicht von den anderen Frauen in Luxor. Er glaubte, ich würde nie den Willen und den Mut aufbringen, ihn zu verlassen; doch Angst kann, wenn sie ein bestimmtes Maß erreicht, auch Flügel verleihen. In jener Nacht wurde mir klar, was ich mir bislang nie hatte eingestehen wollen: Eines Tages würde er mich töten; entweder aus Wut oder weil er mich des Verrats verdächtigte.«

Sie hatte mit einer Leidenschaft und Offenheit gesprochen, die einen mitfühlenden Zuhörer rühren mußte. Ihre Geschichte ergab bis jetzt auch einen Sinn. Ich wartete einen Augenblick, damit sie sich wieder fassen konnte, denn ihre Stimme war heiser geworden und zitterte, als sie sich an die schrecklichen Erlebnisse erinnerte.

»Aber offenbar bist du gar nicht in der Lage, viel zu verraten«, sagte ich. »Du kennst sein Ziel und seine Pläne nicht. Kannst du einen seiner Freunde oder Komplizen beschreiben?«

»Nur die Männer, die er in Luxor angeheuert hat. Doch sie bedeuteten keine Gefahr für ihn, weil sie seinen wirklichen Namen nicht kannten, nur den, unter dem er das Landhaus mietete.«

»Schlange«, murmelte ich. »Ich frage mich ... Nun, mehr kannst du mir also nicht sagen?«

Sie schüttelte heftig den Kopf. »Glauben Sie mir? Werden Sie mich auch nicht schutzlos und allein zurücklassen?«

»Ich weiß, du willst mich nicht beleidigen«, sagte ich ruhig. »Aber wenn du meinst, ich würde selbst einen Feind dem Tod oder den Folterqualen ausliefern, kennst du die moralischen Grundsätze nicht, die einen Briten leiten. Die schönen Regeln des christlichen Glaubens verlangen, daß wir unseren Feinden verzeihen. Und daran halten wir uns ... Wenigstens«, fügte ich hinzu, da ich mich an Emersons unorthodoxe Einstellung gegenüber der Kirche erinnerte, »in den meisten Fällen.«

»Sie haben recht«, flüsterte sie und senkte demütig den Kopf. »Er würde mich nicht im Stich lassen.«

Ich wußte, wen sie meinte. »Keiner von uns würde das«, sagte ich ein wenig scharf. »Aber wir haben ein Problem. Morgen fangen wir mit den Ausgrabungen an und werden lange Zeit, manchmal sogar mehrere Tage am Stück, nicht zum Hausboot zurückkehren. Fürchtest du dich, allein mit der Mannschaft hierzubleiben?«

Das bejahte sie mit äußerster Heftigkeit. »Er ist hier. Ich weiß es! Ich habe nachts huschende Schatten gesehen ...«

»In deiner Einbildung, meinst du wohl. Unsere Wachen haben nichts Außergewöhnliches bemerkt. Nun, dann wirst du wohl mit uns kommen müssen. Obwohl ich bei Gott nicht weiß, was ich mit dir anfangen soll.«

*

Als wir das Boot am folgenden Morgen verließen, war Bertha kaum von den neugierigen Dorfbewohnern zu unterscheiden, die uns umringten. Da sich unter den Leuten auch Frauen befanden, hätte ich sie, wäre sie nicht immer dicht an meiner Seite geblieben, nicht unter den anderen schwarzverhüllten Gestalten erkennen können. Ich hatte erwartet, sie würde sich wie ein Schatten an Emersons Fersen heften, aber das tat sich nicht. Wahrscheinlich deswegen, weil sie sich mit dem Kater um diesen Platz hätte streiten müssen.

Mit unserem Gefolge im Schlepptau durchquerten wir das Dorf. Einige der Leute hofften auf Arbeit bei den Ausgrabungen, andere wurden durch simple Neugier angelockt. Seit unserem ersten Besuch hatten sich die Einwohner von Haggi Quandil an Fremde gewöhnt, denn viele Touristendampfer legten auf ihrem Weg den Fluß hinauf hier an. Allerdings ist das Leben in diesen kleinen Dörfern äußerst langweilig, weshalb jedes unbekannte Gesicht, besonders das eines Ausländers, ganze Menschentrauben anzieht. Wie sehr sich die Dörfler seit damals verändert hatten! Redlichkeit und freundliche Behandlung hatten die einst so abweisenden Menschen in begeisterte Helfer verwandelt. Lächeln, Winken, arabische Grußworte – und die übliche Bitte nach Bakschisch – begleiteten uns auf unserem Weg. Selbst die mageren und verwahrlosten Hunde folgten uns in sicherem Abstand; sie wußten aus Erfahrung, daß die Fremden ihnen zuweilen Essensreste zuwarfen. Ich habe mir das zur Gewohnheit gemacht.

Einige Männer und auch ein paar Kinder kamen uns nach, als wir das Dorf verließen und uns in Richtung der Felsen aufmachten. Wie gewöhnlich ging Emerson voraus. Der Morgen war angenehm kühl, und er trug immer noch seine Tweedjacke. Überrascht stellte ich fest, daß der Kater auf seiner Schulter saß. Ramses hatte unserer Katze Bastet beigebracht, das gleiche zu tun, aber da Ramses Schultern noch nicht besonders viel Platz boten, war Bastet gezwungen, sich um seinen Hals zu legen. Emersons Körperbau warf im Gegensatz dazu keine derartigen Schwierigkeiten auf, weshalb Anubis, leicht vornübergebeugt wie eine Gallionsfigur, bequem Platz gefunden hatte. Ich muß zugeben, daß die beiden ein äußerst merkwürdiger Anblick waren, und ich fragte mich, wie Emerson das große Vertrauen des Tieres gewonnen hatte.

Emerson sah sich nach der fröhlichen Prozession hinter uns um und rief Abdullah zu: »Männer zum Graben und Kinder zum Körbetragen brauchen wir erst morgen oder übermorgen. Sag' ihnen, sie sollen umkehren. Wir werden ihnen Bescheid geben, wenn wir Leute anstellen.«

»Ich stelle heute Leute an«, sagte Cyrus, der, die Hände in den Hosentaschen, langsam mitschlenderte.

Emerson verlangsamte seinen Schritt, damit Cyrus ihn einholen konnte. Die beiden Männer gaben einen amüsanten Gegensatz ab. Cyrus in seinem makellosen weißen Leinenanzug und Sonnenhut, seine mageren Wangen glatt rasiert und sein Spitzbart so exakt gestutzt wie die künstlichen Bärte, die die ägyptischen Pharaonen zu tragen pflegten. Emerson hingegen steckte in einer zerknitterten Jacke und ebensolchen Hosen; sein Hemd stand am Hals offen, seine Stiefel waren abgenutzt und staubig, und sein unbedeckter dunkler Schopf schimmerte im Sonnenlicht. Der Kater wirkte um einiges gepflegter.

»Darf ich fragen, wen Sie einstellen möchten und aus welchem Grund?« fragte Emerson höflich.

»Gestatten Sie mir, daß ich Sie überrasche«, erwiderte Cyrus ebenso höflich.

Sobald wir am Ausgrabungsort angekommen waren, nahm Cyrus seine Arbeiter beiseite und hielt ihnen in fehlerhaftem, aber wirkungsvollem Arabisch einen Vortrag. Es dauerte nicht lang, bis der Zweck offenbar wurde. Ein Gebäude zu errichten, ist in Ägypten eine schnelle und einfache Angelegenheit. Der übliche Baustoff ist Lehm, den man entweder zu Ziegeln formt und dann in der Sonne trocknen läßt oder als Mörtel über ein Geflecht aus Zweigen streicht. Der Grundriß ist ebenfalls schlicht und hat sich seit undenklicher Zeit bewährt. Demzufolge bedarf es nur wenig, um ein quadratisches Haus mit Flachdach, einer Tür und ein paar Belüftungsschlitzen hoch unter dem Giebel zu bauen. In diesem Klima sind große Fenster nicht empfehlenswert, da sie eher Hitze als frische Luft einlassen. Außerdem böten sie nur allerlei Getier Einlaß, mit dem man seine Behausung nicht unbedingt teilen möchte.

Emerson achtete ganz absichtlich nicht auf das rege Treiben ganz in seiner Nähe. Er beschäftigte sich mit der Erkundung des Gebiets und mit der Karte. Auch als wir die Arbeiten für einen Imbiß unterbrachen, kam er mit keinem Wort darauf zu sprechen. Während er einen Teller von Bertha entgegennahm, die auf eigenen Vorschlag hin als Hilfsköchin fungierte, richtete er zum erstenmal an diesem Tag das Wort an sie.

»Setz' dich und iß. Wer hat dir gesagt, daß du uns bedienen sollst?«

»Es war ihr eigener Einfall«, erklärte ich, da ich genau wußte, wen er im Verdacht hatte, diese Anweisung gegeben zu haben. »Und ich teile ihre Ansicht. Unter den gegebenen Umständen ist es wichtiger, ihr Inkognito zu wahren, als ihre Zugehörigkeit zu unserer Gesellschaftsschicht zu demonstrieren, worauf ich natürlich sonst bestanden hätte.«

»Hmmm«, brummte Emerson. Bertha, die das so verstand,

wie es gemeint war – als schweigendes Eingeständnis dessen, daß ich eine weise Entscheidung gefällt hatte –, zog sich wortlos zurück.

Cyrus folgte ihr mit einem Blick aus zusammengekniffenen Augen. Ich hatte ihm alles berichtet, was Bertha mir in der letzten Nacht verraten hatte. »Ich traue diesem Weibsstück immer noch nicht«, sagte er jetzt. »Ich will, daß sie Tag und Nacht bewacht wird. Und zwar hinter sicheren Mauern, damit niemand an sie herankommt, ohne einen riesigen Radau zu veranstalten.«

»Ach, Sie bauen also ein Gefängnis«, sagte Emerson mit einer Geste auf die Hauswände, die schon eine beachtliche Höhe erreicht hatten.

»Hören Sie auf damit, Emerson. Ich habe Ihren Sarkasmus allmählich satt. Diese jämmerlichen Zelte entsprechen meiner Vorstellung von einer ordentlichen Unterkunft nicht. Leinwand hält Skorpione ebensowenig ab wie Sandflöhe, geschweige denn Diebe. Wenn Sie die Nacht nicht im Hausboot verbringen wollen …«

»Wer hat das behauptet?« fragte Emerson.

»Sie, Sie sturer, verbohrter …«

»Mäßigen Sie sich, Vandergelt, es sind Damen anwesend. Sie müssen mich mißverstanden haben.« Er erhob sich. »Aber machen Sie ruhig weiter und bauen Sie Ihr Haus, wenn Sie wollen. Wir anderen haben zu tun. Charles … René … Abdullah …«

Also verbrachten wir die nächsten drei Nächte auf dem Hausboot. Emersons erfahrenes Auge hatte ihn nicht getrogen. Bei den Ziegeln in der Senke handelte es sich tatsächlich um die Fundamente von Häusern – oder wenigstens eines Hauses –, denn bis zum Abend hatten die Männer den Großteil davon freigelegt und ein Stück einer dicken Mauer entdeckt, die einmal das gesamte Gelände umgeben haben mußte.

Ein geselliges Beisammensein am Abend fand nicht statt.

Die beiden jungen Männer waren so erschöpft, daß ihnen schon beim Abendessen der Kopf vornübersank und sie sich sofort nach der Mahlzeit zu Bett begaben. Cyrus ging mir aus dem Weg und erklärte, Emerson habe ihm so sehr die Laune verdorben, daß er nicht einmal mit mir ein höfliches Gespräch führen könne. Emerson schloß sich in seiner Kabine ein, und Bertha war in ihre eingesperrt. Ich für meinen Teil war selbstverständlich hellwach und zu jedem Abenteuer bereit, weshalb ich jeden Abend fast vor Langeweile verging. Doch nicht einmal ein Einbruch oder ein bewaffneter Überfall unterbrach die Monotonie.

Deshalb war ich erfreut, als Cyrus sich am dritten Abend zu mir in den Salon gesellte. In seinem Abendanzug, den er mir zu Ehren stets zum Dinner anlegte, sah er sehr elegant aus, und sein Gesichtsausdruck verriet, daß sich seine Stimmung gebessert hatte. »Gerade ist der Junge mit der Post aus Derut gekommen«, verkündete er. Sein Lächeln wies darauf hin, daß er hoffte, mir damit eine Freude zu machen.

Das dicke Päckchen, das er mir überreichte, trug tatsächlich das Wappen von Chalfont. Eilig öffnete ich es, aber ich vermutete, meine Freude würde nicht ungetrübt bleiben.

Vor unserer Abreise aus Luxor hatte ein hektischer Austausch von Telegrammen stattgefunden. Leider war meine Botschaft, Emerson sei gerettet worden, erst in England angekommen, nachdem unsere Angehörigen bereits von seinem Verschwinden erfahren hatten. Deshalb war ihr erstes Telegramm in solcher Aufregung verfaßt worden, daß man es kaum entziffern konnte. Ein zweites teilte mir mit, meine Nachricht sei eingetroffen. Man sei erleichtert und wolle weitere Einzelheiten erfahren. Dieser Bitte entsprach ich, so gut ich es angesichts der beschränkten Möglichkeiten eines Telegramms und der notwendigen Verschwiegenheit vermochte. Ich wußte genau, daß die Bediensteten im Telegraphenamt in Luxor für Bestechung empfänglich waren. Und auch, daß die Schakale von der Presse diesen beklagenswerten Umstand kannten. Allerdings kann man in einem Land, dessen Bewohner weder über den Vorteil einer britischen Erziehung noch über ein zum Leben ausreichendes Einkommen verfügen, nichts anderes erwarten.

Ich hatte versprochen, zu schreiben, und dieses Versprechen selbstverständlich auch gehalten. Jedoch bezweifelte ich, daß mein Brief jetzt schon eingetroffen war. Gewiß hatte Ramses noch nicht die Zeit für eine Antwort gehabt. Diesen Brief hier hatte er wahrscheinlich geschrieben, ehe er die schreckliche Nachricht vom Verschwinden seines Vaters erhielt.

Hierin irrte ich, wie das Datum des Briefes bewies. Ich blickte zu Cyrus auf, der immer noch da stand und sich nicht setzen wollte, ehe ich ihn nicht dazu aufforderte.

»Bleiben Sie, lieber Freund«, sagte ich. »Ich habe keine Geheimnisse vor Ihnen. Aber verraten Sie mir zuerst, wie mich dieser Brief so rasch erreichen konnte. Er wurde erst vor acht Tagen geschrieben, und der Postdampfer braucht allein elf Tage bis Port Said. Haben Sie etwa einen Flaschengeist in Ihren Diensten? Oder haben Sie einen Erfinder angestellt, der diese neue Flugmaschine, von der ich gelesen habe, zur Vollendung gebracht hat? Denn ich weiß, daß ich diese freudige Überraschung ganz sicher Ihren Bemühungen zu verdanken habe.«

Cyrus machte ein verlegenes Gesicht, wie immer, wenn ich ihn lobte. »Wahrscheinlich ist er auf dem Landweg nach Marseilles oder Neapel gereist; der Expreßzug braucht ein oder zwei Tage, und mit einem schnellen Boot erreicht man in drei weiteren Tagen Alexandria. Ich habe einen Freund in Kairo gebeten, Ihre Post sofort nach ihrer Ankunft abzuholen und sie mit dem nächsten Zug weiterzuschicken.«

»Und der Junge, der zwischen hier und Derut hin- und herfährt, ist einer Ihrer Diener? Ich danke Ihnen, Cyrus!«

»Ich bin ebenso neugierig wie Sie«, sagte Cyrus errötend.

»Vielleicht sogar noch mehr. Wollen Sie ihn denn nicht lesen?«

»Ich fühle mich zwischen Vorfreude und Furcht hin- und hergerissen«, gab ich zu. »Und wenn es um Ramses Umtriebe geht, hege ich eher letztere Empfindung. Dieses Schreiben kommt mir sehr lang vor ... Aha, nicht so lang, wie ich dachte; Ramses hat einige Ausschnitte aus Londoner Zeitungen beigelegt. Ein übles Geschmier! ›BERÜHMTER ÄGYPTOLOGE VERMISST, WAHRSCHEINLICH TOT ... ‹ ›ARCHÄOLOGENKREISE TRAUERN UM IHREN BERÜCHTIGSTEN VERTRETER ...‹ Berüchtigt! So etwas hätte ich der *Times* nicht zugetraut, dem *Mirror* vielleicht, oder ... Ach, verdammt! Laut *Mirror* bin ich völlig außer mit vor Trauer und in ärztlicher Behandlung; die *World* bringt eine Zeichnung vom Schauplatz des Mordes mit einer riesigen Blutlache; der *Daily Yell* ...« Die Zeitungsausschnitte entglitten meiner zitternden Hand. Mit dumpfer Stimme sagte ich: »Der Artikel im *Daily Yell* ist von Kevin O'Connell. Ich bringe es nicht über mich, ihn zu lesen, Cyrus, ich kann es nicht. Kevins journalistische Meisterwerke haben in mir schon zu oft Mordgelüste geweckt. Ich erschaudere bei dem Gedanken, was er wohl diesmal geschrieben hat.«

»Dann lesen Sie den Artikel nicht«, sagte Cyrus, während er sich bückte, um die verstreuten Ausschnitte einzusammeln. »Lassen Sie hören, was Ihr Sohn zu sagen hat.«

»Sein Stil ist nicht viel besser als Kevins«, antwortete ich bedrückt.

Und wirklich war die Einleitung der einzige Teil des Briefes, der meine angespannten Nerven beruhigte.

»Liebste Mama, liebster Papa: Meine Hand zittert vor Freude und auch vor Angst, während ich die Zeilen zu Papier bringe. Denn viele endlose Stunden lang befürchtete ich schon, ich würde nie mehr die Gelegenheit haben, dieses Wort in der direkten Anrede zu verwenden. Endlos, sage ich, und so erschie-

nen sie mir auch, obwohl in Wirklichkeit weniger als zwölf Tage verstrichen, ehe Mamas Telegramm unseren von tiefster Verzweiflung erfüllten Herzen neue Hoffnung schenkte. Onkel Walter hat die Nachricht mannhaft entgegengenommen, doch mit jeder Stunde schien er um ein Jahr gealtert. Tante Evelyn weinte ohne Unterlaß; Jerry und Bob mußten mit gewaltigen Mengen Biers getröstet werden und Rose durch die reichliche Anwendung von kaltem Wasser und Riechsalz. Um Nefrets schweigendes Leid und auch das meine zu schildern, fehlen mir die Worte. Nur Gargery behielt Fassung. ›Ich glaube es nicht‹, verkündete er unbeirrt. ›Alles erstunken und erlogen.‹ (Ich zitiere Gargery hier wörtlich, liebe Eltern; aufgewühlte Gefühle haben stets einen schädlichen Einfluß auf seine Ausdrucksweise.) ›Den Professor können sie nicht umbringen, selbst dann nich', wenn sie ihn mit 'ner Lokomotive überfahren. Und von denen gibt's ja nicht viele in Ägypten, soweit ich gehört habe. Und wenn's doch so wäre, würde Madam keinen Arzt an sich herumdoktern lassen. Sie würde kreuz und quer durchs ganze Land stürmen, Leute den Schädel einschlagen oder sie erschießen. Alles erstunken und erlogen. Mann kann eh nichts glauben, was in diesen Zeitungen steht.‹«

Mein Vortrag dieses beachtlichen Stücks Literatur wurde von einer Reihe erstickter Geräusche unterbrochen. Cyrus hatte sein Taschentuch herausgezogen und tupfte sich, nach Luft schnappend, die tränenden Augen. »Entschuldigen Sie, liebe Amelia. Ich konnte nicht anders. Er ist … also wirklich … redet er auch so?«

»Früher schon«, antwortete ich zähneknirschend. »Allerdings hat er seinen blumigen Stil nicht völlig abgelegt, sondern beschränkt ihn inzwischen nur auf die Schriftform. Soll ich weiterlesen?«

»Ich bitte darum.«

»Und wie Ihr seht, liebe Mama, lieber Papa, war Gargery der

einzige von uns, der die Wahrheit ahnte. Ich hatte gewisse Bedenken, was die Genauigkeit eines journalistischen Berichts betraf, aber die Liebe eines Sohnes siegte in diesem Fall über den klaren Verstand.

Bereits am Tag vor Erscheinen der Berichte bekamen wir einen Vorgeschmack auf die dräuende Tragödie, als einige verantwortungsvollere Journalisten versuchten, uns zu befragen, um den Wahrheitsgehalt ihrer Artikel zu überprüfen. Nach der ersten Anfrage von der Times, die Onkel Walter sich rundheraus zu beantworten weigerte, gingen wir nicht mehr ans Telephon. Ergebnis dieses Schritts war ein Ansturm ungebetener Besucher, die Presseausweise schwenkten und Einlaß begehrten. Überflüssig zu sagen, daß sie von unseren Getreuen in die Flucht geschlagen wurden. Allerdings wuchs unsere Sorge, und als am nächsten Morgen die Zeitungen eintrafen, konnten wir die Augen nicht mehr vor der Wahrheit verschließen, da sich die Berichte auf zuverlässige Quellen in Kairo und Luxor beriefen. Erst am Abend drang ein Bote mit Eurem Telegramm bis zu uns vor. Ach, welch Szene darauf folgte! Tante Evelyn weinte noch heftiger als zuvor. Rose erlitt einen hysterischen Anfall. Onkel Walter und Gargery schüttelten sich etwa zehn Minuten lang die Hand. Nefret und ich …«

Ich hielt mir den Brief näher an die Augen. »Er hat etwas ausgestrichen«, sagte ich stirnrunzelnd. »Ich glaube, er hat ›fielen einander in die Arme‹ geschrieben, es aber mit ›verliehen unseren Gefühlen auf angemessene Art und Weise Ausdruck‹ ersetzt.«

»Ach, so steht es also?« Cyrus war nicht mehr amüsiert. »Ich hoffe, Sie verstehen es nicht als Beleidigung, Amelia, wenn ich Ihnen sage, daß es nur eines gibt, was einen Mann davon abhalten könnte, Ihnen einen Heiratsantrag zu machen: diesem Jungen ein Vater sein zu müssen.«

»Emerson ist der einzige, der dieser Aufgabe gewachsen ist«, antwortete ich. »Und glücklicherweise besteht keine Notwendigkeit, einen anderen Kandidaten ins Auge zu fassen. Wie geht es denn weiter … Ach, verdammt!«

»Amelia!« rief Cyrus aus.

»Entschuldigen Sie«, meinte ich, da ich über meinen unentschuldbaren Ausrutscher fast ebenso erschrocken war wie er. »Aber Ramses würde sogar einen Heiligen zum Fluchen bringen. Vier Seiten lang beschreibt er bis ins ermüdende Detail Gefühlsäußerungen, die in diesem Stadium nur noch von akademischem Interesse sind. Darauf folgt ein Absatz, in dem er mir eine wirkliche Hiobsbotschaft mitteilt. Hören Sie sich das an:«

»Die einzig bedauerliche Folge des Glückstaumels, der auf das Eintreffen Eueres Telegramms folgte war, daß Bob und Jerry (unsere tapferen Türhüter) in jener Nacht ein wenig zu fest schliefen. Wie sie erklärten, habe das nicht am übermäßigen Biergenuß, sondern an der durch freudige Erleichterung hervorgerufenen Erschöpfung gelegen. Was auch immer die Ursache gewesen sein mag (und ich sehe keinen Grund, das Wort solch treuer Freunde in Frage zu stellen, die außerdem besser als ich in der Lage sind, die Wirkung einer großen Menge Bieres zu beurteilen), jedenfalls hörten sie die Männer nicht, die über die Mauer kletterten. Erst als die Hunde anschlugen, wurden die Individuen entdeckt, und das Bellen weckte Bob und Jerry. Sie erschienen rechtzeitig, um die Einbrecher zu vertreiben; zur großen Enttäuschung der Hunde, die versucht hatten, die Besucher dazu zu bringen, ihnen Hölzchen zum Apportieren zuzuwerfen. Sorgt Euch nicht, Mama und Papa, ich habe mir etwas ausgedacht, damit es nicht mehr zu einem solchen Vorfall kommt.

Abschließend möchte ich noch sagen, daß ich mehr denn je entschlossen bin, Euch nachzureisen, um Euch in Liebe zur Seite zu stehen, wie es nur ein Sohn kann. Inzwischen verfüge ich über drei Pfund und achtzehn Shilling.«

»Verdammt!«

»Warum sagt er ... Oh«, meinte Cyrus.

»Das Schimpfwort ist von mir«, gab ich zu. »Ramses spart Geld für eine Fahrkarte.«

»Machen Sie sich keine Sorgen, meine Liebe. Ein Kind kann keine Fahrkarte kaufen oder allein reisen. Jemand würde ihn aufhalten, noch ehe das Schiff ablegt.«

»Es wäre kühn zu hoffen, daß Ramses diese Schwierigkeit nicht aus dem Wege räumt. Wahrscheinlich will er Gargery überreden, die Billetts zu besorgen und ihn zu begleiten. Gargery ist, wie ich befürchte, ein schwacher Mensch. Er würde Ramses nicht nur bei jedem verrückten Plan unterstützen, sondern ist dazu noch ein hoffnungsloser Romantiker. Ich muß sofort telegraphieren und ihm verbieten, etwas Derartiges zu tun.«

»Ein Telegramm an Ihren Butler?« fragte Cyrus mit erhobenen Augenbrauen.

»Warum nicht, wenn die Umstände es erfordern? Außerdem muß ich Walter warnen; er ist zu naiv, um sich die Teufeleien auch nur auszumalen, zu denen Ramses und Gargery fähig sind.«

»Der Diener wird Ihre Nachricht zur Post bringen, wenn Sie es wollen, Amelia. In Minia gibt es ein Telegraphenamt.«

»Das kann auch bis morgen warten. Dann werde ich ihm auch einen Brief mitgeben. Aber zuerst sollte ich mir ansehen, welche Lügen die Zeitungen gedruckt haben; wenigstens sollte ich ihnen widersprechen, auch wenn ich nicht die Wahrheit, die reine Wahrheit und nichts als die Wahrheit sagen darf.«

Cyrus brachte mir sofort einen ordentlichen Whiskey Soda, und so gestärkt konnte ich die Artikel verhältnismäßig ruhig durchgehen. Kevins Machwerk hob ich mir für den Schluß auf.

Die Beziehung zwischen mir und dem kühnen jungen irischen Journalisten hatte ihre Höhen und Tiefen. Bei unserer ersten Begegnung hatten seine unverschämten Fragen Emerson so in Rage gebracht, daß mein aufbrausender Gatte ihn mit einem Fußtritt die Treppe im Shepheards hinuntergestoßen hatte. Zwar war das kein sehr vielversprechender Beginn einer Freundschaft gewesen, doch Kevin war uns in verschiedenen gefährlichen Situationen heldenhaft zur Seite gestanden. Im Grunde seines Herzens war er ein Gentleman, und sentimental dazu. Doch unglücklicherweise wurden sowohl der Gentleman als auch seine sentimentale Seite zuweilen von dem neugierigen Journalisten in ihm verdrängt.

Dank des Whiskeys, (den Cyrus aufmerksamerweise ständig nachschenkte) gelang es mir, den ersten Teil von Kevins Artikel ohne übermäßige Erregung durchzulesen. »Es könnte schlimmer sein«, murmelte ich. »Offenbar konnte Kevin der Verlockung nicht widerstehen, wieder auf einen Fluch anzuspielen: ›Das Unglück hat schließlich den ereilt, der schon so lange die Götter des alten Ägyptens herausfordert.‹ Und es freut mich auch nicht sonderlich, daß er ... Ach, du meine Güte!«

Ich sprang auf. »Was ist los?« fragte Cyrus ängstlich.

»Hören Sie sich das an!« ›Unser Korrespondent wird umgehend nach Ägypten abreisen, wo er Professor und Mrs. Emerson zu interviewen hofft, um die wahren Hintergründe dieser merkwürdigen Vorfälle zu ermitteln. Er hat keinen Zweifel daran, daß es weitere Geheimnisse zu entdecken gibt.‹«

Ich knüllte die Zeitung zusammen und warf sie auf den Boden. Anubis stürzte sich auf das Papierknäuel und fing an, damit zu spielen.

Unter gewöhnlichen Umständen hätte es mich belustigt, daß dieses riesige und würdevolle Tier sich wie ein kleines Kätzchen benahm. Doch diesmal war ich zu verzweifelt, um ihm Beachtung zu schenken. Während ich im Zimmer auf und ab lief, fuhr ich fort: »Das ist eine schreckliche Nachricht! Wir müssen mit allen Mitteln verhindern, daß Kevin mit Emerson spricht.«

»Selbstverständlich, wenn wir es schaffen. Aber schließlich ist er doch nur ein schäbiger, kleiner Reporter.«

»Sie verstehen nicht, Cyrus. In dieser Abgeschiedenheit und mit Abdullah als Wache können wir andere Journalisten vertreiben. Doch Kevin, der mit unseren Gewohnheiten vertraut ist und dazu noch über seinen verflixten irischen Charme verfügt, ist ein ernstzunehmender Gegner. Haben Sie vergessen, daß es Kevin war, der Lord Baskervilles Tod den ›Fluch des Pharaonengrabes‹ getauft hat? Aus journalistischem Übermut hat Kevin den Tod eines Nachtwächters zum ›Fall mit der Mumie im British Museum‹ aufgeblasen. Er kennt sich in der Archäologie aus und hat einige Wochen bei den Expeditionstruppen im Sudan verbracht und sich mit den Offizieren unterhalten, die ...« Ich brach ab und berührte meine Stirn mit zitternder Hand. Der Einfall, der mir plötzlich gekommen war, hatte die Unausweichlichkeit einer mathematischen Gleichung. »Nein«, flüstere ich. »Nein, Kevin doch nicht!«

Cyrus eilte an meine Seite und legte mit dem nötigen Respekt den Arm um mich. »Was quält Sie, meine Liebe? Sie sind ja weiß wie Schnee. Setzen Sie sich. Trinken Sie noch einen Whiskey.«

»Es gibt Situationen, die sogar für Whiskey Soda zu ernst sind«, sagte ich und entglitt wie beiläufig seiner Umarmung, so daß es ihn – wie ich hoffte – nicht kränken würde. »Mir ist gerade etwas Albernes eingefallen. Es war kindisch, und deshalb werde ich auch nicht mehr daran denken. Aber Kevin wird es gewiß gelingen, alles über Emersons Gedächtnisschwund zu erfahren. Er kennt ihn zu gut und zu lange, um die Anzeichen dafür zu übersehen.«

»Ich verstehe sowieso nicht, warum Sie das so unbedingt geheimhalten wollen, sogar vor der Familie«, meinte Cyrus. »Meiner Meinung nach hat zumindest sein Bruder ein Recht auf die Wahrheit.«

»Sie wissen nicht, wovon Sie sprechen, Cyrus! Fünf Minuten, nachdem Walter es weiß, würde es das ganze Haus erfahren. Und dann würden sie alle losstürmen, um das nächste Boot zu erwischen – einschließlich Gargery! Haben Sie Dr. Schadenfreudes Rat vergessen, Cyrus? Wir dürfen Emerson nicht zwingen, sich zu erinnern. Wir müssen warten, bis sein Gedächtnis wächst und sich entfaltet wie eine Blume.«

»Hmmm«, meinte Cyrus in einem Ton, der noch zweifelnder war als der, den Emerson wahrscheinlich angeschlagen hätte.

»Ich weiß, daß Ihnen die Theorien des Herrn Doktor nicht zusagen, Cyrus, aber er ist unbestreitbar eine Autorität auf seinem Gebiet, und seine Analyse von Emersons Charakter war brillant und zutreffend. Es ist unbedingt notwendig, Schadenfreudes Methoden eine Chance zu geben. Und das wäre unmöglich, wenn unsere Familie und unsere Freunde uns scharenweise heimsuchten. Keiner von ihnen verfügt über die eiserne Selbstbeherrschung, die mein Verhalten bislang bestimmte – und können Sie sich vorstellen, was geschieht, wenn Emerson Ramses gegenübersteht? Ein elfjähriger Sohn allein wäre schon ein ziemlicher Schock für einen Mann, der nicht einmal weiß, daß er verheiratet ist, und einen Sohn wie Ramses ...«

»Vielleicht wäre das der Auslöser, der Emersons Gedächtnis wiederherstellt«, meinte Cyrus und musterte mich unverwandt. »Der Anblick seines Sohnes ...«

»Er kennt mich länger als Ramses«, sagte ich. »Und unter Umständen könnte das, wenn überhaupt ... Eine weitere Erörterung erscheint mir sinnlos, Cyrus. Überlassen Sie es mir zu beurteilen, was für Emerson das Beste ist.«

»Wie immer denken Sie nur an ihn und nicht an sich. Ich wünschte, Sie würden erlauben, daß ich ...«

»Ich möchte nicht mehr darüber sprechen«, sagte ich und versuchte, meinen harten Worten durch ein freundliches Lächeln die Schärfe zu nehmen. »Wenn Sie mich jetzt bitte entschuldigen, Cyrus. Ich glaube, ich gehe noch ein wenig an Deck spazieren, ehe ich mich zurückziehe. Nein, mein

Freund, Sie brauchen mich nicht zu begleiten. Ihre Männer stehen Wache, und ich möchte ein wenig allein sein, um nachzudenken.«

Es dauerte länger, als ich erwartete, bis kühle Überlegung die aufgewühlten Wogen meiner Verzweiflung geglättet hatten. Der Verdacht, der mich, wenn auch nur kurz, heimgesucht hatte, war zu entsetzlich.

Emerson und ich hatten die Eigenschaften erörtert, über die ein Feind verfügen mußte, um uns das Geheimnis der Verlorenen Oase zu entlocken. Kevin hatte sie alle – sogar ein wenig archäologischen Sachverstand. Außerdem war er unersättlich neugierig und besaß die ausufernde Phantasie (wie Emerson es formuliert hätte), die nötig war, um die unzusammenhängenden Teile des Rätsels zu einem sinnvollen Ganzen zusammenzufügen.

Nichts ist so bedrückend, als wenn man von einem Freund verraten wird. Einige von Kevins Artikeln hatten unsere Freundschaft auf eine arge Zerreißprobe gestellt, doch sie hatten schlimmstenfalls Emersons und meinen guten Ruf gefährdet. Doch diesmal lag die Sache ganz anders – ein kaltblütiger Anschlag auf Emersons Leben und seine körperliche und geistige Gesundheit. Kevins sommersprossiges Gesicht stand vor meinem geistigen Auge, seine leuchtend blauen Augen, sein grellroter Haarschopf. Ich hörte seine sanfte irische Stimme die Komplimente wiederholen, an deren Ehrlichkeit ich niemals gezweifelt hatte.

Und ich würde auch jetzt nicht an ihnen zweifeln! Nachdem sich meine Erregung gelegt hatte, machte ich mir klar, daß Kevin nicht der einzige war, der über das nötige Wissen verfügte, um dieses Rätsel zu lösen. Außerdem konnte ich mir nicht vorstellen, daß journalistische Sensationslust – und die Geschichte von der Verlorenen Oase war ganz sicher eine solche Sensation – einen Mann dazu bringen konnte, seine Freunde und das eigene Naturell zu verraten.

Trotzdem war die Gefahr, die sein journalistischer Spürsinn

für uns darstellte, nicht von der Hand zu weisen. Ich wußte, es war mir nicht gelungen, Cyrus zu überzeugen, daß Emersons Geisteszustand geheimgehalten werden mußte. Und das, obwohl die Gründe, die ich dafür angeführt hatte, völlig vernünftig waren. Warum sollte ich unsere Angehörigen unnötig in Angst und Sorge stürzen? Warum sollte ich ihnen einen Anlaß geben, mit Kind und Kegel nach Ägypten zu eilen und mich in den Wahnsinn zu treiben? Trotzdem wußte ich, ebenso wie mein einfühlsamer und verständnisvoller Freund, daß das nicht der einzige Grund war.

Ich beschloß, nicht weiter darüber nachzudenken. Am wichtigsten war es, Kevin von Emerson fernzuhalten. Ich berechnete die Dauer der Reise. Wenn er den schnellsten Weg genommen und sich keine Pause gegönnt hatte, war er inzwischen vielleicht sogar schon in Kairo. Würde er schlau genug sein, sich nach unserem augenblicklichen Aufenthaltsort zu erkundigen, statt sich, wie wir, zuerst nach Luxor aufzumachen? Einige unserer Archäologenfreunde wußten, daß wir nach Amarna gefahren waren. Wir hatten uns an sie wenden müssen, um die Ausgrabungsgenehmigungen zu bekommen. Monsieur Masperos freundliche Anteilnahme und sein beachtlicher Einfluß waren uns eine große Hilfe gewesen, um den langen Verwaltungsweg abzukürzen. Und er war nicht der einzige, der von unseren Plänen wußte. Wenn Kevin sofort nach Amarna reiste, konnte er in wenigen Tagen hier sein.

»Es ist genug, daß ein jeglicher Tag seine eigene Plage hat«, erinnerte ich mich. Wenigstens war ich jetzt gewarnt. Ich würde mich um Kevin kümmern, wenn er – ich war sicher, daß es »wenn« und nicht »falls« hieß – hier auftauchte.

Der Zauber der milden ägyptischen Nacht verfehlte nicht seine Wirkung auf mich. Ich hatte mich beruhigt. Der Mond war im Zunehmen. Bald würde er voll sein, wie eine reflektierende Lichtkugel über den Felsen schweben und ihr bleiches Kalkgestein in silberne Helle tauchen. Als ich über das Deck schlenderte, mischte sich das Rascheln meines Rockes mit dem sanften Plätschern des Wassers und dem Rauschen in den Palmen, die sich im Wind regten. Ich dachte an den letzten Vollmond, den ich vom Deck eines anderen Bootes aus beobachtet hatte. Vor weniger als einem Monat ... Mit welch hochfliegenden Hoffnungen, mit welch atemloser Vorfreude hatte ich sein strahlendes Rund betrachtet! Emerson war bei mir gewesen; mit seiner starken Hand hatte er die meine gehalten, den Arm um meine Taille gelegt. Nun war ich allein, und er war weiter von mir entfernt als jemals zuvor, obwohl uns nur wenige Meter trennten.

Die Fenster der Schlafkajüten gingen aufs Deck hinaus. Aus seiner kam noch Licht, und die dünnen Gazevorhänge boten keinen Sichtschutz. Als ich im Vorbeigehen einen Blick hineinwarf, sah ich ihn an einem Tisch sitzen, der mit Büchern und Papieren übersät war. Er wandte mir den Rücken zu, den Kopf hatte er über die Arbeit gebeugt. Obwohl er das Klappern meiner Absätze gehört haben mußte, sah er nicht auf. Die Versuchung, mich zu bücken und mich an diesem so vertrauten und geliebten Anblick zu erfreuen – die glatten Muskeln seiner breiten Schultern, das dichte zerzauste Haar, das sich um seine Ohren lockte –, war fast unwiderstehlich, doch ich kämpfte sie nieder. Meine Würde verbat mir, mich dabei erwischen zu lassen, daß ich ihn wie ein liebeskrankes Mädchen heimlich beobachtete.

Als ich ohne stehenzubleiben weiterging, entdeckte ich in der Dunkelheit neben Emersons Fenster eine Bewegung; eine leise Stimme murmelte einen arabischen Gruß, den ich mit einer Geste erwiderte. Ich konnte nicht erkennen, um welchen der Männer es sich handelte; in der Finsternis ähnelten sich ihre Umrisse wie ein Ei dem anderen, denn sie trugen alle dieselben Turbane und flatternden Gewänder. Sie waren treue und tapfere Männer und ihrem Herrn offenbar ergeben. Zweifellos bezahlte er sie gut. (Eigentlich wollte ich nicht zynisch werden; aber kein vernünftiger Mensch kann jemandem treu sein, der ihn unterbezahlt.)

Ich setzte meinen Weg fort und wurde von weiteren unkenntlichen Schatten gegrüßt. Der Mann, der neben meinem Fenster kauerte, rauchte; das glimmende Ende seiner Zigarette fuhr wie ein riesiges Glühwürmchen hervor, als er die Hand erst an die Stirn und dann ans Herz hob.

Die Fenster der Kabinen, in denen die beiden jungen Männer schliefen, waren dunkel. Aus Renés Kajüte hörte ich ein tiefes, grollendes Schnarchen, unpassend für einen so zarten und hübschen jungen Burschen. Auch Berthas Fenster war dunkel. Kein Wunder, daß sie müde war, denn der Marsch zur Ausgrabungsstätte und zurück war für ein Mädchen aus der Stadt, das es nicht gewohnt war, sich viel zu bewegen, sicherlich sehr anstrengend. Ich erkannte den Mann, der ihr Fenster bewachte; er war der größte und stärkste der ganzen Mannschaft. Cyrus wollte offenbar kein Risiko eingehen.

Ich warf einen Blick in sein Fenster, als ich vorbeischlenderte. Es war ebenfalls dunkel. Vielleicht saß er ja noch im Salon, dessen Fenster auf das Oberdeck hinausging.

Ich hätte meinen Mondscheinspaziergang nicht unbedingt allein machen müssen. Da mich außer den schweigenden Wächtern niemand sah, gestattete ich mir ein Lächeln und schüttelte den Kopf. Dr. Schadenfreudes Behandlung hatte Cyrus nicht von seinen romantischen Schwächen geheilt. Und da ich auch so etwas wie eine Amateurpsychologin bin, fragte ich mich, ob die Neigung des rauhbeinigen Amerikaners, sich stets in die falschen Damen zu verlieben, nicht einen Grund hatte. Vielleicht hatte er ja unbewußt den Wunsch, Junggeselle zu bleiben. Trotz meiner Bescheidenheit kam ich nicht umhin, die zunehmend zärtlichen Blicke, die er mir schenkte, und die ritterliche Haltung, die er mir gegenüber an den Tag legte, zu bemerken. Allerdings war ich mir darüber im klaren, daß diese Annäherung ausschließlich auf Freundschaft und auf dem ungehobelten Kavaliersgehabe beruhte, für das Amerikaner schließlich bekannt sind. Jede Dame in Bedrängnis im Alter zwischen achtzehn und achtundvierzig hätte dasselbe heldenhafte Betragen auf den Plan gerufen. Cyrus wußte, daß er bei mir nicht zu befürchten hatte, im Hafen der Ehe zu landen. Nicht nur, solange Emerson lebte, sondern auch für alle Ewigkeit. Hätte ich, nachdem ich Gattin eines solchen Mannes gewesen war, jemals einen anderen heiraten können?

Das Mondlicht brachte mich auf trübsinnige Gedanken, eine Wirkung, die Mondlicht immer hat, wenn man sich ihm ohne Gesellschaft aussetzt. Ich begab mich in meine Kabine, setzte die Telegramme an Gargery und Walter auf, schrieb einen strengen Brief an meinen Sohn und ordnete die Notizen, die ich mir an diesem Tag während der Ausgrabungen gemacht hatte. Als ich damit fertig war, fielen mir fast die Augen zu. Trotzdem verabreichte ich meinem Haar die üblichen hundert Bürstenstriche, nahm ein langes (kaltes) Bad und cremte meine Haut ein (das geschah nicht aus Eitelkeit, sondern ist in Ägypten, wo Sonne und Sand schreckliche Auswirkungen auf den Teint haben, unbedingt notwendig). Ich hatte gehofft, mich durch ausgiebige Beschäftigung am Träumen hindern zu können. Allerdings nützte das nichts. Und ich bin mir sicher, den Inhalt dieser Träume dem einfühlsamen Leser nicht mitteilen zu müssen.

*

Für eine Frau, die wie ich vor Lebenskraft strotzt, bleibt eine unruhige Nacht ohne Folgen. Also erhob ich mich frisch und hellwach und bereit, mich den Widrigkeiten zu stellen, die gewiß auf mich zukommen würden. Emerson hatte sich Zeit gelassen und gehofft, unsere Befürchtungen zu zerstreuen, indem er sich seinen archäologischen Pflichten widmete. Doch er ist kein sehr geduldiger Mensch, und ich argwöhnte, er würde seinen albernen Plan bald in die Tat umsetzen. Da vernünftige Einwände keine Wirkung auf ihn haben, wenn er sich erst einmal irgendeinen Unsinn in den Kopf gesetzt hat, bestand keine Möglichkeit, ihn von seinem Vorhaben abzubringen. Ich konnte nicht mehr tun, als mit dem Schlimmsten zu rechnen und Schritte zu unternehmen, um es zu verhindern. Sein Plan hatte nur einen Vorteil: Je weiter wir uns vom Fluß entfernten, desto schwieriger würde es für Kevin O'Connell werden, uns zu finden.

Als ich Emerson an diesem Morgen zu Gesicht bekam, wurde ich in meiner Vermutung bestätigt, daß heute der Tag gekommen war. Er verzehrte sein Frühstück wie ein Mann, der sich Nahrung zuführt, um sich für eine große Aufgabe zu stärken. Außerdem war er verdächtig guter Laune. Er lobte René, wie rasch er sich die verschiedenen Ausgrabungstechniken angeeignet hatte, und machte Charlie ein Kompliment für seine Karte vom Ausgrabungsort. Hin und wieder warf er Anubis ein Stück Wurst zu, der es in der Luft auffing wie eine Forelle, die nach einer Fliege schnappt. Ich wünschte nur, Emersons Mund wäre nicht hinter dem verflixten Bart versteckt gewesen. Sein Mund verrät ihn immer, wenn er etwas im Schilde führt, denn er hat seine Mundwinkel nicht in der Gewalt.

Er sah, daß ich ihn anstarrte. »Stört Sie etwas, MISS Peabody? Habe ich Krümel im Bart? Oder ist es der Bart selbst? Kommen Sie schon, scheuen Sie sich nicht, Ihre Meinung zu sagen.«

»Wenn Sie schon so fragen«, fing ich an.

»Das tu' ich. Da ich selbst mit meinen Auffassungen nicht hinter dem Berg halte, kann ich es wohl kaum von anderen verlangen.«

»Ha!« sagte ich. »Nun denn, ich muß sagen, daß Ihr Bart eines der unansehnlichsten Exemplare seiner Gattung darstellt, das mir jemals untergekommen ist. Bärte sind unhygienisch, man schwitzt darunter – davon gehe ich zumindest aus –, sie sind gefährlich für Raucher und ein Zeichen von Unsicherheit. Ich glaube, Männer lassen sich nur Bärte wachsen, weil das Frauen nicht möglich ist.«

Vor Wut kniff Emerson die Augen zusammen, doch er konnte nicht sofort antworten, weil er den Mund voller Eier und Wurst hatte. Noch ehe er hinuntergeschluckt hatte, rief Cyrus – der sich nervös am Spitzbart zupfte – aus: »So habe ich das noch nie betrachtet! Vielleicht sollte ich …«

»Machen Sie sich nicht lächerlich, Vandergelt«, knurrte Emerson. »Sie redet Unsinn, weil sie mich ärgern will. Wer zum Teufel hat überhaupt mit diesem Geschwätz über Bärte angefangen? Los, beeilen Sie sich mit dem Essen. Ich will an die Arbeit.«

Und schon war er fort. Die Tür schwang hinter ihm heftig in den Angeln. Sofort sprangen die beiden jungen Männer auf und rannten ihm nach. Ich bestrich ein weiteres Stück Toast mit Butter.

»Sie habe ich nicht gemeint, Cyrus«, sagte ich lächelnd. »Dieser Spitzbart gehört zu Ihnen. Ich kann mir Sie gar nicht ohne ihn vorstellen.«

Ich meinte das als Kompliment, aber es schien ihn nicht zu freuen.

Als wir an Land gingen, war die Luft noch angenehm kühl. Ich ging gemächlich am Schluß der kleinen Karawane und unterhielt mich mit Charlie, der offenbar einen Rat von mir brauchte. Es dauerte eine Weile, bis er auf den Punkt kam, und auch erst, als ich ihn geradeheraus fragte, was ihn bedrückte.

»Es ist die Stele«, gab er zu. »Die ganz hoch oben auf dem Felsen – wissen Sie, welche ich meine?«

»Stele U«, sagte ich. »Kümmern Sie sich nicht darum, Charles. Es wird noch einige Zeit dauern, bis Emerson sich mit den Stelen befaßt.«

»Nein, Ma'am! Er will, daß ich noch heute hinaufsteige. Und … äh … ich konnte dem Professor nicht sagen, daß ich es nicht wage, aber ich kann nicht … ich habe nicht … oder besser, ich habe …«

»Höhenangst?«

Er sah so schuldbewußt drein, als hätte er schon einen Mord gestanden.

»Mein lieber Charles, dessen müssen Sie sich doch nicht schämen. Untersuchungen haben ergeben, daß ein Mensch, der unter solchen Ängsten leidet, keinen Einfluß darauf hat. Sie müssen die Wahrheit gestehen; es wäre gefährlich, vielleicht sogar tödlich für Sie, sich zu etwas zu zwingen, wozu Sie nicht in der Lage sind.« Offenbar verfehlte diese Diagnose ihre tröstende Wirkung auf Charles, weshalb ich fortfuhr: »Wenn Sie möchten, sage ich es Emerson.«

Der junge Mann richtete sich heldenhaft auf. »Nein danke, Ma'am. Das wär feige.«

»Dann sagen Sie es ihm selbst. Aber vergessen Sie nicht, daß ich die Wahrheit ans Licht bringen werde, wenn Sie es nicht tun. Und nun beeilen wir uns besser, wir bleiben zurück.«

Die anderen waren schon nicht mehr in Sicht. Als wir die Dorfstraße entlanghasteten, den Gruß der Leute erwiderten und über Hunde, Hühner und Kinder hinwegstiegen, kam uns ein Mann entgegen. Ich unterdrückte einen ungeduldigen Ausruf. Es war der Scheich, der Bürgermeister des Dorfes, und ich sah ihm bereits an, daß er vorhatte, mir die Zeit zu stehlen. Bis jetzt hatten wir es fertiggebracht, uns vor den umständlichen Willkommenszeremonien, die die Höflichkeit in solch kleinen Gemeinden gebietet, zu drücken. Doch nun sah ich keine Möglichkeit davonzukommen, ohne den Mann tödlich zu beleidigen.

Der arme alte Bürgermeister, den wir bei unserem ersten Besuch kennengelernt hatten, war schon lange tot. Sein Nachfolger war ein Mann in den besten Jahren, der gesünder und wohlgenährter aussah als die meisten Fellachen. Er begrüßte mich mit der üblichen Formel, und ich antwortete entsprechend. »Wird die Sitt mein Haus mit einem Besuch beehren?« war seine nächste Frage.

Da ich wußte, daß dieser Besuch eine Stunde oder länger dauern würde, suchte ich nach einer höflichen Ausrede. »Die Ehre ist zu groß. Ich muß Emerson Effendi folgen, der mein ... äh ... der unsere Arbeiten leitet. Er wird wütend werden, wenn ich zu spät komme.«

Ich dachte, dieses Argument würde in einer von Männer beherrschten Welt überzeugend wirken, doch der Bürgermeister runzelte die Stirn. »Die Sitt muß mich anhören. Ich habe versucht, mit dem Vater der Flüche zu sprechen, aber er ließ sich nicht aufhalten. Zwar ist er ein Mann ohne Furcht, aber er sollte es trotzdem wissen. Mohammed ist zurück.«

Mohammed ist in Ägypten ein sehr weitverbreiteter Name. Deshalb dauerte es eine Weile, bis mir einfiel, wen der Bürgermeister meinte. »Der Sohn des alten Bürgermeisters? Ich dachte, er sei nach der Angelegenheit mit der Mumie, die nur ein böser Mann war, fortgelaufen.«

»Ja, er ist fortgelaufen. Als du und der Vater der Flüche den Übeltäter entlarvten, wußte Mohammed, er würde ins Gefängnis kommen, weil er dem bösen Mann geholfen hat. Wenn nicht, hätte der Vater der Flüche ihn selbst bestraft, was ebenso schmerzhaft gewesen wäre. Er ist seit vielen Jahren nicht mehr im Dorf gewesen, aber er ist zurückgekommen, Sitt. Ich selbst habe ihn letzte Nacht gesehen.«

Nicht zum erstenmal wünschte ich mir, eine unerklärliche Macht hätte nicht entschieden, mein Gebet so willkürlich auszulegen. Noch ein Geist aus der Vergangenheit! Waren uns all unsere alten Feinde auf den Fersen? Während ich noch nachdachte, fuhr der Bürgermeister mit zunehmender Erregung fort:

»Wir sind ehrliche Leute, und wir achten den Vater der Flüche, seine ehrenwerte Hauptfrau, und all die Engländer, die uns Arbeit geben. Doch in jedem Dorf leben auch Menschen, die nicht ehrlich sind. Ich glaube, Mohammed will sie gegen den Vater der Flüche aufwiegeln, denn er hat im Kaffeehaus große Reden geschwungen, und die Schurken hier haben ihm zugehört. Warne den Vater der Flüche, Sitt, und sei wachsam. Mohammed gibt auch dir die Schuld daran, daß er in Ungnade gefallen ist. Er hatte gehofft, nach dem Tod seines Vaters Scheich zu werden.«

Und das hoffte er, wie ich mir vorstellen konnte, immer noch. Die Sorge des Bürgermeisters um uns beruhte also nicht aus reiner Nächstenliebe, denn Mohammed konnte sich als zukünftiger Rivale entpuppen. Trotzdem war der Bürgermeister ein rechtschaffener Mann, und ich dankte ihm, ehe ich weitereilte.

Emerson hatte unseren Ausgrabungsort gegen den Widerspruch von Cyrus, der meinte, ein Haus und der Teil einer Mauer machten noch kein Dorf aus, »östliches Dorf« genannt. Cyrus hatte seinen Einwänden noch hinzugefügt, daß niemand, nicht einmal ein Idiot wie Echnaton, ein Wohnhaus so weit entfernt vom Fluß bauen würde. (Cyrus gehörte zu denjenigen, die meine hohe Meinung von dem ketzerischen Pharao nicht teilten. Doch für gewöhnlich behielt er das in meiner Gegenwart für sich.)

Als ich eintraf, stritten sie sich gerade über diese Frage. Nicht einmal mit meiner besten Geschwindigkeit konnte ich Emerson einholen, wenn er es eilig hatte. Er hatte seine Karten auf einem Felsen ausgebreitet, nahm die Pfeife aus dem Mund und benützte das Mundstück als Zeigestab. »Diese alten Straßen, Vandergelt – etwa ein Dutzend von ihnen treffen an diesem Punkt zusammen, der in der Mitte zwischen den südlichen und den nördlichen Gräbern liegt. Das Haus, das wir gestern freigelegt haben, ist offensichtlich Teil einer Siedlung. In der ganzen Senke sind Lehmziegeln und Baumaterial verstreut. Ach, verdammt, ich habe jetzt keine Lust, meine Schlußfolgerungen zu erläutern. Warum zum Teufel sollte ich das? Gehen Sie mit Abdullah; er folgt dem Verlauf der Mauer, die die Siedlung umgibt. Sicherlich findet er bald die Pforte.«

Murmelnd und kopfschüttelnd ging Cyrus davon. Für einen archäologiebegeisterten Menschen war es eine wahre Freude, Abdullah und seinen erfahrenen Männern aus Aziyeh bei der Arbeit zuzusehen. An manchen Stellen konnte nur das geschulte Auge zwischen zerbröckelten Ziegeln und der natürlichen Erde, die sie umschloß, unterscheiden. Nicht, daß man mich falsch versteht, Cyrus war ein begeisterter Archäologe, aber wie viele Anhänger dieses Metiers bevorzugte er die Gräber von Königen und Adeligen gegenüber den Behausungen der einfachen Leute, worum es sich hier eindeutig handelte. Die einzigen Kunstgegenstände, die wir entdeckt hatten, waren Fayenceperlen und eine hölzerne Spindel.

»Emerson«, sagte ich eindringlich. »Ich muß mit Ihnen sprechen.«

»Nun, was gibt's?« Er hatte die Karte zusammengerollt und stand, das Gewicht auf einen Fuß verlagert, vor mir. Er war ungeduldig und wollte weiterarbeiten.

»Der Bürgermeister hat mir erzählt, daß einer unserer – äh, Ihrer – alten Feinde ins Dorf zurückgekehrt ist.«

»Was, noch einer?« Emerson lachte laut auf. Er setzte sich in Bewegung. Ich lief ihm nach.

»Sie müssen mich anhören. Mohammed hat allen Grund, Groll gegen uns – gegen Sie – zu hegen. Er ist ein hinterlistiger Feigling ...«

»Dann wird er schlau genug sein, mich nicht zu behelligen. Ich glaube«, meinte Emerson nachdenklich, »daß wir uns aufteilen sollten. Charles scheint inzwischen begriffen zu haben, worum es geht. Mit Feisals Hilfe kann er am südöstlichen Ende anfangen. Ich möchte gern wissen, welcher Unterschied zwischen der Karte ...«

Immer weiterredend ging er davon.

Wie ich vermutet hatte, hatte Emerson den armen Charlie nur auf den Arm nehmen wollen, als er ihm androhte, ihn an der Begrenzungsstele arbeiten zu lassen. Das Thema kam nicht mehr zur Sprache. Als wir eine Mittagspause einlegten, hatten die teilweise freigelegten Mauern eines zweiten Hauses Emersons Theorie bestätigt. Wenigstens war er damit zufrieden. Meine Arbeit, die darin bestand, den bei den Grabungen anfallenden Aushub durchzusieben, hatte keine nennenswerten Ergebnisse gebracht. Das wenige, das ich gefunden hatte, war von minderer Qualität. Daher war ich froh, aufhören zu können, denn die Sonne brannte heiß, und es gab kaum Schatten. Wie Bertha die Hitze in ihren dicken Gewändern ertrug, war mir ein Rätsel. Ich hatte sie an diesem Vormittag zu meiner Helferin erkoren, und sie erwies sich als schnell und geschickt.

Emerson hatte sich gnädig bereit erklärt, seine hart arbeitenden Männer in der heißesten Tageszeit ausruhen zu lassen. Obwohl das bei den meisten Ausgrabungen üblich war, tat Emerson stets so, als sei das ein immenses Zugeständnis. Doch an diesem Tag murrte er nicht einmal. Nachdem die anderen losgegangen waren, um sich ein schattiges Plätzchen zu suchen, behielt ich Emerson im Auge.

Er hatte sich, den Hut über dem Gesicht, auf dem Boden ausgestreckt. Ich hielt mich in einem der Zelte auf; Cyrus in dem anderen. Die jungen Männer hatten sich in das Haus zurückgezogen, das Cyrus gebaut hatte. Wo Bertha steckte, wußte ich nicht, doch ich vertraute darauf, daß der Mann, den Cyrus zu ihrer Bewachung bestellt hatte, im Bilde war.

Weniger als eine halbe Stunde war vergangen, als Emerson den Hut vom Gesicht nahm und sich aufsetzte. Er warf dem Zelt, in dem ich mich versteckt hatte, einen argwöhnischen Blick zu, ehe er sich erhob.

Ich wartete, bis er hinter einem Felsausläufer verschwunden war, und folgte ihm dann. Wie ich vermutet hatte, wandte er sich nach Westen, in Richtung der Klippen und des Königswadis.

An den kahlen und schartigen Wänden der Klippen rührte sich nichts. Zu dieser Tageszeit flüchteten sich selbst die Wüstentiere in ihre Höhlen. Der Falke, der hoch im gleißenden Himmel schwebte, und die hochgewachsene Gestalt vor mir waren das einzige, was sich bewegte. Meine Haut prickelte, als ich ihm nacheilte. Emerson wollte – und das mit voller Absicht – Mohammed oder einem anderen Gegner die gewünschte Gelegenheit geben. Denn seine Feinde würden ihn beobachten und verfolgen und in aller Seelenruhe den Augenblick abwarten, bis ihr Opfer allein war.

Als Emerson die Felsspalte erreicht hatte, rief ich ihn an. Ich wagte nicht, länger zu warten; es gab Hunderte von Verstecken im Geröll, Tausende in den spitz zulaufenden Wänden des Wadi. Er hörte mich, wandte sich um, und ein Fluch drang an mein Ohr. Doch er blieb stehen, bis ich ihn eingeholt hatte.

»Das hätte ich mir denken können«, stellte er fest, als ich keuchend und schwitzend neben ihm stand. »Kann ein Mann nicht einmal einen friedlichen Spaziergang machen, ohne daß Sie ihm wie ein Spürhund folgen? Kehren Sie sofort um.«

»Friedlicher Spaziergang?« japste ich. »Glauben Sie, ich habe mich von diesem Unsinn über Nofretetes Grab täuschen lassen? Wahrscheinlich meinen Sie, Sie könnten uns weiter in dem elenden Dorf herumbuddeln lassen, während Sie vorgeben, im Königswadi zu arbeiten. Sie haben überhaupt nicht vor, dort ihre Zeit zu verschwenden. Das ist nur eine Finte – ein Lockmittel für einen Feind, der dumm genug ist, Ihre Prahlereien über geheime Gräber zu glauben. Und Sie selbst spielen den Köder in der Falle!«

»Sie bringen die Metaphern durcheinander«, meinte Emerson tadelnd. Sein Tonfall war sanft, aber ich kannte dieses leise Schnurren, und in seinen Augen war ein wir wohlvertrautes Funkeln – allerdings war ich noch nie Ziel dieses Blicks gewesen. »Und jetzt drehen Sie sich um und gehen zurück, MISS Peabody. Oder wenn Sie wollen, können Sie auch hier herumsitzen, bis ich wiederkomme. Anderenfalls werfe ich Sie über die Schulter und bringe Sie zu Ihrem Freund Vandergelt, der dafür sorgen wird, daß Sie nicht mehr in der Gegend herumlaufen.«

Er trat einen Schritt auf mich zu. Ich machte einen Schritt zurück. Das hatte ich eigentlich nicht vorgehabt.

»Cyrus würde das niemals tun«, sagte ich.

»Das glaube ich schon.«

Eigentlich dachte ich das auch, und ich hatte nicht die geringsten Zweifel daran, daß Emerson seine Drohungen wahrmachen würde.

Die Vorstellung hatte etwas für sich, doch ich verwarf sie. Ich konnte Emerson nicht aufhalten, außer, wenn ich ihn ins Bein schoß (eine Vorstellung, die ebenfalls etwas für sich hatte, sich allerdings auf lange Sicht hin als kontraproduktiv erweisen konnte). Wenn ich ihn bewachen und beschützen wollte, mußte ich Schlauheit und Gerissenheit an den Tag legen. Also fuhr ich fort, diese Waffen einzusetzen, indem ich mich auf dem Felsen niederließ, auf den er gewiesen hatte, und kräftig mit den Augen blinzelte, als wollte ich Tränen zurückhalten.

»Ich warte hier«, schnüffelte ich.

»Aha«, meinte Emerson. »Nun denn, aber rühren Sie sich nicht vom Fleck.« Nach einer Weile fügte er mürrisch hinzu: »Es dauert nicht lang.«

Wie ich, meines Wissens nach, bereits erwähnt habe, beschreibt das Wadi gleich zu Anfang eine Biegung nach Osten, und ein Felsvorsprung macht es unmöglich, die Ebene zu überblicken. Emerson ging darum herum. Ich wartete und beobachtete die Stelle über den Rand des Taschentuches hinweg, das ich mir vor die Augen gepreßt hatte. Nach kurzer Zeit tauchte Emersons Kopf wieder auf. Emerson warf mir einen finsteren Blick zu. Ich sah zu Boden, um mein Lächeln zu verbergen, und hielt mir das Taschentuch vor den Mund.

Der Kopf verschwand, und ich hörte den Kies unter Emersons Füßen knirschen. Sobald das Geräusch leiser wurde, folgte ich ihm.

Mit klopfendem Herzen hastete ich weiter. Ich schlängelte mich zwischen den Felsen durch, die den Boden der Schlucht bedeckten. Meine Schwierigkeit bestand nicht darin, nicht gesehen zu werden, sondern darin, selbst etwas zu sehen: Der verschlungene Pfad und die Geröllhaufen gestatteten mir nur einen gelegentlichen Blick auf Emerson, der stetig weiterging.

Es war reines Glück – oder gesegnete Vorsehung, wie ich lieber glauben möchte –, daß einer dieser Blicke mir zeigte, was ich zu sehen befürchtet hatte.

Ein Mann tauchte hinter einem Gesteinshaufen auf, an dem Emerson gerade vorbeigekommen war. Lautlos schlich er sich auf nackten Sohlen von hinten an Emerson heran. Sein schmutzigweißes Gewand war inmitten der hellen Kalkfelsen kaum zu erkennen. Das Sonnenlicht spiegelte sich in der Klinge seines Messers.

»Emerson!« schrie ich. »Hinter Ihnen!«

Das Echo hallte von Felsen zu Felsen wider. Emerson wirbelte in dem Augenblick herum, als Mohammeds erhobener Arm sich blitzartig senkte; das Messer traf ins Ziel. Emerson taumelte zurück und hob seine Hand vors Gesicht. Aber er blieb auf den Beinen, und Mohammed, der die Hand wieder zum Stoß erhoben hatte, umkreiste ihn ängstlich. Er war nicht so dumm, sich näher an Emerson heranzuwagen, obwohl dieser unbewaffnet und verwundet war.

Man muß nicht eigens erwähnen, daß auch ich so schnell wie möglich zum Schauplatz des Geschehens hastete. Selbstverständlich hatte ich meinen Sonnenschirm bei mir. Innerhalb weniger Sekunden wurde mir jedoch klar, daß dieser nicht die geeignete Waffe war. Ich konnte die beiden Männer niemals rechtzeitig erreichen, um einen zweiten Stoß mit dem Messer zu verhindern. Also klemmte ich mir den Sonnenschirm unter den Arm, zog meinen Revolver aus der Tasche und drückte ab.

Als ich endlich am Ort des Geschehens angekommen war, hatte sich Mohammed längst aus dem Staub gemacht. Emerson stand immer noch aufrecht; er lehnte sich an einen Felsen und hatte den Arm gegen die Wange gepreßt. Da er niemals ein Taschentuch bei sich hat, schloß ich, daß er seinen Hemdsärmel als Ersatz für dieses nützliche Utensil benutzte, um das Blut zu stillen, das die rechte Seite seines Bartes in eine klebrige Masse verwandelte und ihm auf die Hemdbrust tropfte.

Vor Aufregung und Erleichterung und aufgrund der großen Eile war ich zu atemlos, um zu sprechen. Zu meiner Überraschung aber wartete Emerson, bis ich das Wort ergriff. Über den besudelten Ärmel hinweg blickte er mich neugierig an.

»Schon wieder ein Hemd ruiniert«, japste ich.

Einen Moment lang verschwanden seine blauen Augen hinter geschlossenen Lidern. Nach einer Weile murmelte Emerson: »Von meinem Gesicht ganz zu schweigen. Worauf haben Sie denn geschossen?«

»Auf Mohammed natürlich.«

»Sie haben ihn um mindestens sechs Meter verfehlt.«

»Aber der Schuß hatte die gewünschte Wirkung.«

»Er ist entkommen.«

»Ihr vorwurfsvoller Ton gefällt mir überhaupt nicht. Setzen Sie sich, Sie sturer Mensch, ehe Sie noch hinfallen, und nehmen Sie den schmutzigen Ärmel von Ihrem Gesicht, damit ich mir den Schaden einmal ansehen kann.«

Es war nicht so schlimm, wie ich befürchtet hatte, aber schlimm genug. Der Schnitt verlief vom Wangenknochen bis zum Kiefer und blutete heftig. Offenbar war mein Taschentuch dieser Aufgabe nicht gewachsen. Ich knöpfte mir die Jacke auf.

»Was zum Teufel tun Sie da?« fragte Emerson. Seine Schwäche wurde von Entsetzen abgelöst, als ich besagtes Kleidungsstück beiseite warf und meine Bluse aufknöpfte.

»Wie Sie sehen, mache ich Ihnen einen Verband«, antwortete ich, während ich die Bluse auszog. Emerson schloß rasch die Augen, doch ich vermute, daß er mich durch die Wimpern beobachtete.

Die Wunde zu verbinden erwies sich als eine ziemliche Herausforderung. Als ich fertig war, ähnelte Emerson einer unvollendeten Mumie, aber die Blutung war fast zum Stillstand gekommen.

»Wenigstens ist es jetzt symmetrisch«, meinte ich und griff nach meiner Jacke. »Die Narbe paßt zu der auf der anderen Wange.«

Emerson sah mich durch halbgeschlossene Lider an. »Die Wunde muß sofort genäht werden«, fuhr ich fort. »Und ordentlich desinfiziert.«

Emerson fuhr auf; seine Augen funkelten wütend. Er versuchte, etwas zu sagen, aber der Verband, den ich ihm um den Kiefer gewickelt hatte, hinderte ihm am Sprechen. Das Wort verstand ich trotzdem.

»Ich befürchte, mir bleibt keine Wahl, Emerson. Wie Sie sicherlich wissen, ist es nötig, das Haar abzurasieren, wenn man eine Kopfwunde behandelt. Das gleiche gilt für eine Wunde im Gesicht. Aber machen Sie sich nichts daraus. Ich brauche Ihnen nur den halben Bart abzunehmen.«

10. Kapitel

»Je schlechter ein Mensch, um so tiefer sein Schlaf; denn hätte er ein Gewissen, wäre er kein Schurke.«

In der Stille der Mittagszeit war das Echo der Schüsse weit zu hören gewesen. Und später erfuhr ich, daß unsere Freunde unsere Abwesenheit bereits bemerkt und sich auf die Suche nach uns begeben hatten. Als wir am Eingang zum Wadi auftauchten, kam uns Abdullah entgegen, und zwar in einer Geschwindigkeit, derer ich ihn nicht für fähig gehalten hätte. Bei unserem Anblick blieb er stehen und starrte uns an, dann kauerte er sich auf die Erde und bedeckte seinen Kopf mit den Armen. In dieser Stellung verharrte er reglos wie eine Statue, bis wir ihn erreicht hatten.

»Ich habe versagt«, ertönte unter den Falten des Gewandes eine Grabesstimme. »Ich werde nach Aziyeh zurückkehren und mich zu den anderen Greisen in die Sonne setzen.«

»Steh' auf, du melodramatischer alter Narr«, knurrte Emerson. »Wobei hast du versagt? Ich habe dich nicht als Kindermädchen angestellt.«

Ungefähr so drückt sich Emersons liebevoller Trost aus. Ohne eine Antwort abzuwarten, ging er weiter. Die anderen, angeführt von Cyrus, waren inzwischen in Sichtweite, weshalb ich ihn allein vorausgehen ließ. Langsam erhob sich Abdullah zu voller Größe. Wie die meisten Ägypter hat er einen Hang zum Dramatischen, doch ich sah Schrecken und Gewissensbisse auf seinem würdevollen Gesicht. »Sitt Hakim«, begann er.

»Genug davon, mein Freund. Selbst Allah könnte Emerson nicht aufhalten, wenn er sich einmal eine Dummheit in den Kopf gesetzt hat. Er verdankt dir sein Leben. Ich weiß das, und er weiß es auch. Er drückt die Dankbarkeit und die Zuneigung, die er für dich empfindet, nur auf recht unübliche Weise aus.«

Abdullahs Miene erhellte sich. Da ich fand, daß das volltönende und würdevolle Vokabular des klassischen Arabisch nicht zu meinen Empfindungen paßte, fügte ich in Englisch hinzu: »Wir müssen nur besser auf ihn achtgeben, das ist alles. Zum Teufel mit diesem Mann, manchmal bereitet er einem mehr Schwierigkeiten als Ramses!«

*

Zum Glück fühlte sich Emerson ziemlich schwach, weshalb ich nur zehn Minuten aus vollem Hals nach ihm rufen mußte, um ihn zur Rückkehr auf das Hausboot zu bewegen – allerdings erst, nachdem er René und Charles einen Vortrag darüber gehalten hatte, wie sie die Grabungen fortführen sollten. Außerdem wies er Abdullah an, bei ihnen zu bleiben und die Aufsicht zu übernehmen. Er wollte sich weder auf mich noch auf Cyrus stützen, aber als Bertha herbeieilte – wobei ihr Schleier jede Regung, die sie womöglich verspürte, wirkungsvoll verbarg –, nahm er ihr Angebot an, sich bei ihr unterzuhaken. Wortlos und geschickt unterstützte sie mich in meinen medizinischen Bemühungen, bis ich mich anschickte, die Wunde zu nähen. Gestärkt durch den Brandy und seine Dickköpfigkeit, gab Emerson während dieser Prozedur, die auch mir wenig Freude bereitete, keinen einzigen Laut von sich. Als ich fertig war, sah ich, daß das Mädchen mit dem Rücken zu mir zusammengekauert in einer Ecke saß.

»Seltsam, wie zimperlich manche Leute sind, wenn sie eine Nadel sehen«, sagte ich nachdenklich und schnitt dabei einige Streifen Heftpflaster ab.

»Ja, nicht wahr?« meinte Cyrus und wandte sich um. »Lassen Sie mich den Rest machen, Amelia. Es ist gewiß nicht sehr angenehm für Sie gewesen ...«

»Ha«, sagte Emerson, der immer noch auf dem Rücken lag.

»Es dauert nur noch einen Augenblick«, erwiderte ich.

»Sie sehen, daß es unmöglich gewesen wäre, über all diese Barthaare Heftpflaster zu kleben.«

Unverzüglich verkündete Emerson seine Absicht, wieder an die Arbeit zu gehen. Nach einem reichlich lautstarken Disput erklärte er sich schließlich bereit, den Rest des Tages liegenzubleiben, allerdings nur unter der Bedingung, daß wir ihn unter allen Umständen allein ließen. Nachdem ich, wie er es verlangt hatte, die Tür hinter mir geschlossen hatte, gestattete ich mir endlich einen Seufzer.

»Mein armes Mädchen«, sagte Cyrus sanft. »Wie mutig Sie diese schmerzliche Pflicht erfüllt haben.«

»Oh, ich bin es gewohnt, Emerson wieder zusammenzuflicken. Aber Cyrus – das wäre fast ins Auge gegangen! In Zukunft dürfen wir uns nicht mehr darauf beschränken, einen Überfall nach dem anderen abzuwehren. Ein guter Angriff ist die beste Verteidigung. Wir müssen in die Offensive gehen!«

Cyrus strich sich über den Spitzbart. »Ich befürchtete schon, daß Sie das sagen würden. Sie sind keinen Deut besser als er, Amelia. Das ist das zweite Mal, daß Sie ausgebüchst sind und mich an den Rand eines Herzanfalls getrieben haben. Ich tue mein möglichstes, um Sie zu beschützen ...«

»Dessen bin ich mir bewußt, Cyrus, und ich weiß Ihre Besorgnis zu schätzen, doch erlauben Sie mir zu sagen, daß die

Rolle der armen kleinen Frau, die des männlichen Schutzes bedarf, nicht zu mir paßt.«

Diesmal seufzte Cyrus auf. »In Ordnung. Aber tun Sie mir den Gefallen und weihen Sie mich in Ihre Pläne ein. Was haben Sie als nächstes vor?«

»Ich gehe ins Dorf.«

»Dann begleite ich Sie dorthin.«

Wir führten ein nettes Schwätzchen mit dem Bürgermeister. Vor Schreck schlug er die Hände über dem Kopf zusammen, als ich ihm erzählte, was vorgefallen war. Um seine Unschuld und die des Dorfes insgesamt zu beteuern, rief er sämtliche Heiligen des Islam an, angefangen beim Propheten. Ich versicherte ihm, daß wir im Unterschied zu gewissen tyrannischen Staatsorganen nicht ein ganzes Dorf für die Missetat eines einzelnen Mannes bestrafen würden. Dann machte ich ihm ein Angebot, das er nicht ablehnen konnte.

Erst als wir die Uferböschung zum Landungssteg hinabkletterten, fand Cyrus die Sprache wieder. »Tot oder lebendig? Eine Belohnung auszusetzen, ist eine hervorragende Idee, Amelia, aber mußten Sie denn sagen, daß ...«

»Das war nur arabisches Wortgeklingel«, versicherte ich ihm. »In dieser Form klang es nachdrücklicher.«

»In der Tat. ›Seinen Kopf in einem Korb‹ ist eine ziemlich drastische Formulierung.«

»Ich habe betont, daß ich ihn lieber lebend will. Aber ich gebe mich mit allem zufrieden.«

Cyrus schüttelte den Kopf und machte sich auf den Weg zu seiner Kabine; ich sah nach Emerson. Er schlief tief und fest wie erwartet, weil ich eine Prise Laudanum in seine Wasserflasche geschüttet hatte. In dieser Hinsicht beruhigt, ging ich in meine Kabine, nicht um mich auszuruhen, wie ich Cyrus versprochen hatte, sondern um meine nächsten Schritte zu planen.

Als die erschöpften Arbeiter von der Ausgrabung zurückkamen, hatte ich meine Strategie ausgearbeitet. Der schwierigste Teil bestand in der Frage, wen ich ins Vertrauen ziehen sollte und in welchem Maß. Von Emerson konnte ich nicht die geringste Unterstützung erwarten. Allerdings hoffte ich, ihn auf die eine oder andere Weise dazu bewegen zu können, seine Absichten, was die Ausgrabung betraf, offenzulegen. Da Cyrus, wie ich befürchtete, seine gutgemeinte, wenngleich alberne Idee, mich zu schützen, noch nicht gänzlich aufgegeben hatte, würde ich Mittel und Wege finden müssen, mich seiner Aufmerksamkeit zu entziehen, wenn sie mir nicht in den Kram paßte. Männer sind zuweilen eine schreckliche Plage. Das Leben wäre um so vieles leichter, wenn Frauen keine Zugeständnisse an ihre kleinen Absonderlichkeiten machen müßten.

Leichter, jedoch bei weitem nicht so interessant. Der Anblick meines nun bartlosen Gatten, der mich über den Eßtisch hinweg finster ansah, jagte mir einen wohligen Schauder durch den Körper und erinnerte mich daran, daß keine Anstrengung zu groß war, um ihn vor Gefahr zu schützen. Zu meinem Bedauern hatte ich das Grübchen in Emersons Kinn, das er verabscheute und das mir so gut gefällt, zukleben müssen; auch sein Nasenrücken und seine Oberlippe waren durch Heftpflaster verunziert. Doch sein markanter Kiefer war nun endlich wieder sichtbar. Die herrliche Form der – leider nur – einen Wange bot sich meinem liebevollen Blick dar.

Gerade, als ich ihm das Kompliment machen wollte, wie sehr sich sein Aussehen verbessert habe, kam Cyrus herein und entschuldigte sich mit verlegenem Gesicht für seine Unpünktlichkeit. Ich ließ meine Serviette fallen.

»Cyrus! Sie haben sich den Bart abrasiert!«

»Eine Geste der Solidarität«, sagte der Amerikaner und sah dabei Emerson an.

»Die hätten Sie sich sparen können«, sagte Emerson. »Sie hätten standhaft bleiben sollen, Vandergelt. Sie sehen lächerlich aus.«

»Ganz und gar nicht«, sagte ich, während ich die Wirkung

begutachtete. »Mir gefällt es, Cyrus. Sie haben ein schönes, wohlgeformtes Kinn. Wirklich, jetzt sehen Sie um zehn Jahre jünger aus.«

Emerson wechselte sofort das Thema und verlangte von René einen Bericht über die Arbeit am Nachmittag.

»Sie hatten recht, Professor«, sagte René. »Das zweite Gebäude scheint von genau der gleichen Größe zu sein wie das Nachbarhaus, fünf Meter breit und zehn Meter lang. Auch der Grundriß ist derselbe – es gibt insgesamt vier Räume. In dem einen Raum, wo wir einen Herd mit einem rauchgeschwärzten Stück Putz darüber fanden, ist ein Teil der Decke eingestürzt. Sie besteht aus einem Geflecht, das mit Lehm bedeckt ist ...«

»Das Dach, nicht die Decke«, fauchte Emerson. »Die Häuser waren einstöckig. Treppen führten hinaus aufs Dach, das offen war, aber als zusätzlicher Wohn- und Lagerraum genutzt wurde. Charles – was ist mit dem anderen Haus?«

Erneut hatte sich Emersons Vermutung als richtig erwiesen. Das Gebäude war größer und im Grundriß weniger schlicht als die kleineren Häuser; die Einfriedungsmauer diente nach Süden und Osten als Seitenwand. Nach weiteren Erörterungen verkündete Emerson: »Es gibt keinen Zweifel mehr. Das größere Haus hat einem Aufseher oder Beamten gehört. Es handelt sich eindeutig um eine Handwerkersiedlung, die mit einer Schutzmauer umfriedet war. Die regelmäßige Anordnung weist darauf hin, daß sie in ihrer Gesamtheit geplant und erbaut wurde, anstatt willkürlich zu wachsen wie gewöhnliche Städte. Petrie hat in Lahun ein ähnlich angelegtes Dorf entdeckt. Wie ich ihm sagte, müssen dort die Männer gewohnt haben, die die benachbarte Pyramide bauten und instand hielten.« Mit Blick auf Cyrus versuchte Emerson, seine Lippen verächtlich zu schürzen – eine Geste, deren Wirkung ein wenig von dem Heftpflaster abgemildert wurde, das besagte Gesichtspartie umgab – und fügte hinzu: »Wie Sie sehen, Vandergelt, war Echnaton doch kein so großer Dummkopf. Unser Dorf wurde von den Arbeitskräften, die die Gräber aushoben, sowie von den Grabwachen bewohnt. Und man hätte sich dafür gar keine bessere Stelle aussuchen können – in der Mitte zwischen den beiden Gruppen von Adelsgräbern und nicht weit entfernt vom Eingang zum Wadi, wo Echnatons eigenes Grab lag.«

Diese im Brustton der Überzeugung geäußerte These (deren Richtigkeit durch spätere Ausgrabungen vollständig bestätigt wurde) erregte keinen Widerspruch, rief bei den Zuhörern allerdings auch keine Begeisterung hervor. Cyrus verlieh der allgemeinen Stimmung Ausdruck, als er sagte: »Und wenn schon, Emerson, in einem armseligen Handwerkerdorf werden wir sowieso nichts Interessantes finden. Ich hoffe inständig, daß Sie nicht vorhaben, die gesamte Siedlung auszugraben. Das würde den ganzen Winter dauern.«

»Die typische Ansicht eines Dilettanten«, erwiderte Emerson mit seinem üblichen Zartgefühl. »Wir wissen fast nichts über die altägyptische Architektur von Wohnhäusern und noch weniger darüber, wie die gewöhnlichen Menschen gelebt haben. Historisch gesehen ist eine Entdeckung dieser Art weit interessanter als ein ausgeplündertes Grab, von denen wir bereits zu viele Beispiele kennen.«

»Ich stimme Ihnen völlig zu«, sagte ich. »Da wir schon einmal angefangen haben, sollten wir die Arbeit auch ordentlich erledigen und einen abschließenden Bericht veröffentlichen, der unser Dorf mit dem in Lahun vergleicht.«

Ich wußte, daß Emerson nichts dergleichen beabsichtigte, jedoch solange weiterstreiten würde, bis Cyrus ihm beipflichtete. Allerdings wäre er eher geneigt, einen Rückzieher zu machen, als mir in irgend etwas zuzustimmen.

»Ich hatte nicht vor, in dem Dorf mehr als stichprobenartige Ausgrabungen durchzuführen«, meinte Emerson stirnrunzelnd. »Sobald das Haus des Aufsehers freigelegt und vollständig dokumentiert ist, werden wir woanders weiterarbeiten.«

Charles sank zusehends in sich zusammen. Ich lächelte

ihm aufmunternd zu. »Die Grenzstelen?« fragte ich. »Das sollte wohl unser nächstes Projekt sein.«

»Oh, meinen Sie wirklich?« Emerson blickte mich finster an. »Die Grenzstelen können warten. Ich habe vor, mir als nächstes das Königswadi vorzunehmen.«

Offensichtlich erwartete er meinen Widerspruch, also tat ich ihm den Gefallen. Männer sind ja so leicht zu beeinflussen! Als ich – scheinbar widerwillig – nachgab, glaubte Emerson, *er* habe sich durchgesetzt, während ich wußte, daß *ich* mein Ziel erreicht hatte. Wir würden ihm auf Schritt und Tritt folgen – wir alle. Gemeinsam ist man stärker – das ist zwar eine abgedroschene Phrase, aber wie die meisten ihrer Art trifft sie den Nagel auf den Kopf.

Nach dem Essen baten Charles und René um die Erlaubnis, ins Dorf gehen zu dürfen. Der Ort rühmte sich, so etwas Ähnliches wie ein Café zu besitzen, wo die Männer am Abend schwatzend die Zeit vertrödelten; dort, erklärte Charles mit bezaubernder Freimütigkeit, hofften er und René ihr Ägyptisch zu verbessern und freundschaftliche Beziehungen zu den Dorfbewohnern zu knüpfen. Ich hielt ihnen einen kurzen mütterlichen Vortrag über die Gefahren allzu großer Freundlichkeit gegenüber einem bestimmten Teil der Bevölkerung, was die beiden sehr verlegen machte; in meinen Augen hätte es jedoch eine Pflichtverletzung bedeutet, dies zu unterlassen.

Cyrus und ich zogen uns zu einem Kriegsrat in den Salon zurück. Ich lud auch Emerson dazu ein, doch er lehnte ab und stapfte in seine Kabine, was genau das war, was ich beabsichtigt hatte. Er hatte eine beträchtliche Menge Blut verloren und benötigte Ruhe. Außerdem wollte ich bestimmte Angelegenheiten mit Cyrus unter vier Augen erörtern.

»Ich habe beschlossen, Sie voll ins Vertrauen zu ziehen, Cyrus«, fing ich an. »Ich hoffe, Sie glauben mir, daß ich dies bisher nicht aus mangelndem Vertrauen in Ihre Verschwiegenheit oder Ihre Freundschaft unterlassen habe. Ich habe einen Eid geschworen, das Geheimnis zu bewahren, und weder kann noch will ich ihn brechen. Aber vermutlich haben Sie das, was ich Ihnen mitteilen möchte, sowieso schon selbst herausgefunden.«

Cyrus antwortete im gleichen feierlichen Ton: »Erlauben Sie mir, Amelia, daß ich Ihr Gewissen beruhige, indem ich Ihnen sage, was ich bereits weiß. Ich glaube allerdings, daß ich nicht der einzige bin, der es herausgefunden hat. Jeder von uns, der Willie Forth kannte, wußte von seiner verlorenen Zivilisation. Zum Teufel noch mal, die Schwierigkeit bestand eher darin, ihn daran zu hindern, daß er uns mit seinem ständigen Geschwätz darüber zu Tode langweilte. Dann, letztes Frühjahr, kehrten Sie und Emerson aus Nubien zurück, zusammen mit einer jungen Dame, die Sie als Willies Tochter ausgaben. Das allein hätte einen noch nicht stutzig gemacht; sie könnte unter armen, harmlosen Missionaren aufgewachsen sein, wie Sie behaupteten. Aber wenn ein Halunke nichts unversucht läßt, um Emerson zu entführen, und auf eine Reise anspielt, die Sie beide kürzlich unternommen haben, hat er es sicherlich nicht auf die Wegbeschreibung zu einer Baptistenmission abgesehen. Bedenkt man außerdem noch, daß dieser Kerl auch Sie und den kleinen Ramses sowie das Mädchen in seine Gewalt bringen wollte, kommt ein schlauer Fuchs wie Cyrus Vandergelt nicht um die Schlußfolgerung herum, der verrückte Willie Forth könnte vielleicht doch nicht ganz so verrückt gewesen sein.«

»Wie immer sehr scharfsinnig formuliert, Cyrus!« rief ich aus. »Es wäre unaufrichtig und illoyal von mir, wenn ich diese Tatsache abstreiten würde, auch wenn ich Ihnen keine weiteren Einzelheiten mitteilen darf.«

»Unglaublich«, murmelte Cyrus. In seinen Augen war ein träumerischer Glanz. »Ich hatte es zwar schon geahnt, aber von Ihnen die Bestätigung zu bekommen … Und gibt es dort wirklich, wie Willie behauptet hat, eine Schatzkammer voller Antiquitäten und goldener Schmuckstücke?«

»Wenigstens so viel, daß es sich lohnt, diese Schatzkammer auszurauben. Deshalb haben Emerson und ich geschworen, niemals zu verraten, wo sie sich befindet.«

»Ja, natürlich«, meinte Cyrus geistesabwesend.

»Wir kennen den Mann, der für unsere gegenwärtigen Schwierigkeiten verantwortlich ist, und ich kann mir schon denken, wie er in den Besitz der Kenntnisse gelangt ist, die zu seinem Anschlag auf uns geführt haben. Ich vermute jedoch, daß er nicht allein arbeitet. Genauer gesagt, ich weiß es; er muß Mohammed angeheuert haben, den Mann, der heute Emerson angegriffen hat, denn es wäre zuviel des Zufalls, wenn dieses Ereignis nicht mit den anderen in Zusammenhang stünde. Mohammed hat sich schon seit Jahren nicht mehr im Dorf blicken lassen, und wenn ich seinen Charakter richtig einschätze, gehört er nicht zu der Sorte Menschen, die eines alten Streites wegen eine Prügelei oder Gefängnis riskieren.«

Cyrus strich sich nachdenklich übers Kinn. »Emerson hat eine Menge Feinde.«

»Stimmt.« Ich nahm ein Blatt Papier aus der Mappe, die ich mitgebracht hatte. »Ich habe heute nachmittag eine kleine Liste zusammengestellt.«

Cyrus blieb der Mund offenstehen. »Eins, zwei, drei … Zwölf Leute, die Emerson nach dem Leben trachten? Er ist ganz schön emsig gewesen, nicht?«

»Die Liste ist wahrscheinlich nicht vollständig«, räumte ich ein. »Emerson war schon recht emsig, bevor ich ihn kennenlernte; und es kommen immer wieder neue Kandidaten hinzu. Auf der Liste stehen nur diejenigen Leute, die mir persönlich bekannt sind. Oh, warten Sie – ich habe Mr. Vincey vergessen. Dann sind es dreizehn.«

»Ich hoffe, Sie sind nicht abergläubisch«, murmelte Cyrus.

»Ich?« Ich stieß ein leises Lachen aus. »Die Zahl ist sowieso bedeutungslos. Mit hoher Wahrscheinlichkeit sind mehrere dieser Männer tot oder sitzen hinter schwedischen Gardinen.

Alberto« – ich machte ein Fragezeichen hinter seinen Namen –, »Alberto *war* sicherlich im Gefängnis. Früher habe ich ihn immer, wenn ich nach Kairo kam, dort besucht, doch in den letzten Jahren nicht mehr. Habib – Sie erinnern sich doch an Habib ...«

»Oh, ja. Er hat mal versucht, meinem alten Kumpel den Schädel einzuschlagen.«

»Er schien nicht bei bester Gesundheit zu sein, und das liegt schon Jahre zurück. Vielleicht hat er sich wieder erholt. Aber es ist unbedingt notwendig, daß wir versuchen, die gegenwärtigen Aufenthaltsorte dieser Leute herauszufinden. Wenn einer von ihnen kürzlich aus dem Gefängnis entlassen wurde oder sich plötzlich nicht mehr an seinem üblichen Aufenthaltsort blicken läßt ...«

»Es kann nicht schaden, Nachforschungen anzustellen«, meinte Cyrus zögernd. Anscheinend war er von meinen Überlegungen nicht überzeugt, die – wie ich zugebe – auf einer etwas dürftigen Beweislage beruhten. Ich habe herausgefunden, daß auf meinen Instinkt mehr Verlaß ist als auf die Logik, wenn es um Verbrecher geht. Allerdings ahnte ich, daß Cyrus dieses Argument ebensowenig beeindruckt hätte, wie das bei Emerson der Fall war, nur daß Cyrus seine Vorbehalte stets diplomatischer formulierte.

Mit dem Finger ging Cyrus die Liste Punkt für Punkt durch und runzelte dabei die Stirn. Er verweilte nicht bei dem einen Namen, der ihm – wie ich befürchtet hatte – womöglich schmerzliche Erinnerungen bereitete, und natürlich war ich zu taktvoll, um ihn darauf anzusprechen. »Reginald Forthright«, las er vor. »Ist das der Neffe des alten Willie, der in den Zeitungen erwähnt wurde? Hat er nicht sein tapferes junges Leben für die Suche nach seinem Onkel geopfert? Ich dachte, er wäre tot?«

»In der Wüste verschollen«, korrigierte ich ihn. »Ich halte es jedoch für unwahrscheinlich, daß er etwas mit der Sache zu tun hat. Doch zumindest weiß er ... Aber mehr werde ich nicht verraten. Außerdem würde Tarek ... Ich glaube, ich habe bereits alles gesagt, was ich sagen darf.«

»Ihre Bekannten haben ja recht ungewöhnliche Namen«, murmelte Cyrus. »Jones, der Barmherzige; Ahmed die Laus ... Sethos? Ich dachte, der wäre ebenfalls tot.«

»Jetzt wollen Sie mich auf den Arm nehmen«, sagte ich und lächelte dabei anerkennend. »Damit ist nicht der Pharao gleichen Namens gemeint, der tatsächlich bereits seit mehreren tausend Jahren nicht mehr unter den Lebenden weilt. Haben Sie diesen Namen noch nie in einem aktuelleren Zusammenhang gehört, Cyrus? Vielleicht kennen Sie ihn eher unter seinem Beinamen ›der Meisterverbrecher‹.«

»Nie gehört«, erwiderte Cyrus und zog die Augenbrauen hoch. »Klingt mehr nach einer Figur aus einem Groschenroman. Aber halt, warten Sie mal. Den Namen habe ich doch schon einmal gehört, und zwar von Jacques de Morgan, dem ehemaligen Direktor der Antikenverwaltung. Er hatte an jenem Abend ziemlich kräftig der Bowle zugesprochen. Außerdem behauptete er, Ihr Sohn sei von einem bösen Geist besessen gewesen, deshalb habe ich ihm nicht mehr recht zugehört, als er anfing, über Meisterverbrecher zu schwadronieren.«

»Sethos ist kein böser Geist, auch wenn er einem solchen in mancher Hinsicht ähnelt«, sagte ich. »Er hat jahrelang den Schwarzmarkt für Antiquitäten in Ägypten gesteuert. Er begeht seine Verbrechen stets unter falschem Namen – wie er wirklich heißt, weiß niemand –, und er ist ein Meister der Verkleidung. Auch sein wahres Gesicht hat noch kein Mensch gesehen, er ist wirklich ein genialer Verbrecher ...«

»Tatsächlich?« meinte Cyrus.

»Ja, tatsächlich. Ohne Zweifel ist er der gefährlichste unserer alten Feinde, und der Logik nach muß man ihn für den Hauptverdächtigen halten. Außerdem ist er in der Ägyptologie bewandert und Kopf einer großen kriminellen Organisation. Er verfügt über einen überlegenen Verstand und hat eine poetische Ader. Die Suche nach der Verlorenen Oase ist genau die Art von Herausforderung, die seine Vorstellungskraft beflügeln könnte. Und einen ganz besonderen Groll hegt er … gegen meinen Mann.«

»Also ist er nicht nur der Hauptverdächtige«, sagte Cyrus bedächtig, »sondern führt den Rest des Feldes um zehn Längen an.«

»Das hoffe ich nicht, denn unsere Chance, ihn zu finden, liegt fast bei Null. Die anderen können wir vielleicht aufspüren, nicht aber Sethos. Darüber hinaus …«

»Ja?«

»Es ist unwichtig«, murmelte ich. »Zumindest würde Emerson das sagen, und vielleicht hätte er damit auch recht. Ich möchte nicht, daß Emerson diese Liste zu sehen bekommt, Cyrus.«

»Das wäre sowieso sinnlos, wenn er sich an keinen dieser Leute erinnert. Es bleibt ganz unter uns, Amelia.« Auf Cyrus' Gesicht konnte man ablesen, welche Freude es ihm bereitete, mir helfen zu können. »Wir setzen die Behörden auf die Spur dieser Damen und Herren. Vielleicht sollten wir uns direkt an die maßgeblichen Leute wenden. Wenn Sie mir eine Kopie der Liste geben, werde ich dem britischen Generalkonsul, Sir Henry Baring, telegraphieren, mit dem ich flüchtig bekannt bin. Er ist der mächtigste Mann in Ägypten und …«

»Ich kenne ihn gut, Cyrus. Er war ein Freund meines Vaters und stets sehr hilfsbereit. Ich habe ihm bereits einen Brief geschrieben; es ihm in dieser Form mitzuteilen, erschien mir am besten, da die Situation so verworren ist, daß sie einer genaueren Erklärung bedarf. Selim – oder Ali – kann morgen den Zug nehmen und den Brief persönlich überbringen.«

»Wie immer machen Sie Nägel mit Köpfen, meine Liebe. Ich hoffe nur, Sie haben nichts dagegen, wenn ich selbst auch noch einige Nachforschungen anstelle?«

»Sie sind sehr liebenswürdig.«

»Dafür sind Freunde schließlich da«, erklärte Cyrus.

Ich folgte seiner Einladung, mit ihm an Deck einen Spaziergang zu unternehmen. Die Nacht war ruhig und friedlich; die prächtigen Sterne Ägyptens funkelten über uns. Doch obwohl ich mich bemühte, meine Sinne für ein Panorama aufzuschließen, das mich noch jedesmal beflügelt und besänftigt hatte – und obschon mein Begleiter seinen Schritt verlangsamte und dem meinem anpaßte und mich durch einfühlsames Schweigen meiner Stimmung überließ –, war dieser Versuch zum Scheitern verurteilt. Denn wie hätte ich mich dem Zauber der Nacht hingeben können, wo doch nicht Emerson, sondern ein anderer Mann an meiner Seite ging? Bald schon erklärte ich Cyrus, daß ich mich zurückziehen wolle, und wünschte ihm freundlich eine gute Nacht.

Auf dem Weg zu meinem Zimmer blieb ich vor Emersons Tür stehen, weil mir eingefallen war, daß er vielleicht ein Schlafmittel benötigte. Anscheinend war das jedoch nicht der Fall, denn auf mein Klopfen erhielt ich keine Antwort.

Ich zögerte und verwünschte die absonderlichen Umstände, die mich daran hinderten, das zu tun, wozu Pflicht und Liebe mich drängten. Ich scheute mich davor, ohne seine Aufforderung die Kabine zu betreten. Allerdings konnte ich auch nicht einfach weitergehen, ohne mich davon überzeugt zu haben, daß er nicht das Bewußtsein verloren hatte oder von Schmerzen gepeinigt wurde, was er aus Tapferkeit nicht zugegeben hätte.

An einer Tür zu lauschen, ist zu abscheulich, als daß ich mich dazu jemals herablassen würde. Irgendwie verhedderten sich die Fransen meines Schals in der Türangel. Die Fransen waren sehr lang und glatt, weshalb es eine Weile dauerte, bis ich sie entknotet hatte, ohne das Garn zu beschädigen. Während ich mich damit abmühte, horchte ich, ob ein Schnarchen oder Stöhnen zu vernehmen war. Es herrschte vollkommene Stille.

Etwas stieß gegen mein Knie. Ich gab einen gedämpften Überraschungsschrei von mir, drehte mich um und sah, daß

Anubis, der Kater, auf meinem Rock saß und seinen Kopf gegen mich drückte. Neben dem Kater standen zwei Füße, die in ägyptischen Pantoffeln mit hochgebogener Spitze steckten. Die Füße aber waren nicht die eines Ägypters; ich kannte sie, so wie ich auch jeden anderen Zentimeter des Körpers kannte, zu dem diese Füße gehörten.

Emerson ragte mit verschränkten Armen und hochgezogenen Augenbrauen neben mir auf. Er war in ein weites ägyptischen Gewand gehüllt.

»Wo sind Sie gewesen?« rief ich, wobei ich vor Überraschung nicht daran dachte, daß ich auf eine solche Frage nur eine sarkastische und nichtssagende Antwort erhalten würde.

»Draußen«, sagte Emerson. »Und nun gedenke ich hineinzugehen, falls ich Ihnen zumuten darf, den Weg freizumachen.«

»Natürlich«, sagte ich und trat beiseite.

»Gute Nacht«, sagte Emerson und öffnete die Tür.

Er war hineingegangen – der Kater war vorausgeeilt – und hatte die Tür zugeschlagen, noch bevor ich etwas hatte erwidern können. Allerdings war mir aufgefallen, daß der Verband, der ursprünglich das halbe Gesicht bedeckt hatte, bis auf ein handtellergroßes Pflaster entfernt worden war. An der ordentlichen Ausführung erkannte ich, daß dies nicht sein eigenes Werk sein konnte. Eine Person mit schlanken, geschickten Fingern mußte ihm dabei geholfen haben.

*

Unser Bote brach vor Morgengrauen auf, um den Zug nach Kairo zu erreichen. Cyrus hatte vorgeschlagen, anstelle von Selim einen seiner eigenen Leute loszuschicken, und ich nahm dieses Angebot gerne an. Von nun an würde ich jeden treuergebenen Mann dringend benötigen, falls Emerson seinen Plan, im Wadi zu arbeiten, wirklich in die Tat umsetzte.

Beim Frühstück musterte ich meine Gefährten wie ein General, der seine Truppen inspiziert. Die Mienen von Charles und René machten mir etwas Sorgen; ihre dunklen Augenringe und das matte Lächeln waren höchst besorgniserregend. Doch junge Menschen kommen schnell wieder zu Kräften, und ich zweifelte nicht daran, daß die beiden meine Befehle entschlossen und willig ausführen würden.

Ich hatte mich noch nicht daran gewöhnt, daß Cyrus keinen Bart mehr trug, obgleich ich diese Veränderung guthieß; ein Spitzbart war mir schon immer als besonders lächerliche Art von Gesichtsschmuck erschienen. Cyrus wirkte so frisch und aufgeweckt wie eh und je.

Bedarf es der Erwähnung, daß meine Augen am längsten auf Emersons Antlitz verweilten? Ich freute mich zu sehen, daß er sich rasiert hatte, denn ich hatte erwartet, daß er sich den Bart wieder wachsen lassen würde, um mich zu ärgern. Soweit man erkennen konnte, schien die Schnittwunde gut zu verheilen. Ein langer Streifen Heftpflaster verdeckte seine edel geschwungene Nase, doch das Grübchen in seinem Kinn bot sich meinen bewundernden Augen dar. Auch sein Mund war zu sehen. Als Emersons Blick den meinen kreuzte, verzogen sich seine Mundwinkel zu einem Ausdruck, der das Schlimmste erwarten ließ, aber er sagte kein Wort.

Ich hatte keinen Beweis dafür, daß er mit Bertha zusammen gewesen war. Ich hatte nicht nachgeforscht. Und ich wollte lieber nicht nachforschen.

Als sie an Deck zu uns stieß, stellte ich fest, daß sich an ihrem Äußeren ein Wandel vollzogen hatte. Zwar trug sie immer noch dasselbe dezente schwarze Kleid, doch der Schleier bedeckte nur noch die untere Hälfte ihres Gesichts. Außerdem bestand er aus hauchdünnem, fast durchsichtigem Gewebe, so daß man die Rundung ihrer Wangen und die grazile Kontur ihrer Nase erkennen konnte. Die Schwellungen schienen abgeklungen zu sein. Und der Ausdruck ihrer dunklen Augen mit den langen Wimpern, die sie bescheiden gesenkt hielt, war klar.

Manche Kenner behaupten, am verführerischsten seien die halbverborgenen Reize. Berthas verschleierte Reize übten offenbar auf René eine mächtige Wirkung aus. (Besagte Kenner vertreten die Auffassung, französische Gentlemen seien dafür besonders empfänglich.) Ihre traurige Geschichte hatte in René ritterliche Empfindungen geweckt; bei mehreren Gelegenheiten hatte er ihre Nähe gesucht, um ihr seinen Arm anzubieten oder sie durch einen freundlichen Gruß aufzumuntern. Als wir vom Flußufer aus den Pfad hochkletterten, stellte ich fest, daß er ihr das Bündel abgenommen hatte und neben ihr herging.

Allmählich konnte ich Emersons Haltung gegenüber der Teilnahme von Frauen an archäologischen Expeditionen bis zu einem gewissen Grad nachvollziehen. Irgend etwas mußte mit Bertha geschehen. Auch wenn sie keine Spionin, sondern selbst nur Opfer war, würde sie den beiden jungen Männern den Kopf verdrehen, sie gegeneinander aufbringen und sie in ihrer Arbeitsleistung beeinträchtigen.

Als wir die bestellten Felder hinter uns gelassen hatten und den Wüstenpfad erreichten, sah ich eine Rauchfahne, die die Ankunft eines Dampfschiffes ankündigte. Nicht alle Boote hielten in Amarna, doch dieses legte offenbar hier an.

»Hol's der Teufel«, sagte ich zu Cyrus, der an meiner Seite ging. »Emerson ist sowieso nicht bester Laune, und Touristen gehen ihm gehörig auf die Nerven. Ich hoffe nur, daß diese Horde uns in Ruhe läßt.«

»Sie bleiben solange, wie sie für die Besichtigung der Kacheln brauchen, die Mr. Petrie gefunden hat«, beruhigte mich Cyrus.

»Das sieht Petrie ähnlich, die Malereien freizulegen und sie den Touristen und anderen Vandalen schutzlos auszuliefern«, sagte ich tadelnd. »Nachdem uns einmal ein hübscher Teil der Kacheln zerstört wurde, haben wir es uns zur Gewohnheit gemacht, jedes Stück, das wir finden, abzudecken oder zu entfernen. Das ist die einzig angemessene Vorgehensweise.«

Natürlich stimmte mir Cyrus zu.

Ich behielt den Dampfer im Auge. Am Rauch aus den Schornsteinen ließ sich seine Anlegestelle leicht bestimmen. Keiner der »verfluchten Touristen« kam in unsere Nähe. Nach einigen Stunden geriet wieder Bewegung in die Rauchsäule, sie verschwand in der Ferne, und ich dachte nicht mehr an den Dampfer. Ich hatte nicht angenommen, daß Kevin unter den Passagieren sein könnte; er würde das schnellste Verkehrsmittel wählen, wahrscheinlich den Zug. Vincey jedoch – dieser verschlagene, teuflische Gegner – benutzte vielleicht ein bestimmtes Transportmittel einfach nur deswegen, weil man ihn nicht darin vermuten würde.

Emerson ließ die gesamte Mannschaft am Haus des Vorarbeiters graben und übertrug mir und Ali die Aufgabe, im zweiten der kleineren Häuser die letzte Schicht Schutt durchzusieben. Hier waren kleinere Objekte noch am ehesten zu finden, und man mußte deshalb langsam und mit Fingerspitzengefühl arbeiten. Manche der Gegenstände, insbesondere die aus gläserner Fayence, waren äußerst zerbrechlich; andere, wie etwa Perlenketten, zeigten noch ihre ursprüngliche Form, auch wenn sich die Schnur bereits aufgelöst hatte. Daß Emerson mir diese Arbeit übertragen hatte, war ein Beweis für sein wachsendes Vertrauen in meine Fähigkeit, mit einer kniffligen Aufgabe zurechtzukommen. Und ich glaube, in aller Bescheidenheit sagen zu dürfen, daß sein Vertrauen berechtigt war.

Die Mauern, die den Raum umgaben, in dem ich arbeitete, waren bis zur Höhe von gut einem Meter erhalten geblieben, so daß ich nicht sehen konnte, was im südwestlichen Teil des Grabungsortes vor sich ging. Aber ich konnte es hören. Die meisten Äußerungen stammten von Emerson, der Großteil war recht derb, und viele richteten sich gegen Abdullah. Unser treuer Vorarbeiter folgte Emerson wie ein Schatten, und weil dieser zu abrupten Bewegungen neigte, stießen die beiden immer wieder zusammen.

Es war Abdullah, der die Männer als erster herankommen sah. Ich fuhr augenblicklich hoch, als er »Sitt Hakim!« schrie. Mit Gesten lenkte er meinen Blick auf die Gestalten, die Grund für seine Warnung waren.

Es handelte sich um zwei Männer, beide europäisch gekleidet. Der kleinere und stämmigere der beiden war ein paar Meter zurückgeblieben, denn sein Gefährte marschierte mit weit ausholenden Schritten voran. Obwohl ein Tropenhelm sein Haar bedeckte und sein Gesicht beschattete, hatte die hochgewachsene Gestalt und die kerzengerade Haltung etwas an sich, das meine Sinne vor Angst erbeben ließ. Ich kletterte über die Mauer und rannte los, um Abdullah aufzuhalten, der mit einem langen Messer in der Hand den Ankömmlingen entgegenging.

»Warte«, sagte ich und hielt ihn fest, um meinem Befehl Nachdruck zu verleihen. »Bleib' ruhig. Es sind nur zwei, und sie würden sich nicht so offen nähern, wenn sie ...«

Ein Aufschrei von Abdullah und eine plötzliche Bewegung, nicht von einem der beiden Männer vor uns, sondern von hinten kommend, unterbrach meinen Satz. Abdullah versuchte seinen Arm aus meinem Griff zu befreien. »Laß mich diesen Kater töten, Sitt«, keuchte er. »Er ist ein Dämon, ein böser Geist, wie ich dir gesagt habe. Sieh nur – er läuft los, um seinen Meister zu begrüßen.«

Der Kater war von der Mauer herabgesprungen, wo er in der Sonne geschlafen hatte. Der Mann blieb stehen, um ihn zu begrüßen. Zwar schmiegte der Kater seinen Kopf gegen die Hand des Mannes, doch als dieser ihn hochheben wollte, wich er zurück und setzte sich einige Meter entfernt nieder.

Ich griff nach meiner Pistole. »Bleib' ganz ruhig stehen, Abdullah«, befahl ich. »Eine vorschnelle Bewegung, und du stehst womöglich in der Schußlinie.«

»Ausgezeichneter Ratschlag«, sagte eine Stimme hinter mir. »Allerdings ist der einzig sichere Platz flach auf dem Boden hinter einem großen Felsen. Stecken Sie die Pistole weg, Peabody, bevor Sie noch jemanden erschießen.«

»Ich beabsichtigte durchaus, jemanden zu erschießen, sofern er mir nur den geringsten Anlaß dafür gibt. Was zum Teufel fällt ihm ein, seelenruhig hier aufzutauchen? Sie wissen doch, wer das ist, oder?«

»Natürlich«, sagte Emerson. »Ich bitte Sie, ihn nicht zu erschießen, ehe wir wissen, was er zu sagen hat. Ich bin furchtbar neugierig.«

Cyrus und die übrigen Männer hatten sich um uns geschart. »Ich ebenfalls«, meinte Cyrus. Er sprach mit ausdrucksloser und ruhiger Stimme, die Augen hatte er zusammengekniffen, und seine Hand steckte in der Tasche. »Lassen Sie ihn reden, Amelia. Ich werde schneller schießen als er.«

»Ich ebenfalls«, erwiderte ich und zielte direkt auf Vinceys Brust. Er war drei Meter vor uns stehengeblieben und streckte seine leeren Hände aus.

»Ich bin unbewaffnet«, sagte er ruhig. »Sie dürfen mich durchsuchen, wenn Sie möchten. Aber erlauben Sie mir, zu reden – um die Mißverständnisse auszuräumen, die Sie verständlicherweise plagen. Ich habe erst vor einigen Tagen davon gehört, und seither habe ich nichts anderes mehr getan, als die Beweise dafür zu sammeln, daß ich nicht der Mann bin, für den Sie mich halten.«

»Unmöglich«, rief ich. »Ich habe Sie mit eigenen Augen gesehen.«

»Sie können mich nicht gesehen haben. Ich war in Damaskus, wie ich Ihnen bereits gesagt habe. Ich habe dafür einen Zeugen mitgebracht.«

Er deutete auf den zweiten Mann, der ihn nunmehr eingeholt hatte. Sein gerötetes Mondgesicht zierte ein prächtiger Schnurrbart, dessen Enden sich wie die Hörner eines Wasserbüffels nach oben bogen. Er riß sich den Helm vom Kopf und verbeugte sich steif und förmlich.

»Guten Morgen, meine Freunde. Es ist mir eine Freude, Sie

endlich begrüßen zu dürfen. In Kairo war mir das nicht vergönnt, denn derzeit war ich in Damaskus.«

»Karl von Bork!« rief ich aus. »Aber ich dachte, Sie wären in Berlin und arbeiteten bei Professor Sethe.«

»So war es auch«, sagte Karl und verbeugte sich erneut. »Bis zum Sommer, als mir die Teilnahme an der Damaskus-Expedition angeboten wurde. Es waren ägyptische Reliefs gefunden worden ...«

»Ja, nun erinnere ich mich«, unterbrach ich ihn, denn Karl würde, wie mein Sohn, solange weiterreden, bis man ihm Einhalt gebot. »Jemand erwähnte das – ich glaube, es war Reverend Sayce –, als wir mit ihm in Kairo speisten. Sie wollen also bestätigen, daß Mr. Vincey mit Ihnen zusammen war?«

»Ja, ja, das stimmt. Ich lag mit Fieber krank danieder und fürchtete, mich so rasch nicht wieder zu erholen. Um meine Arbeit fortzuführen, war ein Ersatzmann nötig. Gott im Himmel ließ mich schneller gesunden, als ich gehofft hatte, und als Herr Vincey mir telegraphierte, daß die Polizei ihn schrecklicher Verbrechen beschuldigt habe, eilte ich sofort herbei, um seinen Namen reinzuwaschen. Ich hatte vom Unfall des Professors gehört – mir fehlen die Worte, um auszudrücken, welches Entsetzen und welchen Kummer ich darüber empfand –, doch ich hätte nie gedacht ...«

»Ja, Karl, ich danke Ihnen«, sagte ich. »Dann hat die Polizei Ihnen also Ihre Geschichte geglaubt? Ich frage mich nur, warum mir das nicht mitgeteilt wurde.«

»Erst gestern erfuhr ich, daß gegen mich kein Verdacht mehr vorliegt«, sagte Vincey. »Wir machten uns sofort auf den Weg nach Amarna, denn mir lag mehr daran, Ihnen meine Unschuld zu beweisen als der Polizei.« Er wollte gerade in seine Tasche greifen, da lächelte er mich spöttisch an. »Sie erlauben doch? Ich habe noch weitere Beweise mitgebracht – Zugfahrkarten mit Datum und Stempel, eine Rechnung des Sultana-Hotels, beeidigte Erklärungen von anderen Mitgliedern der Expedition.«

»Karls Erklärung reicht mir als Beweis«, erwiderte ich. »Er ist ein alter Freund, den wir seit Jahren kennen ...«

»Hmmm«, machte Emerson, der natürlich keine Erinnerung daran hatte, Karl jemals zuvor gesehen zu haben.

»Wie dem auch sei«, sagte ich. »Ich nehme an, Karl wird keine Einwände haben, wenn ich eine weitere Zeugin hole und Cyrus bitte, Sie solange in Schach zu halten – so nennt man das wohl?«

»Gute Idee«, sagte Cyrus. »Nicht, daß ich an Ihren Worten zweifle, von Bork, doch das ist die verrückteste Geschichte, die ich je gehört habe. Wenn Vincey es nicht gewesen ist, wer hat dann ...«

»Das werden wir alles zu gegebener Zeit aufklären«, sagte ich. »Zuerst einmal – wo steckt Bertha?«

Es war nicht nötig, nach ihr zu suchen; sie stand einige Meter hinter uns. René war an ihrer Seite, er hatte seinen Arm um ihre schlanke Schulter gelegt. »Sie haben nichts zu befürchten«, beruhigte er sie. »Dieser Schurke, dieser Abschaum, kann Ihnen nichts anhaben.«

»Aber er ist es ja gar nicht«, sagte Bertha.

»Ich hätte Lust, ihn so zu verprügeln, wie er ...« René fiel der Kinnladen nach unten. »Was haben Sie da eben gesagt?«

»Er ist nicht der Gesuchte.« Bertha trat aus dem Schutz seines Arms und ging langsam nach vorne. Mit weit aufgerissenen Augen starrte sie Vincey an. »Sie ähneln sich wie die Söhne ein und derselben Mutter, aber das ist nicht der Mann. Wer wüßte das besser als ich?«

*

»Also war es doch Sethos«, sagte ich.

Wir hatten uns in den Schatten zurückgezogen, und ich hatte Selim gebeten, Tee aufzubrühen. Nach solch überwältigenden Beweisen für seine Unschuld wäre es ungerecht gewesen, Mr. Vincey von unserer Gesellschaft auszuschließen. Mir fiel jedoch auf, daß Cyrus seine rechte Hand in der Tasche behielt und die Tasse mit der linken hielt.

»Diese Schlußfolgerung drängt sich auf«, fuhr ich fort. »Wer sonst als ein Meister der Verkleidung, als welchen wir den Meisterverbrecher kennen, könnte Mr. Vinceys Aussehen so präzise nachgeahmt haben?«

Mit gefährlich sanfter Stimme bat Emerson um genauere Erläuterung meiner Worte. Ich kam dieser Aufforderung im großen und ganzen nach, wobei ich aber Einzelheiten unserer früheren Begegnung mit Sethos aussparte. Als ich zu Ende gesprochen hatte, betrachtete mich Emerson nachdenklich, bevor er das Wort ergriff.

»Ich hatte schon geglaubt, Sie würden weniger an Hirngespinsten leiden als andere Vertreterinnen Ihres Geschlechts, Peabody. Es täte mir leid, wenn ich mich geirrt hätte, doch dieser närrische Unsinn, diese Phantasiegeschichte ...«

»Es gibt diesen Mann«, sagte Vincey. Emerson wandte seinen mißbilligenden Blick nun Vincey zu und errötete leicht. »Jeder, der in den Schwarzhandel mit Antiquitäten verstrickt war, kennt ihn. Jenes unglückliche Ereignis in meiner Vergangenheit, das ich bitter bereue und seither durch untadeligen Lebenswandel wiedergutzumachen versuche, brachte mich in Kontakt mit derartigen Geschäften.«

»Ja, ja«, Karl nickte heftig. »Auch ich habe davon gehört. Man ist natürlich geneigt, es als nichtiges Geschwätz abzutun, doch kein Geringerer als M. de Morgan ...«

»Mumpitz!« schrie Emerson, und sein Gesicht lief rot an. »Man muß offenbar davon ausgehen, daß irgend jemand aus Vinceys Abwesenheit Nutzen gezogen hat, doch verschonen Sie mich mit diesem Unsinn über Meisterverbrecher. Ihr leichtgläubigen Narren könnt, wenn ihr wollt, den ganzen Tag hier herumsitzen und Märchen erzählen; ich jedenfalls mache mich wieder an die Arbeit.«

Und fort war er, wobei ihm Abdullah auf den Fersen folgte, und der Kater sich wiederum an Abdullahs Fersen heftete.

Vincey lächelte wehmütig. »Ich habe wohl bei Anubis meine Gunst verspielt. Katzen sind nachtragende Wesen. Wie ich annehme, bestraft er mich dafür, daß ich ihn verlassen habe, und er läßt keine Entschuldigung gelten. Ich hoffe, Sie sind barmherziger, Mrs. Emerson. Glauben Sie mir?«

»Kein vernünftiger Mensch könnte an Ihren Beweisen zweifeln«, erwiderte ich und blickte von dem kleinen Stapel Rechnungen und Bestätigungen – die ich natürlich sorgfältig geprüft hatte – zu Karl von Bork, der ein feierliches Gesicht machte. »Und das Mißverständnis hat mir die Freude beschert, Karl wiedersehen zu dürfen. Wie geht es Mary, Karl? Wir hörten, daß sie krank war.«

»Es geht ihr wieder besser, danke. Doch – der Herr Professor ... Stimmt es also, was wir von Freunden gehört haben? Er schien mich nicht zu erkennen.«

»Er leidet an vorübergehendem Gedächtnisschwund, was manche Dinge angeht«, gab ich zu – denn es wäre töricht gewesen, es abzustreiten. »Allerdings ist das nicht allgemein bekannt, und ich hoffe, Sie werden mit Ihrem Wissen diskret umgehen – insbesondere gegenüber Walter, falls Sie ihm zufällig schreiben sollten.«

»Wir korrespondieren viel seltener, als es mir lieb wäre«, meinte Karl. »Mr. Walter Emerson ist ein überaus brillanter Forscher; auf meinem Fachgebiet, der Philologie, ist er der leuchtendste Stern am Gelehrtenhimmel. Und er weiß nicht, daß sein hochberühmter Bruder ...«

»Wir rechnen mit einer vollständigen Genesung«, sagte ich entschlossen. »Wir sollten Walter keinen unnötigen Kummer bereiten. So gern ich auch mit Ihnen weiterplaudern möchte, Karl – die Pflicht ruft mich. Werde ich Sie später noch sehen? Vielleicht möchten Sie beide heute abend mit uns auf Mr. Vandergelts Hausboot speisen.«

Ich blickte zu Cyrus hinüber, um mich seiner Zustimmung zu versichern. Da er immer noch mit dem Problem kämpfte, den Tee mit der linken Hand zu trinken, nickte er nur kurz.

»Wir sollten besser darauf verzichten, glaube ich«, sagte Vincey. »Sie sind sehr freundlich und haben Sinn für Gerechtigkeit, Mrs. Emerson, doch in meiner Gegenwart würden Sie sich zur Zeit nicht unbefangen fühlen; sicherlich würde sie zu viele schmerzliche Erinnerungen in Ihnen wachrufen. Wir werden die Nacht in Minia verbringen und uns morgen wieder auf den Weg machen. Karl muß zurück zur Ausgrabung; er hat meinen Angelegenheiten bereits zuviel Zeit gewidmet. Was mich betrifft, so stehe ich Ihnen jederzeit und für jeden Zweck zur Verfügung.«

»Wo kann ich Sie finden?«

»In meiner Wohnung in Kairo; ich werde mich mit demselben Problem beschäftigen wie Sie.« Seine Miene verhärtete sich. »Mein guter Name wurde besudelt, mein Ruf in den Schmutz gezogen. Diesen Makel habe ich solange zu tragen, bis der gemeine Lump, der mich verleumdet hat, gefaßt und bestraft ist. Mein Grund, warum ich ihn zu fassen bekommen will, ist nicht so dringlich wie der Ihre, ich hoffe aber, es tröstet Sie, daß wir beide in der gleichen Sache kämpfen.«

Ich umarmte Karl, worauf er errötete und ins Stottern geriet, und schüttelte Mr. Vincey die Hand. Cyrus tat weder das eine noch das andere. Er nahm seine Hand erst wieder aus der Tasche, als die beiden Männer in der Ferne verschwunden waren und, umweht von Flugsand, zu geisterhaften Schemen verschwammen. Erst dann ergriff er wieder das Wort: »Ich würde diesem Vincey lieber nicht den Rücken zuwenden.«

»Sie kennen Karl doch genauso lange wie ich. Ich zweifle an seinen Worten ebensowenig wie an denen eines Howard Carter oder Mr. Newberry.«

»Je ehrenhafter ein Mensch ist, um so leichter läßt er sich übers Ohr hauen«, knurrte Cyrus. »Versprechen Sie mir eins, Amelia: Wenn Vincey Sie um ein Treffen in einer dunklen Straße bittet, werden Sie ablehnen.«

»Aber Cyrus, Sie wissen doch, daß ich so etwas Törichtes nie tun würde.«

Als ich zu dem kleinen Fayence-Ring zurückkehrte, den ich vorsichtig aus dem Schutt hatte herauslösen wollen, sah ich, daß Anubis, der Kater, ausgestreckt auf der Mauer lag. Ich hatte bis zu diesem Augenblick nicht mehr an das Tier gedacht, und offenbar war es Mr. Vincey ebenso ergangen. Anscheinend war sein »treuer Gefährte« nicht so treu, wie er geglaubt hatte. Was nicht heißen soll, daß ich es dem intelligenten Tier zum Vorwurf gemacht hätte, daß es meine und Emersons Gesellschaft vorzog.

Mit Bürsten und durch vorsichtiges Stochern befreite ich den Ring aus der harten Schlammschicht, in die er eingeschlossen war. Emerson näherte sich federnden Schrittes, um nachzusehen, wie ich vorankam, und ich überreichte ihm den Ring – oder, um genauer zu sein, die Fassung eines Ringes. Diesen eigentlich wertlosen Schmuckstücken, hergestellt aus billiger, zerbrechlicher Fayence, fehlte in der Regel der dünne Teil, der den Finger umschließt, wenn wir sie fanden; weil die Fassungen zerbrochen waren, hatte man sie wohl weggeworfen. Manchmal stand auf den Fassungen der Name des herrschenden Pharaos, was bedeutete, daß der Ring als Zeichen der Ergebenheit getragen worden war. In anderen Fällen war die Fassung mit dem Bild des Gottes geschmückt, den der Träger verehrte. »Bes«, sagte ich.

»Hmm«, meinte Emerson. »Also wurde Echnatons Glaube an den ›einzigen Gott‹ nicht von allen Einwohnern Amarnas geteilt.«

»Der Anziehungskraft der vertrauten kleinen Hausgötter war wohl schwer beizukommen.« Ich setzte mich für einen Augenblick bequem hin und rieb mir die schmerzenden Schultern. »Denken Sie nur an die Beliebtheit bestimmter Heiliger in katholischen Ländern. Bes, der Schutzpatron des Vergnügens und des … äh … ehelichen Glücks …«

»Hmmm«, meinte Emerson erneut. »Nun gut, Peabody, trödeln Sie nicht herum. Es muß noch ein ziemlich großer Haufen Sand durchgesiebt werden.«

Ich notierte den Fund des Rings im Grabungsverzeichnis und legte ihn in die dafür vorgesehene Schachtel, die mit der Nummer des entsprechenden Planquadrats, des Hauses und des Zimmers beschriftet war. Als ich mich wieder meiner Arbeit zuwandte, beschlich mich ein merkwürdiges Gefühl der Niedergeschlagenheit. Ich hätte eigentlich erfreut sein müssen, daß Emerson diese geliebte und liebevolle Anrede gebraucht hatte – das heißt meinen Mädchennamen ohne Zusatz. Er gebrauchte die Anrede nun im gleichen sarkastischen Sinne, wie es ursprünglich der Fall gewesen war, aber selbst das war ein Schritt vorwärts, denn indirekt gestand er mir damit den Rang eines Kollegen männlichen Geschlechts zu.

Nicht Emerson schlug mir aufs Gemüt und auch nicht die verblüffende Entdeckung, daß Mr. Vincy unschuldig war – obgleich es entmutigend war, zu wissen, daß wir es nun nicht mit einem gewöhnlichen Kriminellen, sondern mit einem geheimnisvollen und unbekannten Verbrechergenie zu tun hatten, das schon so häufig entwischt war. Was mich am meisten bedrückte, war das unvermeidliche Eingeständnis, mich in meinem Urteil über Sethos' Charakter geirrt zu haben. Ich war so einfältig gewesen, an die Ehrenhaftigkeit dieses seltsamen Mannes zu glauben und seinem Wort zu vertrauen, daß er nie wieder in mein Leben treten würde. Offenbar konnte man ihm in dieser Hinsicht genausowenig glauben wie in jeder anderen. Ich hätte eigentlich nicht überrascht oder enttäuscht sein sollen. Doch ich war es.

Kreisrund hing die Sonne, eingehüllt in den aufsteigenden Abenddunst, über dem Fluß, als wir uns auf den Rückweg zum Hausboot machten. Emerson hatte die Männer gnadenlos angetrieben und auch sich selbst nicht geschont – und mich am allerwenigsten. Ich war so steif und verkrampft von der Arbeit in der Hocke, daß ich gerne Cyrus' Einladung folgte und mich bei ihm unterhakte. René hatte Bertha den Arm geboten. Ich betrachtete dieses seltsam ungleiche Paar – den schlanken, eleganten jungen Mann und das wandelnde, formlose Stoffbündel neben ihm – und sagte nachdenklich: »Ich habe noch nie zu den Leuten gehört, die sich in romantische Verbindungen einmischen, Cyrus, aber dieses Verhältnis kann ich nicht gutheißen. Seine Absichten können nicht ernsthafter Natur sein – im Sinne einer Heirat, meine ich.«

»Das will ich auch hoffen!« rief Cyrus aus. »Seine Mutter gehört dem französischen Adel an. Die alte Dame würde einen Anfall bekommen, wenn er so eine geknickte Blume mit nach Hause brächte.«

»Bitte erzählen Sie Emerson nichts davon. Er ist gegen die Aristokratie ebenso voreingenommen wie gegen junge Liebespaare. Wie dem auch sei, Cyrus, jedenfalls kann ich eine uneheliche Verbindung nicht billigen, das Mädchen wäre die Leidtragende.«

»Vermutlich haben Sie ihr Zukunft bereits genau geplant«, sagte Cyrus, wobei seine Mundwinkel zuckten. »Werden Sie ihr dabei ein Mitspracherecht einräumen?«

»Ihr Sinn für Humor ist erfrischend, mein lieber Cyrus. Ich hatte noch nicht die Zeit, die Sache ernsthaft zu durchdenken. Zuerst werde ich herausfinden müssen, über welche Talente sie verfügt und wie man sie am besten einsetzen kann. Allerdings werde ich bestimmt nicht zulassen, daß sie ihr früheres Leben wieder aufnehmen muß, das von Demütigungen und Mißhandlungen geprägt ist. Eine rechtschaffene Ehe oder ein achtbarer Beruf – was hat eine Frau sonst für eine Wahl, wenn sie überhaupt wählen kann?«

Cyrus griff sich ans Kinn. Da er dort keinen Spitzbart fand, über den er hätte streichen können, wie er es für gewöhnlich tat, wenn er verblüfft oder beunruhigt war, rieb er sich das Kinn. »Ich glaube, Sie können das besser beurteilen als ich«, erwiderte er.

»Das glaube ich auch«, sagte ich lachend. »Ich weiß, was Sie denken, Cyrus. Ich bin eine verheiratete Frau und kein unerfahrenes Mädchen. Doch Sie liegen falsch. Männer glauben immer das, was sie glauben wollen, und einer ihrer schlimmsten Irrtümer betrifft die ... äh ... die ...«

Während ich überlegte, wie ich diese heikle Sache am besten ausdrücken sollte (und es gibt dafür wirklich keine taktvollen Worte), sah ich, wie die schwarzgewandete Gestalt Berthas sich enger an René schmiegte und wie sie ihm den Kopf zuwandte. Mir stockte der Atem.

»Keine Sorge, meine Liebe, ich weiß schon, was Sie meinen«, sage Cyrus lächelnd.

Ich hatte jedoch nicht aus Verlegenheit den Faden verloren. Die geschmeidige, wiegende Bewegung des Mädchens hatte in mir eine lang vergessene Erinnerung wachgerufen. Ich hatte eine Frau gekannt, deren Bewegungen von schlangengleicher Eleganz waren. Ihr Name stand auf der Liste, die ich Sir Evelyn Baring gesandt hatte.

*

Der Bürgermeister erwartete mich bereits, als Cyrus und ich auf dem Dorfplatz ankamen. Noch ehe er ein Wort sagte, wußte ich aus seinem mürrischen Gesichtsausdruck, welche Neuigkeiten er zu überbringen hatte.

»Noch keine Spur von Mohammed?« fragte ich.

»Er ist nicht ins Dorf zurückgekehrt, Sitt, und ein paar Männer haben den ganzen Tag die Klippen abgesucht. Hassan ibn Mahmud meint, er sei wieder fortgelaufen.«

»Ich würde gern mit Hassan sprechen.« Ich versüßte meine Bitte mit ein paar Münzen und fügte hinzu: »Wenn Hassan sofort erscheint, bekommt er dasselbe.«

Augenblicklich war Hassan zur Stelle. Er hatte, hinter einer Mauer versteckt, alles beobachtet. Hassan gab offen zu, daß er zu den Männern gehörte, die Mohammed gebeten hatte, ihn zu begleiten. »Aber ich würde so etwas nie tun, verehrte Sitt«, rief er und riß dabei seine Augen auf, so weit er konnte. Das war nicht sehr überzeugend; wie bei vielen Ägyptern waren Hassans Augenlider durch immer wiederkehrende Entzündungen gerötet, und auch der Rest seines Gesichts machte nicht eben einen anziehenden Eindruck.

»Ich freue mich, das zu hören«, sagte ich freundlich. »Denn wenn ich zu der Überzeugung käme, daß du dem Vater der Flüche einen Schaden zufügen wolltest, würde ich dir mit Hilfe meiner Zauberkünste die Seele aus dem Leib reißen und sie den Feuern der Gehenna überantworten. Doch vielleicht bist du gestern ja deshalb mit Mohammed gegangen, um ihn von der Ausführung seines bösen Plans abzuhalten?«

»Die verehrte Sitt vermag in den Herzen der Menschen zu lesen!« rief Hassan aus. »Es ist, wie die verehrte Sitt gesagt hat. Doch ehe wir eingreifen konnten, erschien die Sitt, schoß um sich und schrie, und so wußten wir, daß der Vater der Flüche gerettet war. Also liefen wir alle davon.«

Natürlich glaubte ich kein Wort von diesem Lügenmärchen, und Hassan wußte das auch. Seine feigen Spießgesellen hatten in ihrem Versteck abgewartet, wie Mohammed zurechtkommen würde, bevor sie ihre eigene wertvolle Haut riskierten. Wäre ich nicht rechtzeitig erschienen, hätten sie sich auf Emerson gestürzt wie ein Rudel Schakale auf einen verwundeten Löwen. Ich unterdrückte meine Verachtung und meinen Zorn, holte noch ein paar Münzen hervor und ließ sie nachlässig in meiner Hand klimpern. »Wie hat Mohammeds Plan denn ausgesehen?«

Ich mußte eine Menge weiterer Unschuldsbeteuerungen über mich ergehen lassen, ehe ich die paar Körner Wahrheit aus der Spreu der Lügen Hassans herauslesen konnte. Er behauptete, Mohammed habe nicht vorgehabt, Emerson zu ermorden – und das glaubte ich ihm auch. Sobald ihr Opfer überwältigt und hilflos gewesen wäre, hätten sie es an einen Ort gebracht, den Mohammed kannte, und es dort zurückgelassen. Hassan behauptete steif und fest, er wisse nicht mehr – und das glaubte ich ihm ebenfalls. Er und seine Freunde waren nur gedungene Verbrecher – Werkzeuge für einen bestimmten Zweck, derer man sich anschließend entledigt.

»Und nun«, schloß Hassan traurig, »ist Mohammed auf und davon. Eine deiner Kugeln, Sitt, hat ihn getroffen, denn er blutete, als er lief, und ich glaube nicht, daß er zurückkommt. Ich wäre froh, wenn er wiederkäme.«

Ich versicherte ihm, daß die ausgesetzte Belohnung immer noch zu haben sei, bot eine geringere Summe für jede zusätzliche Information an und schickte ihn fort – nicht in fröhlicher, aber doch schon besserer Stimmung.

Die Dämmerung breitete sich aus wie die langen, grauen Schleier einer Frau. In den Fenstern der Häuser leuchteten die Lampen wie goldene Blumen. »Wenn ich nicht in der Begleitung einer Dame wäre«, sagte Cyrus, »würde ich ausspucken; ich habe einen schlechten Geschmack im Mund.«

Ich hakte mich bei ihm unter. »Gegen solche Beschwerden verschreibe ich für gewöhnlich einen Whiskey Soda. Und wenn Sie mich bitten sollten, Ihnen Gesellschaft zu leisten, Cyrus, sage ich nicht nein.«

»Lassen Sie sich nicht entmutigen, meine Liebe.« Cyrus drückte mir die Hand. »Sie haben diesen Kerl ganz richtig behandelt. Falls Mohammed nicht bereits das Land verlassen hat, werden seine Kumpane ihn bestimmt bald aufgespürt haben. Ich glaube, wir brauchen nicht zu befürchten, daß er uns noch einmal belästigt.«

»Aber wer wird der nächste sein?« Wir hatten das Ufer erreicht; vom Hausboot leuchteten warme, einladende Lichter herüber, und der Duft von gebratenem Hammelfleisch stieg uns in die Nase. Jenseits des Flusses stand über den westlichen Klippen ein einzelner funkelnder Stern.

Ich blieb stehen. »Halten Sie mich für töricht, Cyrus, wenn ich Ihnen eine Schwäche offenbare, die ich mir selbst kaum einzugestehen wage? Darf ich offen zu Ihnen sprechen? Ich habe das Bedürfnis, mich einem Menschen anzuvertrauen, der meine Gefühle versteht und mich ihretwegen nicht tadelt.«

Mit vor Rührung heiseren Stimme versicherte mir Cyrus, daß er sich durch mein Vertrauen geehrt fühle. Ich habe herausgefunden, daß Dunkelheit dem Ablegen von Bekenntnissen förderlich ist. Die milde Nacht und die stille Aufmerksamkeit eines Freundes verliehen meiner Zunge Flügel, und ich erzählte ihm von meiner selbstsüchtigen, verachtenswerten Sehnsucht, in die Vergangenheit zurückzukehren.

»Können Sie es mir zum Vorwurf machen«, fragte ich leidenschaftlich, »daß ich mich fühle, als ob ein böser Geist das Gebet erhört hätte, das an einen gütigen Schöpfer zu richten ich mich erdreistet habe? Aus Legenden und Mythen wissen wir, daß solche egoistischen Wünsche sich ins Gegenteil verkehren können und dem Wünschenden Schaden bringen, anstatt ihm zu helfen. Denken Sie nur an Midas, der alles, was er berührte, in Gold verwandelte. Die Vergangenheit ist wiedergekehrt, doch nicht, um mir zu helfen, sondern um mich zu peinigen. Alte Feinde und alte Freunde ...«

»Richtig«, unterbrach mich Cyrus. »Amelia, meine Liebe, Sie sind zu klug, um an solchen Unsinn zu glauben. Ich vermute, was Sie von mir erwarten, ist nicht so sehr Mitgefühl, als eine heilsame Portion gesunden Menschenverstands. Diese Leute haben in der Zwischenzeit nicht wie Aufziehpuppen in einem Museum herumgelegen und nur darauf gewartet, wieder in Gang gesetzt zu werden, um alle auf einmal hinter Ihnen herzujagen. In den vergangenen Jahren sind Sie Karl hin und wieder begegnet, ebenso mir, und Carter und einer Menge anderer Leute. Auch alte Feinde tauchen gelegentlich wieder auf – neben reichlich vielen neuen Feinden, bedenkt man, wie Sie und Emerson vorgehen. Es ist unmöglich, in die Vergangenheit zurückzukehren, Amelia. Wir leben im Heute, nicht im Damals, und die einzige Richtung, in die Sie gehen können, ist nach vorne.«

Ich holte langsam und tief Atem. »Danke, Cyrus. Genau das habe ich gebraucht.«

Seine warmen, starken Finger schlossen sich um die meinen. Er beugte sich über mich.

»Der Whiskey Soda, von dem Sie sprachen, wird die Genesung vervollständigen«, sagte ich. »Wir gehen jetzt besser weiter. Die anderen werden sich schon fragen, wo wir abgeblieben sind.«

*

Am gleichen Abend teilte uns Emerson mit, daß wir am nächsten Tag mit der Arbeit im Königswadi beginnen würden. Er beabsichtige, dort mehrere Tage und Nächte zu verbringen. Wir übrigen könnten es halten, wie es uns beliebe. Falls wir es vorzögen, jeden Abend zum Hausboot zurückzukehren, erlaube er uns, entsprechend früh mit der Arbeit aufzuhören.

Cyrus blickte mich an. Ich lächelte. Dann verdrehte Cyrus die Augen gen Himmel und ging los, um die nötigen Vorbereitungen zu treffen.

11. Kapitel

»In der Liebe, im Krieg und im Journalismus ist alles erlaubt.«

Letzte Nacht träumte ich, ich sei ins Königswadi zurückgekehrt. Das Mondlicht ließ die Felsen wie die kalt und silbrig schimmernden Umrisse verfallener Paläste und zerbröckelnder Monumentalstatuen erscheinen. Es war totenstill, nicht einmal das Hallen meiner Schritte störte die Ruhe, als ich körperlos wie ein Geist voranglitt. Entlang des Wegs streckten sich mir Schatten – scharf umrissen wie Tintenkleckse – entgegen und zogen sich dann wieder zurück. Dunkelheit erfüllte die schmale Felsspalte, auf die ich zuschwebte, und von dort aus näherte sich mir eine bleiche, in weißes Leinen gehüllte Lichtgestalt, deren Haupt von den Strahlen des Mondes umkränzt wurde. Die tiefliegenden Augen waren in der Finsternis kaum zu erkennen, der Mund war schmerzverzerrt. Flehend und voll Mitleid streckte ich die Arme aus, doch der Geist achtete nicht auf mich. Er war in der ewigen Nacht gefangen, von den Göttern, die er zu zerstören gesucht hatte, zur Vergessenheit verdammt. So wird er bis zum Ende aller Tage weiterwandern, und ich bezweifle nicht, daß ich in meinen Träumen an jenen verwunschenen Ort zurückkehren werde, der meine Seele ebenso anzieht wie die des geheimnisvollen Geistes.

*

»Sie sehen heute morgen ein wenig mitgenommen aus, Peabody«, stellte Emerson fest. »Haben Sie schlecht geschlafen? Oder kann es sein, daß etwas auf Ihrem Gewissen lastet?«

Wir waren allein an Deck und warteten, bis die anderen ihre Ausrüstung zusammengesucht hatten. Da wir einige Tage in dem abgelegenen Wadi verbringen wollten, würden wir eine erhebliche Menge Vorräte brauchen. Selbstverständlich hatte Emerson die umfangreichen Vorbereitungen Cyrus überlassen und beschwerte sich nun über die Verzögerung.

Ich achtete nicht auf diese Provokation (um die es sich ohne Zweifel handelte) und sagte: »Ehe wir aufbrechen, möchte ich Ihre Verbände wechseln. Sie haben sie naß gemacht.«

Zuerst zierte er sich und widersprach, aber ich blieb fest. Also erklärte er sich schließlich einverstanden, mich in meine Kabine zu begleiten. Die Tür ließ ich demonstrativ offen.

»Sind Sie sicher, daß Sie Ihr luxuriöses Quartier gegen ein Zelt zwischen den Felsen eintauschen möchten?« fragte Emerson, nachdem er sich verächtlich in dem elegant möblierten Raum umgesehen hatte. »Wenn Sie wollen, haben Sie meine Erlaubnis, nachts zum Hausboot zurückzukehren. Es ist ja nur ein dreistündiger … Autsch!«

Dieser Aufschrei war ihm entfahren, weil ich ihm mit einem kräftigen Ruck das Pflaster abgerissen hatte. »Ich dachte immer, gütige Engel wie Sie seien vor allem stolz auf ihre sanften Hände«, stieß Emerson zwischen zusammengebissenen Zähnen hervor.

»Keineswegs. Unsere Devise lautet Gründlichkeit. Hören Sie auf zu zappeln, sonst bekommen Sie noch Desinfektionsmittel in den Mund, und das ist nur zur äußerlichen Anwendung gedacht.«

»Es brennt«, knurrte Emerson.

»Eine Stelle hat sich entzündet. Aber damit habe ich gerechnet. Jedenfalls verläuft der Heilungsprozeß zufriedenstellend.« Meine Stimme klang ruhig, wie ich glaube, obwohl der Anblick der häßlichen, entzündeten Wunde mir die Kehle zuschnürte.

»Natürlich wäre es das Vernünftigste, abends zum Hausboot zurückzukehren«, meinte ich weiter, während ich Pflasterstreifen zurechtschnitt. »Doch wenn Sie darauf bestehen, wie ein Vogel in der Wildnis Ihr Lager im Wadi aufzuschlagen, müssen wir übrigen wohl ...«

Cyrus' Stimme, die meinen Namen rief, unterbrach mich, ehe Emerson Gelegenheit dazu erhielt, denn an seinem Gesicht konnte ich diese Absicht deutlich ablesen. »Hier sind Sie ja«, sagte Cyrus von der Tür. »Ich habe Sie gesucht.«

»Sie haben ein unbeschreibliches Talent, Offensichtlichkeiten festzustellen, Vandergelt«, bemerkte Emerson. »Jetzt aber genug. Suchen Sie Ihre Flaschen und Farben und Döschen und den anderen weiblichen Mumpitz zusammen, und dann brechen wir auf.«

Er drängte sich grob an Cyrus vorbei und ging hinaus. Nachdem ich meine Verbandssachen eingepackt hatte, verstaute ich die Schachtel in meinem Rucksack.

»Ist das alles, was Sie mitnehmen?« fragte Cyrus.

»Selbstverständlich kann ich jemanden zurückschicken, falls Sie etwas vergessen haben sollten.«

»Das wird nicht nötig sein. Ich habe alles, was ich brauche.« Ich klemmte mir den Sonnenschirm unter den Arm.

Als wir an Land gingen, wurden gerade die Esel beladen. Emerson war, den Kater auf der Schulter, bereits losmarschiert. Ich blieb stehen, um ein Wort an Feisal zu richten, der die Eseltreiber beaufsichtigte.

»Sie sind gewaschen worden, Sitt Hakim«, versicherte er

mir. Er meinte damit die Esel, nicht die Männer, obgleich ihnen ein wenig Wasser und Seife durchaus gutgetan hätte.

»Gut.« Ich zog eine Handvoll Datteln aus der Tasche und verfütterte sie an die Esel. Als einer der mageren streunenden Hunde mit zwischen die Beine geklemmtem Schwanz herbeischlich, warf ich ihm ein paar Fleischbrocken zu, die ich beim Frühstück aufgespart hatte.

»Die armen Geschöpfe«, sagte Cyrus. »Allerdings ist es Zeitverschwendung, sie zu füttern, meine Liebe. Es gibt zu viele von ihnen, und sie sind alle halb verhungert.«

»Ein bißchen Essen ist besser als gar nichts«, entgegnete ich. »Das ist zumindest meine Philosophie. Aber was soll denn dieses ganze Gepäck, Cyrus? Wir wollen ein vorübergehendes Lager errichten, kein Luxushotel.«

»Nur Gott weiß, wie lange Ihr starrsinniger Gatte im Wadi zu bleiben beabsichtigt. Also habe ich mir gedacht, wir können es uns genausogut gemütlich machen. Ich habe noch einige zusätzliche Esel gemietet, falls Sie reiten wollen.«

Ich lehnte diesen rücksichtsvollen Vorschlag ab, aber René half Bertha auf eines der kleinen Tiere und ging neben ihr her, als die Karawane sich in Bewegung setzte. Der Schritt eines Esels ist, außer wenn man das Tier schlägt, was ich persönlich ablehne, nicht viel schneller als der eines Menschen. Ich behielt Emerson im Auge, der in einiger Entfernung vor uns herging. Abdullah und einige seiner Söhne folgten ihm auf den Fersen, was ihn – hörbar – erboste. Geräusche werden in der Wüste sehr weit getragen.

Wir stiegen die Hügelausläufer hinauf und hatten den Eingang zum Wadi bald erreicht. Emerson wartete auf uns, wobei er die Augen rollte, mit dem Fuß auf die Erde klopfte und alle offensichtlichen Anzeichen von Ungeduld zeigte. Allerdings glaube ich, daß sogar er über eine kleine Verschnaufpause froh war. Wir befanden uns hoch genug, um ein Stück des Flusses sehen zu können, der zwischen sattgrünen Feldern in der Morgensonne funkelte. Mit einem Gefühl finsterer Vorahnung – und der damit einhergehenden Anspannung von Nerven und Muskeln – betrachtete ich die dunkle Öffnung zwischen den Felsen.

Der Anblick war furchterregend genug, obwohl er natürlich nicht im mindesten dem Traumbild ähnelte, das mich noch jahrelang im Schlaf verfolgen sollte: nackt, kahl und tot; nicht ein Grashalm, kein Rinnsal. Die Felswände zu beiden Seiten waren wie zerbröckelnde Ruinen kreuz und quer von Furchen durchzogen. Die Schutthalden an ihrem Fuße und die kleinen und großen Steine, die den Boden des Tals bedeckten, waren der beängstigende Hinweis darauf, daß es hier häufig zu Gesteinslawinen kam. Außerdem zeugten sie von den seltenen, aber heftigen Springfluten, die das Wadi geformt hatten.

Als wir das Tal betraten, wurden nur die Felswände zur Linken vom Sonnenlicht beschienen. Der Talboden lag in tiefem Schatten. Allmählich kroch das Licht die Felsen hinab und auf uns zu, während wir einem Pfad folgten, der sich zwischen Gesteinsbrocken hindurchwand. Schließlich brannte die Sonne mit voller Macht auf uns hernieder. Es erinnerte an die Glut in einem Backofen. Der nackte Erdboden flirrte in der Hitze. Nur das schwere Atmen der Männer und Esel, das Knirschen der Steine unter ihren Füßen und das fröhliche Klappern der Werkzeuge an meinem Gürtel waren zu hören.

Noch nie war ich so dankbar für meine bequemen neuen Hosen und die glänzenden, kniehohen Stiefel gewesen. Nicht einmal die Pumphosen, die ich bei meinem ersten Besuch in Ägypten getragen hatte, hatten mir – obwohl sie, verglichen mit bodenlangen Röcken, eine Verbesserung darstellten – solche Bewegungsfreiheit verschafft. Ich beneidete die Männer lediglich um die Möglichkeit, mehr Kleidungsstücke abzulegen, als mir die Schicklichkeit gestattete. Emerson hatte selbstverständlich schon nach anderthalb Kilometer die Jacke ausgezogen und die Hemdsärmel hochgekrempelt. Und als die Sonne uns alle den Schweiß auf die Stirn trieb, hatte sich selbst Cyrus mit einem entschuldigenden Blick auf mich seines Sakkos entledigt und seine Krawatte gelockert. Die Baumwollgewänder der Ägypter eigneten sich besser für dieses Klima als europäische Kleidung. Früher hatte ich mich gefragt, wie sie so unbeschwert dahineilen konnten, ohne über ihre Röcke zu stolpern, aber bald stellte ich fest, daß sie keine Hemmungen hatten, den Saum in den Gürtel zu stopfen oder sich völlig zu entblößen, wenn die Umstände es erforderten.

Nach etwa fünf Kilometern wurde der Abstand zwischen den Felswänden enger, und zu beiden Seiten taten sich schmalere Täler auf. Emerson blieb stehen. »Wir werden hier unser Lager aufschlagen.«

»Zum Königsgrab geht es doch weiter in diese Richtung«, widersprach Cyrus und wischte sich die feuchte Stirn. »Dieses Wadi hinauf nach Norden ...«

»Im Wadi selbst ist der Boden aber nicht eben genug für Ihre verdammten Zelte. Außerdem befinden sich die anderen Gräber, die ich erwähnt habe, hier in der Nähe. Mindestens eines liegt in dem kleinen Wadi, das nach Süden führt.«

Cyrus erhob keine weiteren Einsprüche. Das Wort »Grab« hat auf ihn die gleiche Wirkung, die das Wort »Pyramide« in mir auslöst. An Emersons spöttischem Gesichtsausdruck erkannte ich, daß er wußte, meine Vermutung würde sich bestätigen: Die anderen Gräber würden noch verfallener und ausgeplünderter sein als Echnatons verlassene letzte Ruhestätte. Allerdings ist die Hoffnung – wie es so schön heißt – die Kraft, die uns am Leben erhält, und ich konnte Cyrus' Haltung gut nachvollziehen. Es ist viel vernünftiger, optimistisch anstatt pessimistisch zu sein. Denn wenn einem schon eine Enttäuschung droht, sollte man sich nicht schon im Vorfeld damit herumschlagen.

Wir überließen es den Männern, das Lager zu errichten – auf einem Boden, der so mit Geröll übersät war, keine leichte Aufgabe – und gingen etwas hundert Meter weiter, wo das Königswadi nach Norden führte. Nach einigen Minuten Fußmarsch erreichten wir die Stelle.

Schließlich ergriff Cyrus das Wort. »Dieser Ort hat etwas an sich …«, meinte er mit leiser, nachdenklicher Stimme. »Wie war er wirklich, dieser seltsame, geheimnisvolle Mann? Woran glaubte er?«

An Emersons Gesichtsausdruck erkannte ich, daß auch er sich der Stimmung nicht entziehen konnte, doch als er antwortete, brachte er uns jäh auf den Boden der Tatsachen zurück: »Wichtiger sind die Geheimnisse des Grabes selbst. Echnaton wurde hier beerdigt, darauf würde ich meinen guten Ruf verwetten. Teile seiner Grabbeigaben, einschließlich seines Sarkophags, wurden gefunden. Allerdings wurde dieser massive steinerne Schrein zerschmettert; nur wenige der Bruchstücke sind größer als fünf Zentimeter. Kein Grabräuber würde sich solche Mühe machen. Die Vandalen müssen Feinde des Königs gewesen sein, die von Haß und Rachsucht getrieben wurden. Haben sie auch seine Mumie zerstört? Oder hat man sie mit dem Rest seiner Grabbeigaben an einen sicheren Ort gebracht, als die Stadt aufgegeben wurde? Seine zweite Tochter starb jung, noch ehe Zeit war, ein eigenes Grab für sie zu errichten. Fragmente eines weiteren Sarkophags – wahrscheinlich des ihren – wurden ebenfalls hier entdeckt. Zweifellos wurde sie in einer der Kammern beigesetzt, deren Wände mit Abbildungen ihrer trauernden Eltern geschmückt sind. Aber was ist mit Nofretete? In der Grabkammer befindet sich nur der Sockel für einen Sarkophag. Vielleicht waren die anderen Räume, die vom Haupteingang abgehen, für ihre Bestattung vorgesehen, doch sie wurden nie fertiggestellt, und von ihren Grabbeigaben hat man weder im Grab noch in dessen Umgebung etwas gefunden.«

»Was ist mit dem Schmuck, den Mond 1883 gekauft hat?« fragte Cyrus. »Darunter war auch ein Ring mit ihrem Namen …«

»Das«, belehrte ihn Emerson, »war Teil – ein sehr winziger

Teil – der prunkvollen Ausstattung ihres Gemahls. Diese Kleinode steckten sich – nur bildlich gesprochen – diejenigen in die Tasche, die Echnatons Mumie an einen anderen Ort brachten. Oder aber die Vandalen, die den Sarkophag zerstörten. Allerdings kommt mir die erste Theorie wahrscheinlicher vor. Der Sarkophag war zu schwer, um ihn wegzuschaffen, doch die Mumie in ihrem Sarg und die Grabbeigaben – Ölkrüge, Speisen, Kleidung, Möbel, Schmuck – wurden entfernt. Den Schmuck, den Mond erworben hat, hatten Dorfbewohner zum Verkauf angeboten. Der damalige Dieb hat seine Beute irgendwo im Tal versteckt. Gewiß wollte er sie später holen, doch es kam nicht mehr dazu. Zweifellos wurde das Versteck von Dieben unserer Tage entdeckt.«

»Dann glauben Sie, ihr Grab …«, fing Cyrus an.

»… wird möglicherweise noch gefunden werden«, beendete Emerson den Satz. »Aber zuerst sollten wir uns an das Königsgrab machen. Ich will, daß es bis hinunter auf den nackten Felsen freigelegt wird. Und die Wände müssen wir abklopfen, um uns zu vergewissern, daß dahinter keine Geheimtüren liegen. Wo zum Teufel ist … verdammt noch mal, Abdullah, hör endlich auf, mir ständig auf die Fersen zu treten!«

»Ich folge dem Vater der Flüche, um bereit zu sein, wenn er befiehlt«, erwiderte Abdullah.

»Dann befehle ich dir, nicht so dicht hinter mir zu gehen. Lauf' und hol' Ali und vier, nein fünf, weitere Männer. Nur erfahrene Männer sollen hier arbeiten. Du weißt schon, was ich will, Abdullah.«

»Fangen wir jetzt an?« fragte Abdullah. Er verdrehte die Augen zum wolkenlosen Himmel. Hoch über uns brannte die Sonne auf uns hinab.

»Es ist fast Mittag«, sagte ich, ehe Emerson antworten konnte. »Und der Marsch war lang und anstrengend. Wir werden essen und uns ausruhen, ehe wir anfangen, Abdullah.«

»Was Sie betrifft«, meinte Emerson und bedachte mich mit einem finsteren Blick aus blauen Augen, »Sie können mit ihrem Schatzsucher-Freund zurück zum Hauptwadi gehen und weitere Gräber ausfindig machen.«

»Wir haben nicht genug Leute«, widersprach Cyrus. »Es müssen tonnenweise Steine und Sand bewegt werden.«

»Besorgen Sie sich Hilfskräfte im Dorf.«

»Du meine Güte, Emerson!« rief ich aus. »Sind Sie verrückt geworden?«

»Wenigstens behaupten Sie das die ganze Zeit«, antwortete Emerson ruhig.

»Wir dürfen es nicht wagen, Fremde bei uns aufzunehmen«, beharrte ich. »Einige Männer aus Haggi Quandil hatten sich in den Klippen versteckt, als Mohammed Sie angriff. Sie hielten sich bereit, um Sie fortzuschleppen, falls sein Plan geglückt wäre. Die meisten sind, wie ich glaube, ehrlich, aber einige ...«

»Dann stellen Sie eben nur die Ehrlichen an«, sagte Emerson ungeduldig. »Warum zum Teufel können Sie nicht einmal etwas unaufgefordert tun, anstatt mich bei jeder Kleinigkeit um Rat zu fragen?«

*

Natürlich ließ ich mich nicht auf Emersons Versuche ein, uns zu trennen. »Wenn Sie sich mit dem Königsgrab befassen wollen, tun wir das eben gemeinsam«, sagte ich mit Nachdruck. »Außerdem sollten wir zusätzlich zu den Aufgaben, die Sie heute vormittag erwähnten, einen genauen Plan des gesamten Grabes erstellen und die übriggebliebenen Reliefs kopieren. Bouriants Kopien sind unersetzlich, da sie Abbildungen zeigen, die inzwischen verschwunden sind. Allerdings sind sie recht ungenau und ...«

»Verdammt, Frau, halten Sie mir keine Vorträge!« brüllte Emerson. Er tastete nach seinem Kinn. Da er dort keinen Bart vorfand, an dem er zerren konnte, rieb er besagte Gesichtspartie, bis sie sich rosig verfärbte. »Ich beabsichtigte selbstverständlich, all das zu tun, was Sie gütigerweise vorgeschlagen haben. Da Sie mir zuvorgekommen sind, werden Sie das Vergnügen haben, die Reliefs zu kopieren.«

Ich wußte genau, was der Grund für diese Anweisung war: Er wollte es mir für den Bart heimzahlen. In den inneren Kammern des Grabes war es heiß wie im Höllenschlund.

»Gewiß«, antwortete ich kühl. »An welche Technik hatten Sie denn gedacht? Trockene Abdrücke oder Pausen?«

»An beides«, entgegnete Emerson. Seine Lippen verzogen sich in einer Weise, die man kaum Lächeln nennen konnte. »Ich möchte, daß jeder Kratzer an diesen Wänden festgehalten wird. Eine Technik kann Einzelheiten zutage fördern, die der anderen entgehen. Nachdem Sie beide Ergebnisse verglichen und eine endgültige Zeichnung angefertigt haben, gehen Sie damit zurück ins Grab und vergleichen Sie sie mit der Wand selbst. Wenn Sie wollen, wird René Ihnen helfen. Fangen Sie im Raum E an, und achten Sie darauf, jeden Zentimeter der Wand abzumalen.«

Raum E war die Grabkammer – der am tiefsten gelegene, entfernteste und heißeste Teil des Grabes.

»Gewiß«, wiederholte ich. Emerson machte sich mit einem schadenfrohen Grinsen davon. Während er den Männern Vorträge darüber hielt, wie sie weiterarbeiten sollten, nahm ich Abdullah beiseite.

»Ich weiß nicht, was er vorhat, Abdullah, aber er hat mir befohlen, im tiefsten und abgelegensten Teil des Grabes zu arbeiten, wo ich kein Auge auf ihn haben kann. Er hat mir nicht verraten, was er tun will, doch ich befürchte das Schlimmste. Paß auf ihn auf! Laß ihn nicht allein umherlaufen.«

»Sorge dich nicht, Sitt Hakim. Seit er uns das letztemal entwischt ist, kümmere ich mich darum, daß stets jemand auf ihn achtet, selbst wenn er schläft oder nur so tut. Er wird uns nicht mehr entschlüpfen.«

»Ausgezeichnet. Ich vertraue dir wie mir selbst.«

Ich wollte mich schon umwenden, als der alte Mann zögernd sagte: »Sitt Hakim ...«

»Was ist, Abdullah?«

»Ich möchte nicht, daß du glaubst, deine Sicherheit läge uns weniger am Herzen.«

»Das brauchst du mir nicht zu sagen, alter Freund«, erwiderte ich bewegt. »Du und ich, wir kennen, wie ich glaube, das Herz des anderen. Wir beide wissen, daß der Vater der Flüche Schutz nötiger hat als ich. Er ist zwar ein sehr tapferer Mann, aber er begibt sich gern leichtsinnig in Gefahr.« Während ich meinen Gürtel zurechtrückte, fügte ich hinzu: »Ich kann auf mich selbst aufpassen.«

Abdullahs bärtige Lippen zitterten. »Ja, Sitt! Aber ich hoffe, es beleidigt dich nicht, wenn ich sage, daß ich dem reichen Amerikaner, der auch dein Freund ist, ebenso vertraue wie du mir. Er wird nicht zulassen, daß dir etwas zustößt, solange es in seiner Macht steht.«

»Mr. Vandergelt ist ein wahrer Freund«, meinte ich. »Wir können von Glück reden, daß wir so treue Freunde haben – und du bist einer der wichtigsten, Abdullah.«

Nachdem den Höflichkeiten und dem gebührenden Ausdruck der Zuneigung Genüge getan worden war, heftete sich Abdullah wieder an Emersons Fersen. Ich suchte René und wies ihn an, unsere Ausrüstung zusammenzusuchen.

Selbstverständlich erbot sich Cyrus, mir behilflich zu sein, aber ich wußte, daß er wenig Lust auf eine so sorgfältige und eintönige Arbeit hatte – außerdem verfügte er auch nicht über die nötigen Kenntnisse. Als ich ihm versicherte, ich würde auch gut ohne ihn zurechtkommen, widersprach er nicht. Er hatte bereits ein Auge auf einen Schutthaufen am anderen Ende des Wadi geworden, der ganz in der Nähe der Stelle lag, wo andere Entdecker – einschließlich Emerson – Hinweise auf eine mögliche Graböffnung gefunden hatten. Ich sah ihm an, daß er es kaum erwarten konnte, darin herumzuwühlen.

René und ich schleppten unsere Papierrollen und Stifte

lange Schächte und Treppen hinab, über den halb zugeschütteten Graben hinweg (der mit Bohlen überbrückt war) und eine kurze Rampe hinunter in die Grabkammer.

Sie war – um genau zu sein – 10,36 Meter mal 10,40 Meter lang und wies zwei viereckige Säulen und ein erhobenes Podest auf, auf dem einst der Sarkophag gestanden hatte. Der Boden bestand aus gestampftem Lehm, so hart wie gebrannter Ton war. Die Wände und auch die Säulen waren mit bemalten Reliefs verziert. Diese hatte man aus Gips modelliert, der direkt auf den Felsen aufgetragen worden war. Hier, wo der Leichnam des Ketzers gelegen hatte, hatten seine Feinde ihre ganze Wut ausgetobt. Der Großteil der Gipsschicht war zerstört worden. Allerdings waren einige der Figuren vor dem Gipsauftrag grob auf den Stein skizziert worden, und diese Umrisse hatten die Jahrtausende überstanden.

»Wir fangen an der hinteren Wand an«, sagte ich zu René. »Ich in der rechten Ecke und Sie in der linken. Schauen Sie zuerst zu, wie ich es mache. Ich weiß, daß Sie mit den Techniken vertraut sind, aber ich habe meine eigenen Methoden.«

Trockene Abdrücke stellt man her, indem man ein dünnes Blatt Papier mit den Fingerspitzen auf das Relief preßt. Nasses Papier führt zu einem genaueren Abdruck, aber oft werden die bröckelnden Reliefs dadurch zerstört und die letzten Farbreste entfernt. Die Technik des Durchreibens muß eigentlich nicht weiter erläutert werden. Dazu sind weiche Bleistifte und ein kräftiger, gleichmäßiger Druck nötig. Diese Arbeit ist sehr anstrengend für Arm- und Handmuskeln, besonders, wenn man an einer vertikalen Oberfläche arbeitet.

Über die Arbeitsbedingungen will ich mich nicht weiter äußern. Stellen Sie sich die heißeste, staubigste, abgestandenste und trockenste Luft vor, die Sie jemals erlebt haben und denken Sie sich das Ganze doppelt so schlimm. Das verschafft Ihnen eine vage Ahnung dessen, was René und ich an diesem Nachmittag aushalten mußten. Aber ich war fest entschlossen, bei der Stange zu bleiben, bis ich umfiel; und René hatte sich in den Kopf gesetzt, sich nicht von einer Frau übertreffen zu lassen (obwohl er zu klug war, um diese Haltung laut zu äußern). Also legte ich eher ihm als mir zuliebe von Zeit zu Zeit Ruhepausen ein, um frische Luft zu schnappen und etwas zu trinken. Riesige Mengen Wasser waren vonnöten, damit wir nicht völlig vertrockneten. Jedesmal, wenn wir an die Oberfläche kamen, sah ich mich nach Emerson um. Und jedesmal entdeckte ich ihn an einer anderen Stelle: Er maß einen Raum nach, den Charlie bereits abgemessen hatte, und sagte ihm, er habe alles falsch gemacht. Er tadelte Abdullah, weil er eine Tonscherbe in einer Bodenritze übersehen hatte. Oder er tyrannisierte die kleine Helferschar, die unter Cyrus' Leitung schaufelte. René und mich ließ er den Großteil des Nachmittags in Ruhe. Als er schließlich den Gang hinuntergestapft kam, teilte er uns mit, es sei Zeit, das Tagwerk zu beenden.

René stieß ein leises Stöhnen aus. »Sobald ich mit diesem Blatt Papier fertig bin.«

Emerson nahm eines der durchgeriebenen Blätter zur Hand, mit dem ich eben fertig geworden war und hielt es gegen das Licht. »Hmmm«, brummte er und stapfte davon.

Als wir herauskamen, lag das Tal in blauen Schatten. Keuchend sank René am Rand des Schachtes zusammen. Ich reichte ihm meine Feldflasche. Zwar war das Wasser heiß genug, um damit Tee zu kochen, aber es belebte ihn soweit, daß er seinen Weg fortsetzen konnte. Allerdings mußte ich ihm den Abhang hinabhelfen.

»Glück gehabt?« fragte ich Cyrus, der unten wartete.

»Nicht viel. Emerson besteht darauf, daß wir jeden verdammten Quadratzentimeter Sand durchkämmen. Auf diese Weise wird es zwei Wochen dauern, bis wir zum Felsboden vorgestoßen sind. Bis jetzt haben wir einen Hammer aus Feldspat, von der Art, mit der die Menschen im Altertum Steine zertrümmerten, sowie vier Tonkrüge gefunden.« Cyrus wischte sich mit dem Ärmel den Schweiß von der Stirn und sah mich an. »Aber mein armes Mädchen, Sie sehen ja aus, als hätten Sie den Tag im Dampfbad verbracht. Bestimmt sind Sie völlig erschöpft.«

»Nicht im mindesten. Eine Tasse Tee und ein bißchen warmes Wasser, um mir das Gesicht zu waschen, werden mich gleich wieder auf die Beine bringen.«

»Da weiß ich etwas Besseres«, meinte Cyrus und nahm mich beim Arm. »Schauen Sie, was meine Männer geleistet haben.«

Seine Männer hatten wirklich ein Wunder zustande gebracht. Das Gelände war für ein Lager denkbar ungeeignet. Zuerst einmal war es so eng, daß die Zelte in einer langen Reihe aufgestellt werden mußten, anstatt sie kreisförmig anzuordnen. Den Boden völlig von Felsbrocken zu befreien, hätte Wochen gedauert, aber die Männer hatten einige der größeren Steine beiseite gerollt und eine verhältnismäßig glatte Fläche geebnet, auf der man die Zelte errichten konnte. Teppiche und Matratzen polsterten den steinigen Untergrund, und Feldbetten verhießen eine angenehme Nachtruhe. Sogar das Holz und den getrockneten Kameldung für das Feuer hatten wir mitbringen müssen, denn hier konnte man nicht einmal ein Zweiglein finden. In der Dämmerung brannten schon hell einige Feuer, und neben den Zelten waren Laternen aufgehängt. Vor jedem Zelt standen Wasserkrüge, Schüsseln und Handtücher.

»Kein Wunder, daß Sie so viele Esel gebraucht haben«, sagte ich zu Cyrus, als wir – ich mit bewundernden Blicken und er mit verhaltenem Stolz – die Szenerie betrachteten. »Haben Sie sie nach dem Abladen zurückgeschickt?«

»Ich dachte mir, das wäre wohl das beste. In diesem steinigen Gelände kommt ein Mensch genauso schnell voran wie ein Esel.« Er zögerte einen Moment und meinte dann: »Hoffentlich bekommt Emerson keinen Tobsuchtsanfall, wenn er herausfindet, daß ich einige meiner Männer befohlen habe, zu bleiben. Sie verstehen zwar nicht viel von Ausgrabungen, haben dafür aber scharfe Augen und eine gehörige Portion Mißtrauen.«

»Soll er doch toben, wenn er will. Ich bin einverstanden, und ich glaube, ich kann Emerson immer noch dazu zwingen – ich meine, überreden –, sich ins Unvermeidliche zu fügen. Wie haben Sie die Schiffsmannschaft dazu gebracht, hier Wache zu stehen?«

»Geld ist das beste Argument, meine Liebe. Reden wir nicht mehr darüber. Sehen Sie sich Ihr Quartier an und schauen Sie nach, ob ich irgend etwas vergessen habe.«

Der einzige wunde Punkt, den ich finden konnte, war ein Überfluß unnötiger Luxusgegenstände wie weiche Kissen und ein hübsches Teeservice aus Porzellan. »So geht das nicht, Cyrus«, sagte ich lächelnd. »Emerson wird höhnen und spotten, wenn er diese gerüschten Kissen sieht.«

»Soll er doch«, lautete die gekränkte Antwort.

»Außerdem«, fuhr ich fort, »ist hier kein Platz für ein zweites Feldbett. Bertha wird das Zelt mit mir teilen müssen, Cyrus. Nein« – denn er wollte schon widersprechen –, »es gibt, wie ich fürchte, keine andere Möglichkeit. Nicht, daß ich den einwandfreien Charakter des jungen Herren in Zweifel ziehen möchte, aber ich kann nicht zulassen, daß auch nur ein Hauch eines Skandals auf einer Expedition liegt, an der ich teilnehme. Derartiger Klatsch, sei er nun wahr oder erlogen, würde dem Vorwärtskommen des weiblichen Geschlechts in diesem Beruf hinderlich sein. Und dieses Vorwärtskommen liegt mir, wie Sie wissen, sehr am Herzen. Zudem ...«

»Ich verstehe, was Sie meinen«, seufzte Cyrus. »Wenn Sie es so wollen, Amelia, wird es geschehen.«

Cyrus' Koch gehörte zu denen, die sich bereit erklärt hatten, bei uns zu bleiben. Wie ich annahm, hatte Cyrus ihn mit einer größeren Geldsumme bestochen, denn gute Köche finden leicht Arbeit und haben es nicht nötig, sich unter solchen Bedingungen abzuplagen.

Ich schenkte gerade am Feuer den Tee ein, als Charlie ins Lager gewankt kam. Der arme junge Amerikaner bot einen mitleiderregenden Anblick. Sein Hemd war so naß, als wäre er unter einem Wasserfall gestanden, und sein Haar tropfte.

»Wie sind Sie vorangekommen?« fragte ich. »Sie haben doch am Plan des Grabes gearbeitet.«

»Unter anderem«, antwortete Charlie; seine Stimme klang heiser vor Erschöpfung und Staub. »Ich glaube, inzwischen kenne ich jeden möglichen Bereich des Archäologenhandwerks aus persönlicher Erfahrung. Wenn der Professor ...«

Er wurde vom Professor selbst unterbrochen, der gerade von einer Besichtigung des Lagers zurückkehrte. Er stürmte auf uns zu, wobei er einen undefinierbaren Gegenstand wie einen Knüppel schwenkte. Da es so dunkel war, konnte ich diesen Gegenstand erst erkennen, als Emerson nah genug ans Feuer gekommen war.

»Was zum Teufel soll das, Vandergelt?« wollte er wissen und schwenkte die Flinte – denn um eine solche handelte es sich – vor Cyrus' Nase.

»Um Himmels willen, Emerson, halten Sie sie in eine andere Richtung!« rief ich erschrocken aus.

»Sie ist nicht geladen«, entgegnete Emerson und folgte meiner Aufforderung. »Aber es ist auch Munition vorhanden. Außerdem ein weiteres halbes Dutzend Flinten. Was zum Teufel ...«

»Wenn Sie mich zu Wort kommen lassen, erkläre ich Ihnen alles«, meinte Cyrus kühl. »Wenn Sie sich nicht bewaffnen wollen, ist das Ihre Sache. Aber lieber will ich verdammt sein, als auf eine solch naheliegende Möglichkeit der Selbstverteidigung zu verzichten. Dies hier sind Mauser-Gewehre vom Kaliber 7,92 mit einem fünfschüssigen Magazin. Ein guter Schütze, wie ich es bin, kann damit einem Mann auf zweihundert Meter Entfernung den Kopf wegpusten. Und wenn ich einen Kopf bemerken sollte, dessen Besitzer mir unbekannt ist, werde ich genau das tun, mit oder ohne Ihre Erlaubnis.«

Emersons Zähne blitzten im Feuerschein. »Sicherlich hat Ihre Ansprache großen Eindruck auf die Damen gemacht,

Vandergelt. Mich hingegen läßt sie völlig kalt. Aber davon sind Sie wohl ohnehin ausgegangen. Hoffentlich haben Sie gute Augen, denn es wäre ein Jammer, wenn sie aus Versehen Abdullah oder mich erschießen würden.«

Da ich hörte, wie Cyrus mit den Zähnen knirschte, schaltete ich mich rasch ein: »Hören Sie doch bitte auf zu streiten. Das Abendessen ist gleich fertig. Gehen Sie sich waschen.«

»Ja, Mama«, höhnte Emerson. Er hat ziemlich große, weiße Zähne, die im Widerschein des Feuers recht furchterregend wirkten.

Bertha huschte lautlos davon, um dem Koch zu helfen. Als sich die Runde wieder versammelte, hatte sich die Stimmung – womit ich hauptsächlich Emersons Stimmung meine – ein wenig gebessert, und das ausgezeichnete Essen hob die allgemeine Laune. In einigermaßen freundlichem Ton verglichen wir die Aufzeichnungen, die wir uns über die Arbeit dieses Tages gemacht hatten, und erörterten die Pläne für den morgigen. Die einzige Mißstimmung wurde von – wem sonst? – Emerson ausgelöst, der mich fragte, warum ich am Feuer herumsäße, anstatt meine Zeichnungen zu ordnen.

»Unter diesen Umständen ist das schwer möglich«, erwiderte ich in vollkommener Ruhe. »Das Licht ist unzureichend, und es gibt keine glatte Oberfläche, die groß genug wäre, um die Papiere auszubreiten ...«

»Pah«, brummte Emerson.

Bald wurde unsere Unterhaltung von Gähnen und langen Pausen unterbrochen, und ich verkündete, es sei Zeit, sich zurückzuziehen. Schließlich hätten die meisten von uns einen langen und anstrengenden Tag hinter sich.

Bertha war nicht sehr erfreut darüber, das Zelt mit mir teilen zu müssen. Sie sagte zwar nichts – sie war ein sehr schweigsamer Mensch –, aber sie besaß die Fähigkeit, ihre Gefühle auch ohne Worte auszudrücken. Nachdem sie nur ihr Übergewand ausgezogen und den Schleier abgelegt hatte, rollte sie sich in eine Decke ein, und nach wenigen Minuten verriet mir ihr regelmäßiger Atem, daß sie eingeschlafen war. Eigentlich hatte ich vorgehabt, ihr einige Fragen zu stellen, doch ich war ebenfalls außergewöhnlich müde. Die Augen fielen mir zu.

Ich kann nicht sagen, wie lange es dauerte, bis mir klar wurde, daß meine Schläfrigkeit keine natürlichen Ursachen hatte. Gegen Betäubungsmittel und Hypnose bin ich besonders widerstandsfähig, was, wie ich glaube, nicht auf körperliche Gründe, sondern auf etwas in meinem Charakter zurückzuführen ist. Unendlich lange lag ich in einem Halbdämmer, nickte immer wieder ein, erwachte und hörte, wie die leisen Stimmen der Hilfskräfte und das Klappern der Kochtöpfe allmählich abnahmen. Es muß lange nach Mitternacht gewesen sein, als sich meine wache innere Stimme endlich Gehör verschaffte. »Das ist kein natürlicher Schlaf!« rief sie. »Steh auf und handle!«

Das war leichter gesagt (und gedacht) als getan. Meine Glieder fühlten sich so schlaff an wie knochenlose Fangarme. Aber das Heilmittel war ganz nah. Ich hatte schon früher in ähnlicher Situation dazu gegriffen, und dank der Umräumungsarbeiten im Zelt, die nötig gewesen waren, um Berthas Feldbett unterzubringen, befand sich meine Ausrüstung dicht neben mir. Ich brauchte nur die Hand auszustrecken.

Meine Finger waren so unbeholfen wie die Pfoten eines Tiers, aber schließlich gelang es mir, den Verbandskasten zu öffnen und mein Riechsalz herauszuholen. Ein kräftiger Atemzug machte mir nicht nur den Kopf frei, sondern löste in mir das heftige Gefühl aus, meine Schädeldecke sei im Begriff, sich zu lüften. Ich setzte mich auf und stellte die Füße auf den Boden. Vor dem Schlafengehen hatte ich Stiefel, Jacke und meinen Werkzeuggürtel abgelegt. Doch ehe ich mich aufmachte, um nach dem Rechten zu sehen, mußte ich wenigstens die Stiefel anziehen. Nicht nur deshalb, weil der Boden steinig und auf bestrumpften Füßen nur unter

Schmerzen zu überwinden war, sondern auch, um Skorpionen und anderem Stechgetier nicht zum Opfer zu fallen.

Ich tastete immer noch nach meinen Stiefeln – denn es erschien mir nicht weise, eine Lampe anzuzünden –, als ich draußen das leise Knirschen von Kieseln hörte. Mir wurde klar, daß ein ähnliches Geräusch wahrscheinlich meine innere Stimme geweckt hatte. Vielleicht war es ein Tier oder ein Mensch, der nichts Böses im Schilde führte. Aber das glaubte ich nicht. Ich sprang auf und fiel sogleich zu Boden – oder, um genau zu sein, auf Berthas Feldbett. Der plötzliche Aufprall war zuviel für das schwache Gestell. Es stürzte, mit Bertha darauf, zusammen.

Obwohl ich es nicht so geplant hatte, rief dieser Vorfall die gewünschte Wirkung hervor – nämlich das ganze Lager aus dem Schlaf zu reißen. Auf meinen erschrockenen Ausruf folgte ein Schrei. Steine klapperten und knirschten unter eilenden Füßen. Ein Schuß knallte.

Es gelang mir, mich aus den verwickelten Decken und den Überresten des zerbrochenen Feldbettes zu befreien. Bertha hatte sich nicht gerührt. Wenn ich noch Zweifel gehabt hätte, daß sie unter dem Einfluß eines Betäubungsmittels stand, wären sie in diesem Augenblick verflogen gewesen: Der Zusammensturz des Bettes und der Aufprall meines Körpers hätten jeden natürlich schlummernden Menschen aus dem Schlaf gerissen. Zuerst suchte ich nach meinem Sonnenschirm: da ich feststellte, daß meine Knie noch zu wackelig waren, um mir eine aufrechte Haltung zu gestatten, kroch ich zum Zelteingang. Als ich die Klappe hob, vermeinte ich zuerst, ein gewaltiges Glühwürmchen zu erkennen, das sich benommen torkelnd aus dem Staub zu machen suchte. Mit einiger Mühe gelang es mir, klar zu sehen. Das Licht kam von einer Laterne, die Emerson in der Hand hielt. »Hölle und Verdammnis!« fluchte er bei meinem Anblick, aber dann schwieg er, denn ihm gaben die Knie nach und er setzte sich plötzlich auf den

Boden – wahrscheinlich auf einen spitzen Stein, wie dem ebenso derben Ausruf, der darauf folgte, zu entnehmen war.

*

»Es ist wirklich interessant«, bemerkte ich einige Zeit später, »die Wirkung zu beobachten, die ein und dasselbe Betäubungsmittel auf verschiedene Leute hat.«

»Brr«, meinte Emerson. Zu meinem Ärger hatte er mein Riechsalz abgelehnt und trank nun tassenweise starken Kaffee.

»Sie sind«, fuhr ich fort, »wahrscheinlich infolge ihrer – äh – jüngsten Erlebnisse einigermaßen immun. Cyrus hat weniger gespürt als René und Charles ...«

»Ohhhh«, stöhnte Cyrus.

»Und Bertha ist am schwersten betroffen.«

»Wird sie wieder gesund?« René sah bleich aus und warf mir aus müden Augen einen ängstlichen Blick zu.

»Ja, sicher. Sie wird die ganze Nacht durchschlafen, was man von uns übrigen nicht behaupten kann. Die Wachen«, fuhr ich fort, »haben offenbar nicht viel abbekommen. Selbstverständlich wissen wir nicht, in welcher Form uns das Laudanum verabreicht wurde, und deshalb können wir auch nicht mit Gewißheit sagen, wieviel jeder von uns zu sich genommen hat.«

»Es war im Essen«, murmelte Emerson.

»Oder in den Getränken. Aber in welchem Gericht? Niemand ist verschont geblieben, auch nicht die Ägypter. Sogar der Wachmann gibt zu, er sei eingenickt gewesen, als ich aufschrie. Also stellt sich uns, wie Sie einräumen müssen, eine wichtige Frage. Wir müssen herausfinden, wer Gelegenheit hatte, Opium in unser Essen zu geben. In unserer Mitte befindet sich ein Verräter, meine Herren.«

Emerson warf mir über den Rand seiner Kaffeetasse hinweg einen strengen Blick zu. »Abgesehen von Ihrer melodramatischen Ausdrucksweise, Peabody, haben Sie anscheinend recht. Der Koch kommt am ehesten als Verdächtiger in Frage.«

»Zu offensichtlich«, widersprach ich. »Sie wissen ja, wie er kocht – die Töpfe brodeln stundenlang draußen im Freien über dem Feuer. Ständig kommen Leute vorbei – und bleiben stehen, um ein Schwätzchen zu halten. Wir müssen die Diener befragen …«

»Unsinn«, grollte Emerson. »Wir können nicht ermitteln, wer dafür verantwortlich ist. Das Zeug kann genausogut noch vor unserem Aufbruch aus dem Dorf in die Wasserkrüge geschüttet worden sein. Jeder kann es getan haben.« Seine blitzblau funkelnden Augen blickten jeden der Anwesenden an.

»Jeder«, wiederholte er langsam und betont.

Charles machte sofort ein so schuldbewußtes Gesicht, daß mein alter Freund Inspektor Cuff ihn auf der Stelle festgenommen hätte. Für mich allerdings wies das eher auf seine Unschuld hin.

Doch nachdem wir schließlich auseinandergegangen waren, fragte ich mich, was ich wirklich über die beiden jungen Archäologen wußte. René arbeitete schon seit einigen Jahren für Cyrus, doch selbst ein alter Bekannter konnte einen Menschen in diesem Fall nicht von jeglichem Verdacht freisprechen. Die Verlockung, einen Schatz zu entdecken, ist häufig stark genug, um einen schwachen Charakter in Versuchung zu führen. Abgesehen von unseren Männern aus Aziyeh gab es nur drei Personen, denen man ganz sicher vertrauen konnte: Emerson, Cyrus und mich selbst. Was Bertha betraf … ihr Betäubungsschlaf war ganz sicher echt. Ich hatte sie einer Reihe von Tests unterzogen, deren Ergebnis keinen Zweifel in mir offenließ. Doch nur ein äußerst dummer Verschwörer hätte sich selbst ausgespart. Und ich hielt Bertha nicht für so dumm.

*

Im hellen Morgenlicht konnten wir feststellen, daß nur die Umgebung meines Zeltes Spuren unwillkommener Besucher aufwies. Die Reste von Abdrücken bloßer Füße waren an zwei Stellen zu sehen, auf die keiner unserer Männer getreten war.

Als wir uns ins Königswadi aufmachten, führte Cyrus eine Flinte mit sich. Bei ihrem Anblick zog Emerson die Augenbrauen hoch, aber er erhob selbst dann keinen Einspruch, als Cyrus kühl sagte: »Erschrecken Sie nicht, wenn Sie jemanden oben auf dem Plateau sehen. Ich habe ein paar meiner Jungs hinaufgeschickt, damit sie Ausschau halten.«

Wie Cyrus hatte auch ich beschlossen, einige Vorsichtsmaßnahmen zu treffen. Trotz Emersons heftigem Widerspruch (auf den ich natürlich nicht achtete), da meine Maßnahme ihn eine Arbeitskraft kostete, hatte ich Selim, Abdullahs jüngsten Sohn, am gegenüberliegenden Ende des Wadis Stellung beziehen lassen. Selim war Ramses bester Freund, ein hübscher Junge von kaum sechzehn Jahren. Ich hatte gezögert, ihm diese Aufgabe anzuvertrauen, da ich die Neigung der Jugend zum Leichtsinn kenne. Ich hatte mich erst dazu bereit erklärt, als Abdullah mir versicherte, sowohl er als auch Selim würden sich in ihrer Ehre gekränkt fühlen, wenn ich dieses Angebot ablehnte. Also ermahnte ich den Jungen so nachdrücklich wie möglich und sagte ihm, seine Rolle sei die eines Beobachters. Es wäre ein Zeichen des Versagens, wenn er einen Angriff unternähme. »Versteck' dich«, wies ich ihn an. »Falls du etwas Verdächtiges siehst, feure einen Warnschuß ab, aber schieß auf niemanden! Wenn du nicht beim Propheten schwörst, meine Befehle zu befolgen, Selim, werde ich einen anderen schicken.«

Selim schwor, die großen, braunen Augen mit den langen Wimpern weit aufgerissen. Mir gefiel es gar nicht, wie genußvoll er mit der Flinte hantierte, aber Abdullah platzte fast vor väterlichem Stolz, was mir keine große Wahl ließ. Ich hoffte nur, daß Mohammed und kein Reporter von der *London Times* sein Ziel wäre, falls er auf jemanden schießen sollte.

Nicht einmal Kevin O'Connell, den ich selbstverständlich immer noch erwartete, hätte ich das gegönnt. Ich war überrascht, daß er uns bis jetzt noch nicht aufgespürt hatte.

Als wir an diesem Abend, erschöpft von den Strapazen in der Hitze und trockenen Luft der Grabkammer, zum Lager zurückkehrten, fand ich Selim wartend vor. Ich hatte ihn angewiesen, mir bei Sonnenuntergang Bericht zu erstatten. Nicht einmal um Emerson zu beschützen, hätte ich einem so leicht zu erregenden Knaben gestattet, seine gefährliche Aufgabe nach Einbruch der Dunkelheit zu versehen, wenn – wie alle Ägypter wissen – Dämonen und Geister aus ihren Verstecken kommen. Selims Gesicht leuchtete vor Ehrfurcht, und er konnte es kaum erwarten, mir die Neuigkeiten mitzuteilen.

»Er ist gekommen, Sitt, wie du vorausgesagt hast – der Mann, auf den deine Beschreibung paßt. Du bist wirklich eine große Zauberin! Er sagte, er habe dir nichts von seiner Ankunft gesagt, aber du würdest dich freuen, ihn zu sehen. Er sagte, er sei ein Freund. Er sagte …«

»Er hat versucht, dich zu überreden – oder zu bestechen? –, damit du ihn durchläßt«, meinte ich und bestätigte dadurch in den Augen dieses unschuldigen jungen Menschen meinen Ruf, übernatürliche Kräfte zu besitzen. »Hat er eine Nachricht hinterlassen, wie ich – wie meine Zauberkräfte vorausgesagt haben?«

»Die Sitt sieht und weiß alles«, sagte Selim ehrfürchtig.

»Danke, Selim«, erwiderte ich und nahm das gefaltete Papier, das er mir reichte. »Nun ruh' dich aus. Du hast heute die Arbeit eines Mannes geleistet.«

Bertha war am Morgen bei bester Gesundheit aufgewacht, obwohl sie sich den restlichen Tag über benommen und müde fühlte. Bei unserer Rückkehr hatte sie sich sofort ins Zelt zurückgezogen, doch als ich hereinkam, erhob sie sich und schlüpfte hinaus. Ich machte keinen Versuch, sie zurückzuhalten. Dann setzte ich mich auf die Bettkante und entfaltete das Schreiben, das an Ort und Stelle verfaßt worden sein mußte, denn die Schrift war so unregelmäßig, daß sicherlich eine steinige Oberfläche als Unterlage gedient hatte. Doch diese Schwierigkeit hatte Kevin nicht daran gehindert, sich wortreich auszudrücken, und auch seinem überschäumenden irischen Charme nichts anhaben können.

Nach den üblichen blumigen Komplimenten fuhr er fort:

Ich freue mich mit einer Begeisterung, die ich kaum in Worte fassen kann, darauf, meine Bekanntschaft mit Ihnen und dem Professor zu erneuern. Außerdem möchte ich Sie zu dieser weiteren, wundersamen Rettung beglückwünschen. Ich freue mich so darauf, Sie beide wiederzusehen, daß ich ein ›Nein‹ nicht als Antwort hinnehmen würde. Ich habe mich in einem hübschen, kleinen Sommerhaus eingerichtet, das jemand (darf ich hoffen, daß Sie es in Erwartung meiner Ankunft waren?) freundlicherweise nicht weit vom Eingang zu diesem Tal erbaut hat. Einer der Dorfbewohner hat sich bereit erklärt, mich täglich mit Lebensmitteln und Wasser zu versorgen, also wird es mir an nichts fehlen. Allerdings bin ich, wie Sie wissen, ein ungeduldiger Mensch. Lassen Sie mich nicht zu lange warten, sonst gerate ich noch in Versuchung, meinen Hals zu riskieren, indem ich vom Plateau aus zu Ihnen hinunterklettere.

Darauf folgten weitere Komplimente. Es war das letzte Wort – ein unverschämtes »À bientôt« –, das mir einen entrüsteten Ausruf entlockte, den ich bis dahin unterdrückt hatte.

»Verdammt!« schrie ich.

Berthas Gesicht erschien im Zelteingang. Ihre Augen über dem Schleier waren vor Entsetzen geweitet. »Ist etwas geschehen? Kommt dieser Brief von … von ihm?«

»Nein, nein«, beruhigte ich sie. »Nichts ist geschehen – nichts, das dich betrifft. Du mußt nicht draußen bleiben, Bertha, obwohl ich deine Höflichkeit zu schätzen weiß.« Ich faltete das Schreiben zusammen, legte es in meine Schachtel und ging hinaus, um mir das staubige und nun noch mehr erhitzte Gesicht mit Wasser abzuspritzen.

An diesem Abend beteiligte ich mich nicht so angeregt an dem Gespräch am Lagerfeuer, wie es sonst meine Gewohnheit ist. Ich grübelte darüber nach, wie ich mit Kevin sprechen und ihn abwimmeln sollte. Ohne Zweifel würde er, wenn ich einem Gespräch mit ihm auswich, seine Drohung in die Tat umsetzen. Und wenn er sich nicht beim Herumklettern in den Felsen den Hals brach, würde ihn wahrscheinlich einer von Cyrus' Wachmännern erschießen. Eine weniger anständige Frau hätte das möglicherweise als ideale Lösung empfunden, aber ich konnte mich mit einem derart abstoßenden Gedanken nicht anfreunden. Außerdem bestand immer noch die Aussicht, daß Kevin den Wachen entschlüpfte und den Abstieg bewältigte, ohne Schaden zu nehmen.

Ich mußte ihn sehen und mit ihm sprechen, und ich hoffte, ein Appell an die Sympathie, die er angeblich für mich empfand, würde ihn dazu bringen, uns in Ruhe zu lassen. Vielleicht würde auch eine kleine Bestechung in Form zukünftiger Interviews zum gewünschten Ergebnis führen. Aber wie sollte ich allein und ohne Beschützer Verbindung zu ihm aufnehmen? Cyrus würde darauf bestehen, mich zu begleiten, wenn er wüßte, was ich vorhatte. Und Cyrus' kritische Blicke würden die freundschaftliche und vertrauliche Stimmung stören, die für meinen Erfolg unabdingbar war.

Ich beschloß, während der Mittagsruhe aufzubrechen. Den langen und schwierigen Marsch in der Dunkelheit zu wagen, wäre Leichtsinn gewesen, und in der Arbeitszeit konnte ich mich nicht unbemerkt aus dem Staub machen. Für gewöhnlich dauerte die Mittagsruhe zwei bis drei Stunden. Es bestand keine Hoffnung, zurückzusein, ehe meine Abwesenheit entdeckt wurde, denn die Entfernung betrug etwa viereinhalb Kilometer. Doch falls es mir gelang, die Angelegenheit mit Kevin zu klären, ehe die anderen mich aufstöberten, hatte ich mein Ziel erreicht. Ich kam zu dem Schluß, daß es einen Versuch wert wäre. Außerdem drohte mir keine Gefahr; schließlich bewachte Selim den Eingang zum Wadi.

Nachdem ich diesen Entschluß gefaßt hatte, widmete ich mich mit gutem Appetit dem Abendessen. Wie ich beobachtete, musterten die anderen argwöhnisch jeden Bissen, ehe sie ihn in den Mund steckten, doch ich hatte mir gesagt, daß man nicht zweimal zum gleichen Trick greifen würde, nachdem ein Versuch erst gestern fehlgeschlagen war.

Diese Einschätzung erwies sich als richtig. Ich wachte in der Nacht mehrere Male auf, verspürte aber nur die übliche Schläfrigkeit, ehe ich wieder einschlummerte. Auch Bertha wälzte sich herum, was mich in meiner Meinung bestätigte.

René und ich arbeiteten den ganzen Tag in der Säulenhalle (der Grabkammer), denn ich lasse mich nie durch Grübeleien von meinen archäologischen Pflichten ablenken. Wir waren fast mit der hinteren Wand fertig, deren unterer Teil erst genau kopiert werden konnte, nachdem der Felsboden freigelegt worden war. Beim Mittagessen wies ich Emerson darauf hin.

»Ich nehme nicht an, Sie wollen, daß die Arbeiter Staub aufwirbeln, während Sie die Kopien anfertigen«, meinte er. »Sparen wir uns das für später auf. Soweit ich weiß, haben Sie noch drei Wände und vier Seiten von zwei Säulen vor sich.«

René machte ein bedrücktes Gesicht. Er hatte auf ein oder zwei freie Tage gehofft, während die Hilfskräfte das Geröll fortschafften.

Ich hatte mit dem Gedanken gespielt, beim Mittagessen etwas Laudanum in den Tee zu geben, damit wirklich alle tief und fest schliefen und ich mich davonschleichen konnte. Allerdings kam mir das unsportlich vor, weshalb ich nur etwas in Berthas Tasse träufelte.

Sie schlief fast auf der Stelle ein. Obwohl ich darauf brannte, loszulaufen, weil Zeit das allerwichtigste war, zwang ich mich, noch eine Weile liegenzubleiben, bis ich mir sicher sein konnte, daß auch die anderen ihr in Morpheus Arme gefolgt waren. Als ich da lag und sie beobachtete, mußte ich mich fragen, was die Zukunft für eine solche Frau bereithielt. Welche Gedanken, welche Ängste, welche Hoffnungen verbargen sich hinter dieser glatten, weißen Stirn und diesen geheimnisvollen, dunklen Augen? Sie hatte sich mir nie geöffnet und auch meinen Versuch, ihr Vertrauen zu gewinnen, widerstanden. Allerdings hatte ich sie bereits in angeregtem Gespräch mit René und einige Male auch mit Charles beobachtet. Selbst Emerson war es gelungen, ihr gelegentlich, wenn auch selten, ein helles Lachen zu entlocken. Einige Frauen kommen nicht mit ihren Geschlechtsgenossinnen aus, aber das konnte nicht der Grund sein, warum sie sich mir gegenüber so verschloß, denn sie schien sich auch vor Cyrus zu fürchten – der, wie ich zugeben muß, auch keinen Hehl aus seiner Abneigung gegen sie machte. War sie immer noch die willfährige Sklavin des Mannes, der sie mißhandelt hatte? Hatte sie uns das Schlafmittel ins Essen geschüttet?

Sie lag da und hatte mir den Rücken zugewandt. Ich erhob mich leise und beugte mich, getrieben von einem Impuls, den ich nicht erklären kann, über sie. Als ob mein eindringlicher Blick ihren Schlaf gestört hätte, rührte sie sich und murmelte etwas. Rasch fuhr ich zurück. Sie wurde wieder still. Es war Zeit, zu gehen.

Ehe ich mich ausstreckte, hatte ich meinen Gürtel abgelegt. So gern ich ihn auch mitgenommen hätte, er würde zu viel Lärm machen. Ich dankte dem Himmel und meiner eigenen Voraussicht für meine nützlichen Jackentaschen, in die ich einige wichtige Utensilien verteilte. Das wichtigste, ein handliches, kleines Messer, ermöglichte es mir, das Zelt ohne Schwierigkeiten zu verlassen. Nachdem ich einen langen Schlitz in die Zeltwand geschnitten hatte, steckte ich das Messer ein, nahm meinen Sonnenschirm und ging los.

Cyrus hatte mein Zelt in einigem Abstand von den anderen aufstellen lassen, um mir – rücksichtsvoll – soviel Privatsphäre zu ermöglichen, wie das Gelände gestattete. Das war nicht viel, denn das Wadi hatte an seiner breitesten Stelle nur einen Durchmesser von zwanzig oder dreißig Metern. Mein Zelt stand mit dem Rücken zu einer Geröllhalde, die in die Klippen überging. Die Stiefel in der Hand, schlich ich daran entlang. Selbst unsere ägyptischen Freunde trugen hier Sandalen, denn die dicke Hornhaut, die sich durch jahrelanges Barfußlaufen an ihren Fußsohlen gebildet hatte, bot nicht genügend Schutz gegen die scharfkantigen Steine, die den Boden des Tals bedeckten. Meine dicken Strümpfe nützten mir nichts, doch ich wagte nicht, die Stiefel anzuziehen, bis ich nicht einige Entfernung zurückgelegt hatte und, durch Felsvorsprünge abgeschirmt, vom Lager aus nicht mehr gesehen werden konnte.

Es war sehr heiß und ganz still.

Nur die steile, lockere Geröllhalde am Fuße der Klippen lag im Schatten. Da Eile geboten war, mußte ich dem Pfad folgen, der sich zwischen den Felsbrocken hindurchschlängelte. Wäre ich nicht so in Zeitnot gewesen, hätte ich diesen Spaziergang genossen, denn zum erstenmal seit vielen Tagen war ich allein.

Natürlich hielt ich meinen Sonnenschirm fest in der Hand und beobachtete mit scharfem Auge die Umgebung. Allerdings war ich eher dazu geneigt, meinem sechsten Sinn zu vertrauen, der mich stets vor drohender Gefahr warnt. Menschen wie ich, die ein feines Gespür für die Atmosphäre haben und auch schon des öfteren zum Ziel gewalttätiger Übergriffe geworden sind, entwickeln diesen sechsten Sinn bis zur höchsten Vollendung. Bis jetzt hatte er mich selten im Stich gelassen.

Ich kann mir nicht erklären, warum er diesmal versagte. Zweifellos deshalb, weil ich damit beschäftigt war, meine Ansprache an Kevin vorzubereiten. Die Männer mußten schon einige Zeit reglos gelauert haben, denn ich hätte es sicherlich gehört, wenn jemand den Abhang hinuntergeklettert wäre.

Sie verließen ihr Versteck erst, nachdem ich den ersten von

ihnen passiert hatte. Deshalb war mir, als sie gleichzeitig auftauchten, der Rückzug abgeschnitten. Ein Mann sprang aus einem Loch hinter mir hervor; zwei weitere erschienen vor mir. Mit ihren Turbanen und den schmutzigen Gewändern sahen sie einander sehr ähnlich, aber ich erkannte einen von ihnen. Offenbar war Mohammed doch nicht geflohen, und die Art, in der er mich angrinste, gefiel mir gar nicht.

Die Felswände waren von unzähligen Löchern und Spalten zerklüftet, und einige der Gesteinsbrocken waren so groß, daß sie nicht nur einem, sondern mehreren Männern Schutz bieten konnten. Gegen wie viele Feinde würde ich mich zur Wehr setzen müssen? Ich umfaßte meinen Sonnenschirm fester und ging die verschiedenen Möglichkeiten in einer Geschwindigkeit durch, die mein gemessener Schreibstil niemals wiedergeben könnte.

In irgendeine Richtung zu fliehen, wäre närrisch gewesen. Ich konnte das Geröll nicht rasch genug hinaufklettern, um meine Verfolger abzuhängen. Zudem wäre ich durch rasche Flucht geradewegs zweien meiner Gegner in die Arme gelaufen, die langsam auf mich zukamen. Rückzug – nicht Flucht, sondern ein durchdachtes, besonnenes Ausweichmanöver – und zwar nach Osten, die Richtung, aus der ich gekommen war, erschien mir am aussichtsreichsten. Wenn ich nur den einen Mann loswerden konnte, der mir den Weg versperrte …

Doch als ich den Sonnenschirm in die linke Hand nahm und nach meiner Pistole griff, wurde diese Hoffnung durch das Poltern und Knirschen von Steinen zunichte gemacht. Vom Osten her kam mit beachtlicher Geschwindigkeit ein weiterer Mann seinen Spießgesellen zur Hilfe. Wie ich befürchtete, waren meine Chancen gering, zwei Männer kampfunfähig zu machen oder ihnen zu entrinnen. Eine Handfeuerwaffe ist nicht sehr treffsicher, wenn sie nicht aus unmittelbarer Nähe eingesetzt wird. Und ich würde beim Schießen rennen müssen. Allerdings blieb mir keine andere Wahl.

Als der zweite Mann in mein Blickfeld kam, erstarrten meine Finger am Lauf der Pistole (die sich unerwarteterweise in meiner Tasche gedreht hatte). Vor Erstaunen war jeder Muskel meines Körpers wie gelähmt. Der Mann war Emerson. Barhäuptig und mit gerötetem Gesicht eilte er auf mich zu.

»Laufen Sie los, verdammt!« brüllte er und warf sich auf den überraschten Ägypter, der mit flatternden, schmutzigen Gewändern zu Boden stürzte.

Ich nahm an, daß dieser Befehl mir galt, und der Augenblick eignete sich nicht, um sich über die rüde Ausdrucksweise zu beschweren. Emersons plötzliches Erscheinen und sein sofortiges Handeln hatten unter unseren Gegner momentane Verwirrung ausgelöst. Also fiel es mir nicht schwer, den Mann, der mir am nächsten stand, abzuhängen. Doch sie waren mir bald dicht auf den Fersen, und als Emerson meine Hand ergriff und mich eilends hinter sich her zerrte, konnte ich das nur gutheißen. Allerdings wünschte ich, er hätte seine Vorbehalte gegen Feuerwaffen überwinden können. Besonders in diesem Augenblick wäre eine Flinte äußerst nützlich gewesen.

Bis zum Lager waren es noch mehr als anderthalb Kilometer, und ich ging davon aus, daß uns die Gegner noch vorher einholen würden. War Emerson allein gekommen? Oder nahte Hilfe? Fragen schossen mir durch den Kopf, aber ich war zu sehr außer Atem, um sie auszusprechen. Das hätte wahrscheinlich auch nicht viel genützt, denn Emerson war sicherlich nicht in der Laune, sich auf eine Erörterung einzulassen. Nachdem wir einen Felsvorsprung umrundet hatten, wandte er sich plötzlich nach rechts, packte mich um die Taille und schubste mich auf den Geröllhang. »Laufen Sie weiter!« keuchte er und verlieh diesem Vorschlag mit einem kräftigen Klaps auf das dazu geeignete Körperteil Nachdruck. »Durch diese Felsspalte. Schnell!«

Als ich aufblickte, sah ich die Felsspalte, die er meinte – ein schwarzes, schartiges Loch in den Klippen. Es war annähernd dreieckig und verengte sich zu einem Riß, der in einem scharfen Winkel bis zur Spitze des Abhangs reichte. Nur an seiner breitesten Stelle war es groß genug, um einen Menschen durchzulassen. Ich quetschte mich – weniger mit eigener Kraft als mit Emersons Hilfe, der mich von hinten anschob – hindurch. Obwohl mir die Aussicht, mich in ein schwarzes Loch fallen zu lassen, ohne zu wissen, was dahinter lag, nicht sonderlich zusagte, wehrte ich mich nicht. Die Alternativen waren um einiges weniger anziehend.

Ein wenig unsanft landete ich etwa zwei Meter unter der Öffnung der Felsspalte auf einem steinigen Untergrund, der mit Kieseln und anderen Gegenständen bedeckt war, die sich schmerzhaft in meine Handflächen bohrten. Als ich mich aufrappelte, hörte ich einen Schrei, gefolgt vom Krachen fallenden Gesteins. Ich schloß, daß Emerson einen der Verfolger ins Gesicht getreten haben mußte. Die Verwirrung, die darauf folgte, gab ihm Gelegenheit, sich würdevoller in das Loch hinabzulassen, als mir das zuvor gelungen war. Mit den Füßen voran kam er neben mir auf dem Boden auf, und für eine Weile war nur sein atemloses Keuchen zu vernehmen.

Die Höhle, in der wir standen, war ziemlich klein. Direkt hinter uns ragten die Felswände steil empor. Der Raum war nicht viel mehr als zwei Meter breit, doch an den regelmäßig behauenen Seitenwänden erkannte ich, daß es sich um den Eingang zu einem der Gräber handeln mußte, die Emerson erwähnt hatte.

Emerson bekam wieder Luft. »Wo ist Ihre lächerliche Pistole?« lautete seine erste Frage.

Ich zog sie aus der Tasche und reichte sie ihm. Er streckte den Arm durch die Öffnung und drückte dreimal ab.

»Warum verschwenden Sie Kugeln?« wollte ich wissen. »In der Waffe sind nur sechs, und Sie haben nicht einmal …«

»Ich versuche, Hilfe herbeizuholen«, antwortete er barsch.

Hilfe holen gehört nicht zu den Dingen, die Emerson häufig tut. Doch in diesem Fall war es das einzig Vernünftige. Der Eingang zur Höhle – oder zum Grab – war so eng und ungünstig gelegen, daß unsere Gegner nur einzeln hindurchsteigen konnten – womit sie das Risiko eingingen, daß Emerson einen nach dem anderem auf den Schädel schlug. Allerdings konnten wir die Höhle auch nicht verlassen, solange sie draußen auf uns warteten. Emerson hatte sich – ausnahmsweise – ins Unvermeidliche gefügt, aber das sagte ihm offensichtlich gar nicht zu.

»Oh«, sage ich. »Dann sind Sie also allein gekommen?«

»Ja«, erwiderte Emerson ganz leise. Dann erhob sich seine Stimme zu einem ohrenbetäubenden Brüllen: »Sie närrisches Frauenzimmer! Welcher Teufel hat Sie geritten, so einen Unfug zu machen?«

Ich wich zurück, kam jedoch nicht weit. Emersons Hand schoß vor und packte mich bei der Schulter. Er schüttelte mich, wie ein Terrier eine Ratte beutelt, und brüllte dabei immer weiter. Da das Echo seine Worte verzerrte, waren sie einigermaßen unverständlich, aber ich begriff, worauf er hinauswollte.

Ich glaube nicht, daß ich Emerson geschlagen hätte, wäre mein Kopf nicht durch sein heftiges Schütteln – ganz gewiß unabsichtlich – unsanft mit der Wand hinter mir in Berührung gekommen. Bei der Flucht hatte ich meinen Hut verloren, und meine Frisur hatte sich gelöst, so daß nichts den Stoß dämpfte. Es schmerzte so unbeschreiblich, daß meine Hemmungen, ihm weh zu tun, mit einemmal wie weggeblasen waren. Trotzdem hätte ich es nicht getan, wäre ich nicht (aus verschiedenen Gründen) in einem Zustand höchster, gefühlshafter Erregung gewesen. Abgesehen von spielerischen Balgereien, die allerdings anderer Natur (und daher für meine Geschichte nicht von Belang) sind, habe ich Emerson noch nie weh getan. Es hätte die Regeln der Fairneß verletzt, einen wehrlosen Gegner zu schlagen. Ganz sicher hatte ich ihn nicht ins Gesicht treffen wollen. Doch mein kräftiger Hieb landete genau auf seiner verpflasterten Wange.

Die Wirkung war bemerkenswert. Emerson schnappte voll Schmerz (und wie ich annahm, voll Wut) nach Luft. Mit einem

Arm umfaßte er meine Schulter, der andere lag um meine Rippen. Dann zog Emerson mich an sich und preßte seine Lippen auf die meinen.

Noch NIE hatte er mich so geküßt. Durch die stählerne Kraft seines Armes und den Druck seines Mundes wurde mir der Kopf so weit zurückgebogen, daß ich dachte, jeden Augenblick würde mir das Genick brechen. Zwischen der unnachgiebigen Mauer und Emersons muskulösem Körper wurde ich wie in einem Schraubstock zerquetscht. Infolge der ständigen Übung und der eingehenden Beschäftigung mit dem Küssen hatte sich Emersons natürliche Begabung auf besagtem Gebiet vervollkommnet, doch er hatte mich noch nie AUF DIESE WEISE geküßt (und ich hoffe, daß er auch noch KEINEN ANDEREN MENSCHEN jemals so geküßt hat). Meine Sinne wurden nicht sanft umworben, sondern jäh überfallen, überwältigt und roh erobert.

Als er mich endlich losließ, wäre ich ohne die Wand, an die ich mich lehnte, wohl zu Boden gesunken. Nachdem das Rauschen in meinen Ohren nachgelassen hatte, hörte ich Stimmen, die besorgt nach uns riefen. Am deutlichsten konnte ich eine ausmachen, die ich für die von Cyrus hielt, denn sie schrie meinen Namen. Sonst hätte ich sie wohl auch nicht erkannt.

»Hier sind wir!« brüllte Emerson durch die Öffnung. »Uns ist nichts geschehen. Wenn Sie sich vor das Loch stellen, hebe ich Miss Peabody hinaus.«

Dann wandte er sich mir zu. »Verzeihen Sie mir«, sagte er leise. »Diese Handlung war eines Gentlemans – für den ich mich trotz meines zuweilen exzentrischen Benehmens halte – unwürdig. Ich gebe Ihnen mein Ehrenwort, daß so etwas nie wieder vorkommen wird.«

Ich war zu erschüttert, um zu antworten – was wahrscheinlich auch das beste war. Denn sonst hätte ich ausgesprochen, was ich gerade dachte: »Oh, doch, es wird wieder vorkommen – solange ich noch ein Wörtchen mitzureden habe.«

12. Kapitel

»Wenn ein Mann bei Ihnen zu Hause eine Erfrischung zu sich genommen und es sich in einem Sessel Ihres Wohnzimmers bequem gemacht hat, werden Sie ihn wahrscheinlich nicht mehr so leicht in einen Teich stoßen.«

Mir blieb nichts anderes übrig, als Cyrus reinen Wein einzuschenken.

»Ich mußte mich mit Kevin O'Connell treffen«, erklärte ich. »Ich habe Ihnen ja gesagt, daß er auftauchen würde, und ich hatte recht. Selim überbrachte mir gestern eine Nachricht von ihm.«

Ich saß auf einem Klappstuhl und trank Tee, denn ich meinte, eine kleine Stärkung verdient zu haben. Emerson war natürlich sofort wieder an die Arbeit gegangen. Cyrus war ihm nicht gefolgt; er lag wie ein gefallener Krieger mir zu Füßen auf dem Teppich, das Gesicht in den Armen vergraben.

Ich stubste ihn sanft mit dem Fuß an. »Was Sie brauchen«, sagte ich, »ist eine schöne heiße Tasse Tee.«

Cyrus dreht sich herum und setzte sich auf. Sein Gesicht war immer noch ziemlich rot, obgleich die ursprüngliche Zornesröte ein wenig gewichen war. »Alkohol war noch nie mein Fall«, sagte er in bemüht ruhigem Ton. »Doch allmählich begreife ich, wie ein Mann zum Trinker werden kann. Verschonen Sie mich mit Ihrem verdammten Tee! Wo ist die Flasche mit dem Brandy?«

Er scherzte natürlich nur. Ich reichte ihm eine Tasse Tee. »Seien Sie so gut und geben Sie mir einen Rat, Cyrus. Was soll ich mit Kevin tun?«

»Amelia, Sie sind die schlimmste ... Sie haben einen beispiellosen ... Sie – Sie ...«

»Dieses Thema haben wir bereits erörtert, Cyrus. Ich sagte bereits, es täte mir leid, daß ich Ihnen Kummer bereitet habe, aber wie Sie sehen, hat sich alles zum besten entwickelt. Wir haben Mohammed dingfest gemacht! Ein Feind weniger! Und sobald seine gebrochene Nase geheilt ist, können wir ihn verhören und herausfinden, wer ihn angeheuert hat.«

»Einer weniger«, meinte Cyrus düster. »Wie viele bleiben dann noch? Wenn Sie weiterhin solche Risiken eingehen, um die übrigen zu erwischen, bekomme ich vor Aufregung noch einen Herzinfarkt. Ihre Lippe blutet schon wieder, meine Liebe, ich kann gar nicht hinsehen.«

»Der heiße Tee muß wohl die Wunde aufgebrochen haben«, murmelte ich unter der Serviette, die ich mir an den Mund drückte. »Es ist keine Verletzung, die ich mir im Schlachtgetümmel zugezogen habe, wissen Sie, nur eine ... eine aufgebissene Lippe.«

Eine Weile schwiegen wir beide und hingen – dessen bin ich mir sicher – ganz unterschiedlichen Gedanken nach. Dann gab ich mir einen kleinen Ruck und sagte energisch: »Wenn wir jetzt bitte zum Thema Kevin zurückkehren könnten ...«

»Ich würde diesem jungen Schurken am liebsten den Hals umdrehen«, murmelte Cyrus. »Wenn er nicht gewesen wäre ... Schon gut, Amelia, schon gut. Wo steckt er, und was soll ich für Sie tun?«

Ich erklärte ihm die Lage. »Und nun«, schloß ich, »machen wir uns am besten gleich auf den Weg.«

»Jetzt?« rief Cyrus aus.

»Sicher. Wenn wir uns beeilen, können wir vor Einbruch der Dunkelheit wieder zurück sein. Ich erwarte zwar nicht, daß so bald ein weiterer Angriff stattfindet. Die Männer, die entkommen sind, haben wohl kaum Zeit gehabt, über ihren Fehlschlag Bericht zu erstatten. Aber es ist schwierig, den Weg im Dunkeln zurückzulegen.«

Mit einem schicksalsergebenen Lächeln setzte Cyrus die Tasse ab und erhob sich. »Wollen Sie Emerson Bescheid sagen?«

»Nein, warum sollte ich? Ich bin mir sicher, daß er Ihnen bereits eingeschärft hat, mich nicht aus den Augen zu lassen.«

»Das war gar nicht nötig«, sagte Cyrus, der nun nicht mehr lächelte. Weiter brauchte er nichts zu sagen; sein energischer Blick und die fest aufeinandergepreßten Lippen bekundeten Entschlossenheit. Daß er sich den Spitzbart abrasiert hatte, war zweifellos zu seinem Vorteil. Er erinnerte mich an jene unbezwingbaren, wortkargen Sheriffs, von denen man in amerikanischen Romanen liest.

Er verließ mich, nachdem er versprochen hatte, in fünf Minuten aufbruchsbereit zu sein. So viel Zeit benötigte ich nicht. Ich räumte das Teeservice beiseite und schnallte mir den Gürtel um. Dann holte ich aus meiner Jackentasche den kleinen Gegenstand, auf den ich gestoßen war, als ich mit den Händen den steinigen Boden des Grabes abgesucht hatte. Langjährige Erfahrung hat meinen Tastsinn geschult; an der Form erkannte ich, daß es sich nicht um einen Stein, sondern um einen von Menschenhand geschaffenen Gegenstand handelte. Und mein ebenso geschulter Instinkt hatte mich dazu bewogen, ihn in meine Tasche gleiten zu lassen.

Es war die Fassung eines Rings aus billiger Fayence, ähnlich derjenigen, die ich in dem Handwerkerdorf und auch schon anderswo gefunden hatte. Manche trugen den Namen des herrschenden Pharaos, andere waren mit Bildnissen verschiedener Götter geschmückt, so auch dieser. Das Bild stellte Sobek dar – den Gott in Krokodilsgestalt.

*

Diesmal wurde ich nicht nur von Cyrus, sondern auch von zwei seiner Männer begleitet. Alle trugen Flinten bei sich. Das war, wie ich dachte, eine überflüssige Vorsichtsmaßnahme, doch Männern gefällt es nun einmal, bewaffnet herumzuspazieren und ihre imaginären Muskeln spielen zu lassen. Also sah ich keinen Grund, ihnen dieses harmlose Vergnügen zu verderben. Wie ich erwartet hatte, verlief unser Fußmarsch ereignislos, und nachdem wir Selim, der bei unserem Anblick aus seinem Versteck gekommen war, einen Gruß zugerufen hatten, durchschritten wir den Eingang des Wadi und gingen zu dem nicht weit entfernten kleinen Haus aus Lehmziegeln.

Kevin hatte es sich sichtlich gemütlich gemacht. Wir fanden ihn, wie er, in der einen Hand ein Glas, in der anderen eine Zigarette, vor dem Haus auf einer Satteltasche saß und in einem Schundroman schmökerte. Er tat so, als würde er lesen, bis wir fast unmittelbar vor ihm standen. Dann aber sprang er mit einem übertriebenen und unglaubwürdigen Ausdruck der Überraschung hoch.

»Es muß eine Fata Morgana sein – eine liebliche Vision wie die Huris im Paradies der Muselmanen! Einen wunderschönen Nachmittag wünsche ich Ihnen, meine liebe Mrs. Emerson.«

Als er auf mich zutrat, ließ die Sonne sein Haar glänzen und verlieh seinen gebräunten Wangen eine rötliche Färbung. Sommersprossen, Stupsnase, einschmeichelndes Lächeln und große blaue Augen fügten sich zu dem unwiderstehlichen Bild eines jungen irischen Gentleman zusammen – und erweckten in mir ein ebenso unwiderstehliches Bedürfnis. Ich gab mir nicht die geringste Mühe, dagegen anzukämpfen. Statt dessen ließ ich meinen Sonnenschirm auf seinen ausgestreckten Arm heruntersausen.

»Ich bin nicht Ihre liebe Mrs. Emerson, und dieser irische

Akzent ist genauso unecht wie die Beteuerungen Ihrer Freundschaft!«

Kevin fuhr zurück und rieb sich den Arm, und Cyrus, der sich ein Grinsen nicht verkneifen konnte, meinte: »Ich dachte, Sie wollten es mit sanfter Überzeugung versuchen. Wenn Sie vorhatten, dem Kerl eine Abreibung zu verpassen, hätte ich das auch für Sie erledigen können.«

»Ach du meine Güte«, sagte ich und ließ den Sonnenschirm sinken. »Ich fürchte, vor lauter Aufregung bin ich über das Ziel hinausgeschossen. Machen Sie nicht so ein Theater, Kevin, ich schlage Sie nicht mehr – sofern Sie mich nicht ärgern.«

»Ich werde mir die größte Mühe geben, das zu vermeiden«, erwiderte Kevin ernst. »Würde es Sie ärgern, wenn ich Ihnen einen Stuhl anböte – oder besser gesagt eine Satteltasche? Leider habe ich nicht genügend Sitzgelegenheiten für Ihr Gefolge.«

Cyrus hatte seinen Männern bereits befohlen, an beiden Seiten des kleinen Gebäudes Stellung zu beziehen, von wo aus sie in sämtliche Richtungen Ausschau halten konnten. »Ich stehe lieber«, meinte Cyrus kurz angebunden.

»Sie erinnern sich gewiß an Mr. Vandergelt«, wandte ich mich an Kevin und setzte mich auf den Platz, den er mir angeboten hatte.

»Ach ja, er kam mir gleich bekannt vor. Es ist bereits etliche Jahre her, und zuerst konnte ich ihn ohne seinen Spitzbart nicht einordnen. Guten Tag, Sir.« Er wollte ihm die Hand entgegenstrecken, doch Cyrus' eisiger Blick ließ ihn innehalten. »Und wie geht's dem Professor?« wollte Kevin wissen, während er sich mir zu Füßen niederließ.

»Vollständig genesen, hoffe ich, nach seinem ... äh ... Unfall?«

»Das schätze ich so an Ihnen, Kevin«, sagte ich. »Sie reden nicht um die Sache herum. Es war kein Unfall, wie Ihnen ja bekannt ist. ›Der Fluch der alten Götter Ägyptens‹ – so haben

Sie es wohl einmal genannt. Ihre Leser sind der Flüche bestimmt schon überdrüssig.«

»Ach ... ich meine, o nein, Ma'am. Das Publikum kann von Geheimnissen und Sensationen nie genug bekommen. Selbstverständlich wissen Sie und ich besser Bescheid, und wenn mir die Tatsachen bekannt wären, würde ich die Leser gern aufklären.«

Er rieb sich immer noch den Arm. Mir war klar, daß ein gebrochener Arm – ganz zu schweigen von einem nur leicht geprellten – in Kevins Augen nur ein geringer Preis für eine gute Geschichte war. Also ließ ich mich von seinem vorwurfsvollen Blick nicht beeindrucken.

»Ich verspreche Ihnen, daß Sie als erster die Tatsachen erfahren, sobald sie veröffentlicht werden können.«

Der gräßliche Mensch ließ einen entzückten Aufschrei vernehmen. »Aha! Es gibt also noch unbekannte Tatsachen. Versuchen Sie das nicht abzustreiten, Mrs. Emerson, und kauen Sie nicht auf Ihrer hübschen Lippe herum. Eine ganz bestimmte Sache, die die Vorstellungskraft der Leserschaft bestimmt beflügeln wird, ist mir bereits bekannt, denn ich habe einige Tage in Kairo verbracht und dort aufschlußreiche Gespräche mit einigen unserer gemeinsamen Freunde geführt.«

Das Vorspiegeln von Wissen ist eine alte Finte von Journalisten, mittels derer sie ihrem Opfer eine Bestätigung zu entlocken hoffen. Ich lachte leise. »Sie meinen vermutlich den Vorfall auf dem Ball. Das war ein dummer Scherz ...«

»Keine Ausflüchte, Mrs. Emerson. Ich spreche davon, daß der Professor sein Gedächtnis verloren hat.«

»Verdammt noch mal!« rief ich aus. »Die wenigen, die davon wissen, haben geschworen, Stillschweigen zu bewahren. Wer ...«

»Sie wissen doch, daß ich meine Quellen nicht preisgeben kann.« Er hatte mich nun in der Zange, und er wußte es. Sein breites Lächeln offenbarte die unverschämt gute Laune eines gemeinen irischen Kobolds.

Ich konnte mir gut vorstellen, wer – um es salopp auszudrücken – »nicht dichtgehalten« hatte. Der einzige gemeinsame Freund von Kevin und mir, der die Wahrheit kannte, war Karl von Bork. Mit anderen Archäologen pflegte Kevin keinen näheren Umgang, weil sie ihm zumeist feindselig gesonnen waren. Kevin und Karl kannten einander seit jenen Tagen in Baskerville House. Damals hatte Karl das Herz des Mädchens erobert, dem beide den Hof gemacht hatten. Und bestimmt war es für Kevin eine große Genugtuung gewesen, den intelligenten, aber weltfremden Deutschen dazu zu bringen, mehr zu verraten, als er verraten wollte.

Cyrus hatte schweigend zugehört, doch nun ergriff er das Wort: »Es wird spät, Amelia. Schicken Sie ihn fort oder erlauben Sie mir, ihn k.o. zu schlagen. Meine Leute können ihn hier solange gefangenhalten, bis Sie beschließen ...«

»Da soviel auf dem Spiel steht, würde ich eine solche Lösung nicht nur zulassen, sondern sie sogar unterstützen. Doch würde es mir mißfallen, wenn Cyrus um meiner ... um der Freundschaft willen ein Gerichtsverfahren und eine Menge unangenehmes, öffentliches Aufsehen riskierte. Ich würde sogar noch verwerflichere Taten begehen, wenn ich dadurch verhindern könnte, daß diese Neuigkeiten an die Öffentlichkeit gelangen. Wenn es nur möglich wäre, an Ihre Ehre zu appellieren! Aber ich fürchte, Sie haben gar keine. Wie gerne würde ich Ihrem Wort trauen, doch ich kann es nicht.«

Mit entschlossener Miene erhob ich mich. Cyrus legte die Flinte an.

»Er wird Sie nicht erschießen«, erklärte ich, als Kevin erschrocken aufschrie. »Zumindest glaube ich nicht, daß er es tun wird. Cyrus, sagen Sie ihren Männern, sie sollen ihn so schonend wie möglich behandeln. Ich werde ab und zu vorbeikommen, Kevin, und nachsehen, wie es Ihnen geht.«

Da erwies sich Kevin als der Mann, für den ich ihn immer gehalten hatte – trotz mancher Anzeichen, die auf das Gegenteil hinwiesen. Er lachte. In Anbetracht der Umstände wirkte diese Zurschaustellung unbekümmerter Heiterkeit ziemlich überzeugend.

»Sie haben gewonnen, Mrs. Emerson. Ich glaube zwar nicht, daß Sie es ernst meinen, doch ich will es lieber nicht darauf ankommen lassen. Was soll ich tun?«

Es gab wirklich nur eine Lösung. Wenn Kevin mir versprach, zu schweigen, würde er das – in diesem Augenblick – völlig aufrichtig meinen. Allerdings befürchtete ich, er würde wie Ramses – und wahrscheinlich die meisten anderen Menschen – eine faule Ausrede finden, um sein Versprechen zu brechen, wenn die Versuchung zu groß war. Daher mußte er unter Arrest gestellt werden, und das sicherste Gefängnis, das uns zur Verfügung stand, war das Königswadi selbst.

Ich mußte meinen Schritt verlangsamen, damit Kevin mithalten konnte; er war leider nicht so gut in Form, wie man eigentlich hätte erwarten können. Wäre ich nicht so wütend auf ihn gewesen, hätte ich ihm einen netten, kleinen Vortrag über die Vorteile der körperlichen Ertüchtigung gehalten. Statt dessen beschränkte ich mich auf wichtigere Themen, doch meine Worte fielen keineswegs freundlich aus. Ich schloß mit dem Hinweis, daß ich mein Lebtag nie wieder mit ihm sprechen würde, sollte er gegenüber Emerson auch nur ein Sterbenswörtchen verlauten lassen (denn ein pauschales Verbot erschien mir am einfachsten).

Der junge Mann blickte mich traurig an, und Schamesröte stieg ihm ins Gesicht. »Sie mögen es glauben oder nicht«, sagte er in artigem Ton und ohne den geringsten Anflug seines irischen Akzents, »doch es gibt Dinge, die so niederträchtig sind, daß nicht einmal ich sie tun würde. In unseren geistigen Scharmützeln sind wir einander würdige Gegner gewesen – und damit meine ich auch den Professor, der mich mindestens ebensooft lächerlich gemacht wie umgekehrt. Es war mir ein Vergnügen, meinen Verstand mit dem Ihren zu messen, und auch wenn Sie es vielleicht nicht zugeben, so erging es Ihnen sicherlich genauso. Doch wenn ich befürchten müßte, daß Sie durch mein Vorgehen schweren Schaden an Leib oder Seele erleiden würden, könnte keine Belohnung, so groß sie auch sei, mich dazu verleiten.«

»Ich glaube Ihnen«, sagte ich. Und in diesem Augenblick verhielt es sich auch so.

»Danke. Wie also wollen Sie«, fragte Kevin, wieder ganz der alte, »meine Anwesenheit erklären?«

»Das ist schwierig. Emerson wird sich vermutlich nicht mehr an Sie erinnern, doch seine Ansichten über Journalisten sind tief verwurzelt. Als Archäologe können Sie sich nicht ausgeben, denn Sie wissen nichts über Ausgrabungen.«

»Ich könnte vorgeben, mein Arm sei gebrochen«, schlug Kevin vor und warf mir einen vielsagenden Blick zu.

»Sie könnten zwei gebrochene Arme haben und ebenso viele gebrochene Beine. Emerson würde Sie dennoch ins Kreuzverhör nehmen, und es würde sich bald herausstellen, daß Sie keine Ahnung haben. Ah! Ich hab's! Das ist die Lösung!«

*

»Ein De-tek-tiv?« Bei jeder Silbe wurde Emersons Stimme lauter. »Wozu zum Teufel brauchen wir einen Detektiv?«

Da er diesen Ton angeschlagen hatte, mußte ich mir blitzschnell eine vernünftige Antwort einfallen lassen. Deshalb beschloß ich, ihn abzulenken.

»Man kann nicht behaupten, daß *Sie* große Fortschritte bei der Lösung unseres kleinen Geheimnisses machen. Außerdem werden diese ständigen Unterbrechungen allmählich zur Plage.«

Der Anblick, wie Emerson zu entscheiden versuchte, auf welche Herausforderung er zuerst eingehen sollte, war ein Hochgenuß. Eigentlich hatte ich damit gerechnet, ein Wortspiel mit dem Wort »Plage« – selbstverständlich angewendet auf mich – würde ihm am verlockendsten erscheinen. Aber offensichtlich hatte er auf die schnelle keine ausreichend bissige Bemerkung parat. Also begab er sich in die Defensive, was – wie ich ihm hätte sagen können – stets ein Fehler ist.

»Schließlich habe ich doch einen dieser Dreckskerle geschnappt, oder?«

»›Geschnappt‹ ist wohl kaum das richtige Wort. Sie hätten ihn nicht so fest treten dürfen. Solange seine Nase und sein Kiefer ruhiggestellt sind, kann er nicht verständlich reden, und darüber hinaus ...«

Emerson rollte die Augen, vollführte eine ärgerliche Handbewegung und stürmte davon. Kevin, der sich während des Wortwechsels vernünftigerweise in sicherer Entfernung gehalten hatte, kam herbei und nahm auf dem Teppich zu meinen Füßen Platz. »Er scheint ganz der alte zu sein. Sind Sie sicher, daß er ...«

»Ich sollte es doch am besten wissen. Vergessen Sie nicht, was ich Ihnen gesagt habe. Ein falsches Wort, und ich sorge dafür, daß Cyrus mit Ihnen so verfährt, wie er vorgeschlagen hat. Und denken Sie daran, mich Miss Peabody zu nennen.«

Es mag der Glanz der untergehenden Sonne gewesen sein, der die Züge des jungen Journalisten weicher erscheinen ließ, doch auch seine Stimme klang gedämpft, als er sagte: »Das tut wohl am meisten weh. Wie konnte er eine Frau wie Sie vergessen ...«

»Ich will kein Mitleid von Ihnen, Kevin. Ich will – ich bestehe darauf –, daß Sie mit mir zusammenarbeiten.«

»Das verspreche ich, Mrs. ... Miss Peabody. Ich nehme an, Sie haben nichts dagegen, wenn ich mich mit den anderen unterhalte – mit Abdullah zum Beispiel. Schließlich«, fügte er mit entwaffnender Offenheit hinzu, »erwartet man von einem Detektiv, der ich ja angeblich bin, daß er Leute befragt.«

Dieses Argument war überzeugend. Nun, da es zu spät war, wünschte ich mir, ich hätte mir für Kevin eine andere Rolle ausgedacht – zum Beispiel die eines schreibunkundigen Taubstummen. »Oh, welch ein verknäultes Netz wir weben, wenn wir uns dem Betrug hingeben!« Kevin nahm mein verblüfftes Schweigen als Zustimmung und trollte sich davon, die Hände in den Taschen und ein fröhliches Pfeifen auf den Lippen. Und ich dachte über diese neueste Verstrickung und ihre möglichen Folgen nach.

Kevin wußte also bereits über den einen Punkt Bescheid, an dessen Geheimhaltung mir am meisten gelegen hatte. Andere, gleichfalls wichtige Tatsachen schien er hingegen noch nicht zu kennen, und ich war fest entschlossen, um jeden Preis dafür zu sorgen, daß das auch so blieb. Auf die Geschichte der Verlorenen Oase würde sich Kevin stürzen wie ein Hund auf einen deftigen, wohlriechenden Knochen, denn auf diese Art von phantastischen Geschichten war er spezialisiert. Schon die kleinste Andeutung würde genügen, um ihn auf die Fährte zu locken. Er würde sich nicht um den richtigen Sachverhalt scheren, denn nach den Grundsätzen seines Gewerbes war Erfindung genausogut wie die Wahrheit. Rasch ging ich in Gedanken die Liste der Anwesenden durch, um mich zu vergewissern, daß niemand unter ihnen war, der etwas ausplaudern würde.

Emerson wußte nur das, was ich ihm über die Sache berichtet hatte, und er glaubte mir sowieso nicht. Wie dem auch sei, Kevin war gewiß der letzte, mit dem er das Thema erörtern würde. Die Verschwiegenheit von Cyrus stand für mich außer Zweifel. René und Charles waren nicht eingeweiht, ebensowenig Abdullah. Bertha behauptete weiterhin, ihr »Meister« habe ihr nichts erzählt. Falls sie log ... nun, auch in diesem Fall hatte sie reichlich Grund, sich mit Äußerungen zurückzuhalten. Denn wenn sie zugab, etwas zu wissen, wovon sie angeblich nie gehört hatte, würde sie sich selbst der Lüge überführen und das Geheimnis lüften, das ihr Meister ebensowenig der Öffentlichkeit preisgeben wollte wie wir.

Meine Erwägungen waren hieb- und stichfest. Dieser Sorge ledig (wären auch nur die anderen so leicht zu beseitigen gewesen!), machte ich mich auf den Weg, um nach meinem neuesten Patienten zu sehen.

Einer von Cyrus' Männern stand Wache vor dem Zelt, das für Mohammed aufgebaut worden war. Das wäre gar nicht nötig gewesen; der Kerl war so mit Laudanum vollgepumpt, daß er nicht einmal aufgesprungen wäre, wenn sein Bett in Flammen gestanden hätte. Ich vergeudete meine Medikamentenvorräte nur sehr ungern an ein solch verkommenes Subjekt. Allerdings hatte er unter heftigen Schmerzen gelitten, und selbst wenn das Mitleid meinen Zorn nicht besänftigt hätte, wäre es mir unmöglich gewesen, seine gebrochene Nase einzurichten, während er sich vor Pein krümmte und schrie. Sein Kiefer war meiner Meinung nach nur geprellt, aber weil ich nicht gänzlich sicher sein konnte, hatte ich ihn ebenfalls bandagiert.

Er bot einen schrecklichen Anblick, wie er dort auf einem Stapel Teppiche lag. Nicht einmal christliche Nächstenliebe und die moralischen Grundsätze des Berufsstandes, dem ich mich als formal unqualifizierte, aber talentierte Praktikerin zurechne, hätten mich dazu gebracht, sein zerlumptes, von Flöhen befallenes Gewand zu berühren oder seinen schmutzigen Körper zu waschen. Der Gipsverband an seiner Nase ragte in die Luft wie der seltsam anzusehende Schnabel eines Ungeheuers aus der Mythologie. Borstige schwarze Haare lugten kreuz und quer über und unter den Verbänden hervor, die fast die ganze untere Gesichtshälfte bedeckten. Unter den Augenlidern schimmerten weiße Schlitze. Der Mund stand weit offen und zeigte braune, verfaulte Zähne. Das Licht meiner Laterne warf Schatten, die die Häßlichkeit seines Gesichts noch betonten und die offene Mundhöhle aussehen ließen wie ein schwarzes Loch.

Ich fühlte ihm den Puls und horchte auf seine Atmung. Mehr konnte ich im Augenblick nicht tun. Nur die Zeit und eine gehörige Portion Glück würden meiner Methode zum Erfolg verhelfen. Ich betete aufrichtig um seine Genesung, doch leider muß ich sagen, daß christliche Nächstenliebe sehr wenig mit diesem Gebet zu tun hatte.

Als ich hinausging, war die Dämmerung bereits weit fortgeschritten. Im Licht der Laterne sah ich jedoch eine sich entfernende Gestalt. Das wehende Gewand verriet, um wen es sich handelte: Keiner der Männer bewegte sich so wie sie. Ich hatte nicht gehört, daß sie mit der Wache gesprochen hatte, also mußte sie umgekehrt sein, als sie mich im Zelt bemerkt hatte.

Ich eilte ihr nach. »Bertha! Warte, ich will mit dir sprechen. Was hattest du hier zu suchen?«

Sie nahm eine unterwürfige Haltung ein – die Hände gefaltet, den Kopf gesenkt. Mit leiser Stimme antwortete sie: »Ich wollte Ihnen helfen, den Mann zu pflegen, Sitt. Ich kann nicht viel tun, um meine Dankbarkeit zu zeigen, aber ich bin mit Frauenarbeit vertraut.«

Es war, als habe sie sich vorsätzlich von ihrem europäischen Erbe losgesagt. Ihre Stimme, ihr Verhalten und auch ihre Ausdrucksweise wurden mit jedem Tag ägyptischer. Natürlich fand ich das ziemlich ärgerlich.

»Es gibt *keine* Arbeit, die eine Frau nicht verrichten könnte«, sagte ich. »Darüber müssen wir beide uns irgendwann einmal unterhalten, Bertha. Im Augenblick kannst du mir am besten dadurch helfen, daß du weiterhin dein Gedächtnis durchforschst. Alles, woran du dich erinnerst, kann wichtig sein, auch wenn es dir nicht so vorkommt.«

»Ich versuche es, Sitt«, flüsterte sie.

»Und nenne mich nicht Sitt! Miss Peabody genügt, falls du meinen Vornamen nicht über die Lippen bringst. Komm jetzt. Der Verletzte benötigt nichts, was du ihm geben könntest.«

Ein leises Geräusch, das wie ein Lachen klang, entfuhr ihren Lippen. Ich schloß, daß es ein unterdrücktes Husten gewesen sein mußte, denn ich hatte nichts gesagt, was zur Erheiterung hätte Anlaß geben können.

Als wir uns zum Abendessen versammelten, hatte sich Kevin bereits bei René und Charlie eingeschmeichelt. Ich wußte nicht, wie ihm das bei René gelungen war, doch Charlies Herz hatte er dadurch gewonnen, daß er ihm seine Leidenschaft für Automobile gestand.

»Ihnen gehört die Zukunft!« rief er begeistert aus. »Der Verbrennungsmotor von Daimler …«

»Aber kennen Sie auch den Panhard?« unterbrach ihn Charlie. »Die Übertragung durch Schaltgetriebe …«

Sie unterhielten sich weiterhin über unverständliche Dinge wie Kupplungen und Gänge, während Bertha sich an Renés Schulter lehnte und Emerson uns alle gleichermaßen finster anblickte, und ich … ich sah Emerson an. Das schien ihn reichlich nervös zu machen, aber für mich war das kein Grund, damit aufzuhören.

Seit jenem aufregenden Ereignis im Grab hatte er kaum ein Wort mit mir gewechselt. Nur seine Wut über Kevins Erscheinen hatte dazu geführt, daß er sein Schweigen brach. Zuerst hatten mich seine Entschuldigung und das anschließende Verstummen ein wenig entmutigt. Auch ich habe romantische Züge und daher gehofft, daß diese leidenschaftliche Umarmung die Fesseln sprengen würde, die sein Gedächtnis gefangenhielten. Aber Dr. Schadenfreude hatte ja gesagt, daß dies unwahrscheinlich sei, er hatte mich sogar recht eindringlich vor einem solchen Vorgehen gewarnt. Offensichtlich hatte der Arzt recht behalten.

Als ich dann weiter über den Vorfall nachdachte, meinte ich, darin doch Grund zur Hoffnung zu erkennen. Vielleicht konnte man ihn als entscheidenen Fortschritt der Beziehung deuten, um deren Wiederherstellung ich mich – entsprechend der ärztlichen Anweisungen – bemühte. Inzwischen war Emerson mir gegenüber nicht mehr gleichgültig eingestellt – ich machte ihn wütend. Und nun nahm er mich zumindest soweit wahr, als er mir folgte und Risiken auf sich nahm, um mich zu retten. Daß er das gleiche für Abdullah oder jeden anderen der Männer getan hätte, räumte ich gern ein. Jedoch hätte ihn keine Erleichterung und kein Zorn der

Welt dazu gebracht, sich Abdullah gegenüber so zu verhalten, wie er es bei *mir* getan hatte.

Wie dem auch sei, der Kuß hatte vielleicht weniger zu bedeuten, als ich gehofft hatte. Wie ich sehr wohl wußte, ist Emerson ein heißblütiger Mensch. Die bloße Anwesenheit eines weiblichen Wesens, das zwar nicht unwiderstehlich schön zu nennen ist, aber immerhin von einigen Menschen als der Bewunderung wert befunden wurde, hatte vielleicht genügt, um bei einem Mann, der schließlich unter erheblicher, gefühlsmäßiger Anspannung stand, eine solche Reaktion auszulösen.

Darf ich es wagen, die Wahrheit zu gestehen? Ich sehe keinen Grund, der dagegen spräche, denn diese Aufzeichnungen wird niemand zu Gesicht bekommen, bis ich einen dafür würdigen Verleger finde (ein Unterfangen, das sich als unerwartet schwierig erweist), und auch dann erst nach einer gründlichen Überarbeitung. Ich hoffte und betete, Emerson möge sein Gedächtnis wiederfinden, doch was ich in Wirklichkeit zurückhaben wollte, war seine Liebe zu mir, ganz gleich, ob auf dem Wege der Erinnerung oder dadurch, daß ich sie von neuem entfachte. Die Verschmelzung zweier aufrichtiger Seelen auf der Grundlage gegenseitigen Vertrauens und Achtung vor dem anderen (und auch einer weiteren Anziehungskraft, deren Bedeutung ich keineswegs leugnen möchte) waren für mich das wichtigste im Leben. Ich würde einen Weg finden, diese Liebe wiederzuerlangen, und mir war jedes Mittel recht. Möglicherweise würde es ein wenig schwierig werden, einem Mann, der einem vermeintlich zum erstenmal einen Heiratsantrag machte, zu erklären, daß er bereits einen elfjährigen Sohn hatte. Allerdings würde es einen noch größeren Schock für ihn bedeuten, Ramses ohne Vorwarnung gegenüberzutreten, anstatt sich nach und nach an ihn zu gewöhnen. Aber ich war bereit, mit noch größeren Schwierigkeiten als diesen fertig zu werden, wenn nur …

So schwangen meine Empfindungen hin und her wie das

Pendel einer Uhr, mal nach oben, dann wieder nach unten. Ich war so in meinen Gedanken und die Betrachtung von Emersons herrlich finsterer Miene versunken, daß ich Cyrus erst bemerkte, als ein sanftes Hüsteln mich aufblicken ließ.

»Einen Penny für Ihre Gedanken«, sagte er. »Oder wieviel Sie dafür wollen. Ihrem Gesichtsausdruck nach scheinen Sie Kummer zu haben.«

»Ich bin nur etwas durcheinander«, erwiderte ich. »Aber keine Sorge, Cyrus, ich sage Ihnen, was mir im Kopf herumgeht. Sobald Mohammed wieder sprechen kann, sind wir der Lösung unserer gegenwärtigen Schwierigkeiten vielleicht einen Schritt näher. Es ist schade, daß Nase und Mund die volle Wucht des Tritts abbekommen haben.«

Emerson, der das Gespräch unverhohlen belauscht hatte, faßte das als weiteren, eindeutigen Vorwurf auf. Er blickte noch finsterer drein, erhob sich und stapfte davon.

»Bleiben Sie in der Nähe«, rief ich. »Das Essen wird gleich aufgetragen.«

Es folgte keine Antwort, nicht einmal ein Grunzen.

»Ich habe etwas, das Sie vielleicht aufmuntert«, sagte Cyrus. »Mein Diener hat wie üblich die Post abgeholt und heute abend die eben eingetroffenen Briefe mitgebracht.«

»Den ganzen weiten Weg?« Ich nahm das Päckchen, das er mir reichte. »Cyrus, Sie sind der fürsorglichste Mann, den es gibt.«

»Nun, ich dachte, Sie sind vermutlich ganz versessen darauf, zu erfahren, was sich im guten alten England tut. Und ich selbst bin auch ein wenig neugierig, also ...«

»Natürlich habe ich keine Geheimnisse vor Ihnen, Cyrus. Aber das Abendessen wartet. Ich glaube, ich werde den Brief erst danach lesen, denn er scheint recht lang zu sein. Und außerdem fürchte ich, daß er mir den Appetit verderben könnte.«

Aus Cyrus' verwundertem Blick schloß ich, daß er dies für ein Beispiel britischer Gefühlskälte hielt. In Wirklichkeit zögerte ich feige, Ramses' neueste literarische Ergüsse zu lesen, die wahrscheinlich ohnehin nur eine Reihe von Hiobsbotschaften enthielten, gegen die ich im Augenblick machtlos war. Wenn etwas Ernstes vorgefallen wäre, hätte Walter mir telegraphiert.

Nach einem Essen, bei dem niemand außer Kevin großen Appetit zu haben schien, gingen wir auseinander. Emerson hatte nicht am Abendessen teilgenommen; ich schloß daraus, daß er mit Abdullah und den anderen Männern gespeist hatte. Auf meine Einladung hin folgte mir Cyrus in mein Zelt.

In dem Päckchen befanden sich zwei Briefe aus Chalfont.

Auf dem einen erkannte ich Evelyns zierliche, gestochen scharfe Handschrift und beschloß, ihn mir als Belohnung nach Ramses' Schreiben aufzuheben – oder als Gegengift.

Liebste Mama, liebster Papa. Leider muß ich Euch mitteilen, daß Gargery noch immer kein Held ist. Wir haben jedoch nunmehr eine weitere Heldin.

Ich hätte nie gedacht, daß Tante Evelyn das Zeug dazu hat. Es war eine heilsame, wenngleich beschämende Erfahrung für mich und wird mich, wie ich hoffe, lehren, die falschen Klischeevorstellungen, die in unserer Gesellschaft über das Verhalten und den Charakter weiblicher Wesen verbreitet werden, noch entschiedener in Frage zu stellen. Ich hatte immer geglaubt, von solchen Vorurteilen frei zu sein, und mit Mama als Beispiel für untypisches Verhalten vor Augen hätte man das von mir auch erwarten dürfen. Wie seltsam der menschliche Geist doch funktioniert! Er scheint in der Lage zu sein, über jede Tatsache hinwegzugehen, die im Widerspruch steht zu seinen eigenen Bedürfnissen wie auch zu den vorgefaßten Meinungen, die so tief verankert und unbewußt festgefügt sind, daß sie nicht als irrational erkannt werden. Im kalten Licht der Vernunft betrachtet …

Ehe ich die Seite umblätterte – die mit dem zuletzt zitierten

Satz endete –, zwang ich mich zur Ruhe. Es hätte keinen Zweck gehabt, die Fassung zu verlieren, denn das Ziel meines Zorns befand sich außerhalb meiner Reichweite. Ramses mußte die Abhandlungen zur Psychologie gelesen haben, die zu studieren ich ihm strengstens untersagt hatte ... Hatte ich das wirklich? Zumindest hatte ich es im Sinn gehabt, denn manche dieser Theorien waren viel zu schwer verdaulich für das unschuldige kindliche Gemüt. Ich war mir jedoch nicht sicher. Ramses Vorschriften zu machen, war eine zeitraubende Angelegenheit, und es war fast unmöglich, mit ihm Schritt zu halten, weil er sich immer wieder neue Abscheulichkeiten ausdachte.

Als ich bemerkte, daß ich gedanklich abschweifte – so wie Ramses das getan hatte –, las ich weiter.

... haben manche dieser Auffassung nicht eine Sekunde lang Bestand. In Wirklichkeit handelt es sich um nichts anderes als um undurchdachten Aberglauben. Doch woher stammen sie? Ich muß zugeben, darauf noch keine Antwort gefunden zu haben. Besonders verdrießlich ist es, sie in einem rationalen Verstand wie dem meinen – zumindest hielt ich ihn immer dafür – aufzuspüren.

Ich würde diese Problemstellung gern mich Euch, liebste Mama und liebster Papa, erörtern, denn sie beschäftigt mich in hohem Maße. Doch vielleicht ist jetzt hierfür nicht der richtige Zeitpunkt, denn Ihr fragt Euch vermutlich bereits, welches besondere Ereignis mich zu diesen Überlegungen veranlaßt hat.

Vielleicht erinnert Ihr Euch daran, daß ich in meinem letzten Brief den merkwürdigen Vorfall mit den Hunden schilderte, die des Nachts bellten. Da das Bellen das Äußerste war, was sie an Hilfe leisteten, beschloß ich – wie ich wahrscheinlich bereits erwähnt habe –, Schritte zur Anschaffung einer fähigeren Spezies vierbeiniger Wächter zu unternehmen. Ihr müßt wissen, mich beschlich die schreckliche Vorahnung ...

Ich wurde ebenfalls von einer solchen beschlichen. »O nein«, keuchte ich. »Was ist?« rief Cyrus, der kaum weniger aufgeregt war als ich selbst.

... die schreckliche Vorahnung, daß wir nicht zum letztenmal einen nächtlichen Überfall erlebt hatten. Ich war mir gewiß, daß sich Onkel Walter unmöglich von der Notwendigkeit meiner Entscheidung überzeugen lassen würde. Daher mußte ich selbst zur Tat schreiten, und es war verdammt lästig, zu warten, bis alle sich zu Bett begeben hatten, bevor ich mich davonschleichen konnte, um den Löwenkäfig ... (Mir versagte die Stimme) *... den Löwenkäfig ... aufzusperren ... und ihn herauszulassen ...* »Herr im Himmel!« rief Cyrus. »Ich flehe Sie an, Amelia, lesen Sie weiter, ich halte die Spannung nicht mehr aus!«

... und ihn am frühen Morgen wieder einzuschließen, damit niemand im Haus ihm begegnete. Nefret half mir freundlicherweise ...

Wieder überkamen mich Gefühle. »Noch so eine«, sagte ich wie betäubt. »Ich dachte, einer sei schon schlimm genug, und nun ... Verzeihen Sie mir, Cyrus. Ich will versuchen, mich zusammenzunehmen.«

... bei zwei Gelegenheiten. Sie sagte, ich müsse noch wachsen und benötige daher meinen Schlaf. Es bedarf wohl keiner Erwähnung, Mama und Papa, daß ich diese Äußerung ohne Unwillen aufnahm und so verstand, wie sie gemeint war.

Natürlich hatte ich die Hunde eingesperrt und Bob und Jerry empfohlen, sich im Pförtnerhäuschen einzuschließen, solange der Löwe frei herumlief. Sie stimmten mir zu, daß dies ein vernünftiges Vorgehen sei.

Onkel Walter hat mich tödlich beleidigt. Seine Bemerkungen zum Thema Löwe waren unangebracht, ungerecht und äußerst grob, insbesondere in Hinblick auf die Tatsache, daß meine

Voraussicht ein Ereignis verhinderte – oder zumindest zu verhindern half –, das möglicherweise zu einer Katastrophe geführt hätte.

Da ich ein solches Ereignis erwartet hatte, wachte ich auch als erster auf, als die durchdringenden Schreie eines weiblichen Wesens im Zustand äußerster Todesangst, begleitet vom Fauchen einer Raubkatze, durch die Nacht gellten. Natürlich hatte ich in meinen Kleidern geschlafen, um sofort zur Stelle und einsatzbereit zu sein; nach der Waffe zu greifen, die dicht neben mir lag (ein Schürhaken vom Kamin), und die Treppe hinabzueilen, war eins.

Der Mond tauchte den Rasen in frostiges Licht (er war tatsächlich mit Frost bedeckt, denn in jener Nacht war es kalt). Die Gestalten eines mächtigen Dschungeltiers und seiner Beute zeichneten sich deutlich ab. Mit gezücktem Schürhaken eilte ich zum Ort des Geschehens und wurde dort eines ziemlich beunruhigenden Anblicks gewahr. Das Licht war gerade hell genug, daß ich das menschliche Wesen erkennen konnte, welches rücklings zwischen den Pranken des Löwen lag. Entsetzt und erschrocken erkannte ich, daß es sich dabei um Ellis handelte, das neue Dienstmädchen von Tante Evelyn.

Der Löwe hätte ihr wahrscheinlich keinen Schaden zugefügt. Ich konnte mich eines Gefühls der Ratlosigkeit nicht erwehren. Ellis war in Ohnmacht gefallen, was zweifellos das vernünftigste war, was sie hatte tun können.

Während ich noch darüber nachsann, was zu tun sei, kam Nefret lautlos auf mich zugeeilt, denn sie glitt mit ihren kleinen Füßen unbeschuht über das Gras. Ihr offenes Haar wogte hinter ihr her und schimmerte silbrig-golden im fahlen Licht; ihr leichtes Nachtgewand bauschte sich um die schlanken Glieder. Sie bot einen berückenden … (An dieser Stelle war etwas ausgestrichen. Ramses schrieb weiter:) *… der weiblichen Tatkraft. In der Hand hielt sie ihr Messer.*

Mit ihrer Hilfe überzeugte ich den Löwen, von seinem neuen Spielzeug abzulassen. Leise brummend trollte er sich gemäch-

lich davon, während Nefret ihm liebevoll über die Mähne strich. Die literarischen Zitate, die mir dabei in den Sinn kamen, werden zweifellos auch Dir, Mama, einfallen, also werde ich kein Papier vergeuden, um sie niederzuschreiben.

Ich machte mich daran, Ellis wieder zu Bewußtsein zu bringen, doch gerade, als ich ihr eine Ohrfeige versetzt hatte, hörte ich aus Richtung des Hauses beträchtlichen Radau. Ich hatte bereits erwartet, daß man dort auf uns aufmerksam werden würde, und war überrascht, daß es nicht schon früher dazu gekommen war. Ich vermute jedoch, daß die von mir beschriebenen Ereignisse nicht länger als ein paar Minuten gedauert hatten. Ist es nicht erstaunlich, wie schnell die Zeit verstreicht, wenn man sich interessanten Tätigkeiten widmet?

Die Geräusche, die ich vernahm, wiesen meines Dafürhaltens nach auf etwas hin, das von ernsterer Natur war als Onkel Walters Verärgerung darüber, daß er aus dem Schlaf gerissen worden war. Diese Schreie waren von hoher Tonlage – ich schloß daraus, daß sie von einer Frau stammten. Also ließ ich Ellis liegen und eilte davon, um nach ihrem Ursprung zu forschen.

Wie Ihr wißt, sind die meisten Fenster des Schlosses schmal und klein. Nur das Wohnzimmer ist modernisiert worden; seine Fenster öffnen sich zum Rosengarten hinaus. Genau aus diesem Zimmer drang der Lärm, und als ich den Garten durchquerte, mußte ich zu meiner Beunruhigung feststellen, daß die Fenster sperrangelweit offenstanden. Das Zimmer selbst war dunkel, und zuerst vermochte ich nicht zu erkennen, was dort vor sich ging. Rasche Bewegungen, keuchende Laute und Schreie des Schmerzes und der Anstrengung waren alles, was ich ausmachen konnte. Dann aber näherten sich die Kämpfer – denn um solche handelte es sich – dem Fenster. Der Schürhaken entglitt meiner erstarrten Hand, als ich die beiden erblickte.

Bei der einen Person handelte es sich um einen Mann, einen ungeschlachten Kerl mit einer kurzen Jacke aus grobem

Baumwollstoff und einer Mütze, die er tief in die Stirn gezogen hatte. Er hielt einen Knüppel oder dicken Stock in der Hand, mit dem er die Schläge abwehrte, die auf ihn niedergingen …

Zweifellos wißt Ihr bereits, wer die andere Person war. Die Nachthaube war ihr vom Kopf gerutscht und hing an den Bändern herunter; der Zopf fiel ihr über die Schulter. Ihr Gesicht zeigte einen wilden Ausdruck, der sich völlig von ihrer sonst so sanften Miene unterschied. Und das Instrument, mit dem sie den sich duckenden Schurken bearbeitete, schien mir (und ich hatte tatsächlich recht) ein Sonnenschirm zu sein.

Ich faßte mich wieder, hob den Schürhaken auf und eilte, um ihr beizustehen. Meine Hilfe hätte sie nicht benötigt, aber der Schurke wäre ihr möglicherweise entwischt, wenn ich ihm nicht ein Bein gestellt hätte. Gemeinsam überwältigten wir ihn. Tante Evelyn riß sich die Schärpe vom Morgenrock und bat mich, ihm die Arme zu fesseln.

Genau an dieser Stelle betrat Onkel Walter die Szene, gefolgt von Gargery und Bob, die beide eine Laterne bei sich trugen. Sie hatten alles abgesucht, um herauszufinden, wo der Kampf stattfand. (Das Wort »absuchen« vermittelt einen ungenauen Eindruck, denn aus Onkel Walters Erscheinung konnte man zweifelsfrei schließen, daß er so schnell gerannt war, wie er konnte, wenngleich mit wenig Erfolg. Genauso wie Papa schätzt er es nicht, aus dem Schlaf gerissen zu werden, und kommt nur recht langsam in Schwung.)

Bob zündete die Lampen an, und Gargery übernahm es, unserem Einbrecher die Arme und Beine zu fesseln. Das geschah nach meinen Anweisungen. Leider muß ich sagen, daß Onkel Walter völlig den Kopf verlor. Ich habe nie zuvor erlebt, daß er sich so sprunghaft verhielt. Erst packte er Tante Evelyn und schüttelte sie sehr heftig. Dann umarmte er sie so leidenschaftlich, wie ich es noch nie … (Ein weiterer Satz war ausgestrichen; ich konnte mir denken,wie er gelautet haben mußte) *… bei anderen gesehen habe. Dann schüttelte er sie wieder. Seltsamerweise schien das Tante Evelyn nichts auszumachen.*

Ich habe kein Papier mehr und kann nicht weiterschreiben, weil Onkel Walter mir bis auf weiteres Zimmerarrest verordnet hat. Also muß ich mich kurz fassen. Ellis erklärte, sie wäre auf dem Weg zu einem Freund gewesen, als plötzlich der Löwe vor ihr stand. (Rose sagt, Menschen wie Ellis gelingt es, wo immer sie auch hingehen, Freunde zu finden. Das ist eine liebenswerte Eigenschaft, meine ich.) Der Einbrecher behauptete, er habe nach Wertgegenständen gesucht. Inspektor Cuff hat ihn nach London überführen lassen. Inspektor Cuff ist ein sehr verschwiegener Mensch. Als er mit seinem Gefangenen abreiste, sagte er nur: »Ich kann Ihnen vermutlich anderswo mehr von Nutzen sein. Master Ramses, Sie werden zu gegebener Zeit von mir hören.« Was Tante Evelyn betrifft, so sagt sie, sie habe den Sonnenschirm bereits seit langer Zeit besessen. Ich habe nie gesehen, daß sie ihn bei sich trug. Er ähnelt Deinem, Mama, und ist sehr schwer und schlicht, keiner ihrer anderen kleinen, die mit Rüschen verziert sind. Ich frage mich, warum sie einen solchen Schirm besitzt, wenn sie nicht damit rechnet, ihn zu gebrauchen. Doch das ist ein anderes Thema, das wir zu einem späteren Zeitpunkt erörtern können.

Mein Blatt sagt mir, daß ich zum Ende kommen muß. Euer Euch liebender Sohn Ramses.

P.S.: Ich weiß, daß Papa sehr mit seinen Ausgrabungen beschäftigt ist, doch es würde mich sehr trösten, wenn er mir eigenhändig ein paar Zeilen schicken würde.

Cyrus und ich saßen eine Weile schweigend da.

Dann sagte er: »Entschuldigen Sie mich, Amelia. Ich bin gleich zurück.«

Als er wiederkam, hatte er eine Flasche Brandy in der Hand. Ich nahm einen kleinen Schluck. Cyrus trank ein wenig mehr.

»Ein Kommentar«, sagte ich, »wäre überflüssig. Nun wollen wir einmal Evelyns Version lesen.«

Evelyn ging jedoch nicht auf die Ereignisse ein, die Ramses

geschildert hatte. Nach liebevollen Grüßen und der Versicherung, daß alles gut gehe, erklärte sie, sie schreibe hauptsächlich deswegen, um sich selbst darüber klarzuwerden, was hinter den jüngsten, mysteriösen Vorfällen stecken könnte.

Meine bescheidenen geistigen Fähigkeiten sind den Deinen so weit unterlegen, liebe Amelia, daß ich zögere, Überlegungen zu äußern, die Deinem klaren, entschiedenen Verstand vermutlich schon längst logisch und folgerichtig sind. Und dennoch will ich es wagen, in der Hoffnung, daß ich durch bloßen Zufall vielleicht über einen Gedanken stolpere, der Dir noch nicht in den Sinn gekommen ist.

Ich begann genauso, wie Du es meiner Ansicht nach auch getan hättest, nämlich mit der Frage, wie diese schrecklichen Leute von dem Geheimnis erfahren konnten, das Ihr so sorgsam gehütet habt. Die Geschichte, die Ihr verbreitet habt, war glaubwürdig, also müssen Eure Feinde Kenntnisse aus Quellen geschöpft haben, von denen sonst niemand weiß. Verschiedene Möglichkeiten sind mir in den Sinn gekommen; ich zähle sie Dir zu Gefallen übersichtlich geordnet auf:

1. Vielleicht hat einer von uns unbeabsichtigt Wissen preisgegeben, über das ein Mensch nur verfügen kann, wenn er Mr. Forths geheimen Ort kennt. Du wärst niemals geschwätzig genug, so etwas zu tun, liebe Amelia; und reinsten Gewissens kann ich sagen, daß mir keine Gelegenheit einfällt, bei der mir ein solcher Fehler unterlaufen sein könnte. Walter möchte ich nicht danach fragen, denn schon die bloße Vorstellung, er könnte – wenngleich unwillentlich – die Schuld an all unseren Unannehmlichkeiten tragen, würde sein edles Herz brechen. Trotzdem will mir ein Gedanke nicht aus dem Kopf: Haben er oder Radcliffe in den Artikeln, die sie seit Eurer Rückkehr geschrieben haben, oder gegenüber anderen Archäologen Dinge erwähnt, die ein Experte als Wissen aus erster Hand erkennen könnte? Die Artikel sind zwar noch nicht veröffentlicht, aber sicherlich sind sie zumindest von den Herausgebern der Zeitschriften gelesen worden.

2. Einer der Offiziere im Militärlager hat vielleicht über die Sache besser Bescheid gewußt, als Ihr meint. Hat sich Mr. Forthright mit einem der Offiziere angefreundet? Haben die Offiziere die Landkarte zu Gesicht bekommen? Du erwähntest, daß auf der Karte Kompaßangaben eingezeichnet waren. Ich kenne mich mit diesen Dingen nur wenig aus, aber ich könnte mir vorstellen, daß solche präzisen Angaben womöglich Interesse geweckt und Fachleute zu Spekulationen angeregt haben, insbesondere nachdem Ihr mit Nefret nach Gebel Barkal zurückgekehrt wart.

3. Ich zögere, das nun Folgende niederzuschreiben, denn es scheint mir noch alberner als meine übrigen, dummen Ideen; allerdings muß ich ständig an den jungen Mann denken, den Nefret an der Schule von Miss McIntosh kennenlernte. Dieser Mensch, dessen Neugier bereits geweckt war, hat vielleicht deshalb das Gespräch mit ihr gesucht, um sie über ihre Erlebnisse auszuhorchen. Wir alle wissen ja, wie schwer es ist, sich nicht zu versprechen, und ein unschuldiges Kind ist besonders unvorsichtig. Ich frage mich – ich kann es nicht deutlicher formulieren –, ich frage mich, ob diese flüchtige Bekanntschaft nicht vielleicht erneuert worden ist oder der Versuch hierzu unternommen wurde, falls sie ihm nicht schon bereits alles verraten hat, was er zu erfahren hoffte. Auf meine Bitte hin führte sie eines Abends die Anrufung der Isis auf. (Keine Angst, Amelia, ich habe dafür gesorgt, daß sie dachte, es sei nur zu unserer Unterhaltung.) Walter konnte seine Begeisterung kaum zügeln. Er erkannte einige Passagen des Liedes, die – wie er sagte – aus einem altertümlichen Ritual stammten. Und bestimmt glaubt ihr kein Mensch, daß sie diesen Tanz in einer christlichen Mission gelernt hat oder daß man ihr erlaubt hat, ihn dort vorzuführen!

Also fragte ich sie – angemessen taktvoll, versteht sich – über den jungen Mann aus, den sie Sir Henry nannte. Er hatte kräftiges, welliges Haar von schwarzer Farbe, in der Mitte gescheitelt, einen Schnurrbart wie ein Kavallerist, graue oder blaßblaue Augen und lange Wimpern. Er war mittelgroß und von schlanker Gestalt, mit einem hübschen Gesicht, einem ausgeprägten Kinn und einer schmalen Nase.

Ich weiß, daß diese Beschreibung zu ungenau ist, um von großem Nutzen zu sein (insbesondere dann, wenn meine alberne Idee zutrifft und er sich vielleicht verkleidet hat). Ich teile sie Dir jedoch mit, weil mir noch ein weiterer, sehr bestürzender Gedanke in den Sinn gekommen ist. Daß dieser Mensch die Bekanntschaft mit Nefret nicht mehr pflegt, hat seinen Grund vielleicht in der Tatsache, daß er nicht mehr in England weilt. In Deinen letzten Briefen hast Du versucht, uns zu beruhigen, liebe Amelia, aber ich kenne Dich sehr gut und ich spüre zwischen Deinen Zeilen eine Förmlichkeit und Steifheit, die mir sagen, daß Du uns etwas verheimlichst. Ich möchte Dich keineswegs zu größerer Offenheit drängen, und ich weiß Deine zärtliche Zuneigung zu schätzen, die Dich zögern läßt, unsere Besorgnis zu vermehren. (Obgleich ich hinzufügen möchte, meine liebe Freundin und Schwester, daß aus Mutmaßungen häufig Befürchtungen erwachsen, die weitaus schlimmer sind als die Wahrheit.) Die Logik zwingt mich ferner zu folgender Schlußfolgerung: Wenn bereits die Kinder bedroht worden sind, müßt Ihr beide, Du und Radcliffe, in noch größerer Gefahr schweben. Bitte gebt auf Euch acht! Zügle Deinen Wagemut und stürze Dich nicht Hals über Kopf in jede Gefahr! Und versuche, Radcliffe zurückzuhalten – obgleich ich weiß, daß das keine leichte Aufgabe ist. Erinnere ihn daran, so wie ich Dich daran erinnere, daß es Menschen gibt, denen Eure Gesundheit und Sicherheit ebenso am Herzen liegt wie ihre eigene. An erster Stelle steht dabei

Deine Dich liebende Schwester
Evelyn.

Tränen verschleierten mir den Blick, als ich die letzten Zeilen las. Wie sehr war ich vom Glück gesegnet, eine solche Liebe zu erfahren! Und wie sehr hatte ich Evelyn unterschätzt! Ramses' Ausführungen über Vorurteile waren zwar nicht an mich gerichtet (zumindest nahm ich das an), doch alles, was er über sich geschrieben hatte, hätte ebensogut auf mich zutreffen können. Und dabei hätte es von allen Leuten *ich* am besten wissen müssen. Hatte ich denn nicht mit eigenen Augen gesehen, wie gelassen sich Evelyn der abscheulichen Mumie gestellt hatte? Hatte ich denn nicht gehört, wie sie auf ein Angebot eingegangen war, das ob seiner Widerwärtigkeit jede Faser meines Körpers erschaudern ließ – in der Hoffnung, damit jene retten zu können, die sie liebte? Ich hatte mich der Voreingenommenheit gegenüber meinem eigenen Geschlecht ebenso schuldig gemacht wie die blinden, vorurteilsbeladenen Männer, die ich dafür verurteilt hatte.

Mit keiner Silbe hatte Evelyn ihr Abenteuer erwähnt und statt dessen sämtliche Mühe darauf verwandt, die Lösung des Rätsels zu finden. Ihre Analyse war brillant; der Verstand, den sie entwickelt hatte, war so scharf wie mein eigener.

Cyrus hatte unterdessen Ramses' Brief noch einmal gelesen. Er bemerkte, daß sich mein Gesichtsausdruck verändert hatte, und sagte sanft: »Was ist los, Amelia? Schlechte Nachrichten, die Ramses nicht erwähnt hat? Ich glaube zwar kaum, daß er etwas verschweigen könnte oder wollte, aber …«

»Sie haben recht mit dieser Vermutung. Evelyn geht viel zarter mit meinen Gefühlen um als mein Sohn.« Ich faltete den Brief zusammen und steckte ihn in die Tasche. Dort sollte er ruhen, über meinem Herzen, um mich an mein Glück zu erinnern und an meine Beschämung!

»Ich hoffe, Sie vergeben mir, wenn ich Sie nicht daran teilhaben lasse, Cyrus«, fuhr ich fort. »Es waren die zärtlichen Bekundungen der Zuneigung in diesem Brief, die mich zu Tränen rührten.«

Seinem Ratschlag, ich sollte mich hinlegen, wäre ich nur zu gerne nachgekommen, denn es war ein anstrengender Tag gewesen. Allerdings hat mich die Müdigkeit noch niemals von der Erfüllung meiner Pflichten abgehalten. Zuerst sah ich nach meinem Patienten, dessen Zustand unverändert war, und dann machte ich mich auf die Suche nach Bertha. Je eher ich sie in ordentlichen Verhältnissen unterbrachte, um so besser; es war wirklich lästig, neben meinen anderen Pflichten auch noch die Anstandsdame spielen zu müssen.

Eigentlich war ich nicht überrascht, sie neben dem fast niedergebrannten Feuer zu finden, vertieft in ein Gespräch mit Kevin. Weil ich wußte, daß es ihn nur noch mehr anstacheln würde, sie auszufragen, wenn ich verheimlicht hätte, wer sie in Wirklichkeit war, hatte ich sie ihm einfach als weiteres Opfer des Schurken beschrieben, der Emerson angegriffen hatte. Ich hatte damit gerechnet, daß Kevin sie aushorchen würde. Kein Journalist hätte dieser geheimnisvoll verschleierten, verführerisch dahinwandelnden Gestalt widerstehen können, und mißbrauchte Frauen sind besonders beliebte Themen. Ich malte mir schon die Überschrift für seine Story aus; bestimmt würde das Wort »Liebessklavin« darin auftauchen. Und hier, in meinen intimen Aufzeichnungen, gestehe ich, daß ich bereit war, die arme Bertha diesem irischen Pressewolf zum Fraß vorzuwerfen, wenn er durch ihre Geschichte von anderen Aspekten des Falles abgelenkt würde.

Es gab jedoch keinen Grund, warum ich mir große Mühe hätte geben sollen, Kevin einen Gefallen zu tun. Also unterbrach ich ihr Gespräch und schickte Bertha zu Bett. »Sie sollten das gleiche tun, Kevin. Wir stehen bei Morgengrauen auf, und es wird ein langer Tag werden.«

»Nicht für mich«, meinte Kevin und lächelte träge. »Wir Detektive haben unsere eigenen Arbeitszeiten. Sich da und dort umsehen, mal den einen befragen und mal den anderen ...«

»Sie werden sich nirgendwo umsehen. Sie kommen mit mir, damit ich Sie im Auge behalten kann.«

»Nun gut, aber einen Versuch war es zumindest wert«, murmelte Kevin. »Wenn ich Sie begleite, Mrs. – Miss Peabody, können Sie mir alles über Ihre kühne Rettung des Professors erzählen. Das wird nämlich zwangsläufig ans Licht kommen«, fügte er mit herausforderndem Grinsen hinzu. »Zur Zeit befragen einige meiner rührigen Kollegen verschiedene Einwohner von Luxor. Wie ich gehört habe, sind Sie ziemlich rabiat dabei vorgegangen. Wäre es Ihnen nicht lieber, wenn die wahren Tatsachen veröffentlicht würden anstatt die übertriebenen Hirngespinste mancher meiner Kollegen ...«

»Ach, halten Sie den Mund und gehen Sie zu Bett«, fauchte ich ihn an.

Er machte sich davon, wobei er ein sentimentales irisches Lied säuselte, und zwar nur, um mich zu ärgern. Als ich in mein Zelt kam, schlief Bertha bereits oder tat zumindest so. Ich nahm mir fest vor, sie zu fragen, worüber sie mit Kevin gesprochen hatte, doch im Augenblick beschäftigten mich andere Dinge. Nachdem ich mich niedergelegt hatte, fand ich endlich Gelegenheit, über Evelyns Brief nachzudenken.

Auf ihre ersten beiden Überlegungen war ich bereits selbst gestoßen; die dritte war mir jedoch, wie ich zugeben mußte, bisher nicht eingefallen. Und ich hätte mich fast zu Tode geärgert, als mir klar wurde, wie dumm ich gewesen war. Daß ein junger Herr gerade an dem Tag in der Schule erschien, als Nefret dort erwartet wurde, und daß er darauf bestand, einige der Schülerinnen kennenzulernen – das war in hohem Maße verdächtig, und ich begriff nicht, warum mir das seinerzeit nicht aufgefallen war. War es möglich, daß mütterliche Instinkte, die ich in mir nie vermutet hätte, meinen ansonsten klaren Verstand vernebelt hatten?

Höchst unwahrscheinlich, schloß ich.

Evelyns klare Darlegung hatte mir etwas anderes bewußt gemacht, worauf ich schon viel früher hätte kommen müssen. Kein einzelnes, verdachterregendes Indiz, sondern nur das Zusammenspiel vieler bestätigender Hinweise überzeugte mich hinreichend davon, um welchen Feind es sich handelte, der als einziger zu solch gewaltsamem und beharrlichem Vorgehen fähig war. Vielleicht war er überhaupt erst durch ein Gespräch mit Willoughby Forth auf die Fährte gelockt worden, der anscheinend mit jedem Archäologen in Ägypten geplaudert hatte. Geschicktes Ausfragen der Offiziere des sudanesischen Expeditionscorps konnte ihm zusätzliche Hinweise verschafft haben. So sehr es mir auch widerstrebte, auch nur im mindesten Walter die Schuld zu geben – aber ich hatte ihn mehr als einmal warnen müssen, nicht den Eindruck zu erwecken, er wisse mehr, als er eigentlich wissen konnte. Unter den Philologen herrschte ein freundschaftlicher Wettstreit; hatte er womöglich gegenüber Frank Griffith angedeutet, daß er kurz vor einem wundersamen Durchbruch in der Entzifferung der meriotischen Sprache stünde? Griffith war ein ehrenwerter Mann, ich hätte ihn niemals verdächtigt. Aber vielleicht hatte er ja mit einem anderen Kollegen über diese Angelegenheit gesprochen.

War der Schurke auf diese Weise erst einmal auf eine Vermutung gestoßen, würde er nach weiterer Bestätigung suchen – und welche Quelle wäre hierfür besser geeignet als Nefret? Sie war bei weitem nicht so naiv und hilflos, wie Evelyn glaubte, aber Evelyns Ansicht wurde – wie Nefret selbst dargelegt hatte – von der Gesellschaft geteilt. Es gab eine Vielzahl von Möglichkeiten, eine einmal geschlossene Bekanntschaft weiterzuführen; falls alle anderen fehlschlugen, würde der gute alte »Unfall vor dem Parktor« verläßliche Dienste leisten. Wie überrascht der verletzte junge Gentleman wäre, das bezaubernde Mädchen wiederzutreffen, das er bei Miss McIntosh kennengelernt hatte! Wie zurückhaltend er wäre, um uns nicht zur Last zu fallen! Wie dankbar würde er meine Hilfe entgegennehmen und die freundlichen Aufmerksamkeiten der lieben Kinder!

Das war nicht nötig gewesen. Evelyn hatte den Nagel auf den Kopf getroffen. Ich hatte gesehen, wie Nefret die Anrufung der Isis tanzte, und es war völlig undenkbar, daß sie das in einer Missionsfamilie oder in einem Eingeborenendorf gelernt hatte, wenn sie unter der Obhut einer solchen Familie stand. Nur ein Wissenschaftler würde erkennen, woher dieser Tanz stammte – doch das galt auch für die anderen Hinweise.

Unser Todfeind hatte sich jedoch ruhig verhalten, solange er nicht den endgültigen Beweis gefunden hatte – Gegenstände, Geräte, die nur von einem solchen Ort stammen konnten, wie Willoughby Forth ihn beschrieben hatte. Er mußte unsere Zimmer in Kairo durchsucht und die Szepter entdeckt haben. Die Angriffe auf uns hatten erst begonnen, als wir uns bereits mehrere Tage in der Stadt befanden.

Evelyn – meine liebe, süße Evelyn, deren Verstand ich leider so unterschätzt hatte – las in jedem einzelnen Punkt richtig. Der Schurke hielt sich nicht mehr in England auf. Er war in Ägypten – in unserem Lager. Ich hatte gewußt, daß sich unter uns ein Verräter befand. Nun wußte ich, wer es war.

*

»Charlie?!«

Ich hatte am nächsten Morgen vor Cyrus' Zelt auf ihn gewartet – natürlich in diskretem Abstand, um ihn nicht in Verlegenheit zu bringen, indem ich ungewollt Zeugin seiner Waschungen wurde. Das erfreute Lächeln, mit dem er mich begrüßte, verflog, als er meinen Ausführungen lauschte, und ungläubig stieß er den Namen hervor.

»Er begleitet Sie in dieser Saison zum erstenmal, Cyrus. Sie haben ihn zuvor nicht gekannt.«

»Nein, aber ... ich kenne seinen Vater, seine Familie. Ich würde niemanden anheuern, ohne ...«

»Vielleicht ist er wirklich Charles H. Holly. Ingenieure und Archäologen sind gegen Habgier nicht weniger gefeit als Angehörige anderer Berufe.«

»Vielleicht ist er wirklich ... Verzeihen Sie mir, Amelia, manchmal fällt es mir verdammt schwer, Ihren Gedankengängen zu folgen. Sie verdächtigen doch nicht Charlie, Ihr verkleideter Meisterverbrecher zu sein?«

»Es wäre möglich, ist aber unwahrscheinlich. Ich bezweifle, daß Sethos es wagen würde, mir noch einmal persönlich gegenüberzutreten. Er würde sich nicht lange in meiner Nähe aufhalten können, ohne daß ich seine Maske, ganz gleich welche, durchschaue.« Mit einer gewissen Schärfe – denn sein skeptischer Gesichtsausdruck ärgerte mich – fügte ich hinzu: »Meine Gründe, warum ich Charles verdächtige, haben nichts mit Sethos zu tun. Auf ihn paßt die Beschreibung eines Mannes, von dem ich mit gutem Grund glaube ...«

»Ja, ja. Das haben Sie bereits gesagt. Möchten Sie mir das alles bitte noch einmal erklären, meine Liebe? Ich fürchte, ich habe Ihnen beim erstenmal nicht richtig folgen können.«

Also erklärte ich es noch einmal und beendete meine Ausführungen damit, daß ich die Beschreibung vorlas, die Evelyn mir gegeben hatte.

»Aber ... aber«, stotterte Cyrus. »Diese Beschreibung trifft ja auf Charlie in keinem Punkt zu. Das klingt mehr nach René. Nicht, daß ich glauben würde, er ...«

»Genau das ist der springende Punkt, Cyrus. ›Sir Henry‹ war offensichtlich verkleidet. Er hat sicher einige Einzelheiten seiner Erscheinung sorgfältig verändert, als er zu uns kam – seine Haarfarbe, den Bart. Das lange Kinn und die schmale Nase treffen aber auf Charlie zu, und Charlie hat auch ungefähr das gleiche Alter.«

»Ach herrje«, murmelte Cyrus. »Wie viele Männer dieses Alters haben ein langes Kinn und eine schmale Nase, was meinen Sie? Zwei Millionen? Fünf Millionen?«

»Aber nur einer von ihnen ist hier!« rief ich ungehalten. »Und einer unter uns ist ein Spion von Sethos! Bedenken Sie doch, daß nicht nur unser Essen vergiftet war, sondern daß auch der Hinterhalt, den man mir gestern gelegt hat, von jemandem geplant worden sein muß, der ahnte, daß ich diesen Weg einschlagen würde. Er muß Kevins Nachricht gelesen und gewußt haben, daß ich so bald wie möglich handeln würde.«

»Eine Vermutung, die bestimmt jeder hegen würde, der die Ehre Ihrer Bekanntschaft hat«, sagte Cyrus und strich sich übers Kinn. »Mein liebes Mädchen, ich will nicht abstreiten, daß an Ihrer Theorie vielleicht etwas dran ist. Aber Sie würden mir als erste recht geben, wenn ich sage, daß man einen Mann nicht aufgrund solch fraglicher Beweise verurteilen kann.«

»Ich schlage ja nicht vor, ihn zu lynchen.«

»Wie bitte?« fragte Cyrus und blickte mich entgeistert an.

»Ihn standrechtlich aufzuknüpfen, das sagt man bei Ihnen doch so.«

»Oh. So etwas hätte ich Ihnen nie zugetraut.«

»Sicher. Aber ich glaube, Sie kennen mich inzwischen gut genug. Nie würde ich voreilige Schlüsse ziehen oder gegen die Prinzipien der britischen Rechtsprechung verstoßen. Ich neige vielmehr dazu, Ihnen zuzustimmen. Wir sollten ihn weiterhin in dem Glauben lassen, daß niemand ihn verdächtigt. Früher oder später wird er sich selber verraten, und dann haben wir ihn! Und vielleicht auch seinen Anführer. Eine ausgezeichnete Idee, Cyrus. Natürlich muß man ihn ganz genau im Auge behalten.«

»Ich glaube, das könnte ich hinkriegen«, sagte Cyrus bedächtig.

»Ich bin froh, daß wir uns einig sind. Nun gehen Sie schon und trinken Sie Kaffee, Cyrus. Sie wirken heute morgen ein wenig schwerfällig. Ich hoffe, Sie nehmen es mir nicht übel, wenn ich das sage?«

»Ganz und gar nicht. Sie frühstücken doch mit mir?«

»Zuerst muß ich nachsehen, wie es Mohammed geht. Ich gestehe, daß ich diese Aufgabe immer vor mir herschiebe; sein bloßer Anblick – ganz zu schweigen von dem mannigfaltigen Insektenleben, das dieser Mensch beherbergt – verursacht mir eine Gänsehaut. Und schlagen Sie bitte nicht vor, mein lieber Cyrus, ich solle diese abstoßende Pflicht jemand anderem überlassen. Das ist nicht mein Stil. Außerdem besteht die Möglichkeit, daß er heute wieder sprechen kann, und ich traue niemand anderem zu, ihn zu befragen.«

»Ich habe es schon lange aufgegeben, Ihnen etwas ausreden zu wollen, wenn Sie es sich einmal in den Kopf gesetzt haben«, meinte Cyrus lächelnd. »Ihr Pflichtgefühl ist ebenso bemerkenswert wie ihre grenzenlose Tatkraft. Möchten Sie, daß ich Sie begleite?«

Ich versicherte ihm, das sei nicht nötig, und so ging er kopfschüttelnd davon. Das war in letzter Zeit zu einer Gewohnheit von ihm geworden.

Zuerst unterhielt ich mich vor dem Zelt mit dem Wächter. Er stammte aus Cyrus' Mannschaft und war ein untersetzter, dunkelhäutiger Kerl mit einer Adlernase, die auf seine Abstammung von den Berbern oder Tuareg schließen ließ. Wie alle Wüstenbewohner trug er ein Kopftuch anstelle eines Turbans. Er versicherte, er habe während der Nacht in regelmäßigen Abständen nach Mohammed gesehen und keine Veränderung an ihm festgestellt.

Doch sobald ich den Vorhang beiseite geschoben hatte, erkannte ich, daß durchaus eine Veränderung stattgefunden hatte – und diese war endgültiger Natur. Mohammed lag in derselben Stellung, in der ich ihn zuletzt gesehen hatte, flach auf dem Rücken, mit offenem Mund und halbgeschlossenen Augen. Aber nun bewegte kein Atem mehr seine abstehenden Barthaare, und das Blut, das aus seinem Mund getreten war, verfärbte seinen Kinnverband dunkelbraun.

13. Kapitel

»Aberglaube hat seinen praktischen Nutzen.«

Nun, Sitt Hakim«, hörte ich hinter mir eine Stimme. »Geben Sie jetzt zu, daß dieser Fall sogar Ihre Fähigkeiten übersteigt?«

Selbstverständlich war es Emerson; er hatte den gedehnten Tonfall angeschlagen, der mich immer so wütend macht und der darauf hinweist, daß er sarkastisch zu sein versucht. Ich wandte mich um und hielt den Vorhang beiseite.

»Er ist tot«, sagte ich. »Woher wußten Sie es?«

»Es bedarf keiner großen medizinischen Fachkenntnisse, um zu erkennen, daß einem Mann mit einem Messer im Herzen kein langes Leben beschert sein dürfte.«

Bis dahin hatte ich das Heft des Messers nicht gesehen; ich war erschütterter, als ich eingestanden hätte – insbesondere gegenüber Emerson. »Es steckt nicht in seinem Herzen«, widersprach ich. »Sondern mitten in seiner Brust. Vielen Menschen unterläuft dieser Irrtum. Möglicherweise ist die Klinge in die Lunge eingedrungen. Und ein Mann in seinem Zustand hätte wahrscheinlich nicht einmal eine leichte Verletzung überlebt.«

Ich straffte die Schultern und wollte mich Mohammed schon nähern. Doch Emerson schob mich brüsk weg und beugte sich über die Leiche. Ich erhob keinen Einspruch. So abstoßend Mohammed auch im Leben gewesen sein mochte, tot war er noch widerlicher. Da hörte ich ein scheußliches, schmatzendes Geräusch. Emerson erhob sich, das Messer in der Hand.

»Er ist erst seit wenigen Stunden tot. Das Blut ist zwar geronnen, aber weder Kiefer noch Gliedmaßen zeigen Anzeichen von Leichenstarre. Es handelt sich um ein gewöhnliches Messer, wie es die meisten der Männer bei sich tragen, und weist keine besonderen Kennzeichen auf.«

»Wir müssen den Raum durchsuchen«, meinte ich entschlossen. »Lassen Sie mich vorbei. Vielleicht hat der Mörder ja einen Anhaltspunkt hinterlassen.«

Emerson nahm mich beim Arm und schob mich aus dem Zelt. »Wenn man einen Hund besitzt, braucht man das Bellen nicht selbst zu übernehmen, Peabody. Wo steckt denn Ihr braver Detektiv?«

Er saß bei den anderen am Feuer und trank in aller Seelenruhe seinen Tee. Als Emerson verkündete, daß Mohammed nicht mehr unter den Lebenden weilte, nahmen die anderen das mit Überraschung auf – die allerdings nicht von langer Dauer war –, anstatt darüber zu erschrecken. Charlie wirkte ebenso erstaunt wie alle übrigen, was mich nur in meinem Verdacht bestätigte. Ein Spion, der nicht weiß, wie man überzeugend Gefühle vorspiegelt, hat keine sehr lange berufliche Laufbahn vor sich.

Cyrus verstand als einziger, wie sehr mich dieses Ereignis mitgenommen haben muß. »Verflixt noch mal! Machen Sie sich nichts draus, meine Liebe. Sie haben alles Menschenmögliche getan. Eine derart schwere Verletzung ...«

»Selbst die Fähigkeiten der großen Sitt Hakim hätten in

diesem Fall nichts ausrichten können«, unterbrach Emerson. Er hatte das Messer hinter seinem Rücken versteckt gehalten. Nun schleuderte er es zu Boden. »Mohammed wurde ermordet – und zwar nicht von mir. Die Tat wurde im Schutze der Dunkelheit mit diesem Messer begangen.«

Die anderen beäugten die Waffe, als handle es sich um eine Schlange, die bereit war, jeden Augenblick zuzubeißen. Charlie ergriff als erster das Wort. »Dann … dann wurde er absichtlich zum Schweigen gebracht! Das ist ja entsetzlich! Das heißt, daß sich ein Verräter in unserer Mitte befindet!«

Wie ich zugeben mußte, machte er seine Sache sehr gut.

»Das ist uns bekannt«, meinte Emerson unwirsch. »Und jetzt, da es zu spät ist, wissen wir, daß Mohammed für den Täter oder dessen Anführer eine Gefahr bedeutete. Wie zum Teufel hat sich der Mörder an Ihrer Wache vorbeigeschlichen, Vandergelt?«

»Das werde ich gleich herausfinden«, antwortete Cyrus mit finsterer Miene.

»Mr. O'Connell wird Sie gewiß gern begleiten«, sagte Emerson, als Cyrus sich erhob.

Doch Kevin riß sich keineswegs um diesen Auftrag. »Lassen Sie mich wenigstens mein Frühstück beenden«, flehte er. »Da der Bursche sowieso tot ist, kommt es auf eine Minute mehr oder weniger auch nicht mehr an.«

»Ihnen fehlen die Begeisterung und der Eifer, die Angehörige Ihres Berufsstandes gemeinhin auszeichnen, Mr. O'Connell«, meinte Emerson. »Und ich dachte schon, Sie würden darauf brennen, die Leiche zu untersuchen, ihr gräßliches Gesicht zu betrachten, in der Wunde herumzustochern, die blutdurchtränkten Kleider zu durchwühlen und auf dem Boden herumzukriechen, um Indizien zu finden. Läuse und Flöhe können einem Mann, der so gute Nerven hat wie Sie, ja nichts anhaben, aber achten Sie auf Skorpione.«

Kevins Gesicht zeigte einen zartgrünen Schimmer. »Hören

Sie auf damit, Emerson«, befahl ich. »Kommen Sie, Kevin, ich werde Sie begleiten.«

»*Chacun à son gout*«, bemerkte Emerson, zog sich einen Stuhl heran und griff nach der Teekanne.

Wie ich erwartet hatte, war Kevin mir keine große Hilfe. Nach einem Blick auf Mohammeds reglose Gestalt wandte er sich rasch um und fing an, etwas in sein Notizbuch zu kritzeln. Währenddessen kroch ich auf dem Boden herum und widmete mich all jenen Tätigkeiten, die Emerson vorgeschlagen hatte. Auf eine allerdings verzichtete ich: Das Herumstochern in der Wunde erwies sich als überflüssig, da die Flecken auf der Messerklinge ausreichend darauf hinwiesen, wie tief die Waffe eingedrungen war.

Während ich nach Indizien suchte, verhörte Cyrus den Wachposten. Den Großteil dieser Unterhaltung konnte ich mitanhören, weil Cyrus ziemlich laut sprach. Auch der Wächter erhob im Versuch, sich zu rechtfertigen, bald die Stimme. Er stritt steif und fest ab, jemanden in der Nacht gesehen zu haben. Ja, möglicherweise sei er eingedöst; seine Ablösung sei nicht erschienen, und schließlich brauche ein Mann irgendwann seinen Schlaf. Allerdings habe er sich mitten vor den Eingang des Zeltes gelegt. Der Wachposten schwor, er wäre sofort aufgewacht, wenn jemand über ihn hinweggestiegen wäre.

»Lassen Sie's gut sein, Cyrus!« rief ich. »Der Mörder ist nicht auf diesem Weg hereingekommen. Kommen Sie her und sehen Sie selbst.«

Der Schlitz in der Zeltwand wäre wohl meiner Aufmerksamkeit entgangen, hätte ich sie nicht genau abgesucht. Er war mit einem sehr scharfen Messer in den Stoff geschnitten worden – wahrscheinlich eben dem, das Mohammeds knochige Brust durchbohrt hatte.

»Der Mörder hat das Zelt nicht einmal betreten müssen«, sagte ich. »Er brauchte nur seinen Arm hineinzustrecken und zuzustoßen. Er muß genau gewußt haben, wo Mohammed lag.

Und ich hatte die Lampe angelassen, damit der Wächter von Zeit zu Zeit einen Blick hineinwerfen konnte. Hier nach Indizien zu suchen, war reine Zeitverschwendung. Sehen wir lieber nach, ob er draußen Fußabdrücke hinterlassen hat.«

Natürlich war das nicht der Fall; der harte Erdboden hinterließ keine Fußabdrücke.

Ich schickte Kevin fort, der froh war, sich aus dem Staub machen zu können. Dann nahm ich Cyrus, der ihm schon folgen wollte, beim Arm und hielt ihn zurück.

»Werden Sie jetzt die Vorsichtsmaßnahmen ergreifen, die ich vorgeschlagen habe?« zischte ich. »Charlie muß unter Arrest gestellt werden! Bei Kevin waren Sie bereit, zu solchen Mitteln zu greifen ...«

»Und das bin ich immer noch«, meinte Cyrus finster. »Die Archäologie ist nicht der einzige Berufszweig, dessen Angehörige sich zuweilen von Habgier verführen lassen.«

Ich glaube, ich schnappte laut nach Luft. »Sie meinen doch nicht etwa ...«

»Wer könnte besser wissen, daß Sie eine Einladung erhalten haben, der Sie nicht widerstehen können, als der Mann, der sie selbst geschickt hat? Schon von Anfang an kam mir etwas komisch vor. Ein unverfrorener Bursche wie O'Connell würde sich wahrscheinlich in Ihr Vertrauen einschleichen, anstatt Sie direkt zu sich zu bitten. Er hat Sie ja regelrecht überlistet, ihn hierherzubringen, und nun schauen Sie sich an, was geschehen ist – in der ersten Nacht nach seiner Ankunft.«

»Nein«, sagte ich. »Kevin war es gewiß nicht!«

Diese Worte sprudelten nicht zum erstenmal über meine Lippen. Kevin konnte sie unmöglich gehört haben, aber genau in diesem Moment wandte er sich um und sah zurück. Vielleicht waren es meine überstrapazierten Nerven, vielleicht mein Blickwinkel, der sein Gesicht verzerrte, doch seine Züge wirkten verschlagen und tückisch, ein Ausdruck, so bedrohlich, wie ich ihn bislang noch nie an ihm bemerkt hatte.

Mit Kevins wenig brauchbarer Hilfe verhörte ich die anderen, um festzustellen, ob sie ein Alibi hatten. Ich rechnete nicht mit verwertbaren Resultaten, und ich bekam auch keine. Jeder behauptete, er habe den Schlaf des Erschöpften und Gerechten geschlafen, und stritt ab, etwas Ungewöhnliches gehört zu haben. Charles schwor, René könne ihr gemeinsames Zelt nicht verlassen haben, ohne ihn zu wecken; René bestätigte umgekehrt dasselbe. Doch das hatte nichts zu bedeuten. Schließlich konnte ich das von Bertha ebenfalls sagen – was ich auch tat. Allerdings hatte es sicherlich nicht mehr als fünf Minuten gedauert, die Greueltat zu begehen. Und wir alle – ob schuldig oder unschuldig - waren so müde gewesen, daß wir tief und fest geschlafen hatten.

Emerson beobachtete mich, ohne seine säuerlich-belustigte Miene zu verbergen. »Sind Sie nun zufrieden, MISS Peabody?« meinte er schließlich. »Ich hätte Ihnen gleich sagen können, daß das reine Zeitverschwendung ist. Hat außer mir sonst jemand die Absicht, heute zu arbeiten?«

René und Charles, die das als Befehl verstanden – wie es offenbar auch gemeint war –, folgten Emerson. Der Kater tat es ihnen gleich.

Während ich meine Ausrüstung – Notizblock, Bleistifte, Meßstab, Wasserflasche, Kerzen und Streichhölzer – zusammensuchte, war ich gedrückter Stimmung. Falls der Tag so weitergehen würde, wie er angefangen hatte, wußte ich nicht, wie ich ihn überstehen sollte. Emerson nannte mich wieder MISS Peabody. Und er hatte mich heute nicht aufgefordert, ihm behilflich zu sein. Anstatt uns näherzukommen, wie ich gehofft hatte, waren wir weiter voneinander entfernt als je zuvor.

Auch Mohammeds Dahinscheiden, ehe er Gelegenheit gehabt hatte, zu reden, war entmutigend.

Und allein das Wissen, wo wir heute arbeiten würden, hätte schon genügt, um mir die Laune zu verderben, wenn es da noch etwas zu verderben gegeben hätte. Cyrus war fest entschlossen, das neue Grab zu untersuchen. Es war noch von keinem früheren Besucher des Wadi erwähnt worden und konnte deshalb mit Fug und Recht als unbekannt bezeichnet werden. Nichts beflügelt die Phantasie eines Archäologen mehr als die Hoffnung, eine solche Grabstätte als erster zu betreten. Offensichtlich kannte Emerson das Grab schon. »Dieser Halunke weiß mehr, als er zugibt«, war Cyrus' niederschlagender Kommentar dazu. »Wahrscheinlich glaubt er, daß dort nichts Brauchbares zu finden ist, denn sonst hätte er schon vor langer Zeit in diesem Grab herumgewühlt. Aber das letzte Wort ist noch nicht gesprochen. Zum Teufel mit ihm! Es muß dort etwas geben.«

Ich hatte ihm nichts von meiner Entdeckung erzählt. Die Fassung des Rings steckte in diesem Augenblick in meiner Jackentasche, und ich hatte das Gefühl, daß sie gegen meine Brust drückte. Aber das war natürlich Unsinn, denn sie war sehr klein und leicht. Wäre ich meinem archäologischen Gewissen gefolgt, hätte ich sie sicher verstaut in einer Schachtel zurückgelassen; fein säuberlich beschriftet mit Fundort und Datum. Ich kann den sonderbaren Einfall weder erklären oder rechtfertigen, der mich veranlaßt hatte, sie wie ein Amulett zum Schutze vor Gefahr an meinem Körper aufzubewahren.

Die alten dämonischen, tierköpfigen Götter Ägyptens waren vom Ketzerkönig verboten worden. Allerdings ist es einfacher, ein Gesetz zu erlassen, als es durchzusetzen; vor allem dann, wenn das Verbotene gefühlshafte, tiefverwurzelte menschliche Bedürfnisse und Sehnsüchte anspricht. Bei früheren Ausgrabungen hatten wir Hinweise darauf gefunden, daß das einfache Volk seine geliebten Hausgötter nicht aufgab, wie befohlen worden war. Sobek war ein Krokodilgott, der hauptsächlich im Norden, in Fayum, verehrt wurde. Zum erstenmal war ein Abbild von ihm in Amarna aufgetaucht, doch das war nicht überraschender als die Entdeckung von Bes, dem grotesk anzusehenden Schutzpatron der Ehe, und von Thoueris, die ihre Hand über schwangere Frauen hielt. Doch als ich das Abbild des Krokodilgottes fand, nachdem ich einer weiteren tödlichen Gefahr nur um Haaresbreite entronnen war ... verwundert es da, daß in meinem Kopf Aberglauben und Vernunft miteinander rangen?

Erst die Schlange und dann das Krokodil. Stand uns nun noch der dritte schreckliche Schicksalsschlag bevor? Wenn sich die Mythen und Legenden bewahrheiten sollten, würde er die größte Bedrohung von allen bedeuten.

*

Die Männer mußten den Großteil des Tages damit verbringen, den Eingang zum Grab freizulegen, der von Gesteinsbrocken blockiert war. Manche hatten einen beachtlichen Umfang, und die Geröllhalde war durch wiederholte Fluten und die Sonneneinstrahlung hart wie Zement geworden. Ich wies Cyrus darauf hin, daß wir den Schutt sieben mußten. Wahrscheinlich war durch die obere Öffnung und weitere noch nicht entdeckte Felsritzen immer wieder Wasser eingedrungen und hatte Gegenstände nach draußen auf den Abhang gespült.

Nur Cyrus' gute Manieren – und, wie ich glauben möchte, sein Respekt vor meinen beruflichen Kenntnissen – hinderten ihn daran, heftig Einspruch dagegen zu erheben, da das eine Menge Zeit in Anspruch nahm. Es war schon später Nachmittag, als ich den Beweis für die Richtigkeit meiner Methode erhielt. Die Scherbe, die wir entdeckten, wäre von weniger sorgfältig arbeitenden Archäologen sicherlich übersehen worden.

Es handelte sich nur um ein Stück Alabaster (oder besser gesagt Kalkstein), etwa fünf Zentimeter lang und auf den ersten Blick formlos. Feisal – der natürlich in meinen Arbeitsmethoden unterwiesen worden war – gebührte die Ehre, die Wichtigkeit dieses Fundes als erster erkannt zu haben. Lächelnd und in Erwartung eines Lobs brachte er mir die Scherbe. »Es steht etwas darauf geschrieben, Sitt. Siehst du die Hieroglyphen?«

Die Aufregung, die jede Faser meines Körpers durchdrang, als ich die wenigen Schriftzeichen las, drängte für den Augenblick alle weiteren Überlegungen in den Hintergrund. Mit einem durchdringenden Schrei rief ich Cyrus herbei und zeigte ihm die bruchstückhafte Inschrift. ›Die ehrenwerte Frau des Königs, Neferneferuaten Nofretete.‹ Es handelt sich um den Teil eines Schawabti, Cyrus. Eines Schawabti von Nofretete!«

»Ein Uschebti?« Cyrus riß mir die Scherbe aus der Hand. Ich verzieh ihm diesen Verstoß gegen die guten Manieren; wie ich erfaßte auch er die Tragweite dieses Wortes.

Uschebtis oder Schwawabtis waren Grabbeigaben, Figürchen mit dem Antlitz des (oder der) Toten, die im nächsten Leben beseelt wurden, um ihm (ihr) zu dienen. Je reicher der Verstorbene war, um so mehr dieser kleinen Statuen besaß er. Fragmente vieler Uschebtis, die den Namen Echnatons trugen, hatten wir bereits gefunden; erst am Vortag hatte Emerson drei im Königsgrab entdeckt. Doch bei diesem hier handelte es sich um das erste mir bekannte Figürchen, das mit dem Namen der Königin versehen war.

»Beim Allmächtigen, Amelia, Sie haben recht!« rief Cyrus aus. »Es sind die Unterschenkel und Teile der Füße eines Uschebtis. Es kann nicht aus dem Königsgrab stammen ...«

»Das stimmt nicht unbedingt.« Leider Gottes gab es immer wieder Wissenschaftler, die aus unzureichenden Hinweisen die abwegigsten Theorien zimmerten. Allerdings war ich persönlich nie dieser Schwäche verfallen, und ich wollte Cyrus vor allzu großer Begeisterung warnen.

»Bruchstücke von Echnatons Grabbeigaben, auch Uschebtis, wurden wahrscheinlich auf den Abhang hinausgeworfen«, fuhr ich fort. »Und eine heftige Flut hat sie möglicherweise weit ins Tal hineingespült. Jedoch handelt es sich hier nicht um einen Teil *seiner* Grabbeigaben. Ihr Name steht auf vielen

Gegenständen neben seinem, aber Uschebtis wurden nur für den jeweiligen Verstorbenen angefertigt und beschriftet.«

Cyrus hielt die Scherbe so vorsichtig in der Hand, als ob sie aus purem Gold wäre. »Dann stammt sie aus ihrem Grab. Diesem Grab hier!«

»Nein«, widersprach ich bedauernd. »Das glaube ich nicht. Wenn sie ein eigenes Grab gehabt hätte, wäre es gewiß näher an seinem gelegen. Und so wenig wir bislang auch von diesem Grab hier gesehen haben, wirkt es doch klein und unvollendet. Wie dem auch sei, wir haben eine bemerkenswerte Entdeckung gemacht. Herzlichen Glückwunsch, Cyrus.«

»Das Lob gebührt Ihnen, meine Liebe.«

»Und Feisal.«

»Ach ja.« Cyrus versetzte Abdullahs Sohn einen herzhaften Klaps auf den Rücken. »Das bedeutet ein großes Bakschisch für dich, mein Freund. Und wenn du mehr solcher Scherben findest, wird die Belohnung noch größer.«

Allerdings hatten wir, als der Sonnenuntergang uns zwang, die Arbeit abzubrechen, nichts Interessantes mehr gefunden. Da sich Cyrus' Hoffnungen nicht erfüllt hatten, war er schlechter Laune, obwohl ich sagen muß, daß er, verglichen mit den Auftritten, zu denen Emerson neigte, die Geduld eines Heiligen an den Tag legte. »Ich habe es satt, mich mit einer Handvoll Wasser zu waschen«, knurrte er, während wir den staubigen Pfad entlanggingen. »Wenn ich nicht bald in eine Badewanne steige, eigne ich mich nicht einmal mehr zur Gesellschaft für ein Maultier, geschweige denn für eine Dame.«

»Besagte Dame befindet sich in keinem besseren Zustand«, erwiderte ich lächelnd. »Aber ich muß zugeben, daß mich die mangelnde Gelegenheit, sich zu säubern, von allen Unbequemlichkeiten des Zeltens in freier Natur am meisten stört. Wenn ich mich nicht verrechnet habe, ist morgen Freitag, und die Männer werden ihren Ruhetag fordern. Wie ich annehme, beabsichtigt Emerson, zum Fluß zurückzukehren.«

»Bei diesem starrsinnigen Ziegenbock kann man sich auf nichts verlassen«, meinte Cyrus heftig.

Ich versprach, mein möglichstes zu tun, um Emerson zu überreden. Hoffentlich ist jetzt nicht der Eindruck entstanden, es sei ein Mangel an spartanischem Durchhaltevermögen gewesen, der mich eine Arbeitspause herbeisehnen ließ. Doch eine Dame möchte allzeit frisch und gepflegt sein, und eine Dame, die das Herz eines Gentleman gewinnen will, kann nicht auf ihren Erfolg vertrauen, solange sie aussieht wie eine staubige Mumie und riecht wie ein Esel. Allerdings waren das nicht die Gründe (wenigstens glaube ich das nicht), warum ich das Königswadi verlassen wollte. Der Ort löste in mir allmählich Beklemmungen aus. Die Felswände schienen immer näher zu rücken, die Schatten wirkten dunkler. Ich war auf allen vieren durch staubige Gänge gekrochen, hatte mich durch Löcher gezwängt, die kaum groß genug waren, um mich durchzulassen, aber ich hatte bislang nicht das klaustrophobische Gefühl empfunden, das mich nun beschlich.

Die anderen waren von der Arbeit zurückgekehrt, also machte ich mich auf die Suche nach Abdullah. Er und unsere übrigen Männer hatten ihr eigenes kleines Lager. Sie waren entsetzliche Snobs (wozu sie als begehrteste und am besten ausgebildete Männer im Land auch allen Grund hatten) und zeigten den Hilfskräften die kalte Schulter. Ich hatte meinen Verbandskasten mitgebracht, und als ich das freudige Lächeln sah, mit dem die Männer mich begrüßten, schämte ich mich, weil ich mir nicht die Zeit genommen hatte, mit ihnen zu plaudern oder mich um ihre Verletzungen zu kümmern.

Und ich schämte mich noch mehr, als sie mir ihre verschiedenen leichten Wunden, von einem gequetschten Finger bis hin zu einer schweren Augenentzündung, zeigten. Nachdem ich Daouds Augen mit einer Lösung aus Borsäure gespült hatte, verarztete ich die übrigen Männer und schalt sie, da sie sich nicht schon früher an mich gewandt hatten.

»Morgen kehren wir zum Fluß zurück«, sagte ich. »Mir gehen die Medikamente aus, und wir alle haben Ruhe nötig.«

»Emerson wird sich weigern«, meinte Abdullah bedrückt.

»Entweder kommt er freiwillig mit, oder wir rollen ihn in einen Teppich und tragen ihn«, entgegnete ich.

Die Männer grinsten und stießen einander an, und Abdullahs trübsinniges Gesicht erhellte sich ein wenig. Aber er schüttelte den Kopf. »Du weißt, warum er hier ist, Sitt.«

»Gewiß weiß ich das. Er hofft, unseren Feind zu einem weiteren Überfall zu provozieren, damit er ihn zu fassen bekommt. Bis jetzt ist dieser brillante Plan nur zur Hälfte geglückt. Wir sind zweimal überfallen worden ...«

»Nicht wir, Sitt Hakim, du.«

»Und Mohammed. Das waren drei Anschläge, und wir sind der Lösung keinen Schritt näher als zuvor.«

»Emerson ist sehr wütend darüber«, sagte Abdullah. »Heute hat er sich ziemlich närrisch verhalten, noch närrischer, als es sonst seine Gewohnheit ist. Einmal ist er mir fast entschlüpft. Glücklicherweise hat Ali ihn beobachtet und ist ihm gefolgt. Bis Ali ihn eingeholt hatte, hatte er schon fast das Ende des Wadi erreicht.«

»Was tat er da?« fragte ich.

Abdullah breitete die Hände aus und zuckte die Achseln. »Wer kann die Gedanken des Vaters der Flüche verstehen? Vielleicht hoffte er, sie würden ihm dort auflauern, um ihn allein abzupassen.«

»Noch ein Grund, warum wir ihn überzeugen müssen, diesen Ort auf der Stelle zu verlassen«, meinte ich entschlossen. »Es ist zu gefährlich. Jetzt gehe ich und spreche mit ihm.«

»Ich halte den Teppich bereit, Sitt«, sagte Abdullah.

Emerson war nicht in seinem Zelt. Es wurde dunkel. In dem schmalen Tal breitete sich die Finsternis aus wie schwarze Flüssigkeit in einer Schüssel. Ich stolperte über Steine und fluchte leise vor mich hin (ein Hinweis darauf, daß ich im Augenblick weit von der mir sonst eigenen Gelassenheit entfernt war).

Schließlich stieg mir Tabakrauch in die Nase, und ich entdeckte den rötlichen Schimmer einer Pfeife. Emerson saß abseits vom Feuer auf einem Felsen. Zuerst hielt ich den dunklen Schatten zu seinen Füßen für einen weiteren Stein. Doch dann bewegte sich dieser Schatten.

»Steh' sofort auf, Bertha«, sagte ich streng. »Eine Dame kauert nicht auf dem Boden herum.«

»Ich habe ihr einen Felsen angeboten«, meinte Emerson freundlich. »Also ersparen Sie mir den Vortrag, der Ihnen zweifellos schon auf der Zunge liegt. Sie brauchte Trost und Zuspruch, wie ihn wohl jede Frau unter den gegebenen Umständen brauchen würde. Oder nehmen Sie an, ein englischer Gentleman würde sich von einer Dame in Bedrängnis abwenden?«

»Sie hätten auch zu mir kommen können.« Wie ich befürchte, war mein Tonfall immer noch ein wenig spitz. »Was ist, Bertha?«

»Wie können Sie das fragen?« Sie kauerte weiterhin zu Emersons Füßen, und ich glaubte zu sehen, daß sie enger an ihn heranrückte, wenn das überhaupt möglich war. »Er ist da draußen, beobachtet alles und wartet. Ich spüre seinen Blick auf mir. Er spielt mit mir wie eine Katze mit einer Maus. Ihre Wachen sind zwecklos, er kommt und geht, wie es ihm gefällt, und wenn er mir etwas antun will, hindert ihn nichts daran.« Sie erhob sich und stand schwankend vor mir. Selbst in der Dunkelheit erkannte ich das Zittern ihres Gewandes. »Es ist schrecklich hier! Die Wände umschließen uns wie in einem gewaltigen Grabmal, und hinter jedem Felsen, in jeder Nische hält sich ein Feind versteckt. Sind Sie denn aus Stein, daß Sie es nicht fühlen?«

Am liebsten hätte ich ihr eine Ohrfeige versetzt, wenn ich besagtes Körperteil unter dem Schleier hätte ausfindig machen können. Also streckte ich einfach die Hand aus, griff nach etwas – einem Arm, wie ich glaube – und schüttelte ihn heftig. »Genug, Bertha. Keinem von uns gefällt es hier, aber ein unweiblicher, hysterischer Auftritt hilft uns allen nicht weiter.«

»Unweiblich?« wiederholte eine Stimme aus der Dunkelheit.

Ich achtete nicht auf sie und fuhr fort. »Du wirst es noch eine Nacht lang hier aushalten müssen. Morgen brechen wir auf.«

»Ist das auch wirklich wahr?«

Emerson mußte versehentlich eine ziemliche Menge Rauch eingeatmet haben, denn er fing an, heftig zu husten. »Ja«, antwortete ich laut. »Es ist wahr. Nun geh' und ... und ... ach, es ist mir völlig gleichgültig, was du tust, solange du nur aufhörst zu jammern und alle hier verrückt machst.«

Bertha entfernte sich. Sie glitt so mühelos über den holperigen Boden, als ob sie in der Dunkelheit sehen könnte. Emerson bekam wieder Luft. »*Sie* macht offenbar überhaupt nichts verrückt, MISS Peabody«, stellte er fest. »Und Ihre ungeheuerliche Selbstsicherheit scheint gegen jegliche Anfechtung gefeit zu sein. Sie haben also beschlossen, wann wir aufbrechen, richtig?«

»Umstände, die für jeden vernünftigen Menschen offensichtlich sein sollten, verlangen nach einer kurzen Unterbrechung der Arbeit, damit wir uns ausruhen und weitere Vorbereitungen treffen können. Unter diesen Bedingungen kann ich die Pausen und Abdrücke, die ich im Königsgrab angefertigt habe, nicht vergleichen. Die Männer haben ein Anrecht auf einen Ruhetag. Außerdem habe ich den Großteil meiner Medikamentenvorräte bei Mohammed verbraucht ... Du meine Güte, warum streite ich überhaupt mit Ihnen herum?«

»Es würde auch gar nicht zu Ihnen passen, gnädigerweise Ihre Beweggründe zu erläutern«, entgegnete Emerson in bedrohlich ruhigem Ton. »Wahrscheinlich haben Sie Abdullah und die anderen Arbeiter und auch Ihren treuen Gefolgsmann Vandergelt bereits aufgewiegelt. Ich kann Sie nicht daran hindern, zu tun, was Ihnen gefällt, aber wer sollte mich davon abhalten, hier zu bleiben?«

»Abdullah, die anderen Arbeiter und mein treuer Gefolgsmann Vandergelt«, erwiderte ich spitz. »Kommen Sie doch ans Feuer. Sitzen Sie nicht im Dunkeln herum; damit fordern Sie regelrecht heraus, daß Ihnen jemand ein Messer in den Rükken stößt.«

»Ich sitze, wo es mir paßt, MISS Peabody, und solange ich will. Guten Abend.«

*

Zu Emersons Enttäuschung – dessen war ich mir sicher – versuchte niemand, ihn zu erdolchen. Bald gesellte er sich zu uns ans Feuer. Ich wartete auf ihn, ehe ich mein Vorhaben ankündigte, denn es ist nicht meine Art, hinter seinem Rücken seine Autorität zu untergraben. Wie ich herausgefunden habe, sparen direkte Auseinandersetzungen und ein ordentlicher Streit eine Menge Zeit.

Doch zu diesem Streit kam es nicht. Die Nachricht von unserem morgigen Aufbruch löste allerdings auch nicht die Überraschung und Freude aus, mit denen ich gerechnet hatte. Offenbar hatten es alle erwartet.

»Schließlich ist der Freitag bei den Moslems ein heiliger Tag«, meinte Charlie. »Wir haben uns schon gedacht, daß ein aufgeklärter Dienstherr wie Mr. Vandergelt Verständnis für die Anliegen der Arbeiterklasse hat und uns übrigen natürlich die gleichen Rechte zugesteht.« Er grinste besagten Dienstherrn frech an.

Cyrus grunzte, was ganz ähnlich klang wie sonst bei Emerson. Dieser jedoch gab keinen Mucks von sich.

Ich fragte mich, was Emerson wohl im Schilde führte. Nach einigen Minuten der Überlegung kam ich darauf. Er hatte gehofft, unseren Feind dazu zu bringen, sich zu zeigen. Bislang aber war nämlicher Feind nicht auf dieses Angebot eingegangen, was bewies, daß er ein vernünftiger Mensch war. Statt dessen hatte er gedungene Schläger auf uns gehetzt, die die schmutzige Arbeit für ihn erledigen sollten. Und falls er sich doch an den Ort des Geschehens gewagt hatte, war das im Schutze der Dunkelheit geschehen. Doch ich bezweifelte es. Sein Modus operandi, wenn ich solch einen Fachausdruck bemühen darf, bestand darin, hinter den Kulissen zu wirken. Er hatte sich auch damals erst an Emerson herangetraut, als dieser gefesselt und hilflos vor ihm gelegen hatte.

Ungeduld ist einer von Emersons auffälligsten Fehlern, und obgleich der Ausdruck »stur« ihn nur unzureichend beschreibt, verschließt er seine Augen nicht vor einer logischen Schlußfolgerung, wenn ihm nichts anderes übrigbleibt. Seine Strategie war weder geglückt, noch hatte sie irgendeine Aussicht auf Erfolg. Selbstverständlich war mir das von Anfang an klargewesen, und wenn Emerson willens gewesen wäre, mich anzuhören, hätte ich ihm das auch mitgeteilt. Doch er hatte sich taub gestellt; nun aber kam er um die zwingende Konsequenz nicht mehr herum. Außerdem hatte er es allmählich satt, sich gegen die ständigen Überfälle zur Wehr zu setzen, die ihn von seinen archäologischen Pflichten ablenkten und bislang nicht zu neuen Erkenntnissen geführt hatten. Der Augenblick für einen Szenenwechsel war gekommen.

Wenigstens, so überlegte ich, war die Zeit nicht völlig verschwendet gewesen. Daß Mohammed nicht mehr unter den Lebenden weilt, war jedoch nicht eindeutig als Erfolg zu werten; gewiß würde Sethos ohne die geringsten Schwierigkeiten weitere Meuchelmörder anheuern können. Aber wir (ich benutze dieses Wort, damit niemand sich ausgeschlossen fühlt) hatten im Königsgrab ganze Arbeit geleistet und neue Anregungen erhalten, wo wir in Zukunft Ausgrabungen durchführen konnten. Kevin stand unter strenger Aufsicht und lief nicht im Land umher, um anderen Menschen Ärger zu machen. Und ich wußte, ob Cyrus es nun zugeben wollte oder nicht (er wollte nicht), daß man Charlie unbedingt im Auge behalten mußte. Glücklicherweise war ich nicht meinem ersten Impuls gefolgt, ihn einsperren zu lassen. Wenn wir ihn beobachteten, ohne daß er es ahnte, würde er uns vielleicht zu seinem Herrn führen.

Doch der größte Trost war – darf ich es eingestehen? –, daß wir zwei der schrecklichen Schicksalsschläge überlebt hatten, von denen die alte Legende erzählt. Ich wagte nicht, das den anderen gegenüber zu erwähnen, da ich fürchtete, ausgelacht zu werden. Aber wie Sie sehen werden, werter Leser, eignet sich der weibliche Instinkt besser dazu, das geheimnisvolle Wirken der Vorsehung zu erahnen, als es die kalte Logik vermag.

*

Als wir am nächsten Morgen aufbrachen, waren wir allerbester Stimmung. Wir gingen zu Fuß; da wir die Zelte und den Großteil unserer Ausrüstung zurückließen, brauchten wir keine Esel. Häufig hallte Berthas melodisches Lachen von den Felswänden wider; es hatte einen erwartungsvollen Klang, der mich daran erinnerte, wie jung sie noch war. Obwohl ich an die Mühen des Marschierens durch die Wüste gewöhnt bin, freute ich mich sehr auf ein Bad und saubere Kleider. Ich hatte drei Arbeitsanzüge mitgebracht; alle befanden sich in einem entsetzlichen Zustand, waren staubig und fleckig, weil ich sie natürlich nicht hatte waschen können.

Ich fühlte mich wie von einer Zentnerlast befreit, als wir den breiteren Teil des Wadi erreichten und die Ebene sahen, die sich vor uns erstreckte. Der weite Himmel, das Sonnenlicht. Weite! Nach all den Tagen in bedrückender Enge war das eine Wohltat. Die Sonne stand hoch, und die Wüste flirrte in der Hitze, aber dahinter lagen die sattgrünen Felder, und das Funkeln des Wassers erfrischte das Auge.

Unser Pfad führte die nördliche Seite der Hügelausläufer

entlang, die das östliche Dorf umschloß. Niemand machte den Vorschlag, eine Ruhepause einzulegen, obwohl wir schon seit zwei Stunden unterwegs waren. Wir alle wollten unser Ziel unbedingt so rasch wie möglich erreichen. Emerson war schon vorausgeeilt, eine Gewohnheit, die ich als höchst ärgerlich empfinde. Der Kater thronte auf seiner Schulter, und Abdullah klebte an seinen Fersen. Bertha und die beiden jungen Männer waren ein Stück zurückgeblieben. Und sicherlich muß ich nicht betonen, daß Cyrus wie immer nicht von meiner Seite wich.

Abgesehen vom Klang unserer Stimmen war es totenstill. Mit der Zeit aber drang ein weiteres Geräusch an mein Ohr, durchdringend und eintönig wie das Läuten einer Glocke. Als wir die Felskante erreichten, wurde es lauter. Links vor mir erkannte ich das kleine Haus, das Cyrus hatte bauen lassen. Vielleicht lag dort der Ursprung des Geräuschs.

Emerson hörte es auch. Er blieb stehen und neigte den Kopf zur Seite. Dann setzte er den Kater ab und ging auf das Haus zu.

Die Sonne brannte heftig wie ein offenes Feuer auf meinen Kopf und meine Schultern herab; doch plötzlich durchfuhr ein eisiger Schauder meinen Körper. Ich hatte das Geräusch erkannt; es war das Heulen eines Hundes.

Ich schüttelte Cyrus' Arm ab und rannte los. »Emerson!« rief ich. »Bleiben Sie weg da! Emerson, keinen Schritt weiter!«

Mit einem Blick auf mich setzte er seinen Weg fort.

Obwohl Emerson es verabscheute, zarte Gefühle zur Schau zu stellen, liebt er Tiere ebenso wie ich. Zwar zeichnen sich seine Bemühungen zum Schutz mißhandelter und gefährdeter Kreaturen nie durch den Wagemut aus, zu dem unser Sohn neigt, aber er hat schon häufig mit eigener Hand Füchse vor Jägern und ihren Meuten gerettet. Das Jaulen des Hundes ließ darauf schließen, daß er Schmerzen litt oder in Not war. Es zog Emerson ebenso unwiderstehlich an, wie das bei mir der

Fall gewesen wäre – hätte ich nicht Grund gehabt, eine Gefahr zu fürchten.

Ich sparte mir meinen Atem zum Rennen auf. Wenn nötig, kann ich eine ziemliche Geschwindigkeit erreichen, doch bei dieser Gelegenheit brach ich meinen eigenen Rekord. Emerson hatte das Haus erreicht, ehe ich ihn einholen konnte. Die Hand am Türriegel blieb er stehen und sah mich fragend an.

»Irgend jemand hat das Tier hier eingeschlossen. Was ist ...«

Ich war so außer Atem, daß ich kein Wort herausbrachte. Also warf ich mich auf ihn. Das erwies sich als ein Fehler, allerdings als entschuldbarer, wie ich glaube. Ich hatte nicht bemerkt, daß seine Finger bereits auf dem Riegel ruhten.

Der Hund, der unsere Stimmen hörte, fing an, sich gegen die Tür zu werfen. Sie flog auf. Emerson taumelte an die Wand, und ich stürzte ziemlich heftig zu Boden.

Die streunenden Dorfhunde sind magere, halbverhungerte Geschöpfe unbestimmbarer Rasse. Sie sind keine Haustiere, sondern wildlebende Ungeheuer, die allen Grund haben, die Menschen zu hassen und zu fürchten. Diejenigen, die trotz aller Entbehrungen das Erwachsenenalter erreichen, sind stärker und gefährlicher als ihre Artgenossen. Und dieser hier war tollwütig.

Er wäre Emerson sofort an die Kehle gegangen, wenn ich ihn nicht beiseite gestoßen hätte. Also stürzte er sich auf das erstbeste, was er sah – meinen Fuß. Als er seine Zähne in meinen Stiefel schlug, an ihm herumbiß und zerrte, tropfte ihm rosiger Schaum aus dem Mund. Ich hatte meinen Sonnenschirm noch in der Hand, den ich mit voller Wucht auf den Kopf des Hundes krachen ließ. Ein weniger tobendes Tier hätte durch einen solchen Schlag wohl das Bewußtsein verloren, doch diese Bestie setzte zu einem noch wütenderen Angriff an.

Emerson entriß mir den Schirm. Er schwang ihn hoch über den Kopf und schlug zu, so fest er konnte. Ich hörte das Splittern von Knochen und ein letztes Schmerzgeheul, das mir wohl immer im Gedächtnis bleiben wird. Das Tier rollte sich auf dem Boden, seine Läufe zuckten. Emerson schlug noch einmal zu. Diesmal war das Geräusch weniger laut, aber ebenso widerwärtig.

Dann packte Emerson mich unter den Achseln und zerrte mich von der Leiche des Hundes weg. Sein Gesicht war so weiß wie der Verband an seiner Wange – weißer, wenn ich genau sein will, denn der Verband war inzwischen sehr schmutzig, und er hatte an diesem Morgen mein Angebot, ihn zu wechseln, abgelehnt. Abdullah hatte sein Messer gezogen. Er stand da wie zur Salzsäule erstarrt und war ebenfalls erbleicht.

Emerson kniete neben mir nieder und griff nach Abdullahs Messer. »Mach' Feuer«, sagte er. Zuerst sah ihn Abdullah verwirrt an, aber dann nickte er.

Kevin führte in seiner Ausrüstung Brennstoff mit. Im Hintergrund nahm ich wahr, daß Abdullah eilig herumhantierte, doch mein hauptsächliches Augenmerk galt meinem Stiefel, den Emerson gerade aufschlitzte. Die Schnürsenkel waren verknotet und klebrig von Speichel, und um den Knöchel herum war der Schaft zu Fetzen zerrissen.

»Nicht anfassen!« rief ich aus. »Ihre Hände sind immer voller Kratzer und Schnitte; eine offene Wunde ...«

Mit einem Schmerzensschrei, den ich nicht unterdrücken konnte, brach ich ab, als Emerson den Stiefel mit eiserner Faust packte und ihn mir vom Fuß riß. Cyrus kam gerade rechtzeitig um die Hausecke, um meinen Ausruf zu hören.

Zornig runzelte er die Stirn, und er wollte sich, wie ich glaube, schon auf Emerson stürzen, als er die Leiche des Hundes sah. Er wurde aschfahl, denn sein rascher Verstand hatte sofort erfaßt, was das bedeutete.

»Gütiger Gott!« entfuhr es ihm. »Hat er ...«

»Das versuche ich ja gerade festzustellen, Sie verdammter Narr«, fauchte Emerson und untersuchte meinen schmutzigen Strumpf so gründlich wie ein Wissenschaftler, der durch ein Mikroskop blickt. »Halten Sie sie zurück«, fügte er hinzu, als die anderen erschrocken auf uns zueilten und uns mit Fragen überhäuften. »Und fassen Sie auf keinen Fall ...«

Das Geräusch, das über seine Lippen drang, war kein Stöhnen, sondern ein unterdrückter Fluch. Auch ich hatte sie gesehen – eine kleine Rißwunde, kaum zweieinhalb Zentimeter lang. Aber sie war groß genug, um meinen Tod zu bedeuten.

Vorsichtig zog Emerson mir den Strumpf aus und nahm meinen nackten Fuß in die Hand.

Es gehört sich nicht, eitel wegen seines Aussehens zu sein, und der Himmel weiß, daß ich dazu auch wenig Grund hatte. Doch im vertraulichen Rahmen dieser Zeilen gestehe ich, daß ich meine Füße immer für ziemlich hübsch gehalten habe. Sie waren klein und schmal mit hohem Rist und sind von keinem geringeren Fachmann als Emerson selbst gelobt worden. Nun musterte er eindringlich nicht besagtes Körperteil, sondern den kleinen Kratzer an meinem Knöchel. Die Haut war kaum verletzt worden. Nur ein paar winzige Blutstropfen traten aus.

Eine Weile sagte niemand ein Wort. Dann verkündete Abdullah: »Das Feuer brennt, Vater der Flüche.« Er streckte die Hand aus, und ich glaube, daß sie ein wenig zitterte.

Emerson gab ihm das Messer.

Wenn Ramses dabei gewesen wäre, hätte er sicherlich schon losgeredet. Da Kevin fast ebenso geschwätzig war wie mein Sohn, überraschte es mich nicht, daß er als erster das Schweigen brach. »Es ist doch nur ein Kratzerchen. Vielleicht war der Hund ja nicht tollwütig. Vielleicht ...«

»Wenn niemand dafür sorgt, daß dieser irische Idiot sofort den Mund hält, prügle ich ihn windelweich«, drohte Emerson.

»Wir dürfen kein Risiko eingehen, Kevin«, sagte ich. »Ich setze mich jetzt auf und ...«

»Sie werden liegenbleiben«, meinte Emerson ruhig. »Vandergelt, machen Sie sich nützlich. Schieben Sie Ihren Rucksack unter ihren Kopf und schauen Sie, ob Sie eine Flasche Brandy auftreiben können.«

»Ich habe immer eine Taschenflasche voll Brandy bei mir«, sagte ich und tastete nach meinem Gürtel. »Nur zu medizinischen Zwecken natürlich. In der anderen Flasche ist Wasser.«

Emerson nahm mir den Flachmann ab und schraubte ihn auf. Ich kippte den Inhalt herunter wie ein Gewohnheitstrinker, denn unnötiges Martyrium vermeide ich gern. Ich wünschte nur, ich könnte genug von dem entsetzlichen Zeug hinunterbekommen, damit ich rasch sturzbetrunken wurde und das Bewußtsein verlor. Aber ich wußte, wenn ich zu schnell trank, würde mir nur übel werden.

Doch Übelkeit, Vollrausch und Schmerzen waren dem Tod vorzuziehen. Ich wußte, daß Tollwut unweigerlich tödlich endet, und ich konnte mir keine unangenehmere Art zu sterben vorstellen.

Als Abdullah zurückkehrte, drehte sich schon alles in meinem Kopf, und ich war froh, mich an die Kopfstütze lehnen zu können, die Cyrus mir untergeschoben hatte. Er kniete neben mir nieder; in seinem Gesicht waren Mitleid und Sorge zu lesen, und er nahm meine Hand. Die Messerklinge glühte rot wie eine Kirsche. Abdullah wickelte einen Lappen um das Heft und reichte Emerson die Waffe.

Selbstverständlich war es ein höchst unangenehmes Gefühl. Merkwürdigerweise störte mich das Zischen und der Geruch des verbrannten Fleisches am meisten. Jemand schrie auf. Aller Wahrscheinlichkeit nach war ich es selbst.

Als ich wieder zur Besinnung kam, spürte ich, daß jemand mich im Arm hielt. Es war nicht Emerson. Ich blinzelte, bis ich wieder klar sehen konnte, und stellte fest, daß er sich abgewandt hatte.

»Es ist vorbei, liebste Amelia«, meinte Cyrus und drückte mich an sich. »Sie sind gerettet, Gott sei gepriesen.«

»Großartig«, sagte ich und fiel erneut in Ohnmacht.

Beim nächsten Erwachen brauchte ich nicht aufzublicken,

um zu wissen, wer mich nun in seinen Armen trug. Ich mußte einige Zeit bewußtlos gewesen sein, denn als ich die Augen aufschlug, sah ich vor mir Palmwedel. Ein Huhn flog gakkernd auf. Emerson mußte es mit dem Fuß beiseite gestoßen haben. Das sah ihm gar nicht ähnlich; für gewöhnlich stieg er über sie hinweg.

»Sind Sie wieder wach?« fragte er, als ich mich schwach regte. »Darf ich der erste sein, der Sie dazu beglückwünscht, sich wie eine ganze Frau verhalten zu haben?«

Ich wandte den Kopf und sah ihn an. Der Schweiß war ihm die Wangen hinabgelaufen und hatte in dem Staub, der sein Gesicht bedeckte, Spuren hinterlassen. »Sie können mich jetzt absetzen«, sagte ich. »Ich gehe zu Fuß.«

»Seien Sie doch nicht albern, Peabody«, lautete die barsche Antwort.

»Darf ich Sie tragen?« flehte Cyrus, der wie immer nicht von meiner Seite wich.

»Nicht nötig. Wir sind fast da.«

»Wie fühlen Sie sich, meine Liebe?« fragte Cyrus.

»Es geht«, murmelte ich. »Eigentlich gut, aber ein wenig merkwürdig. Es ist, als gehöre mein Kopf nicht zu meinem restlichen Körper. Passen Sie auf, daß er nicht wegfliegt, Cyrus. Er ist so nützlich. Worauf soll man sonst den Hut setzen?«

»Sie phantasiert«, sagte Cyrus besorgt.

»Sie ist sturzbetrunken«, widersprach Emerson. »Ein interessantes Gefühl, nicht war, Peabody?«

»Ja, wirklich. Ich hatte es mir nicht so vorgestellt.«

Ich wollte schon weitersprechen und einige der Symptome schildern, die ich eben durchlebte, als ich das Geräusch laufender Füße hörte. »Emerson!« rief eine Stimme. »O Vater der Flüche, warte auf mich! Alles ist gut. Der Hund war nicht tollwütig. Sie ist gerettet, sie wird nicht sterben!«

Emersons Arme umschlossen mich wie ein Schraubstock und ließen dann wieder locker. Als er sich umwandte, sah ich

Abdullah, der auf uns zurannte und mit den Armen ruderte. Er grinste übers ganze Gesicht, und alle paar Schritte vollführte er einen albernen kleinen Luftsprung wie ein hüpfendes Kind.

Wir hatten den Dorfplatz erreicht. Die Prozession, die uns von den Feldern aus gefolgt war – Männer, Frauen, Kinder, Hühner und Ziegen –, umringte uns nun. Das Leben in diesen Dörfern ist sehr langweilig, weshalb jedes Ereignis sofort zu einem Menschenauflauf führt.

»Also, was ist?« fragte Emerson ruhig, als sein Vorarbeiter ihn keuchend eingeholt hatte.

»Jemand hatte ihm einen Stock zwischen die Kiefer geklemmt, um sein Maul offenzuhalten«, japste Abdullah. »Die Splitter sind tief eingedrungen, als der Stock zerbrochen ist. Und das hier«, er hielt das schmutzige, blutverkrustete Stück einer zerschlissenen Schnur hoch, »war eng um seinen ...«

»Schon gut«, unterbrach Emerson mit einem Blick auf mich.

»Wie entsetzlich!« rief ich aus. »Das arme Tier! Wenn ich diesen Schurken in die Finger bekomme, werde ich ... ach, du meine Güte, mir ist auf einmal so seltsam. Wahrscheinlich hat mich die Wut ... Emerson, am besten lassen Sie mich rasch hinunter.«

*

Obwohl ich mich danach um einiges besser fühlte, stellte ich zu meinem Bedauern fest, daß ich nicht aufrecht stehen konnte. Allerdings war es nicht mein Fuß, der mich daran hinderte, obwohl er höllisch schmerzte, sondern meine Knie, die stets in seltsamen Winkeln unter mir zusammensackten. Ich hätte nie gedacht, daß die anatomische Bauweise des Knies solche Verrenkungen überhaupt ermöglicht.

»Die Erfahrung war nicht so angenehm, wie Sie gedacht haben, oder?« meinte Emerson. »Und das Schlimmste kommt erst noch. Wenn Sie jetzt schon glauben, Kopfschmerzen zu haben, warten Sie erst mal morgen ab.«

Er sah so hübsch aus. Seine Augen schimmerten blau und blickten mich amüsiert und spöttisch an, sein Haar war in feuchten Wellen aus der Stirn zurückgestrichen, und seine stattliche Gestalt steckte in sauberen, allerdings zerknitterten Kleidern. Ich konnte ihm nicht einmal wegen des Spotts böse sein. Jemand hatte seinen schmutzigen Verband gewechselt. Wahrscheinlich Bertha. Sie versorgte mich so geschickt und sanft wie eine gelernte Krankenschwester, half mir beim Ausziehen meiner schmutzigen Kleider – denn meine Hände erfüllten ihren Dienst nicht besser als meine Knie – und unterstützte mich bei den anderen Verrichtungen meiner Toilette. Cyrus wartete draußen, um mich in den Salon zu tragen, wo wir uns alle versammelt hatten. Wir stärkten unsere inzwischen gesäuberten Körper und boten mittlerweile ein weitaus ansehnlicheres Bild als die Horde erschöpfter, schmutziger und aufgeregter Gestalten, die vorhin an Bord getaumelt war.

Ich strich meine Röcke glatt, machte es mir auf dem Diwan bequem und gestattete Cyrus, meinen Fuß auf einen Stuhl zu legen. »Ihren kleinen Spaß werden Sie noch haben, Emerson«, sagte ich. »Mir geht es ausgezeichnet. Aber ich muß zugeben, ich bin erleichtert, daß ich nicht an Tollwut erkranken werde. Wenn ich nur daran denke, welchen Mut Abdullah bewiesen hat, als er den armen Hund untersuchte. Er hätte sich anstecken können.«

»Ein Jammer, daß er nicht schon früher daran gedacht hat, sich den Hund aus der Nähe anzusehen«, meinte Cyrus mißbilligend. »Er hätte Ihnen die Schmerzen ersparen können, meine Liebe.«

»Es war mein Einfall, den Hund zu untersuchen«, warf Emerson ein. »Man kann nicht so einfach herausfinden, wie Sie glauben, ob ein Tier an einem fortgeschrittenen Stadium der Tollwut leidet. Und nur wenige Männer, auch wenn sie noch so hartgesotten sind, hätten gewagt, die Leiche zu berühren. Wie dem auch sei, ich bin nicht sofort auf die Idee gekommen, und das Ausbrennen der Wunde duldete keinen Aufschub. Bei derartigen Verletzungen zählt jede Sekunde. Wenn die Krankheitserreger in die Blutbahn gelangen ... Nun, denken wir nicht mehr daran. Der Hund wurde mit voller Absicht mißhandelt und dann in das Haus gesperrt, um unser Eintreffen zu erwarten. Wer wußte, daß wir diesen Weg nehmen würden?«

»Wahrscheinlich jeder«, sagte Charlie. »Heute ist Ruhetag; wir haben angenommen ...«

»Sehr richtig«, meinte ich. »Es führt zu nichts, in dieser Richtung Nachforschungen anzustellen. Der Schurke muß der Ansicht gewesen sein, daß es einen Versuch wert war. Schließlich hatte er nichts zu verlieren als einen armen Hund. Gott sei Dank sind wir rechtzeitig gekommen! Er ist von seinen Leiden erlöst.«

»Es sieht Ihnen ähnlich, es so zu betrachten«, murmelte Cyrus und nahm meine Hand.

»Hmmm«, brummte Emerson. »Sie sollten sich lieber einmal ausmalen, was geschehen wäre, hätte Abdullah den Hund nicht untersucht.«

»Wir hätten viele Tage und Wochen lang in quälender Ungewißheit geschwebt«, wandte Kevin nüchtern ein. »Selbst Ausbrennen muß nicht unbedingt ...«

»Nein, nein«, widersprach Emerson ungeduldig. »Der Angreifer war sicherlich nicht an Ihrem Mitgefühl interessiert, O'Connell. Was hoffte er durch diese Tat zu gewinnen?«

»Die vergnügliche Vorstellung, daß Sie sich ausmalen, wie Sie sich in den gräßlichen Zuckungen der Tollwut winden«, schlug ich vor. »In grauenhaften Erstickungsanfällen, Starrkrämpfen, schweren Depressionen, Erregung ...«

Emerson bedachte mich mit einem tadelnden Blick. »Sie sind genauso schlimm wie O'Connell. Schließlich wurden *Sie* doch von dem Hund angegriffen, nicht ich.«

»Aber eigentlich sollten *Sie* das Opfer sein«, beharrte ich.

»Immer stürmen Sie uns voran, weshalb Sie die Schreie des armen Tieres auch als erster hörten. Jeder, der Ihren Charakter kennt, weiß, wie Sie in einem solchen Fall unweigerlich reagieren ...«

»Das gleiche gilt für Sie.« Emerson sah mich eindringlich an. »Sie sind gerannt wie von wilden Furien gehetzt, Peabody. Woher wußten Sie, daß der Hund gefährlich war?«

Ich hatte gehofft, er würde sich darüber keine Gedanken machen. »Seien Sie nicht albern«, gab ich zurück, wobei ich mir Mühe gab, verärgert zu wirken. »Ich habe mir keine Sorgen des Hundes wegen gemacht. Ich fürchtete nur, man habe ihn als Mittel eingesetzt, um Sie in eine Falle zu locken, mehr nicht. Schließlich stürzen Sie sich immer Hals über Kopf in jede Gefahr ...«

»Und was ist mit Ihnen?« sagte Emerson. »Ich nehme an, Sie sind gestolpert und versehentlich gegen mich gestoßen.«

»Genau«, erwiderte ich in meinem würdevollsten Tonfall.

»Hmmm«, brummte Emerson. »Es spielt ja auch keine Rolle, welcher von uns beiden das Opfer sein sollte. Was hätten wir getan, wenn der Hund wirklich tollwütig gewesen wäre?«

Cyrus umfaßte fester meine Hand. »Ich hätte selbstverständlich einen Zug gemietet und sie sofort nach Kairo gebracht. In den dortigen Krankenhäusern ist man gewiß mit Pasteurs Methode vertraut.«

»Sehr gut, Vandergelt«, meinte Emerson. »Und irgendwo unterwegs hätte Sie eine Gruppe gütiger Fremder sicherlich von Ihrem Schützling befreit. Außer ... ach, verdammt!« Mit weit aufgerissenen Augen sprang er hoch. »Was bin ich doch für ein Vollidiot!« Und mit diesen Worten stürmte er aus dem Salon; die Tür schwang in den Scharnieren.

»Ach, verdammt!« wiederholte ich mit ebensolcher Heftigkeit. »Folgen Sie ihm, Cyrus! Zur Hölle mit meinen Röcken, meinem Fuß und meinen Knien ... Beeilen Sie sich!«

Wenn ich diesen Ton anschlage, wagt selten nur jemand, sich ungehorsam zu zeigen (falls es doch dazu kommt, ist es für gewöhnlich Ramses). Cyrus warf mir einen erstaunten Blick zu und lief Emerson nach. Charles sah René an. René sah Charles an. Dann zuckte Charles die Achseln. Gleichzeitig standen sie auf und verließen den Salon.

Unentschlossen stand Kevin mit einem Fuß im Raum auf der Schwelle. »Wohin will er?«

»Ich habe nicht die leiseste Ahnung. Ich kann nur annehmen, daß er sich an einen Ort begibt, von dem er sich besser fernhalten sollte – zumindest solange er allein und ohne Bewachung ist. Kevin, Sie können sich wieder setzen. Sie würden ihn sowieso nicht mehr einholen, falls das Ihre Absicht war.«

Kevin machte ein gekränktes Gesicht. Noch ehe er eine Erklärung hinsichtlich seiner Tapferkeit und seiner Kampflust abgeben konnte, stürzte Bertha auf ihn zu und packte ihn beim Arm. »Gehen Sie nicht! Bleiben Sie und beschützen Sie uns! Vielleicht ist es ein Trick ...«

»Ein Trick von Emerson?« fragte ich spöttisch. »Es ist hellichter Tag, und die meisten Männer sind noch an Bord. Setz dich, Bertha, und hör mit dem Gejammer auf!«

Das Flehen einer hilflosen Frau schmeichelte Kevins männlicher Eitelkeit. Er legte den Arm um die zierlich, zitternde Gestalt des Mädchens und führte sie zu einem Sofa. Nachdem sie sich niedergelassen hatte, sah sie mich aus weit aufgerissenen, dunklen Augen an. Dann zerrte sie sich den Schleier vom Gesicht, als fühlte sie sich von ihm erstickt.

»Er war vor Ihnen an der Tür«, sagte sie. »Warum hat der Hund Sie und nicht ihn angegriffen?«

»Ich bin ihm im Weg gestanden«, antwortete ich.

»Zufällig? Das glaube ich nicht. Ich sah, wie schnell Sie gelaufen sind. Wie sehr müssen Sie ihn lieben!«

»Jeder Mensch hätte so gehandelt«, meinte ich knapp, denn es ist nicht meine Gewohnheit, meine innersten Gefühle mit fremden jungen Frauen zu erörtern.

»Ich nicht«, widersprach Kevin ehrlich. »Wenigstens nicht,

wenn ich vorher Zeit zum Nachdenken gehabt hätte.« Mit einem tiefen Seufzer tätschelte er Berthas Hand. »Ach ja, das ist der Fluch unseres verdammten britischen Moralkodex, den man uns von Kindheit an einbläut, bis er Teil unserer Natur wird. Ich habe mein bestes getan, ihn zu überwinden, aber es gab Situationen, in denen ich mich ganz automatisch wie ein Gentleman verhalten habe, ohne zuerst an meine eigene, teure Haut zu denken.«

»Sicherlich nicht viele«, sagte ich.

»Bertha zitterte heftig. Kevin hatte sich neben sie gesetzt und säuselte ihr mit besonders widerwärtigem Akzent beruhigende Worte ins Ohr. Ich kümmerte mich nicht weiter um die beiden. Mein Blick hing an einem der großen Fenster des Salons, durch das ich gesehen hatte, wie Emerson in Höchstgeschwindigkeit das Flußufer hinaufgeeilt war. Ohne Hut und in Hemdsärmeln lief er in Richtung des Dorfes. Sein Haar flatterte wild im Wind. Die anderen waren ihm gefolgt, aber ich kümmerte mich auch nicht um sie, nicht einmal in meinen Gedanken.

Sie kehrten früher zurück, als ich zu hoffen gewagt hatte. Am liebsten hätte ich vor Erleichterung aufgeschrien. Cyrus mußte ihn aufgehalten und ihm vernünftig zugeredet haben. Oder Emerson hatte – was wahrscheinlicher war – Zweifel bekommen. Denn für gewöhnlich war er Überzeugungsversuchen nicht sehr zugänglich, auch nicht dann, wenn sie auf Vernunftsgründen beruhten.

Er und Cyrus gingen nebeneinander her, die beiden jungen Männer folgten ihnen in respektvollem Abstand. Ich war erfreut, Emerson und Cyrus in offenbar freundschaftlichem Gespräch zu sehen, und ich hätte viel darum gegeben, zu hören, worüber sie redeten. Aber das spielte, wie ich mir sagte, keine Rolle; ich würde es zu einem späteren Zeitpunkt von Cyrus erfahren.

14. KAPITEL

»Männer finden stets irgendeine beeindruckend klingende Ausrede für ihre Genußsucht.«

Die Schlange, das Krokodil und der Hund – wir waren ihnen begegnet und mit ihnen allen fertig geworden! Der letzte der drei Unheilsboten war der raffinierteste und gefährlichste gewesen. Hätte Emerson nicht daran gedacht, den Kadaver des Hundes untersuchen zu lassen, wäre ich vielleicht jetzt in den Fängen unseres Erzfeindes. Ich hielt ihm nicht vor, daß es ihm nicht schon früher eingefallen war. Auf diesen Gedanken – so unabweislich logisch er auch war – war auch ich nicht gekommen. Ich war zu der Zeit ein wenig verwirrt gewesen. Nur wer den entsetzlichen Schrecken am eigenen Leib verspürt hat, kann verstehen, daß es einem beim bloßen Gedanken an diese gräßliche Krankheit das Herz zusammenschnürt. Die Wunde auszubrennen ist die wirksamste Behandlung, aber sie bedeutete keine sichere Heilung.

Emerson selbst war ebenfalls ein wenig verwirrt gewesen. Ich erinnerte mich an sein ernstes, bleiches Gesicht, als er sich über mich beugte, an die zusammengepreßten Lippen, als er sich darauf vorbereitete, den rotglühenden Stahl gegen mein Bein zu drücken. Aber seine starken Hände zitterten nicht, und in den lebhaften blauen Augen war nicht die Spur einer Träne zu sehen.

Natürlich erwartet man von einem Mann seines Charakters eine solche Standhaftigkeit. Ich hätte es ihm jedoch nicht übelgenommen, wenn er sich ein paar mannhafte Tränen aus den Augen gewischt hätte.

Die Augen, die mich nun anblickten, waren nicht strahlend blau, sondern stahlgrau – meine eigenen im Spiegel über der Frisierkommode. Wir hatten uns alle nach dem Mittagessen in unsere Kabinen zurückgezogen. Die anderen hielten ein Nickerchen, und wahrscheinlich dachten sie, ich würde dasselbe tun. Cyrus hatte mich auf mein Bett gelegt und mich gebeten, auszuruhen. Emerson hatte im Vorbeigehen zur Tür hereingerufen: »Schlafen ist die beste Medizin, MISS Peabody, das hilft mir in aller Regel.«

Wie hätte ich schlafen können? In meinem Kopf herrschte heillose Verwirrung. Ich war nicht deshalb zur Frisierkommode gehinkt, weil der Anblick meines Gesichts mir Vergnügen bereitet hätte, sondern weil ich in aufrechter Haltung besser nachdenken kann.

Als Cyrus mich in mein Zimmer brachte, hatte ich die Gelegenheit genutzt, um ihn über das Gespräch auszufragen, das ich zufällig belauscht oder besser gesagt zufällig beobachtet hatte. »Ich versuchte gerade, ihm Vernunft beizubringen, meine Liebe«, lautete die Antwort. »Er war auf dem Weg zurück in die Wüste, als wir ihn trafen; er wollte sich noch einmal den toten Hund ansehen. Keine Sorge, er hat es sich anders überlegt.«

Wenn dem bloß so gewesen wäre! Doch ich hegte meine Zweifel. Mir war es nie gelungen, Emerson so leicht zur Vernunft zu bringen.

Zusätzliche Anregung zum Nachdenken erhielt ich aus den Briefen, die mich erwarteten. Cyrus' Bote hatte sie, als er von unserer baldigen Rückkehr aus dem Wadi erfuhr, in meine

Kabine gelegt. Ich schob das Vergnügen, Ramses' neueste Mitteilung zu lesen, auf und widmete mich zuerst den anderen Briefen, denn ich hatte keine Grund zu der Annahme, daß Ramses' Schreiben mich beruhigen würde.

Aus Luxor teilte Howard Carter mir in knappen Zeilen mit, daß durch die ganze Stadt Journalisten schwärmten, die ihn und unsere anderen Freunde mit der Bitte um ein Interview bedrängten. »Gestern war ich im Großen Säulensaal in Karnak«, schrieb er, »als plötzlich hinter einer Säule ein Kopf zum Vorschein kam und eine Stimme rief: ›Stimmt es, Mr. Carter, daß Mrs. Emerson bei der Rettung ihre Mannes zwei ihrer Schirme zerbrochen hat?‹ Ich dementierte das natürlich, doch stellen Sie sich, Mrs. Emerson, auf die schlimmsten Exzesse journalistischer Phantasterei ein. Ich denke aber, daß Sie an so etwas bereits gewöhnt sind.«

Briefe von Freunden aus Kairo berichteten gleichfalls von äußerst ärgerlichen Überfällen und noch beleidigerenden Gerüchten. Der Brief von Sir Evelyn Barings Sekretär – dem er eine besorgte Notiz aus eigener Hand beigelegt hatte (aus der ganz offensichtlich sein Erstaunen sprach) – bot mehr Trost. Es war unmöglich gewesen, in solch kurzer Zeit den Aufenthaltsort sämtlicher Personen ausfindig zu machen, die ich auf meiner Liste verzeichnet hatte, doch die Nachforschungen gingen weiter. Und als ich die beigefügten Anmerkungen studierte, fragte ich mich, ob meine Theorie nicht vielleicht auf einem Irrtum beruhte. Diejenigen unserer früheren Feinde, die ins Gefängnis gewandert waren, saßen immer noch hinter schwedischen Gardinen. Achmet die Laus hatte man vor einigen Monaten ertrunken in der Themse gefunden. Das überraschte mich nicht; wer Opium raucht und damit handelt, hat keine hohe Lebenserwartung. Also blieben – ich zählte nach – sechs Personen übrig. Es gab zwar keine Garantie, daß nicht alle sechs hinter uns her waren, aber es wurden sichtlich weniger, was mich – wenn es auch unlogisch war – ziemlich ermutigte.

Es ließ sich nicht länger aufschieben. Seufzend öffnete ich Ramses' Brief.

Liebste Mama und liebster Papa! Ich bin zu dem Schluß gekommen, daß meine Fähigkeiten mehr auf intellektuellem als auf körperlichem Gebiet liegen, zumindest im Augenblick. Einen gewissen Trost bietet die Erkenntnis, daß meine körperliche Unvollkommenheit sich in gewissem Maße durch den natürlichen Lauf der Zeit verbessern wird – oder um einen gängigeren Begriff zu verwenden, wenn ich erst einmal erwachsen bin. Ich wage nicht zu hoffen, daß ich jemals den Grad an Körperkraft und Durchsetzungsvermögen erreichen werde, der Papa auszeichnet; die mir angeborenen Talente jedoch lassen sich durch beständige Ertüchtigung und durch die Übung in besonderen Fertigkeiten verbessern. Ich habe mir bereits ein Programm zusammengestellt und beabsichtige, dieses fortzuführen.

Ein eisiger Schauder fuhr mir durch die Glieder. Ich gab mich keiner Illusion hin, welche Art von Fertigkeiten Ramses im Sinn hatte. Die meisten hatten mit dem Antrieb spitzer oder explosiver Geschosse zu tun. Wahrscheinlich war es ein Glück, daß sich in meiner Kabine kein Whiskey befand und mein Fuß zu sehr schmerzte, um die weite Strecke bis zum Salon zurückzulegen. Wie Cyrus begriff auch ich allmählich, warum ein Mensch zum Trinker werden kann.

Ich zwang mich, weiterzulesen, und fragte mich, wann Ramses – wenn überhaupt – endlich auf den Punkt kommen würde.

Ich muß gestehen – da Aufrichtigkeit zu den Tugenden zählt, die Mama mir stets beizubringen versucht hat (obgleich ich zuweilen vermute, daß sie eher schadet als nützt) –, daß ich nicht der alleinige Urheber des Plans bin, der, wie ich hoffe, zu einer Lösung unserer gegenwärtigen Schwierigkeiten führt. Die An-

regung hierzu kam von unerwarteter Quelle. In den letzten Wochen bin ich mehreren solchen unerwarteten Quellen begegnet, und ich hoffe, ich bin von meinen Vorurteilen auf der ganzen Linie geheilt, obwohl ich mich, wie ich bereits schrieb, darauf freue, dieses fesselnde Thema zu späterer Zeit mit Euch zu erörtern.

Doch erlaubt mir, Mama zu Gefallen, das Ereignis in der richtigen Reihenfolge zu schildern.

Dank Tante Evelyns freundlicher Fürsprache wurde mein Zimmerarrest nach vierundzwanzig Stunden aufgehoben. Nachdem ich meine Freiheit wiedererlangt hatte, wußte ich nicht so recht, was ich mit mir anfangen sollte. Die Jungen gehen, wie Ihr wißt, zur Schule. Nefret las Stolz und Vorurteil *und war ganz gefesselt von der Geschichte, die ich schon immer als ziemlich albern empfunden habe. Die Damen, die ich kenne, gleichen denen im Buch beschriebenen in keiner Weise. Die kleine Amelia bot mir freundlicherweise an, mit ihr Backgammon zu spielen, doch mir war nicht nach der Gesellschaft eines Kindes zumute. (Keine Sorge, Mama, ich war sehr höflich zu ihr. Ich würde um nichts in der Welt die Gefühle dieses lieben Mädchens verletzen.)*

Normalerweise hätte ich mich in die Bibliothek begeben, um meine Studien der ägyptischen Grammatik fortzuführen, doch ich hielt es für klüger, Onkel Walter eine Weile aus dem Weg zu gehen. Also lenkte ich meine Schritte in Tante Evelyns Wohnzimmer, mit der Absicht, genauer zu erkunden (auf die taktvollste Weise, was ich wohl nicht eigens zu erwähnen brauche), zu welchem Zweck sie denn eigentlich einen großen schwarzen Sonnenschirm besaß.

Doch dort war sie nicht, statt dessen räumte Rose gerade das Zimmer auf. Ich bot ihr an, beim Staubwischen zu helfen, sie lehnte aber ganz entschieden ab. Allerdings hatte sie nichts gegen ein Gespräch einzuwenden.

Die aufregenden Ereignisse der vorletzten Nacht beschäftigten uns beide natürlich am meisten. Ich hatte Rose bereits alles darüber erzählt, doch sie bat mich, es zu wiederholen, was ich gerne tat. (Auch sie wußte nicht, warum Tante Evelyn den Sonnenschirm besaß, und weigerte sich, darüber Vermutungen anzustellen.) Das Thema, auf das sie immer wieder zu sprechen kam, war Ellis' verwerfliches Betragen. Sie kommt mit Ellis nicht aus; ich glaube, das habe ich Euch bereits mitgeteilt. Ellis ist ein gutes Stück jünger als Rose. Sie ist auch schlanker als Rose und hat flachsblondes Haar. Ich weiß nicht, was – wenn überhaupt – diese Merkmale damit zu tun haben, daß Rose mit Ellis nicht zurechtkommt. Meine Beschreibung soll als bloße Feststellung der Tatsachen dienen.

»Was kann man auch von ihr anderes erwarten«, sagte Rose und rümpfte dabei die Nase. »Ich habe Miss Evelyn gesagt, daß es mit ihr nicht gutgehen würde. Diese Sorte Mensch kenne ich.«

»Welche Sorte meinen Sie?« wollte ich wissen.

Bevor sie antworten konnte – wenn sie das überhaupt vorgehabt hatte –, kam Tante Evelyn herein. Sie bat mich, ich sollte mich zu ihr aufs Sofa setzen – dieser Bitte kam ich gerne nach –, und holte ihr Stickzeug hervor. Es berührte mich seltsam, als ich sie so dasitzen sah, so ordentlich und ruhig wie eine Dame auf einem Gemälde, während ich mich noch an die grimmige Walküre der vorvergangenen Nacht erinnerte.

»Laßt euch nicht in eurem Gespräch stören«, sagte sie mit ihrer sanften Stimme. »Ich weiß, daß ihr beiden euch gerne miteinander unterhaltet; bitte fahrt fort, als wäre ich gar nicht anwesend.«

»Wir sprachen gerade über Ellis«, sagte ich. »Rose weiß, zu welcher Sorte Mensch sie gehört. Ich wollte von ihr wissen, welche Sorte sie meinte.«

Rose lief puterrot an und begann, energisch den Teetisch zu wienern.

»Rose, Rose«, sagte Tante Evelyn sanft. »Sie müssen nachsichtiger mit ihr sein.«

Ich weiß nicht, was Rose den Mut gab, zu sprechen. Für ge-

wöhnlich murmelte sie nur ein »Ja, Madam« und schiebt die Möbel umher. Ich kann ihre Freimütigkeit in diesem Fall nur auf eine dieser Vorahnungen zurückführen, die Mama und mich und offenbar auch andere Menschen gelegentlich heimsuchen.

Sie war immer noch sehr rot im Gesicht, doch sie nahm kein Blatt vor den Mund. »Entschuldigen Sie, Miss Evelyn, aber ich glaube, Sie sollten das wissen. Ständig schleicht und schnüffelt sie herum. Einmal habe ich sie erwischt, wie sie gerade aus Master Ramses' Zimmer kam. Sie hat dort ja bekanntlich nichts verloren, Madam. Ich bin für das Zimmer von Master Ramses zuständig. Und was hat sie zu dieser nachtschlafenden Zeit draußen im Garten zu suchen, wenn ich fragen darf?«

Es war unheimlich, Mama und Papa, wie wir alle im selben Augenblick stutzten. Wir blickten einander an, und eine verrückte Vermutung schoß uns durch den Kopf. Nur, daß sie in Wirklichkeit gar nicht so verrückt war. Tante Evelyn ergriff als erste das Wort.

»Das Zimmer von Master Ramses, hast du gesagt, Rose? Was könnte sie dort gewollt haben?«

Ich schlug mir gegen die Stirn. (In Büchern habe ich gelesen, daß Leute das tun, doch ich habe da meine Zweifel – jedenfalls bestimmt nicht mehr als einmal.) »Spekulieren wir doch einmal drauflos!« rief ich. »Wie lange arbeitet Ellis schon bei dir, Tante Evelyn?«

Die darauffolgende Erörterung war sehr angeregt, und wir kamen einstimmig zu demselben Schluß. Ich war sehr ärgerlich, weil ich eine so offensichtliche Missetäterin nicht durchschaut hatte; indes stammte der folgende Plan, liebe Mama und lieber Papa, von mir.

»Lassen wir sie doch finden, was sie sucht!« rief ich. »Dann soll sie kündigen und ihren Fund mitnehmen, ohne den geringsten Verdacht, daß wir ihre Absichten durchschaut haben.«

Tante Evelyn und Rose überschütteten mich ob dieses Vorschlags mit solch schmeichelhaftem Lob, daß es mich ganz ver-

legen machte. Noch schmeichelhafter für mich war, daß sie mir zutrauten, eine glaubhafte Fälschung des fraglichen Dokuments anzufertigen; denn Ihr, liebe Mama und lieber Papa, wißt ja, das Original befindet sich in Papas … (die beiden letzten Worte waren durchgestrichen) *… ist anderswo.*

Ich machte mich sofort ans Werk. (Fälschungen herzustellen, ist eine faszinierende Beschäftigung. Ich habe es auf meine Liste der nützlichen Fertigkeiten gesetzt, die ich durch Übung vervollkommnen möchte.) Da ich wußte, daß der Anschein von Echtheit in diesem Fall von entscheidender Bedeutung war, benutzte ich ein Blatt aus Papas Notizbücher. (Dasjenige über die Ausgrabung in Dahshoor, das ich mir geholt hatte, um seine Rekonstruktion des Pyramidentempels zu studieren. Es gibt einige Punkte, die ich zu einem späteren Zeitpunkt gerne mit ihm erörtern würde.) Doch um fortzufahren: Ich mußte natürlich dafür sorgen, daß das Papier entsprechend alt aussah. Es bedurfte erst einiger Experimente, bevor ich die Lösung fand: ich buk das Papier im Herd, nachdem ich es an den Ecken ausgefranst und mit Wasser besprengt hatte. Dann pauste ich eine Kopie der Landkarte, an deren Umrisse ich mich noch gut erinnerte, auf ein anderes Blatt des Notizbuchs, und wiederholte die Prozedur. Das Resultat war überaus zufriedenstellend. Ich brauche Euch, liebe Eltern, nicht zu sagen, daß die Kompaßangaben, die ich eingetragen habe, nicht mit dem Original übereinstimmten. Auch habe ich einige andere Änderungen vorgenommen.

Die nächste Frage lautete: Wo das Dokument verstecken? Die Bibliothek erschien mir als der geeignetste Ort, aber wir kamen überein, daß es ratsam sei, Ellis Aufmerksamkeit direkt auf das Versteck zu lenken.

Ohne die begeisterte Mitarbeit von Rose und ihr bemerkenswertes schauspielerisches Talent hätte der Plan niemals Erfolg gehabt. Die Bibliothek gehört anscheinend ebenfalls zu dem Bereich, den zu betreten Ellis keinen Grund hat. (Ich glaube, Mama, Du wußtest das; mir war es nicht bekannt, und ich fand die Festlegung der jeweiligen Arbeitsdomäne und das gesellschaftliche Ansehen, das sich daraus ableitet, sehr interessant.) Mary Ann, das Stubenmädchen von Tante Evelyn, ist verantwortlich für die Bibliothek. Daher war es notwendig, Mary Ann aus dem Weg zu schaffen, denn sie ist absolut unfähig, sich zu verstellen. Und außerdem waren wir der Ansicht, daß es um so besser war, je weniger Menschen von unseren Absichten wußten.

Beim Umblättern hoffte ich, daß die arme Mary Ann nicht allzu gewaltsam aus dem Weg geschafft worden war. Sie war eine sanfte, grauhaarige Frau, die niemanden je etwas zuleide getan hatte.

Der Vorfall mit dem Löwen hatte ihre, wie Mary Ann es nannte, von anderen Ereignissen bereits überstrapazierten Nerven vollends zerrüttet. Also war es nicht schwierig, sie zu einigen Tagen Urlaub zu überreden. (Es ist nie schwierig, Mary Ann zu etwas zu überreden.) Kaum hatte sie sich auf den Weg zum Bahnhof gemacht, fiel Rose die Hintertreppe hinab und verstauchte sich dabei den Knöchel. (Sie verstauchte ihn sich nicht wirklich, Mama und Papa, doch die Vorstellung, die sie dabei zum besten gab, war erstaunlich überzeugend.) Das bedeutete, daß Ellis wohl oder übel einige der Pflichten übernehmen mußte, die eigentlich zum Aufgabenbereich von Mary Ann und Rose gehören.

Die Liebenswürdigkeit, mit der sie einwilligte, die Bibliothek aufzuräumen, war der endgültige Beweis für ihre Durchtriebenheit. Nach Meinung von Rose und Tante Evelyn hätte ein echtes Dienstmädchen eher gekündigt, als eine für sie erniedrigende Arbeit zu verrichten. (Faszinierend, nicht wahr? Ich hätte nie geahnt, daß solche undemokratischen Einstellungen unter der Dienerschaft verbreitet sind.)

Zwei weitere Punkte waren wichtig: Onkel Walter von der Bibliothek fernzuhalten, solange Ellis darin herumstöberte, und ihr einen deutlichen Hinweis zuzuspielen, wo sie zu suchen hatte. Tante Evelyn versicherte uns, daß sie die erste Schwierigkeit meistern könne. (Sie waren den ganzen Nachmittag über verschwunden. Ich weiß nicht, was sie in dieser Zeit getan haben.) Ich übernahm es, das zweite Problem zu lösen. Ich vermute, daß meine Schauspielerei einen Menschen wie Mama nicht überzeugt hätte. Aber Ellis ist nicht sehr intelligent. Ich richtete es so ein, daß sie mich beim Lesen der Aufzeichnungen ertappte, die Onkel Walter in einer verschlossenen Schublade seines Schreibtisches aufbewahrt. Als sie hereinkam, spiegelte ich Schuldbewußtsein vor, und die Hast, mit der ich die Aufzeichnungen in die Schublade zurücklegte, verlieh meinem Auftritt zusätzlich Glaubwürdigkeit. Vor lauter Eile, aus dem Zimmer zu kommen, vergaß ich natürlich, die Schublade wieder abzuschließen.

Es ist mir eine große Freude, Euch, Mama und Papa, mitteilen zu können, daß unsere Strategie Erfolg hatte. Ellis hat uns verlassen, mit Sack und Pack, und das falsche Dokument ist ebenfalls verschwunden.

Und nun, liebe Mama und lieber Papa, komme ich zu dem besten Teil unseres Plans. (Bescheidenheit gebietet mir, nicht zu erwähnen, auf wessen Idee er beruhte.) Sobald wir unsere Strategie ausgearbeitet hatten, bedienten wir uns dieses praktischen Apparates, des Telephons, um Inspektor Cuff anzurufen und ihm die Lage zu schildern. Er tat so, als sei er nicht überrascht. Er behauptete sogar, er habe Ellis schon lange im Verdacht gehabt, und seine Fahrt nach London habe unter anderem zum Ziel gehabt, Erkundigungen über ihr Vorleben einzuholen. Dann versicherte er uns, daß Ellis von dem Augenblick an, wenn sie das Haus verließe, beschattet werden würde.

Wir rechnen erst in einigen Tagen mit einem Bericht des Inspektors, aber ich sende Euch diesen Brief trotzdem sofort, damit er Euch so bald wie möglich erreicht. Diese geheimnisvollen Individuen, die sich so unerfreulich betragen haben, wer-

den uns – nun, da sich das Dokument in ihren Händen befindet – gewiß nicht mehr mit ihrer Aufmerksamkeit belästigen. Euer ergebener Sohn Ramses.

P.S.: Ich bin immer noch der Ansicht, daß mein Platz an Eurer Seite ist, denn es deutet alles darauf hin, allerliebste Eltern, daß Ihr gefährliche Leute regelrecht anlockt. Ich habe inzwischen sieben Pfund und sieben Shilling zusammen.

Es dauerte eine Weile, bis ich mich von der Wirkung dieses bemerkenswerten Schreibens erholt hatte. Ich führe die Verwirrung, die mich ergriff, teilweise auf meinen geschwächten Zustand zurück, obgleich der Inhalt des Briefes wohl jeden Menschen in helle Aufregung versetzt hätte. Emersons Reaktion, wenn er entdecken würde, daß seine wertvollen Aufzeichnungen zu Betrugszwecken beschädigt worden waren, wagte ich mir nicht auszumalen. Und ich dachte lieber auch nicht darüber nach, wo Ramses gelernt hatte, Schlösser aufzubrechen – eine weitere »nützliche Fertigkeit«, wie er es wohl genannt hätte. (Von Gargery? Oder von Inspektor Cuff? Oder gar von Rose?) Was den armen Walter betraf, so waren seine Nerven wahrscheinlich ebenso zerrüttet wie die der leidgeprüften Mary Ann, obgleich ich es als tröstlich empfand, zu erfahren, daß Evelyn und er sich so ausgezeichnet verstanden.

Ich vertagte diese Überlegungen auf später, um mich mit Ramses' wichtigster Mitteilung zu befassen. Die Vorstellung, daß Rose, Evelyn und Ramses sich verschworen hatten, um ein verräterisches Stubenmädchen hinters Licht zu führen, war so köstlich, daß ich meinem mißratenem Kind fast alle seine Sünden vergeben hätte – abgesehen von seinem pompösen Schreibstil. Doch bald schlich sich ein ernüchternder Gedanke ein. Das Datum des Briefes lag zehn Tage zurück. Sethos mußte vom Erfolg seiner Helfershelferin bereits erfahren haben; bestimmt hatte sie umgehend telegraphiert, zumindest vermutete ich das. Die Angriffe gegen uns hatten jedoch nicht aufgehört. Einer, möglicherweise auch zwei hatten stattgefunden, nachdem die Nachricht ihn erreicht haben konnte.

Die Schlange, das Krokodil und der Hund ... In der kleinen Geschichte kamen keine anderen Unheilsboten vor. Wollte er womöglich wieder von vorne beginnen?

Vielleicht war es die Absurdität dieser Vorstellung, die mich wieder zu Verstand brachte. Vielleicht war es die Hoffnung, daß Ramses' Plan Erfolg zeitigen würde – daß die Neuigkeit noch nicht bis zum Meisterverbrecher vorgedrungen war. Trotzdem konnte ich mich des Gedankens nicht erwehren, daß die Parallelen zu dem ägyptischen Märchen vielleicht doch auf mehr als bloßem Zufall oder übernatürlichen Einflüssen beruhten. Hatte der Verbrecher sich womöglich an die Vorlage gehalten? Hatte sich der Urheber des Komplotts vom »Märchen vom Verwunschenen Prinzen« inspirieren lassen?

Eine Reihe von Leuten hatte gewußt, daß ich mich mit dem Märchen beschäftigte. Mr. Neville fiel mir dabei als erster ein, er hatte es an jenem Abend in Kairo bei Tisch erwähnt. Viele unsere Freunde hatten dabeigesessen.

War Sethos unter ihnen gewesen?

Die Idee hatte in ihrer Verrücktheit etwas Reizvolles an sich. Vielleicht hatte sich dieser unheimliche Meister der Verkleidung von der Vorstellung herausgefordert gefühlt, in die Rolle eines so bekannten und auffälligen Menschen wie beispielsweise Reverend Sayce zu schlüpfen. Ich glaubte es jedoch nicht. Niemand hatte größeren Respekt vor Sethos' Fähigkeiten als ich, aber ein solches Risiko einzugehen hatte er nicht nötig. In den Archäologenkreisen verfügte er über genügend geheime Verbündete und Helfershelfer. Vielleicht hatte ja einer unserer Gäste einem solchen Individuum von meinem Interesse an dem kleinen Märchen erzählt. Mit Bedauern mußte ich mir eingestehen, daß diese Spur nicht ergiebiger war als andere, die ich erwogen hatte. Sie führte zu genau dem Personenkreis zurück, den ich schon seit jeher verdächtigt hatte, den Meisterverbrecher mit Informationen zu versorgen: die Archäologen. Manche von ihnen hatten vielleicht in aller Unschuld Kenntnisse ausgeplaudert.

Jeder Hinweis entpuppte sich als Seifenblase, sobald ich nach ihm griff. Angesichts der Gewandtheit, mit der der bärtige Schurke die Injektionsnadel in Emersons Vene gestochen hatte, war mir eingefallen, daß er womöglich Arzt oder Krankenpfleger war. Doch diese Vermutung führte nun, da ich wußte, daß es sich bei der fraglichen Person um Sethos handelte, zu nichts. Schließlich hatte er schon häufig bewiesen, daß er mit dem Gebrauch und der Verabreichung der verschiedensten Drogen vertraut war. Außerdem fiel mir ein, daß sich die meisten Archäologen mit einfachen Erste-Hilfe-Maßnahmen auskennen, da sie oft gezwungen sind, Verletzungen zu versorgen, die bei der Arbeit entstehen.

Ein weiterer Ansatz, von dem ich anfangs gehofft hatte, er würde den Kreis der Verdächtigen einengen, erbrachte ebenfalls nichts. Die Offiziere des sudanesischen Expeditionscorps waren allesamt nicht im Sudan. Nach dem Fall von Khartum hatten viele von ihnen Urlaub bekommen. Im Foyer des Shepheard-Hotels war ich einem bekannten Gesicht begegnet. Ich hatte den Namen des Mannes vergessen, aber ich erinnerte mich nun, wo ich ihn kennengelernt hatte – bei General Rundle in Sanam Abu Dom. Sethos mußte also nicht zwangsläufig im Sudan gewesen sein, um von den Offizieren, die von unserer Expedition wußten, Auskünfte zu erhalten.

Vor lauter Enttäuschung schlug ich mit der Faust auf den Tisch. Flaschen und Krüge wackelten heftig; ein kleines Fläschchen Kölnisch Wasser stürzte zu Boden.

Der dumpfe Aufprall des Gefäßes fand seinen Widerhall im Klopfen an meiner Tür. Es gab nur einen Menschen, nach dem ich mich in diesem Augenblick gesehnt hätte, und ich wußte, daß er es nicht war; Emerson klopft nicht sachte an. »Herein«, sagte ich lautlos.

Es war Bertha. Die Veränderung in ihrem Aussehen war so

erstaunlich, daß ich einen Augenblick lang meine quälenden Grübeleien vergaß. Kopf und Gesicht waren unverschleiert; sie hatte ihr trauriges Schwarz abgelegt und trug statt dessen ein blau-weiß gestreiftes Gewand. Es war eine Männergalabija. Verheiratete Frauen kleiden sich stets schwarz, und da Mädchen bereits in unschicklichen jungen Jahren zur Ehe gezwungen werden, hätte kein Frauenkleid Berthas wohlgerundeter Figur gepaßt. Obgleich ihr das Gewand ein wenig zu groß war, brachte es ihre Figur gut zur Geltung, denn das Gewebe war fein, und ich vermutete, daß sie darunter nackt war. Das Haar hing ihr in einem schimmernden Zopf, so dick wie meine Faust, über die Schulter. Ihre Haut war klar und makellos; ihr Teint so rein wie mein eigner.

Bevor ich hierzu etwas sagen konnte, meinte sie: »Ich wollte nachsehen, ob Sie etwas brauchen. Die ausgebrannte Wunde tut wahrscheinlich sehr weh.«

Sie pochte wie verrückt, aber ich glaube nicht, daß körperliche Beschwerden sich leichter ertragen lassen, wenn man ständig über sie redet. »Nur die Zeit kann Linderung bringen. Es mangelt uns ein wenig an Eis hier.«

»Also dann etwas, was Ihnen hilft, zu schlafen.«

»Ich kann es mir nicht leisten, mich mit Drogen zu betäuben, Bertha. Wir sind sowieso leichte Beute für jeden Verbrecher.«

»Dann wollen Sie sich also nicht hinlegen?«

»Ich glaube, ich versuche es. Nein, ich muß mich nicht auf dich stützen. Reich' mir nur bitte den Sonnenschirm.«

Es war nicht derjenige, den ich am Morgen bei mir getragen hatte. Ich glaube nicht, daß ich ihn wieder in die Hand hätte nehmen können. Zum Glück habe ich immer mehrere Ersatzschirme dabei.

Bertha half mir, meine Kleider zu ordnen, und reichte mir ein Glas Wasser. Ich fühlte mich ein wenig fiebrig. Deshalb erhob ich keinen Einspruch, als sie mir mit einem feuchten Taschentuch das Gesicht abwischte. Ihre Hände waren sehr geschickt und sanft. Das brachte mich auf eine Idee, und als sie fertig war, sagte ich: »Ich bin froh, daß du gekommen bist, Bertha. Ich wollte schon längst mit dir darüber reden. Hast du je daran gedacht, den Beruf einer Krankenschwester zu erlernen?«

Über diese Frage schien sie sehr erstaunt zu sein. Aber ich bin es gewohnt, daß Leute in dieser Weise auf meine Äußerungen reagieren. Diejenigen, deren Verstand nicht so schnell arbeitete wie meiner, schaffen es oft nicht, meinem Gedankengang zu folgen.

»Wir müssen eine Beschäftigung für dich finden«, erklärte ich. »Die Krankenpflege ist ein Beruf, der Frauen zugänglich ist, und obgleich ich es lieber sehen würde, wenn Frauen auch diejenigen Berufssparten erobern würden, die bis jetzt noch von Männern beherrscht werden, scheinst du mir nicht die Charakterstärke zu besitzen, die für eine Gesellschaftsreform notwendig ist. Die Krankenpflege wäre vielleicht etwas für dich, wenn du deine Zimperlichkeit überwinden könntest.«

»Zimperlichkeit«, wiederholte sie nachdenklich. »Ich glaube, ich könnte das.«

»Es ist nur ein Vorschlag. Du solltest jedoch die Sache gut durchdenken. Ich werde dich nach England zurückschicken, sobald sich die Lage hier geklärt hat. Ich würde es schon jetzt tun – denn offen gesagt, wäre es mir eine Erleichterung, wenn ich nicht mehr die Verantwortung für dich tragen müßte –, wenn du damit einverstanden wärst.«

»Ich bin damit nicht einverstanden. Nicht, solange die ... Lage nicht geklärt ist.« Die Hände im Schoß gefaltet und mit gelassenem Gesichtsausdruck – so blickte sie mich eine Weile forschend an und sagte schließlich: »Sie würden das für mich tun? Wieso eigentlich?«

Unter ihrem festen Blick wanderten meine Augen hin und her. Die Verwandlung an ihr war sehr bemerkenswert, aber ich zögerte mit meiner Antwort aus einem anderen Grund –

einem, der mir nicht zur Ehre gereichte. Schließlich überwand ich meine Zurückhaltung, so wie ich hoffentlich immer Charakterschwächen überwinde. »Ich habe gesehen, was du getan hast, Bertha, in jener Nacht, als ich Emerson fand. Wenn du dich nicht gegen die Tür geworfen und versucht hättest, den Mann auszusperren, der Emerson ermorden wollte, hätte ich meine Pistole nicht rechtzeitig ziehen können. Das war die Tat einer wahrhaften, mutigen Frau.«

Ein schwaches Lächeln spielte um ihre Mundwinkel. »Vielleicht war es so, wie O'Connell sagte – ich hatte, bevor ich handelte, nicht die Zeit, darüber nachzudenken.«

»Das würde dir noch mehr zur Ehre gereichen. Deine Instinkte sind aufrichtiger als dein bewußtes Tun. Oh, ich gestehe, daß ich gewisse Zweifel gegen dich gehegt habe. Du wirst lachen«, sagte ich lachend, »wenn ich dir sage, daß ich dich zuerst sogar für einen Mann gehalten habe.«

Anstatt zu lachen, zog sie die Augenbrauen hoch und fuhr sich mit der Hand langsam über den Leib. Der Stoff schmiegte sich auf eine Weise an ihren Körper, der keinen Zweifel mehr erlaubte. »Für den Mann, den Sie Sethos nennen?« fragte sie. »Selbst verschleiert und in Frauenkleidern könnte nur ein sehr gerissener Mann mit einer solchen Maskerade durchkommen.«

»Er ist ein sehr gerissener Mann. Das solltest du doch wissen.«

»Ich glaube nicht, daß er es war.«

»Er muß es aber gewesen sein. Obwohl ich nicht geglaubt hätte, daß er eine Frau so mißbrauchen könnte, wie er dich ... Nun gut, das zeigt nur, daß selbst eine so gute Menschenkennerin wie ich sich manchmal täuschen läßt. In diesem Fall hat er ein passendes Pseudonym verwendet – die hinterhältige, kriechende Schlange, die Eva verführt hat.«

Bertha beugte sich vor. »Wie sieht er denn aus?«

»Ach, du weißt doch, das ist ja gerade das Problem. Seine Augen sind von unbestimmbarer Farbe; sie können grau oder blau oder braun oder sogar schwarz erscheinen. Auch seine übrigen Gesichtszüge sind leicht zu verändern. Er verriet mir einige der Mittel, die er benutzt, um sich zu maskieren.«

»Also haben Sie mit ihm gesprochen – sind ihm begegnet?«

»Äh … ja«, sagte ich.

»Aber bestimmt«, sagte Bertha und sah mich an, »nützt keinem Mann eine noch so gute Verkleidung, wenn er einer Frau gegenübersteht, die … die so scharf beobachtet wie Sie. War er jung?«

»Es ist leichter, einen alten Mann vorzutäuschen als einen jungen«, gab ich zu. »Und in seinem Versuch … aufgrund seiner ausgeprägten Eitelkeit hat er tatsächlich bestimmte Eigenschaften an den Tag gelegt, die wahrscheinlich seine eigenen sind. Er ist fast so groß wie Emerson – vielleicht knapp zwei Zentimeter kleiner – und hat eine gute Figur. In seinem Gang lag jugendlicher Schwung und körperliche Kraft, seine … Ich glaube, ich habe dir alles gesagt, was ich weiß. Soweit ich gesehen habe, würden diese Merkmale auf deinen einstigen Meister zutreffen.«

»Ja.« Eine Weile saßen wir schweigend da, beide in die eigenen Gedanken versunken. Dann erhob sie sich.

»Sie sollten sich ausruhen. Darf ich Sie noch etwas fragen, bevor ich gehe?«

»Natürlich.«

»Erinnert er sich an Sie?«

»Er hat guten Grund, zu … Oh. Du meinst Emerson?« Ich war erschöpft; ein Seufzer entwich meinen Lippen. »Noch nicht.«

»Ihm liegt viel an Ihnen. Ich habe sein Gesicht gesehen, als er das Messer an Ihr Bein hielt.«

»Ich weiß, du willst mich aufmuntern, Bertha, und ich weiß das zu schätzen, aber ich fürchte, du verstehst den Charakter eines Briten nicht. Emerson hätte dasselbe für jeden getan, der Schmerzen litt, und er hätte dasselbe Mitleid verspürt für … für Abdullah. Besonders für Abdullah. Geh' nun, und denk' ernsthaft über den Beruf der Krankenschwester nach.«

Ich wollte allein sein. Ihre Worte, obgleich sie freundlich gemeint gewesen waren , hatten mich tief getroffen. Wie gern hätte ich geglaubt, Emersons Sorge um mich sei mehr gewesen als die Anteilnahme, die jeder englische Gentleman einem leidenden Menschen entgegenbringen würde. Doch ich durfte mich keinen Illusionen hingeben. Und Emerson war unbestreitbar (trotz bestimmter Abweichungen von der Norm) ein englischer Gentleman.

Obwohl ich mich an diesem Abend nicht ganz so tatkräftig fühlte wie gewöhnlich, wollte ich mich unbedingt zu den anderen gesellen. Ich gestehe, daß ich mir ein wenig wie eine Romanheldin vorkam, als ich – anmutig gestützt auf den Arm meines respektablen Freundes Cyrus und bekleidet mit meinem elegantesten Morgenrock – den Salon betrat. Es war derselbe Morgenrock, den ich in jener Nacht in Luxor getragen hatte, als Cyrus mit Walters Telegramm in mein Zimmer kam. Und als ich die Haken schloß und die Schleifen knüpfte, kam mir wieder die unbändige Angst in den Sinn, die mich während dieser endlosen Tage gepeinigt hatte. Diese Erinnerung war sehr heilsam. Ganz gleich, welche Gefahren uns noch drohten – ganz gleich, wie zweifelhaft mein bisheriger Erfolg war, Emersons Zuneigung zurückzugewinnen –, keine Marter wäre vergleichbar mit diesen schrecklichen Stunden, in denen ich nicht gewußt hatte, ob er lebte oder ob ich ihn jemals wiedersehen würde.

Auf den Gesichtern der Anwesenden, die sich zu meiner Begrüßung erhoben, lag ein Lächeln des Willkommens und (ich möchte nicht unbescheiden erscheinen, wenn ich das erwähne) der Bewunderung. Aber das Gesicht, das zu sehen ich gehofft hatte, war nicht darunter. Er war nicht da.

»Verdammt!« entfuhr es mir unwillkürlich.

Cyrus, der mir gerade half, mich aufs Sofa niederzulassen,

hielt verdutzt inne. »Habe ich Ihnen weh getan? Ich bin ein so unbeholfener alter ...«

»Nein, nein, Sie haben mir nicht weh getan. Lassen Sie mich ruhig herunter, Cyrus.«

René kam mit einem Glas in der Hand auf mich zugeeilt. Aus seinem Gesichtsausdruck war zu lesen, daß zumindest er gelbe Seide und Chantillyspitzen zu schätzen wußte. Schließlich war er ja auch Franzose.

»Nein danke«, sagte ich. »Ich mache mir nichts aus Sherry.«

»Hier bitte, Ma'am.« Kevin schob René beiseite. »Nach ärztlichem Rezept. Ich habe mir erlaubt, ihn schön stark zu machen. Gegen die Schmerzen.«

Angesichts des Zwinkerns, mit dem er mir das Glas reichte, mußte ich unwillkürlich lächeln. Ich wußte, er dachte an eine bestimmte Begebenheit in London, als er mich in eines dieser seltsamen Etablissements eingeladen hatte, die man – so glaube ich – Kneipen nennt. Er wäre fast an seinem Drink erstickt, als ich einen Whiskey Soda bestellte. Nicht Kevin – dachte ich wieder –, nicht der junge Mann, der an meiner Seite gegen die maskierten Priester gekämpft und uns im Mordfall Baskerville beigestanden hatte – wenn er gerade einmal keine beleidigenden Geschichten über uns schrieb.

»Und darf ich sagen«, fuhr Kevin fröhlich fort, »wie gut dieser gelbe Morgenmantel zu ihren sonnenverwöhnten Wangen und rabenschwarzen Locken paßt, Mrs. ... äh ... Miss Peabody.«

»Schon gut«, sagte ich. »Er ist ja nicht da. Wo zum Teufel steckt er denn?«

Es folgte ein kurzes, betretenes Schweigen. Blicke wurden ausgetauscht.

»Machen Sie sich keine Sorgen, Ma'am«, meinte Charles. »Abdullah ist mit ihm gegangen.«

Ich stellte mein Glas vorsichtig auf dem Tisch ab, bevor ich etwas sagte. »Gegangen?« fragte ich. »Wohin?«

Alle Augen, auch die meinen, richteten sich nun auf

Charles. Gerettet wurde er aus dieser peinlichen Situation durch das plötzliche Auftauchen von Emerson. Wie gewöhnlich ließ er die Tür offen. Er blickte mich an und sagte: »Ein Schlückchen Alkohol, MISS Peabody?« Dann trat er an den Tisch und schenkte sich selbst einen kräftigen Whiskey Soda ein.

Verschiedene Antworten lagen mir auf der Zunge. Ich verwarf sie alle, weil sie unnötig provokativ und wenig aussagekräftig gewesen wären, und sagte statt dessen: »Glück gehabt?«

Emerson drehte sich um und lehnte sich mit dem Glas in der Hand an den Tisch. Sein Gesichtsausdruck ließ das Schlimmste vermuten. Ich kannte diesen Blick gut – das Funkeln der saphirblauen Augen, die hochgezogenen Augenbrauen, das leise Zucken der Mundwinkel. »Blasiert« ist vielleicht nicht das richtige Wort dafür. Denn es drückt eine gewisse Steifheit aus, die man Emerson niemals und unter keinen Umständen zuschreiben könnte. »Selbstgefällig« trifft es schon genauer.

»Glück?« wiederholte er. »Ich vermute, Sie würden das so bezeichnen; ich hingegen nenne es lieber das Ergebnis von Erfahrung und Fachkenntnis. Ich habe eine weitere Grenzstele gefunden. Ich dachte mir schon, daß am nördlichen Rand des Gebiets eine weitere stehen müßte. Sie ist in schlechtem Zustand, deshalb sollten wir die Inschrift so bald wie möglich kopieren.«

Charles verschluckte sich an seinem Sherry. »Ich bitte um Verzeihung«, meinte er, nach Atem ringend, und preßte sich eine Serviette an die Lippen.

»Schon gut«, sagte Emerson freundlich. »Zügeln Sie Ihre Begeisterung, Charles. Ich verspreche Ihnen, daß Sie der erste sein werden, der sich mit ihr beschäftigen darf.«

»Danke, Sir«, erwiderte Charles.

*

»Ich begreife nicht, was mit mir los ist!« rief ich aus und preßte die Hände an meinen pochenden Kopf. »Normalerweise kann ich Emersons Gedankengang folgen, auch wenn er für gewöhnliche Menschen nicht nachvollziehbar ist, aber nun verstehe auch ich ihn nicht mehr. Er führt etwas im Schilde – aber was?«

Ich führte kein Selbstgespräch, sondern unterhielt mich mit Cyrus. Er hatte darauf bestanden, mich sofort nach dem Abendessen in meine Kabine zu begleiten. Da es keine weiteren Freiwilligen gab, nahm ich sein Angebot an, weil ich mich nicht ganz auf der Höhe fühlte.

Er antwortete nicht sofort, weil er gerade damit beschäftigt war, die Tür zu öffnen, während er mich mit beiden Händen stützte.

»Wenn Sie erlauben«, sagte ich und griff zum Türknauf.

Cyrus' tüchtiger Steward hatte die Kabine aufgeräumt und eine Lampe brennen lassen. Erst als Cyrus mich auf dem Bett absetzen wollte, entdeckte ich etwas, das mich aufschreien ließ. »Verdammt! Jemand hat meine Papiere durchwühlt!«

Cyrus blickte sich in der Kabine um. Weil er ein Mann war, fiel ihm nichts Außergewöhnliches auf. »Der Steward ...«, fing er an.

»Er hätte keine Grund gehabt, die Schachtel zu öffnen, in der ich Briefe und persönliche Dokumente aufbewahre. Sehen Sie, dort an der Ecke ragt ein Stück Papier heraus. Ich hoffe, Sie würden mich nicht für so unordentlich halten! Reichen Sie mir bitte die Schachtel!«

Es handelte sich um eine Kassette aus Metall, wie Anwälte sie benutzen. Ich hatte sie nicht abgeschlossen, weil sie zur Zeit nichts weiter als Briefe und meine Aufzeichnungen zum »Märchen vom Verwunschenen Prinzen« enthielt. Die Reibedrucke, die ich im Königsgrab angefertigt hatte, und meine Notizen zur Ausgrabung befanden sich in einer anderen Mappe.

Rasch durchstöberte ich den Stapel Papiere. »Kein Zweifel«, sagte ich finster. »Er hat sich nicht einmal darum geschert, sie in der ursprünglichen Reihenfolge zurückzulegen. Entweder hat er keine Erfahrung als Einbrecher, oder es hat ihn nicht gekümmert, ob ich seine Tat entdecke.«

»Fehlt etwas?« wollte Cyrus wissen.

»Hiervon nicht. Äh ... Cyrus, würde es Ihnen etwas ausmachen, sich kurz umzudrehen?«

Er sah mich gekränkt und verwundert an, aber kam meinem Wunsch auf der Stelle nach. Das Rascheln der Bettlaken muß ihn vor Neugier ganz verrückt gemacht haben, denn seine Schultern zuckten unablässig. Als echter Gentleman verharrte er jedoch abgewandt, bis ich ihn bat, sich wieder umzudrehen.

»Das ist noch merkwürdiger«, sagte ich stirnrunzelnd. »Es fehlt *überhaupt nichts*. Man könnte meinen ...«

»... daß ein erfahrener Dieb zuerst unter der Matratze nachsehen würde?« meinte Cyrus mit hochgezogenen Augenbrauen. »Ich will Sie nicht fragen, was Sie dort aufbewahren, Amelia, aber Sie könnten sicher ein besseres Versteck dafür finden. Machen Sie sich keine Sorgen. Beweist nicht der Umstand, daß Ihr Schatz, was immer das auch sein mag, nicht gestohlen wurde, daß es nur ein neugieriger Diener war, der Ihre Papiere durchwühlt hat?«

»Es beweist mir nur, daß der Schurke noch finsterere Pläne hat, als ich mir gedacht habe; denn ich kann mir einfach nicht vorstellen, worauf er es abgesehen hat.«

»Oh«, meinte Cyrus und kratzte sich am Kinn.

Seine muskulöse Gestalt und die kantigen, männlichen Züge wirkten in diesem hübschen luxuriösen Raum gänzlich fehl am Platze. Ich bat ihn, sich zu setzen, und er ließ sich in unbequemer Haltung auf den Rand eines zerbrechlichen Stuhls nieder.

»Es ist kein Wunder, daß Sie sich erbärmlich fühlen, meine Liebe«, sagte er. »Die meisten Männer wären nach einem solchen Erlebnis außer Gefecht gesetzt. Ich wünschte, Sie würden sich mehr schonen.«

Ich überhörte diesen lächerlichen Vorschlag. »Da müßige Spekulationen über die Motive des Schurken nur Zeitverschwendung sind, lassen Sie mich auf das Thema Emerson zurückkommen. Er ist unglaublich selbstzufrieden, Cyrus. Und das ist ein schlechtes Zeichen. Das kann nur bedeuten, daß er einen Hinweis darauf hat, wer unser Feind ist oder wo er sich aufhält – und er muß es bereits gewußt haben, sonst hätte er nicht ausgerufen. ›Was bin ich doch für ein Narr!‹ Was kann das für ein Hinweis sein? Wenn Emerson darauf gekommen ist, müßte mir das auch möglich sein. Er sprach davon, mich nach Kairo zu bringen ... Fremde im Zug ... ärztliche Versorgung ... Natürlich! Was bin ich doch für eine Närrin!«

Der zierliche Stuhl ächzte bedenklich, als Cyrus seine Sitzhaltung änderte. Ich war zu aufgeregt, um dieses Anzeichen seines Unbehagens zu bemerken. »Jetzt denken Sie einmal mit, Cyrus!« rief ich. »Wenn wir geglaubt hätten, daß ich – oder Emerson, auf den sie es eigentlich abgesehen hatten – angesteckt worden wäre, hätten wir uns auf den Weg nach Kairo gemacht. Unser Feind hätte uns abgefangen. Aber warum hätte er warten sollen, bis wir im Zug saßen? Eine bessere Gelegenheit, uns aufzulauern, hätte sich zwischen hier und Derut geboten – auf der Felukka, die uns über den Fluß gebracht hätte, oder auf der Straße zum Bahnhof. Er war hier, Cyrus – hier im Dorf, und zwar aller Wahrscheinlichkeit nach beim ›*Omdeh*‹, denn dort finden Touristen Unterkunft – und dorthin ist Emerson gegangen, zum Haus des ›*Omdeh*‹*!* Wenn Sie nicht ...«

Der Stuhl knarrte besorgniserregend. Cyrus lehnte sich zurück und starrte zur Decke.

»Cyrus«, sagte ich sehr sanft. »Sie wußten es. Sie haben mich angelogen, Cyrus. Ich habe Sie gefragt, wohin Emerson gegangen sei, und Sie sagten ...«

»Das war zu Ihrem eigenen Besten«, widersprach Cyrus.

»Hol's der Teufel, Amelia, mit Ihrem Scharfsinn jagen Sie mir manchmal eine Heidenangst ein. Sind Sie sicher, daß Sie nicht klammheimlich Hexerei betreiben?«

»Ich wünschte, ich könnte es. Manche Leute würde ich gern mit einem Bannfluch belegen. Schießen Sie los, Cyrus. Erzählen Sie mir alles.«

Natürlich hatte ich vollkommen recht gehabt. Eine Gruppe Touristen auf Pferden war an jenem Morgen eingetroffen. Zuerst hatten sie beim ›*Omdeh*‹ um Unterkunft ersucht, sich dann aber anders besonnen und waren, ein wenig überstürzt, kurz nach unserer Rückkehr wieder abgereist.

»Wahrscheinlich haben diese Leute gehört, wie Abdullah sagte, der Hund sei nicht tollwütig – oder jemand hat es ihnen gesagt«, überlegte ich.

»Zum Teufel, Abdullah konnte man in der ganzen Umgebung hören«, meinte Cyrus murrend.

»Es war nicht sein Fehler. Niemand ist dafür zu tadeln. Also deshalb hat Emerson heute nachmittag die nördlichen Klippen abgesucht! Er glaubt, die ›Touristen‹ seien immer noch in der Nähe. Das kann sehr gut sein; unser Feind wird wahrscheinlich jetzt kaum aufgeben. Und Emerson glaubt natürlich, er könne mit dem Kerl allein fertig werden. Das kann ich nicht zulassen. Wo ist Abdullah? Ich muß …«

Ich wollte schon meine Beine über die Bettkante schwingen. Cyrus eilte an meine Seite; sanft, aber mit Nachdruck zwang er mich liegenzubleiben. »Amelia, wenn Sie das nicht seinlassen, halte ich Ihnen die Nase zu und schütte Ihnen eine Dosis Laudanum in die Kehle. Sie werden ihre Verletzung nur noch verschlimmern, wenn Sie ihr nicht Zeit lassen, auszuheilen.«

»Sie haben ja recht, Cyrus«, sagte ich. »Es ist nur so verdammt lästig. Ich kann nicht einmal auf und ab laufen, um meinen angestauten Gefühlen Luft zu machen.«

Wie rasch Cyrus seine Verlegenheit überwunden hatte, mit mir allein in meinem Zimmer zu sein! Inzwischen saß er tatsächlich auf meinem Bett, und seine Hände ruhten noch auf meinen Schultern. Er blickte mir tief in die Augen.

»Amelia ...«

»Wären Sie so gut, mir ein Glas Wasser zu bringen, Cyrus?«

»Gleich. Zuerst aber müssen Sie mich anhören, Amelia. Ich ertrage das nicht länger.« Aus Achtung vor Gefühlen, die meiner Überzeugung nach aufrichtig und tief waren, will ich die Worte nicht wiedergeben, die aus ihm heraussprudelten. Es waren Worte, die einfach und mannhaft waren, wie Cyrus selbst. Als er innehielt, konnte ich nur den Kopf schütteln und sagen: »Es tut mir leid, Cyrus.«

»Dann – gibt es also keine Hoffnung?«

»Sie haben sich vergessen, mein Freund.«

»*Ich* habe überhaupt nichts vergessen«, erwiderte Cyrus barsch. »Er verdient Sie nicht, Amelia. Geben Sie es auf!«

»Niemals«, sagte ich. »Niemals, und sollte es den Rest meines Lebens dauern.«

Es war ein dramatischer Augenblick. Ich glaube, meine Stimme und mein Blick wirkten überzeugend. Zumindest hoffte ich es.

Cyrus nahm die Hände von meinen Schultern und wandte sich ab. Ich sagte sanft: »Sie verwechseln Freundschaft mit tieferen Gefühlen, Cyrus. Eines Tages werden Sie der Frau begegnen, die Ihrer Liebe wert ist.« Er saß noch immer schweigend da, die Schultern vornüber gebeugt. Ich bin schon immer der Ansicht gewesen, daß man schwierige Situationen mit ein wenig Humor auflockern kann. Deshalb fügte ich fröhlich hinzu: »Und denken Sie nur – es ist sehr unwahrscheinlich, daß diese Frau einen Sohn wie Ramses bekommen wird.«

Cyrus straffte seine breiten Schultern. »Niemand sonst könnte einen Sohn wie Ramses haben. Wenn Sie das jedoch als Trost meinen ... Nun, ich sage nichts mehr. Soll ich Ihnen jetzt Abdullah holen? Ich denke, wenn ich das nicht tue, werden Sie sich noch aus dem Bett hieven und sich hinkend auf die Suche nach ihm machen.«

Er hatte es wie ein Mann genommen. Nichts anderes hatte ich von ihm erwartet.

*

Abdullah wirkte in meinem Zimmer noch deplazierter als Cyrus. Er musterte die Rüschen und gefältelten Säume mit einem finsteren und äußerst argwöhnischen Blick und lehnte den Stuhl ab, den ich ihm anbot. Ich brauchte nicht lange, um ihn zu dem Geständnis zu zwingen, daß er mich ebenfalls getäuscht hatte.

»Aber Sitt, du hast mich ja nicht gefragt«, lautete seine billige Ausrede.

»Du hättest nicht warten dürfen, bis du gefragt wirst. Warum bis du nicht sofort zu mir gekommen? Ach, schon gut«, sagte ich gereizt, als Abdullah mit den Augen rollte und sich eine weitere Lüge ausdenken wollte. »Erzähl' es mir jetzt. Was genau hast du heute Nachmittag herausgefunden?«

Bald darauf hockte Abdullah bequem auf dem Boden neben meinem Bett, und wir waren in ein freundliches Gespräch vertieft. In Begleitung von Abdullah, Daoud und Ali (zumindest war er vernünftig genug gewesen, die drei mitzunehmen) hatte Emerson versucht, herauszufinden, wohin die geheimnisvollen Touristen verschwunden waren. Sämtliche Fährleute bestritten, sie über den Fluß gesetzt zu haben, und es war unwahrscheinlich, daß diese gelogen hatten – denn, wie Abdullah es unschuldig ausdrückte, »die Drohungen des Vaters der Flüche sind wirkungsvoller als jedes Schweigegeld«. Das bedeutete, daß sich die Männer, die wir suchten, noch am Ostufer befanden. Ein vorbeiziehender Kameltreiber hatte die Vermutung bestätigt. Er hatte einen Trupp Reiter gesehen, die auf dem Weg zum nördlichen Ende der Ebene waren, dorthin, wo die Klippen näher ans Ufer heranrückten.

»Wir haben sie dann verloren«, sagte Abdullah. »Aber sie müssen irgendwo in den Hügeln oder in der Hochwüste ein

Lager aufgeschlagen haben, Sitt. Wir haben nicht weitergesucht. Es wurde schon spät, und Emerson meinte, wir sollten umkehren. Er sah sehr zufrieden aus.«

»Natürlich ist er das – der Teufel soll ihn holen«, murmelte ich und ballte die Fäuste. »Das erklärt sein plötzliches Interesse an Grenzstelen; es ist nur ein Vorwand, um dieses Gebiet abzusuchen und, mit etwas Glück – wie Emerson das wahrscheinlich nennen würde –, wieder angegriffen zu werden. Außerdem glaubt er, ich sei außer Gefecht gesetzt und könne seinen idiotischen Plan nicht vereiteln. Gut! Der soll mich kennenlernen ...«

Ein kaum wahrnehmbares Zucken in Abdullahs Bart ließ mich im Satz innehalten. Er hat eine besonders unbewegliche Miene, zumindest glaubt er das und ist stolz darauf. Da er aber auch glaubt, daß ich über Zauberkräfte verfüge, fällt es ihm schwer, seine Gedanken vor mir zu verbergen.

»Abdullah«, sagte ich. »Mein Vater. Mein ehrenwerter Freund. Falls Emerson versucht, heute nacht das Boot zu verlassen, mußt du das mit allen Mitteln verhindern, und sei es mit Gewalt. Und wenn du ihm von unserem Gespräch erzählst ...«

Ich hielt inne, um die Wirkung zu steigern, da ich herausgefunden hatte, daß unausgesprochene Drohungen die schrecklichsten sind. Außerdem fiel mir beim besten Willen keine Drohung ein, die ich hätte in die Tat umsetzen können.

»Ich habe dich verstanden und werde gehorchen.« Abdullah erhob sich, wobei sein Gewand anmutig flatterte. Diese Demutsfloskel hätte mich mehr beeindruckt, wenn er dabei nicht versucht hätte, dabei ein Lächeln zu unterdrücken. Er fügte hinzu: »Es ist sehr schwierig, Sitt, auf des Messers Schneide zwischen deinen Befehlen und denjenigen von Emerson zu balancieren. Vor kaum einer Stunde hat er zu mir das gleiche gesagt.«

15. Kapitel

»Ich sage immer: Es gibt nichts Bequemeres als ein geräumiges Grab.«

Bei Sonnenaufgang war ich auf den Beinen und vollständig angekleidet. Der Werkzeuggürtel baumelte um meine Hüften, den Sonnenschirm hatte ich fest in der Hand. Meine kriegerische Aufmachung wurde nur von dem hellblauen, flauschigen Pantoffel an meinem linken Fuß ein wenig beeinträchtigt. Ich begab mich ins Speisezimmer, wobei ich mich kräftig auf den Sonnenschirm stützte. (Die Stufen stellten ein ziemliches Hindernis dar, bis ich auf den Gedanken kam, sie in sitzender Haltung zu überwinden.)

Mein Erscheinen rief weniger Aufsehen und tadelnde Bemerkungen hervor, als ich erwartet hatte. Kevin begrüßte mich mit einem verschwörerischen Grinsen, und Cyrus' leises »Amelia, ich glaube wirklich nicht, daß Sie ...« wurde nicht zu Ende gesprochen. Emerson zog nach einem Blick auf den hellblauen, flauschigen Pantoffel die Augenbrauen hoch, machte den Mund auf und wieder zu und griff nach einem weiteren Stück Brot.

Nach dem Essen ging Cyrus nachsehen, ob die Esel bereit

waren. Bertha hatte sich – gefolgt von den drei jungen Männern, die ihr nachliefen wie drei Ganter einer hübschen Gans – erboten, meine Ausrüstung zusammenzupacken, wofür ich ihr sehr dankbar war.

»Einen Augenblick, Emerson«, sagte ich, als er seinen Stuhl vom Tisch zurückschob. »Ich möchte mich mit ihnen über Charles unterhalten.«

Damit hatte er nicht gerechnet. Die Hand auf der Stuhllehne, blieb er stehen, neigte den Kopf zur Seite und musterte mich argwöhnisch. »Was ist mit ihm?«

»Hat er Ihnen nichts über seine Höhenangst gesagt? Ach, du meine Güte, das habe ich schon befürchtet. Männer sind so ...«

»Er hat es mir gestanden«, unterbrach Emerson. Ärgerlich zog er die Augenbrauen zusammen. »Allerdings kann ich mir nicht vorstellen, wie er es unter diesen Umständen als Archäologe jemals zu etwas bringen will. Was ist zum Beispiel mit Gräbern in Felswänden und Pyramiden und ...«

»Dann wäre das also erledigt«, sagte ich, denn ich ahnte, daß Emerson zu einem seiner berüchtigten Vorträge ansetzte. »Es war grausam von Ihnen, daß Sie ihn gestern damit aufgezogen haben.«

»Treiben Sie es nicht zu weit, Peabody«, stieß Emerson zwischen zusammengebissenen Zähnen hervor. »Im Augenblick bedarf es all meiner Kraft, um meine Wut zu zügeln. Wie können Sie es wagen, heute morgen mit diesem lächerlichen Pantoffel und mit dieser ärgerlichen, selbstzufriedenen Miene zu erscheinen? Ich sollte Sie in Ihrer Kabine einschließen und Sie ans Bett fesseln. Und bei Gott, ich werde es tun!«

Obwohl ich den Sonnenschirm am Handgelenk hängen hatte, hinderte ich ihn nicht daran, mich in die Arme zu nehmen. Ich bin eine Frau, die weiß, was sie will; doch selbst die stärksten unter uns sind oftmals nicht in der Lage, der Versuchung zu widerstehen. Als er in Richtung Treppe ging, sagte ich entschlossen: »Tragen Sie mich bitte zu meinem Esel. Da mich nichts auf der Welt in meiner Kabine halten würde, falls ich beschließen sollte, sie zu verlassen, können Sie sich die Mühe und den Ärger ebensogut sparen, Emerson.«

Emerson setzte mich auf den Esel und stürmte davon, wobei er Abdullah anschrie; er wußte, es hätte keinen Sinn gehabt, mich anzuschreien. Abdullah warf mir einen Blick zu. Wäre er Engländer gewesen, hätte er gezwinkert.

Bald waren wir unterwegs. Bertha und ich ritten auf den Eseln. Nachdem der Kater die verschiedenen Möglichkeiten mit unheimlich anmutender, grüblerischer Miene geprüft hatte, beschloß er, mit mir im Sattel zu reisen. Die anderen gingen zu Fuß, auch Kevin, dessen mitleiderregender Widerspruch ungehört verhallte. Unser Weg führte uns nach Norden den kahlen Wüstenpfad entlang, der an einem Ende der Ebene von Amarna parallel zum Fluß durch die Berge verläuft, ehe er die Hügel hinaus gen Süden ansteigt. Auf dem sandigen Boden war nichts zu sehen, außer der Fußstapfen von Menschen und Eseln; und zu beiden Seiten des Weges lag die wasserlose Einöde in der gleißenden Sonne. Trotzdem war dies hier einmal der Reiseweg des Königs gewesen, der in eine große Stadt führte, gesäumt von prächtigen Häusern und bunten Tempeln. Vom Audienzfenster des Palastes aus hatte der König goldene Kolliers zu seinen bevorzugten Höflingen hinabgeworfen. Doch heute waren nur noch flache Gruben und eingesunkene Höhlen übrig. Die Zeit und der Sand, der alles unaufhaltsam bedeckt, hatten die vergänglichen menschlichen Spuren getilgt, wie es auch einmal den Resten unserer Zivilisation ergehen würde.

Von Haggi Quandil bis zum nördlichen Rand der Wüste sind es mehr als vier Kilometer. Kevin wischte sich bereits keuchend und stöhnend die feuchte Stirn. Ich bot ihm meinen Sonnenschirm an, den er aber ablehnte; wahrscheinlich aus der albernen Vorstellung heraus, damit unmännlich zu wirken. Ich hoffte nur, er würde mir keine Umstände bereiten, indem er mit einem Hitzschlag zusammenbrach. Im Gegensatz zu den anderen war er das Klima nicht gewöhnt, und Emerson hätte für niemanden – ganz gleich, ob Mann oder Frau – sein Tempo verlangsamt.

Zu unserer Rechten befanden sich in einigen Kilometern Entfernung die nördlichen Gräber und die Begrenzungsstelen, die uns am ersten Tag aufgefallen waren. Diese Richtung schlug Emerson nicht ein. Als wir weitergingen, rückten die Felswände immer näher an den Fluß heran, bis sie nur noch ein schmaler Streifen von wenigen hundert Metern Breite vom Ufer trennte. Ihr Schatten war eine Wohltat. Hier war die Felsoberfläche zerklüfteter (wenigstens erschien es meinem besorgt umherblickenden Auge so) und nicht nur von Spalten und unzähligen Wadis, sondern auch von den Überresten antiker Steinbrüche durchlöchert.

Endlich blieb Emerson stehen und sah hinauf. Anubis sprang von meinem Schoß und lief zu ihm hinüber.

Hoch über der Felswand entdeckte ich Teile von Reliefs und eine Reihe Hieroglyphen. Also gab es hier wirklich eine Stele. Es hätte mich nicht überrascht, wenn sich herausgestellt hätte, daß sie nur auf Emersons Erfindung beruhte. Diese hier war neu – neu für Archäologen, meine ich, denn sie war offensichtlich sehr alt und beschädigt – und lag viel weiter nördlich als die anderen. Kurz durchfuhr mich das Archäologenfieber wie ein Schauder, aber das ging rasch vorbei. Ich war mir sicher, daß Emerson nicht hierhergekommen war, um die Texte über Begrenzungsstelen um ein paar Hieroglyphen zu ergänzen.

Cyrus gelang es, einen Fluch zu unterdrücken, obwohl er an dem unausgesprochenen Wort fast erstickte. »Du heiliger … äh … Strohsack. Den ganzen weiten Weg, und das dafür!«

»Der Text ist wahrscheinlich mit den anderen identisch«, antwortete ich. »Aber Sie wissen ja, wie bruchstückhaft sie alle sind. Möglicherweise finden wir hier Textstellen, die anderenorts zerstört worden sind, und können damit die Lücken ergänzen.«

»Nun, *Sie* werden gewiß nichts finden«, verkündete Cyrus. »Nur eine Eidechse könnte diese Felswand hinaufklettern. Setzen Sie sich in den Schatten, meine Liebe, auch wenn man ihn kaum als solchen bezeichnen kann.«

Er hob mich von meinem Esel und setzte mich auf den Teppich, den Bertha ausgebreitet hatte. Die Männer luden schon das Gepäck von den Lasteseln. René und Charles beteiligten sich, begleitet von Emersons bissigen Bemerkungen, eifrig an der Arbeit. Kevin warf sich mir mit einem gequälten Seufzer zu Füßen und flehte um Wasser.

Ich schenkte dem gepeinigten Journalisten eine Tasse ein und erinnerte ihn, es sei seine eigenen Schuld, daß er jetzt Durst und Hitze erdulden müsse. »Neugier war der Katze Tod, Kevin. Ich hoffe, daß Sie durch die Ihre nicht zu Schaden kommen.«

»Apropos Katzen«, meinte Kevin. »Was ist das für ein teuflisch aussehendes Geschöpf, das dem Professor auf Schritt und Tritt folgt? Als ich es zuerst sah, hielt ich es für das Tier, das Sie nach dem Fall Baskerville adoptiert haben, doch auf den zweiten Blick wirkt es viel bösartiger und wilder.«

»Wir haben den Kater vorübergehend für einen Freund in Pflege genommen«, antwortete ich. »Nichts für Ihre Zeitung, Kevin. Würden Sie mich jetzt entschuldigen? Ich möchte gern zusehen, was die anderen so treiben.«

»Wollen Sie etwa mit diesem Knöchel herumlaufen?« fragte Kevin, als ich mich mit der Hilfe meines getreuen Sonnenschirms aufrichtete.

»Er ist weder gebrochen noch verrenkt. Nur eine kleine Wunde. Bleiben Sie sitzen, Kevin, ich komme ohne Sie zurecht.«

Unter Emersons Anweisungen errichteten die Männer ein behelfsmäßiges Gerüst, indem sie Bretter mit Seilen zusammenschnürten. Die Konstruktion wirkte entsetzlich wackelig, aber ich wußte, sie war um einiges stabiler, als es den Anschein machte. Schon oft hatte ich unsere Männer mit der Gelassenheit von Seiltänzern auf solchen Gerüsten herumturnen sehen; offenbar bemerkten sie gar nicht, wie die Bretter quietschen und schwankten. Diesmal würde das Gerüst, wie ich wußte, ein schwereres Gewicht tragen müssen.

Cyrus war so in seine Arbeit vertieft, daß er mich erst bemerkte, als ich neben ihm stand. Ich wehrte seine Proteste und seine Versuche, mich in seine Arme zu heben, ab. Immer noch schimpfend lief er mir nach, als ich weiterhinkte.

Ich blickte auf, und mein Herz setzte einen Moment aus, als ich die Gestalt eines Mannes sah, die sich gegen den Himmel abhob. Doch dann erkannte ich Ali. Er lehnte sich gefährlich weit über die Felskante hinaus und half einem anderen der Männer, zu ihm hinaufzuklettern. Dann wandten sie sich um und blickten hinab, nicht in meine Richtung, sondern nach unten zu den übrigen auf der anderen Seite des Felsvorsprungs.

»Was tun sie da?« fragte Cyrus neugierig.

»Ali und Daoud lassen Seile herunter, die die Männer oben am Gerüst befestigen. Es ist nicht möglich, die Konstruktion zu verankern, da selbst Stahlhaken, die wir nicht bei uns haben, kaum in den harten Fels getrieben werden können. Zur Sicherheit wird sich Emerson ein weiteres Seil um die Taille schlingen. Wenigstens hoffe ich das.«

»Falls er es nicht tut, werden Sie ihn schon daran erinnern«, meinte Cyrus lächelnd.

»Ganz richtig. Am besten gehe ich sofort los und sorge dafür.«

Ehe wir unseren Weg fortsetzten, wandte ich mich um und warf einen weiteren Blick auf das öde Tal hinter uns und auf die Klippe, die es nach Norden hin begrenzte. Das klapperige Gerüst und die Männer darauf waren für jeden, der möglicherweise zwischen den oberen Felsbrocken auf der Lauer lag, gut sichtbar.

»Sie und Ihre Männer sind immer noch bewaffnet«, stellte ich fest.

»Und das wird auch so bleiben«, erwiderte Cyrus mit finsterer Miene. Er hob schützend die Hand vor Augen und blickte hinauf. »Ja, da oben ist ein guter Beobachtungsposten. Ich schicke einen meiner Jungs hoch, wenn Sie sich wieder hinsetzen.«

Er nahm mir jede Gelegenheit zum Widerspruch, indem er mich einfach aufhob und mich mit langen Schritten zurück zum Teppich trug. Emerson stand schon auf dem Gerüst, und René kletterte gerade zu ihm hinauf. Zu meiner Erleichterung hatten sie sich beide mit einem Seil gesichert.

Die Sonne stieg, und die Schatten wurden kürzer. Doch Cyrus hatte auch dafür vorgesorgt; seine Männer errichteten aus aufgehäuften Steinen und einer darübergespannten Zeltbahn einen kleinen Unterstand. Als die Männer eine Pause einlegten, um etwas zu essen und sich auszuruhen, hatten wir bereits mehr als fünfunddreißig Grad. René wirkte am erschöpftesten von allen, was kein Wunder war, da er sich bei sengender Hitze stundenlang auf dem Gerüst aufgehalten hatte.

Als der lange Nachmittag ereignislos verging, hätte mein Unbehagen, das mich schon den ganzen Tag beschlich, eigentlich nachlassen sollen. Aber statt dessen steigerte es sich Stunde um Stunde, bis sich jeder Zentimeter meiner Haut wund und bloß anfühlte. Zu meiner Überraschung und Erleichterung verkündete Emerson, wir würden es für den Tag genug sein lassen. Bis zum Sonnenuntergang waren es noch einige Stunden. Ich hatte eigentlich damit gerechnet, daß er wie immer bis zum letzten Moment weiterarbeiten würde.

Diese Ankündigung wurde allgemein mit einem dankbaren Seufzer aufgenommen. Emerson ließ, munter wie immer und die Hände in die Hüften gestemmt, einen spöttischen Blick über seine verschwitzte Schar gleiten und sah Kevin, der anmutig zu Berthas Füßen ruhte, finster an.

»Morgen können Sie Ihre detektivischen Fähigkeiten anderswo zum Einsatz bringen«, bemerkte er. »Sie sind eine Landplage, Mr. O'Connell. Ihr ständiges Gestöhne und Gejammer stört mich bei der Arbeit, und wenn ich mich nicht völlig irre, stehen Sie kurz vor einem Hitzschlag. Und bei den übrigen ist es auch nicht viel besser. Also können wir genausogut umkehren.«

Für gewöhnlich ist die trockene Backofenhitze in meinem geliebten Ägypten viel mehr nach meinem Geschmack als das Klima meiner heimischen Gefilde. Möglicherweise hatte ich an jenem Nachmittag leichtes Fieber. Allerdings neige ich mehr zu der Auffassung, daß es die Sorge war – nicht um mich selbst, sondern um Emerson –, die bewirkte, daß ich so schwitzte und mich elend fühlte. Als wir uns auf den Heimweg machten, ließ dieses Empfinden nach. Dieses eine Mal hatte ich mich geirrt; die erwartete Gefahr war nicht eingetreten. Ich hielt mir vor Augen, daß es typisch für Emerson war, angesichts einer archäologischen Entdeckung nicht mehr an Gefahren für Leib und Leben zu denken. Aber ich war mir sicher, daß die geheimen Pläne, die ihm im Kopf herumspukten, nur aufgeschoben und nicht aufgehoben waren. Also würde ich ihn heute nacht besonders gut bewachen müssen.

In meinen Bemühungen, Emersons nächsten Schritt vorauszuahnen, erschöpft von der Hitze und eingelullt vom gemächlichen Trott des Esels, mußte ich eingedöst sein. Ich schlief aber nicht. Wahrscheinlich stolperte der Esel, denn sonst wäre ich wohl nicht beinahe kopfüber von seinem Rükken gepurzelt.

Sofort wurde ich von einer Hand gestützt. Ich blinzelte und sah Cyrus' Gesicht neben mir. »Halten Sie noch ein wenig durch, meine Liebe«, sagte er. »Wir sind fast zu Hause.«

Ich blickte mich um. Zu meiner Rechten stand das Dorf El Til unter Palmen. Eine leichte Brise vom Fluß her trug den Geruch von Kochfeuern zu uns herüber. Die kreisrunde, glänzende Sonne hing tief über den Felsen im Westen; Echnatons Gott, der lebendige Aton, machte sich bereit, die Welt der Dunkelheit und dem Todesschlaf zu überantworten. Aber er würde sich wieder erheben, wie er sich schon tausende Male erhoben hatte, um aller Welt Leben einzuhauchen und jede Kreatur zu wecken, damit sie seine Ankunft pries.

Ich neige häufig zu poetischen Empfindungen. Allerdings wäre mir lieber gewesen, sie hätten mich nicht gerade in jenem Augenblick überkommen, denn sie kosteten mich einige wertvolle Sekunden.

Stumm wie eine Statue ritt Bertha neben mir her. Die Esel hatten die müden Männer überholt. Ich sah, daß sie uns in einer zerlumpten Prozession folgten, an deren Ende sich Kevin voranschleppte. Sein feuerrotes Haar leuchtete in den Strahlen der untergehenden Sonne. Charlie marschierte neben ihm, wobei er seinen Schritt dem seines Freundes René anpaßte, der mühsam weiterhinkte ...

Ich riß Cyrus die Zügel aus der Hand und brachte den armen Esel zu einem plötzlichen Stillstand. »Wo ist er?« rief ich aus. »Wo ist Emerson?«

»Er wird schon nachkommen«, antwortete Cyrus. »Er ist dicht hinter uns. Abdullah und er sind stehengeblieben, um ...«

»Abdullah sehe ich auch nicht. Auch nicht Ihre beiden Wachmänner, noch den Kater!« Die schreckliche Wahrheit traf mich wie ein Blitzschlag. »Verdammt, Cyrus!« schrie ich. »Wie konnten Sie es wagen? Das werde ich Ihnen nie verzeihen!«

Ich bedauerte es sehr, ihn niederschlagen zu müssen, aber sonst wäre ich ihn nie losgeworden. Er versuchte, mir die Zügel aus der Hand zu reißen, als ihn mein Sonnenschirm am Arm traf. Im Bemühen, einem zweiten Schlag auszuweichen, stolperte er über seine eigenen Füße und stürzte. Ich stieß dem Esel die Fersen in die Flanken.

Ich glaube, es war mein Schmerzensschrei, der den Esel zu raschem Trab antrieb. Ich hatte vergessen, daß ich an meinem verletzten Fuß nur einen Pantoffel trug. Da mich niemand außer dem Esel hören konnte, gestatte ich mir den Gebrauch einiger Ausdrücke, die ich von Emerson gelernt hatte. Sie halfen mir zwar, meinen Gefühlen ein wenig Luft zu machen, allerdings nicht allzu sehr.

Sie hatten sich alle gegen mich verschworen – Cyrus, Abdullah und natürlich Emerson. Es war ein schwacher Trost, daß es dreier Menschen bedurft hatte, um mich zu überlisten. Wie lange hatten sie es geplant? Mindestens seit dem gestrigen Abend. Die heutige Expedition war nur dazu gedacht gewesen, um mich abzulenken und zu ermüden, damit meine Wachsamkeit am Ende des langen und anstrengenden Tages nachließ. Ich knirschte mit den Zähnen. Was für ein gemeiner, unsportlicher Trick!

Ich habe noch nie ein Tier geschlagen, und ich tat es auch bei diese Gelegenheit nicht. Der Klang meiner Stimme, die »Yalla! Yalla!« rief, war Ansporn genug. Mit zurückgelegten Ohren stürmte der kleine Esel in einer Geschwindigkeit voran, die er bislang wahrscheinlich noch nie erreicht hatte. Wie alle Esel bei meinen Expeditionen war er seit meiner Ankunft gut versorgt worden, und nun trug meine Pflege erste Früchte, wie es schon die Bibel versichert.

Während des Ritts hielt ich angestrengt Ausschau und hoffte, zwischen den Hügeln eine Gestalt zu entdecken, die sich bewegte. Ich sah nichts; das unebene Gelände bot eine Unmenge an Verstecken, und Emersons staubige Kleider würden vor den bleichen Felsen kaum auszumachen sein. Ich war mir sicher, daß er diesen Weg eingeschlagen hatte. Als die anderen Rast gemacht hatten und danach auf der königlichen Straße nach Süden gegangen waren, hatte er den Felsvorsprung umrundet. Was sein letztendliches Ziel betraf, konnte ich nur raten, aber seine Absicht war mir so klar, als ob er sie laut und deutlich verkündet hätte. Er hatte, unbemerkt von mir, eine Begegnung mit unserem Todfeind arrangiert.

Ich hoffte, ihm den Weg abzuschneiden, ehe er sein Ziel erreichte. Die Esel waren sehr langsam dahingetrabt. Selbst auf unebenem Boden kam Emerson wahrscheinlich ebenso schnell voran wie sie. Wenn ich die Ebene durchquerte, würden sich unsere Pfade kreuzen – nicht an dem Punkt, wo er sich augenblicklich befand, sondern an einer Stelle, an der er sich zu einem späteren Zeitpunkt befinden würde. Inzwischen mußte er fast angekommen sein; aber nicht einmal Emerson wäre närrisch genug gewesen, einen derart gefährlichen Gegner in der Dunkelheit anzugreifen. Wenigstens wurde er von Abdullah und zwei bewaffneten Männern begleitet. Und vielleicht war die Lage ja doch nicht so ernst, wie ich befürchtete. Wie dem auch sei, ich bereute meinen Schritt nicht. Emersons impulsive Art bedarf der Zügelung durch einen besonneneren Menschen.

Ich vermutete, man würde mich verfolgen, aber ich wandte mich nicht um. Mein Blick hing an den Felswänden, die mit jedem Meter näher zu rücken schienen, und als mir klar wurde, wohin ich ritt, schien sich eine eiskalte Hand um mein Herz zu legen. Zur Linken hob sich eine Reihe dunkler, rechteckiger Schatten von den Klippen ab, die von der untergehenden Sonne beschienen wurden. Das waren die Eingänge zu den nördlichen Gräbern, den letzten Ruhestätten von Echnatons Höflingen. Zur Rechten, ganz in der Nähe, lag der Eingang zum Königswadi. Hatte sich Emerson diesen unheilschwangeren Ort für den letzten Akt des Dramas ausgesucht?

Nein. Ich hatte den Eingang schon hinter mir gelassen, als ich ihn sah. Endlich einmal trug er seinen Tropenhelm, wodurch sein auffälliges schwarzes Haar verdeckt wurde. Eine Rauchwolke verriet seine Anwesenheit. Er saß gemütlich auf einem Felsen, rauchte seine Pfeife und beobachtete, wie ich näher kam. Auf einem Felsen daneben hatte es sich Anubis bequem gemacht, der Emerson nicht aus den Augen ließ. Zu Emersons Füßen lag eine Flinte.

Emerson erhob sich und brachte den Esel zum Stehen, indem er mir die Zügel aus der Hand riß. »›Allgegenwärtig‹ ist ganz bestimmt ein Wort, das auf Sie zutrifft«, begrüßte er mich. »Außerdem fällt mir dazu noch ›ungelegen‹ ein.«

Ich ließ mich von seiner ruhigen Stimme nicht täuschen, denn sie hatte den leisen, schnurrenden Klang, der – im Gegensatz zu seinen kleinen Tobsuchtsanfällen – darauf hinweist, daß Emerson ernsthaft wütend ist. Dann wandte er den Blick von meinem Gesicht dem des Reiters zu, der sich uns in rascher Geschwindigkeit näherte. Cyrus mußte Berthas Esel genommen haben. Ich hoffte, er hatte das arme Tier nicht geschlagen, um es zu einem solchen Tempo anzutreiben.

»Kann ich Ihnen einen ganz einfachen Auftrag anvertrauen, Vandergelt?« fragte Emerson.

Cyrus stieg ab. »Ich werde sie an den Esel binden. Halten Sie ihr die Hände fest, damit ich …«

Ich zückte den Sonnenschirm. »Der erste von Ihnen, der mich oder diesen Esel …«

»Zu spät«, verkündete Emerson. »Er oder einer seiner Männer hat sich hinter diesem Grat genau nördlich von uns versteckt. Ein anderer lauert im Süden. Man kann mit Sicherheit annehmen, daß sie bewaffnet sind, und in der offenen Ebene wären Sie ein verlockendes Ziel. Er ließ Sie ungehindert hierherreiten, damit er uns alle in der Falle hat, ehe er die Schlinge zuzieht.«

Er stand auf und streckte sich. »Runter mit Ihnen!« rief ich aus.

»Keiner von ihnen kann auf uns schießen, ohne daß Abdullah oder Vandergelts Männer ihn bemerken«, antwortete Emerson. »Deswegen habe ich mir diese Stelle ausgesucht. Und außerdem …« – er wandte sich um – »befindet sich hinter diesem kleinen Felsvorsprung der Eingang zu einer Höhle. Als ich sie vor einigen Jahren entdeckte, hielt ich sie zuerst für ein Grab, aber sie wurde nie …«

Der scharfe Knall eines Schusses unterbrach seinen Vortrag und ließ, was seine Einschätzung unserer augenblicklichen Lage anbelangte, Zweifel aufkommen. Gesteinssplitter regneten von den Klippen herab. Einige davon mußten den armen Esel getroffen haben, denn das Tier ging mit einem verängstigten Wiehern durch und riß mir die Zügel aus der Hand. Der andere Esel folgte ihm. Emerson griff nach seiner Flinte und lief los, wobei er mich vor sich herstieß.

Hinter dem Felsvorsprung, von dem er gesprochen hatte, taten sich nicht nur einer, sondern ein Dutzend Risse und Spalten auf, von denen mindestens drei groß genug waren, um einen Menschen durchzulassen. Durch eine dieser Spalten, die sich für mich nicht von den anderen unterschied, wurde ich von Emerson gestoßen. Cyrus folgte uns auf den Fersen.

Die Höhle dahinter war nahezu kreisrund und hatte etwa drei Meter Durchmesser. Der hintere Teil lief zu wie ein Trichter und verlor sich in der Dunkelheit; wie weit der Gang führte, konnte ich nicht erkennen.

Emerson wirbelte zu Cyrus herum. »Abdullah sollte diesen Burschen in Schach halten«, grollte er drohend. Wo stecken Ihre Männer, Vandergelt?«

Eine Gewehrsalve traf die Felswand in unserer Nähe. Niemand erwiderte das Feuer.

Emerson holte tief Luft. »Nun denn, ich nehme an, die Waffe, die Sie mir so freundlich zur Verfügung gestellt haben ... Ja, ich sehe. Eine Kugel im Magazin. Eine wirklich poetische Note. Ich sollte sie an Sie verwenden.«

Cyrus trat vor, bis die Mündung der Flinte seine Brust berührte. Es war fast dunkel. Ich konnte nur die Umrisse der beiden Männer sehen, die sich gegenüberstanden. »Das spielt jetzt keine Rolle«, sagte Cyrus kühl. »Was wichtig ist ...« Er wies auf mich.

»Hmmmm, ja.« Emerson lehnte die Flinte an die Wand und lockerte seine Hände. »Es gibt noch einen Ausgang hier.«

»Was?« rief Cyrus aufgeregt.

»Kommen Sie schon, Sie alter Schurke, Sie glauben doch nicht im Ernst, ich wäre dumm genug, uns in eine Sackgasse zu führen? Diese Höhle habe ich mir als Fluchtweg ausgesucht, falls meine Pläne scheitern sollten. Was«, fügte Emerson höhnisch hinzu, »offenbar der Fall ist. Schwierigkeiten könnte nur bereiten, daß der Tunnel sehr eng ist. Beim letztenmal konnten wir uns kaum hindurchzwängen. Uns bleibt nur die Hoffnung, daß er seitdem nicht schmaler geworden ist.«

»Worauf warten wir noch?« fragte ich. Bis jetzt hatte ich nichts gesagt, weil sich mir von den schrecklichen Andeutungen, die Emersons Worte enthalten hatten, noch der Kopf drehte. Warum hatten weder Abdullah noch die zwei Männer von Cyrus das Feuer der Angreifer erwidert? Die Flinten gehörten alle Cyrus; war diejenige, die er Abdullah gegeben hatte, auch unbrauchbar gemacht worden? Die Vorstellung, der Mann, den ich stets für einen lieben und treuen Freund gehalten hatte, könnte uns verraten haben, war mehr, als ich ertragen konnte. Der Verrat hatte sich nicht gegen mich gerichtet, denn Cyrus hatte nicht damit rechnen können, daß ich mit von der Partie sein würde. Ich wußte nur zu gut, welchen Grund er haben könnte, Emerson ans Messer zu liefern.

Aber jetzt war nicht der richtige Zeitpunkt, jemandem Vorhaltungen zu machen. Wir alle schwebten in Gefahr, und Flucht hatte Vorrang. Wie froh war ich, daß ich Emerson zur Hilfe geeilt war! »Worauf warten wir noch?« wiederholte ich.

»Nur darauf«, antwortete Emerson. Dann nahm er mich sanft bei der Schulter und versetzte mir mit geballter Faust einen Kinnhaken.

Wenn Emerson jemanden schlägt, tut er das mit all seiner Kraft, die wirklich beachtlich ist. Und diese Kraft hatte er offenbar unterschätzt, wahrscheinlich weil er es nicht gewöhnt war, den in einer solchen Situation erforderlichen Muskeleinsatz zu beurteilen. Ich glaube nicht, daß ich für länger als einige Sekunden die Besinnung verlor. Er hatte mich aufgefangen, als ich fiel, und als ich wieder zu mir kam, stellte ich fest, daß mein Kopf an seiner Brust ruhte. Er sprach.

»… wenn sie nicht bereits wissen, daß wir unbewaffnet sind. Jemand muß sie eine Weile beschäftigen. Wenn man in dem Moment, in dem sie die Höhle stürmen, wie ein gottverdammter Korken im Tunnel steckt …«

»Ja, ich verstehe.«

»Sie müßten sich eigentlich hindurchquetschen können, Ihre Schultern sind ein wenig schmaler als meine. Sollten Sie scheitern, versuchen Sie, den Gang von der anderen Seite zu blockieren. Und nehmen Sie ihr den verdammten Sonnenschirm weg, sonst prügelt sie sich noch eigenhändig den Weg frei.«

»Wenn ich nicht durchkomme, kehre ich zurück und kämpfe an Ihrer Seite«, sagte Cyrus ruhig.

»Das zeigt, daß Sie ein Narr sind«, erwiderte Emerson grob. »Und jetzt nehmen Sie sie und verschwinden Sie.«

Überflüssig zu sagen, daß ich nicht beabsichtigte, einen solchen Plan zu billigen. Allerdings wußte ich, daß ich Zeit gewinnen mußte. Wenn ich Emerson mein Vorhaben bekannt gab, würde er mich noch einmal schlagen, diesmal womöglich fester. Also beschloß ich, mein Glück mit Cyrus zu versuchen. Der Sonnenschirm baumelte an einem kleinen Band an meinem Handgelenk. Als Emerson mich Cyrus in den Arm legte, ließ ich mich schlaff und reglos hängen. Ich hatte schon gehofft, er würde mich vorher ein letztesmal fest umarmen, aber er tat es nicht, wahrscheinlich, weil eine Kugel, die dicht neben dem Eingang einschlug, Gesteinssplitter in die Höhle regnen ließ.

Emerson plante keine melodramatische Heldentat (obwohl er wie die meisten Männer zu großen Gesten neigt). Er war fest davon überzeugt, eine beliebige Anzahl bewaffneter Männer allein abwehren zu können. Und ausgerechnet er hatte die Frechheit besessen, mich für mein übertriebenes Selbstbewußtsein zu tadeln! Wenn wir lange genug durchhielten, hatten wir gute Chancen auf Rettung. Was Cyrus auch immer plante (und ich konnte nicht glauben, daß Emersons Anschuldigungen wahr waren, er mußte sich einfach irren!), er schwebte jetzt auch in Gefahr, und seine Männer würden ihn nicht im Stich lassen. Jedenfalls nicht, wenn sie nicht auf ihren Lohn verzichten wollten. Außerdem hatten René und Charles beobachtet, daß er mir folgte; und unsere treuen Männer würden mir zur Hilfe eilen, noch ehe sie den bedrohlichen Hall der Schüsse hörten. Ja, sie würden kommen. Und wir – wir alle drei – konnten bis dahin den schmalen Eingang zur Höhle verteidigen.

Als Cyrus in den Gang trat, wurden wir von Höllenfinsternis empfangen. Der Tunnel war schmal, doch die Decke war hoch genug, so daß er aufrecht gehen konnte, zumindest am Anfang. Ich stellte fest, daß sie niedriger wurde, denn Cyrus fuhr mit einem Schrei zurück, als er sich den Kopf anstieß.

Der Augenblick erschien mir günstig. Ich wollte nicht warten, bis wir eine breitere Stelle erreichten, wo man sich ungehindert bewegen konnte. Ich umfaßte fest meinen Sonnenschirm, streckte die Beine aus und rutschte aus seinem Griff. Durch den Schlag auf den Kopf und meine plötzliche Bewegung war er so überrascht, daß ich an ihm vorbeischlüpfen und rasch loslaufen konnte. Nebenbei spürte ich, daß mein Fuß brannte wie Feuer, aber ich verlangsamte meinen Schritt nicht. Da ich mich inzwischen daran gewöhnt hatte, daß Pistolen in Jackentaschen ihre Lage verändern, konnte ich die Waffe diesmal mühelos hervorziehen.

Ich war noch nicht weit gekommen, als ich Stimmen hörte. Der ruhige, gemessene Ton und das völlige Fehlen jeglichen Wortwechsels erstaunte mich so, daß ich im rasenden Lauf innehielt. Waren die Retter bereits hier? Ehe ich feuerte, mußte ich mich vergewissern, daß ich keinen Freund traf. Also blieb ich am Ende des Ganges stehen und spähte vorsichtig in die Höhle.

Er hielt eine Laterne in der Hand; in der anderen, der rechten, hatte er einen Gegenstand, der erklärte, wozu er Licht brauchte. Es ist schwierig, in völliger Dunkelheit ein bewegliches Ziel zu treffen, besonders wenn besagtes Ziel die Absicht hat, sich auf einen zu stürzen. Bei diesem Gegenstand handelte es sich nicht um eine Flinte, sondern eine Handfeuerwaffe unbestimmten Fabrikats – ich kenne mich mit Pistolen nicht sehr gut aus. Mir fiel nur auf, daß sie um einiges größer war als meine.

Vinceys goldene Locken waren ein wenig vom Wind zerzaust; ansonsten wirkte er so ordentlich und gefaßt wie in jener schicksalhaften Nacht in Kairo, als ich ihm zum ersten Mal begegnet war. Der brutale Zug um seinen Kiefer wich, als er lächelte.

»Versuchen Sie nicht, nach Ihrer Waffe zu greifen«, sagte er freundlich.

Emerson warf einen Blick auf die Flinte, die in einigen Metern Entfernung auf dem Boden lag. »Sie ist nicht geladen.«

»Aus dem Umstand, daß Sie das Feuer nicht erwiderten, habe ich das geschlossen. Es hätte mich einige Zeit gekostet, Ihr Versteck zu finden, wäre Anubis nicht so freundlich gewesen, mich hierher zu führen. Sie waren klug genug, eine Waffenruhe vorzuschlagen, obwohl ich Sie warnen muß, denn Sie brauchen nicht zu hoffen, daß für Sie etwas Vorteilhaftes dabei herauskommen wird.«

»Ach, das weiß man nie«, meinte Emerson. Er betrachtete den Kater, der in der Mitte zwischen den beiden Männern stand und mit gesträubtem Schweif abwechselnd den einen und den anderen ansah. »Ich dachte mir schon, daß Sie meiner Einladung nicht widerstehen können, Vincey. Es war mir nicht entgangen, welch kindisches Vergnügen Sie an der Schadenfreude haben.«

Vincey Lächeln wurde breiter. »Aber Sie können nicht leugnen, daß Sie mir mein sorgfältig vorbereitetes Alibi abgenommen haben. Alles gute Planung, mein lieber Emerson.«

Emerson hatte sich mit dem Rücken an die Felswand zu meine Rechten gelehnt und musterte den anderen Mann eindringlich. »Sie müssen mich für einen Idioten halten«, sagte er mit höhnisch gekräuselten Lippen. »Während der Tage, in denen ich Ihr Gast war, habe ich Sie häufig genug zu Gesicht bekommen. Wie viele Stunden haben wir in angenehmer Plauderei verbracht, Sie in Ihrem geschmacklosen Polstersessel und ich in einer etwas weniger bequemen Haltung. Wie sollte ich Sie nicht wiedererkennen? Und wie haben Sie es geschafft, von Bork in diese schmutzige Geschichte hineinzuziehen?«

»Seine kränkelnde kleine Gattin braucht ärztliche Hilfe«, lautete die Antwort. »Sentimentalität ist eine Schwäche, und ein kluger Mann weiß sie sich zu Nutzen zu machen.«

Eine Hand packte mich beim Arm. Ich schüttelte sie ab. Cyrus konnte im Augenblick nichts tun. Er wußte, ich würde mich wehren und somit dem lächelnden Finsterling mit der riesigen Pistole unsere Anwesenheit verraten, wenn er versuchen sollte, mich fortzuschleppen.

Emerson schüttelte den Kopf. »Ich muß zugeben, Sie haben Ihre Trümpfe bislang klug ausgespielt. Aber ihr letzter Zug war ein Fehlschlag. Meine Freunde sind schon unterwegs. Sie haben keine Möglichkeit, mich zu entführen, ehe sie ...«

»Ich fürchte, Sie mißverstehen mich. Die Spielregeln haben sich geändert. Ich brauche die Auskünfte, die ich von Ihnen zu erhalten hoffte, nicht mehr. Wenn ich diese Höhle verlasse, werden Sie mich nicht begleiten.«

»Hmmm.« Emerson rieb sich das Kinn. »Ich habe Sie immer für einen praktischen Menschen gehalten, Vincey. Warum riskieren Sie Ihren Hals, indem Sie mich verfolgen, wenn Sie doch haben, was Sie wollten?«

Vinceys Lächeln wurde breiter, bis sich sein Gesicht zu einer gespenstischen Fratze verzerrte. »Weil Sie den Ihren riskieren würden, um mich von der Verwirklichung meines Vorhabens abzuhalten. Ich habe nicht das Bedürfnis danach, daß Sie mir für den Rest meines Lebens über die Schulter schauen. Und ich muß zugeben, daß es mir eine gewisse persönliche Freude bereiten wird – wenn Sie wollen, können Sie das sentimental nennen –, Sie zu töten. Sie haben sich mir widersetzt, meine mörderischen Pläne vereitelt – und, was am schlimmsten ist, Sie hatten die Frechheit, mich gönnerhaft zu behandeln, als das Glück mich verlassen hatte.« Seine Stimme wurde schriller. »Und ich werde langsam dabei vorgehen. Ich glaube, die erste Kugel geht ins Bein. Dann eine in den Arm – oder vielleicht ins andere Bein ...«

Ich hatte nur abgewartet, weil ich neugierig war, was er zu sagen hatte. Ich zielte sorgfältig und drückte ab.

Klugerweise ließ Emerson sich zu Boden fallen. Die Kugel traf Vinceys linken Arm. Er ließ die Laterne los, aber die Wunde konnte nicht tief gewesen sein, denn er wirbelte mit einem derben Fluch herum und zielte in meine Richtung. Ich zielte meinerseits in seine Richtung, aber irgend etwas behinderte mich, wahrscheinlich war es Cyrus, der an mir zerrte, oder der Umstand, daß eine Kugel in der Wand neben mir einschlug, so daß ich zusammenzuckte. Meine nächsten beiden Schüsse, die ich rasch nacheinander abfeuerte, verfehlten ihr Ziel. Eine Kugel traf, wie ich zu meinem Schrecken feststellte, den Boden ganz dicht neben Emersons ausgestreckter Hand, worauf er lauthals fluchte und sie zurückzog. Ich drückte noch einmal ab – und hörte, wie der Hammer auf das leere Magazin traf. Ich hatte vergessen, die Pistole nachzuladen, nachdem Emerson sie benutzt hatte, um Hilfe herbeizuholen.

Also blieb mir nichts weiter als ein Frontalangriff. Ich stürmte aus dem Tunneleingang direkt auf Vincey zu. Unglücklicherweise hatte Emerson denselben Einfall gehabt. Wir stießen heftig zusammen; im Sturz schlang er die Arme um mich und versuchte, mich umzudrehen, damit er auf mir zu liegen kam. Wieder hatten wir die gleiche Idee. Ich behielt die Oberhand, landete auf ihm und bemühte mich, ihn mit meinem Körper zu bedecken.

Es war ein wenig schwierig, den Überblick über die weiteren Geschehnisse zu behalten, denn ich war damit beschäftigt, Emerson zu schützen, der nicht aufhören wollte, zu zappeln. Vincey war, wie ich glaube, wegen unseres überstürzten und scheinbar planlosen Handelns etwas verwirrt. Ganz offensichtlich zögerte er eine Weile, ehe er auf uns anlegte.

Ich schloß die Augen und klammerte mich an Emerson. Wir würden in enger Umarmung sterben, wie er einmal vorgeschlagen hatte. Allerdings behagte mir die Vorstellung heute nicht mehr als damals.

Das Echo des Schusses war ohrenbetäubend. Es dauerte einen Augenblick, bis mir klar wurde, daß ich noch atmete – unverletzt und unbeschädigt – und daß es zwei Schüsse gewesen waren, so kurz nacheinander, daß ihr Widerhall wie ein einziger geklungen hatte. Ich schlug die Augen auf.

Emersons Arm war genau vor mir. Er hatte den Ellenbogen auf den Boden gestützt; in seiner Hand befand sich die Flinte, die in einem schrägen Winkel nach oben zielte; den Finger hatte er am Abzug.

Jetzt verstand ich, warum Emerson seinen Feind in die Höhle gelockt und die Waffe auf dem Boden liegengelassen hatte, als ob sie nutzlos gewesen wäre. Sie hatte nur eine Kugel enthalten, und die hatte Emerson so gewinnbringend wie möglich eingesetzt.

Er schob mich beiseite und erhob sich. Nachdem ich mich herumgerollt hatte, setzte ich mich auf. Meine Ohren brausten noch von dem Lärm, in meinem Kopf drehte es sich. Wenn man sich erst einmal mit dem Tod abgefunden hat, dauert es seine Zeit, bis man sich wieder ans Leben gewöhnt.

Vincey lag zusammengesunken auf dem Boden, mitten in einer Blutlache, die sich zusehends vergrößerte. Daneben lag auf dem Rücken noch ein Mann; Vinceys Kugel – die, die für uns bestimmt gewesen war – hatte ihn direkt in die Brust getroffen und ihn hintüber geschleudert. Das Licht der Laterne beleuchtete sanft sein stummes Gesicht und die reglos ausgebreiteten leeren Hände.

16. Kapitel

»Körperkraft und moralisches Feingefühl, verbunden mit einem weichen Herzen – genau das wird von einem Ehemann erwartet.«

Zu spät!« rief ich händeringend. »Er hat sein Leben für uns geopfert! Oh, Charlie, wären Sie doch nur fünf Minuten früher gekommen!«

Es hatte tatsächlich keine fünf Minuten gedauert, bis unsere Retter, mit Charlie an der Spitze, eingetroffen waren; nun kniete er mit gesenktem Kopf neben dem Leichnam seines gütigen Dienstherrn. Seine Trauer war so echt, daß ich es sehr bedauerte, ihn verdächtigt zu haben.

»Ich bezweifle, daß die Zeit eine Rolle gespielt hätte«, sagte Emerson. »Beim ersten Geräusch hätte Vincey geschossen, und das Ergebnis wäre wahrscheinlich das gleiche gewesen.«

»Sie haben recht«, sagte ich. »Verzeihen Sir mir, Charlie. Ich hatte ihn sehr gern; und nun hat er sein Leben hingegeben für … Was sagten Sie, Emerson?«

»Nichts«, sagte Emerson.

Langsam erhob sich Charlie. Schmerz und Leid zeichneten seine Züge. Ich wiederholte noch einmal meine Entschuldigung. Er versuchte zu lächeln. »Ich werde mir immer Vorwürfe machen, Ma'am. Nun können Sie ihn uns überlassen – mir und René. Sie sehen ziemlich mitgenommen aus. Gehen Sie bitte und trösten Sie Abdullah. Als ich ihn zuletzt sah, versuchte er gerade, zwei mit Gewehren bewaffnete Kerle zu überwältigen.«

Wir trennten Abdullah von seinen Opfern; sie hatten nur versucht, sich zu verteidigen, und sie flohen bei der erstbesten Gelegenheit. »Für Erklärungen ist später Zeit, Abdullah«, sagte ich besänftigend. »Es war alles ein Versehen.«

»Solange du nicht zu Schaden gekommen bist«, murmelte Abdullah. Weil es zu dunkel war, um deutlich sehen zu können, vergaß er sich und tastete Emerson mit besorgter Miene ab; und gewiß hätte er das gleiche auch bei mir getan, wenn es nicht unschicklich gewesen wäre.

Unsere treuen Männer stritten sich um das Vorrecht, mich tragen zu dürfen, deshalb erlaubte ich Ihnen, sich dabei abzuwechseln. Emerson bot seine Hilfe nicht an. Mit dem Kater im Arm stapfte er so geistesabwesend einher, daß er nicht einmal Abdullahs hartnäckige Fragen zu hören schien.

Schließlich sagte ich: »Wir werden dir die ganze Geschichte später erzählen, Abdullah, nachdem wir uns ausgeruht haben. Gib dich fürs erste damit zufrieden, daß es nun vorbei ist. Äh … es ist doch vorbei, nicht wahr, Emerson? Emerson!«

»Was? Oh. Ja, ich glaube schon. Es waren noch weitere Personen beteiligt – leider allzu viele; aber das sind vor allem Leute, die Vincey auf den Leim gegangen sind, oder gedungene Mörder. Er war die treibende Kraft. Jetzt, da er nicht mehr unter den Lebenden weilt, haben wir wahrscheinlich nichts mehr zu befürchten.«

»Hast du ihn getötet, O Vater der Flüche?« fragte Abdullah gespannt.

»Ja«, sagte Emerson.

»Das ist gut«, sagte Abdullah.

Erst als wir die *Nofretete* erreicht hatten, setzte Emerson Anubis ab und nahm mich aus den Armen von Daoud in Empfang, der zuletzt an der Reihe gewesen war. »Ruht euch aus und eßt, meine Freunde«, sagte er. »Wir werden später zu euch kommen.«

Anubis lief vor uns über den Landungssteg. Als ich beobachtete, wie munter er dahintrottete und seinen toten Herrn offenbar ohne den leisesten Anklang von Bedauern oder Reue vergessen hatte, konnte ich Abdullahs abergläubische Furcht vor diesem Tier fast verstehen. »Vincey hatte ihm beigebracht, einem Pfiff zu gehorchen«, sagte ich leise. »Auf diese Weise ist es ihm gelungen, Sie zu entführen. Und heute nacht ...«

»Heute nacht hat er *meinem* Befehl gehorcht«, sagte Emerson. »Ich hatte es nicht darauf angelegt, Vincey zu töten, aber ich war dazu bereit, falls mir keine andere Wahl bleiben sollte. Er fing allmählich an, mir lästig zu werden. Allerdings hätte ich ihn lieber lebend gefaßt, und ich habe damit gerechnet, daß er dem Kater folgen würde, wenn dieser mir folgte.«

»Wie haben Sie ihm das beigebracht?« rief ich aus.

»Mit Hühnchen«, sagte Emerson. Er hielt vor meiner Tür an und drehte mit einer Hand den Knauf. »Und natürlich mit Hilfe meiner charismatischen Persönlichkeit.«

Der Steward hatte die Lampen entzündet. Als sich die Tür öffnete, stieß ich einen Schrei aus, denn vor mir standen zwei undeutlich erkennbare, aber schreckliche Gestalten, mit zerfetzten Kleidern, wildem Blick aus rotumränderten Augen, die abgezehrten Gesichter mit grauem Staub bedeckt.

Es war unser Spiegelbild in dem großen Spiegel. Emerson stubste den Kater beiseite, stieß die Tür mit dem Fuß zu, legte mich auf dem Bett ab und ließ sich mit einem tiefen Seufzer neben mich niederfallen. »Werden wir allmählich alt, Peabody? Ich fühle mich ein wenig erschöpft.«

»Oh, nein, mein Lieber«, erwiderte ich geistesabwesend.

»Jeder wäre nach so einem Tag erschöpft.«

Emerson richtete sich auf. »Diese Beteuerungen überzeugen mich nicht. Ich werde sie einmal überprüfen.« Und mit festem Griff preßte er mich an sich und senkte seinen Mund auf den meinen.

Er küßte mich ziemlich lange und überschüttete mich mit weiteren Zärtlichkeitsbeweisen, so daß ich fast die erstaunliche Erkenntnis vergaß, die sich meinem benommenen Kopf schlagartig eröffnet hatte. Schließlich gelang es mir, meine Lippen lange genug freizubekommen, um zu keuchen: »Emerson! Sind Sie sich im klaren, daß ich verheiratet bin …«

» … mit mir?« Emerson rückte ein Stück von mir ab. »Das hoffe ich doch, Peabody, denn falls du nicht meine Frau wärst, wäre das, was ich jetzt vorhabe, möglicherweise ungesetzlich, sicherlich unmoralisch und wahrscheinlich eines englischen Gentlemans nicht würdig. Diese verdammten Knopflöcher soll der Teufel holen, sie sind immer zu …«

Die Bluse war jedenfalls ruiniert.

*

Einige Zeit später (eine gehörige Zeit später, um genau zu sein) flüsterte ich: »Wann hast du dein Gedächtnis wiedergefunden, Emerson?«

Er hatte den Arm um mich gelegt, mein Kopf ruhte auf seiner Brust, und alle Wonnen des Himmels hätten die meinen nicht übertreffen können. (Obgleich ich eine solche unchristliche Ansicht nur im Rahmen dieser vertraulichen Aufzeichnungen eingestehen würde.) Wir waren in vollkommenem Gleichklang, und das würde immer so bleiben; denn wie hätte ein Mißton eine solche Harmonie verderben können?

»Es war ein denkwürdiger Augenblick«, erwiderte Emerson. »Als ich sah, wie du herangestürmt kamst und mit dieser lächerlichen kleinen Pistole herumgefuchtelt hast, ohne dich im geringsten um deine eigene Sicherheit zu kümmern … Und dann hast du die Worte gesprochen, die den Bann gebrochen haben: ›Schon wieder ein Hemd ruiniert.‹«

»O Emerson, wie unromantisch! Und ich habe gedacht …« Ich schob seinen Arm beiseite und richtete mich auf. Er versuchte mich zu fassen; ich krabbelte auf allen vieren aus seiner Reichweite. »Zum Teufel, Emerson!« rief ich zornig aus. »Das war schon vor vielen, vielen Tagen! Du willst also sagen, daß du zugesehen hast, wie ich im Ungewissen schwebte, wie ich von Zweifeln gemartert wurde, wie ich das Schlimmste befürchtete, und das Tag für Tag und Tag für …«

»Aber, Peabody, beruhige dich doch.« Emerson hievte sich in Sitzposition und lehnte sich gegen die Kissen. »So einfach war das nicht. Komm her, dann erkläre ich es dir.«

»Mit einer Erklärung ist es nicht getan!« schrie ich. »Du bist der schlimmste …«

»Komm her, Peabody«, sagte Emerson.

Ich kam.

Nach einer kurzen Unterbrechung hob Emerson zu seiner Erklärung an: »Diese plötzliche Erkenntnis verschlug mir regelrecht die Sprache; sie traf mich wie ein Blitzschlag, so betäubend und auch so abrupt. In den folgenden Tagen kehrten immer mehr Bruchstücke der Erinnerung wieder, aber es dauerte einige Zeit, bis ich all diese Mosaiksteine zusammenfügen und sie an der richtigen Stelle einordnen konnte. Wenn ich sage, daß ich vollkommen verwirrt war, ist das eine glatte Untertreibung. Du wirst doch wohl zugeben, daß die Situation reichlich kompliziert war.«

»Nun …«

»Das gleiche könnte man natürlich von allen Situationen sagen, in die du uns hineinmanövriert hast«, fuhr Emerson fort. In der Stellung, in der ich mich gerade befand, konnte ich zwar sein Gesicht nicht sehen, aber der Klang seiner Stimme sagte mir, daß er lächelte. »In diesem Fall erschien es mir klüger, mein Wissen für mich zu behalten, bis ich die Dinge in meinem Kopf geordnet hatte. Das fiel mir schon früher oft genug schwer, auch als ich noch nicht unter Gedächtnisschwund litt.«

»Dein Sinn für Humor, mein Liebling, ist eine deiner schönsten Eigenschaften. Im Augenblick jedoch ...«

»Du hast recht, meine liebe Peabody. Dieses vergnügliche Zwischenspiel läßt sich nicht verlängern; es gibt eine Reihe von offenen Fragen, die noch zu klären sind. Ich werde mich kurz fassen. Die Aufrichtigkeit zumindest eines unserer Gefährten stand ernsthaft in Zweifel. Die einzigen, denen ich bedingungslos vertrauen konnte, waren du und Abdullah – und natürlich unsere übrigen Männer. Hätte ich einen von euch eingeweiht, so hätte ich euch damit gefährdet und die Lage zusätzlich kompliziert – falls das überhaupt noch möglich gewesen wäre.«

Er hielt plötzlich im Reden inne und – tat etwas anderes. So sehr ich das Gefühl auch genoß, wußte ich, daß dies eines von Emersons alten Ablenkungsmanövern war. Seine Erklärung war oberflächlich und alles andere als überzeugend gewesen.

Allerdings hatte mich sein Hinweis auf die ernsten Pflichten, die uns noch bevorstanden, ernüchtert; entschlossen, wenn auch ungern, entzog ich mich seiner Umarmung.

»Wie selbstsüchtig es ist, sich der Freude hinzugeben«, sagte ich traurig. »Ich hätte den armen, edlen Cyrus fast vergessen. Ich muß Charlie und René dabei helfen, das Nötige zu veranlassen. Dann müssen unsere Lieben in England benachrichtigt und beruhigt werden, und ich muß mir Kevin O'Connell vorknöpfen, damit er den Mund hält, und ... vieles mehr. Du mußt sofort einen Brief an Ramses schreiben, Emerson. Äh ... du erinnerst dich doch hoffentlich an Ramses?«

»Ramses«, sagte Emerson mit leisem Lachen, »war von allen meinen Erinnerungen am schwierigsten einzuordnen. Bei Lichte betrachtet, mein Liebling, ist unser Sohn ziemlich unglaublich. Keine Sorge, ich habe ihm bereits geschrieben.«

»Was? Wann? Wie hast du ... Zum Teufel, Emerson, warst du es, der mein Zimmer durchsucht hat? Ich hätte es wissen müssen; niemand sonst würde eine solche Unordnung hinterlassen.«

»Ich mußte in Erfahrung bringen, was unserer Familie zugestoßen war, Amelia. Mein Argwohn war schon früher geweckt worden, so daß ich Walter vorsorglich gewarnt hatte, aber als meine Erinnerung zurückkehrte, machte ich mir große Sorgen um sie. Ramses' Brief hat mich tief berührt; ich konnte den armen Jungen über mein Schicksal nicht im Ungewissen lassen.«

»Aber mich hast du schon im Ungewissen gelassen«, fauchte ich. »Sag mir nur eines, bevor wir uns erneut ins Schlachtgetümmel stürzen: Als du mich im Grab geküßt hast ...«

»Es war nicht das erstemal, daß ich dich in einem Grab geküßt habe«, sagte Emerson grinsend. »Vielleicht war es die Umgebung, die mich die Selbstbeherrschung verlieren ließ. Ich war ein wenig verärgert über dich, Peabody. Du hast mich fast zu Tode erschreckt.«

»Das wußte ich sehr wohl. Und *du* wußtest sehr gut, daß wir verheiratet sind, versuche jetzt nicht, es abzustreiten. Aber du – du ... Du hast mich zuvor noch nie *auf solche Weise* geküßt!«

»Ach«, meinte Emerson. »Es hat dir aber gefallen, oder?«

»Nun ... Emerson, ich bin ernstlich verärgert über dich. Dir hat es auch gefallen, oder? Mich zu piesacken, zu verspotten, zu beleidigen ...«

»Es hatte einen gewissen Reiz«, gab Emerson zu. »Wie in den Tagen unserer Jugend, nicht wahr, Peabody? Und ich gestehe, daß es mir gefallen hat, wieder umworben zu werden. Was nicht heißt, daß deine Methoden, das Herz eines Mannes zu erobern, gerade ... Peabody, hör auf damit! Du bist wirklich die ...«

Zwischen Lachen, Wut und einer weiteren Empfindung, die man nicht näher erläutern muß, hatte ich völlig die Beherrschung verloren. Wie die Sache sich weiterentwickelt hätte, weiß ich nicht, denn ein Klopfen an der Tür unterbrach uns gerade in dem Augenblick, als es interessant zu werden versprach. Fluchend versteckte sich Emerson im Badezimmer.

Ich zog mir das erstbeste Kleidungsstück über, das mir in die Hand fiel, und öffnete die Tür.

Der Anblick von Renés Gesicht ernüchterte mich. Mannhaft versuchte er, seine Trauer zu bezwingen, was meinen einfühlsamen Augen nicht verborgen blieb.

»Verzeihen Sie mir, daß ich störe«, sagte er. »Aber ich dachte mir, Sie sollten Bescheid wissen. Wir bringen ihn nach Luxor, Mrs. Emerson. Er hatte den Wunsch geäußert, dort begraben zu werden, beim Tal der Könige, wo er die glücklichsten Jahre seines Lebens verbracht hat. Wir müssen sofort los, wenn wir den Zug aus Kairo noch erreichen wollen. Sie verstehen sicher, daß wir keine Zeit verlieren dürfen ...«

Ich verstand, und ich wußte es zu schätzen, wie taktvoll er diese unangenehme Tatsache ausgedrückt hatte. Ich wischte mir eine Träne aus dem Auge. »Ich muß von ihm Abschied nehmen, René. Er gab sein Leben ...«

»Ja, liebe Madam, aber ich fürchte, dafür bleibt keine Zeit mehr. Es ist besser so. Er hätte sicher gewollt, daß Sie ihn so in Erinnerung behalten, wie er ... wie er war. Renés Lippen zitterten. Er wandte sich ab, um sein Gesicht zu verbergen.

»Wir werden nachkommen, sobald wir können«, sagte ich und klopfte ihm auf die Schulter. »Seine Freunde müssen benachrichtigt werden; sie wollen bestimmt dem Begräbnis beiwohnen. Ich werde einige Worte sagen, zu dem schönen und passenden Thema: ›Niemand hat größere Liebe zu geben, als der, welcher sein Leben für seine Freunde läßt.‹«

René drehte sich wieder zu mir um. »Überlassen Sie alles uns, Madam. Wie ich annehme, werden Sie im Schloß wohnen, wenn Sie in Luxor sind. Ich bin mir sicher, daß Mr. Vandergelt das so gewollt hätte.«

»Gut.« Ich reichte ihm die Hand. Mit der anmutigen Geste eines Franzosen führte er sie an seine Lippen.

»Mes hommages, chère madame. Adieu, et bonne chance.«

*

Ich wußte, daß unsere kleine Gesellschaft an diesem Abend traurig zusammengeschrumpft sein würde, aber daß ich im Salon niemanden außer Kevin vorfinden würde, hatte ich doch nicht erwartet. Natürlich kritzelte er gerade etwas in sein abscheuliches Notizbuch. Als er mich sah, unternahm er einen matten Versuch, sich zu erheben.

»Setzen Sie sich«, sagte ich und nahm selbst Platz.»Und tun Sie nicht so, als wären Sie von Erschöpfung oder Trauer überwältigt.«

»Ich trauere wirklich um den guten alten Vandergelt«, sagte Kevin. »Aber wenn ein Mann sterben muß – und das müssen wir alle einmal – würde er diese Todesart bestimmt vorziehen. ›Niemand hat größere Liebe zu geben ...‹«

»Sie möchten das wohl in Ihrer Story zitieren«, sagte ich streng. »Darüber müssen wir uns erst noch unterhalten, Kevin. Aber wo sind bloß die anderen?«

»René und Charlie sind nach Derut abgereist, mit ...«

»Ja, ich weiß. Wo steckt Bertha?«

»In ihrer Kabine vermutlich. Ich bat um das Vergnügen einer Unterredung mit ihr, aber sie lehnte ab. Was Ihren ... äh ... den Professor angeht ...«

»Der ist hier«, sagte ich, als Emerson eintrat.

In meinen zärtlichen Augen hatte er nie schöner ausgesehen. Sein feuchtes Haar lag in glänzenden Wellen; nur die häßliche, halb verheilte Narbe beeinträchtigte die Vollkommenheit seiner scharfgeschnittenen Gesichtszüge. Mit einem Lächeln für mich und einem finsteren Blick auf Kevin trat er an die Anrichte. »Wie gewöhnlich, Peabody?« wollte er wissen.

»Wenn du so gut wärst, mein Liebling. Wir könnten einen Toast ausbringen auf abwesende Freunde und auf die Liebe, die stärker ist als ...«

»Paß auf, was du sagst, Peabody. Dieser verdammte Journalist notiert sich jedes Wort.«

Er reichte mir ein Glas und wandte sich dann Kevin zu, dem der Mund offenstand. Ihm fielen fast die Augen aus dem Kopf. »Ich will Ihre Geschichte sehen, ehe Sie sie losschicken, O'Connell. Wenn sie etwas Verleumderisches enthält, breche ich Ihnen beide Arme.«

Kevin schluckte. »Sie ... Sie haben mir soeben meine Schlagzeile verdorben, Professor! Sie haben ja Ihr Gedächtnis wieder!«

»Ist das die alberne Geschichte, die gerade die Runde macht? Wie interessant. Ich wüßte gern, wie hoch der Schadensersatz ausfallen wird, den mir die Gerichte zuerkennen, wenn ich Sie und Ihre ganze Bande verklage.«

»Aber ich würde nie ... glauben Sie mir, Sir ...«, stammelte Kevin und versuchte, das Papier mit seinen Ellenbogen abzudecken.

»Gut«, sagte Emerson und fletschte die Zähne. »Nun, Mr. O'Connell, ich werde Ihnen jetzt zu Ihrer nächsten Meldung verhelfen. Sie dürfen sich Notizen machen«, fügte er gnädig hinzu.

Es war – ich gestehe es – eine so faustdicke Lüge, daß sie von mir hätte stammen können. Emerson verschwieg sämtliche Verbindungen zu der Affäre Forth und bezeichnete Vincey als »einen dieser alten Feinde, die plötzlich wieder auftauchen«. Bei seinen blumigen Schilderungen unserer verschiedenen aufregenden Begegnungen mit Vincey schrieb Kevin heftig mit. »Nachdem ich«, schloß Emerson, »seiner Nachstellungen überdrüssig geworden war, legte ich mich an jenem Abend auf die Lauer, gemeinsam mit Abdullah und zwei Wachen von Mr. Vandergelt, die er mir freundlicherweise zur Verfügung gestellt hatte. Vandergelt sollte dafür sorgen, daß Mrs. Emerson den Schauplatz nicht betrat. Das gelang nicht, weil sie die unverbesserliche Angewohnheit hat ...«

»›Die Liebe ließ sie erahnen, was ihr angebeteter Gatte im

Sinn hatte‹, murmelte Kevin, wobei seine Feder über das Papier jagte. ›Und die Treue verlieh ihrem Streitroß Flügel, als sie Hals über Kopf … ‹«

»Wenn Sie es wagen sollten, das zu drucken, Kevin«, sagte ich, »breche *ich* Ihnen beide Arme«.

»Ähem«, meinte Emerson lautstark. »Lassen Sie es mich zu Ende führen. Aufgrund eines unvermeidlichen … äh … Mißverständnisses seitens meiner Assistenten gelang es Vincey, an ihnen vorbeizuschlüpfen und die Höhle zu betreten, in der wir Zuflucht gesucht hatten. Darauf folgte eine kleine Auseinandersetzung, in deren Verlauf Vincey Vandergelt erschoß. Mir war es … äh … nicht möglich, meine Waffe rechtzeitig zu ergreifen, um das zu verhindern, aber nur einen Augenblick später traf meine Kugel ihr Ziel.«

»Ein bißchen zu kurz und glatt«, murmelte Kevin. »Macht nichts, ich kann die Einzelheiten ja noch ergänzen. Was hatte der Kerl denn für ein Motiv, Professor?«

»Rache«, sagte Emerson und verschränkte die Arme. »Für eine alte, eingebildete Kränkung.«

»›Und die Jahre des Brütens über diese alte, eingebildete Kränkung hatten ihn in den Wahnsinn getrieben …‹ Sie möchten das nicht näher erläutern? Nein?« murmelte Kevin. »Ich verstehe, Sie möchten nicht. Und die Angriffe auf Mrs. Emerson?«

»Rache«, wiederholte Emerson fest.

»Ja, natürlich. ›Weil er wußte, daß kein Pfeil dieses liebende Herz tiefer treffen könnte als die Gefährdung seiner … ‹ Ja, das ist es. Ich kann das eine Seite lang herunterspulen.«

»Sie sind unverbesserlich, Mr. O'Connell«, sagte Emerson, wobei er sich ein Lächeln nicht verkneifen konnte. »Vergessen Sie nicht, daß ich es sehen will, bevor Sie es absenden. Komm jetzt, Peabody, ich habe Abdullah versprochen, ihm alles zu berichten.«

Die Geschichte, die Emerson unseren Männern erzählte, hörte sich ganz anders an. Es war wie eine Rückkehr nach

Hause: Wir hockten an Deck auf einer Packkiste, um uns herum scharten sich, rauchend und lauschend, die Männer und unterbrachen die Erzählung gelegentlich mit »Ahs!« und gemurmelten Bekundungen des Erstaunens. Die Sterne über uns glitzerten prächtig; eine sanfte Brise strich durch Emersons Haar.

Manches von dem, was Emerson berichtete, war auch mir neu. Natürlich hatte er mir gegenüber einen Wissensvorsprung, nachdem er Vinceys »Gastfreundschaft« so lange »genossen« hatte, wie er es nannte. Und wenn ich daran dachte, daß dieser abscheuliche Schurke bequem in seinem Sessel gesessen und seinem gemarterten Gefangenen schadenfroh angegrinst hatte, bedauerte ich nur, daß Emerson ihn so rasch ins Jenseits befördert hatte. Mir war aufgefallen, wie deplaziert dieses Möbelstück in dem stinkenden Loch gewirkt hatte, in dem Emerson gefangen gewesen war. Aber erst durch den eigenartigen Ton in Emersons Stimme, als er von diesem Möbel sprach, begriff ich, wie ein so harmloser Gegenstand wie ein Armsessel aus rotem Plüsch zum Symbol für ausgeklügelte und hinterhältige Grausamkeit werden konnte. Ich würde nie mehr in der Lage sein, mich auf einen Sessel dieser Farbe niederzulassen.

Vinceys Alibi hatte für mich völlig überzeugend geklungen. Die schriftlichen Belege für seinen Aufenthalt in Syrien waren natürlich gefälscht gewesen, aber selbst wenn sie mir zweifelhaft erschienen wären, hätte ich ihre Echtheit erst zu spät überprüfen können. Auch hatte ich Emersons Verdacht gegen Karl von Bork nicht geteilt (ich nahm mir vor, mich nach Mary zu erkundigen, um herauszufinden, ob ich ihr vielleicht helfen konnte), insbesondere als Bertha bestätigte …

»Wie?« rief ich, als Emerson in seinem Bericht zu diesem Punkt gelangte. »Bertha hat die ganz Zeit über für Vincey spioniert?«

»Eins zu Null für mich«, meinte Emerson mit selbstgefälligem Grinsen und machte dabei eine vulgäre Geste.

»Aber ihre Blessuren – ihr mutiges Eingreifen, als sie sich gegen die Tür deiner Zelle warf, um zu verhindern, daß der Wächter hereinkam ...«

»Sie hat nur versucht, hinauszukommen«, sagte Emerson. »Sie wollte nicht an einem Mord beteiligt sein und hat in panischer Angst versucht, zu fliehen. Der Anblick, als du durch die Decke herabgestürzt kamst wie ein Deus ex machina, hätte jeden Menschen in Panik versetzt. Ich selbst war ...«

»Emerson, bitte«, sagte ich mit soviel Würde, wie ich aufbringen konnte; es war nicht viel. Dieses schreckliche kleine Geschöpf hatte mich vollständig zum Narren gehalten. Bei dem Gedanken, daß ich ihr geraten hatte, ihre Zimperlichkeit abzulegen, wäre ich am liebsten im Boden versunken. Zimperlichkeit! *Sie* mußte also Mohammed mit dem Messer getötet haben.

»Ja«, bestätigte Emerson, als ich meine Vermutung äußerte. »Sie war so tödlich und verschlagen wie eine Schlange. Kein Wunder, wenn man daran denkt, welches Leben sie geführt hat.«

»Ich vermute, die traurige Geschichte, der zufolge der Tod ihres Vaters sie in Armut gestürzt hat, war ebenfalls eine Lüge«, sagte ich zähneknirschend.

»Oh, das hat sie dir also erzählt? Ich fürchte, ihre ... äh ... Karriere begann schon viel früher, Peabody. Sie ist mehrere Jahre lang Vinceys Gefährtin gewesen. Eine seiner Gefährtinnen ... Was ihre Blessuren angeht – das war nur Schminke und Maske. Hast du nicht Verdacht geschöpft, als sie sich nicht von dir verarzten ließ und ihr Gesicht verschleiert hielt, bis die angeblichen Verletzungen abgeheilt waren?«

»Oh, zum Teufel«, sagte ich. Abdullah hatte sein Gesicht hinter einem Ärmel verborgen, und mehrere der jüngeren Männer kicherten vernehmbar. »War das der Grund, warum du zu dem Mittel gegriffen hast ... Schon gut.«

»Ich hatte von Anfang an beschlossen, sie auf meine Seite zu ziehen«, sagte Emerson. Seine Stimme klang ziemlich ernst. »Indem ich an ihr Eigeninteresse, nicht an ihr Gewissen, appellierte. Sie ist eine überaus kluge junge Frau und hat nicht mehr Moral als eine Katze. Vincey war nur der neueste ihrer ... äh ... Verbündeten. Liebe war bei diesen Beziehungen nicht im Spiel. Sie hat ihre Bindungen so oft gewechselt, wie es ihr zweckdienlich erschien, immer auf der Suche – glaube ich – nach einem Mann, der ihr an Gewissenlosigkeit und Intelligenz ebenbürtig war. Wie in allen anderen Bereichen sind Frauen auch in der Entfaltung verbrecherischer Aktivitäten reichlich benachteiligt; die Gesellschaft erschwert es ihnen, ihre natürliche Begabung ohne den Beistand eines männlichen Partners auszuschöpfen. Ich fürchte, Peabody, daß dein ehrenwerter und aufrichtiger Charakter dir im Wege steht, wenn du mit dieser Art Mensch fertig werden willst. Du versuchst stets, die verborgenen Tugenden der Menschen zum Vorschein zu bringen. Bertha hatte aber keine.«

Ich ließ ihn seinen Triumph auskosten, obgleich er natürlich im Unrecht war. Ich erinnerte mich an den Gesichtsausdruck der jungen Frau, als sie zu mir sagte: »Wie sehr Sie ihn lieben müssen.« Und diese Bemerkung war nicht verächtlich oder spöttisch gemeint gewesen. Ich wußte, es hatte sie bewegt. Und ich zweifelte nicht daran, daß Emersons Schönheit – die seines Charakters, meine ich – ihr Herz gerührt hatte, wie es schon so vielen anderen Frauen vor ihr ergangen war.

»Also hat Sie Vincey deine Nachricht überbracht«, sagte ich. »In der du ihm mitgeteilt hast, daß du zu der abendlichen Verabredung kommen würdest.«

»Verabredung«, wiederholte Emerson nachdenklich. »So kann man es auch nennen. Du hast recht, Peabody. Sie stand weiterhin mit ihm in Verbindung. Mehrere Dorfbewohner arbeiteten für ihn; sie mußte nichts weiter tun, als Hassan oder Jussuf einen Zettel zuzustecken, wenn wir durch das Dorf gingen. Als wir im Königswadi arbeiteten, hielt sie mit ihm Verbindung, indem sie an einer bestimmten Stelle, nicht weit von unserem Lager, Nachrichten hinterlegte. Einer der Dorfbewohner diente als Postbote. Diese Schurken kennen die Klippen wie ihre Westentasche und können überall herumschleichen, ohne gesehen zu werden.

Ich konnte sie erst gestern, nach unserer Rückkehr zum Hausboot, davon überzeugen, daß sie bei uns besser aufgehoben sei als bei Vincey. Sie … Warum grinst du so, Peabody?«

»Es ist nichts, mein Liebling. Sprich bitte weiter.«

»Hmmm«, meinte Emerson. »Ich legte ihr den ganzen Fall dar und versprach ihr, daß sie straffrei ausgehen würde, wenn sie mit uns käme, andernfalls jedoch würde sie ins Gefängnis wandern. Die Nachricht, die sie an diesen Tag weiterleitete, belastete sie nicht. Es war nur eine Mitteilung an Vincey, daß ich am Abend bei den nördlichen Klippen sein würde.«

»Aber«, sagte Abdullah, der weder an den üblen Machenschaften von Frauen und noch weniger an deren Läuterung interessiert war, »warum haben die Männer, die dich angeblich verteidigen sollten, statt dessen mich gefangengenommen? Standen sie denn auch im Sold dieses Schurken? Denn sicherlich hätte Vandergelt Effendi nicht …«

»Das ist richtig, Abdullah«, sagte ich. »Emerson, ich glaube, wir sollten jetzt besser gehen. Du hast noch nicht gegessen und mußt auch sehr müde sein.«

Emerson verstand meinen Wink. Das war kein Thema, das ich gerne erörtern wollte. Angesichts der noch frischen Erinnerung daran, wie Cyrus sich geopfert hatte, wollte und konnte ich nicht darüber nachdenken, daß er uns fast zum Verhängnis geworden wäre. Ich wußte, aus welchem Grund er diese einzige unehrenhafte Tat seines ehrenhaften Lebens begangen hatte, und ich machte mir Vorwürfe, da ich nicht erkannt hatte, wie tief seine Gefühle für mich waren. Dadurch, daß ich ihn zurückgewiesen hatte, hatte ich ihn in den Wahnsinn getrieben. Zeitweilige Geistesverwirrung war die freundlichste und wahrscheinlichste Erklärung für seinen Betrug an Emerson – den er mit seinem Leben büßen mußte.

Bertha erschien nicht zum Dinner. Als wir sie suchen gingen, fanden wir ihre Kabine leer vor; ihre wenigen Habseligkeiten waren verschwunden. Wir fanden heraus, daß mehrere Stunden zuvor eine Frau, auf die ihre Beschreibung zutraf – die, wie ich zugebe, auf die meisten Frauen im Dorf gepaßt hätte – ein Boot gemietet und über den Fluß gesetzt hatte.

Zu meiner Überraschung war Emerson nicht überrascht – oder zumindest tat er so. Um ganz aufrichtig zu sein – worum ich mich auch stets bemühe (zumindest auf den Seiten dieses vertraulichen Journals) –, war es für mich eine Erleichterung, sie loszusein. Ob wir in ihrer Schuld standen, war fraglich; eine Aufrechnung des Schlechten mit dem Guten wäre vermutlich nicht zu ihren Gunsten ausgefallen. Aber sie war eine Frau und hatte viel durchgemacht. Allerdings wäre es nun – wie ich Emerson darlegte – wirklich sehr schwierig geworden, für eine solche Person einen passenden Beruf zu finden.

»Hmmm«, meinte Emerson und strich sich über das Grübchen an seinem Kinn. »Ich würde eher vermuten, Peabody, daß sie bereits einen passenden Beruf gefunden hat.«

Er weigerte sich, diese rätselhafte Bemerkung näher zu erläutern, also drängte ich auch nicht darauf, um nicht Gefühle zu wecken, die womöglich die Aktivitäten beeinträchtigen würden, welche ich für den Rest des Abends geplant hatte.

*

Dank der fleißigen Hilfe von Cyrus' Steward erreichten wir am folgenden Tag noch den Nachmittagszug. Er verabschiedete sich mit einer tiefen Verbeugung, als wir ihm dankten und Lebewohl sagten. Ich versicherte ihm, falls er eine Empfehlung benötige, würde ich mich glücklich schätzen, ihm das Lob zu bescheinigen, das seinen hervorragenden Diensten gebührte. Ich war traurig, von der *Nofretete* Abschied nehmen zu müssen. Ich glaubte nicht, daß ich sie wiedersehen würde, denn wie ich bereits sagte, verschwanden solche eleganten Segelboote allmählich vom Nil.

Den größten Teil der Strecke über schlief Emerson. Anubis hatte sich auf dem Sitz neben ihm zusammengerollt. Anscheinend besaßen wir jetzt eine zweite Katze. Anubis folgte Emerson so hingebungsvoll wie Bastet Ramses folgte, und ich kannte den sentimentalen Charakter meines Gatten gut genug, um sicher zu sein, daß er das Tier nicht weggeben würde – besonders, wenn es ihm solch schmeichelhafte Aufmerksamkeit zollte. Daß Anubis sich einem neuen Herrn anschloß, war kein Zeichen für kaltblütigen Eigennutz; vielmehr zeigte es, daß der Kater so klug war, Emersons überlegenen Charakter zu schätzen. Ich fragte mich, wie Bastet auf den Neuankömmling reagieren würde. Die Aussichten waren ein wenig beängstigend.

Allerdings gab es an jenem Tag wenig Platz für düstere Vorahnungen. Ich hatte mir ein Buch aus Cyrus' ausgezeichneter Bibliothek mitgebracht, las aber nur einige Seiten daraus. Mir war es Vergnügen genug, zu beobachten, wie sich die Brust meines Gatten hob und senkte. Gelegentlich konnte ich der Versuchung nicht widerstehen, über sein Gesicht zu streichen, das immer noch Spuren der Erschöpfung zeigte. Jedesmal, wenn ich es tat, murmelte Emerson »verdammte Fliegen!« und schlug nach meiner Hand. In solchen Augenblicken war das Glück, das mich erfüllte, fast unerträglich. Bald schon würde unsere Lieben in England dasselbe Glück erfüllen; früh am Morgen hatten wir Telegramme aufgegeben, in denen wir ihnen versicherten, wie sehr wir sie liebten und daß alles in Ordnung sei.

Als wir ankamen, hatte die Nacht ihre schwarzen Schwingen über die alte Stadt gebreitet. Wir bestellten uns eine Kutsche, die uns direkt ins Schloß bringen sollte. Als sie losratterte, blickte ich mich um und sah eine bekannte Gestalt, die schnell in der Dunkelheit verschwand – oder zumindest glaubte ich sie zu sehen. Aber nein, sagte ich mir, das kann nicht sein. Kevin war mehrere Stunden vor uns abgereist, um den Zug nach Kairo zu erreichen.

Die Lampen der Kutsche schimmerten schwach in der Finsternis. Das gemächliche Klappern der Pferdehufe war die passende Untermalung meiner melancholischen Gedanken. Es war schwer, sich das Schloß, auf das Cyrus so stolz gewesen war, ohne ihn vorzustellen. In jedem Raum, jedem Flur würde sein hochgewachsener, freundlicher Geist umgehen. Ich stellte mir vor, daß Emerson wahrscheinlich das gleiche empfand; aus Achtung vor meinen Gefühlen verharrte er schweigend in einer Nachdenklichkeit und hielt meine Hand.

Ich nahm an, daß René die Dienerschaft von unserer bevorstehenden Ankunft unterrichtet hatte, und tatsächlich wurden wir vom Majordomus bereits erwartet und willkommen geheißen. Nach einer Verbeugung wies er uns den Weg; doch als ich begriff, wohin er uns führen wollte, blieb ich stehen.

»Das ertrage ich nicht, Emerson. Nicht die Bibliothek ... nicht heute abend. Wir haben so viele Stunden gemeinsam in diesem Raum verbracht, seinem Lieblings ...«

Aber Anubis war uns durch die Halle vorausgeeilt, und der Diener stieß die Tür auf. Der Geruch von Rauch – der Rauch einer feinen Zigarre – stieg mir in die Nase. Aus einem tiefen Ledersessel neben dem langen Tisch, auf dem Bücher und Zeitschriften verstreut lagen, erhob sich ein Mann. Zigarre, Spitzbart, elegant geschnittener Leinenanzug ... Es war der Geist von Cyrus Vandergelt, sein lebensechtes Abbild.

*

Ich fiel nicht in Ohnmacht. Emerson behauptete es zwar, aber er versucht ja stets, mir nachzuweisen, daß ich mich – wie er es nennt – wie eine »richtige Dame« verhalte. Ich will nicht bestreiten – und wer könnte mir das zum Vorwurf machen –, daß mir die Knie weich wurden und ein grauer Nebel mir den Blick verschleierte. Als er sich wieder lüftete, saß ich auf dem Sofa, Emerson tätschelte mir die Hände, und Cyrus beugte sich über mich, wobei sein Spitzbart in freundschaftlicher Besorgnis zitterte.

»O gütiger Himmel!« rief ich ... der geneigte Leser kann sich bestimmt das aufgeregte Stammeln ausmalen, das in den folgenden Minuten über meine Lippen sprudelte. Cyrus' warmer Händedruck bestätigte mir, daß er es wirklich war und nicht sein Geist; die Anwendung eines milden Stärkungsmittels brachte mir meine gewohnte Ruhe zurück. Und bald schon waren wir eifrig damit beschäftigt, gegenseitig unsere Neugier zu stillen.

Cyrus war wie vom Donner gerührt, als er von seinem angeblichen Tod hörte. »Ich bin erst vor einer Stunde hier angekommen«, rief er. »Die Diener sagten mir, daß Sie beide hier erwartet würden, was eine angenehme Nachricht war. Daß ich tot bin, haben sie mir allerdings verschwiegen. Einer von ihnen hätte das immerhin erwähnen können. Wie bin ich denn gestorben?«

»Zuerst einmal sollten wir uns lieber Ihre Geschichte anhören«, sagte Emerson und warf mir einen vielsagenden Blick zu. »Wo haben Sie denn die letzten Wochen gesteckt?«

Beim Zuhören beschlich mich ein sonderbares Gefühl. Es war nicht das erstemal, daß ich eine solche Geschichte zu Ohren bekam.

»Gleich nachdem ich in Kairo aus dem verdammten Zug gestiegen bin, haben sie mich geschnappt«, sagte Cyrus. »Ich fühlte einen kleinen Piekser in meinem Arm – dachte mir, ein Moskito hätte mich gestochen. Dann verschwamm mir alles vor den Augen. Ich weiß noch, wie mich ein paar Kerle in eine Kutsche verfrachtet haben, und das war es, bis ich wieder aufwachte, und zwar – wie es den Anschein hatte – in einem Luxushotel. Schlafzimmer, Bad, ein phantastisches Wohnzimmer mit Sesseln und Bücherregalen. Nur daß es keine Türklinken gab.«

Man habe ihn mit ausgesuchter Höflichkeit behandelt, versicherte er uns. Das Essen sei von einem hervorragenden Koch zubereitet worden und wurde von Dienern serviert, die alles für ihn taten, außer seine Fragen zu beantworten.

»Ich fragte mich allmählich schon, ob ich den Rest meines Lebens dort verbringen müßte«, gab Cyrus zu. »Wie gewöhnlich ging ich letzte Nacht zu Bett – wenigstens glaube ich, es war letzte Nacht –, und auch wenn Sie mir das nicht abnehmen: Heute morgen wachte ich in einem Abteil erster Klasse zum Zug von Kairo nach Luxor auf. Ich veranstaltete einen Aufruhr, wie Sie sich denken können. Der Schaffner grinste nur anzüglich und meinte, ich wäre ein wenig angesäuselt gewesen, als mich meine Freunde in den Zug setzten. Sie hätten ihm meine Fahrkarte ausgehändigt, direkt nach Luxor, also wäre alles in Ordnung. Kinder, ich war ziemlich benommen, sage ich Euch, aber ich habe mir überlegt, daß ich genausogut hierher kommen und dann herausfinden könnte, was vorgefallen ist. Ich habe den Eindruck, daß Sie mich aufklären können.«

»Den Eindruck habe ich auch«, sagte Emerson und warf mir einen Blick zu.

Mir hatte es die Sprache verschlagen. Sichtlich erfreut, daß er statt meiner Bericht erstatten durfte, begann Emerson mit seiner Erzählung. Cyrus und ich sagten kein Wort, ja wir wagten kaum zu atmen, bis er zu Ende gesprochen hatte.

»Das darf doch nicht wahr sein!« keuchte Cyrus. »Ich sage Ihnen ganz ehrlich, Emerson, wenn mir ein anderer als Sie so ein Märchen auftischen würde, ich würde ihm kein Wort davon abnehmen. Ich kann es trotzdem nicht glauben. Wie konnte Sie jemand so zum Narren halten, daß Sie glaubten, er sei ich? Sie kennen mich doch schon seit Jahren!«

Ich hatte mir Cyrus' hageres, faltiges Gesicht genau angesehen. Die Jahre waren an meinem alten Freund nicht so spurlos vorübergegangen, wie ich geglaubt hatte. Ich hätte erkennen müssen, daß dieser straffe, hochgewachsene, aber nicht wesentlich größere Körper und dieses bemerkenswert jugendliche Gesicht nicht Cyrus gehörten. Auch der Spitzbart war nicht echt gewesen! Wie erleichtert mußte Sethos gewesen sein, als er ihn abnehmen konnte.

Natürlich formulierte ich es mit mehr Feingefühl. »Wir hatten Sie die ganzen Jahre über nicht gesehen, Cyrus. Er hat Ihre Sprechweise und Ihr Verhalten perfekt nachgeahmt; er ist ein geborener Schauspieler, und er hatte mehrere Tage Zeit, sie heimlich zu studieren, ehe er Kairo verließ. Seine schlagkräftigste Waffe jedoch war psychologischer Natur. Die Menschen sehen, was sie zu sehen erwarten – was man ihnen als wirklich darstellt. Und wenn sie erst einmal von der Richtigkeit ihrer Wahrnehmung überzeugt sind, kann kein Beweis der Welt sie mehr umstimmen.«

»Laß den psychologischen Hokuspokus, Amelia«, knurrte Emerson. »Vandergelt, ich vermute, Sie haben niemand in Ihrer Mannschaft, der René D'Arcy oder Charles H. Holly heißt?«

»Mannschaft? Ich habe keine Mannschaft. Hoffman hat mich letztes Jahr verlassen, um für die Ägyptische Forschungsgesellschaft zu arbeiten. In Kairo hatte ich nach einem Assistenten Ausschau gehalten. Es gibt da einen jungen Kerl namens Weigall …«

»Nein, nein, der taugt nichts!« rief Emerson aus. »Er ist nicht gänzlich unbegabt, aber er neigt dazu …«

»Emerson, bitte schweife nicht vom Thema ab«, sagte ich. »Wie Cyrus fällt es mir schwer, das zu glauben. Diese beiden netten jungen Männer waren Untergebene des … des …«

Emerson versuchte angestrengt, die Worte herauszubekommen, aber es gelang ihm nicht. » … des … des Meister … äh … ja. Wir hätten eigentlich erkennen müssen, daß sie keine Archäologen waren. Hollys Höhenangst war verdächtig, und keiner der beiden verfügte über den Grad an Kenntnissen, den man eigentlich von ihnen hätte erwarten können. Aber heutzutage gibt es nur wenige Archäologen, die etwas taugen. Ich frage mich, wie es mit unserem Berufszweig weitergehen soll, wenn nicht ... ja, Peabody, ich weiß, daß ich schon wieder abschweife. Sie waren also ... äh ... *seine* Männer, was ich bereits zu vermuten begann, als sie ihn so überstürzt fortschafften. Die Mannschaft des Hausboots und die Wachen waren ebenfalls angeheuert.«

»Oh, mein Gott«, flüsterte ich fassungslos. »Cyrus – Emerson – ich bitte mir zu verzeihen, aber ich kann jetzt keinen vernünftigen Gedanken mehr fassen. Vielleicht sollten wir uns richtig ausschlafen und alles übrige morgen erörtern.«

Cyrus war zu sehr Gentleman (auf seine rauhbeinige amerikanische Art), um sich einer solchen Bitte zu verschließen. Er versicherte, daß die Diener unsere Zimmer vorbereitet hätten, und begleitete mich zur Tür. »Zweifellos war es für uns alle ein anstrengender Tag«, sagte er. »Mrs. Amelia, meine Liebe – ich hoffe, Sie glauben mir, daß ich Ihnen ebensogern zu Diensten gestanden hätte, wie dieser verfluchte Schuft es anscheinend getan hat. Was mich daran erinnert, daß ...«

»Genau das machte seine Maskerade so überzeugend, Cyrus«, sagte ich. »Er hat sich so verhalten, wie Sie es getan hätten. Mein lieber alter Freund, dieser Tag hat ein glückliches Ende genommen. Ich bin so froh, so unsagbar froh, daß sich die Berichte über Ihren Tod als völlig haltlos erwiesen haben.«

Wie ich gehofft hatte, versetzte ihn mein kleiner Scherz in andere Stimmung; er kicherte.

»Gute Arbeit, Peabody«, sagte Emerson, als wir Arm in Arm die Treppe hinaufstiegen. »Aber du hast das Unvermeidliche bloß hinausgeschoben. Bis morgen früh sollten wir uns lieber eine gute Erklärung ausdenken, warum sich Sethos so ausgiebig mit uns beschäftigt hat.«

»Ich bin mir selbst nicht sicher, ob ich seine Beweggründe völlig verstehe«, gab ich zu.

»Dann bis du entweder dumm, was ich nicht glaube, oder unehrlich, was genauso unwahrscheinlich ist«, sagte Emerson kühl. »Möchtest du, daß ich sie dir erkläre?«

»Emerson, wenn du vorgibst, du hättest schon immer gewußt, daß dieser Mann nicht Cyrus Vandergelt war, wäre ich … müßte ich womöglich …«

Ich beendete den Satz nicht. Emerson hatte die Tür unseres Zimmers hinter uns geschlossen. Er nahm mich in die Arme und preßte mich an sich. Es war ein heiliger Augenblick – und wir bestätigten einander wortlos, aber inbrünstig das Versprechen, das wir uns an jenem glückseligen Tag gegeben hatten – dem Tag, als wir eins geworden waren.

Einer der herausragenden Momente im Leben einer Frau ist sicherlich der, wenn sie von den Lippen ihres geliebten Mannes, ohne ihn zu drängen oder ihm zu soufflieren, genau die Worte vernimmt, nach denen sie sich heimlich sehnt. (Außerdem ist es, wie ich glaube, ein sehr seltenes Ereignis.)

»Ich habe dich vom ersten Augenblick an geliebt«, sagte Emerson, wobei mein Haar seine Stimme dämpfte. »Noch bevor ich mein Gedächtnis wiederfand. Als du mit gezückter Pistole durch die Decke herabgefallen kamst, wußte ich, daß du die einzige Frau für mich bist – denn selbst in Hosen, mein Liebling, bist du eindeutig weiblichen Geschlechts. Diese ganze Zeit über, als ich wie im Nebel umherwanderte und etwas suchte, wonach ich mich verzweifelt sehnte …«

»Aber du wußtest nicht, was es war«, flüsterte ich zärtlich.

Emerson hielt mich eine Armlänge von sich und blickte mich finster an. »Wofür hältst du mich, für einen mondsüchtigen Pennäler? Natürlich wußte ich, wonach ich suchte. Bloß schien es keinen einfachen oder ehrenhaften Weg zu geben, um es zu bekommen. Denn nach meinem damaligen Wissensstand hätte ich genausogut eine langweilige, konventionelle Ehefrau mit einem Dutzend konventioneller Kinder haben können. Und du hast dich sicherlich nicht wie eine konventionelle Ehefrau verhalten. Warum zum Teufel hast du mir nicht die Wahrheit gesagt? Eine solche Zurückhaltung ist gar nicht deine Art, Peabody.«

»Das ging auf Dr. Schadenfreude zurück«, sagte ich. »Er bestand darauf ...«

Nachdem ich alles erklärt hatte, nickte Emerson. »Ja, ich verstehe. Das vervollständigt das Mosaik, glaube ich. Soll ich dir sagen, wie ich mir die Geschichte zusammenreime?«

*

»Um die Frage zu beantworten, die du vorhin gestellt hast – nein, ich wußte nicht, wer zum Teufel Vandergelt war. Ich wußte nicht, wer zum Teufel überhaupt jemand war! Als mein Gedächtnis zurückkehrte, hat es nicht einmal meinen Argwohn geweckt, daß er seit unserer letzten Begegnung anscheinend jünger geworden war, anstatt älter. Ich habe nicht an ihm gezweifelt, weil alle anderen, einschließlich dir, ihn für Vandergelt hielten.

Damals hatte ich ihn nicht in Verdacht. Aber schon lange zuvor, als wir noch in Kairo waren, hatte ich mich gefragt, ob uns nicht ein persönlicher Schutzengel zur Seite stand. Ist es dir nicht merkwürdig erschienen, daß wir bei so vielen unerfreulichen Begegnungen entkommen konnten, weil jedesmal scheinbar zufällig ein Retter auf den Plan trat? Das erstemal, als du beim Maskenball verschleppt wurdest, gelang es mir durch pures Glück ... Nun, wenn du darauf bestehst, meine liebe Peabody – dank eines gewissen Maßes an körperlicher und geistiger Behendigkeit –, kehrte ich rechtzeitig zurück, um dich deinem Entführer zu entreißen. Natürlich war es Vincey. Vermutlich hattest du allen Archäologen aus unserem Bekanntenkreis mitgeteilt, daß wir den Ball besuchen würden. Sicherlich war es nicht schwierig, in den Suks den Händler ausfindig zu machen, bei dem die berühmte Sitt Hakim Männerkleider gekauft hatte.

Unsere darauf folgenden Abenteuer rückten dadurch allmählich in ein ganz anderes Licht. Der Polizeioffizier, der seine Leute in einen Stadtteil von Kairo führte, in dem sich die Polizei niemals blicken läßt, und zwar gerade zur rechten Zeit, um die gedungenen Mörder zu vertreiben, die uns aufgelauert hatten; der tollpatschige, junge deutsche Archäologiestudent, der einen Warnschuß genau in dem Augenblick abfeuerte, als ein Arbeiter – der danach verschwunden war – versuchte, dich mit der Nachricht von einem neuen Grab fortzulocken –, das ebenfalls nicht zu entdecken war; der Kerl im Suk, der zusammenbrach und von seinen ›Freunden‹ fortgeschafft wurde – das hast du gar nicht bemerkt, stimmt's? Ich schon, und das bestärkte mich in meinem Gefühl, daß wir Kairo so schnell wie möglich verlassen sollten.

Abdullah erzählte mir von der Gruppe betrunkener junger Amerikaner, die wundersamerweise gerade rechtzeitig zur Stelle waren, um zu verhindern, daß du in jener Nacht verschleppt wurdest, in der Vincey mich in die Falle lockte. Es wurde mir klar, daß es zwei verschiedene Parteien waren, die es auf uns abgesehen hatten. Die eine verfolgte das Ziel, mich oder uns beide in die Gewalt zu bekommen, wen von uns, schien für diese Seite keine Rolle zu spielen. Die andere versuchte, die Angreifer abzuwehren, aber die genaue Zeitabstimmung bei meiner Entführung machte deutlich, daß der Schutzengel nur an dir interessiert war.

Wir werden die Wahrheit nie herausfinden, aber ich bin mir sicher, daß meine Rekonstruktion von Sethos' Vorgehensweise ziemlich genau zutrifft. Er hatte schon bald von der Affäre Forth Wind bekommen. Wie uns beiden klar war, konnte man ihm das am ehesten zutrauen. Er – zum Teufel, mich ärgert es, diesem Kerl auch noch Anerkennung zollen zu müssen, aber ich komme nicht darum herum –, er hielt sich zurück. Er hatte dir versprochen, dich nie wieder zu belästigen, und er hielt sein Versprechen (zur Hölle mit ihm!) bis zu dem Augenblick, als ihm klar wurde, daß andere hinter dem Schatz von Forth herjagten und sie dich in Gefahr bringen könnten. So hatte er eine willkommene Ausrede, sein Wort zu brechen.

Sobald er von der versuchten Entführung auf dem Ball erfuhr, war er zur Stelle und scharte seine Leute um sich. In dieser oder jener Verkleidung muß er dich Tag und Nacht beobachtet haben. Wohlgemerkt, er fühlte keinerlei Verpflichtung, *mich* zu schützen. Von seinem Standpunkt aus wäre das wünschenswerteste Ergebnis der ganzen Angelegenheit dein Überleben und mein Dahinscheiden gewesen; aber er war, wenn auch ein Schweinehund – so doch ehrenwert genug, von direkten Angriffen gegen mich abzusehen. Sämtliche Attacken gegen uns gingen von Vincey aus. Sethos griff nur ein, um dich vor Schaden zu bewahren. Damit ihm das gelang, war er gezwungen, auch mir beizustehen, doch er muß – zu welchem seiner Götter auch immer – gebetet haben, daß es Vincey gelingen möge, mir den Garaus zu machen.

Schließlich wurde sein Wunsch erfüllt. Ich war verschwunden, und du – so hoffte er – warst bereits eine trauernde Witwe oder würdest es bald sein. Cyrus Vandergelt, ein alter und vertrauter Freund, erschien auf dem Plan; er überschlug sich fast vor zärtlicher Anteilnahme, blieb aber sonst untätig. Ich habe es deinen Anstrengungen, meine allerliebste Peabody, und denen unseres treuen Freundes Abdullah zu verdanken, daß ich am Leben blieb. Er tut mir fast leid, dieser Vandergelt-Sethos. Was für ein Schlag muß es für ihn gewesen sein, als du mich ins Reich der Lebenden zurückgeschleppt hast!

Aber er faßte sich rasch wieder – verdammter Mistkerl – und einfallsreich, wie er war, glaubte er ein Mittel gefunden zu haben, um mich loszuwerden und gleichzeitig sein Versprechen buchstabengetreu einhalten zu können –, auch wenn er eigentlich dagegen verstieß. Ich muß zugeben, daß es ein brillanter Einfall war, Dr. Schadenfreude ins Spiel zu bringen. Wic ich annehme, existiert wirklich ein Mensch dieses Namens. Ja, aber es hätte dir doch der merkwürdige Zufall auffallen müssen, daß er sich genau zu dieser Zeit in Luxor aufhielt! Gut, gut, ich verstehe; ich wäre an deiner Stelle genauso durcheinander gewesen.

Schadenfreude, der mich untersuchte, gehörte zu Sethos' Verbündeten, und er war auf seine Rolle gut vorbereitet. Was für ein absurdes Gebräu schwachsinniger Theorien er uns unterjubeln wollte! Das Ziel war natürlich, einen Keil zwischen uns zu treiben und Zwietracht zu säen. Peabody, du liebenswerte Närrin, wenn du nur auf den Gedanken gekommen wärst, dich mir ... äh ... aufzudrängen, wie du es wahrscheinlich nennen würdest! Aber ich glaube, ich verstehe die Mischung aus Zurückhaltung und idealistischer Schwärmerei, die dich daran gehindert hat. Nur, wie hast du je daran zweifeln können ...«

(Ein kurzes Zwischenspiel unterbrach den Fluß seiner Erzählung.)

»Also kamen wir nach Amarna. Vincey war uns immer noch auf den Fersen, und Vandergelt-Sethos umwarb dich, indem er dich mit sämtlichem Luxus und jedem nur denkbaren Liebesbeweis überschüttete. Wie ich zugeben muß, ein ziemlicher Gegensatz zu meinem Benehmen. Jede vernünftige Frau, mein Liebling, hätte mich als hoffnungslosen Fall links liegen lassen und wäre auf die Liebesbezeugungen eines junggebliebenen amerikanischen Millionärs eingegangen, der sie anbetete. Er hoffte, seine List würde erfolgreich sein, und noch mehr hoffte er darauf, daß Vincey mit mir fertig werden würde. Aber du bliebst standhaft. Du hast nicht nur seine Avancen zurückgewiesen ... zumindest hoffe ich das, Peabody, denn wenn ich denken müßte, daß du nur für den Bruchteil einer Sekunde überlegt hast, ob du einwilligen sollst ... Ich glaube dir, mein Liebling. Du hast ihn nicht nur abgewiesen, du bist mir auch wie ein treuer Hund gefolgt und hast immer wieder dein Leben aufs Spiel gesetzt, um mich vor den schrecklichen Folgen meines Leichtsinns zu bewahren. Du mußt Sethos zur Raserei getrieben haben.

Schließlich konnte er es nicht länger ertragen. Du hättest

erkennen müssen, daß ich gegen Vandergelt nicht den leisesten Verdacht hegte, sonst hätte ich mich nicht mit ihm verbündet, um Vincey in eine Falle zu locken. Selbst da noch – zum Teufel mit ihm! – sah er davon ab, mich direkt anzugreifen. Er tat jedoch sein möglichstes, um mich umzubringen, ohne selbst den entscheidenden Schuß abzugeben. Die beiden Männer, die er mir mitgab, hatten den Befehl, sich Vincey nicht in den Weg zu stellen. Sie haben auch verhindert, daß mir Abdullah zu Hilfe eilen konnte. Auch war ich außerstande, mich selbst zu verteidigen. Wie du gemerkt hast, hatte die Flinte, die er mir lieh, nur eine Kugel im Lauf. Was das zu bedeuten hatte, ist mir noch immer nicht klar. Vielleicht meinte er, ich würde mich eher selbst erschießen, als mich gefangennehmen zu lassen! Oder womöglich rechnete er damit, daß ich die Waffe testen würde. Nachdem ich dann festgestellt hätte, daß sie ungeladen war, hätte ich mich wohl aus einer Stellung zurückgezogen, die ich keinesfalls halten konnte.

Ich bin mir ziemlich sicher, die beiden Wachen hätten Vincey erledigt, sobald er mich getötet hatte. Von Sethos' Standpunkt aus betrachtet, ein glückliches Ende; nach dem Tod deines Feindes und deines störenden Ehemannes hättest du schließlich in den Armen deines treuen Freundes Trost gefunden. Früher oder später – wenn ich seinen Charakter richtig deute – hätte er seine wahre Identität preisgegeben und Vandergelt freigelassen. Er hätte die Maskerade nicht endlos weiterführen können, das hätte ihm auch nicht in den Kram gepaßt. Er hätte geschworen, seine Verbrecherlaufbahn aufzugeben –, und dir, wie früher schon, erzählt, daß du und nur du allein ihn vom Bösen abbringen und auf den rechten Weg zurückführen könntest ... Zum Teufel mit der Eitelkeit dieses Kerls!

Dank deiner unbezwingbaren Neigung, dich ungefragt einzumischen, meine allerliebste Peabody, entwickelten sich die Dinge nicht so, wie Sethos geplant hatte. Ich ahnte die Wahrheit, als wir uns gegenüberstanden. In diesem Augenblick war mir klar, daß er mich betrogen hatte und daß er dich liebte. In diesen letzten Sekunden sprach er nicht als Vandergelt zu mir. Hoffentlich glaubst du jetzt nicht, Peabody, daß ich dich ihm vor lauter Edelmut anvertraute. Ich hatte nichts anderes im Sinn, als diesem Hinterhalt mit heiler Haut zu entkommen und Vandergelt – oder wer immer er sein mochte – zu Brei zu schlagen. Letztlich ... kann ich seinen Charakter nicht wirklich beurteilen. Immerhin ist er mit bloßen Händen auf einen bewaffneten Angreifer losgegangen und hat die Kugel abgefangen, die für uns bestimmt gewesen war – für dich. Sein Tod war die ehrenhafteste Tat seines ganzen Lebens.

»Um genau zu sein«, schloß Emerson, »hat er in seinem ganzen Leben nie ehrenhaft gehandelt. Ich hoffe nur, meine liebe Peabody, daß du nicht Gefahr läufst, der Rührseligkeit zu erliegen, die ich zuweilen an dir beobachte. Wenn ich herausfinde, daß du einen kleinen Altar mit frischen Blumen und Kerzen aufgebaut hast, werde ich ihn in Stücke schlagen.«

»Als ob ich so etwas Albernes tun würde! Aber er hatte einen Ehrenkodex, Emerson. Und sicherlich muß seine letzte Tat in gewissem Sinn als Sühne ...«

Emerson setzte der Erörterung auf besonders nachdrückliche Weise ein Ende.

Einige Zeit später beobachtete ich im Liegen, wie das Mondlicht langsam über den Boden kroch, und genoß das herrlichste aller Gefühle. Ich wußte, daß ich durch meine Worte diese himmlische Stimmung zerstören würde, und doch konnte ich nicht umhin, noch etwas anzumerken. »Du mußt zugeben, daß Sethos bei seinen Helfershelfern ein gehöriges Maß an Ergebenheit wecken konnte und daß sie seinen letzten Willen getreulich erfüllten – Cyrus freizulassen und ihn zu uns zu schicken, damit unser Kummer so bald wie möglich ein Ende hätte. Ich frage mich, wo sie ...«

Emersons Schulter war inzwischen stocksteif. »Du könntest ihm ein Ehrengrabmal errichten lassen«, schlug er mit unsäglichem Sarkasmus vor. »Eine zusammengerollte Schlange, glaube ich, würde eine passende Verzierung abgeben.«

»Es ist seltsam, daß du das erwähnst, Emerson. Du erinnerst dich doch an die kleinen Geschichte, die ich übersetzt habe – ›Das Märchen vom Verwunschenen Prinzen‹?«

»Was ist damit?« Der Ton in Emersons Stimme war kaum freundlicher geworden, aber ich hatte Zeit gehabt, mir meine Worte noch einmal zu überlegen. Er würde sich bis ans Ende meines Lebens über mich lustig machen, wenn ich die abergläubischen Phantastereien eingestanden hätte, zu denen ich durch diese harmlose Geschichte angeregt worden war.

»Ich glaube, ich weiß, wie sie endet.«

»Ach?« Emerson legte seinen Arm, den er weggezogen hatte, als ich zu sprechen begann, wieder an die ursprüngliche Stelle zurück.

»Die Prinzessin hat ihn natürlich gerettet. Indem sie das Krokodil und den Hund besiegte, wie zuvor schon die Schlange.«

»Das ist ein ziemlich unägyptisches Ende, Peabody.« Er zog mich an sich. »Obgleich es einige interessante, wenn auch zufällige Parallelen zwischen den beiden Fällen gibt, nicht wahr? Der Prinz war so leichtsinnig und begriffsstutzig wie ein gewisser anderer Mensch, den ich dir nennen könnte, und ich zweifle nicht daran, daß die tapfere Prinzessin sein nichtsnutziges Leben so entschlossen und klug gerettet hat wie du meines, mein Liebling. Sogar der Hund ... Aber Krokodile oder Schlangen sind uns nicht begegnet. Sofern man Sethos nicht bezeichnen könnte als ...«

»Mein Liebling.« Obwohl angesichts dieses wortgewandten und großzügigen Lobes jede Faser meines Körpers erzitterte, fühlte ich mich verpflichtet, Einwände zu erheben. »Wir haben genug über Sethos gesprochen. ›De mortuis nil nisi bonum‹, wie du weißt.«

»Nichts weiß ich«, murmelte Emerson. »Ich wünschte, ich täte es.«

»Ich verstehe nicht, Emerson.«

»Gut«, sagte Emerson.

Ehe ich nachfragen konnte, ergriff er bestimmte Maßnahmen, die meine volle Aufmerksamkeit erforderten und die Debatte beendeten. Emersons Fähigkeiten auf diesem Gebiet waren schon immer außergewöhnlich, und wie er im Verlauf des folgenden Geschehens betonte, mußten wir eine Menge verlorener Zeit wieder wettmachen.

*

ANDRUCK STOPPEN. Von unserem Sonderkorrespondenten in Luxor. WUNDERSAME WIEDERAUFERSTEHUNG DES AMERIKANISCHEN MILLIONÄRS UND ARCHÄOLOGEN. Mrs. Amelia P. Emerson: »Göttliche Vorsehung hat meine Gebete erhört.« Professor Emerson: »Mrs. Emersons begnadete ärztliche Talente haben ein Wunder vollbracht.«

»Die frühere Meldung unseres Korrespondenten über den tragischen Tod des amerikanischen Millionärs und Archäologen Cyrus Vandergelt erwies sich als nicht zutreffend. Die Verletzungen von Mr. Vandergelt, die dieser sich, wie die gestrige Ausgabe des *Yell* berichtet, im Verlauf der aufregenden Ereignisse zugezogen hatte, stellten sich als nicht so gravierend heraus wie vermutet. In Archäologenkreisen wurde diese Nachricht mit ...«

*

Liebste Mama und liebster Papa:

Ungetrübtes Entzücken erfüllt mich bei dem Gedanken an Eure Freude, wenn ich Euch mitteile, daß Ihr mich nur wenige Tage nach dem Erhalten dieser Zeilen in Eure Arme schließen könnt. Ihr könnt auch Gargery in die Arme schließen, falls Euch das beliebt, obgleich ich glaube, daß ihm eine solche Bekundung ziemlich peinlich wäre. Ihr schuldet ihm einundvierzig Pfund und sechs Shilling.

ECON HISTORISCHER KRIMINALROMAN

Barbara von Bellingen
Hüt' dich, schön's Blümelein
Ein Kriminalroman aus dem Mittelalter
TB 25076-0

Die Spuren der Mörder eines Mädchens führen in die »verachteten« Gassen von Köln: ins Milieu der Kupplerinnen, Dirnen und Berufsverbrecher. Die junge Wirtschafterin Gret Grundlin erfährt, daß eigentlich die Tochter des amtierenden Gewaltrichters entführt werden sollte und kommt dem eigentlichen Motiv der Gewalt auf die Spur.

Elizabeth Peters
Der Fluch des Pharaonengrabes
Ein Kriminalroman aus dem 19. Jahrhundert
TB 25096-5

Unter mysteriösen Umständen stirbt Sir Henry Baskerville kurz nach der Entdeckung eines Pharaonengrabes. Das Zeichen des Pharaos findet sich auf seiner Stirn: eine blutrote Schlange. Auch das Archäologenpaar Amelia Peabody und Radcliffe Emerson scheint vom Fluch des Pharaos verfolgt zu werden …

Annette und Martin Meyers
Das Kingsbridge-Komplott
Ein Kriminalroman aus dem 18. Jahrhundert
TB 25105-8

New York 1775. Der Kampf George Washingtons um die Unabhängigkeit ist in vollem Gange. Nicht alle jedoch sind auf seiner Seite. So planen Loyalisten ein Attentat auf Washington. Währenddessen stößt John Tonnemann, Arzt und Leichenbeschauer, auf eine rätselhafte Mordserie an rothaarigen Frauen …

HK 001

ECON TASCHENBÜCHER

ECON